Patrick Süskind

低音提琴

Der KontrabaB

[德]
帕特里克·聚斯金德
著

黄克琴　宋健飞
译

上海译文出版社

图书在版编目（CIP）数据

聚斯金德文集 /（德）帕・聚斯金德著；李清华等
译．—上海：上海译文出版社，2021.5
书名原文：Patrick Suskind: Ausgewahite Werke
ISBN 978－7－5327－8678－7

Ⅰ.①聚… Ⅱ.①帕… ②李… Ⅲ.①小说集—德国
—现代 Ⅳ.①I516.45

中国版本图书馆 CIP 数据核字（2021）第 049368 号

聚斯金德文集
［德］帕特里克・聚斯金德 著 李清华等 译
责任编辑 / 杨懿晶 装帧设计 / 千巨万工作室

上海译文出版社有限公司出版、发行
网址：www.yiwen.com.cn
200001 上海福建中路 193 号
上海盛通时代印刷有限公司印刷

Der Kontrabaß

开本 787 × 1092 1/32 印张 29.5 插页 30 字数 301,000
2021 年 5 月第 1 版 2021 年 5 月第 1 次印刷

ISBN 978－7－5327－8678－7/I・5357
定价：278.00 元（全五卷）

代序｜
低调人生的诠释

黄克琴

低音提琴这种乐器由于其笨重的体积和演奏方式的局限而不为人们所喜爱。甚至连演奏者本身也对它持一种轻视的态度。因此无论在文学史上还是音乐史上都极少有人想到要专门为它树碑立传。然而，在 1981 年，却有人专门为低音提琴写了一个独幕话剧，并让低音提琴这个丑陋、在乐队地位低下的乐器在德国乃至世界的舞台上出尽了风头。此人就是在八十年代德语文坛上名噪一时的帕特里克·聚斯金德（Patrick Süskind）。帕·聚斯金德1949年生于联邦德国巴伐利亚州的阿姆巴赫。《低音提琴》系他的处女作。该剧于1981年在慕尼黑首演，继而在瑞士等德语国家上演。后被译成英语、法语、芬兰语、瑞典语、希伯来语、荷兰语和意大利语等多种语言，使聚斯金德在文坛上崭露头角。

《低音提琴》描写的是一位不得志的国家乐队低音提琴演奏员的内心生活。主人公“我”有一位做官员的父亲和一位吹笛手母亲。“我”从小在家就有一种不得宠的感觉，父亲希望“我”日后能子承父业做个官员，而不是去做艺术家。“我”却反其道而行之，违背父命做了乐手，却又为了报复母亲，选择了乐器中最笨重、最丑陋并且无法独奏的低音提琴。“我”从十七岁那年开始学拉低音提琴，在以后的十八年演奏生涯中，对于与自己朝夕相伴的低音提琴表现出一种爱恨交加的复杂情感。

一方面，为了演出的需要，为了防止提琴变潮影响演出，“我”可以脱下自己的衣服去包裹提琴，而不惜以损害自己的身体为代价；可另一方面，“我”又常常把自己的不如意归罪于无辜的提琴，似乎是因为从事了这份职业才使他如此窝囊。更具讽刺意味的是，国家乐队低音提琴手这一职业居然属于终身制的国家公务员，这又回到了父亲给他指引的老路上。“我”对自己所从事的这份工作充满了无奈。

这样一场“独脚戏”，却能让成百上千的观众为之倾倒，这其中的奥秘何在？

我们先来听听作者本人对他作品的诠释：“这是一出描写一个人在他窄小的房间里生存的戏。在创作过程中我始终会联想到自己的经历，就仿佛是我自己会在那变得越来越狭窄的房间里度过我的大半辈子，而要离开它于我而言是如此的沉重。但我希望，有一天我能找到一间房子，它小到可以紧紧地缚住我，以便我在离它而去时也可以随手带上它。……”

自从《低音提琴》问世以来，喜爱它的演员和观众就没有让它有过一刻的沉默。1992 年，已六十八岁高龄的苏黎世剧院歌舞团演员胡伯特·克隆赫那被公认为是《低音提琴》的最佳诠释者，这位奥地利土生土长的老牌演员曾活跃于德国多个城市和瑞士的舞台上。虽然曾多次扮演过莎士比亚戏剧中的主角，但使他真正获得巨大成功的并非莎士比亚的话剧，而是聚斯金德的这部独幕话剧。到 1992 年为止，这位老演员已经演出过两百场《低音提琴》。虽然如此，但克隆赫那对他所扮演的角色从不敢掉以轻心。当有人问及他年复一年地重复一个角色是否会厌倦时，他说道：“我完全植根于这个角色中，但绝不是例行公事似的表演……我总是以最初一样的热情来诠释这个角色。在多年的演出中，每一次演出都会使我在这个人物身上不断发现新的东西。”对这一角色，克隆赫那是这样理解的：“这个人物总是被他的低音提琴所困扰，其实，低音提琴并非他的障碍，真正的障碍应该是他自己，因为这个充满了市民气的古怪的乐手总是把自己的不得志归罪于别人，而全然不在自己身上找原因。”

聚斯金德笔下的低音提琴手是一个怯懦的人物，他永远都认为自己是一个吃亏者，而造成事实的原因总是在他人身上。情急之中他甚至会把过错归咎于他的提琴。然而，尽管如此，我们还是能感受到作者对这个小市民和不得志者的一丝同情；感受到作者对这个悲剧人物的一份理解，这大概就是帕·聚斯金德作品的魅力所在吧。从作者对这个小人物丝丝入扣、入木三分的性格刻画，可以看出聚斯金德对这类人物的内心生活是十分熟悉并充满理解的。正因为有这份熟悉，他才得以把一位性情乖戾、不得志的弦乐手的内心生活表现得如此的淋漓尽致；正因为有这份理解，他才可能如此深刻地让观众体味到低音提琴手对他的低音提琴既爱又恨的矛盾心情。

《低音提琴》是一出充满了哲理的戏剧。每读完一遍，都会有某种新的发现、新的启迪。尽管在当时上演时它所引起的评论大多是对这一人物的批评，但透过观众对这个小人物命运的评论我们却发现了一种超出人物命运之外的东西，那就是作者以及观众对社会底层人物的深切关注。低音提琴手所处的乐队可谓社会的一个缩影，在乐队里，等级制的阴影始终笼罩着这个小人物的内心，它永远令坐在第三排的低音提琴手感到压抑和心理失衡。另一方面，尽管怨声载道，但他内心深处从未有过放弃低音提琴的念头。因此，当他幻想着辞掉职位去赢得自己那份自由时，才会生出一种惆怅："那样的话我就自由了……可然后呢！？然后我又干什么呢？那我就只好流落街头了……"可见他对自己的这份职业是难以割舍的。正因为如此，他情愿以牺牲自己的身体为代价来保护提琴不受严寒的侵袭，自己落得个流行性感冒的下场。在他对低音提琴的责骂中，包含着一份深深的热爱。所以，在貌似满身缺点的这个小人物身上，其实珍藏着许多闪光的东西。

继《低音提琴》之后，帕特里克·聚斯金德于1984年创作完成了他的第一部小说《香水》，这部小说所产生的反响远远超过了《低音提琴》，倘若说《低音提琴》为作者初登文坛和日后的崭露头角作了低调的铺垫，那么《香水》一书则是使他声名远播、享誉全球的高音之作。此后，聚斯金德还写过《鸽子》等描写小人物生活的作品，并一直活跃在德语文坛上。

低音提琴

DER KONTRABAß

屋里，一张唱片在唱盘上转动，勃拉姆斯第二交响曲在空中回荡，有人在跟着哼唱。脚步声远去又由远而近。开瓶子的声音，哼歌的人在给自己倒啤酒。

等等……马上就到……——好！听见了吗？就是这段！对！听到了吗？待会儿还要重复一遍，还是这一段，等等！

喏，听啊！我说的是低音，低音提琴的声音……

他把唱针从唱片上移开，音乐戛然而止。

……这就是我，也就是我们，我的哥儿们和我，我们的国立乐团。勃拉姆斯的第二交响曲够让人激动的了，那是我们六个人合作演奏的，一个中等阵容。现在我们演奏时一共有八个人，加上外请乐手可增强到十人组合，十二个人的阵容也出现过。我可以告诉您，那是相当强大的阵容，非常强！

倘若他们愿意，那十二把低音提琴——现在从理论上来说，您就是用整个乐队也没法盖过他们，单从纯粹的物理学角度您就不可能做到。其他人都可以卷铺盖走人，但缺了我们可就不行。您可以问任何一个人，每个音乐家都会乐于向您证实：一个乐队没有指挥可以，但不能没有低音提琴。几百年来乐队没有指挥也过来了，指挥不过是音乐发展史上最近代的产物——是在十九世纪才出现的。而且我也可以告诉您，我们国立乐团有时根本不听我们指挥的指挥而演奏，或者说是超越了他，有时甚至在指挥毫无察觉的情况下脱离他而自己拉自己的。不过，这把戏不敢跟总指挥玩；遇到客座指挥则可以随时拿他开涮。任他在前面随心所欲地舞弄指挥棒，而我们却我行我素，不去理会他。这是最隐秘的乐趣，简直无法描述。——不过这都是题外话了。

另一方面，如果一个乐队缺少低音提琴的话，那是无法想像的。甚至可以说，乐队现在的定义首先就是从低音开始的。一个乐队可以没有第一小提琴，没

有吹奏乐，没有定音鼓和小号，没有所有的一切，但唯独不能没有低音提琴。

我最终要达到的目的就是要明确，低音提琴绝对是乐队里最重要的乐器，然而这一点人们并没有看出来。

低音提琴奠定了整个乐队的基础，有了它，其余的乐器才得以立足其上。就连指挥也不例外。低音提琴就像地基，那宏伟的大厦就高耸于这地基之上，形象得很。倘若您取消了低音提琴，那就会是一片混乱，这简直是罪恶，会让任何人都无法明白究竟为什么还要搞音乐。您想像一下——现在举个例子——如果舒伯特的b小调交响曲没有低音提琴的话会成什么样子，那会是耸人听闻，天方夜谭！如果您愿意，可以把所有的音乐作品从头到尾历数一遍，什么交响曲、歌剧、独奏音乐会等等，可是只要缺了原本应该有的低音提琴的声音，那肯定演砸！不相信您随便问一位乐手，他在什么情况下才会走神。他一定会说是在听不到低音提琴的声音时，演出肯定乱套，这一点在爵士乐队表现得尤为明显。爵士乐队假如离了低音提琴，您试试，形象点说，要是从爵士乐队里拿掉低音提琴的话，整个集体就会像炸弹爆炸似的四分五裂，不成体统。而其他的乐手会觉得顿时一切都索然无味。另外，我不喜欢爵士乐，对摇滚乐和类似的东西也反感。作为一个从古典主义意义上来说维护真、善、美的艺术家，要做到洁身自好，最重要的是别沾那些信手拈来胡演乱奏的边。不过这都是题外话了。

刚才我不过是想进一步说明，低音提琴是乐队的核心乐器。其实每个人对此都很清楚，只是无人公开承认这一点，这是因为乐手天生就爱妒忌。倘若要我们的小提琴手承认，缺了低音提琴就如同皇帝没有穿衣服一样，那他拿着小提琴站在那儿会是副什么模样呢？那简直就意味着他自己微不足道和爱慕虚荣。他干巴巴地站在那里，傻愣愣的。请允许我喝上一口……

他喝了一口啤酒。

……我是一个很谦虚的人。然而，作为一个音乐家，我十分清楚：我的立足之地是什么，那是我们植根于其中的母亲大地；那是我们每个人赖以汲取音乐灵感的力量源泉；那是原始的生殖之极，形象地说，就是音乐精华的泉涌之处。——这就是我！——我指的是低音，即低音提琴。而一切其他的乐器不过是与此相对的另一极。他们都只能通过低音才能登峰造极。比如说高音吧，以歌剧为例，高音——怎么说好呢？……您知道，我们现在的剧组里有一位年轻的女高音——我听过许许多多的高音，但她的声音的确非常令人心动。我被这位女士深深地感染了。可她几乎还是一个孩子，约莫二十五岁。我本人已年届三十五，八月份就满三十六岁了。总是在乐队休假之时过生日！她真是一个绝妙的女子，令人心仪……这都是题外话了！

那么，还是来谈谈高音吧——打个比方——与低音提琴本身让人产生的既具有人情味又不乏器乐之音色的联想完全相对，这女高音或者女中音构成了从低音提琴的角度来看，确切点说，应该是对其而言，或者与之相辅相成的对极……从而完全无法抗拒……几乎是……迸发出音乐的电光石火，从一极到另一极，从男低音到女高音——或者说从中音一直往上，一直——就像人们所比喻的百灵鸟……那么绝妙，高高在上，位于万象之巅，近乎永恒，无穷无尽，性爱——色情，无限的欲望本能，犹如……被包入了磁极的应力场，而这磁极就是近地的低音提琴的基座辐射出来的。真是古朴典雅，低音提琴就是古色古香，我想您明白我的意思。……这才叫做音乐。因为在这和那，低和高的应力中，将音乐中一切有意义的东西都演绎出来，从而产生了音乐的意义和生命，而且是地地道道的音乐之生命。对了，我顺便告诉您，那位女歌手——她叫萨拉，告诉您吧，她有朝一日肯定会走红的。如果我对音乐还有点研究的话，实际上我的确是懂点行的，那么我敢说她是会冒尖的。当然，这也得仰仗我们——也就是我们乐团啦，而且现在尤其是得靠我们这些低音提琴手，也就是我啦，这是一件令人满意的事。现在我们再扼要地总结一下：低音提琴由于它根音的低沉而成为最基本的弦乐乐器。一句话，低音提琴是音调最低的弦乐乐器。它一直低到低音E。或许请允许我为诸位奏上一曲……等一下……

他又喝了一口啤酒，起身拿起他的乐器，紧了紧弦。

……对了，我低音提琴的这把弓可是数一数二的。是一把普弗勒施弓，今天这把弓价值两千五百马克。我买的时候花了三百五十马克。在这十年中价格竟然涨了如此之多，简直到了疯狂的地步。

好了，那就请大家注意了！……

他拨动着那根音调最低的琴弦。

听到了吗？低音E。如果调音准确的话，频率应该精确到41.2赫兹。还有更低的低音，低到C调或者甚至是次低音H，那频率会到30.9赫兹。不过那得需要一把五根弦的提琴。而我的提琴只有四根弦，我的琴是撑不住五根弦的，否则会把弦弄断。在乐队里我们有五弦的提琴，比如演奏瓦格纳的曲子就要这种琴。但听起来并不悦耳，因为频率低到30.9赫兹时就已经不成什么调子了。您可以想像一下，哪还有……

他又一次拉了E。

……这简直不成音调，不如说，是一种摩擦声，叫人怎么说好呢，一种迫不得已逼出来的声音，与其说是在奏乐，倒不如说是在嗡嗡叫。简直是不可救药，它更多的是像乌鸦叫。而我的琴音域已经完全够我用了。理论上我可以无限地高上去，只是没有这样做而已。就是说，如果我充分利用指板的话，那么我是可以一直拉到小字三组的C这个音的。

他开始试拉此音。

……喏，这就是C3，现在您可能要说：该停止了，因为再拉下去就超出指板之外了，那样的话手指就按不着弦了。您想想！那么请听……

他拉出了竖笛音。

……接下来呢？……

他拉的音更高了。

……再往下呢？

琴音更高了。

……竖笛声，这就是这种手法的名称。把手指往上一放，然后拨出泛音。它的物理原理是什么，我现在无法向您解释。这扯得太远了，您可以自己去查百科词典。反正从理论上说我可以把音拉到几乎让人听不见的高度。等一下，您可以等等……

他拉出一种没法让人听的高音。

……听到了吗？您听不见了。从理论和物理学的角度来说，乐器里蕴藏着很多东西，只是我们没去开发它。这对吹奏乐手也不例外，而且象征性地广而言之，对于人来说也是如此——我知道有些人身上蕴藏着乾坤之潜力，能量大不可测，只是没能发挥出来罢了，死活不愿意。这都是题外话了。

四根弦，E－A－D－G……

他拨着琴弦。

……所有的钢弦都是包了铬的钢丝，以前是用动物的肠衣做的。这根G弦，就是这上面，主要用于独奏。当然前提是演员能够独奏，一根弦就价值连城。我想，如今一套弦要卖一百六十马克，而我开始拉琴的时候，只卖四十马克，这价格真是疯涨！好，咱们接着说这四弦，即E－A－D－G的四度定弦，也就是说五弦的话还得加上C或是H，这在今天从芝加哥交响乐团到莫斯科的国家乐团都是统一标准。不过在此之前则是各自为阵。音度不同，弦数不一，大小不等——还没有哪种乐器像低音提琴这样有如此众多的分类。对不起，我得边喝边说，我失水失得太快了。十七、十八世纪的情景最乱：有古低音大提琴、大低音提琴、琴颈带横柱的和不带横柱的低音提琴；有三度、四度、五度的，有三弦、四弦、六弦、八弦的；还有f声孔和c声孔的；简直是五花八门。直到进入十九世纪后，在法国、英国仍有五度的三弦琴；在西班牙和意大利则是四度的三弦琴；而德国和奥地利才是正宗的四度四弦琴。后来我们的四度四弦最终为人们所接受，就是因为当时我们的作曲家出类拔萃，尽管三弦低音琴听起来更悦耳一些，它不那么刺耳，而且旋律更和谐些，更柔美些。但我们却有海顿、莫扎特、巴赫的儿子们和后来的贝多芬以及整个浪漫主义钟情于我们。对他们来说，低音提琴的声音本身无足轻重，它不过是他们交响乐章的一层声音铺垫——可事实上，这种铺垫却是迄今为止在音乐领域里所能听见的最伟大的声音，而这一重任的的确确落在了四弦低音提琴的肩上，自1750年到二十世纪，这两百年间的所有管弦乐都无一例外。正是这种音乐使我们摒弃了三弦琴。

可想而知，三弦乐器自然也曾为自己抗争过：在巴黎的音乐学院和歌剧院，直到1832年还在拉三弦琴。众所周知，1832年歌德仙逝，随后凯鲁比尼[1]，就是那个卢伊吉·凯鲁比尼彻底开除了三弦琴。此君虽然是意大利人，可却完全是中欧派。他崇拜格鲁克[2]、海顿和莫扎特。作为当时巴黎的高级音乐监理，他采取了有力措施。至于发生了什么事，可想而知。法国的低音提琴手们发出了怒吼，他们对这位亲德的意大利人竟然废弃了三弦琴气愤不已。法国人就爱闹事，哪里有革命风暴，哪里就有法国人。十八世纪如此，十九世纪如此，整个二十世纪直到今天依然如此。我五月

1　凯鲁比尼（Luigi Cherubini，1760—1842），意大利作曲家。

2　格鲁克（Christoph Willibald von Gluck），德国作曲家。

初曾在巴黎逗留，当时那儿的清洁工和地铁工人正举行罢工，一天里有三次断电，一万五千名法国人上街示威游行。您无法想像，游行后的街道是什么惨状。没有一家商店免遭破坏；橱窗被砸；汽车被刮；广告牌、纸片和一切能撕下来的东西都被扯掉并扔得遍地都是——我不得不说，真叫人害怕。然而 1832 年的反抗行动无济于事，三弦低音提琴退出了历史舞台，而且是彻底地退出。不过，那种五花八门的现象也不是回事。三弦低音提琴的消失是很可惜，因为它听起来的确比那个……要悦耳得多。

他摆弄着他的低音提琴。

……音域不宽，但声音挺棒……

他喝着啤酒。

……您瞧——这样的事也是常见的。原本更好的东西却消亡了，因为它与时代的列车背道而驰，而时代的列车将一切碾在了车轮下。这种情况就发生在我们的古典大师们身上，他们无情地扼杀了一切与其相对立的东西，当然这不是有意的，这点我可以肯定。这些大师，就其个人而言，每位都是正直的人。舒伯特本来是连苍蝇都不会去伤害的人；而莫扎特有时虽然有些鲁莽，但另一方面却是一个非常细腻敏感、并且决无粗暴之举的人；贝多芬也是如此，尽管他性情乖戾，比如说他曾经砸坏过好几架钢琴，不过从未毁过一把低音提琴，这点还是应该肯定他的。当然他也没有拉过低音提琴。唯一拉过低音提琴的好作曲家就是勃拉姆斯……还有他的父亲。——贝多芬就没有摸过弦乐器，只是弹钢琴，这点今天极易被人忘记。而莫扎特却相反，他拉小提琴的功底不亚于弹钢琴。据我所知，莫扎特称得上是唯一的一位较伟大的作曲家，他既能够搞个人钢琴音乐会，同时又可以开自己的小提琴音乐会。倘若硬要算的话充其量还有个舒伯特，也是勉强凑数吧，他只是没谱曲罢了。而且他也不是什么演奏家，是的，舒伯特的确算不上是什么演奏大师，他就不是这块料，也没这个本事。您能够把舒伯特想像成为一个演奏家吗？我反正不能。他有一副动听的嗓音，但多半参加男声合唱，而很少独唱。有一阵子他每星期都去唱四重唱，而且是和内斯特罗伊（维也纳喜剧表演家——译者注）一起共振歌喉，这您大概不知道吧！内斯特罗伊唱男低中音，舒伯特唱……——不过这些都不是现在的话题，与我讲的问题一点关系也没有。我的意思是：如果您对舒伯特的嗓子属于什么样的音区这类问题感兴趣的话，您完全可以通过阅读他个人的传记去了解，用不着在这里说。说到底我这儿可不是音乐咨询办公室。

低音提琴是唯一离得越远越好听的乐器，这可麻烦了。您瞧，在我家里，墙面、天花板、地板，所有的一切都安装了吸音板；门是双料的，内部有隔离层。窗子是双层的特殊玻璃，窗框也是减噪隔音的，可没少花钱，但声绝缘值达到百分之九十五以上。您在这听得见城市的喧闹吗？我就住在市中心，难道您不信吗？等一等！……

他朝窗子走去并打开了它。顿时一股嘈杂的车流、施工、垃圾运输和汽锤的嘈杂声浪扑面而来。

他大声喊了起来。

……听到了吧？这声音大得就像柏辽兹的教堂圣歌，让人无法忍受。他们在拆那边那个旅馆，前面那个十字路口两年前修了一个地铁站，所以现在交通线从我们下面穿过。再说今天是星期三，听，装垃圾的车来了，这声音倒很有节奏感……听！这种猛烈的碰撞，凶狠的击打，大概到了102分贝。是啊，我曾经测过。我想，现在够了，我可以关上窗子了……

他关上窗子。屋里一片安静，他继续小声地说话。

……喏，现在您无话可说了。这就是消减噪音吗？人们不禁要问，以前的人是怎么活的？因为您不需要相信，与今天相比以前噪音要小得多。瓦格纳写道，他在整个巴黎都无法找到住房，因为每条街都有铁匠在干活。据我所知，当时巴黎已有一百多万居民，对吧。我不知道有谁曾经听说过，这铁匠铺里传出的声音是音乐家所遭遇的最可恶的噪音。一个人整天抡着锤子往金属上敲，那时人们从日出干到日落，至少据说是这样。除此之外还有马车行驶在石块路上发出的响声，市场上小贩的吆喝声，以及法国人民，也就是普通老百姓和那些露宿街头的最脏的无产者发动的革命和斗殴的喧嚣吵闹是众所周知的。巴黎十九世纪末就已经修建了一条地铁线，信不信由您，以前车在驶离时噪音比现在要小得多。此外，我对瓦格纳一直持怀疑态度，这都是题外话了！

好，现在请注意了！我们来做一个测试，我的提琴只是一件非常普通的乐器，是 1910 年制造的，产地想必是在南蒂罗尔。共鸣箱有 1.12 米高，到琴头弯有 1.92 米，弦的长度是 1.12 米。也并不是什么特了不起的玩艺，不过就算按中等偏上的价吧，今天这把琴可以卖八千五马克，我当时买的时候花了三千二马克，不可思议！好，我现在给您拉一个音，随便什么音，比方说低沉的 F 音吧……

他轻轻地拉着琴。

……刚才是极轻的音，现在增强点儿……

琴声稍微大了点。

……希望这种摩擦声不会让您心烦，但必须如此。这是一个纯音，只听乐声激荡却不闻弓弦摩擦，这种美事世上没有，就连耶胡迪·梅纽因[1]也做不到。好，请注意听，现在我拉的声音介于中强和强之间，刚才说了，这是全隔音的房间……

琴的声音又大了一些。

……好，现在我们得稍停一下……再等等……马上就……

1　耶胡迪·梅纽因（Yehudi Menuhin，1916—1999），美国小提琴家。

从天花板上传出敲击声。

……瞧！听到了吧？这是从楼上尼迈尔太太那儿发出来的。她只要稍稍听到那么一点声音，就会敲她的地板，这样我就知道，我拉的声音已经超出了中强的界限。除了这点，尼迈尔太太这个人还是很友好的。其实要是站在这旁边听的话，琴声也并不是高得过分，比方说我现在来一段很强的……等着瞧……

他把琴拉到最大声，并且还使劲喊叫，以便压过低音提琴的声音。

……您瞧，这声音也不是高得过分吧，可它却上及尼迈尔太太家，下达房屋管理员那儿，而且还传到隔壁邻居的房子里，等一下他们就会来电话了……

对，这就是我所指的乐器的穿透力，它来自低沉的震荡。在我看来笛子或小号的声音更大些，一般人也都这么认为，其实不然，因为它没有穿透力，没有声音的有效距离，没有身体。正如美国人所说的：我有身体，也就是说我的乐器有身体，这就是我对低音提琴情有独钟的原因。此外它别无所长，而且它本身就是一大不幸。

他把《女武神》序曲的唱片放到唱盘上。

《女武神》[1]的序曲，听上去就像大白鲨要来了。低音提琴和大提琴齐奏，这儿的乐谱我们大概能拉百分之五十，那段……

他模仿男低音角色的唱腔。

……这么快的速度，事实上是五连音和六连音，六个单独的音，却要用这么快的速度！一气呵成根本没法拉嘛！只好一带而过。我们可不知道，瓦格纳是否清楚这一点，很可能不清楚吧！反正他无所谓，他向来鄙视管弦乐的作用。所以才会有在拜罗伊特对管弦乐的遮盖，据称是由于音色的原因，其实是因为他

1　德国著名作曲家瓦格纳（1813—1883）的三幕歌剧，为四联剧《尼伯龙根的指环》的第二部分。

看不起管弦乐。他看重的是那种总体音响，懂吗？即戏剧音乐和音乐布景，总体艺术作品[1]等等。因此单个乐器的音乐也就没有什么分量了。同样的情况也体现在贝多芬的第六交响乐中，或者是《利哥莱托》[2]的最后一幕——当暴风雨即将来临时，他们便毫无顾忌地把一些曲子写入总谱，而这些曲子世界上没有哪把低音提琴能演奏得出来，绝对没有！对我们来说真有几分苛求。我们反正是那种演出中必须最卖力的人。一场音乐会下来我总是大汗淋漓，没有一件衬衣是能穿两场的。拉一场歌剧我平均要失去两升水分，演交响乐的话至少还得再加一升。我知道有同事到森林里去跑步，还有练哑铃的。我不锻炼身体，总有一天我会

1 德国音乐家瓦格纳在歌剧中所提倡的将故事情节、音乐、舞台场景融合为一体的形式。

2 又译《弄臣》，三幕歌剧，意大利作曲家威尔第（1813—1901）创作于 1851 年。

在乐团里累瘫，再也爬不起来。因为演奏低音提琴纯粹是一种力气活，说实在的它首先并不是一种乐器，所以说小孩是永远拉不了低音提琴的。我自己是十七岁开始拉琴的，现在已经三十五岁了。学拉琴并非我的自愿，就像大姑娘怀上了孩子纯属偶然。我摸过竖笛、小提琴、长号，还奏过美国南部的爵士乐。不过这些都是很久以前的事了，后来我也不再玩爵士乐了。此外我从未碰到过一个自愿拉低音提琴的人。从某种意义来看这也说明了问题，这种乐器不太容易上手。这么讲吧，低音提琴与其说是乐器还不如说它是一个累赘。您抬不动它，只能拖着走。要是摔在地上，那准得散架。要把它放到小车上的话，那除非拆下前排右座，就这样车里也会塞得满满的。在家里您也得给它让道，它呆立在那……傻不溜秋的。它不像钢琴，一架钢琴就是一件家具。钢琴可以关上，可以放在那作摆设，而低音提琴却不行，它闲立在那儿有碍观瞻，就像……我曾经有一位叔叔，他长年生病，于是总抱怨无人关心他。低音提琴也是如此，当客人来访时，它会顿时成了客人们的兴趣中心，所有的话题都会围绕着它转；而当您想要与一位女士单独在一起的时候，它仍然立在那并监视着整个过程。您要想亲热一下吧，它在一旁瞅着你。所以给人这样一种感觉：它在寻开心，搞恶作剧，而这样的感觉必然会使女友也受到感染。那么接下来——您自己清楚，肌肤之亲和这种滑稽可笑竟并存共处，然而却又互不相容！简直糟糕透了！根本就不配……

他关掉了音乐，然后喝起酒来。

……我明白，这不属今天的话题，说到底与您也无关，没准只能让您心里不好受。而且您也会有自己领域里的问题。不过我之所以这么冲动，是因为我想拥有明明白白说上一句话的权利，目的是让人们不至于认为，作为国立乐团的成员就没有诸如此类的烦恼了。因为我已经有两年身边没女人了，而罪魁祸首就是这琴！最后一次是在 1978 年，当时我把它藏在洗澡间里，但还是无济于事，它的灵魂犹如一个延长符号在我们的上空盘旋……

倘若我还会再找老婆的话——这并非很有可能，因为我已年满三十五岁，但总还是有些外表比我差的女性，我好赖是个国家公务员，而且我还可以再恋爱！——

跟您说……我已经恋爱了，或者说心里已经有了相好的，我说不清楚，她也还不知道，她是……我刚才还说到过……剧院歌舞剧团的，那位年轻的歌手，叫萨拉……——一切都是根本不可能的，但是如果……如果真的发展到那一步的话，那我会坚持要么在她那儿做爱，要么去旅馆，或者到外面去，假如不下雨的话，就去农村……

如果说有什么东西是低音提琴不能忍受的话，那就是下雨时遇到雨水它会膨胀，被泡得发软，所以它不喜欢下雨，也不喜欢寒冷。天冷时它也会变形。那么在演出前至少要花两个小时对它进行恒温处理。以前我还在室内乐队时，我们每两天就要到外省去演出，演出场地不是宫殿就是教堂，或是参加冬季音乐会——您很难相信当时的情景。反正我总得比别人提前好几个小时出门。我独自在大众车里，在那破烂的简易房里，或是在更衣室的取暖器旁，像照顾一位老病号那样为我的低音提琴保温。的确，这会使人琴之间产生感情的，可以告诉您，这里也有爱。有一次我们被暴风雪困在埃塔和欧博劳间的公路上了，那是在1974年的12月份，我们等救援的人来拖车，整整等了两个小时。我把大衣盖在提琴上，用我的身体去温暖它，在演出时它保持了恒温，而我却因此染上了严重的流感。对不起我喝一口。——

的确，事实上，谁都不是生下来就与低音提琴有缘的，这条道充满了弯路、挫折和失望。可以告诉您，我们国立乐团的八个低音提琴手没有谁不是命运多舛的，至今仍旧个个满脸沧桑。比如我本人的经历就是一个典型的低音提琴手的命运：我有一位专制的父亲，他是一位公务员，毫无音乐细胞；我的母亲很软弱，她是吹笛子的，在音乐方面是个怪才。我从小就崇拜母亲，母亲又非常爱我的父亲，父亲则喜欢我的妹妹，而我却无人疼爱——反正我这么认为。出于对父亲的恨我决定不做公务员，而要成为艺术家。为了报复母亲我选择了最大的、最笨重的、最不适合独奏的乐器。为了给母亲致命的一击，同时又给我的父亲一记重创，让他永远难受，我还是决定当公务员，成为国立乐团的低音提琴手，坐在第三排的乐谱前。我每天都在以低音提琴这种对女性而言最大的乐器形象，以此——只是形式上——对我的母亲施暴，这种永恒的乱伦式的象征性交是一种永久的道德不幸，而这种道德的不幸写在我们每一位低音提琴手的脸上。关于乐器的心理分析就到此为止，只是这种认识也没有多大的用处。因为……心理分析已到了黔驴技穷的地步，这点我们今天都很清楚，它已经无计可施了。心理分析本身也明白这一点。首先，因为心理学分析总是提出的问题比能够解决的问题多，诸如九头蛇——形象点说吧——自己砍下了自己的头，这是一个心理分析内部永远无法得到解决的一个矛盾，这个矛盾令心理学分析感到窒息。第二，心理学分析在今天看来是一种共有的知识财富，这一点今天每个人都清楚。我们乐团的一百二十六个队员中有一半以上都在看心理医生，从这点您就可以看出，一百年前也许还是一种或者还能称得上是重大科学发现的东西，如今已经司空见惯，无人感到新奇了。说出来或许您会感到吃惊：今天有百分之十的人患有精神抑郁症，奇怪吗？我一点都不惊奇。您瞧，我就不需要心理分析。更重要的是——

既然我们已经谈到了这个话题，假如我们是在一百年或是一百五十年前就已经有了心理分析的话，那就好了！举个例子，假使真是那样的话，那我们现在就会少点瓦格纳的东西。这个人可是相当神经质的，比如说像《特里斯坦》[1]这部由他完成的最伟大的作品究竟是如何产生的？难道仅仅是因为他与一位朋友的妻子[2]的风流韵事吗？而这位朋友数年来一直容忍着他，有好几年之久！而这种欺骗，该怎么说呢，这种卑鄙的行为方式竟如此地刺激着他，以致他非把这件事创作成所谓的有史以来最伟大的爱情悲剧不可；通过彻底的升华达到彻底的释放，以及所谓的“极欲”等等。您知道，婚姻的破裂在当时还是一件非同寻常之事，

---

1 此处指瓦格纳的歌剧《特里斯坦与伊索尔德》，该剧写于1859年，1865年在慕尼黑首演。

2 此处指瓦格纳爱上了李斯特之女、指挥家冯·比洛之妻科西玛·冯·比洛。

现在您想像一下，要是瓦格纳去找了心理医生会是何种结果！是的——有一点可以肯定：那么就不会有特里斯坦！这绝对没错。因为要是去做过心理分析的话，他的神经官能症就不再足以写出这部巨著。——此外他还打老婆，当然是打第一个妻子，不是第二个，第二个他绝对没打，可是第一个老婆他绝对打了，真不是什么好人！他会虚情假意那一套，魅力十足，但却叫人不舒服！我想，他自己也没法容忍自己，他那一脸的疙瘩完全是由于……恶心极了！可女人却都喜欢他，简直是成群结队的！这个男人对女性竟有这么强烈的吸引力，真搞不懂……

他陷入沉思。

……妇女在音乐方面扮演的是一个从属的角色，我的意思是在音乐创作方面，在作曲上，妇女扮演的是从属的角色。难道您举得出一个有名的女作曲家吗？就举一个？说不出吧！您想过这个问题吗？应该好好想想！就想妇女在音乐上的问题。现在低音提琴是一种阴性的乐器，尽管它的语法属性是阳性，但它还是女性乐器——不过是一种严肃得要命的阴性乐器，就跟死神一样——让我们发挥点带情感色彩的想像力来谈这个问题——阴性阴就阴在其保护性的残忍之中，也可以说体现在其无法回避的卵翼功能之上；其二，她是对生命原则的补充：孕育生命，养育生命，诸如此类的事，我说得对吗？在这种功能下——现在又用音乐的语言吧——低音提琴作为死亡的象征与那种绝对虚无缥缈的东西进行着斗争，而音乐和生命同样地面临着沉沦于这种虚无缥缈境地的危险。可以这样来看，我们这些低音提琴手就是虚无世界冥府入口处看门的凶神恶煞[1]，或者正好相反，我们是西西弗斯[2]，将肩头上整个音乐感官的重负徒劳地推上滚下。请形象地设想一下吧：遭人鄙视，被人唾弃，而且连肝都被剁碎——不，这是别人，……是那个普罗米修斯——顺便说说：去年夏天我们与歌剧院一行到法国南部的奥朗日演出，是《齐格弗里德》[3]专场。请想想吧：演出在奥朗日的圆形露天剧场举行，这是一幢大约已有两千年历史的古典主义风格的建筑，是人类最文明时

---

1 原文用了 Zerberus 一词，意为希腊神话中守护冥府入口的三头狗。

2 希腊神话中的暴君，被宙斯处罚，在地狱里推一块岩石上山，当岩石推至山顶时又滚下，于是重新再推，如此循环。

3 瓦格纳所作的三幕歌剧，为四联剧《尼伯龙根指环》中的第三部。

期的产物之一。在罗马皇帝奥古斯突斯的眼皮子底下，德意志神圣民族在狂欢；龙形怪物呼哧呼哧地喘着粗气；齐格弗里德鲁莽蛮横大腹便便地上蹿下跳。正如法国人所说的那样，“德国佬”[1]……——我们每人得到一千二马克，可令我极为难堪的是，整场演出我最多拉了五分之一的曲子。然后紧接着——您知道我们接着都干了些什么？我们全体团员，喝了个酩酊大醉，像那些下三流一样，狂呼乱叫直闹到半夜三点。不折不扣的“德国佬”风格，最后惊动了警察，弄得我们很扫兴。遗憾的是那些唱歌的当时是在别的地方狂饮滥喝，他们是从来不跟我们乐队的人坐在一起的。萨拉，您知道——就是那位女歌手，也跟他们在一起。她唱

1 原文中用了 boche 一词，系法语中骂人的话，尤指一战时期法国人对德国人的称呼。

了《林中小鸟》。歌手们住的旅馆跟我们的也不是一家，否则我们兴许能碰上……

我的一个熟人与一位女歌手曾经有那种关系，这种关系保持了一年半的时间。但他是一个拉大提琴的，大提琴不像低音提琴那样笨重，它立在两个相爱或者说想要恋爱的人中间也没那么使你感到受威胁。另外大提琴独奏的段子还真不少——虚荣点说吧，有柴可夫斯基的《钢琴音乐会》，舒曼的《第四交响曲》，《唐卡洛斯》[1]等等。尽管如此，告诉您，我的熟人还是让那位女歌手折磨得够呛，他不得不学会弹钢琴，以便可以给她伴奏。她要求他这样做，纯粹是出于爱。反正不久后他就成了这位他爱着的女士的陪练，真是够

1 威尔第作曲的五幕歌剧。

可怜的。当他们在一起演出的时候，她远远超过了他，简直是贬低，这就是爱情之月的阴暗面。就大提琴这方面来说，他的演奏水平比她唱中音的水平要高，而且是高得多，根本没法比！但他却得而且他还非要为她伴奏不可。可是用大提琴为女高音伴奏的曲子不多，少得可怜。几乎就像女高音极少需要用低音提琴配器一样。

您知道吗？我常常感到孤独，当我不上班的时候，我总是独自呆在家里，听听唱片，有时练琴，没什么劲，总是一成不变的老套子！今天晚上我们将进行《莱茵的黄金》[1]的首场演出，卡罗·马利亚·G将作为客座指挥出场，州长也会在第一排就座，这场演出的档次

---

1 瓦格纳的独幕歌剧，连续剧《尼伯龙根的指环》的第一部，1869年在慕尼黑首演。

高得不能再高，票已经卖到三百五十马克一张，疯狂！不过我倒无所谓，我也不练习。我们八个人全都参加《莱茵的黄金》的演出，所以个人拉得如何倒无关紧要。只要领衔的能拉，其余跟着滥竽充数就成，萨拉也在剧组里，她扮演维尔贡德，一开始就出场了，对她而言这算是个大角色，她完全可能崭露头角，来个一鸣惊人，只是不得不以瓦格纳的歌剧来获得成功真是一大憾事。但又没有选择的余地，在那儿没有在这儿也没有。——正常情况下我们从十点排练到一点，然后晚上七点到十点参加演出。剩余的时间我就坐在家里，坐在我的音响室里。由于出汗出得多，我喝上几杯啤酒，有时我把提琴放在那边的藤椅上，让它靠着藤椅，再把弓放在它旁边，我自己坐到这边的靠椅上注视着它。这时我就想，真是一个恐怖的乐器！请看看它吧，您看一下！它看上去就像一位臃肿的老妇人，臀部太大，腰身也难看，裤腰做得太高，不够紧身。那窄窄的、像患有软骨病般的肩膀——实在是太难看了。这是因为，从历史发展的角度来看，低音提琴是一个两性人，它的下身像一把很大的小提琴，而它的上身却犹如一把古代的嘎巴琴。低音提琴是有史以来人类所发明的最丑陋、最笨拙、最无风度的乐器。有时我真想干脆把它打烂、锯开、砍小、劈碎、碾成粉末喷撒，装入一个木质的气化箱里，让它彻底消失！——是的，我的确不能说，我很喜欢它。它太难拉了，拉三个半音时需要把整个手都张开，而且只是拉三个半音！比如像这样……

他演奏三个半音。

……如果我在一根弦上从下往上拉……

他从下往上拉琴。

……这样的话我可以变换十一次声区。这是一项纯粹玩体力的运动。你得发疯似的去按每一根弦。瞧瞧我这手指头，看，指尖上尽是老茧。喏，这茧疤多硬啊，这样的指头已经没有感觉了。不久前，我不小心烧到了手指头，自己居然毫无察觉，直到闻到老茧被烧的煳味才发现。简直是自残行为！就连铁匠也没我这样的手指尖，本来我的手指是很细的，生来就根本不适合拉这种乐器！我原本是吹长号的，所以开始学琴时我的右臂也没多大的劲来拉弓，没有劲的话从那个破箱子里是一点声音也发不出来的，更谈不上什么美妙动听的声音啦。这就是说，您是无法拉出悦耳的声音来的，因为那里面压根就没有美妙动听的声音。那……那就不是声音，那是……——我并不想此刻变成个俗人，但我可以告诉您，那是什么……那是声响中最难听的声音！倘若演奏优美的曲子这句话还有意义的话，那么就没人能够在低音提琴上做到这一点，绝对没有！即便是最伟大的独奏家们也做不到，这涉及到的不是能力，而是物理问题，因为低音提琴没有泛音，一点没有，所以听起来总是令人生厌，因此低音提琴独奏真是愚蠢至极，即便是一百五十年以来技巧在不断地提高也依然如此。倘若有低音提琴、独奏奏鸣曲和组曲的音乐会，并且也许会有一位奇才怪杰飘然而至，用低音提琴来演奏巴赫的《夏空舞曲》或是帕格尼尼[1]的《随想曲》—— 但这仍然改变不了低音提琴难听这一特点，因为这声音本身就难听，而且还将继续难听下去。——好，现在我给你们来一首正规的曲子，这是低音提琴乐曲之极品，即迪特斯多夫[2]的低音提琴《加冕协奏曲》。现在请注意了！……

他放起了迪特斯多夫的E大调协奏曲的唱片。

……听吧，这就是迪特斯多夫的曲子，他为低音提琴和乐队写的《E大调协奏曲》。他原本叫迪特斯，卡尔·迪特斯。生于1739年，1799年去世，此外他还

1 帕格尼尼（Nicolo Paganini，1782—1840），意大利小提琴家、作曲家，为音乐史上最负盛名的演奏家之一。

2 迪特斯多夫（Karl Ditters von Dittersdorf，1739—1799），奥地利作曲家。

当过林务官。现在您对我说实话，这个曲子好听吗？您想再听一遍吗？我们现在不谈曲子本身的结构，只听它的音调，是华彩乐段？您愿意再听一遍这个华彩乐段吗？这华彩乐段真是让人笑破肚皮，但整个曲子听下来却是让人想哭！然而这是位首席独奏演员拉的，我不想说出他姓啥名谁，因为这确实不能怪他。也不能怨那个迪特斯多夫——天哪，当时不写这样的东西就不行，这是上边的命令。他居然发疯似的写了许多，跟他相比莫扎特算个屁，迪特斯多夫写了上百支交响曲、三十部歌剧、一大堆钢琴奏鸣曲和其他一些小作品，三十五部独奏音乐会，其中就有低音提琴的曲子。从文献资料来看，一共有五十首为低音提琴和管弦乐写的协奏曲，但全都出自不怎么有名的作曲家之手。难道您知道约翰·施贝格何许人也？多梅尼科·德拉戈内帝[1]，博太西尼[2]，西芒德或是库谢维茨基[3]，霍特或万哈尔[4]，还有奥托·盖尔、奥特马·克劳瑟是谁吗？您认识他们中的任何一位吗？这些都是低音提琴大师，说到底是跟我一样的人，他们出于无奈才开始从事作曲的，其写出的作品也与之相应。因为正儿八经的作曲家是不为低音提琴作曲的，写这样的东西对他们来说是大材小用。即便写的话，也只是为了好玩。莫扎特就有一首《小步舞曲》（Koechel）344 ——让人捧腹大笑！或者是圣－桑的《动物狂欢节》的五号曲目《大象》，这是低音提琴独奏，钢琴伴奏的，节奏稍快而华丽，

1 多梅尼科·德拉戈内帝（Domenico Dragonetti，1763—1846），意大利低音提琴大师。
2 博太西尼（Giovanni Bottesini，1821—1889），意大利低音提琴演奏家、指挥家、作曲家。
3 库谢维茨基（Serge Koussevitzky，1874—1951），俄国指挥家，以低音演奏开始其音乐生涯。
4 万哈尔（Johann Baptist Wanhal，德：Jan Krititel Vanhal，1739—1813），捷克作曲家，在维也纳师从迪特斯多夫，后赴意大利深造，作品极多。

时间就一分半钟——笑死人了！或是像理查·施特劳斯[1]的《莎乐美》，里面有五个低音提琴乐章，场景是莎乐美往地下水牢看的那一幕，她唱道："地下是多么的黑暗！置身于这样一个黑洞里，肯定是令人恐怖的，这就像一个墓穴……"这个五声部的低音提琴乐章，产生了恐怖万分的效果，而听众也吓得毛骨悚然，演奏者也不例外。真是吓死人了！——

或许该多创作些室内乐，这兴许还有乐趣可言。可谁会接收我和我的低音提琴加入一个五重奏呢？不值得啊！如果他们真需要的话，随便雇一个就行了，七重奏和八重奏都可以这样干，但不会来找我。德国

1 理查·施特劳斯（Richard Strauss，1864—1949），德国作曲家。第二次世界大战时期逗留德国。在纳粹时期的活动自相矛盾，曾引起争议，他的歌剧《和平日》曾获得希特勒的嘉许，而他的喜歌剧《沉默的女人》的台本作者是他大胆支持的犹太人斯蒂凡·茨威格。维也纳师从迪特斯多夫，后赴意大利深造，作品极多。

有那么两三个低音提琴演奏者，他们包揽了全部演奏。一个是因为有他自己的音乐会演出公司，另一位么是柏林交响乐团团员，而第三位呢是维也纳的客座教授。所以像我们这样的人是无法与他们抗衡的。比方说他们可以演奏德沃夏克[1]那美妙的五重奏或亚纳切克[2]的曲子，贝多芬的八重奏，甚至舒伯特的《鳟鱼》。您知道吗？那才是峰巅——就个人在音乐生涯发展的角度来说，一个低音提琴手梦寐以求的曲目就是舒伯特的……不过要发展到那一步还差十万八千里呢，太遥远了，我不过是一个搞合奏的乐手，确切点说，是个坐在第三排的。第一排坐的是我们的首席独奏，旁边是他的副首席；而第二排坐的是拉前奏的人和他的副手；再后

1 德沃夏克（Antonin Dvorak，1841—1904），捷克作曲家。

2 亚纳切克（Leos Janacek，1854—1928），捷克作曲家。

面就是合奏队员了。这种排列与水平并无多大的关系，都是按乐队的规矩确定的。您想想，一个乐队应该也必须是一个有严格等级划分的集体，而这种集体的形象同时也是人类社会的真实写照，我说的不是某个人类社会，而是泛指整个人类社会：

比如在我们乐团里，音乐总监高高在上，接下来是第一小提琴；再就是第一小提琴中的二号小提琴；然后是第二小提琴中的一号乐手；再排下来就是其余的第一和第二号小提琴；以及中提琴、大提琴、笛子、双簧管、单簧管、巴松管、铜管乐器——最后才轮到低音提琴。在低音提琴之后仅仅还有一个鼓，不过这只是理论上的次序，因为鼓手是单独坐的，而且所坐的位子高，人人都能看见。另外就是它的体积也要大许多。如果它一发威的话，全场到最后一排都能听得清清楚楚。然后每个人都会说：听，这是定音鼓！可是我们低音提琴拉出来就没人会说这是低音提琴声。因为低音提琴手是埋没在乐队其他乐手之中的，是与其他乐队成员坐在一起的。所以说鼓的地位实际上还是在低音提琴之上。尽管从严格意义上说只有四个音调的定音鼓根本算不上什么乐器，但它却可以单独演奏，比方说贝多芬的《第五钢琴协奏曲》的最后一个乐章就有定音鼓显身手的地方。此时大家的目光都从钢琴师身上集中到了鼓的身上。而且是在一个比较大的房子里，面对一千二百到一千五百个观众，说实话，就是整个演出旺季也没这么多人注视过我。

您不要认为，我妒忌别人。对我来说妒忌是一种陌生的感觉，因为我有自知之明。但是我有正义感，在音乐这个行当里有一些极不合理的现象。独奏者往往博得满场喝彩，今天要是不让观众鼓掌的话，他们会把这视为对他们的一种惩罚。喝彩声是冲着总指挥而来的，他起码有两次机会与管弦乐队的队长握手，有时还会出现全体乐队成员起立谢幕的情况……——而低音提琴演奏者甚至连体体面面地站起来谢幕都不可能——对不起，请原谅我用了这样的表达——低音提琴手从哪方面来说都一钱不值。

所以我说，乐队就是人类社会的一个写照。因为无论在哪，干脏活的人都逃脱不了受人鄙视的命运。乐队甚至比社会更为糟糕，因为在社会上我还抱有——这是从理论上说——幻想，希望有朝一日能通过等级制一步步往上爬，最终从金字塔的顶尖俯视下面像我这样的小爬虫……我说这希望是我本该拥有的……

说话声渐低。

……可是在乐队却毫无希望可言：那里实行的是残酷的技能等级制；可怕的一锤定音的等级制；令人生畏的天资等级制；以及不容推翻的依照自然法则和物理定律排列的声音振荡和音调的等级制，所以千万别去干管弦乐这一行！……

他苦笑。

……当然也曾经出现过所谓的变革。上一次大概是在一百五十年前，那是在座位排列上进行了改革。当时韦伯尔把铜管乐安排在弦乐器的后面。这是一场真正的革命。而低音提琴手没什么变化，我们仍然坐在后面，一如既往。从1750年，也就是通奏低音时代的结束时期起我们就坐在后面，而且这种状况还将持续下去。我不发牢骚，我是一个现实主义者，我懂得去适应，去顺从于命运。我学会了，千真万确！

他叹叹气，喝了口啤酒，又振作起来。

……我认为这是对的，作为乐队的乐手我本人是挺保守的。我推崇像秩序、纪律、等级分明和领袖原则这样一些有价值的观念。请不要错误理解我的意思，我们德国人一说到领袖就马上联想到希特勒。希特勒充其量是个瓦格纳的崇拜者，您很清楚，我对瓦格纳不感兴趣。瓦格纳作为音乐家——现在就其业务水平而言，我斗胆说，是比较差劲的。他的总谱里到处充斥着不成体统的东西。这个人除了弹一手蹩脚的钢琴外其他乐器都不会。一个职业演员在演奏门德尔松的曲子时，感觉要比演瓦格纳的要好上千倍，而舒伯特的作品就更是没法比了。门德尔松的名字已经告诉我们，他是个犹太人。的确，希特勒自己除了瓦格纳之外，对音乐根本是一窍不通，他自己也并不想成为音乐家，而是想当建筑师、画家、城市规划者等等。尽管他骄横跋扈，但他却作了许多自我批评。搞音乐的反正对纳粹比较麻木，当然，我知道，像富特文格勒[1]、理查·施特劳斯等人也是有争议的，不过这些人多是被后人骂成亲希特勒派的，因为他们原本并非货真价实的纳粹分子，从来就不是。纳粹和音乐——您可以读读富特

---

1 富特文格勒（Wilhelm Furtwängler，1886—1954），德国指挥家，作曲家。纳粹时期因出任要职曾引起非议。

文格勒的东西，这两者根本扯不到一块去，从来就是风马牛不相及！

当然，当时还是有人搞音乐的，这是明摆着的事。音乐是不会这么轻易就终止的！比如说我们的卡尔·伯姆[1]，当时就处于事业的高峰，还有卡拉扬，甚至在当时被占领的巴黎，法国人也簇拥着为他欢呼喝彩。另一方面，据我所知，在集中营里囚犯还有自己的乐队。就像后来战俘营里的俘虏们也拥有自己的乐队一样。因为音乐是有人性的，它超然于政治和当代历史之上。我想说的是，它具有普遍的人性意义，是人类灵魂与人类精神与生俱来的一大基本要素。无论在东方还是西方的哪个角落；也不管在南非还是在斯堪的那维亚；

1 卡尔·伯姆（Karl Boehm，1894—1981），奥地利著名指挥家。1964 年奥地利政府曾授予他“奥地利音乐总指挥”的称号。1970 年被荐为维也纳爱乐乐团“终身名誉指挥”。

或者是在巴西还是古拉格群岛；音乐总是与人同在。因为它本身就是超验的，您懂吗，超——验，也就是说它后于或超越于纯粹的昨日存在，超然于时间、历史、政治、贫富和生死之外。音乐是——永恒的。歌德说道：“音乐是如此的高贵，理智也无法走近它，它所产生的影响可以控制一切，没有人能够诠释它。”

这话真是说到我心坎上了。

他非常庄重地说完最后几句话，站了起来，好几次激动地在房间里踱来踱去，思考着，又回到原位。

……或许我比歌德走得更远。我觉得，随着自己年纪的增大，随着我对音乐本质的不断深入理解，我会越来越清楚地意识到：音乐是一个巨大的秘密，是一个充满玄妙的谜团。你对它知道得越多，明白得就越少。歌德至今仍然——也理所当然地——受到大家的爱戴与尊重，但严格地说，他不是一个音乐人。他首先是一个抒情诗人，也可以把他视作韵律学家，或者语言旋律学家，但不是音乐家。否则他时而发表的有关音乐家的荒诞谬论就无从解释。——不过他对神秘主义倒是研究颇深。我不知道，您是否知晓，歌德是泛神论者？想必肯定知道。那么泛神论与神秘主义有着密切的联系，从某种角度来说，它是神秘主义世界观的一种结果。这种世界观无论在道教还是在印度教里都有反映，它贯穿于整个中世纪和文艺复兴时期之中，在十八世纪的共济会运动中又重新浮出水面。众所周知，莫扎特是共济会成员，作为音乐家他在年轻的时候就投身于共济会运动，没说错吧，在我看来，他自己想必也十分清楚这一点。——对莫扎特而言，音乐最终也是一个奥秘，他当时也不知道该如何诠释世界了。——我不知道，这样说是不是对您太复杂了，因为您不具备理解此事的前提条件。而我本人多年来一直研究这个问题。有一点我可以告诉您：人们对莫扎特的评价过高——我是说在这种背景下，——作为音乐家莫扎特是大大地被抬高了。是的，他的确被人过奖了。——我知道，这话今天听起来可有点希罕，但作为一个长期琢磨这一问题并且出于职业缘故对其仔细研究的人，我可以说：与数以百计迄今已被不公平地完全遗忘了的同时代人相比，莫扎特绝对也仅仅是一个与众相同的凡夫俗子。正是因为在童年时代过早地开始展现天赋，八岁便开始作曲，所以莫扎特也自然只是昙花一现。而这罪魁祸首就是他的父亲，这简直是一件丑闻。假如我有儿子的话，我不会让他这么干。他会比莫扎特聪明十倍，因为让孩子作曲并不能说明什么，倘若您像驯猴那样训练孩子的话，那每个小孩都可以作曲，这不是什么艺术作品，而不过是一种苦役，一种对孩子的折磨。这在今天是完全有理由被禁止的，因为孩子有权要求自由，这是一方面；从另一点来讲，在莫扎特作曲的那个时代，世界上还确实没有出现过伟人巨作。像贝多芬、舒伯特、舒曼、韦伯、肖邦、瓦格纳、施特劳斯、莱翁卡瓦洛[1]、勃拉姆斯、威尔第、柴可夫斯基、巴托克[2]、斯特拉文斯基[3]……我不可能一一列举当时的事情，今天我们这样

1 莱翁卡瓦洛（Ruggiero Leoncavallo，1857—1919），意大利作曲家。

2 巴托克（Bela Bartok，1881—1945），匈牙利作曲家、钢琴家。

3 斯特拉文斯基（Igor Feodorovich Stravinsky，1882—1971），俄罗斯作曲家。

的人，更不用说像我这样的专业人员，能够而且也必须掌握的音乐中的百分之九十五那时候根本就没有，这种音乐是在莫扎特以后才出现的！对此莫扎特是一无所知！——当时唯一有点名气的人——那就是巴赫，可他却被彻底地忘却了，就因为他是新教徒，弄得我们到现在才不得不又去重新发现他。所以当时的那种情况对莫扎特来说容易多了，因为他完全没有负担，可以随便走来信手边弹边作曲——想作什么样的，就作什么样的。而当时的观众比现在的通情达理。我要生在那个年代的话也会是一个闻名遐迩的大演奏家，可莫扎特从来就没有承认过这一点，相反，倒是歌德要诚实得多。歌德总是说：他的幸运在于，在他那个时代文学还只是一张白纸。他挺有福气的，用通俗的话说就是运道好！而莫扎特却不承认这个事实。这一点我要说他的不是。我是一个毫无顾忌口无遮拦的人，这样的事就是让我生气。——不过这都是题外话了。——莫扎特为低音提琴写的曲子，除了《唐乔瓦尼》[1]的最后一幕外，其他的都不值一提，说了也白说！关于莫扎特就此打住吧。我还得喝上一口……

他站起来，行走中绊到了低音提琴，便骂了起来。

……见你的鬼，注意点！总是挡在道上，这个白痴！您能告诉我吗，像我这样一个三十五岁的男人，为什么要与一个在我的人格上、社会里、乘车时、在我与人做爱中以及在音乐方面处处妨碍我的乐器厮守

1　两幕喜歌剧，莫扎特作曲。在布拉格首演时由莫扎特亲自指挥。

在一起呢？难道说它身上已经打上了作恶的烙印？您能对我解释这一切吗？——对不起，我声音太大了，不过在这儿我怎么叫也无妨，反正没有人能听到，因为我这有隔音板。没有人听到我的吼叫……我会把它砸掉的，总有一天我会敲掉它……

他起身离开去拿啤酒。

莫扎特的《费加罗序曲》响起来了。

音乐停了，他一边给自己倒酒，一边走回原位。

……说句跟性爱有关的话：那位矮小的女歌手——真了不起！她个头不高，有着一双黑亮的眼睛。也许是个犹太人，我倒不在乎。反正她叫萨拉，她就是我梦寐以求的女人。您知道吗，我是永远都不可能爱上一个大提琴手，中提琴手也不会。尽管——从乐器的角度来看——低音提琴与中提琴在泛音演奏上的配合相得益彰——比如迪特斯多夫的交响协奏曲，长号配合也不错，或是大提琴。我们一般是和大提琴一起进行高八度的合奏。但是体现到人身上就不行了，反正我这人不行。作为一位低音提琴演奏家，我需要一位跟我完全相反的女人：无忧无虑、有音乐细胞、美貌迷人、面容姣好、珍视幸福、注重名声，而且必须有丰腴的胸脯……

我到音乐图书馆去找过，看是否有适合我们俩的东西，于是发现了两首为女高音特配低音提琴写的咏叹调，这可是两首咏叹调啊！当然又是那位没有名气的约翰·施贝格的作品喽，他是1812年去世的。此外还有巴赫的九重奏，即《康塔塔152号》，然而九重奏的班子几乎就是一支乐队的阵容啊，所以还是就选两首我们俩单独能表演的曲子吧，不过这当然不是我们相爱的基础。请允许我喝上一口。

一位女高音到底需要什么？我们就打开天窗说亮话吧！她需要一位陪练者，一位正儿八经的钢琴家，最好是一位指挥，导演也可以。甚至于一位技术总监对她来说都比低音提琴手要重要。——我猜想，她曾经与我们技术总监有瓜葛，可那人是一个纯粹的官僚，一个彻头彻尾毫无音乐细胞的行政官员，而且还是一个肥胖臃肿的好色之徒，外加同性恋。——也许她与他根本就没有那档子事，实话说吧，我也不大清楚，我倒一点不在乎这个。但另一方面，真是那样的话，我会感到遗憾。因为我是无法与一位和技术总监睡过的女士上床的，我永远不会原谅她。然而，我们还没有发展到那一步，我们能否走到一起，这还是个问题，因为她压根就还不认识我，我不相信，她本人已经注意到了我，在音乐上，肯定还没有！最多也就是在食堂里看到过我。本人的外貌还不至于像我的演奏那样糟糕。可她很少去食堂，并且常常有饭局，总有老歌唱家和客串的歌星们邀请她去那种昂贵的海鲜馆。我曾经目睹过一次，一份鳎目鱼竟要卖到五十二马克！这样的事真叫人恶心，让人倒胃口，一个年纪轻轻的女孩子去和一个五十多岁的男高音一起吃饭，我说话很坦率——那男人两个晚会就要挣三万六！您知道我挣多少钱吗？我的净收入是一千八。如果我们要灌唱片或是我到哪临时救急的话，我可以挣点外快。但一般情况下我就挣一千八，这相当于一位机关的下层职员或一位学生打工的收入，可他们这些人都学了点什么呢？他们什么也没学过。而我可是正经在音乐学院上了四年学的，师从克劳特施利克教授学习作曲，师从里德尔教授学习和声理论。上午三个小时的排练，晚上四个钟头的演出。即便是轮空，也得随时待命，十二点前我是无法上床睡觉的，而且在这空隙中还要练习，见他的鬼！要不是我这么聪明，早就把一切搞定的话，那我非得一天累上十四个小时不可！

不过倘若我愿意的话，我也可以去海鲜馆，我同样可以甩出五十二马克去买一份鳎目鱼，如果非要这么做不可的话！而且还可以连眼皮都不眨一下！您真是太不了解我了，但是我觉得那样做太恶心了！再说那些先生都是跟钱结的婚。——请注意：假如她朝我走来——不过她还不认识我呢，假如她对我说：亲爱的，咱们去吃鳎目鱼吧！那我就会答道："当然可以，我的心肝，为什么不呢，我们就来一份鳎目鱼，亲爱的，即使是八十马克一份，也是小菜一碟。"因为我是自己心上人的护花使者，我深深地爱着她，从头到脚地爱！但是，倘若她与别的男人出去的话，那我会觉得恶心，我是不能容忍的。我喜欢的女人，她是不能和其他男人去海鲜馆的！而且一晚上一晚上地泡在那里！……虽然她并不认识我，但是……但是这是她唯一可以为自己开脱的理由！如果她知道我……如果她认识了我……并不是不可能的，但……如果我们是相互认识的话，那就有她好看的了！我现在就可以告诉您，您放心好了，因为……因为……

他突然开始大声吼叫。

……我不能忍受我的太太仅仅因为是女高音有朝一日就可以去唱《女人心》[1]里的多拉贝拉、《阿依达》[2]或者《蝴蝶夫人》[3]，而我只能拉拉低音提琴而已！——她……因此……就可以下海鲜馆……这是我无法忍受的。请……原谅，对不起……我必须有所……克制，我想，要克制……您觉得，要一个女人接受我，是不是太难为她了？

他走到唱机旁，放了张唱片上去。

1 莫扎特的两幕轻歌剧，多拉贝拉是其中的一个角色。

2 四幕歌剧，威尔第作曲。

3 意大利歌剧作曲家普契尼的歌剧。

……是多拉贝拉的咏叹调……《女人心》的第二幕……

音乐声响起，他开始抽泣起来。

知道吗，听她唱歌时，人们简直不相信她能有这么好的歌喉，尽管到现在为止她演唱的只是一些小角色——如《帕西发尔》[1]中的第二个卖花女、《阿依达》中神庙里的歌女、《蝴蝶夫人》中的教母等等。但当她演唱的时候，我十分注意倾听她的歌声，告诉您，真的，我心里头沉甸甸的，这是我的真心话。可她却

1 三幕歌剧，瓦格纳作曲并亲自撰写台本。

和某位不知从哪来的歌星到某个鲜鱼馆去品尝海鲜或法国的鱼汤。而那个爱她的男人，却只能站在那隔音的房间里痴心地想她，与他作伴的只能是他手中那把奇形怪状的乐器，而这种乐器，连她唱的哪怕是任何一个音都伴奏不了！

您知道，我需要什么吗？我总是想要一位可望而不可即的女人，然而，像她这样我一点边也沾不上的女人，我又不想要。

有一次， 我硬着头皮参加《阿里阿德涅在纳克索斯》[1]的彩排，当时她唱出的是回声，不多，就几个小节。导演也仅仅有一次把她推到了前台。假如她不是死盯着音乐总监而是朝我这边看的话，那她是可以看到我

1 带序幕的独幕话剧，理查·施特劳斯作曲。

的。……当时我想，如果我做点什么来引起她的注意，比方说把提琴碰倒或是用琴弓戳到前面的大提琴上；要不就干脆故意明显地拉错——如在演《阿里阿德涅在纳克索斯》的时候，这样人们也许听得出来，因为我们只有两把低音提琴……

不过我最终还是放弃了这种想法，凡事都是说着容易做起来难。您是不知道我们音乐总监的脾气，他是那种错了一个音都会感觉受到侮辱的人。因此我想要以拉错音来与她拉上关系的想法也是十分幼稚的。……想像一下，如果您在乐队和同事们一起演奏时，突然故意地拉错……——这事我干不出来，因为无论在哪儿，我都是一个过分诚实的音乐人，我想，如果为了让她注意到你，你就故意拉错的话，那还是让她没有注意到你故意拉错为好。瞧，本人就是这样。

于是我尝试，尽我琴有所能地有意拉得很美，心里打算以此来预卜前途：假如我的演奏能吸引她，假如她朝这边看，而且是因为我的缘故朝这边看的话，那她就应该是我终身的伴侣，我永远的萨拉——但如果她根本就没朝我看一眼的话，那就意味着一切都结束了。瞧，在爱情这样的问题上是要认命的。——然而， 她根本就没有往这边看，我刚拉开架势，准备好好奏上一曲，她就已经如同导演那般地站了起来，朝后面走去。这并没有引起任何人的注意，总监没注意到，就连我旁边首席低音提琴哈芬尔先生也没发现，就连他也没有觉察到，我是如何别有用心地卖弄……

您常去听歌剧吗？设想一下吧，今天晚上，您冲着我来听歌剧，是艺术节的首场演出《莱茵的黄金》。两千多人身着晚礼服和深色的西服，扑鼻而来的是刚出浴的女人袒肩裸背上散发的气息，以及四处充溢的香水和除臭剂的味道。那黑色的丝绸晚礼服闪闪发亮，连后脖梗上的赘肉也抹上一层光泽，钻石璀璨夺目。第一排就坐的是州长和他的家眷，还有部长大员们和国际知名人士。而剧院经理与他的太太及家人、他的女友以及他请来的贵宾，全坐在经理包厢里。总监的包厢里是总监夫妇，还有总监的贵宾。大家都期待着晚会的明星——卡罗·马里奥·朱利尼[1]的登台。剧院的门被轻轻地关上了，枝形吊灯升起来了，灯光渐渐熄灭，剧场里芳香四溢，观众翘首等待着。朱利尼亮相了，掌声雷鸣。他向观众鞠了一躬。他那刚洗过的头发飞扬着，他转身朝着乐队，最后清了清嗓子，场

1　卡罗·马里奥·朱利尼（Cario Mario Giulini，1914—2005），意大利著名指挥家。

内一片寂静。他抬起手臂，目光投向第一小提琴，然后点点头，再用目光示意一下，又一次清清嗓音。

在这庄严的一刻，剧场化作了宇宙，变为开天辟地之时的瞬间。就在这众人屏息凝神、引颈企盼、而且三位莱茵女儿已经一动不动地站在幕布后准备上场的那一瞬间，从乐队的最后一排，也就是低音提琴站的位置，传来了一声发自爱心的呼喊……

他喊了起来。

……萨拉！！！

这喊声产生了轰动效应！——第二天，报纸上便会有这样的报道：我手捧鲜花，从乐团直奔萨拉家，她打开门，第一次注视着我，我就像英雄那样站在她的面前说：“我就是那个让你出丑的人，因为我爱你。”我们紧紧地拥抱，结合在一起，享受着心灵的欢愉和那极度的幸福，在这身心的快乐中，尘世在我们脚下沉沦，阿门！

我当然也尝试过，把萨拉忘掉。也许她的人格根本不够完美，也毫无性格可言，才智也比较低下，根本就无法与我这种档次的人媲美……

但是每次排练时我的耳边都回荡着她的声音，这声音真是美妙绝伦。——您知道吗，美丽的声音本身就是一种才华，我觉得，发出这声音的女人再蠢笨也无妨，这正是音乐的可怕之处！

接下来要谈的是性爱，这是一个任何人都无法躲开的问题。这么说吧，当萨拉唱歌时，我会觉得浑身激动不已，就跟做爱一样，请不要误解我的意思。——有时我会在夜间醒来，并且大叫大嚷的。我叫嚷着，因为我在梦中听到了她的歌声，上帝啊！谢天谢地，我的房间有隔音板。我大汗淋漓，随后进入了梦乡，继而又被自己的喊叫声所惊醒，就这样折腾了一整夜，先是梦见她唱歌，然后我就喊叫，接着重新入睡，睡梦中又听她唱歌，我又喊叫，再入梦乡，如此循环往复……这就是性生活。

不过有时——既然我们已经谈到了这个话题，白日里也会感到性的冲动，当然只是在想像而已。我……这听起来会很可笑……我想像着，她就站在我的面前，紧紧地贴着我，就像这把琴紧挨着我一样。我无法控制住自己，我只能将她揽入怀中，……一只手像这样……另一只手这样……就像拉琴弓一样，……摸过她的臀部……或者从相反的方向，喏，这样，由后到前，再用左手抚摩她的双乳，就仿佛是在G弦上的第三音区一样……反正是有点难以想像——用琴弓从右边由外部拉过来，向下，然后再这样，这样，这样……

他抱着那低音提琴手忙脚乱一通，然后停下来，精疲力竭地坐在椅子上给自己斟啤酒。

……我其实是个艺人，从本质上来说就是这么回事。我不是什么音乐人，而且我肯定不如您有音乐细胞。我喜欢音乐，倘若有一根弦定音不准的话，我能听得出来，也能区分出什么是全音，什么是半音。可我却演奏不好一个整段乐句，就连一个音我也拉不好。……——而她只要一张口，那传出来的任何声音都是那么美妙动听，她就是犯上千个错误，这声音也是美妙动听的！我的问题不出在低音提琴这乐器身上。难道您认为，舒伯特是用一种拉不出美妙声音的乐器开始他的《第八交响乐》的吗？您对舒伯特是怎么看的？——我反正做不到，问题是我自己不行。

从技术上来讲我什么都会拉，我受过良好的教育。至于技艺嘛，如果我愿意的话，我可以为你们拉博太西尼的每一首组曲，本人就是低音提琴的帕格尼尼，不过可以让我模仿演奏的作品不多。要是我真下功夫练的话，技术上嘛是不成问题的，只是我不练，因为没有意思，我也缺乏这么做的基础。您明白吗？因为如果缺乏内因的话，我是说，音乐的内在——这一点我是可以判断的，本人还不至于差到那一步，这点水平我还是有的——这是我与众不同的长处，我可以把握住自己，谢天谢地，我还有自知之明。既然三十五岁的我是捧着铁饭碗在国立乐团里混饭吃，那我还没傻到跟其他人一样去自吹自擂，说什么：“我是天才！一个有公务员身份的天才！一个埋没的、被终身录用、在国立乐团拉低音提琴的公务员天才……”

如果条件具备的话，我本来也是可以学小提琴的，或者学作曲，指挥什么的，可是条件不够，条件刚刚够我抱着一个自己并不喜欢的乐器嘎吱乱拉，而别人竟没有觉察到，我是在滥竽充数！我干吗要这样？——

他突然开始大嚷起来！

……为什么？为什么我就该比你们混得好呢？是啊，比你们这些当会计的、做外贸的、洗照片的！还有您，这位搞法律的！……

他激动地走到窗旁，用力打开窗子。街市上的喧嚣立即传了进来。

……或者说您跟我一样，也是属于还可以靠自己的双手干活的特权阶层！也许您就是外面那些每天八小时抡着汽锤敲碎水泥地面大军中的一员。或者说，您是与那些八小时守着垃圾桶往垃圾车上倒垃圾的人为伍，难道说这就是您的才干吗？要是有人比您倒垃圾桶倒得好的话，您会觉得有伤自尊吗？您也会像我这样，脑子里充满了理想主义并且为自己的工作可以做到无私奉献吗？我左手的指头在四根弦上都划出了血，我右手拿着马鬃毛做的弓子在琴上拉到右手发麻。我制造出一种为人们所需要的声音，只是一种声音。与你们唯一不同的是：我干活时穿的是燕尾服……

他关上了窗子。

……燕尾服嘛，是发的，我只要自己买衬衣就行了。现在我得赶快换衣服了。

对不起，我刚才又动气了，我本不愿生气。也无意伤害您。每一个人都会站好自己的岗位，尽力而为。但此人是怎么到了这个位置上，又为什么要一直干下去，并且是否……这类问题是没办法问我们的。

请原谅，有时我的想像真的十分糟糕。刚才就在萨拉浮现在我眼前时，我是把她，我梦中的夫人想像成一把低音提琴；把她想像成天使，在音乐的殿堂里高居于我之上；或者把她想像成低音提琴那种脏玩艺儿，那个用我已经角质化的手指甲和长出虱子的弓来演奏的破玩艺儿。……见鬼！这是多么肮脏的想像，它们向我袭来，令我如痴如醉。有时候，一想起来，甚至有种冲动和难以自制的感觉。我天生并不是那种好冲动的人，我天生就有克制力。只是当我想事情的时候，我才会变得冲动。每当这时，我的想像力就仿佛是添了双翼的飞马，驰骋狂奔，直到我殚思极虑。

我有一位朋友二十二年来一直研究哲学并且现在正攻博士学位。他说："思想是一件十分困难的事，它难到无法让每个人都可以去思想。"他——我的这个朋友，也无法坐在那里毫无表情地演奏锤击钢琴小夜曲，因为他不会。但每个人都相信，他能思想，他可以毫无拘束地在脑海里纵横驰骋。我的朋友说，这就是当今的一个大错误，因此才会发生那些使我们走向毁灭的灾难，大家同归于尽。

我觉得，他说得对，别的我也不多说。我现在得换衣服了。

他走过去拿衣服，在换衣服时，嘴里还继续说着话。

我——哦，对不起，我说的声音大了点，可我只要喝了啤酒，说话声总要提高一些。我作为国立乐团的团员，差不多就等于是国家公务员，而公务员是不会被解雇的。我有固定的工作时间，五周的休假。生了病还有医疗保险。每隔两年我的工资会自动上调，今后还可以享受养老金。可谓从头到脚都在保险箱里。……

您知道吗，这反而使我感到害怕，我……我……我有时都不敢出门了，尽管自己有这么多的安全系数。——其实我有许多空余时间，——但出于害怕，我情愿呆在家里，就像现在这样。该怎样给您解释呢？这是一种压抑，一种梦魇，我对这种保险怕得要命，这就像一种幽居恐惧症，一种固定职业者所特有的心理疾病——而低音提琴手恰恰属于这类人。因为拉低音提琴没法搞自由职业，哪有这种个体户呢？低音提琴手都是终身聘用的。就连我们的音乐总监都享受不到这种待遇。我们的总监签了五年的合同，如果不给他延聘的话，他就得下课，至少理论上是这样。再比如说我们的剧院经理，他的权力够大了吧，但他照样

可以被炒鱿鱼，比如他要是把亨策[1]的歌剧搬上舞台的话，准得走人。虽然不会马上走，但迟早的事。因为亨策是共产主义者，我们国立乐团不会演他的东西，除非有人暗设政治圈套……

而我却永远不会下岗。我想拉就拉，不想拉就不拉，却不必担心下课走人。您也许会说，这恰恰是我的风险，可多少年来一直如此，乐团的团员捧的都是铁饭碗，今天拿的是国家的薪水，两百年前则吃的是皇上的俸禄。不过当时至少那些帝王将相还会与世长辞，那样的话从理论上说宫廷乐队就有可能解散，可在今天就不一样了，绝不可能，无论这世界上发生什么事都不可能！哪怕是在打仗——我从年长的同事那得知，当时炸弹狂轰滥炸，

1　亨策（Hans Werner Henze, 1926—2012），德国作曲家，成长于纳粹统治时期，第二次世界大战时被征入伍，二战结束前夕从德军逃跑，长期居留国外，后回到德国，其政治倾向与当时的联邦德国政府相违背。

一切毁于一旦，城市化为瓦砾和灰烬，歌剧院成了火海，——而在地下室里，国立乐团却每天上午九点正整整齐齐地坐在那儿排练节目。真是无可奈何！当然，我可以辞职，这没问题！我可以去说，我不干了。但这样的事很少发生，没几个人这样干过。当然我可以这样干，这也是合法的。那样的话我就自由了，……可然后呢！？然后我又干什么呢？那我就只好流落街头了……

真是没辙了。

非此即彼……

他打住话头，平定了一下自己的情绪，接下的说话声如同耳语。

……而且，我就在今晚要把演出搞砸，大喊萨拉的名字，那将会是何等的风光和露脸。而且是当着州长的面，她荣誉倍增，我解甲归田。这样的事过去还从来没有发生过。发自低音提琴手的高喊，没准会引起一片惊慌，或者我会挨州长保镖的枪子儿，因为他不小心作出了一个思想短路的反应。或者他一时没留神直接打死了客座指挥，反正总会生出点事来。我的生活也将随之发生巨大的变化。这将会成为我人生中的一次重大转折。就算我这样做并没有得到萨拉，她也会因此永远记住我的。我会成为她人生历程及至她生命中的一段永恒的轶事。那样的话，这一喊还是值得的。那我也可以走人……不干了，像个剧院经理那样……

他坐下来，又喝了一大口啤酒。

也许我真的会这样干。我这就去，就这样插进去，发出那声大喊……先生们！——另一种选择就是搞室内乐，循规蹈矩，勤学苦练，任劳任怨，先混上乙级乐团的首席，再跻身小的室内乐队，接着加入八重奏的行列，灌唱片，为人诚信，处事灵活点，然后出点小名，但谦虚谨慎，绝不张扬，慢慢磨练到能拉《鳟鱼》五重奏。

像我这个年纪时，舒伯特已经过世三年了。

现在我得走了，演出七点半开始。我再给你们放一张唱片，是舒伯特的五重奏，钢琴、小提琴、中提琴、大提琴、低音提琴的A大调。这首曲子是舒伯特1819年他二十二岁时受托为施泰尔[1]的一位矿长写的……

1 施泰尔（Steyr），位于奥地利。

他把唱片放了上去。

……我现在走了，到歌剧院喊叫去了——如果我有这个胆量的话。您明天就看报上的新闻报道吧。再见！

脚步声渐渐远去，他离开了房间。门砰地一声关上了。就在这一刻音乐声响了起来，是舒伯特的《鳟鱼》，第一乐章。

Patrick Süskind

论爱与死亡

Über Liebe und Tod

[德]
帕特里克 · 聚斯金德
著

沈锡良
译

上海译文出版社

道”，这种“我不知道这是何意思”，就是让他们挥洒笔墨、奋笔疾书或弹琴吟唱的最初动力。（愤怒、悲伤、激情、金钱等完全是次要的东西。）倘非如此，那世上就不会有诗歌、小说和戏剧，而只有那些官方公告了。

谜一样的东西似乎脱离不了爱情，人们不可能完全清楚地认识这种东西，只能对它做些不够充分的解释。这自然也适用于宇宙大爆炸的话题，或者两星期后的天气会怎样的问题。然而，宇宙大爆炸理论和天气预报让诗人及其听众兴奋的程度要远低于和爱情相关的一切。因此，爱情想必包含了比那种不可思议的东西还要更为丰富的内涵。它显然被每个人理解为一件涉及他本人的最至关重要的事情，以至于在找对象

论爱与死亡

Über Liebe und Tod

[德]
帕特里克·聚斯金德
著

沈锡良
译

上海译文出版社

Über Liebe und Tod

若没有人问我，我倒还清楚，若有人问我，我想要说明，就浑然不解了。

——奥古斯丁《忏悔录》[1]

1 见古罗马神学家圣奥古斯丁（Angustinus，354—430）《忏悔录》第11卷第14节，为圣奥古斯丁对时间的论述。

圣奥古斯丁对于时间的论述，同样适用于爱情。我们对它想得越少，就越觉得它自然，可只要开始对它苦思冥想，那我们就陷入一片混沌。这种奇特的真相由这样一种事实加以证实，即从文化史伊始，人作为艺术家，以及自俄耳甫斯时代开始，人作为诗人，很少有比爱情更让他们坚持不懈研究的东西了。因为确实众所周知的是，诗人不是写他已知的东西，而是写他有所不知的，且是基于某些他们虽然不知道，却务必要知道得一清二楚的原因。这种“不知道”，这种“我不知道这是何意思”，就是让他们挥洒笔墨、奋笔疾书或弹琴吟唱的最初动力。（愤怒、悲伤、激情、金钱等完全是次要的东西。）倘非如此，那世上就不会有诗歌、小说和戏剧，而只有那些官方公告了。

谜一样的东西似乎脱离不了爱情，人们不可能完全清楚地认识这种东西，只能对它做些不够充分的解释。这自然也适用于宇宙大爆炸的话题，或者两星期后的天气会怎样的问题。然而，宇宙大爆炸理论和天气预报让诗人及其听众兴奋的程度要远低于和爱情相关的一切。因此，爱情想必包含了比那种不可思议的东西还要更为丰富的内涵。它显然被每个人理解为一件涉及他本人的最至关重要的事情，以至于在找对象

的时候，对于宇宙起源的问题，即便是天体物理学家也不大会感兴趣——遑论天气这件事了。

但同样的问题就不适用于呼吸、进食、消化和排泄了吗？小时候我就常常问自己，为什么小说中的人物就从不去上厕所呢？童话里，歌剧里也没有，戏剧、电影和造型艺术里也没有。最为重要的，偶尔最为急迫的，生活中确实最为必需的活动之一，却并没有出现在艺术中。相反，它一如既往地、不厌其详地关注爱的欲望、爱的痛苦以及爱情的所有初始和变体，正如我当时相信的那样，人们完全可以放弃爱情。为什么人类历史上从未有过一种粪便崇拜，却有对乳房、阴道以及阴茎的崇拜呢？这种想法虽然幼稚可笑，却并非完全荒谬绝伦。在柏拉图的《会饮篇》中，厄律克西马库医生认为，爱神厄洛斯的作用在肉体正确的进食与排泄和两个人心灵爱慕的方面有着同样的体现。但在不胜其烦地论述爱情本质的七个豪饮者中，厄律克西马库是最单纯的演讲者。作为自然科学家，爱神对他而言无异于一种保持和谐的基本原则，仿佛是一种将秩序带入世界的物理常数，而且是在所能想得到的一切领域，从农业到潮汐涨落，从音乐到打嗝。今天，像他这样的一个人或许会将爱情定义为酶、荷尔蒙或者氨基酸产生作用的无数现象中的一个。这一点在我们看来平淡无奇。很少令人振奋。也很少得到澄清。因为做出定义并不表示得出普遍结论，而是恰恰相反，是划清界限，是和普遍性区分开来。当我们想谈论我们至少自以为知道有着某些与众不同之处的爱情的时候，即便有人向我们解释说，他们描述的是一种普遍性的基本原则，潮汐和消化器官同样服从于这种基本原则，这对我们也很少有用。他也完全可以告诉我们，死亡是一种热力学现象，变形虫和飞马星座上的一个黑洞都和它有关——而我们依然对此一无所知。

那么真有可能，爱情也具有其物理和化学的方面，具有其机械和植物的方面——司汤达将它称为结晶作用，在其他地方则被称为狂热；在柏拉图的《斐德罗篇》中，苏格拉底说热恋是一种沉醉，一种疾病，一种疯狂。可又不是糟糕的沉醉，他补充道，而是世上所有的最棒的沉醉；而且不是有害的疾病，也不是一个人病理学意义上的幻想，而是一种受神灵启示又渴望归入神灵的躁狂，一种神圣的疯狂，它赋予在尘世中密切相连的灵魂以颤动。爱神本身虽然不是上帝，既不好也不坏，既不漂亮也不丑陋，而是一种不可抗拒的强力，人和神之间的中间人，一个把渴望灌输给缺乏的人的催促者：对美丽和善良的事物、幸福、完美的渴望——这些统统是神圣的标志，恋爱的人在恋人身上看得到这种标志的痕迹——最终甚至是不朽。爱神是那种“在美丽的事物中孕育和诞生的迫切的爱”，狄奥提玛如是说，在《会饮篇》中苏格拉底称其为最智慧的女人。而这种“孕育和诞生”，想必也有肉体和兽性的一面，但更多的还是精神的、教育的、艺术的、政治的、哲学的，简而言之，我们命名为创造性的东西，就是人对于不朽的分享，因为它超越了死亡而发生作用，而存在下去。“……在美丽的事物中”，这并非一句无足轻重的定语，“在美丽的事物中孕育和诞生”，就是在渴望那些恰恰是我们作为人所缺乏的神圣的特质。

这是一个难以尽释的论题，而其馨香在过去的两千五百年里并没有消失。从低劣伤感的流行歌曲到贝多芬的《菲德里奥》和莫扎特的《魔笛》，从低俗小说到克莱斯特[1]的《安菲特律翁》，写作和歌唱的一切都在试图表达这样的信念：爱是崇高的、神圣的、救赎的东西，而在其中被歌唱和描述的那些习语，直至今日依然具有宗教般的力量。只要它足以使之和粪便

1　Heinrich von Kleist（1770—1811），德国杰出的戏剧家和小说家，其创作风格对后世德语作家影响很深。其中篇小说《智利大地震》《O侯爵夫人》至今仍拥有众多读者。

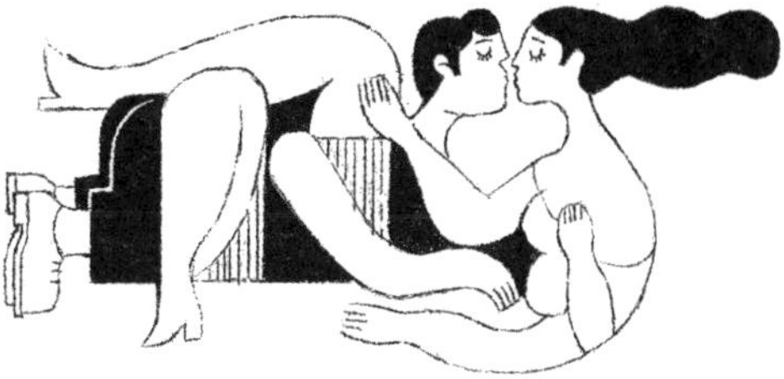

区分开来，那就行了。

三个例子

前不久，我驾车在城里的路上。在一个十字路口，众所周知，那里的绿灯时间非常短，我不得不稍等片刻。路上排着四五列车队，每隔几分钟才向前挪动几步，而我身处其中一列车队中。在我的左右首，司机们点上香烟抽起来，打开了收音机，往报纸上瞄上一眼，或者，如果是女性的话，给自己补补妆。只要稍稍遇上一些交通堵塞，人们往往会做些这样的事。

不过，排在我前面的是一辆奶咖棕色的欧宝欧米茄巨型车，看上去有点老气，行李厢盖上贴着写有傻里傻气内容的标签（“上来吧，我需要钞票”，“你是色鬼真棒”），车里的一对年轻情侣，却在以另外一种方式消磨等候时间：两人一刻不停地交头接耳，用着迷的微笑彼此凝视、说话、爱抚、亲吻和舌吻。只有片刻工夫，他们俩彼此转过身来，似是受到惊吓一般，从各自的侧窗中整了整突然变得无神的目光，好在两秒钟之后（好像好几个月未曾见过似的）他们又动作迅猛地扑到对方身上，宛若在注视奇迹那样，重新目不转睛地凝视和亲吻对方。她坐在驾驶座上，小鸟依人的那种姑娘，身材俊俏，脖颈柔软，朗声大笑时茂密而蓬松的头发颤动不止，小颗牙齿闪闪发光，一双眼睛活灵活现。他却在副驾驶座上，更多的是懒洋洋地躺着而不是坐着，右脚悬在窗外，左臂搂住她的肩膀，像个大老爷似的，是一个让人真的不想和他有任何瓜葛的家伙。一个令人厌恶的形象，每一个动作都很粗野，脖颈粗大，头发被剃光了，左耳上挂着银圈，皮肤上有丘疹，长着扁平的鼻子，嘴巴始终半张着，甚至连接吻时也不拿掉口香糖。任何一个客观的观察者都只能认为，那个可爱的小姑娘真的配得上比这个可怕的无赖更好的男人。

她本人似乎完全持有另外的看法。她仅仅稍稍中断了调情，好在接下来的绿灯期间往前挪动到红绿灯那里。然后她又将注意力完全集中到他的身上，重新开始雌鸽和雄鸽的游戏，贴近他，好跟他接吻，被他轻轻地触摸。更为糟糕的是：她握住他的右手，将他粗笨的手指一个个塞进她那一副完美无瑕的牙中啃舔，他则将他粗大的左手伸进她漂亮的棕色头发之中，肆意抚弄，想必也在按压，直至——天知道是顺从他的压力还是她自己的欲望——她的头倒了下去，从我的视野里消失了，从侧面向下投入他的怀里，她在那里继续忙碌着，而这个无赖头向后一甩，然后滑稽可笑地晃荡悬挂在窗外的那条腿做出回应，他的这只脚上穿着一只脏兮兮的体操鞋。

这时，绿灯又亮了，我后面的车开始按喇叭。终于，那个小姑娘露面了，头发蓬乱，脸上洋溢着春光，在自己的座位上坐正，而因为有人多次按喇叭，他转过身来，向我投来他那极不严肃的面孔，嘴里还咀嚼着口香糖（可我根本没有按喇叭），他的那张面孔做出了一副冷笑的怪相，然后做了个世上最猥亵的手势，而就在刚才，他的手指还在抚弄她那漂亮的头发。她踩下油门，恰恰就在交通灯转成红灯、强迫我和其余车辆停下之前，随着轮子发出刺耳的咯吱声，他们那辆车一溜烟地疾驰而去。

“丈夫和妻子或者妻子和丈夫可以触及神灵。”《魔笛》里曾有言。帕米娜和帕帕吉诺唱出了赞美爱情的颂歌。在歌剧的最后，因为有了爱神，帕米娜和她的恋人一起抵达智慧的神殿；帕帕吉诺的雄心壮志更为脚踏实地，除了从他亲爱的帕帕吉娜那里得到肉体上的愉悦之外，他还希望稍稍得到一些“陪伴的乐趣”，可他毕竟还要借由一群小孩子分享神圣的幸福和不朽。两者都既美且善，又完全符合柏拉图的理念。可又如何呢——我如此自问，当我在红灯前等待，目送从十字路口飞驰而去的那对情侣——爱神可又如何设法催促这两者在美丽的事物中孕育和诞生呢？

嗯，我思忖道，他们还年轻，乳臭未干，不到二十，因此才愚蠢到迷恋情欲。反正他就是愚不可及了。不过她这个可爱的小姑娘，也很笨，很遗憾，这样的事偶尔也会发生在可爱的小姑娘身上。根据柏拉图的理念，愚者们并不追求美丽和善良的事物以及神圣的喜悦，因为他们洋洋自得。而智者们也不追求这些东西，因为他们确实已经拥有了这一切。唯有那些身处中间的人，位居愚者和智者之间的人，也就是我和你以及所有其他的人，那些在这片拥堵中耐心地等待下一个绿灯的人，最易接受爱神之箭。而且刚才发生在奶咖棕色欧宝欧米茄车里的事，完全无关乎爱情或哪怕是和其关系最遥远的事，而是令人生厌的无谓小事。——

数日后，我受邀参加一个中产阶级家庭的盛大晚宴。每逢这样的场合，大多会有一位贵宾，人们为了他才赴约，并得以有幸和他相识，这种机会如此美好、可人，值得称赞。这一次的贵宾是一对新婚夫妇：她是一位著名的艺术赞助商，年逾七十，一头金发，身材丰腴；他年方五十出头，是一位罗马尼亚编舞师，曾经享有国际声誉的舞蹈家，头发乌黑，腰杆笔挺。人们早已在报纸的娱乐版上读到过两人的故事，带着讥讽挖苦的语调，首要提及的是她的金钱和他的职业生涯，以及她有五个前夫，他有三个前妻，他们年龄相差十七岁，等等。可谁若是有机会看到他们的真身，瞬间就会确信，在这一对非同寻常的夫妻关系中，社会或经济考量无疑不起任何作用，而爱神一定扮演着举足轻重的角色。整个晚上，他们不仅一刻不停地盯着对方，也不让对方从彼此手中挣开。他们俩仿佛两只幼猴般难舍难分，像菲勒蒙和包喀斯那样彼此永不分离[1]。他们并不和其他客人握手以示问候，因为他们

1　菲勒蒙和包喀斯是古罗马诗人奥维德著作《变形记》中的一对老夫妇。老夫妇虽一贫如洗，但天性乐观，天神因感念老夫妇盛情款待，遂指派夫妇俩看护天神神庙，他俩去世后变成了橡树和菩提树，两棵大树双干并生，并排守卫在神殿前。——参见《变形记》（古罗马奥维德著，杨周翰译，人民文学出版社2008年1月版，170—172页）

彼此握紧了双手。他们一起坐在走廊里的一张藤椅上喝开胃酒，共用一只杯子喝橙汁，然后啃着同一块撒有盐粒的棒状糕点。你不可能和他们中的一位说话，因为他们只和彼此说话，更确切地说是窃窃私语，那是一种局外人难以理解的爱情语言，其间混杂着法语、西班牙语和德语。当人们入席时，烦躁不安马上侵袭了他们，他们激动地奔到女主人那里，请求调换座位，可坐席的安排本来就是要将所有邀请的夫妇都分隔开。人们满足他们的请求，让他们俩并排坐在一起。他们将椅子靠拢得如此之近，以至于他们就像坐在一张小长凳上吃饭似的，她用右手，他用左手，因为他们各自需要另一只手，好触摸和握住彼此的手。当他们迫不得已分开一会儿工夫而不得不转向盘子的时候，他们的眼神显得很忧伤：两只分开的盘子，每个人不得不独自吃上一点儿，其实他们更愿意从一只小盘子里一起吃——如果真要吃的话，因为他们吃得非常之少。在他们看来，吃饭显然是折磨人的浪费时间和纯属多余的消遣，阻止了他俩互相注视对方的眼睛，看厌另一个人的外表。他们还没等到餐后点心上来，就请求叫来出租车，立即站起来，对着同桌就餐的客人匆匆点了点头以示笼统的问候，然后相依相偎地飘然而去，给留下来的客人一个不知所措的印象，恐怕也留给他们轻松释然的感觉。

这是真正的爱情吗？类似沉醉的东西，毋庸置疑。一种幻想，千真万确。但这是最为贵重的沉醉吗？一种受神灵启示并归入神灵的疯狂吗？要相信这一点并不容易。——

一九五〇年夏天，一位七十五岁的先生在妻子和大女儿的陪同下在苏黎世的多尔德大酒店住了三周。他已结婚四十五载，是六个孩子的父亲，也是一个举世闻名的作家。数日前他的生日庆典在此举行，其场面浩大，宾客云集，引来民众侧目。他要发表讲话，撰写文章，完成一篇出色的通讯报道，结束一部长篇小说的写作，接待客人，接受访谈。世界政治形势令他忧心忡忡，愈演愈烈的朝鲜战争，美国国内愈加艰难的现状，而他正是在美国过着流亡生活；他的太太必须经受一次并非毫无危险的手术，女儿在服用吗啡以治疗胆痛，他本人则持续受到鸡毛蒜皮的疾患折磨，从中耳炎到失眠症，简而言之：此人有着成堆的问题和苦恼，心里无疑被所有其他的事情占满了，而不是在这个年龄还想着放荡的出轨行为。

然而，一天下午他去喝茶，在酒店的花园里，为他服务的是一名年方十九的临时男招待。小伙子留着一头棕色鬈发，长着一双棕色眼睛，双手细嫩，脖颈粗大，有一张“从侧面看不值得歌颂”的脸蛋，可从正面看却赢得了他的“无限好感”。这位男孩名叫弗朗茨，出身于泰根湖畔[1]的酒店主家庭，在多德尔大酒店接受基础培训，四十年后将在纽约结束其作为负责盛大宴会领班的职业生涯。他做梦都没有料到，他的外

1 泰根湖位于德国慕尼黑以南约50公里的地方，为旅游度假胜地，被列入风景保护范围。

表、他的目光以及他带着巴伐利亚口音的“轻柔和缓”的声音给这位老作家带来了多大的震动。作家被征服了。“那就再来点儿这个吧，”他在日记里写道，“再来一次爱吧，被一个人感动，死心塌地地追求他——二十五年来它从未出现过，现在应该再一次降临在我身上。”他突然觉得自己的世界性声誉不名一文，对患病妻子的担忧退居次要地位，世界政治和朝鲜战争变得无足轻重。相反，对他而言至关重要的成了就餐时是那位意大利服务生还是弗朗茨端来了番茄汤。那是一个幸福的瞬间，如果他能和他交谈几句，如果他抽烟时后者给他递上火，或者他能偷偷塞给他五块钱小费，“因为昨天他服务体贴周到”，并为此收获了一个和颜悦色的微笑。两人之间并没有发生更多的插曲，可是从早到晚，甚至在梦里，作家的思绪都围绕这个“可人儿”打转，他也将他称为——完全按照柏拉图的意思——“兴奋剂”或“诱惑者”。他在午夜时分醒来，正如他既自豪又羞耻地记下的那样，感到自己变得“无所不能，又像是得到了释放和解脱”。他变得愈来愈烦躁不安，愈来愈心不在焉，无心工作，睡眠比平时更差，必须服用缬草滴剂，阅读阿多诺的著作“作为镇静剂”，可一切都无济于事，因为在他看来一切“浸透和蒙上了因惦念那个唤醒了我爱欲的人而悲伤的阴影：悲痛，爱情，烦躁不安的期待，随时出现的神思恍惚、丢三落四和痛苦不堪”。

其间，他的夫人已痊愈，他们一行离开了多德尔大酒店，以便在恩加丁还能休养几周。可是爱神的芒刺已经刺入内心，老人无法忘怀这位年轻的服务生。那种围绕他周身的痛苦“愈演愈烈，变成了对我的人生和我的爱情的普遍哀悼”，他在日记上如此写道，“几乎想要死去，因为我再也无法忍受对这个神圣的男孩的渴望。”他从宾馆房间的窗口好奇地打量其他年轻人，尤其是一名网球运动员，他惊叹于此人“赫耳墨斯[1]的大腿”，试图以此分散自己的注意力——可于事无补。他绝望地等待着服务生弗朗茨的一封信。他找了个借口给他写了封信，声称在职业生涯上或许可以助其一臂之力，并留下了自己的地址。当回信最终抵达时——那是一封致谢信，怀着最大的谦卑和拘谨，

1 希腊神话中的奥林匹斯十二主神之一，主要为众神的使者，也被视为商业之神、旅者之神、雄辩之神。

夹杂着“一些语法小错误”，并以一句就陈词滥调而言难以超越的话达到高潮——“您能想到我，我真是深感荣幸”。这位举世闻名的作家，位居最伟大的德语文体学家之列，被深深地感动，并为此感到幸福。这封信给他带来了“持续不断的快乐”，就像一件圣人遗物那样，他将它小心珍藏，尤其是“我真是深感荣幸……”这句话使他迷恋，数月之后，当他早已重新回到美国，依然让他感到愉悦，直至生命的尽头，他始终无法忘记这位并非刻意而且毫无疑心地给他写信的男孩。“他被收入了画廊。”他在日记上写道，他想说的是：进了他想象中的先哲祠，隐于其间的还有另外四个少年，他一生中经历的主要的爱的体验都要归功于他们，他以这样或那样的方式用他的作品为他们所有的人竖起了一座纪念碑。

这位服务生也得到了这样一座纪念碑，或者更确切地说：他成了作家遗作的艺术兴奋剂。反正直至作家临终，他成了他的性兴奋剂。一年后，老人满怀忧伤地发现，他不再有能力进行正常的手淫，他的性能力因此寿终正寝。他又一次梦见了自己的爱人，在梦里和他吻别，而在现实生活中想必他从来不敢给予这样的亲吻，也从未得到过这样的亲吻。——

以上三个爱情和热恋的例子，以相当不同的方式说明了柏拉图的分析。恐怕他肯定已经将驾驶欧宝欧米茄车的那对年轻人的行为归入动物性的范畴，它的崇拜场所充其量是青楼，却永远不可能是阿佛洛狄忒[1]神庙。在受邀参加晚宴的那对奇特的情侣身上，令人担心的或许是爱神完全堕入幻想之中不能自拔。然而，作家对这位服务生的爱情从多个角度满足了爱神是什么的标准。爱情是如痴如醉的，它在爱人的美丽中看见——并且命名——神圣的东西，它一直以来（*à la longue*）渴望成为有创造力的东西，它寻找并且找到了不朽，也就是在作家的作品里。然而，我们有种感觉：这样长此以往也确实不行。假如我们思考浮现在我们脑海里的“爱情”这个概念——虽然它一如既往的含糊不清，难以解释——会发现这里缺少的是一些本质性的东西。这与同性恋的情况无关——若是作

1　古希腊神话中的爱与美之女神，奥林匹斯十二主神之一。

家做出另外一种优先选择，弗朗茨完全可能和弗朗西丝卡[1]一样好（对老年歌德而言那个人则是乌尔丽克[2]）。不，这是爱情彻头彻尾的单边行动，完全是作家有意识的放弃，哪怕只是做一下尝试，将它变成相互之间的爱情。因为他知道得很清楚，它马上——不论这种尝试成功与否——就会被证明是鸡毛蒜皮的小事，被证明是毫无意义的虚无（弗朗茨恰恰不是阿尔西比亚德斯[3]），而且更为重要的是，对他本人和他的作品恐怕会变得毫无用处，而那是他真正并且唯一牵挂的东西。尽管老人因为在现实生活中无法实现自己的爱情

1 Franziska，Franz（弗朗茨）对应的女性名字。

2 歌德晚年经常到玛丽恩巴德旅行和疗养，因此爱上了房东太太的女儿乌尔丽克，并为此写下了晚年最著名的爱情诗篇《玛丽恩巴德悲歌》。

3 Alkibiades（公元前450—公元前404），雅典杰出的政治家、演说家和将军。

而遭受折磨，但他还是斩钉截铁地决定利用它，以自恋的方式，以升华的方式，以至于不禁让人怀疑，他这辈子之所以听命于爱神的诱惑，只是因为对这些诱惑绝望的拒绝可以鼓舞他真正的激情。我们当然绝不会苛责这样一个作家，因为我们必须将最让我们感动的东西归功于他，在涉及爱神主题的德国散文中无人能出其右。不过，正如一个人未必最能从一个魔术师那里学到如何捕获一只小白兔一样，尽管他懂得将它展示到极致，一个人也同样不必非得从诗人和服务生的故事里才能学到爱情是什么。

然而，我们也可以从他们身上看出来另外一个例子，恰如可以从其他两个例子中看出来一样：那份恰如其分的愚蠢会在热恋和爱情中显现出来。就这点而言，我推荐阅读自己写的时间间隔二三十年的情书。面对一堆有据可查的杂乱的愚蠢、高傲、自大以及盲目，一丝羞涩掠过一个人的心田：内容平淡无奇，风格令人尴尬。令人难以理解的是，一个区区庸常之流却曾经有能力觉察、想起并写下这一类的胡说八道。当然，一个友好的人也可能称它为幼稚可笑、令人同情甚至是动人的。不过，要说人因为爱而暂时变得愚笨，倒似乎更为合适。众所周知，和热恋中的人在一起时，开展理性讨论是不可能的，完全不可能对他所爱的对象进行讨论。最善意的警告、不容反驳的论据、明显真实的意见，对一个大大的“但是”都起不到作用：“但是我爱她（他）！”或者更为糟糕的是，它们被视为受到妒忌鼓舞的敌视行为，并将受到相应的报复。因此，多年的友情和久经考验的关系毁于一旦并不鲜见。恋爱中的人觉得无所谓。他准备舍弃一切，除了崇拜心爱的女人之外，他周遭的一切也必须尽可能屈从于她们。对一个看着恋人的恋爱者的目光投去一瞥就足以发觉：这种目光很空洞，正如人们有理由说的那样，他是沉溺其中了。凡是曾经存在他身上的幽默、智慧、警觉、好奇以及谨慎，统统不见了。依然保留着的——就像一个相信自己看得到神灵的被神化者的目光——是彻头彻尾的愚蠢表情。顺便说一句，这种因爱变傻的现象，绝不仅限于具有性色彩的那种。我们同样常常从父母对缺乏教养的孩子盲目的爱中，从修女对远在天堂里的上帝的心灵之爱中找到这一点——更别谈臣民对祖国或者对敬爱的元首的顶礼膜拜之爱。和付出这种爱相伴随的，始终是失去理智、自暴自弃以及由此产生的未成年状态。这个结果在毫无危险的情况下是可笑的，在最恶劣的情况下则是世界政治的灾难。

假如爱是相互的，我们这里姑且谈论的是一对热恋中的情侣，尽管对于更亲近的周边环境和更遥远的外部世界而言，引出的结果并不充满危险，因为这对恋人的关系本身远没有受到影响，但从人性和伦理的角度看却完全是令人痛惜的。也就是说，相爱中的情侣往往容易陷入集体孤独症（参见一起晚餐时的那对情侣）或者集体狂妄自大症（参见汽车里的那对年轻情侣）。在这两种情况中，世界失去了他们，仿佛他们在对彼此的沉思和知足中忘记了周围的一切，仿佛他们在兴高采烈地享受无与伦比的成双成对中蔑视着这个世界，将其他没有被爱神神圣的疯狂感动到的人仅仅视为傻瓜，可以对他们满怀鄙视地指指点点。

所有这一切奇怪而混乱，因为爱被视为人所能给予而且也是可能遇见的最妙不可言的东西，因为据说爱可以使人成为最伟大和最高贵的人。这一疑难问题如何破解？使我们变得愚昧无知并且可能变得野蛮粗野的东西，如何可以被视为和被称为最高的幸福？爱终究只是一种病，而且不是最美丽却是最可怕的病吗？或者它是毒药，而其剂量则决定它起到的效果是深受裨益还是引发一场灾难？救命，苏格拉底，救命！

苏格拉底说，人的灵魂并非统一的整体，它被划

分成三部分，他将它比之为一辆马车，我们可以将它想象成一辆古战车，由两匹马和一名车夫组成。在一条路上驾驭这样的车辆本身就是一项绝技。可是，正如心灵的车辆那样，假若唯有一匹马天性高贵，聪明好学，百依百顺，而另外一匹马却愚笨、放肆而又难以管教，那么它就成了一场鲁莽至极的冒险活动。假如现在更有爱神涉足其间，也就是说由这三部分组成的灵魂开始去爱并且看到了恋人，那么这辆失衡的马车将完全处于失控状态。这匹劣马就像一个蛮汉一样横冲直撞，得用鞭子抽打，用武力控制住它才行，持续不断地，一如既往地，直至它的腹部感到疼痛，它的嘴巴鲜血淋漓，终于甘愿受辱地顺从马夫的意志，然后也和那匹乖巧的驽马一样，胆怯而谦逊地亲近爱的人。一旦爱人对这个被诱惑和被俘虏者萌生怜悯之心，便会任凭触摸和亲吻，最后一同跌倒在马厩里。直到这时，苏格拉底说道，而柏拉图如此写道："在它们共同的马厩里，情人灵魂中的那匹放纵不羁的劣马对马夫说话了，说是自己下了多么大的功夫，强烈要求让它小小地享受一下。"

此外，根据柏拉图的说法，灵魂是不朽的。而且是任何一种灵魂。即便遇到车夫懦弱不堪，而劣迹斑斑的害群之马占据上风的情况，其灵魂也同样不朽。爱神自然不会给它飞翔的翅膀，正如同样不会给那些自信可以放弃爱神的其他灵魂。为了忏悔一千年，他们死后统统来到阴间的土牢里。可对于其他灵魂——我们认为这样的灵魂并不会很多——拥有这种灵魂的车夫足以强大和谨慎到不会对这匹劣马放任自流，他们仍然没有避开爱，而是在寻找它，正视它。爱神让灵魂在死后长出翅膀，它们可以振翅高飞，在光明中飞行，向诸神居住的那个星球渐渐靠近。——

一个绝妙的比喻。可这样一个比喻，完全出乎意料的是，它也将我们从爱的主题带到了死亡的主题。

死亡是一个主题吗？难道死亡不是地地道道的非主题吗？论及爱情有多生机勃勃，谈及死亡就有多死气沉沉。它让我们说不出话来。不错，以前，在美好的旧时代和远古时代，我们听说这应该是另外一码事了，它显得更健谈、更和气，属于社会，属于家庭，人们没有回避和它的约定，尽管不是好朋友，可还是相对熟悉。这在最近两百年里发生了翻天覆地的变化。死亡变得沉默寡言了，它要求沉默，我们乐意讨它欢心而保持沉默，是的，我们让它沉默到死。而且并非是由于我们对它一无所知——不言而喻，这是免开金口的最无足轻重的理由——不，之所以如此，只是因为死亡是永远的否定者，是令人败兴者，是真正的悲观论者，而时至今日我们再也不想和这种人打交道。

可是，这又如何可能，这个令人不快的蒙昧主义者竟然和这个恐怕是疯了的，更确切地说却是倾心于快乐和欲望的爱神相结合，而且不仅是作为对立者——否则至少从逻辑上还能理解——而是作为同伴？同样，这又如何可能，对这种结合提出的倡议不是由死神塔纳托斯（这个笨人太过懒惰和自负），而是由爱神自己，这个据说位居任何创造性冲动之首的“诱惑者”和“兴奋剂”发起的？

在奥斯卡·王尔德的作品中，美女公主莎乐美爱上了一位笃信宗教的狂热分子，他因为胆小如鼠，连看她一眼都不敢，却足以盲目和勇敢到哪怕以死作赌注，也定要拒绝她；她因此诱使他人砍下了他的头颅，她幸福地亲吻他滴血的嘴唇，并且让我们知道，爱情的神秘要更甚于死亡的神秘。“那么，谁是莎乐美呢？”人们或许会提出反对意见，“一个十二岁或者十四岁的娇纵的小孩，她对爱情懂得很少，对死亡则全然不知。”然而，我们提及的这位老作家，他深谙此两者之道，又是聪明绝顶之人，却是如此亲近爱情和死亡，不仅在他的作品中，在他的生活中也如是。在深陷热恋之中时，他提及——我们已经引述过这句话——自己“几乎想要死去”。“好自为之吧，可爱的人儿……！”他在日记中写道，“我还想活些时候，还想做点什么之后死去。你也会在自己未来的道路上成熟起来，然后突然老去。哦，不可思议的人生啊，在爱情中才得到赞许的回答。”可它不仅仅发生了，正如此处一样，在告别的瞬间，在放弃的瞬间，在失恋痛苦的瞬间，死神和爱神结伴而行，而且也正如司汤达所说的那样——尽管其个性狂热而混乱，人们也必须承认他是这方面的专家——因为爱情，人们往往对死亡变得漠不关心。“真正的爱情，”他如是写道，“往往轻而易举地而且毫无惧意地勾起死亡的念头；它成了

对比的简单对象，成了人们必须为为数众多的事物而付出的代价。”

人们懂得这一点。人们懂得这两种行为：那种寻找死亡作为唯一可能摆脱不堪忍受的失恋痛苦的行为，以及另一种绅士般的行为，它容忍死亡是在谋求色欲目标时的必不可少的风险，尤其是在刀剑和手枪轻松出鞘的时空里。我们不希望将这两种行为视为榜样和值得仿效的，我们将前者和后者均视为一种极其令人遗憾的情欲推动力的突变，这要归因于他们狂热的性格，那种真正病态的性格，不过正如之前所说的那样，我们可以理解这一类的事情，我们可以设身处地地体谅那些因为失恋的烦恼去自杀或者为了爱情的缘故去死的人。倘非如此，我们何以在阅读《少年维特的烦恼》《安娜·卡列尼娜》《包法利夫人》或者《艾菲·布里斯特》[1]时被感动呢？然而，一旦爱神热情洋溢地拥抱死神，仿佛要和他融为一体，也就是说，如果爱情想要找到其最崇高和最高贵的特征，果真想要在死亡中找到其满足，那就会导致我们受到感应的理解力终止，我们的兴趣衰减，并让位于十足的憎恶。

这种不幸的私通开始了——正如我们从菲利浦·阿利埃斯[2]的《死亡的历史》中学到的那样——早在十六世纪初期，在造型艺术中，中世纪阴郁而禁欲

1 《艾菲·布里斯特》为19世纪德国杰出的批判现实主义作家冯塔纳（Theodor Fontane，1819—1898）的晚年名著。其代表作还有《迷茫与混乱》《施蒂娜》等。

2 Philippe Ariès（1914—1984），法国中世纪史、社会史名家，以对儿童史、家庭史和死亡观念史的研究享誉于世。

的死亡舞蹈（*danse macabre*）首次转化成淫荡的色情舞蹈（*danse èrotique*）。后来，这种现象显现出死亡恐怖的特征，之后——还在萨德[1]之前——显现出施虐的特征，并蔓延至文学领域。人们杜撰了被绞死者阴茎勃起的神话，那纯粹是无稽之谈；法语将极乐死亡（*petite mort*）塑造成性欲高潮的同义词，第一眼看或许独特而可爱（而且恐怕原本就有讥讽意味），可第二眼就显得绝对不合时宜。而最后，到了那个促使许多东西成熟至腐烂的十九世纪，死亡之爱和爱之死亡在心醉神迷方面达到了高潮：诺瓦利斯[2]的《夜颂》无

1 Marquis de Sade（1740—1814），其最出名的著作为《索多玛的一百二十天》，由于他的作品中有大量性虐待情节，他被认为是变态文学的创始者，施虐症一词（Sadism）即出自萨德的名字。

2 Novalis（1772—1801），德国浪漫主义诗人，抒情诗代表作有《夜颂》《圣歌》等，长篇小说有《海因里希·冯·奥弗特丁根》。

异于献给死神的轰轰烈烈的情诗，而在浪漫主义时代的另一端，波德莱尔的《恶之花》则兼具现实主义风格和巴洛克风格，散发出浓烈的性病的尸臭。阿纳托尔·法朗士[1]曾对其评价道："他的身上散发出如性药香水的腐尸味。"

尽管在最后的几封信中，克莱斯特已明确暴露其自杀倾向，但他身上又充溢着人生的快乐和性欲的亢奋。他寻找一个愿意和他一起共赴黄泉之路的女人长达数月之久。终于，他找到了一个病弱抑郁又足够蠢笨的女人，这个女人欢欣鼓舞地参与到他的自杀游戏之中，这是一名小官吏的妻子——人们可能

---

1 Anatole France（1844—1924），法国小说家，1921年诺贝尔文学奖得主。

难以想象，这样的一种生活是多么平庸、阴郁、冰冷，还错以为自己笃信宗教，才会让她期望从自杀中获得其存在的高潮！她给他写下了意醉情迷的小纸条，他给她写下了情书，其情深意切的德语恐无人出其右。每当早晨和夜晚，他就跪下，感谢上帝给了他一个人曾经经历过的“最为痛苦的生活”，因为“他用最美妙和最欢乐的死亡给予我报偿”。在计划自杀一周前，他给迄今一直是他情人的表妹写了一封类似致歉的信，他请求她的谅解，因为他现在找到了另一个他更爱的女人，也就是那个小官吏的妻子：“假若我告诉你，我未曾把这个女友同你混淆，而她除了和我一起生活以外别无他求，这能安慰到你吗？”可万分遗憾的是，这位表妹确实多次拒绝了他提出的一起寻死的倡议，而另外一位“崇拜他的女友”二话不说就答应了，“我不能告诉你，何种难以形容的无法抗拒的力量”吸引他“投向她的怀抱”。一种从未感觉到的幸福的漩涡向他席卷而来，“我无法向你否认，”他以此结束道，“我更喜欢她的坟墓胜过世上所有皇后的温床。”他没有忘记补充一句简短的问候，说祝愿“可爱的女友”，也就是那位表妹，上帝马上也会把她召唤到“那个更美好的世界，我们所有的人，和爱的天使一起，把彼此紧紧搂在怀里。——再见”！

歌德说克莱斯特——顺便说一句，他并没有低估他的天才——始终充满着“战栗和憎恶”。有人指责歌德的评论。“不错，否则还有什么？”有人附和并且补充道，“憎恶”一词最初的意思确实不包含任何贬低的成分，而是指本能地退缩和远离自己的天性——一个易于理解的行为，尤其是，在无法排除的情况下，自己的天性并不完全接受战栗和憎恶。毋庸讳言，和克莱斯特的自杀相比，维特的自杀属于另外一个范畴。维特自杀，正如他所说的，为情人“牺牲自我”，因为他无法和她共度人生——至少他相信这一点。克莱斯特则相反，终其一生都被自杀、被共同自杀迷住了，这种行为被视为最伟大的亲密和彼此间的忠诚的表现。最后他身体力行了，因为正如人们今天的行话所说的那样，他期待从自杀中获得终极的情欲的刺激。不过维特写给绿蒂的（虚构的）绝命书和克莱斯特写给表妹和姐姐的最后几封信之间仍然有着相似性，那些信当然不完全是通告，而是最高水准的诗文。正如在其完美的计划和策划之下的整个行动一样，在其书面的记录和估算的公众影响之下的这种有点可怕的构想，确实——容我如此说吧——可被称为克莱斯特的杰作。

维特毕竟承认，他心里的“愤怒在四处出击”，如果不自杀，就要去谋杀绿蒂的丈夫阿尔贝特或者甚至是绿蒂本人，因为“我们三人中有一个人必须离开”。然而他并没有实施和她一起寻死的建议。但他怀着那种众所周知的意识死去：由于他的死亡，她永远成了他的人；只是他先她而去，他在另外一个世界等待她的到来。然后，他在给她的信中如此写道：“我要飞到你面前，抓住你，面对永远的上帝，在永恒的拥抱里待在你身边。”由此走向克莱斯特式自杀式性欲的间距并不遥远。

上了年纪的歌德不喜欢被人提醒回想起诸如此类的事情。尽管《少年维特的烦恼》曾经为其声誉奠定基础，但他宣布有关此书的事情已经了结，表示那些耽于幻想、步维特后尘的年轻狂热者是傻瓜，是天性懦弱者，他们当真只配愚蠢地死去。因此，如克莱斯特这种和懦弱者风马牛不相及的一个人，会使他六神无主，也就不奇怪了；而且令人生疑的是，他马上不再仅仅对这个家伙本人，而且也对其全部作品断然否定，将它们视为毫无教养的胡闹，因为他的心里过去并且始终藏着诱惑，克莱斯特听任其摆布，还最终毫无顾忌地献身其中，这对他来说一点也不陌生。

多年以后——克莱斯特早已躺在九泉之下——歌德创作了自己最为著名的诗歌之一，一七一七年他将这首题为《尽善尽美》的诗歌发表在一本女士袖珍书中，后又将它更名为《幸福的渴望》并收录在《西东合集》里。五段四行诗，交叉押韵，一开始的两行向我们简明扼要地指出，这首诗歌并没有想到普通民众，而是仅仅想到了少数智者——之后又马上以沉闷的鼓点切入正题：

我想赞美这样的生灵，
它渴望在火焰中死去。

他使一幅画变成了隐喻，这幅画令他终身神往，这幅飞蛾的画作，它受着光明的强烈吸引，却坠入了死亡。然后将这一隐喻置于一幅舒适温馨的黑色油画中，画面强烈地暗示着色欲——

在爱情之夜的凉爽里，
它创造你，你也在创造，
陌生的感触向你袭来，
当无声的蜡烛点亮。

你不再被裹挟在
幽暗的阴影里，
而渴望重新撕扯你
去实施更崇高的交融。

路途遥远也难挡前进的脚步，

你翩然飞来，似着魔一般。

而贪恋光明的飞蛾，

你终于被火焰吞噬。

——这都是为了在最后那段诗歌里发表宏论，尽管作者一开始有过警告，但这段诗颇受民众喜爱，连名言录中都能找得到。

只要你还不明白

这种生死因缘，

那你只是一个忧郁的过客，

在这黑暗的尘世里。

歌德在发表某些诗作时特别克制，宁愿像私人珍宝一样藏之于抽屉内，只在想要读给选定的人时才拿出来。令人匪夷所思的是，刚才引述的诗歌可以出现在毕德迈尔风格[1]的女士日历上，某些威尼斯十四行诗、罗马悲歌、《日记》以及类似的与情欲相关的作品却不得不藏匿在抽屉里，因为它们在这方面的表现是最极端的，而且它们的作者在这方面不亚于被他痛斥为残暴的克莱斯特。毫无疑问的是，就在克莱斯特义无反顾地走在陡峭的单行道上，歌德却是为了表面上的平静，仿佛是通往可解释性的逃生通道那样，容许它们披上虔诚、变形、认识论的外衣；而在克莱斯特

1 毕德迈尔风格，指1815—1848年间德国的一种文化艺术流派，大多被贴上“平庸”“保守”的标签。

欢天喜地、欣喜若狂或者歇斯底里的地方，歌德则是用铿锵有力的隽永语言和老年人淡泊明智的姿态麻醉我们，以便分散克莱斯特们孜孜以求的可怕魅力：对死亡产生的性的渴望。——

理查德·瓦格纳很少被提及。在歌剧《特里斯坦与伊索尔德》中，悦耳动听的音乐，歌词或者情节都不能用来掩饰那令人毛骨悚然的门不当户不对的婚姻。黯淡的色彩早在序曲的第一小节中就已显露端倪。在第一幕中，递上的那杯毒酒被证明是迷情酒；在第二幕中，爱情之夜变成了为“怀着渴望的爱情之死”而准备的庄严时刻，但并非像在歌德的诗中所说的“陌生的感触向你袭来，当无声的蜡烛点亮”那样静悄悄地进行，而是欢呼雀跃地、兴高采烈地、得意洋洋地——完全是克莱斯特式的，即便正如适合一部歌剧的那样，以简明原始的语言为载体。而在最后一幕中，则是事关全局的关键：就在伊索尔德热烈盼望着回到特里斯坦身边，想要给他治病并和他一起生活的时刻，特里斯坦一把撕下伤口上的膏药，踉踉跄跄地面对她，血流如注后死在了她的怀抱里。只是就这点而言稍稍刺激到她了，因为他并没有真正遵守他们的死亡约定，而是太早地离她而去，于是“她愈来愈激动地将目光紧盯着特里斯坦的尸体”，上演了音乐史上最长的高潮(约七分半钟)，最后才倒在他的怀里心碎而死。

一八一一年十一月二十一日，在波茨坦附近小万湖湖岸边的一座小山上，克莱斯特别无他念，只求速死。她走了“五十步”——这是附近一家客栈的一名女招待接受警方询问时的笔录——听到第一声枪响后她又走了五十步，还思忖道：“这些陌生的家伙！竟然用开枪寻开心！”结果又听到响起了第二枪。间隔肯定少于一分钟。他需要这个时间，以确信他的女同伴——人们羞于写明这位女同伴就是他的情人——已经死亡，子弹从左胸下面穿过肋骨之间直接射中了她的心脏，他或许还要安置她一番（她仰卧着，心满意足地微笑着），他要扔掉那把已经开过的手枪，再拿起另一把新手枪（为了安全起见，他随身携带了三把手枪），然后在女人的两脚之间跪下，又从那里对准自己的嘴巴开枪自尽。——

有人为了自己爱情的缘故不接受死亡，这些故事以俄耳甫斯为起始。有一些人，作为生者敢于向阴曹地府瞄上一眼或者走近一步，但他们谁也不会像俄耳甫斯那样走进黄泉之下，只为让逝去的爱人重返人间。除了这一不够成功完美的精彩表演之外，俄耳甫斯的声名也有赖于其他大量的光辉成就和业绩。他是抒情歌曲——词曲艺术的始祖，他的歌声美到极致，不仅使人，也使动物、植物，乃至了无生命的自然界与自然力醉心和平静。他独自凭借艺术的力量，至少暂时给这个反复无常、野蛮残酷的世界带来文明，使之变得礼仪有加，令人愉快。他被视为婚姻的创始者，奇怪的是他也被视为男同性恋的发起者以及魔法的发明者。对他的狂热崇拜从色雷斯传至整个希腊世界，后来又传至整个罗马世界，成了一种名副其实的宗教。直至古希腊罗马时代结束，甚至一直到中世纪早期，俄耳甫斯的声名威震四方，连基督教的早期传道者也完全别无选择，只能利用他的盛名，把对他的崇拜的一部分（就类似对善良的牧羊人的崇拜）记在耶稣的名下，并纳入他们自己的宗教之中——然而同时也强调指出，对俄耳甫斯的崇拜是一种原始的偶像崇拜，耶稣在任何方面均超越了俄耳甫斯，包括作为歌者，他的歌永远赶走了妖魔鬼怪和其他的半神半鬼，驯服了最为野蛮的动物，也就是他带向天堂去的人类本身。此外他不仅向死亡发出挑战，还真的征服了死亡，不仅是他本人，也代表整个人类——他并没有为此做什么——更别提那些随之因他重获生命的死者了，而且和俄耳甫斯不同，他获得了成功。不过请允许我们说句话，无论成功与否，《圣经》中记载的拿撒勒人耶稣让三个死人复活的事迹，在我们看来，无论从大胆程度，还是从诗意的或者神话的力量方面来看，都无法与色雷斯的俄耳甫斯那项可歌可泣的失败行动相匹敌。拉撒路事件可用作范例和证明，耶稣让死人复活的业绩在这一记叙中被描述得最为详尽，也最为出名。情况如下：

有两个女人，耶稣和她们是朋友，她们派人去请他，说是她们的弟弟拉撒路卧床不起，希望耶稣过去给他治病。耶稣做什么了？他起先没有过去。他说："这病不至于死，乃是为神的荣耀，叫神的儿子因此得荣耀。"当面对一件意外发生而又是令人不快的事时，他采取的态度（为了公平起见我们要说明：这都是根据《圣经·新约·约翰福音》[1]）和任何一个近现代的政治领袖无异：他条件反射似地试图转化这件事，使其对自己有利，并借机大肆自我炒作。至于有一个人病倒了，遭受病痛的折磨，这个无关紧要。而重要得多的则是，如何大张旗鼓地救治病人，要尽可能引发公众效应，并以此提升自己的声誉，增强自己的活动能力。耶稣以堪称残忍的极端方式做成了这事。他直等到拉撒路去世，才向他的门徒解释说，他很高兴没有在此之前到他那里去，而且正如他所说："好叫你们相信。"他这才优哉游哉地和他的追随者一起前往拉撒路的村里，到达时已迟了四日。那两个名叫马利亚和马

1　有关拉撒路事件，详见《圣经·新约·约翰福音》第11章。本段中的引文皆出自此章。

大的妇人当然很失望。“你若早在这里，”她们说，“我兄弟必不死。”耶稣将她们的这番话理解为对君王的亵渎，大为恼火，当着聚集在一起的哀悼者的面对她们大加训斥，说她们本不该嚎啕大哭，满怀抱怨，而是要相信他，相信他作为神的儿子是无所不能的。然后他吩咐带他到坟墓去，而在前往坟墓的路上他还不忘记做了一件触动人心的事，也就是说，耶稣当着众人的面流了眼泪，此举马上在他们那里获得了期待中的成功。“你看他爱这人是何等恳切！”人群在低声耳语。耶稣来到坟墓前，坟墓是一个洞穴，被一块石头挡着，耶稣吩咐道：“你们把石头挪开！”姐妹中有一人提出异议道，还是别挪动了吧，这人已经死了四天了，必是发臭了。耶稣对她的质疑置之不理，说她还是闭上嘴巴相信为好，他又对她训斥了一番。——抱歉，这段话引述得不够准确，这位弥赛亚救世主表达的语气稍稍做了些调整：“我不是对你说过，你若信，就必看见神的荣耀吗？”他如是说。于是他们就把石头挪开了。决定性的时刻来临了。人群屏住呼吸。只见他们先是盯着那黑魆魆的洞穴看，然后满怀期待地将目光转向耶稣，又见门徒和敌人（也有一些在场）竖起耳朵细听，然后抽出石笔，好不漏掉大师的每一句话，好记录下任何一个细节——《约翰福音》中的叙述读起来仿佛是一篇事后补写的新闻报道，让人们有种参加我们当代某个媒体轰动事件的印象，只不过少了那些电视摄像机的参与。

接下来才是耶稣的特写镜头：在开始行动之前，

他先创造了一个戏剧性的高潮——运用制造悬念的法则再一次提升了紧张气氛，同时预告他的信息，然后以几近肆无忌惮的坦率暴露了此项宣传炒作之事的目的。他将上帝称为自己的父亲，举目望天道："父啊，我感谢你，因为你已经听我！我也知道你常听我。但我说这话，是为周围站着的众人，叫他们信是你差了我来。"说完他才朝那个洞穴望了一眼，然后大声呼叫道："拉撒路出来！"[1]

于是这个可怜的家伙，手脚裹着布，脸上包着手巾，身体上散发着浓烈的腐臭味，摇摇晃晃地从坟墓里走到了明亮刺眼的光线下，站到了正目瞪口呆地盯

1 《圣经·新约·约翰福音》第11章第41—43节。

着他看的人群之中。“解开，”耶稣不动声色地说，“叫他走！”

正如预料之中的，这一行动取得了巨大成功。在场的绝大多数犹太人自发地加入到了耶稣的一方，其他人蜂拥而出，好将他的荣光传遍全国，还有一些则是直接上祭司长那里告他状去了。于是，出于深思熟虑的政治原因，他们决定要让他靠边站，然后杀死他，这个漫游的传教士极具煽动性，他成为他们的眼中钉已经很久。于是，拉撒路的死而复生，立即导致了拿撒勒人耶稣空前绝后的成功史上的谢幕剧：他曾预言过自己要被钉在十字架上死去，也是他故意为之，是自导自演，他那种宣传性的推力是没有任何东西阻挡得了的。——

俄耳甫斯死时的惨状同样不堪形容。从冥府回来，并且在第二次最终失去心爱的人之后，他陷入了深度抑郁之中，放弃了享乐的人生，也就是放弃了对女人的爱恋，然后，正如维吉尔[1]提及的那样，“孤独地徘徊在北方草原雪地中间，处在永远的白霜之中，悲叹欧律狄克的命运”。这更激起了色雷斯女人的愤怒，她们都是些纵情而贪婪的女人，也希望得到满足，于是最后用石头砸死了拒绝她们的年轻歌手，将他的尸首分离，卸掉他的四肢，将他的脑袋钉上他的古琴一起扔进最近的河里，顺流远去时仍在那里继续哀叹：“再喊一声‘欧律狄克’吧，用那口齿不清、结结巴巴的语

1 Publius Vergilius Maro（公元前70—公元前19），古罗马伟大的史诗诗人。作品有《牧歌》《农事诗》《埃涅阿斯纪》等。

言，/呼唤声渐渐消逝：‘哦，可怜的欧律狄克！’——在四周/‘欧律狄克’的呼喊声依然在波涛阵阵的河岸边回荡着。”

俄耳甫斯不是以一句程式化的“成了！[1]”（这句话彰显的是最终完成了一项拯救世界的伟大计划），而是用对唯一的爱人简简单单、满怀悲鸣的一句呼喊了结了生命。生命也以同样的悲鸣开始。耶稣被预言为救世主诞生，其一生都只是救世主，而俄耳甫斯作为哀悼者走进神话，并且载入史册。他失去了被毒蛇咬死的年轻妻子。丧妻之痛，使他做出了很可能让我们感到疯狂却恰恰也是完全可以理解的事情：他希望爱人

1　据《圣经·新约·约翰福音》第19章记载，耶稣被钉在十字架上之后所说的最后一句话即为“成了！”，是向世人宣告上帝的救赎大功告成了。他被钉在十字架上不是失败，乃是得胜，胜过了罪恶、魔鬼和死亡。

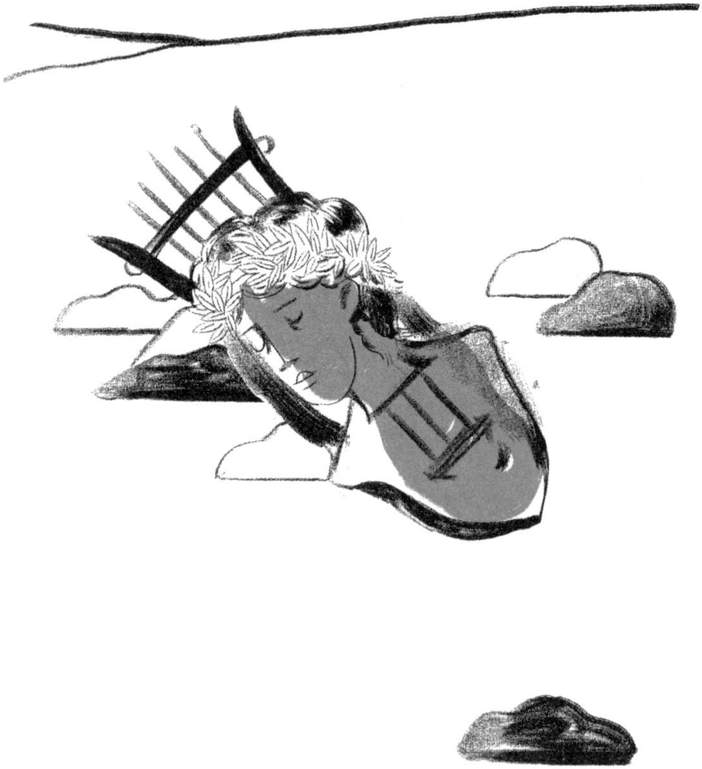

死而复生。并非是他对死亡的力量和宣判死亡的最终决定权本身产生怀疑，对他而言更微不足道的则是为了全人类而受托征服死亡或者追求永生。不，他只想要回一个人，他心爱的欧律狄克，而且也不是要她永生，而只是拥有一个人正常的寿命，他就可以和她一起在尘世享受幸福的生活。正因为如此，俄耳甫斯走进冥府，绝不能解释成是一种自杀式行为——他不是维特，不是克莱斯特，更不是特里斯坦——而是一种尽管冒险却是完全面向生命的行动，确实是一种绝望地为生命而斗争的行为——顺便说一句，这是被柏拉图在《会饮篇》中加以谴责的东西：斐德罗嘲笑俄耳甫斯这个“软弱无能的游吟诗人”，他缺乏为爱自杀的勇气，他更喜欢作为生者闯入冥府。仿佛这是一场儿戏而已！因为，和耶稣不同的是，俄耳甫斯在其闻所未闻的冒险行动中无法指望诸神的帮助，尽管——正如某些人说的那样——作为阿波罗的儿子，他和奥林匹斯山之间无疑有着良好的联系。相反，他侵入冥府，从而故意违反了神圣的秩序。和他的拿撒勒人继任者一样，他也并没有从一开始就将这一行动大肆宣扬，并没有宣布要做这件事，身边并没有被门徒和百姓包围，好由此引发大众的高度关注，而是孤身独行，完全依靠自己，仅仅用他的拨弦琴、他的声音以及他满怀悲鸣的歌曲。不过他的琴声和歌声——恐怕他也知道这一点——美丽迷人，如此令人心碎，连冥府的那条看门狗都趴下了，船夫卡戎忘记了自己的神圣职责，复仇女神们都静默无声，坦塔罗斯不再感觉到自己的痛苦，西西弗斯可以将自己的活儿稍稍搁一搁，侧耳细听外面的动静，就连冥府中那一对阴沉的统治者——珀尔塞福涅和哈迪斯目睹这一位闯入者唱着歌走到他们的御座跟前时，也并非不带着某种怜悯之心。

而此刻，他做了点事——至少奥维德[1]是这么告诉我们的——我们承认这一点让他在我们的眼里显得特别值得同情：他并不提出要求，他并不坚持自己的权利，他也并没有大喊大叫："出来吧，欧律狄克！"他并不希望通过自己做的事来证明什么。他始终谦逊而明智。他提出请求并且据理力争。他在和他们谈判。

他说道，他绝不是想通过擅自闯入冥界和请求交

1 Publius Ovidius Naso（公元前43—公元17/18），古罗马诗人。与贺拉斯、维吉尔同为古罗马文学史上古典时代三大杰出诗人。代表作《变形记》《爱的艺术》《爱情三论》。

还欧律狄克，来对统治者无限控制死者灵魂的权力产生怀疑，“你们的手里永远掌控着生死大权”——这一点毫无争议，自然也适用于欧律狄克。只是就她的情况而言，恰恰是——由于一场厄运，一次不幸的命运的安排，负责尘世的官僚主义发生的一个错误——她的生命太过早逝，可怜的姑娘正值青春盛放，却香消玉殒。她反正早晚要踏上黄泉之路，正如俄耳甫斯本人一样，也和所有其他会死的人一样。若是他请求重新开始生命，并因此可以将他的爱人召回到尘世间，那么不必将它理解为对所有物的放弃，而是可以理解为在规定期限内借用的礼物。过了若干年或者过了数十年之后，被借用的物品将明确归还给合法的所有者。此外——他很看重这一点——他并非出于私心、恶意或者好奇才下到冥府，而不过是为爱情的缘故。而爱情恰恰是任何一个俗世之人都无法摆脱的一种力量，他真的相信爱情的光芒甚至有时可以深入到冥界最幽深昏暗处。难道不是爱情的力量，让尊敬的统治者奔向彼此吗？难道不是——倘若确如人们耳闻的那样——哈迪斯在年轻的时候，受强烈的爱情驱使，和他的诸神同行们一起无视这个或那个的协议，将珀尔塞福涅占为己有，亲自将她从鲜花盛开的草地绑架至下界的阴间吗？这一对统治者可能回想起了自己的青春岁月，回想起了自己的爱情，然后因为爱情的缘故给予宽大处理，把欧律狄克交还给他，若非如此，俄耳甫斯本人也不想从那里重新回到人间，而情愿待在死者们这里。

这一切都是在吟唱中说出的。

应该承认，俄耳甫斯的言语以令人舒心的方式有别于拿撒勒人耶稣粗鲁的命令口吻。耶稣是一个狂热的传教士，他的目的不在于说服他人，而是要求无条件地服从他。他发表的意见里充斥着命令、威胁以及那一再反复出现的不容争辩的“我实实在在地告诉你们”。那些不寄望于爱一个人，而是要爱人类并且要拯救人类的人在任何时代都是这么说的。可俄耳甫斯只爱这一个人，而且他也只想拯救她：欧律狄克。因此，他的语气更可亲，更友好，他在为自己辩解——他想要的是赢得好感和讨人喜欢。你瞧：他的讲话有了成效。掌控冥界的统治者将他的爱人还给了他——不过是在尽人皆知的条件下，即在他走向尘世的路上时，虽然她跟在他后面走，但他不能回头看她，哪怕一次也不行。

可他犯了一个错误。（拿撒勒人从不犯错。而即便在他犯下显而易见的错误的时候——类似他把一名叛徒请到了自己的队伍里——这个错误也是经过他深思熟虑的，成了救世计划的一部分。）可俄耳甫斯是一个没有超人计划和能力的人，也是一个任何时候都会犯下大错和干出可怕的傻事的那种人——这让我们又一次对他产生怜悯之心。他为自己的成功暗自狂喜——谁会为此责怪他呢？他不是取得了在他之前谁也没有取得的成功吗？让爱人死而复生。几乎。那么了不起。因为在他前面的那段路，正如他相信的那样，没有任何危险。冥府里的看门狗，或者复仇女神厄里倪厄斯，谁也没有潜伏在那里，而且他，更确切地说，他和跟在他身后的人，他们在这冥府游历，带着至高无上的许可证。那里还会发生什么事呢？不，他成功了，胜利很完美。他想。于是他满怀幸福地重新开始了歌唱，当然这一次不是哀歌，而是欢庆生命的颂歌，献给爱情，献给欧律狄克。他为自己美妙动听的歌声所陶醉，于是低估了他的行动依然存在着的危险，也许他真的无法再看到它了——因为这种危险来自他自己。

俄耳甫斯是——必须想到这一点——一位艺术家，而且和所有艺术家一样，并非没有虚荣自负的一面，或者我们可以说，并非没有对自己的艺术的自豪感。而且和许多艺术家，尤其是表演艺术家一样，他依靠的是关注他、聆听他、为他喝彩，或者至少对他做出反应的观众，依靠的是可以根据其行为举止来衡量自己歌曲魅力的观众。当他下落至冥界时，那种影响力是显而易见的。正如奥维德描述的那样，因为激动，“那些苍白的灵魂在哭泣”，而且不仅是已经提及的那些上位者，也有无以数计的无名死尸。所有聆听他歌声的人，都对他崇拜得五体投地——想必有数百万者之多吧。可现在，重新踏上了崎岖难行的路段，离死者太过遥远，与生者也靠得不够近，谁也不会再细听他的话了。除了走在他后面的那个女人。而她不吭一声。究竟为何不吭一声呢？难道有人也禁止她发声了吗？她就不能叫嚷一声“太棒了”或者“多美呀”？难道她就不能至少因为快乐和兴奋而鼓掌吗？她究竟还在不在那里？难道她在中途失联了吗？或者莫非她从未跟在他后面吗？也许有人……在他继续歌唱的时候，他想到过这一点，想到过这个可怕的想法，因为他当然是一个高度敏感的人，就是说，是一个完全正常的人——也许有人从一开始就欺骗了他，只是为了要摆脱他，因为否则就无法摆脱他，而他的爱人其实从未站在他身后？难道不回头看这个幼稚可笑的条件，这个毫无意义的命令只是为了让他注意不到这种欺骗，或者只是在时间太晚以至于无法扭转时，才被免除吗？他却轻信上当了，然后像一名傻瓜一样兴高采烈地歌唱着，孤身一人穿越荒无人烟的不毛之地……！他还一直歌唱着，唱得比以往任何时候都要更高亢，出于愤怒和愈来愈强烈的绝望，想要被某个未知的人倾听：欧律狄克，欧律狄克……！

没有哪个歌剧演员可以长时间地忍受背对观众歌唱——即便导演翻来覆去地运用三寸不烂之舌或者采用威胁手段明确无误地要求他这么去做。他无能为力。这有违他的天性。他的全部艺术和存在的理由（*raison d' être*）就在于把自己的灵魂展示给外界，因此他必须表现自己，他必须心无旁骛，好看到自己的灵魂得以展现出来。在某一时刻，他要去做这件事，不管不顾任何禁令。

尽管受到不许回头和或许从一开始就受到欺骗的双重折磨，可俄耳甫斯坚持的时间长得惊人。维吉尔写道，当他失去自控的时候，他已经离光明不远了，也就是说他已经走到了尘世的安全地带。很可能他根本不再指望她站在他后面。只要欺骗一下诸神，他完全可以活下来；只要心里藏着愤怒和报复的念头，他完全可以逃生。可此刻，因为他转过身来，令他感到讶异的是，对，令他感到惊惧的是，她真真切切地站在那里，不到两步路的距离，可仍在界线的对岸，于是他因为自己的过错失去了她。正如他看到她时一样，她看到他时同样感到害怕，也感到无尽的忧伤，可她没有指责他的意思。她轻轻地发出一句几乎听不见的"再见"，然后永远跌入九泉之下。——

俄耳甫斯的故事直至今日依然打动我们，因为这是一个铩羽而归的故事。这一试图将爱情和死亡这两种人类存在中谜一样的力量彼此和解，并且促使这两者中更蛮横的力量至少做出一次小小的妥协的妙不可言的尝试终究失败了。另一方面，耶稣直面死亡时的故事，从开始到痛苦的结束却总是大获成功的。只有两次他显示出了自己身而为人的弱点：一次在客西马尼，当他短暂怀疑自己的使命时（“这杯若不能离开我？[1]”），还有一次是在十字架上直言不讳地说出了令人震颤的遗言，完全出人意料，和其救世计划绝不相称：“我的神，我的神！为什么离弃我？[2]”不过这声绝望的叫喊只在《圣经·新约》前两部福音书中得到证实。在后面记载的《路加福音》和《约翰福音》中，恐怕被视为政治不正确吧，这句话不再出现，并且以一句充满自信的话替代：“父啊，我将我的灵魂交在你

1 参见《圣经·新约·马太福音》第26章第39节：“……我父啊，倘若可行，求你叫这杯离开我……”或者第42节：“……我父啊，这杯若不能离开我，必要我喝，就愿你的意旨成全。”

2 参见《圣经·新约·马太福音》第27章第46节或《圣经·新约·马可福音》第15章第34节。

手里！[1]”或者以那句业已提到过的话替代："成了！"

那么爱情呢？我们谈及的那个渴求感官满足的急切的爱神呢？真是白费力气。爱神并没有出现在耶稣那里。魔鬼在诱惑他时就知道这一点。随意（*à volonté*）提供服务的漂亮女仆或者男妓，都不能引诱这个闷闷不乐的年轻木匠。权力是唯一让他感兴趣的东西。于是魔鬼给他提供了征服世上所有王国的权力，只要他愿意对他俯首称臣，愿意对他顶礼膜拜——可正如我们知道的，这一切都是徒劳无益，因为虽然耶稣绝不想要放弃权力，却寄希望于更强大的另外一方以赢得它。

---

1 参见《圣经·新约·路加福音》第23章第46节或《圣经·新约·约翰福音》第19章第30节。

这种斤斤计较的、（几乎）始终镇定自若的、从未落入如痴如醉的爱神之手的特质赋予拿撒勒人耶稣本人以无情的冷酷、疏远以及超人的感觉。可或许我们确实对他苛求太多了。或许他恰恰真的只是一个神而已。

俄耳甫斯和我们更亲近。不管是他的兴奋若狂和后来的古怪脾气，还是他的直截了当的勇气、他的文明举止和那完全出自本能的世故和机智，尽管他失败了，可恰恰是因为他的失败，完全毋庸置疑，俄耳甫斯是一个更为完整的人。

代序｜
一段并不轻松的童年回忆

童年，总是和天真烂漫、无忧无虑等美丽动听的词句联系在一起，有关童年的回忆自然也往往充满了孩提时代那色彩斑斓、童趣盎然的画面，使人心潮激荡，让人浮想联翩。然而，德国著名畅销书作家帕特里克·聚斯金德在小说《夏先生的故事》里展示的一段主人公的童年回忆，却让那富有诗情画意、略带怀旧伤感的字里行间多了一份作者对人生世界深沉的思考和独特的理解。

二十世纪八十年代中期以一部《香水》一下香遍了全球并流芳至今的聚斯金德，在1991年推出了《夏先生的故事》这本小书，当时距其上一部作品《鸽子》的发表已经过去了四年。沉寂了如此长时间的他，一反其以往奇幻怪异的创作方式，以第一人称的叙述手法，向人们娓娓动听地讲述了一个情节简单、内容平凡而且年代并不久远的当代童话。书中的“我”是一个住在农村的毛头少年，粗泛读来，使人觉得仿佛他是作品的主角，一切故事情节均围绕其遭遇展开。“我”从小就爱爬树，喜欢在树上学习、嬉戏，几乎到了以树为友、以树为家的地步，因为树上超尘拔俗，远离世间的喧嚣和人生的烦恼，让人神清气爽，身心舒畅。就连决定“告别人世”的地点时，他也毫不犹豫地选择了与自己的生活密不可分的参天大树。此外，朦胧的初恋，学车的故事，练琴的经历，纯真无邪的心理，喜怒哀乐的童趣，通过作者生动形象的描写，跃然纸上，表现得淋漓尽致。

倘若没有夏先生的出现，这本书会成为一篇追思儿时往事的精致小品。而恰恰因为有了这位容易被人忽视却又的确叫“我”终生难忘的“怪客”，使人感受到这部作品思想内涵的分量，领悟到作者的匠心所在。夏先生同“我”的几次不期而遇，恰似一条红线贯穿全书，给作品的主题定下了基调。虽然作者对这个“幽闭恐怖症”的患者未作浓墨重彩的描绘，但寥寥数笔点睛的刻画，则把一个性格古怪、行为离奇的“独行者”栩栩如生地展现在读者眼前：冬天，他身披一件又长又宽且特别僵硬的黑色大氅，脚蹬一双胶皮靴，光头上扣着个红色的带穗线帽；而夏天——一年四季中夏天对夏先生来说是最长的季节，也许正因为如此，作者特意给他安了一个“夏”的姓名——夏先生则戴一顶缠着黑布带的扁草帽，穿一件酱色的衬衫和一条相同颜色的短裤。有两件东西是和他春夏秋冬形影不离的，其一是拐杖，其二是背囊。对夏先生的身世，作者没作详细的交代；而对其外貌的描写也仅限于“短裤下和登山靴上光裸着的一节爬满青筋的白腿”以及一双“睁得贼大且呈惊恐状的眼睛”。书中的夏先生由于“患病”，不得不满世界乱跑，不知疲倦地奔波，既无明确的目的，也没特别的需求。最后，如同当初不知从哪里冒出来一样，他又莫名其妙地消失得无影无踪。

《夏先生的故事》一书，没有曲折复杂的情节，更无紧张刺激的悬念，甚至可以说它根本就不是一个有头有尾的完整故事，而只像一段借孩童之口平铺直叙地道来的回忆。然而，悉心研读此书后人们便会发现，作者正是在这清淡如水的叙述中倾注了自己内心深处的某种强烈的追求与渴望。擅写奇人怪事，惯于荒诞构思的聚斯金德，这次将奇崛、深情的笔触落在了夏先生“不停奔走”这一反常的行为上。尽管小说中的时代背景已被淡化，但人们隐约可以判断出，故事应该发生在德国“经济奇迹”之后的黄金岁月，当时经济景况空前繁荣，物质生活日益优裕，一切似乎已发展到了尽善尽美的程度。可是这种功利社会也给人们的精神和心理上带来了极大的压力和负担，使人深陷其中，难以自拔。作者借“我”之口，直言不讳地抱怨道：“总是必须做什么，应该做什么，要是不怎么，那就会怎么……没完没了的期求、要求、务求：去做这事！去干那事！别忘了那事！这事你解决了吗？你去过那儿了吗？你为什么现在才来？……无穷无尽的压力、困扰……这些表述极为典型地暴露出现代人内心的烦恼和痛苦。于是，作者便作了这样的设计，让夏先生在一个到处是苛求和束缚的世界里，只能通过长年累月从不间断的户外奔走来求得自己的生存。他在奔走中逃避这人间的烦恼，远离这尘世的纷扰嘈杂；他在奔走中追寻并享受自己的一分自由，获得与世无争的安宁；他在奔走中拒绝时尚的诱惑，对抗功利社会的种种制约。正是对这种独特的生存方式，聚斯金德寄予了发自内心的深切同情和真诚期望。因此，即使在夏先生最终告别人世走向湖心时，作者仍让他昂首挺胸，视死如归。

从聚斯金德的几部作品中不难看出，作者对孤独寂寞的人生持有一种推崇赞赏的态度，无论是《低音提琴》中的不得志的艺术家，还是《鸽子》里的神经有些错乱的银行看守，或者与时代格格不入的夏先生，所有这些角色都不愿与世俗为伍，宁可做与时尚潮流忤逆而行的"圈外人"（Aussenseiter），在自己与众不同的狭小的空间里得到自由与安宁。尤其在《夏先生的故事》一书里，人们可以发现许多聚斯金德本人经历的影子：书中描绘的湖光山色显然就是作者出生地——德国巴伐利亚施塔恩贝格湖地区的景致，聚斯金德在那里度过了自己的学童时代，而且还正儿八经地学过钢琴。功成名就后，虽说他仅靠《香水》一书就拥有了上千万马克的收入，可自己却选择了一处偏僻的村落，常年隐居在陋室小屋之中。每当新作出版问世时，聚斯金德便提前溜之大吉，消失得无影无踪，以躲避媒体的喧哗炒作。而借夏先生之口发出的“求你们闭闭嘴，别再打搅我行不行！”的呼喊，实际上也正是聚斯金德发自肺腑的心声。所以，从某种意义上说，夏先生的所作所为也就是作者本人理想和憧憬的真实反映。

在当代德语文坛上，聚斯金德文学创作的产量虽不高，作品的篇幅亦不大，但其深邃的思想含义，耐人寻味的故事情节，隽永的寓意和精湛的文笔，却给人留下了极为深刻的印象。《夏先生的故事》出版时，德国人将其归为严肃文学作品，而法国人则把它当作少年儿童读物。那么中国读者又将如何接受这本小书呢？——或许见仁见智吧。

——译者

夏先生的故事

DIE GESCHICHTE VON HERRN SOMMER

1

那是很久很久以前的事了，都已经过去好多年，好几十年。那时候，我还是个喜欢爬树的孩子，个头一米挂零，脚穿二十八码的鞋，体重轻得简直可以飞起来——嘿，这可不是吹牛，我那时真的能飞起来，或者说起码几乎能飞起来吧，说得更准确点，当时我要是真的打定主意而且动真格地去试试的话，那要想飞起来的确也就是我自个儿可以做主的事了。因为我

至今还清清楚楚记得，自己曾经有一回就差那么一丝就飞起来了。那是在秋天，当时我刚上一年级。在放学回家的路上，突然刮起了一阵大风，风力大得连我不用张开双臂就能像高台跳雪运动员一样迎风斜立着，甚至比他们还斜，却不会栽倒。于是，我便逆风而跑，越过草地，从位于村外小山岗上的学校一直往下飞奔。我只是略微用脚点点地面并张开两只胳膊，风就把我抬了起来，我可以毫不费力地一蹦两到三米高，一步跨十到十二米远，当然，也许没这么远，没这么高，可这又有何妨呢！反正我差不多是飞起来了，而且当时我只需把外套的扣子解开，用手抓住两侧的衣襟，就如同伸开了一对翅膀，那样的话风会全力把我吹到空中，我就可以轻盈地从学校的山岗上朝下飘过山谷洼地来到森林上空，然后又越过森林飞向我家附近的

那座湖，我的壮举将会引起父亲、母亲、哥哥、姐姐的万分惊奇，他们都太老、太重，飞不起来了。然后我在家院的上空来一个漂亮转弯，以便掠过湖面，直飞到差不多快到对岸时再缓缓地随风飘回，到家时还来得及赶上吃中饭。

可是我没有解开外套的扣子，也没有真的腾空而起，这并不是因为我害怕飞起来，而是因为我不知道自己怎样、在哪儿和究竟是不是还能再落到地面上来。我家门前的台阶太硬，院子又太小，湖水则太凉。上天是不成问题的，可要再着陆就难了。

上树跟这也是同一个道理：往上爬可以说是没问题的，你盯着眼前的树枝，在攀援登踩前先用手抓住试试，看看它结不结实。可下树时你就什么也看不见了，在找到一个牢靠的下脚处之前，只能拿脚在下面

的枝桠丛里一阵瞎捅。而这落脚点恰恰又经常不牢靠，要么朽烂疏松，要么潮湿打滑，其结果往往不是一脚踩滑人朝下溜就是树枝断裂人往下掉。如果你这时没用两手抓紧树枝的话，那就会完全按照意大利科学家伽利略四百年前发现并至今仍然有效的自由落体定律，像块石头一样直落地面。

我最惨的一次坠树事件就发生在这第一学年。那是从一棵银枞四点五米高的地方掉下来，其过程与伽利略第一落体定律吻合得分毫不差。该定律指出，物体坠落的距离等于重力加速度乘以时间平方再除以 2（s = 1/2g · t2），根据这一公式计算的结果是通过该距离所需的精确时间为 0.957 826 2 秒。这可是一段极其短的时间，短得比从 21 数到 22 还快，不瞒您说甚至比好好地数一个 21 还短！事情发生得太快，搞得我既没能张开双臂，也没有解开衣服当降落伞用。说实话，就连我拥有会飞的本事因而原本不必掉下去的救命念头都没来得及想起，因为在这 0.957 826 2 秒里我已无法再作任何思考。当时，我根本还没弄明白自己是从树上摔下来了，就已经按照伽利略的第二落体定律：速度 = 重力加速度 × 时间（$v = g \cdot t$），以每小时超过三十三公里的速度咚的一声躺在树下的地面上了。这一下摔得之重，以致我的后脑勺竟碰断了一根胳膊粗的枝干。造成这一效果的力量被称之为重力。它不仅把世界从最内核处凝聚在一起，而且还具有一种用野蛮的暴力将一切不论是大还是小的东西吸向自己的复杂特性。只有我们呆在母亲的肚子里或潜入水下游泳时，似乎才能摆脱它的束缚。连同这些最基础的知识，我脑袋还从这一事件中得到了一个大包。这个包几周后消退了，然而随着时间的推移，我总觉得随便什么时候只要天气一变，起包的那个地方就会有种特别的痒痒和跳动，尤其是在快要下雪的情况下。而在差不多四十年后的今天，后脑勺成了我十分灵验的晴雨表。我甚至可以比天气预报还准确地判断出，明天是下雨还是下雪，是艳阳高照还是风雨压顶。同时我还相信，我新近得的某种头脑昏乱和神思恍惚就是那次银枞树上栽下来的后遗症。比方说我现在越来越难做到讲话不离题，越来越不会简洁明了地表达某种思想。假如我要讲述一段类似今天要说的这个故事，那就得像上刀山下火海般地强迫自己小心谨慎别丢了话头，否则的话我就会离题万里，到末了连自己是从什么地方开始说的都搞不清楚了。

那么现在言归正传，也就是说在我还爬树的时代，——不瞒你说，我爬得次数多、技术好，而且也并非老从树上掉下来！——就连那种下面寸枝不生、周身光秃秃的树干也不在话下。我甚至可以从一棵树爬到另一棵树上，在树上修建嘹望台，造了数不清的树屋，其中还有一座很像样的位于森林中央，离地十米高，有顶有窗还有地毯垫底。呵，说来你也许不信，我童年时代的大部分光阴就是在树上度过的：我吃在树上，读在树上，写在树上，睡在树上，在树上学英语单词和拉丁语的不规则动词，也学数学公式和诸如前面提到过的伽利略落体定律的物理规则，总而言之把一切事情都安排在树上，包括口头和笔头的家庭作业。最开心的莫过于从树上往下撒尿了，那射出的尿液在空中划出一道高高的弧形，穿过浓密的阔叶、针叶稀里哗啦地纷然落下。

树上很安静，没有人来打扰我，妈妈那讨厌的呼唤和哥哥颐指气使的命令都传不上来，唯有清风拂过，树叶低语，树干轻柔的晃动声……而从树上放眼四望则令人心旷神怡：我的目光不仅可以越过自己的家院，还越过别人的家院，甚至越过那座湖泊和湖泊后面的平原，一直延伸到远处的山峦。当傍晚夕阳西下，站在地上的人早已看不见那沉入山后的一轮残阳时，我却还能在自己的树顶上欣赏它的余辉，那种感觉简直就像是在空中飞翔，虽然也许没那么刺激、没那么潇洒，但至少也是一种可以取而代之的享受吧。更何况本人的年龄越来越大，身高已一米十八，体重亦达二十三公斤，对飞行来说我已明显的超重了。即便是来上一场货真价实的风暴，我解开上衣并大敞开衣襟也无济于事。不过我想，至于上树么，那是可以活到老爬到老的。就是到了一百二十岁，我已成了一个耳聋眼花、手抖腿颤的糟老头子，仍然还可以像个老猴子似的高坐在那榆树、榉树和枞树的顶端，让微风轻摇，放眼大地，将湖泊和山后的景色尽收眼底……

天晓得我怎么会在这儿大谈什么飞翔啦、爬树啦的鬼事！唠叨什么伽利略的落体定律和让我神志紊乱的后脑勺晴雨表效应！而我本来要讲的完全是另外一码事，只要能这么说的话，那应该是一个关于夏先生的故事，因为其实也没什么正儿八经的故事可言，而只是有这么个怪人，他的人生之路——或者说得更准确点应该是他的漫游之路，有几次竟与我不期而遇。不过我最好还是从头说起吧。

在我还爬树的时候，我们村里有个——或者确切点说不是在我们下湖村，而是在邻近的上湖村，不过

这也无法分得那么清楚，因为上湖、下湖以及其它村子之间并没有严格的界限，村与村都是沿湖相连，无明显的首尾之分，恰似一条由花园、房舍、场院和小船库组成的细链……也就是说在这一地区离我们家不到两公里的地方有那么个叫“夏[1]先生”的人。谁也不知道夏先生叫夏什么，是彼得还是保罗，是海因里希还是弗兰茨-克萨维尔。也许应该称呼他夏博士或者夏教授或者夏教授兼博士。总之，人们只知道他叫“夏先生”。也没有人知道夏先生那时是否有份工作，究竟有没有过工作或者曾经一度有过工作。人们只晓得夏太太有工作，是个做布娃娃的。日复一日，她天天坐在油漆匠施坦格迈尔宅第里那半截嵌入地下的家中，

1　原文为 Sommer，意即：夏天。

用羊毛、布料和锯木屑制作小孩玩的布娃娃，并每周一次把产品打成一个大邮包送到邮局寄出去。在离开邮局回家的路上，夏太太要挨个光顾杂货店、面包房、肉铺和菜摊，然后拎着四个塞得满满当当的购物袋回到家中，在此后的一星期里，她便足不出户，闭门造车。谁也不清楚夏家两口子是从哪儿来的。反正他们不知道什么时候就这么来了，女的坐车，男的走路，打那以后这地方就有了他们。夫妇俩没儿没女，无亲无眷，也从未有过客人造访。

虽然大家对夏家夫妇俩尤其是对夏先生几乎可以说是一无所知，但人们却有充分的理由宣称，夏先生是当时全县最最出名的人。沿湖方圆至少六十公里以内，无论男女老少甚至包括狗在内，没有谁不认识他的。这是因为夏先生长年累月总是四处奔波。他从早到晚没完没了地在当地东奔西走，一年到头没有哪天歇过脚。任凭风霜雨雪，也不管是烈日当头还是飓风将至，夏先生都是人在旅途。据凌晨四点下湖收网的渔民们说，他常常是太阳还没出山就离家，直到深夜月上中天才归屋，在这当中他已不知跋涉了多少征程。花一个白天的工夫绕湖一圈，大概有四十公里的路吧，可对夏先生来说根本不在话下。每天两到三次往返城里，一去一来二十公里，在他看来不过是小菜一碟！早晨七点半，当我们这些孩子迷迷糊糊地去上学时，会碰到早已上路好几小时的夏先生神清气爽地迎面走来；中午我们饥疲交集地放学回家时，夏先生又步履矫健地从我们背后超过。如果当天晚上我在临睡前朝窗外瞟一眼，很可能会看见夏先生那瘦削的身影从下面的湖滨大道上掠过。

夏先生是很容易认得出的，即便在老远的地方人们也不会把他的形象弄错。冬天，他身披一件又长又宽且特别僵硬的黑色大氅，每走一步都像一个硕大荚壳裹着他的躯体在晃荡，脚蹬一双胶皮靴，光头上扣着顶红色的带穗线帽。而夏天呢，夏先生的夏季从三月初开始并一直延续到十月底才结束，这是他一年当中最最长的季节，在此期间他戴一顶缠着黑布带的扁草帽，穿一件酱色的衬衫和一条相同颜色的短裤，短裤下和那双粗笨的登山靴上则很可笑地暴露出一段坚韧的长腿，那上面除了肌腱就只剩下曲扭成结的脉管了。三月份里，这双腿白得刺眼，腿上的青筋恰似一张纹路清晰、支岔密布的墨蓝色河道网；不过仅仅几星期之后，这腿就变成了蜂蜜色；到了七月它呈现出和衬衫、裤子一样的酱糖色光泽；而在秋天，经日晒风吹和各种气候的磨砺，这腿又染上一层深棕色，使得那曲张的静脉、肌腱和肌肉束都浑然一体，看上去有如一棵掉光了皮的老赤松那瘦骨嶙峋的枝干。最后到了冬天，夏先生的腿终于得以藏进他长长的黑色大氅和长裤里，从人们的视野中彻底消失，直到来年开春才又亮出它原先的苍白。

有两件东西是夏先生无论冬夏都不离身的，没有谁见过他不带它们出过门。一件是他的拐杖，另一件是他的背囊。这拐杖绝非普通散步用的木头杆，而是一根很长且弯曲的核桃木棍，竖起来它比夏先生的肩膀还高，从某种意义上可以说是主人的第三条腿，不借助这根拐杖夏先生休想达到如此之快的运动速度，也决不可能取得这样超出一个正常人远距离步行记录数倍的成绩。每走两步夏先生就用右手把拐杖朝前一

甩，然后用其顶住地面，随之使出全力将身体撑向前方。鉴于这推力实际上发自通过拐杖传导到地面的右侧的臂力，所以夏先生的两腿看上去不过是跟着超前滑动，就好像有些船夫用那长长的篙撑着一叶扁舟从水面上荡过。而那背囊则总是空的，或者说差不多是空的，因为据人们所知，那里面除了夏先生的黄油面包和一件以防途中风云不测的长及臀部而且连帽的折叠胶皮雨披外，基本上就别无它物。

不过夏先生的漫游走向何方？这种没完没了的长途跋涉目的又何在？他一日之内十二、十四、十六小时不停地在当地穿梭来往到底为的是什么？这一切就不得而知了。

战争刚结束，夏家两口子就在村里落了户，那时候夏先生的东奔西走还没有引起任何人的特别注意，

因为大家都是身背行囊地满世界转悠。当时没有汽油、没有轿车，每天只开一班公共汽车，也没什么可以取暖，没什么能够果腹。要想在哪儿弄到一点鸡蛋、面粉、土豆或一公斤煤饼，或者搞到几张信纸、两片刮胡子刀片，人们常常得在外面跑上好几个钟头，然后再把好不容易搞到的东西车拖背扛地弄回家去。不过仅仅过了几年，村里就又什么东西都能买到了。煤的供应恢复了，公共汽车每天也增开到五班。又过了些年后，肉铺的掌柜拥有了自己的汽车，接着买车的是村长和牙科大夫，油漆匠施坦格迈尔也骑上了摩托车，他儿子则弄了辆轻骑，而且公共汽车一天总还有三个班次，所以，没有谁要进城办事和更换新护照时还会想到花四个钟头的时间走路去，除了夏先生之外真是别无他人。只有他一如既往地脚踏实地。夏先生经常一大早就背上背囊，拿上拐杖，急匆匆地上了路。他跨田野，越草地，奔走于大街小巷，穿过森林，绕湖而行，往返城乡，走村串镇……直到深夜方归。

令人奇怪的是，夏先生从来就不办什么事。他离家时不拿什么东西走，回家时也不带什么东西来，背囊里只有面包和雨披。他从不去邮局，也不上县政府，这一切由他老婆承担了。而且他也不串门，从不在哪儿作任何停留。每次进城时，他从不中途拐进什么地方吃点东西或者至少喝上一杯。可不是吗？夏先生累了从不坐下来歇口气，而是立即原地向后转，要么打道回府，要么奔向别的什么地方。每当有人问“您从哪儿来，夏先生？”或者“您上哪儿去？”他总是不耐烦地摇摇头，就好像鼻子上叮了只苍蝇，然后自言自语地嘟嘟囔囔，以至于别人要么根本听不清，要么听

得个只言片语，诸如：“……眼下着急现在赶去学校山……过湖快四周……今还得马上进城无论如何……很急很正巧眼下没时间……”而且别人还没来得及问“干什么事？请再说一遍？去什么地方？”夏先生就忙不迭地挥动拐杖，三步并作两步地溜之大吉了。

只有那么一次我从夏先生嘴里听到过一个完整的句子，这句话说得清清楚楚，不容误解，至今仍回响在我耳际，难以忘怀。那是七月底的一个星期天下午，一场可怕的暴风雨刚刚过去。天开始放晴，而且艳阳高照，万里无云。中午时分天热得出奇，弄得人老想一个劲地喝加柠檬的冰茶才过瘾。跟往常星期天一样，父亲带我去看赛马，他每个星期日都要去看。不过倒不是为了赌博，而纯属个人爱好，这一点我倒要顺便说明一下。虽然他本人一生从未跨上过马背，可他却是个激情昂扬的赛马迷和识马的行家。比方说，父亲能将1869年以来德国历届德比马赛[1]冠军的名字依次正背、倒背如流，而对1910年以来英国德比马赛和法国凯旋门大奖赛中的名气大的夺魁者也能记个八九不离十。他知道哪匹马爱跑软地，哪匹马爱跑硬地，为什么老马可以跨栏，而幼马却连1 600米都跑不下来；他还清楚骑手体重多少，马主的老婆干吗要在自己的礼帽上缠一条红、绿、金三色的飘带。父亲的马趣图书馆里收藏了五百多本书，而且在他快去世之前竟然自己也拥有了一匹——准确点说应该是半匹——自己的马。他以让我母亲大吃一惊的六千马克的价格买下这马，好让它带着代表他的颜色驰骋赛场。不过，这些

1　德比（Derby）马赛，英国传统马赛之一，比赛限用三岁纯种幼马。

都是题外话了，容我另找机会再叙吧。

那天我们看完了赛马，下午很晚才往回赶。当时还挺热，甚至比中午还热、还闷，不过天上已经起了一层雾霭，西边也堆积着镶了一圈暗黄色边的铅灰色云团。我们的车开了一刻钟后就不得不打开大灯照路，因为乌云突然一下子压过来，把地平线遮了个严严实实，在大地上投下块块阴影。接着，顺着山坡猛然卷下几股子疾风，刮进了广阔的农田，那满地的庄稼仿佛被人梳理似地倒向一边，灌木树丛也好像胆战心惊地瑟瑟发抖。几乎与此同时雨就跟着下来了，不对，应该说先落下来的是一颗颗的水滴，有葡萄粒那么大小，四处开花地砸在柏油马路上噼啪直响，而且在引擎盖和挡风玻璃上一摔八瓣。接着暴风雨便开始肆虐了。据报纸后来报道，这是本地二十二年以来最大的

一场暴雨。我不知道这说法是否属实，因为自己当时才七岁。可有一点我很清楚，那就是我今生今世再也没有遇到过第二场这样的狂风暴雨了，更不用说是坐在一辆行驶在空旷的乡间公路上的小汽车里！雨不再是点点滴滴地落了，而是从天上倾盆直下。道路很快就被淹了，车破水而行，两边高高地溅起喷泉般的水花，就像夹道而立的水幕，尽管眼前有雨刷拼命地来回摆动，但透过挡风玻璃往外看就如同置身于水底世界一般。

不过更糟糕的情况还在后面，这雨下着下着竟转成了冰雹，我们是先闻其声，后见其形。起初是车外的水花声逐渐变为硬棒响亮的噼里啪啦，一股冰冷的寒意也随即透入车内，紧接着便可看见那小颗小颗的冰粒从天而降，先还只有大头针的头那么大，一眨眼工夫就开始在豌豆粒和弹子的大小之间变换，后来便化作光溜溜的小白球，密密麻麻地砸将下来，在引擎盖上蹦得老高，弄得四下一团混乱，让人头晕目眩。车没法再往前开了，于是父亲便在路边停了下来，

——噢，我还说什么路边，其实连路都没影了，哪还分得清路边、农田，或者树木什么的，当时两米以外的东西是一片模糊，而两米之内的视野里，除了从空中打着旋落下来并伴随着瘆人的声响敲打在车身上的数百万颗冰球外还是冰球。车内的噪音大得让人无法交谈，我们就像坐在一只被巨人一阵急擂猛敲的大定音鼓的鼓桶里头，只能面面相觑，浑身发抖，一声不吭地希望头顶上保护我们的车壳不会被砸得塌下来。

两分钟以后一切就都过去了。这冰雹是来去匆匆，风也停了，空中只还静静地飘洒着几丝毛毛细雨。路旁起先被狂风横扫过的庄稼地里是一片有如惨遭践踏

般的狼藉，一块玉米地只剩下光秃秃的秸秆竖在那儿。公路本身看上去像撒满了碎玻璃，目光所及，遍地都是冰雹的碎块、被打落的枝叶和谷穗。这时，透过那轻纱似的雨帘，我在路的尽头看见了一个正在赶路的人影。我把自己的发现告诉了父亲，于是两人一起朝远处那渺小的身影望去，心里十分惊奇，这会儿怎么会有人在外面散步，而且经过了这样一场冰雹之后，在四周一切都东倒西歪地趴下了的惨景中，居然还有什么能够站直了。我们开动了汽车，喊里嘎拉地碾过地上的冰块，朝前驶去。接近那个人影时，我一眼就认出了那条短裤和那双爬满筋脉疙瘩且湿漉漉发亮的长腿，还有那件黑色的雨披，雨披上松松垮垮地留下了一个背囊压出的深窝。——夏先生正以他特有的步态在赶路！

我们开车赶上他，父亲让我摇下车窗，外面的空气冰冷刺骨，父亲冲窗外大声招呼："夏先生，上车吧！我们搭您走！"我连忙爬到后座上，好腾出位子。可夏先生根本不理睬我们，连脚步都没停一下，几乎瞟都没瞟我们一眼，仍旧撑着桃木拐杖，继续疾步行进在被冰雹打得一塌糊涂的大路上。父亲驾车跟在他后面，对开着的车窗外高声喊道："夏先生，您就上来吧！瞧这鬼天气——我送您回家！"

然而夏先生毫无反应，依旧不知疲倦地大步迈进。不过我觉得，他的嘴唇好像动了动，说了句他那种让人不明不白的话，而我们却什么也没听清，没准是因为他嘴唇冻得直打哆嗦吧。于是父亲便把车朝夏先生身边靠过去，同时向右侧身打开副驾驶座的车门大叫："求求您了，快上车吧！瞧瞧，您全身可都湿透了！

您这样会得病见阎王的！”

“您这样会得病见阎王的”原本绝非父亲的语言，说真的我还从未听见他对谁正经动用过“您这样会得病见阎王的”这种表达。每当听见或读到这话时，他总要解释说：“这一表达是句套语，而套语嘛——请诸位一次性听清楚——则是一种经过三教九流的嘴和笔已被滥用得完全失去了实际意义的固定搭配。事实上——”说到这儿，已经在兴头上的他便口若悬河——“这就好比听到那些诸如‘亲爱的，喝杯茶吧，很舒服的！’或者‘大夫，我们的病人怎么样了？您觉得，他能挺得过去吗？’之类的陈词滥调一样无聊没劲和空洞乏味。这些句子不是来源于生活，而是出自那些拙劣的小说和蹩脚的美国影片。所以——请一次性听清楚！——我不想从你们嘴里听到这些俗言套语！”

父亲就是这样对“您这样会得病见阎王的”这类语句大发议论的。可这会儿在细雨蒙蒙、冰雹遍地的公路上，跟在夏先生旁边开着车，他自己居然冲着打开的车门也喊出了“您这样会得病见阎王的”这句俗话。在这一瞬间，夏先生停住了脚步，我觉得，他是在正好听见“见阎王”这几个字时泥塑木雕般地戳在那儿的，而且动作之突然，弄得我父亲不得不赶紧踩刹车，以免超过他。接着，夏先生把核桃木拐杖从右手换到左手，朝我们转过身，一边倔强而又绝望地用拐棍狠顿了几下地，一边响亮、清晰地吐了一句：“求你们闭闭嘴，别再打搅我行不行！”其他的他什么也没说，就这么一句话，然后猛地把那扇为他打开的车门摔上，将拐杖又重新换回到右手，继续目不斜视、头也不回地向前迈开了大步。

“这人简直是疯了！”父亲说。

当我们的车从夏先生身边驶过时，我透过后窗的玻璃看见了他的脸，发现他两眼盯着地面，只是每走几步才抬起那双睁得贼大且呈惊恐状的眼睛直愣愣朝前望一下，好看清前面的路。雨水顺着他的脸颊流下来，鼻尖和下巴颏也是水珠涟涟，他的嘴微张着，我又觉得那两片嘴唇似乎在翕动。也许夏先生走起路来，就是这样自言自语的。

2

傍晚，全家人坐在一起，边吃饭边谈论这场暴风雨以及和夏先生的遭遇，母亲说："这个夏先生有幽闭恐怖症，而且是一种很严重的幽闭恐怖症。得这种病的人在室内是待不住的。"

父亲讲："严格来说，幽闭恐怖症意味着——"母亲抢过话头："患者无法待在室内。这是卢赫特汉德大夫明明白白告诉我的。"

“‘幽闭恐怖症’一词源于拉丁希腊语，”父亲接着说，“这点想必卢赫特汉德大夫肯定清楚。它是由‘claustrum’和‘phobia’两部分组成的。而拉丁希腊语里的‘幽闭’与德语的‘关闭’或‘封闭’近义，这一意思在德语的‘隐居幽室’一词中或者克劳森市[1]的市名上以及意大利语‘Chiusa’里也有体现，在法语里则与Vaucluse[2]一词对应。你们谁还能举出一个带有‘claustrum’含义的词来吗？”

“我！”姐姐叫道，“我听丽塔·施坦格尔迈尔说，夏先生总爱打哆嗦，而且是浑身上下抖个不停。丽塔说，他患有一种类似幼儿多动症的肌肉抽搐病。只要他屁股一粘凳子，人就开始颤抖。只有当他迈开双腿

1 克劳森市，德语为Klausen，也有“隐士住处”意。

2 Vaucluse，法国省名，即沃克吕兹。

时，才不发抖，所以他不得不总是人在途中，好不让人看见他打哆嗦的样子。”

“在这一点上，他就像个刚满周岁的孩子。”父亲说，“或者说如同一匹两岁的幼马，第一次参赛时站在起跑线上也会同样抽搐、发抖，紧张得全身哆嗦个不停，搞得骑手们手忙脚乱地拼命勒住缰绳。不过以后就自然习惯了，要么就是给马戴上眼罩。你们谁知道，‘勒紧缰绳’是什么意思？”

“胡说八道！”母亲嚷道，“要是让夏先生坐进你们的车，他肯定也会抖起来的。稍微有点颤抖，这又碍着谁的事了！”

“恐怕，”父亲自以为是，“夏先生是因为我讲了句俗语才没上我们的车——我说：‘您这样会得病见阎王的！’我也弄不懂自己怎么会冒出这么一句话来。我敢说，要是自己用的是一句没这么俗气的表达的话，夏先生肯定就上车了，比方说……”

“瞎说，”母亲断然否定，“他不上车是因为他有幽闭恐怖症，所以他不但不能待在屋子里，而且也无法坐在关得严严实实的汽车内。不信你问问卢赫特汉德大夫！只要夏先生待在封闭的空间里，不管是房内还是车内，他就会冒火。”

“冒什么火？”我问。

“也许，”比我大五岁的哥哥说，他已经通读了所有的格林童话，“也许夏先生和童话故事《六好汉闯天下》[1]里的飞毛腿一样，一天工夫能绕地球跑一圈。每次回到家里，他都得用皮条把自己的腿吊起来，否

1 《格林童话》中的故事。

则他的脚就停不下来。”

“这当然也是一种办法，”父亲肯定道，“没准夏先生就是多长了一条腿，所以总要跑路。我们是不是应该请卢赫特汉德大夫把他的一只腿给吊起来。”

“瞎说！”母亲显然不同意，“夏先生只得了幽闭恐怖症，没有别的毛病。而这幽闭恐怖症是无药可治的。”

我上床后，脑袋里还老是转悠着“幽闭恐怖症”这个怪词，并且自言自语地反复念叨了好几遍，以免以后把它搞忘：“幽闭恐怖症……幽闭恐怖症……夏先生得了幽闭恐怖症……也就是说，他无法待在室内……他无法待在室内就是说他总要在外面乱跑……因为他得了幽闭恐怖症，所以总要在外面乱跑……不过如果说‘幽闭恐怖症’就等于‘无法——待在——

Das Wort "Klaustrophobie" ist
lateinisch-griechischen Ursprungs...
bedeutet soviel wie "geschlossen"
oder "abgeschlossen"...
Klaustrophie ist eine Krankheit,
bei der man nicht mehr ruhig in
seinem Zimmer sitzen kann.

室内’，而‘无法——待在——室内’就等于‘总要——在外面——乱跑’的话，那么‘总要——在外面——乱跑’也就等于‘幽闭恐怖症’……这样的话，完全可以用‘总要——在外面——乱跑’来代替‘幽闭恐怖症’这个晦涩拗口的单词……这就意味着，假如母亲说：‘夏先生总要在外面乱跑，是因为他有幽闭恐怖症’，就好比她是在讲：‘夏先生总要在外面乱跑，是因为他总要在外面乱跑’……”

想到这儿我的头有点发晕了，便试着赶快忘掉这发疯的新词以及与之相关的一切，同时反过来想象：夏先生什么事也没有、什么病也没得，而只是喜欢在外面跑来跑去，就跟我乐意爬树一样。在外奔波是他自己的一大乐趣和一种享受，仅此而已，别无他因。而晚餐饭桌上大人们臆想出来的一切混乱的解释和拉丁词语，全都和那个《六好汉闯天下》里的把腿吊起来的故事一样，纯属瞎编。

然而才过了一会儿我就又想起了透过汽车后窗看到的夏先生的那张脸，仿佛又看见了他雨水横流的脸上那半开半合的嘴和瞪得贼大的呈惊恐状的双眼，于是心里暗暗嘀咕：谁会在开心时用这种目光看世界；没有哪个在做自己喜欢、乐意做的事情时会是这样一副表情的。这副模样只有内心充满了恐惧的人才具备。或者是谁口渴了，而且是在雨中渴得好像能喝干一座湖时才会有这样一副嘴脸。想到这儿，我的脑袋不由得又是一阵眩晕。我竭尽全力试图忘掉夏先生那张脸，可是越想忘掉，它就越是清晰地呈现在我的眼前。那每一道褶子，每一条皱纹，都历历在目；每一颗汗珠，每一滴雨水，全分明可见；还有那微微颤动的嘴唇，好像在嗫嚅什么。这声音似乎越来越清楚、越来越响亮，最后我终于听清了夏先生恳切的请求："求你们闭闭嘴，别再打搅我行不行！求你们闭闭嘴，别再打搅我行不行、行不行……！"

只是到了此刻，我才得以摆脱对夏先生的胡思乱想，他的声音帮了我的大忙。于是，那张脸消失了，我也很快进入了梦乡。

3

我们班上有个叫卡罗莉娜·屈克尔曼的女孩。她有一对黑黑的眼睛，两道黑黑的眉毛，一头深褐色的秀发，右边前额上戴了个发夹，后颈上和耳垂与脖子之间小窝里的皮肤上生了一层细细的茸毛，阳光会给它抹上一层光泽，而微风则会时而让它悄悄地颤动。她笑起来的时候，发出一种动听的沙哑嗓音，而且脖子伸得老长，头往后仰，总是满脸乐开了花，两个眼睛都快眯成了一条缝。我本来是可以经常看这张脸的，而且只要有可能我就会盯着她看，不管是在课堂上还是在休息的时候，不过实际上我只敢偷偷地瞧，好不被别人察觉，也不能让卡罗莉娜自己发现，因为我是个挺害羞的孩子。

可在梦里我就不那么害羞了：我牵着她的手，带着她走进森林，和她一块儿爬上大树，跟她肩并肩地坐在树枝上，面对面地看着她，给她讲故事。她常被我逗得直乐，笑得头仰眼眯的，这时候我就跟她耳鬓厮磨，对她长了茸毛的地方哈气。这种和类似这种的梦我一星期要做好几回，都是些好梦，对此我无怨可抱。可令人遗憾的也恰恰因为它们不过是梦而已，和所有的梦一样它们无法真正满足人的情感。我差点就要使出浑身解数，以便能有一次，而且仅仅就那么一次机会，能真的和卡罗莉娜待在一起，朝她的脖颈上或其他什么部位哈气……可遗憾的是实现这一愿望的可能性几乎为零，因为，卡罗莉娜和班里其他大多数孩子一样都住在上湖地区，而我却是唯一住在下湖的学生。我们俩放学回家的路才出校门就分道扬镳了，两条道分别往不同的方向下山、穿越草地、再延伸到森林，在它们尚未消失在森林之前就已经相互拉开了很远的距离，以致我都没法再从那帮同学中认出卡罗莉娜的身影。只是偶尔还能听见她那传过来的笑声。遇着某种特别的天气，当刮南风的时候，这种沙哑的声音会从远处越过田野随风飘到我的耳畔，陪伴着我回到家中。可是，我们这地方什么时候会有南风呢！

然而有一天——那是一个星期六——奇迹出现了。课间休息时，卡罗莉娜朝我跑来，她在我面前停下，

靠得很近地对我说：“喂！你总是一个人回家吗？”

我回答说：“是呀。”

“那好吧，星期一那天我跟你一块儿走……”

接下来她还作了一番解释，说什么她妈妈有位朋友住在下湖地区，她妈妈要到这位朋友家去接她，然后她要和她妈妈或者和她妈妈的朋友或者和她妈妈加上她妈妈的朋友一起……我现在已记不清了卡罗莉娜当时都说了些什么，已经搞忘了，我想我当场就忘了，她还在说的时候就忘了，因为我完全被“星期一那天我跟你一块儿走！”这句话弄得目瞪口呆、神魂颠倒了，以至于除了这句美妙的“星期一那天我跟你一块儿走！”之外根本听不见或者说不想听见别的什么话。

在这一天接下来的时间里，以致整个周末，我的耳边一直回响着这句话，声音是那样的动听——瞧我，真是不会说话！——应该说比我迄今为止从格林兄弟那儿读到的所有故事都要动听，就连《青蛙王子》里小公主“你可以从我的小金盘里吃东西，还可以在我的小床上睡觉”的许诺都为之逊色；而我掐着手指头算日子，比那嘴里念道“今天我烤饼，明天我煎肉，后天我就把王后的孩子接走”的小矮人还急不可耐；我觉得自己简直就是交好运的汉斯、快活大哥和金山国王三位一体了[1]……“星期一那天我跟你一块儿走！”——

我开始忙活起来。星期六和星期日我一直在林子里转悠，想找一条合适的路线，因为从一开始起我就拿定主意要和卡罗莉娜另辟蹊径，不走一般的路，好让她认识一下我最秘密的通道，欣赏到我隐藏得最好

1　此处所提及的名字皆为《格林童话》故事中的人物。

的景点。通往上湖的路将会因为我——应该说是我们在携手并肩共赴下湖途中所看见的美丽景物而在卡罗莉娜的记忆里黯然失色。

考虑、权衡了好久我才选定了这样一条路线：一过林子边就离开大路向右拐，穿过一条狭路到达一片枞树育林区，再从那儿越过苔藓地带进入阔叶林，然后顺着陡峭的山势来到湖边。这条路线连着不少于六个我要领卡罗莉娜参观并为其作专业讲解评论的景观胜地。具体讲有这样几大处吧：

1. 一个发电厂的变电室，位置差不多还在大路边上，里面常传出一种嗡嗡声，入口处的门上挂着一块黄色的牌子，上面有一道红色的闪电和一条警示语："小心高压！危险！"

2. 一片由七株覆盆子组成的果实累累的灌木丛；

3．一条喂养狍子的饲料槽，眼下里面还没有干草，却放着一块供动物舔食的盐石；

4．一棵据说一个老纳粹分子在战后上吊自杀的树；

5．一座高约一米、直径达一点五米的蚂蚁窝；

最后，作为此行的终点同时也是高潮——

6．一株神奇的老山毛榉，我打算和卡罗莉娜一块儿爬上去，好站在十米高处的一根结实的枝杈上，放眼湖光山色，向她弯下身子，朝她脖子上哈气。

我从橱柜里偷了些饼干，从冰箱里拿了一杯酸奶，又从地下储藏室里弄了两只苹果和一瓶黑莓汁。所有这些东西我都用一个鞋盒在星期天下午运到那棵山毛榉的树杈上，这样我们就有了干粮。晚上躺在床上我想好了两个让卡罗莉娜开心、逗她发笑的故事，一个在路上讲，另一个等我们上了树再讲。我还又开了一次灯，从床头柜的抽屉中找出了一把螺丝刀，把它插进我的双肩背包里，以便明天在分手时作为我最宝贵的财产之一送给她留念。回到床上后，我重新温习了一遍那两个故事，脑子里把明天预定好的程序又仔仔细细地过了一遍，并且反复琢磨了从景点 1 到景点 6 的路线以及我赠送螺丝刀的地点和时间，同时再次回忆了一下现在已经在森林中树杈上期待着我们到来的鞋盒里的东西——从来没有哪次幽会有过如此精心的准备！——最后，我终于迷迷糊糊地打上了盹，耳边还一直回响着那甜情蜜意的话语：“星期一那天我跟你一块儿走……星期一那天我跟你一块儿走……”

星期一是个大晴天，阳光和煦，碧空如洗，林子里黑鹂鸟呖呖地欢唱，啄木鸟笃笃地啄着木头，使得周围回音四起。在上学的路上我才想起来，自己在作

准备时完全没有考虑到，要是天气不好的话我和卡罗莉娜该怎么办。这条从 1 号景点通往 6 号景点的路如果遇着下雨或狂风非变得一塌糊涂不可：那覆盆子灌木会成一堆乱树丛，蚁巢将不堪入目，沼泽地泥泞无比，山毛榉滑溜得难以攀登，还有那吹落到地上、受潮泡软了的糕点盒。我十分兴奋地沉浸在“幸灾乐祸”的幻想之中，这种遐想使人体验到担忧已成为多余时所特有的甜蜜滋味，给人一种近乎大获全胜的幸福感：我不仅一丁点儿都没考虑老天爷，——倒是老天爷亲自来关心我了！我不仅今天可以和卡罗利娜·屈克尔曼在一起——而且我还得到了今年最美的一天这样的额外恩赐！我真是个幸运儿！连亲爱的上帝都垂青于我！不过我想，现在切不可得意忘形！以免乐极生悲，就跟许多童话故事里的主人公一样，让已经十拿九稳的好事毁于一旦！

我加快了脚步，心想今天无论如何不能迟到。在课堂上我的表现从来没有这样规矩过，好让老师抓不到半点把我留下来的把柄。我老实温顺，聚精会神，乖巧听话，积极上进，是个百里挑一的好学生。不过我连一眼也没有朝卡罗莉娜那边儿瞟，一直强迫自己不去看她，特别是现在还别去看。我给自己下了禁令，就好像信迷信似的，觉得太早了去看卡罗莉娜到末了反倒会失去她……

放学时我才知道，所有的女生还得再留一个钟头，为什么事，我现在已记不清楚了，也许是要上手工课或者由于别的什么原因。总之我们男孩子都放了。我对这一意外事件并没感到悲伤——恰恰相反，我倒觉得这是一次自己必须经受而且也一定能够通过的附加

考验。何况这一插曲还赋予了我期盼已久的与卡罗莉娜的单独相处一种非凡的神圣感：我们将要相互渴想整整一个小时！

我在上湖和下湖的分岔路口等着，那儿离校门不到二十米远。分道口处有一块石头突出地面，这是一种冰川漂砾，即一块巨型碎岩的光滑表面。石头的中间有一个印痕分明的马蹄形小坑，相传老早老早以前，附近的农民修教堂时惹恼了魔鬼，他愤怒之下一跺脚，跺出了这么个窝窝。我就坐在这块石头上，用手指头往外弹那魔鬼脚印里淤积的雨水来消磨时间。太阳暖洋洋地晒在背上，天空依然是蔚蓝如洗。我坐着、等着、弹着，心里悠闲自得，浑身上下无比的惬意。

过了一会儿，女生终于也出来了，先是呼啦一大群，从我身边涌过，随后，走在最最后面的就是她。

我站起身，她朝我跑过来，一头黑发随风飘荡，额发上的那枚发夹上下跳动，身上那条柠檬黄的连衣裙格外醒目。我向她伸出手，她在我面前停下，离我那么近，就跟上次课间休息时一样。我真想一下抓住她的手，把她拉到自己身边，最好是立刻拥抱她，给她脸上正中央来个响吻！卡罗莉娜问道："喂！你等我来着？"

"对啊！"我回答。

“哎，跟你说，我今天不跟你一块儿走了。我妈的朋友病了，所以妈妈不去她那儿了。我妈说……”

接下来的一长串杂乱无章的解释我根本就没再去细听，更不用说记住了。因为当时我只觉得脑子里莫名其妙地一片空白，两条腿一阵发软，至今唯一还能想起来的就是，卡罗莉娜说完之后，猛地一转身就带着她那片柠檬黄朝上湖方向跑去了。她跑得飞快，以便还能赶上那帮女孩子。

我下了山，往家走去。我的脚步肯定很慢，因为走到林子边后，我有点机械地眺望远处通往上湖的大路时，路上已经连个人影都没有了。我停下脚步，转过身，回头瞟了一眼学校那座山峦的轮廓曲线，自己刚才就是从那上面下来。太阳懒洋洋地照在草地上，地上没有一丝儿风，四周的景物仿佛凝固了一样。

随后，我看见一个小黑点在移动，这个黑点位于森林的左边，它不断地向右侧挪动，先是沿着林子的边缘走，然后顺着学校那座山冈往上爬，到了顶上后又紧贴着山脊朝南横行。于是，蔚蓝色的天幕上映衬出一个虽然只有蚂蚁那么大小但却清晰可辨的形象，那是一个在山梁上行走的人影。我认出了夏先生的三条腿，它们步幅极小速度极快地向前迈动着，其规律精确得像钟表的机件。远处的这个小黑点一点一点地移动着，如同一只时钟的长针，既慢又快地横越过地平线。

4

一年后我开始学骑自行车。说实话这可不算太早了，我个头已经一点三十五米，体重三十二公斤，脚上已经穿三十二码半的鞋了。可是骑车这事从来就没引起过我半点特殊的兴趣。我总觉得这种只凭两只单薄的轮子摇摇晃晃的前进方式实在是不太靠得住，甚至有点让人心惊肉跳。因为从来无人能给我解释，为什么如果不用支架撑住或者靠在什么地方的话，自行

车一停下来立马就会倒地，而一个三十二公斤重的人骑在上面不支不靠不用人扶地满世界乱转悠却又不会翻车。当时，我对产生这种奇妙现象的自然规律即陀螺定律，以及特别是对所谓机械旋转脉冲守恒定律一无所知。即便现在我也还没完全搞懂这是怎么回事，仅“机械旋转脉冲守恒定律”一词就让我极不舒服，弄得我云里雾里，以致后脑勺上那块敏感的部位又开始隐隐作痒并且突突直跳。

倘若不是迫不得已的话，很可能我根本就学不会骑车。而这迫不得已的事情就是我必须去上钢琴课。教我钢琴的女老师住在上湖另一边的顶头，我只能去她家上课，要是靠双脚走路的话，得花上一个多钟头，骑自行车嘛，根据我哥哥的计算，只需十三分半钟就能到达。

这位钢琴老师曾经教过我妈妈、我姐姐和我哥哥，本地区所有的人，只要会按琴键的，不管是弹教堂里的管风琴，还是拉丽塔·施坦格尔迈尔的手风琴，全都出自她的门下。这个女钢琴教师叫玛丽路易丝·冯克尔，人称玛丽路易丝·冯克尔小姐。尽管我这辈子再没见过比玛丽路易丝·冯克尔更缺乏小姐气质的女人，可她本人却极其看重“小姐”这一称呼。冯克尔小姐形象古老，她头发花白，弯腰驼背，皮皱肉干，上嘴唇长着一绺小黑胡，胸脯扁平得跟没有一样。这点我可清楚，因为我有一回见过冯克尔小姐穿着内衣的样子，那次是我弄错了时间，提前了一小时去上课，赶到冯克尔小姐家时她还没睡完午觉。当时她就站在那幢宽大的旧别墅的大门口，身上只穿了条短裙和一件背心，可这背心并不是一般妇女喜欢穿的那种柔软、宽松的丝质内衣，而是一种我们男孩子上体育课时穿的无袖紧身棉毛运动背心。就是从这样一种内衣里，冯克尔小姐耷拉出两只干瘪的手，伸出一个精瘦干老的脖子，而脖子下面的部分则是如同鸡胸般的扁平和贫瘠。尽管如此，刚才已经提到过，她仍然坚持要在“冯克尔”之后冠以“小姐”的雅称，并且还好几次不问自答地解释说，否则的话男人们会以为她已经结了婚，而实际上她还待字闺中，是个没出嫁的姑娘呢。其实，这种解释纯属浪费时间，因为在这个世界上，会爱上年纪一大把又长着小胡子而且还没胸脯的玛丽路易丝·冯克尔的男人还没出生。

事实上冯克尔小姐之所以称自己为“冯克尔小姐”，是因为她本来也没法叫“冯克尔太太”，即便她想叫也不行，因为已经有了一个冯克尔太太，或者应该说，另外还有一个冯克尔太太，那就是冯克尔小姐的妈。如果我刚才说过，冯克尔小姐的形象就够古老了，那么现在我真不知道该怎样形容她的妈了——是石器般的老、甲骨般的老、骨头般的老、木头般的老、还是比古老还古老……我想，她至少也有一百岁了。冯克尔太太老得实在让人不得不说，她只是在极其有限的意义上还活在世上，与其说她是个有血有肉

M·L FUNKEL
KLAVIERSTUNDEN

的人，倒不如把她看作一件家具，一只尘封已久的蝴蝶标本，或者一个单薄易碎的旧花瓶。她一动不动，一言不发。我不知道，她能听见多少、看见多少，而且除了那副坐态，我就从来没有看到过她还有其他的姿势。她夏天裹着一条网眼纱裙，冬天包在一身黑色的丝绒里，一个小脑袋乌龟般地从衣服里探出来，总是坐在琴房中最后边角落里一座摆钟下的高背带头靠的沙发椅上，一言不发，一动不动，一点也不显眼。只是在很少很少的情况下，当某个学生功课学得特别好，车尔尼[1]练习曲弹得准确无误，冯克尔小姐就会在下课时走到屋子的中央，站在那儿冲高背椅方向大声吼道："妈！"——她管她母亲叫"妈"——"妈！好啦，

1 卡尔·车尔尼（Karl Czerny），奥地利作曲家、钢琴家，创作和改编了大量的钢琴曲，其中技术练习曲尤为著名。

给这男孩一块饼干，他刚才弹得很不错！”随后领奖者就得横穿整个房间，走到屋角去，紧挨着高背椅站好，向那具木乃伊伸出小手。这时，冯克尔小姐便会再吼一声：“给这男孩一块饼干，妈！”于是，从那网眼裙或者黑丝绒服里的说不清什么部位，慢得不能再慢地冒出一只苍青淡蓝、哆哆嗦嗦且柔弱纤细的老人的手，手的主人眼不动、头不转，让手缓缓地越过右边的扶手，伸向旁边摆放了一盘糕点的小桌，从盘中取出一块饼干，通常都是那种奶油夹心的威化饼干，然后又缓缓地从沙发椅的扶手上抽回，再从自己的怀里递向那伸出的小手，最后用干瘦的手指像放一块金子似的把饼干摆到小孩的手里。有时候老太婆的指尖会轻轻地触碰到小孩的手，这一瞬间便让人脊梁骨上一阵不寒而栗，因为小孩原以为会碰到一个生硬、冰凉的东西，可没料到这接触却给人以温暖甚至是热乎乎的并且极其柔软、轻飘飘的感觉，虽说如蜻蜓点水，却又叫人起鸡皮疙瘩，就好像觉得摸到一只脱手而飞走的鸟。于是，小孩连忙结结巴巴地道了句谢，便赶快开溜，逃出这琴房，离开这阴森的宅院，奔向外面那广阔的天地，去呼吸新鲜的空气，享受灿烂的阳光。

我已经想不起，自己花了多长时间才掌握骑自行车这门让人心惊肉跳的技术，只还记得，我是无师自通学会的。当初，我是怀着一种既反感抵触又难压虚荣的复杂心情，用母亲那辆旧车，在森林里一段略有坡度的狭道上，神不知鬼不觉地偷偷练的。这狭道两边的斜坡很陡且相互靠得很近，便自然成了我随时支撑自己的扶壁，从而使我在摔到落叶或松软的泥土上时采用的是软着陆。终于有一天，在经过好多好多次失败的尝试之后，我几乎是难以置信地突然一下子就找到窍门了！尽管种种理论顾虑和深刻的怀疑，我竟然可以在两个轮子上自由运动啦——这简直叫人不可思议而且又备感自豪！后来，我在自家的露台和邻近的草地上，当着全家人的面完成了试骑，并获得了父母的掌声和兄弟姐妹刺耳的大笑。试骑之后哥哥马上向我讲解了重要的交通规则，首先告诉我的是要严格遵循右行的原则，同时将右边定位为车把安有手刹的一侧[1]。打那以后，我便每周一次形单影只地骑着车去冯克尔小姐那儿上钢琴课，时间固定在星期三下午三点到四点。当然，我无法做到像我哥哥估计的那样，

1　我至今依然严守着这条难以磨灭的定义，倘若在某种情况下我因为一时迷糊分不清左右了，就设想自己正握着自行车把，用意念去捏手闸，于是我便重新找到了清楚的方向感，那种两边车把都装有手闸的车——尤其是手闸安在左边的车！——我是永远不敢涉足的。

只需十三分半钟就能骑完全程。我哥哥比我大五岁，他有辆跑车型、车把带三档链条变速器的自行车。而我却只能站着骑母亲那辆太高的旧车。即便把车座降到最低位置，我也无法坐在座位上骑车，而只能够要么整个人直接踩在脚踏板上蹬车，要么坐着不动滑行，这实在是一种迫不得已的既费力不讨好又让人筋疲力尽的骑车方式，而且我心里很清楚，样子看上去肯定极其可笑：我首先必须站着猛踩脚蹬，让轮子转起来进入行驶状态，然后趁车子全速前进时使劲把屁股挪上座位，在摇摇晃晃的车座上叉开或者蜷缩起两腿顺其滑行，等到车轮快停了再跳到还在转动的脚蹬上，又是一阵狂踩使车子疾驰起来。就是靠这种一蹿一蹿的办法，我从家里出发，沿着湖畔，穿过整个上湖地区，用不到二十分钟的时间，最后到达冯克尔小姐的别墅，如果——当然是如果途中没有别的干扰因素的话。可实际上，这干扰因素还真不少，大致可以归纳为以下几点：我虽然能蹬车，会把龙头、刹车，也可以上、下车，但却不会超车、让道和会车。所以，只要一听见前方或者后方由远而近，哪怕是及其轻微的汽车发动机声音，我就会立即刹车，赶忙跳下来，站在路边一直等到人家开过去。同样，如果眼前突然出现其他骑车人的话，我也会马上停车，好把别人让过去。在超越行人时，我总是先骑到此人身后的近处，然后下来把车从其身旁飞快地推过去，直到距离拉开很远以后再骑上去继续前进。我必须随时在身前身后保持一段骑车的真空距离，好尽量不让别人看见我骑车。除此之外，在下湖和上湖之间的半道上还有一只可恶的小猎狗，是女医生哈特劳布养的。这个讨厌的小家伙，有事没事都常在路上转悠，而且只要一看见带轮子的东西就会狂叫着扑上去。要想避开它的攻击，那只能把自行车拐到路旁，巧妙地停靠在家院的篱笆墙边，紧紧抓住篱笆的板条，缩起两腿蹲在车座上，直到哈特劳布太太用口哨把这畜生叫回去。鉴于上述各种因素，我二十分钟连上湖的另一头都骑不到，也就不足为奇了。因此，为保险起见，我就养成了每次都在二点半从家里出发的习惯，以便凑合能够准时到达冯克尔小姐家。

如果刚才我提到过冯克尔小姐有时会让她母亲给孩子们发饼干的话，那么现在我还得慎重地补充一点：这种颁奖活动实际上是很少很少举行的，反正绝非家常便饭。因为冯克尔小姐是个严厉的教师，学生们一般很难让她满意。假如有谁的家庭作业做得马马虎虎，或者在课堂练习的即席演奏中一个接一个地弹错音，她便开始威胁地摇头晃脑，渐渐地满面通红，不时用胳膊肘对弹琴者猛地一顶，愤怒地在空中乱打榧子，突如其来地暴跳如雷，骂出一串粗野的脏话。我所经历的这类情景中最糟糕的一次，发生在我开始上钢琴课大约一年后的一天，这件事对我的震动之大，以致我今天想起来都心情难平。

那天上课我迟到了，大概晚了十分钟。哈特劳布太太的小猎狗把我困在了篱笆墙上，路上又会了两次车，不得不超了四个行人。等我赶到冯克尔小姐家时，她已经红着脸、摇着头，在屋里踱来踱去，并用手指在空中乱打榧子。

“你知道现在几点了吗？”她气呼呼地嚷道。我一句话也没说，因为我没有表。我的第一块手表是在过十三岁生日时才得到的。

“瞧！”她叫道，并朝屋角的方向打了一个榧子，那边泥塑木雕般的冯克尔老妈的头上，摆钟正嘀哒嘀哒走着。“都快三点一刻了！你又溜到哪里去闲逛了？”

我开始结结巴巴地述说与哈特劳布大夫的那只狗的遭遇，可还没等我说完，冯克尔小姐就打断我的话：“狗！是啊，是啊，逗狗玩！肯定还吃了冰淇淋是吧！我太了解你们这些家伙了！老是在希尔特太太的小卖铺旁边磨来蹭去，一心就想吃冰淇淋！”

这实在太可恶了！居然怪我在希尔特太太那儿买冰淇淋！我哥哥和他的哥儿们倒是常干这事。他们凑足了零花钱，就往希尔特太太店里跑。可我没有！我每次吃的冰淇淋都是从母亲和姐姐那儿软磨硬缠地讨来的！可现在竟冤枉我没有汗流满面、艰难无比地蹬车赶来上钢琴课，而是舔着冰淇淋在希尔特太太的店铺前游手好闲！这种不知羞耻的行径让我瞠目结舌，一时竟无言以对，便委屈地哭了起来。

“别在这儿嚎了！”冯克尔小姐怒气冲冲，“把你的东西拿出来，让我看看你都学到了些什么！我敢说你肯定又没做练习。”

这一点她倒没完全说错。我上星期的确几乎没怎么练琴，一方面是由于有另外更要紧的事要做；另一方面是因为布置的练习曲难得要老命，尽是些卡农步调[1]的赋格式破玩艺儿，弹起来左右手分得很开，一只手突然僵持在这儿，而另一只手则又得猛地停在那儿，节奏别别扭扭，间隔怪里怪气，此外听起来还不堪入

1　卡农曲（Kanon），一种同一旋律依次在各声部出现的多声部乐曲。

耳。如果我没记错的话,作曲的是个叫赫斯勒的人,——真见他的鬼!

尽管如此,我认为,要不是自己在来的路上碰到了那么些让人心惊肉跳的事,尤其是遭到哈特劳布太太的小猎狗的攻击,而且紧接着又让冯克尔小姐的一顿臭骂弄得神经错乱。要是没有这些因素的话,我本来是可以凑合着把这两首曲子对付过去的。可现在我哆哆嗦嗦、汗流浃背、泪眼模糊地坐在钢琴边,眼前是八十八个琴键和赫斯勒的练习曲,身后站着怒气直冲我后脖颈的冯克尔小姐,——我弹得一塌糊涂,把一切弄了个乱七八糟:高音和低音谱号不分,全音同半音符号混淆,四分与八分休止符搞错,左手和右手弄反……我甚至连第一行都没弹完,那琴键和乐谱就已在我眼里化作了一片泪花。于是,我垂下双手,只好坐在那儿暗自流泪。

“我早就料到会是——这样！”背后的声音像是从牙缝里嗞嗞挤出来的，与此相伴的是一股细若雾状的唾沫直喷我的后脖颈。冯克尔小姐继续数落道：“这事——我早就料到了。迟到，吃冰淇淋，编瞎话，这些本事你们全都会！可就是不会做你们的作业！那好吧，鬼小子！让我现在来教给你！”说着她便从我身后蹿到前面，呼地一下地在我旁边坐下，两手拿起我的右手，抓住我的各个手指，按赫斯勒作的曲谱依次往琴键上戳：“这个手指头放那儿！这个摆那儿！这个按那儿！而大拇指应该在这儿！第三个指头移过去，这个在这儿，那个在那儿……！”

她用右手弹到头后，跟着拿左手以同样的方式又来一遍：“这个指头放在那儿！这个摆那儿！而这个嘛，按这儿……！”

冯克尔小姐就这样执着顽强、坚持不懈地在我的手指上挤来压去，好像要把那练习曲一个音符一个音符地揉进我手中似的，弄得我手生痛，这种折磨持续了大概半小时。然后她终于放开了我，合上乐谱，吼道：“鬼小子，下次上课前你必须弹会这几段，而且不仅要能看着谱子弹，还要会背下来并且用快板演奏！否则的话有你好看的！”接着她又打开一本厚厚的双人练习曲谱，啪的一声摔在乐谱架上，说：“下面我们再练十分钟的迪阿贝利[1]，好让你真正学会识谱。噢，天哪，你弹错了！”

我顺从地点点头，用袖子抹去脸上的泪水，心想：

---

1 安东·迪阿贝利（Anton Diabelli），奥地利作曲家，创办音乐作品出版公司，出版的第一部作品是五十一位作曲家根据其圆舞曲主题写成的变奏曲，即《迪阿贝利变奏曲》。

迪阿贝利，他倒是个挺好的作曲家，跟可怕的赫斯勒之类的赋格杀手不是一路人。迪阿贝利的曲子很简单，简单得近乎单调，可弹出来的声音却总是十分动听。我挺喜欢迪阿贝利的，尽管我姐姐有时说，“如果有谁根本不会弹钢琴的话，那么此人至少还可以弹迪阿贝利。”

于是，我们便两人四手一同弹奏迪阿贝利。冯克尔小姐在左边的低音区似管风琴般地沉吟呼啸，而我则用两手在右边的高音部与之齐奏。就这样，我们有一大段弹得十分顺利，我心里也越来越有底，暗自庆幸上帝创造了安东·迪阿贝利这个作曲家，一放松便忘了小奏鸣曲是 G 大调的，曲子的开头的调号已经事先标明了有升 F 音。这就意味着，弹奏者的手指不能老是在白键上舒服惬意地滑来滑去，而必须在乐谱上没有预示提醒标记的情况下于特定之处敲击一个黑键，即紧位于G大调以下的升F。所以当我弹的声部里第一次出现升F音时，自己没有反应过来，手忙脚乱之中就按滑了键，其结果每个音乐爱好者都再清楚不过了，升F被弹成了F，发出来的是让人扫兴的不和谐音。

“我就猜到了会是这样！”冯克尔小姐边叫边停止了弹奏，“我就猜到了会是这样！刚遇到第一个难点就按错键了吧！你头上没长眼睛吗？是升F！这不是写得清清楚楚的嘛！好好记住！从头再来一遍！1—2—3—4……”

我至今仍搞不清楚，自己怎么会在弹第二遍时又重蹈覆辙的。大概是由于太想不再出错的缘故，我觉得每个音符后都有升F，巴不得从头到尾全弹升F，使不由自主地老想去弹它，而且心里默默念着：还没到升

F，还没到……快了——到了，结果在节骨眼上又把升F弹成了F。

冯克尔小姐的脸刷的一下红得吓人，她尖着嗓子喊道："竟然会有这种事！我说的是升F，见鬼！是升F！你不懂什么是升F吗？木瓜脑袋！看清楚了！"嘣——嘣——冯克尔小姐用食指那被数十年钢琴课磨得扁如一枚十芬尼硬币的指尖扣击G大调以下的黑键，"这就是升F！……"——嘣——嘣——"……这就……"说到这儿她忍不住要打喷嚏，于是张嘴一个阿嚏，然后用刚才弹琴的食指在小胡子上抹了一把，接着又在琴键上敲了两三下，尖叫道："这就是升F！这就是升F！……"说完便从袖口里抽出纸巾，擤起鼻子来。

我两眼发愣地盯着升F键，脸色煞白。琴键的前端粘着一条指甲盖大小、铅笔杆粗细、如蛆似虫弯弯曲曲、黄绿相间闪闪发亮而且黏糊糊的新鲜鼻涕，不用说它是来自冯克尔小姐的鼻腔，通过喷嚏先挂在小胡子上，又经擦抹动作过渡到了食指，最后被食指甩到升F键上。

“给我从头再来一遍！”冯克尔小姐在我旁边气呼呼地嚎道，“1—2—3—4……”——于是我们又重新开始练习。

接下来的三十秒钟是我一生中最恐怖的时刻。我觉得双颊失去了血色，脖子上冷汗直冒，浑身寒毛倒立，两耳热一阵凉一阵直至完全发聋，就好像被堵住了一样。迪阿贝利那美妙的旋律我已经听不见了，两手不过是机械地跟着移动，眼睛根本不瞟乐谱，手指在重复第二遍后便自动地去按压琴键——我只是睁大了眼睛盯着G键下面的长条黑键，那上面粘着玛丽路易丝·冯克尔小姐的一团鼻涕……还有七小节，还有六小节……要想不触及那团鼻涕的中央部分就摸到琴键是不可能的……还有五小节，四小节……可要是我不去碰那玩艺儿而第三次把升 F 弹成 F 的话，那后果会……还有三小节——噢，上帝啊，创造个奇迹吧！说点什么吧！做点什么吧！撕开这大地，捣毁这钢琴吧！请让时间倒流，好让我别非弹这倒霉的升 F 不可吧！……还有两小节了，只剩一……然而亲爱的上帝既没说什么，也没做什么。可怕的最后一小节终于降临了，我至今还清楚地记得，这一小节是由六个 1/8 音符组成的，从 D 音开始一直向下发展到升 F，并汇入位于其上的 1/4 G 音，……我的手指如同要进地狱似地哆哆嗦嗦顺着 1/8 音阶往下挪动着，D—C—H—A—G……——“到升 F 了！”我身边发出一声吼叫……可我完完全全是明知故犯而且彻彻底底豁出命去地又弹了个 F。——

我刚来得及把手从琴键上缩回，键盘盖就啪的一声合了下来。与此同时坐在我旁边的冯克尔小姐恶鬼般地跳了起来。

“你这是故意的！”冯克尔小姐气得嗓子都变了调，声音尖锐刺耳，以至于我刚才由于过分紧张已差不多失聪的耳朵都听得十分真切，“你完全是故意这么干的！你这个二流子、鼻涕虫、犟头！没脸没皮的臭小子，你这个……”

她边说边气咻咻地踱着步子绕着屋子中央的餐桌转圈，每骂一句，便用拳头捶一下桌面。

“不过你休想拿我开涮！听着！别以为我会让你这样耍我！我要给你妈妈打电话！给你爸爸打电话！

要他们狠狠揍你一顿，叫你的屁股一个星期不能挨板凳！还要让他们关你三个星期的禁闭，每天练3个钟头的G大调音阶，再加上D大调和A大调，还有升F、升C、升G，直练到你睡着了都能弹为止！我要让你知道我的厉害，小子！让你……我真想现在就亲自动手给你……”

骂到这儿，冯克尔小姐气得突然语塞了，只能挥舞着两只胳膊在空中乱划。她满脸涨得通红，就好像整个人立刻就要爆炸似的，最后从面前的果盘里抓起一个苹果，可着劲儿朝墙上猛摔过去，只见那苹果哔叽一声砸在摆钟的左侧，紧贴着冯克尔小姐她老妈那乌龟般小脑袋的上方开了花，在墙上留下一团黄褐色的污斑。

一瞬间，就像是有人按动了电钮，那堆网眼纱幽灵般地蠕动了起来，从长裙的褶皱里冒出一只苍老的手，似乎要机械地往右边移动，去抓那盘子里的饼干……

不过这一情景冯克尔小姐一点也没有觉察到，只有我发现了。所以她毫不迟疑地拉开门，伸出手臂朝外一指，嘶哑着嗓子吼道："拿上你的东西，滚蛋！"说完，等我刚踉踉跄跄地走出屋，她便砰的一声把门摔上了。

我浑身发抖，两腿打颤，几乎连步子都迈不出去了，更不用说还能骑车。我双手哆哆嗦嗦地把乐谱夹在自行车后座上，推着车慢慢往回走。路上，我思绪翻滚，内心阴暗极了。使我激愤不已、气得我直打寒战的，并非冯克尔小姐的暴跳如雷，也不是回家挨揍和关禁闭的威胁，其实我并不害怕什么。而真正让人寒心愤怒的是我认清了，如今这世道说到底就纯粹是一个没有公正、人心险恶和卑鄙下流的污浊之地，而且其恶劣之处都是他人所人为的，所有的别人全都有份，一个也不例外。从我母亲开始，她不愿给我买辆正儿八经的自行车；我父亲也有责任，因为他向着我妈；我哥哥和姐姐更坏，他们只知道幸灾乐祸地嘲笑我站着骑车；还有哈特劳布太太那条讨厌的狗，一遇见我就骚扰个没完；还有湖滨大道上的那些行人，堵塞了我的路，导致我不得不上课迟到；那个作曲家赫斯勒，用他的赋格跟我过不去，纯属折磨人；冯克尔小姐无中生有的责难和粘在升 F 键上那恶心的鼻涕；……最后就是那亲爱的上帝，一旦你真正需要他求助于他时，他却无能为力，只会胆小如鼠地保持沉默，听任不公正的事情恶性发展。我干吗还要看见这帮串通一气来对付我的混蛋？

这个世界跟我还有什么相干？在这样一个卑鄙无耻的世界上我没有什么可值得留恋的。让那些家伙自食其果去吧。他们愿把鼻涕擤哪儿就擤哪儿！与我无关！我不玩这游戏了！我要和这世界拜拜了。我要自杀，而且要立即行动。

当我脑袋里酝酿好这些想法后，心中顿觉一阵轻松。用这种被雅称为“与世长辞”的行为，一劳永逸地摆脱一切令人憎恶的行径和不公正的遭遇，这一设想使我深感慰藉并如释重负。眼泪不流了，双手不抖了，这世界又重新升起了希望。只不过这事得马上付诸实施，立刻就办，趁我现在还没改变主意、另做打算。

我飞身一跃上了车，蹬着就走。在上湖村的中央我改变了方向，没走回家的路，而是向右拐下了湖滨大道，穿过森林骑上山冈，然后经过一条坑坑洼洼的田间小道抵达对面通往学校的那条路，再朝变电房的方向骑去。那儿有一棵我所知道的最高的大树，是一棵粗壮的老红松。我就是想爬上那棵树，从树顶上纵身跳下。其他的自杀方式我根本想都没想过。尽管我知道，还有溺水、刀刺、上吊、窒息以及触电等多种死法，——这后一种方法我哥哥可是给我详详细细地作了介绍：“不过干这事得需要一根零线，这是最关键的。没有零线一切平安无事。否则的话，那些站在一根电线上的鸟儿全都得跟僵尸一样栽下来。但它们现在好好的没事，为什么呢？就因为它们没碰零线。理论上讲，如果没零线的话，一个人甚至可以触碰带十万伏电压的电线而毫发无损。”哥哥大体上就说了这些。可这些对我来讲太复杂了，什么电流啦，以及诸如此类的概念。况且我也不知道，什么叫零线。拉倒吧——我只考虑从树上栽下来，因为我已经有过这方面的经验，所以不害怕。这是唯一的一种适合我与世长辞的方式。

我把自行车停放在变电房的旁边，披荆斩棘地穿过灌木丛，走向那棵红松。这树老得连下面都没了枝杈，光秃秃的。所以我先得爬上旁边的一棵矮点的枞树，然后再荡过去。接下来的事就简单了，我踩着粗大结实的树枝，就跟蹬在梯子上一样，只管往上爬，直到头顶上透过枝桠突然现出光天化日，树干也细得有些摇摇晃晃时才停止了攀援。虽然此处离树冠还有段距离，可当我朝下瞟第一眼时，就已经看不见地面了，脚下像是摊开了一张由针叶、枝杈和松果织成的绿不绿黄不黄的地毯，密密匝匝。从这儿跳下去可不行，因为这就好比是从云层上方往下跳一样，会让人觉得先是落向一张近在眼前且看似坚实的床，随即便坠入一种其过程和后果均不得而知的虚无飘渺之中。而我却不想这么不明不白地掉下去，而是要亲眼看见自己究竟如何坠落，坠向何方，并且落在什么地方。总之，我的坠落应该符合伽利略定律的自由降落。

于是，我又爬回树的阴暗区域，绕着树干一根树杈一根树杈地向下张望，以便寻觅一个可以实施自由降落的空隙。在稍低一点的地方我找到了一处好位置，这是一条理想的坠落轨道，深似一座竖井，垂直落向那盘根错节裸露的坚硬地面，摔下去一命呜呼准没问题。我只需稍微离开树干点儿，在枝桠上往外挪挪身子，然后纵身一跳，便可毫无障碍没有阻拦地坠入深渊。

我慢慢弯下膝盖，在树杈上坐下，身子靠着树干，先喘口气。由于一直在全身心地将行动计划付诸实施，以至于到此刻为止，我都还没来得及仔细想想，自己究竟准备干什么。而眼下，在关键时刻降临之际，动摇军心的私心杂念又冒了出来，而且竭力想占上风。于是，我又把这可恶的世界连同其居民统统诅咒了一遍，并借此把思绪引向那充满人间亲情的对自己葬礼的憧憬。噢，那肯定会是一次盛大的葬礼！教堂里钟声回荡，管风琴轰鸣，上湖村的墓地几乎装不下那么多前来送葬的人。我躺在铺满鲜花的玻璃棺材内，一匹黑马驹拉着灵车，四周只有一片唏嘘抽泣之声。我爸我妈在哭，我哥我姐在哭，我班里的同学在哭，在潸然泪下的行列里还有哈特劳布太太和冯克尔小姐，以及远道而来奔丧的亲朋好友。所有的人都边哭边捶胸顿足地声泪俱下：“唉，全怪我们，让这个可爱的、与众不同的好孩子离开了我们！唉，要是我们对他好点儿，没那么虐待和冤枉他，那这

WIR SIND SCHULD
WAS SOLLEN WIR JETZT MACHEN
OHNE IHN
ER WAR EIN GUTER MENSCH
EIN EINZIG-ARTIGER
UNSEREM FREUNDLICHEN UND
TAPFEREN MITSCHÜLER

个可爱的、这个出类拔萃的、这个和蔼可亲的乖孩子就还活在世上！”我的坟墓边伫立着卡罗莉娜·屈克尔曼，她朝我扔下一束鲜花，同时也投下最后的一瞥目光，并用因伤心过度而沙哑的嗓子哭喊道：“噢，亲爱的！出类拔萃的小伙子！要是我星期一那天跟你一块儿走该多好啊！”

这些想象简直太美妙了！我沉浸其中，把葬礼的形式变着花样在脑海里过了一遍，从遗体安放仪式到葬礼后的一顿吃喝，以及酒席上人们背后说我的种种好话都预计到了。想到最后连我自个儿都被感动了，就算是还没哭出声来，也弄得个眼眶发潮。那将是本地人们所见过的最为凄美壮观的葬礼，十几年后提起此事还让人伤感犹新……最遗憾的就是，我本人不能亲身感受其情其景，因为我已经死了。这一点令人遗憾地勿庸置疑。在举办自己的葬礼时自己必须死。鱼和熊掌不能兼得：要么报复这个世界，要么在这个世界上苟且偷生。于是，我决定选择报复。

我离开红松的主干，慢慢地、一厘米一厘米地向外移动，右手半扶半撑着树干，左手则抱紧身下的树枝。有一瞬间，我只剩下指尖还能触及到树干，接着连指尖都碰不着了……最后我无依无靠仅用双手死抠住树枝，像只鸟一样地悬在空中。我极其小心翼翼地朝下望去，目测出该位置距离地面的高度大约相当于我家山墙的三倍，而我家的山墙有十米高。这就意味着我现在离地面的高度是三十米。根据伽利略的定律我自由坠下所需的精确时间是 2.473 098 6 秒[1]，其与地面接触

1　在不计空气阻力的情况下。

时的末速度为 87.34 千米 / 小时[1]。

我朝下观望了很久，那高深莫测的空灵产生了一种强大的诱惑力、吸引力，仿佛在向我召唤“跳呀，跳呀！”这又像在拽拉一根无形的线——“跳呀，跳呀！”这实在太简单了，就跟小孩玩游戏一样。只需再稍稍往前一探身，微微失去那么点平衡——剩下的一切就用不着我操心啦……“跳呀，跳呀！”

对！我是要跳的！只不过我还不能决定什么时候跳而已！得等到某个特定的瞬间，某个时刻，某个时点！我不能说：“就是现在！现在就跳！”

我决定，与参加赛跑或跳水时一样，数三下，数

1 当然这一精确到小数点后面七位数的计算不是我当时坐在树枝上完成的，而是我很久以后用袖珍计算器算出来的。那时候落体定律对我来讲只是一个道听途说的单词而已，对其具体的含义和数学方程式我是一无所知。我当时的运算仅限于估计坠落的高度和根据不同的经验做出推测，即坠落时间相对而言较长，而且撞击地面时的速度相对而言较高。

到三就让自己坠落下去，于是，便吸了一口气，开始数数：

“一……二……”——可我又中断了实施中的行动，因为我不知道自己是应该睁着眼睛跳还是闭着眼睛跳。略加思索后我决定，闭着眼睛数数，数到三就闭着眼往下一倒，然后在开始坠落时再张开眼睛。我闭上眼，数道：“一……二……”

正在这时，我突然听见大路那边传来一阵敲击声，硬邦邦的还富有节奏感——“哒——哒——哒——哒”，速度要比我数数快一倍。我数完一，后面就跟着一个“哒”，在一与二之间、紧接着二后面以及在二和下面二的中间，还各有“哒”的一声——精确得像冯克尔小姐的节拍器．“哒——哒——哒——哒”，听起来这声音似乎在鹦鹉学舌地跟我数数。我不由得睁开眼睛，而这敲击声也同时戛然而止，取而代之的是一阵由远而近的脚步声，伴随着树枝的喀嚓声和粗鲁如兽般的喘息——猛然间，夏先生站在了离我三十米远的脚下，而且正好占据了我垂直坠落的着陆点。这就意味着，如果我跳下去的话，不仅自己会摔个稀巴烂，而且还会将别人砸个稀巴烂。于是我连忙牢牢抓紧树枝，不敢动弹。

夏先生一动不动地立在树下，喘着粗气。等到呼吸稍稍平息下来，他突然屏息凝神，脑袋一愣一愣地朝四处转动，似乎要偷听什么。然后他弯下腰，先朝左边的灌木丛里探望了一下，再向右侧的小树林中瞄了几眼，接着又像印第安人一样围着大树绕了一圈，最后转回到原来的位置，再次东张西望，竖耳聆听（可偏偏没往上瞧！）。在确信无人跟踪而且远近连鬼都不见一个之后，夏先生闪电般地三个动作，把草帽、拐杖和背囊扔到地下，如同上床似地直挺挺地倒在布满树根的林地上。不过，他并没在这床上睡觉，而是刚躺下就发出瘆人的一声长叹——不对，这绝非叹息，因为叹气里包含着一种如释重负的感觉，而夏先生的声音却是一种痛苦的呻吟，一种发自肺腑的深深的幽怨，其中交织着对生活的绝望和对解脱的渴望。接着又是一声令人毛骨悚然的呻吟，犹如饱受痛苦煎熬的病人发出的哀鸣，不过还是没有如释重负的感觉，没有安宁，没有半点休息的轻松。一转眼，夏先生就一骨碌从地上爬了起来，伸手抓过背囊，飞快地从里面扯出黄油面包和一只扁的白铁军用水壶，开始吃东西，开始狼吞虎咽，开始把面包大块地往嗓子眼里塞，而且每咬一口便狐疑地朝四周看看，就好像林子里潜伏着敌人，又仿佛身后紧跟着一个可怕的追踪者，此人仅比夏先生慢了半拍起步，而且越追越近，因此随时都可能接踵而至，突然出现在此地。夏先生三下五除二吞下黄油面包，再从军用水壶里倒了口水压压食，然后又急急忙忙如惊弓之鸟般地准备启程了。他把水壶扔进背囊，站起身，挎上背囊，一把抓过拐杖和草帽，喘着粗气，一溜小跑地穿过灌木丛，于是一阵细碎的脚步声，伴随着树枝的喀嚓声，随即从大路那边传来有如节拍器般的“哒——哒——哒——哒……”，——那是手杖点击坚硬的柏油马路发出来的，声音渐渐远去。

我坐在树杈上，紧贴着红松的树干，浑身筛糠，连自己也不知道是怎么爬回原地去的。我有些发冷，一时间纵身跳下的兴趣荡然无存，只觉得这一切实在可笑。我真搞不懂，自己怎么会产生如此愚蠢的念头，居然要为一团鼻涕去寻死！而就在刚才，我眼皮底下却站着个一辈子都在逃生的人。

5

我再次同时也是最后一次与夏先生的相遇已经是五六年以后的事了。这当中虽然也经常看见他的身影，要么在公路上，要么在湖边的小道上，或者在田野里，或者在森林中，因为要想不看见总是奔波在外的夏先生几乎是不可能的。不过，他并不怎么引起我的注意，正因为他太常见了，所以人们反倒忽视了他的存在，就像自然风景中一处司空见惯的景点，不会每每引起观者的惊呼：“瞧啊，那有座教堂的塔楼！看哪，那是座上面有学校的山！嘿，那儿有公共汽车！……”充其量也就是我和父亲星期日开车去骑马的途中经过夏先生身边时，会开玩笑地说：“看，夏先生又在那儿赶路了——他这样会得病见阎王的！”其实，这话根本不是冲他说的，而是因为我们又回想起了许多许多年前风雨加冰雹的那天父亲使用这句口头禅时的情景。

有人说，夏先生那做布娃娃的妻子已经死了。可谁也不知道是什么时候和在哪儿死的，也没人参加过她的葬礼。反正他现在已经不住在漆匠施坦格迈尔家的半地下室里了，那儿成了主人的卧室。夏先生早已搬到隔几幢房子住的渔夫里德尔家的阁楼上，可后来据里德尔太太说，他很少在家，即便回到家呆的时间也很短，通常只是为了吃些东西或喝点水，然后又重

新上路。他经常数天不回家，而且连觉也不睡。他究竟到过哪儿，在什么地方过的夜，夜里到底睡没睡过觉，是不是干脆昼夜不分地到处流浪——所有这一切谁也不得而知。人们现在都关心别的问题，诸如汽车啦、洗衣机啦、草地的喷灌设施啦，可就是没人去理会这位怪老头会把脑袋枕在何处睡觉。他们可以在一起闲聊昨天在收音机里听到了什么，在电视里看见了什么，谈论希尔特太太新开的自选商店，可就是没人去议论夏先生！尽管他本人还时不时地出现在别人的视线里，可在人们的意识中他已不复存在了。所以有人说，时间从夏先生身旁溜过去了。

但时间却没从我的身旁溜走，我可是与时共进。不管怎样，我觉得自己站在了时间的制高点上，而且有时的感觉甚至超越了自己所处的时代！我的个头已经接近一米七，体重四十九公斤，鞋码已穿到了四十一号，学业上也差不多快升到完全中学的五年级了。格林兄弟的童话我已悉数通读，莫泊桑的作品我也看了一半。我还吸过半支香烟，在电影院里看了两部奥地利女王的片子。要不了多久我就能拿到自己的学生证，那上面盖有让人羡慕的“年满十六岁”的红色大印。凭这玩意儿，本人就有资格去看青少年不宜的影片，可以无需家长和 / 或监护人的陪伴在晚上十点以前自由出入公开的餐馆酒店。我能够解开 3 元方程式，组装接收中波频道的晶体检波器，熟记了《高卢战记》[1] 的开头，虽然从未学过一句希腊语，却可以背诵《奥德赛》第一行以及结尾的诗句。在钢琴课上

1　De bello Gallico，古罗马统帅、政治家和作家恺撒的名著，记录了其征战高卢地域（法国）的经历。

我也不再弹什么迪阿贝利或那可恶的赫斯勒了，取而代之的是蓝调、爵士钢琴以及诸如海顿、舒曼、贝多芬或者肖邦之类有头有脸的作曲家。而对冯克尔小姐偶尔的发作我则淡然以对，甚至心中暗笑地听之任之。

我不再爬树了，倒有了一辆自己的自行车，而且是我哥哥过去骑的那辆带跑车龙头和三档链条变速器的旧车。用这辆车我以十二分五十五秒的成绩打破了我过去从下湖到冯克尔别墅单程创造的十三分半的旧记录，按我自个儿的秒表显示，将时间缩短了不少于三十五秒，实在不好意思提及的是，我基本上变成了一个技艺精湛的自行车好手，不但骑得快、骑得长，而且还骑得好。我可以放双手直行，放双手拐弯，立定或急刹车转向，惯性对我来说根本不成问题。我能够在车子行驶的过程中登上带物架，虽说这把戏也没

多大意思，但毕竟是一种了不起的杂技本领，充分证明了我在这期间形成的对机械旋转脉冲守恒定律的无限信任。我对自行车所抱有的怀疑，无论在理论上还是在实践中都完全烟消云散了。相反，我成了一个车迷，因为骑车跟飞行也差不了多少。

不过，在我生活的这一时期里也有些事情令我扫兴，其一，我没有能收得到超短波段的收音机，所以没法听星期四晚上十到十一点的侦探广播剧，故只能第二天早晨在校车上让同学科尔内留斯·米歇尔给我胡乱讲一遍故事情节；其二，我们家没有电视机。生于朱塞佩·威尔第[1]去世那年的父亲早就下了命令：“电视机别想进我家的门，因为它会影响家庭音乐的表演，

1 朱塞佩·威尔第（Giuseppe Verdi），意大利作曲家，一生著有大量音乐作品，其中尤以歌剧见长。

损害眼睛，破坏家庭生活最终导致大家普遍变傻。”[1]遗憾的是在这一点上母亲并不反对他，所以我只得跑到好朋友科尔内留斯·米歇尔家去，以便偶尔能欣赏一下诸如《世上只有妈妈好》《小狗莱西》或者《西拉姆·霍利德历险记》之类的重要文艺节目。

可令人恼火的是，几乎所有这些节目均在傍晚播出，并且一直要放到晚上八点于《每日新闻》开始时才正点结束。而八点钟正是我该回家洗手吃晚饭的时候。鉴于一人不能同时身处两地，尤其是当这两地之间的距离骑车要走七分半钟的路程时，——更别提还要履行洗手的程序——我的电视娱乐放纵便老是导致义务与兴趣之间的传统矛盾。其结果是：要么我在节目

1　一年中电视机只有一天既不损害眼睛，也不会使大家普遍变傻，那就是七月初汉堡号角跑马场转播德国德比大赛的那天。这天，父亲会戴上一顶灰色的礼帽，专门开车到住在上湖的米歇尔家去，跟他们一家共同观看实况转播。

还没完时提前七分半钟动身回家，从而错过故事情节中戏剧冲突的结局；要么我一直看完全剧再走，因此晚七分半钟回家吃饭，并得准备洗耳恭听母亲的大声数落和父亲那关于电视破坏家庭生活的冗长且洋洋得意的教诲。总的来说我觉得，自己那段时间的生活就是以诸如此类的矛盾为标志的。总是必须做什么、应该做什么，要是不怎么，那就会怎么……没完没了的期求、要求、务求：去做这事！去干那事！别忘了那事！这事你解决了吗？你去过那儿了吗？你为什么现在才来？……无穷无尽的压力、困扰、时间的窘迫和那不时被伸到鼻尖跟前提醒人时不我待的钟表。人们难得有片刻的安宁，当时……可我现在并不想穷发牢骚，去为自己年轻时的烦恼而怨天尤人，倒是应该赶紧挠挠后脑勺，或许还得用中指轻轻敲敲那个敏感的部位，好把注意力集中到我最想说的事情上来，也就是讲讲与夏先生的最后那次相遇，以便结束他的同时也是本书的故事。

那是一个秋天的傍晚，我又在科尔内留斯·米歇尔家看电视。节目挺无聊的，还没看完就能料到它的结尾，于是我八点差五分就离开了米歇尔家，好勉强能准时赶回家吃晚饭。

夜幕早已笼罩大地，唯有西边湖水与天际连接处还悬着一线灰白的亮光。我骑的车没有灯，一是因为车灯老爱坏，不是灯泡出问题，就是灯头或线路有毛病；二是在摩擦发电时车轮自由转动的阻力将明显增大，这会使我回到下湖的时间增加一分多钟。除此而外，我本来也不需要照明，因为这段路我就是闭着眼睛也能骑回去。再说，这条细长的柏油马路即使在漆黑的夜里，仍然比路一边的院墙篱笆和另一边的灌木树丛要黑一点，所以只要朝着最黑的地方骑，保证方向没错。

就这样，我紧俯在车把上，挂上三挡，嗖嗖地蹬着车，穿过渐浓的夜色。扑面而来的疾风在耳畔呼啸而过，空中凉凉的而略带点潮气，间或可闻到一股炊烟的味道。

在刚好骑到路途一半的地方，——马路从此处开始渐渐偏离湖滨，转弯穿过森林前的一个废弃的采石场，——我的车链条脱落了。遗憾的是我车上那个变速器常出这个小毛病，这是由于弹簧磨损，无法绷紧链条造成的，如果不计较这点的话，这变速器的性能还可称得上是无可挑剔。整个下午我就一直在鼓捣这玩意儿，弄来弄去还是没搞好。我停住车，下来弯腰查看后轮，想把卡在飞轮与链盒间的链条扯出来，再

慢慢地通过轻轻转动脚蹬让链条顺着重新套住轮齿。这活我干得太熟了，哪怕在黑暗中也可以毫不费力地完成。但讨厌的是，这会让人弄得满手油污。所以上好链条后，我便走向马路靠湖的那一边，想找些大片的干枯槭树叶擦擦手。我折断了几根树枝后，眼前豁然开朗，目光可将湖边的景物一览无余。只见湖泊静静地躺在那里，像一面硕大的明镜，而在这镜子的边缘上竟然伫立着夏先生。

起初的一瞬间，我以为他没穿鞋，可后来我发现他是穿着靴子站在没膝深的水里，离岸已有数米远。夏先生背对着我，脸冲着西面，凝望着湖对岸山峦之后那最后一缕昏黄的余晖，像一根木桩子似的戳在那儿。明亮如镜的湖水映衬出他黑黢黢的剪影，他右手握着那根弯曲的长拐杖，那顶草帽则扣

在头上。

少顷，湖边的黑影突然动了起来，夏先生一步一步地向湖里走去，每隔两步便把拐杖朝前一戳，然后又往后一撑。就好像在岸上赶路一样，他依然是那副匆匆忙忙、有事在身的架势，笔直地朝着西面，坚定不移地走向湖心。湖边近岸处还比较浅，水是由外向内渐渐开始加深的。走了二十米远，湖水才刚好淹到夏先生的腰部，等到水没及胸口时，他已经离岸有一箭之遥了。夏先生继续朝前走着，虽然水阻碍他的速度，但却不能阻止他的行动。他毫不迟疑，坚忍不拔并近乎疯狂地加快步伐，克服着水的阻力奋勇前进，最后竟扔开拐杖，靠两臂划水挪步。

我站在岸上，睁大了双眼，张大了嘴巴，呆望着夏先生的背影。想必我那模样就跟在听别人讲述一个情节紧张的故事差不多。当时我并不是害怕，目瞪口呆的主要原因是完全被眼前发生的一幕给深深地吸引住了，可我本人却没有马上明白事情的可怕之处。开始我想，夏先生不过是站在那儿，寻找掉到水里的什么东西；可是有谁会穿着鞋子在水里找东西呢？于是，在他开始移动后我又以为，他是要洗个澡；然而哪个会在十月份的深更半夜里下湖洗澡，还穿戴齐全？最后，当夏先生越走越深时，我便起了个荒唐的念头，觉得他是想涉水过湖，而不是游过去。至于游泳嘛，我根本就没往那上面去想。夏先生和游泳根本扯不到一块去，绝对不沾边。可是涉水过湖，在湖底快速前进，置身于百米深的水下，行走五公里远的路程直抵彼岸，这倒是件了不起的事。

想着想着就见湖水已深及夏先生的肩膀，接着又淹到了脖子……他仍然一个劲地朝前挺进，继续走向湖水的深处……随后，他身子又往上冒了一下，大概是湖底地面凹凸不平的缘故，让他的肩膀露出了水面……他继续走着，丝毫没有停留，即便在这一刻也没动摇，越往前水越深，现在又淹到脖子，接近喉咙，超过下巴…… 直到这时我才预感到要出事了，可我却无动于衷，没有高喊大叫：“夏先生！站住！快回来！”没有跑开去呼救，没有四处张望，好发现一艘救生艇、一只木筏或者一条橡皮船。是的，我连眼皮都没眨一下，死死地盯着那已变成小黑点的头部，看着它渐渐沉入水中。

随即，夏先生一下子消失了，水面上只剩下那顶草帽在飘荡。过了瘆人的好一会儿，也许是半分钟，也许是整整一分钟，水底下翻起来几大串泡泡，然后一切复归平静。只有那顶可笑的草帽，慢慢地随波逐流朝西南方向漂去。我长久地目送着这帽子，直到它消失在远方的暮色里。

6

等到所有的人都注意到夏先生的失踪时，事情已经过去了两个星期。第一个发觉此事的是渔夫里德尔的妻子，因为她每月都要为自己阁楼的房租担心。在夏先生两个星期没露面后，她就跟施坦格迈尔太太嘀咕这事，施坦格迈尔太太再转述给希尔特太太，后者又去问上她那儿买东西的人。鉴于谁也没看见夏先生本人，也无人知道有关他下落的任何消息，在又过了两周之后打鱼的里德尔终于决定向警察局报了案。又过了几周后报纸的地方新闻版上登载了一条简短的寻人启示，旁边还附了一张旧得够呛的标准照，谁也认不出上面那个满头黑发、目光炯炯、嘴角上挂着充满信心和潇洒大方微笑的小伙子就是现在的夏先生。人们从照片下面第一次看到了夏先生的全名：马克西米昂·恩斯特·埃基丢斯·夏天。

在随后的一小段日子里，夏先生及其神秘的失踪成了村里的热门话题。一些人说："他完全疯了，也许迷失了方向，找不着回家的路了。很可能他连自己姓啥叫甚或者住在哪儿都搞不清了。"

另一些人讲："没准他已移居国外，跑到加拿大或者澳大利亚去了。我们欧洲这块地方对得了幽闭恐怖症的夏先生来说已经太窄了点。"

还有一些人认为："他肯定在山里走错了道，掉进峡谷里摔死了。"

可就是没人想到那座湖。而且还没等刊登寻人启示的那份报纸发黄，夏先生就已被人们遗忘了，总之，没有谁还去惦记他。里德尔太太将他的几件东西收拾到地下室的一角，把房间接着租给了消夏游客。但是她不管这些人叫"消夏游客"，因为这种叫法让她心里觉得挺别扭的，所以便称房客们为"城里人"或"旅游者"。

而我却一直保持沉默，守口如瓶。在出事的那天晚上，我回家很迟，照例又不得不聆听了一番关于电视有害家庭生活的教导，即使在当时我也只字未提自己所看见的一切，而且后来我也没开过口。我对姐姐、哥哥、警察局，甚至对我最好的朋友科尔内留斯·米歇尔，也从未吐露过半点真情……

我至今也不明白，究竟是什么让我如此坚定执着，这般恪守沉默……不过我认为，这绝非出于害怕，也不是因为对此事的负罪感或良心上受到的某种谴责。其缘由在于，我耳边常回响起森林里的那痛苦的叹息，眼前老浮现出雨中那颤抖的嘴唇，脑海里总萦绕着那句挥之不去的话语，“求你们闭闭嘴，别再打搅我行不行！”——也正是这些回忆，使得我当时默默地注视着夏先生走进湖里，沉入水中。

Patrick Süskind

鸽子

Die Taube

［德］

帕特里克·聚斯金德

著

蔡鸿君　张建国　陈晓春

译

上海译文出版社

Der KontrabaB

目　录

代序 |

鸽子

1988年9月1日，帕特里克·聚斯金德给本书译者之一蔡鸿君先生写来一封信，现将主要内容摘译如下，作为“代序”。

您喜欢《鸽子》并且和您的朋友一起将它翻译成中文，这真让我感到高兴。

关于我自己，没有多少好讲的。我于1949年3月26

日出生在巴伐利亚州慕尼黑附近的一个小村子里，在附近上的学，1968 年起，先后在慕尼黑和法国南部城市埃克斯昂普罗旺斯上大学，学的是历史，时间相当长，而且没有毕业。大约从 1975 年起，我靠给电视台写脚本挣生活费，同时继续写比较短小的故事，已经写了很久，要么根本就没有发表过，要么就只是刊登在文学杂志上。1981 年，我的一个叫《低音提琴》的剧本还算比较成功，1985 年出版了您已经熟悉的《香水》，1987 年出版了《鸽子》，目前我什么也不写，因为我想不出任何东西要写。

关于您提的五个问题，我想作以下的回答：

一、 您是怎样走上文学道路的？

我一直记得，至少是在十五六岁的时候，我就想写作。事实上，我父亲也是作家，这也许和产生这种愿望有着一些关系。

二、 您作为作家感到最愉快和最不愉快的事是什么？

当我成功地写出小说里的一个好句子或者一个段落，当我找到了合适的词的时候，我感到最愉快。像您提的这五个问题，使我感到最难堪。

三、 您最喜欢哪位作家、哪部作品？

我不知道我最喜欢哪位作家和哪部作品，即使我知道，我也不想透露。

四、 您对外国读者特别是中国读者有什么希望？

对于读者——国外的或者国内的——我根本就不抱任何希望，除非是希望未来仍然还会有读者。

五、 您是否读过中国文学作品？有什么看法？

我不得不遗憾地承认，除了童话以外，我还从未读过一部中国的文学作品。我记得，在年轻的时候，曾经读过一大批中国的童话。

——帕特里克·聚斯金德

鸽子

DIE TAUBE

蔡鸿君 张建国 译

当鸽子的事发生的时候，约纳丹·诺埃尔已经五十多岁了，这件事突然之间改变了他的生活。回想将近二十年平静的生活，他恐怕还从未料到除了有朝一日弃世而去之外，还会遇上其他什么重要的事情。这对他来说是完全合适的，因为他不喜欢动荡，讨厌那些打破内心平衡、扰乱外界生活秩序的事件。

谢天谢地，绝大多数诸如此类的事件统统留在了遥远的、模模糊糊的童年和青年时代。他不愿意再去回想这些往事，即使有时也会极不舒服地想起在夏朗德[1]的一个夏天的下午，那是在1942年7月，当时他钓完鱼正往家走……那天刚刚下了一场暴雨，这会儿雨仍未停，这是持续数日的炎热天气之后的一场及时雨。在回家的路上，他脱掉鞋子，赤脚走在又热又湿的沥青路上，噼噼啪啪地从小水洼里跑过，给他带来了一种难以形容的乐趣……他钓完鱼回到家里，跑进厨房，满心指望会碰上母亲正在做饭，但是，母亲已经不在那儿了，只有她的围裙依旧搭在椅背上。父亲说，母亲走了，她要出门较长一段时间。邻居们说，她是被人带走的，先是被弄进“冬季赛车场”，然后

1　夏朗德，法国的一个省。

再被送入德朗西[1]的集中营，从那里又去了东边，同去的人一个也没有回来。约纳丹对此事一点也不明白，这件事完全把他弄糊涂了。几天以后，父亲也失踪了，约纳丹和他的小妹妹意外地上了一列开往南方的火车。夜里，他们在一群陌生男人的带领下穿过草地和树林，然后上了另外一列南行的火车，到了离家很远的地方。他们的一个素未谋面的叔叔把他们从卡瓦龙[2]带回自己位于迪朗斯[3]河谷的普吉特镇附近的农庄。他把他们藏在这里，直到战争结束；战后，他让他们在菜地里干活。

五十年代初，约纳丹逐渐对农业工人的生活感到满意。叔叔要他报名参军，于是，约纳丹就顺从地尽

---

1 德朗西，法国巴黎东北部的城市，第二次世界大战期间，被德军占领，设有一个纳粹集中营。

2 卡瓦龙，法国城镇。

3 迪朗斯河，法国阿尔卑斯山区主要河流。

了三年义务。第一年，他唯一的事就是努力习惯于那种令人讨厌的军营集体生活。第二年，他被用船送到了印度支那。第三年的大部分时间，他是在战地医院里度过的，先是脚上中了一枪，然后腿上又挨了一发子弹，另外还得过一场阿米巴痢疾。当他 1954 年春天回到普吉特镇时，他妹妹不在了。据说她移居到加拿大去了。叔叔要约纳丹尽快与一个名叫玛丽·巴库切的姑娘结婚。这个姑娘住在附近的劳利斯村，约纳丹以前从未见过她。他乖乖地按叔叔的吩咐办妥了一切，他甚至心甘情愿地这么去做，因为，虽然当时结婚对他来说只是一个模糊的概念，他却希望能在婚姻中最终找到那种平静安谧、相安无事的状态，这是他心中唯一的渴望。但是，四个月以后，玛丽生下了一个男孩，同年秋天，她同马赛来的一个突尼斯水果商私奔了。

约纳丹·诺埃尔从所有这些事件中得出了一个结论：不要相信任何人，只有与他人保持距离，才会有安宁的生活。因为他已成为全村的笑柄——妨碍他的并不是人们对他的嘲笑，而是由此引来的人们对他的公开注意，所以他一生中第一次自己作出了一个决定：去农业银行取出了他的积蓄，打点行装，去了巴黎。

在这以后，他曾经交过两次好运：在塞夫尔大街的一家银行找到了一份当守卫的差事；在普朗士大街的一幢大楼的第七层找到了一个住处，一个所谓的 chambre de bonne[1]。要去这间屋子必须经过后院和专门运货的窄小楼梯以及一条狭长的、只有一扇窗户、

1 法语：女用人的房间。

光线很暗的过道。过道的两边有二十四间房间，门漆成灰色，上面标着房号，过道的尽头是24号房间，即约纳丹的房间。这间屋子长三点四米，宽二点二米，高二点五米，屋里的陈设十分简单：一张床，一张桌子，一把椅子，一盏白炽灯，一个挂衣钩，除此之外，别无他物。直到六十年代，这里的电线才增加了负荷，以便居住者可以接上烹饪电炉和电取暖器，同时还敷设了自来水管，每个房间也装上了各自的洗脸池和锅炉。在此之前，阁楼的所有住户——只要他们不违反规定使用酒精炉——都是吃凉的食物，在寒冷的房间里睡觉，在过道里紧挨着公共厕所的那个唯一的洗脸池里用凉水洗袜子、洗为数不多的餐具以及洗脸洗手。所有这一切对于约纳丹来说并无妨碍。他追求的不是舒适的设备，而是一个安全的住处，这里完全属于他，使他免受生活中突然发生的不快事件的打扰，任何人都不能把他从这里赶走。当他头一次迈进24号房间的时候，立刻就意识到：这就是你寻找已久的地方，你将留在这里（当时他的心境就像人们常说的那种一见钟情的男人，他们像遭到雷击似的恍然大悟：一个迄今未曾见过的女人就是他的终身伴侣，他将占有她，与她白头偕老）。

约纳丹·诺埃尔租这间房子的租金是每月五千旧法郎。早晨，他从这里去邻近的塞夫尔大街上班，傍晚，带着面包、香肠、苹果、奶酪回到这里。他在这里吃饭，睡觉，感到很幸福。星期日，他从不离开这间屋子，而是打扫卫生，在床上铺上干净的床单。他就这样平静、知足地生活着，日复一日，年复一年，一晃就是几十年。

在这段时间里，外界发生了一些变化，比如：房租的数额，房客的种类。五十年代，这里住的大都是些女用人，还有几对年轻夫妇和几个退休老人；后来进进出出的变成了西班牙人、葡萄牙人、北非国家的人；六十年代末，主要的房客是大学生；后来，二十四个房间就再也没有住满过了，许多房间空着或者被住在下面几层的房东用来堆放杂物，或者成为他们偶尔用来招待客人的住房。约纳丹的24号房间在这些年间变成了一个相对来说舒适的住处。他买了一张新床，装修了一个壁橱，七点五平米的地板铺上了灰色的地毯，烹饪和盥洗的角落也糊上了漂亮的红色漆纸。他现在有一架收音机、一台电视机和一只电熨斗。食品再也不用像从前那样装在小口袋里挂到窗外，而是存放在一台放在洗脸池下面的小巧玲珑的冰箱里，现在即使是在炎热的夏天，黄油也不会融化，火腿也不会干得发硬。他的床头装了一个书架，里面至少排列着十七本书；一套三卷本的袖珍医学词典，几本反映克罗马努人[1]、青铜器时代的铸造技术、古代埃及、伊特拉斯坎人以及法国大革命的精美画册，一本驾驶帆船的书，一本介绍国旗的书，一本关于热带动物的书，两本大仲马的小说，一本圣西门的回忆录，一本介绍制作简单食物的菜谱，一本《小拉鲁斯词典》以及《守卫和警察在特殊情况下使用公务手枪的若干规定》。在床底下存放着十几瓶红葡萄酒，其中有一瓶“白马城堡”牌高级红葡萄酒，这是他为 1998 年他退休的那一天预备的。约纳丹对几盏电灯的位置做

1　克罗马努人，旧石器时期晚期的人种，因其化石在 1868 年首先发现于法国西南部克罗马努山洞而得名。

了周密的考虑，现在，他坐在房间里三个不同的位置——床的脚端、床头、小桌子旁边——看报，既不会晃眼睛，报纸上也不会出现阴影。

由于添置了这么多东西，这间屋子自然变得更小了，它就像一只吐出过多珠母的珍珠贝不断地在向内部增长。各式各样精心布置的内部陈设使得这间斗室与其说像一间简陋的chambre de bonne，倒不如说更像船舱或者豪华的列车包厢。但是，它的本质特征经过了三十年仍然保持了下来：这里过去是现在仍然是约纳丹在这个动荡不安的世界上的安全岛，这里是他牢靠的支撑点，是他的庇护所，是他的情人，对，是他的情人，因为每当他傍晚回来，这间斗室总是温柔地拥抱他，给他温暖和保护，在肉体和精神上滋养着他，每当他需要它时，它总是在他的左右，它从未离开过他。实际上，它是他生活中唯一被证实是可以信赖的东西。因此，他从来也不曾想过要同它分开，即使是在现在——他已经五十多岁了，爬这么多级楼梯常常使他感到有些吃力，他的薪水也完全允许他租住一套拥有厨房、厕所和浴室的真正公寓——他也绝无这种想法。他始终忠于他的情人，甚至想要把它同自己，把自己同它更紧密地连在一起。为了使他们之间的关系永远牢不可破，他想把它买下来。他已经和房东拉萨尔夫人签订了合同。这间房间价值五万五千新法郎。他迄今已经支付了四万七千法郎，剩下的八千法郎将在年底付清。然后，它就永远归他所有了，在死神将他们分开之前，世界上没有任何东西还能把他们——约纳丹和他喜欢的房间彼此分开。

这就是1984年8月一个星期五的早晨，鸽子的事发生之前的情况。

约纳丹刚刚起床，穿上拖鞋和浴衣，准备像每天早晨那样在刮脸之前先去趟公共厕所。在开门之前，他先把耳朵贴在门板上听听过道里是否有人。他不愿意碰上邻居，更不愿意大清早穿着睡衣或浴衣碰上他们，而他最不愿意的是在上厕所的途中。发现厕所里有人，已经让他够不舒服的了，而在厕所门前与另一个房客相遇，简直让他感到难堪之极。这种情况仅仅发生过一次，那还是在二十五年前，即 1959 年的夏天。每当他回想起这件事，都不禁感到毛骨悚然；两人看见对方时，同时都感到惊慌失措，这件本来绝对保密的事一下子失去了保密性，两个人同时后退，请对方先用，同时说出谦让的话：请您先用？噢，不，还是您先用吧，先生，我不着急，不，您先用，就这样吧……这一切都是穿着睡衣睡裤进行的？不，他绝不愿意再遇上这种事。他也没有再遇上这种事，这都是多亏了他预先仔细倾听动静的结果。他一边听，一边从门缝里朝过道张望，他熟悉这层楼里的各种声音，能够分辨出每一声嘎吱、咔嚓、噼啪、沙沙声发自何处，甚至对寂静也能作出解释。现在，他只把耳朵贴在门上听了几秒钟，就完全确定：过道里没有任何人，厕所空着，大家都还在睡觉。他用左手拧开保险锁，右手拧开弹簧锁，锁舌退了回去。他轻轻地一拉，门就开了。

他几乎已经把脚迈过了门槛。然而，就在他抬起左脚，大腿已经准备迈步的一刹那，他看见了那只鸽子。它卧在他的门前，距离门槛大约二十厘米，身上披着从窗户射进来的晨曦，两只红色的脚爪撑在血红色的瓷砖地面上，铅灰色的羽毛整洁光滑。

它把头歪向一边，左眼瞅着约纳丹。这只眼睛看上去非常可怕，像一个小小的玻璃球，四周呈棕色，中间有个黑点，它就像一只缝在鸽子脑袋上面的纽扣，既没有睫毛，也没有眉毛，不加掩饰地、毫不害羞地朝外凸出，目光显得极为坦诚。但是，在这只眼睛里同时也隐隐约约闪现出一丝狡黠的目光。其实，它的目光似乎既非坦诚，亦非狡黠，而是显得毫无生气，就像照相机的镜头，吞进外界所有的光线，却一点也不露出自己内部的东西。这只眼睛里没有一点光泽，没有一线闪光，没有一丝生命的火花。这是一只视若无睹的眼睛，它注视着约纳丹。

他当时害怕得要命——事后，他也许会这样来描述当时的情形。但是，这并不恰如其分，因为，害怕还是后来的事，他当时首先是惊讶得要命。

他的脚像是冻僵了似的在门槛上停住了，手依然握着门把手，脚已经抬起准备向前迈步，他既不能向前，也不能后退，就这样持续了也许五秒，也许十秒，他自己觉得就好像是永生永世。这时，鸽子轻轻地动了一下，要么是把重心从一只脚爪移到另一只，要么就是把羽毛竖了起来，不管怎么说，它全身上下有一阵颤抖，与此同时，它的两片眼皮合了起来，一片从下面，一片从上面，其实这不是真正的眼皮，而是某种类似橡皮的活盖，它们像两片从虚无中出现的嘴唇把眼睛吞了进去。这只眼睛消失了一会儿。这时，恐惧才攫住了约纳丹，他吓得毛发直竖。在鸽子重新睁开这只眼睛之前，他赶紧向后一跃，退回屋里，关上了门。他拧上保险锁，晃晃悠悠地向床边走了三步，浑身哆嗦着坐下，心脏怦怦直跳，额头冰凉冰凉，他感到脖子和脊柱周围都冒出了冷汗。

他的第一个想法是：他现在就要心肌梗塞，或者中风，或者心力衰竭。你现在正好到了得这些疾病的年龄，他想，自五十岁起，最小的诱因都足以引发这样一场灾祸。他侧身躺在床上，把被子拉上来盖住微微颤抖的肩膀，等待着痉挛状的疼痛，等待着胸口和肩膀周围的刺痛（他曾在那本袖珍医学百科词典里面读到，这些都是心肌梗塞的明显症状），等待着知觉慢慢地消失。然而，这一切并没有发生。心跳渐渐趋于平缓，血液重新均匀地流入大脑和四肢，中风所特有的麻痹现象并未出现。约纳丹活动了一下脚趾和手指，脸上做出一副怪相，这表明他的身体器官和神经系统都还正常。

这时，他的脑海里面翻腾着许多混乱的、不协调的、可怕的想法，它们就像一群乌鸦似的在他的大脑里尖声地呼喊，扑打着翅膀，呱呱地乱叫："你就要完蛋了？你老了，已经筋疲力尽了。一只鸽子就足以把你吓得半死，一只鸽子就把你赶回屋里，使你浑身瘫软，束手就擒。你就要死了，约纳丹，你就快要死了，即使不是马上就死，也只能再过片刻。你的生活是虚假的，你把它搞得一塌糊涂，因为，一只鸽子就使它大为震动。你必须杀死这只鸽子，但是，你不可能杀死它，你不可能杀死一只苍蝇，不，一只苍蝇还是可以的，你能够杀死一只苍蝇或者一只蚊子或者一只小甲虫，可是，你绝不可能杀死任何温血动物，绝不可能杀死像鸽子这样的体重一磅左右的温血动物。你宁可杀死一个人。砰砰？这种事快得很，只留下一个八毫米的小孔，一切干净利落，这也是被允许的，佩带武器的守卫人员工作条例第一款规定，出于正当自卫可以这么做，甚至必须这么做。假如你开枪打死一个人，任何人也不会指责你的。但是，假如打死的是一只鸽子，恐怕就完全不同了。人们怎么能枪杀一只鸽子呢？鸽子扑打着翅膀，人们是不容易击中它的。向鸽子开枪是一种粗野的不法行为，是被严格禁止的。如果枪杀鸽子，你会被没收武器，丢掉职位，还得去蹲监狱。不行，你不能杀死它，但是，你也不能和它一块生活，这是绝对不行的，人不能生活在一间鸽子住的屋子里，鸽子是混乱和无政府状态的集中体现，一只鸽子可以制造无数的喧嚣，它会用爪子抓人，用嘴巴啄人的眼睛，它不停地弄脏环境，抖掉身上可怕的细菌和脑膜炎病毒，鸽子不会孤身独处，它会引来其他鸽子，它们交配、生育，迅速繁殖，一支鸽子大军很快就会把你包围，你就再也出不了房间，你会饿死，会因自己的粪便窒息，不得不从窗口跳出去，四肢骨折地躺在人行道上，这不行，你胆子太小。你将一直被困在屋里，你将大声呼救，你呼喊救火，这样人们便会搬来梯子，把你从一只鸽子跟前救走。从一只鸽子跟前！你将成为这幢大楼的笑柄，成为这个市区的笑柄，人们会用手指着你说：‘你瞧，那就是埃诺尔先生，就是他让人把自己从一只鸽子跟前救出来的！’人们会把你送进一家精神病诊所。噢，约纳丹，约纳丹，你的情况太不妙了，你已经没有希望了，约纳丹。”

诸如此类的想法在他的脑海里翻腾。约纳丹不知所措，完全绝望了，以至于做起自从童年时代以后再也没有做过的事来。他痛苦地将十指交叉，开始祈祷：“主啊，主啊，你为何抛弃了我？你为何如此严厉地惩罚我？我们在天的主啊，请你把我从这只鸽子那里拯救出来吧，阿门！”正如我们所见，这不是一次正式的祈祷，而是根据宗教教育的残留记忆拼凑出来的一段胡言乱语。但是，尽管如此，祈祷还是帮了他的忙，因为祈祷要求他在一定程度上集中思想，并因此驱散了那些胡思乱想。有些别的东西对他的帮助还要大些，因为，当他刚刚祈祷完毕，就感到急不可耐地需要小解。他明白，如果在几秒钟之内不能成功地减轻负担，他就会弄脏自己正躺在上面的这张床，弄脏漂亮的充填羽毛的软垫，甚至还有漂亮的灰色地毯。他完全清醒过来了，哼哼唧唧地站了起来，绝望地朝门口扫了一眼……不行，他不能从这扇门出去，即使那只该死的鸽子现在已经飞走了，他也是憋不到厕所的……他走到洗脸池跟前，扯开浴衣，拉下睡裤，拧开水龙头，朝着洗脸池尿了起来。

他过去从未干过这种事情。朝一个漂亮的、白色的、擦得发亮的、用于保持身体清洁和涮洗餐具的水池里面撒尿，就连想一想都是一种罪过。他绝不会相信，他会堕落到这种地步，他绝不相信，他竟然能够做出这种低级下流的事情。现在，当他看见小便毫无阻碍地尿出来，与自来水混为一体，汩汩地从排水口流下去，当他感到小腹的压力顿时减轻时，泪水从他的眼里流了出来，他感到非常羞愧。尿完之后，他让自来水继续冲了一会儿，又用清洁剂仔仔细细地擦了一遍洗脸池，以便消除刚才那种罪行留下的哪怕很小一点痕迹。“仅此一次，下不为例。”他低声自语，像是在向洗脸池，向这间屋子，向他自己赔礼道歉。“仅此一次，下不为例。这次是迫不得已的，今后一定不会再次出现……”

他的情绪渐渐稳定下来。擦洗水池，拿开洗洁剂瓶子，拧干抹布——这些经常重复的、使他感到安慰的动作——让他重新面对现实。他看了一眼手表：七点一刻。通常，他在七点一刻已经刮完胡子，开始整理床铺。不过，耽误的时间不太多，还有可能补回来，必要的话，他可以不吃早餐，假如放弃早餐——他在计算时间——他甚至要比平时提前了七分钟。重要的是，他最迟必须在八点零五分离开这间屋子，因为八点一刻他必须到达银行。虽然他还不知道应该怎么办，他毕竟还有三刻钟的时间。这不算少啦。如果他刚才已经正视过死亡，几乎经受了一场心肌梗塞，那么三刻钟真是很长一段时间了。如果不必再忍受充满的膀胱的胀痛，这段时间还要显得长上一倍。因此，他决定暂时装出好像什么事也没发生过的样子，按部就班地完成每天早晨的事务。他在洗脸池里放上热水，开始刮脸。

他一边刮脸，一边思考。“约纳丹·诺埃尔，”他暗暗对自己说，“你曾经在印度支那当过两年兵，在那里经历过几次困难的处境。如果拿出你全部的勇气和机智，如果配上相应的装备，如果你走运的话，你应该能够走出这间屋子。如果成功了，又会怎么样呢？如果你真的从门外的那只令人讨厌的动物身边经过，毫毛未损地来到楼梯间，进入安全地带，那又怎么样呢？你可以去上班，你也可以平平安安地度过整个白天，可是，以后你该怎么办呢？今天晚上到哪里去呢？在哪里过夜呢？”他绝不愿意第二次遇上这只刚刚摆脱的鸽子，他在任何情况下也不能够同这只鸽子在一间屋子里生活，哪怕是一天、一夜、一个钟头，他的这个信念是不可动摇的。因此，他必须做好在某个膳宿公寓住上一夜也许几夜的准备。这就意味着，他现在必须随身带走刮脸用具、牙刷和替换的内衣，此外，他必须带上支票簿，为了保险起见还有储蓄存折。他的汇划账户上有一千二百法郎，这笔钱够用两个星期，前提是他得找到一个价格便宜的旅店。假如那只鸽子继续封锁着他的房间，那就只好动用存款了，他的储蓄账户上有六千法郎，这可是一大笔款项啊，足够他在旅店里住上个把月。另外，他还有薪水，每月净挣三千七百法郎。但是，年底他还得付给拉萨尔夫人八千法郎，这是为这间房子分期支付的最后一笔款项。为他的房间！为这间他也许根本不可能再住下去的房间！他该怎样向拉萨尔夫人解释，请求她同意暂缓支付最后一笔款项呢？他当然不能对她说："夫人，我不能付给您最后这笔八千法郎的款项，因为几个月以来，我一直是住旅店的，我想从您这儿买下的房间被一只鸽子封锁住了。"他毕竟不能这么说嘛……这时，他猛然想起他还有五枚金币，这五枚拿破仑金币个个都要值六百法郎，这是他在 1958 年阿尔及利亚战争时期因为担心通货膨胀买下的。他可不能忘了带上这五枚拿破仑金币……另外，他还有母亲留下的一只细细的金手镯。他还应该带上他的晶体管收音机和一只镀银的高级圆珠笔——这是银行全体职员在去年圣诞节得到的礼物。如果把这些值钱的东西全部变卖，尽量节省开支，他就能在旅店住到年底，并且可以付给拉萨尔太太那八千法郎。从明年一月一日起，情况就会有所好转，因为到那时他就是这间屋子的所有者，不需要再筹措租金。那只鸽子也许活不过今年冬天。鸽子的寿命有多长？两年？三年？十年？如果这是一只老鸽子呢？它也许会在一个星期之后死去吗？也许今天就会死去。也许它仅仅是为了死才来到这里的……

他刮完脸，放掉洗脸池里的脏水，放水冲了冲，然后又放满水，洗上身和脚，等到刷完牙，把池子里的水放掉后，他用抹布把水池擦干净，然后开始铺床。

在衣橱下面有一个旧纸板箱，里面装的是他的脏衣服，每月他将这些脏衣服送到洗衣店去洗一次。他把纸板箱拖出来，倒出脏衣服，然后将箱子搁在床上。1942年，他从夏朗德到卡瓦龙就是用的这个纸板箱，

1954年来巴黎的时候也是用的它。现在，他望着床上的这个旧纸板箱，像准备出门旅行那样开始往里面装东西——不是脏衣服，而是干净衣服，还有一双低帮皮鞋、洗漱用具、电熨斗、支票簿和金银首饰。他的眼里又一次热泪盈眶，但是，这一次不是出于羞愧，而是由于暗暗的绝望。他感到他的生活就像倒退了三十年，他似乎失去了一生中的三十年。

等他把箱子装好，正好是八点差一刻。他开始穿衣服，先是日常服装：灰色长裤、蓝色衬衫、皮外套、带枪套的皮带、灰色制服帽，然后再穿上准备对付那只鸽子的衣装。他只要一想到可能会与鸽子发生身体上的接触就感到恶心。鸽子可能会啄他的踝关节，或者呼扇着翅膀，拍打他的手或脖子，甚至还可能伸出它那一双扇形的爪子落在他的身上。因此，他没有穿那双轻便的低帮鞋，而是穿了一双带有羔羊毛皮鞋垫的结实的高靿皮靴。通常，他只是在一月或二月才穿这双皮靴。他穿上冬季大衣，从上到下扣得严严实实，脖子上又裹上一条羊毛围巾，就连下巴颏也捂了起来，他用来保护双手的是一双有衬里的皮手套。他的右手握着一把雨伞。八点差七分，他已经装备完毕，准备冲出他的房间。

他摘下制服帽，把耳朵贴在门上。没有任何动静。他重又戴上帽子，把它紧压在额头上，然后提起箱子，将它搁在门边。他把雨伞挂在手腕上，腾出右手握住门把手，用左手拧开保险锁，抽回锁舌，将门拉开一道缝，然后朝外张望。

鸽子已经不在门口，在它蹲过的地方留下了一团绿宝石色的、约莫五法郎硬币大小的鸽屎和一根白色的细绒毛，从门缝刮出去的穿堂风把绒毛吹得轻轻颤动。约纳丹恶心地浑身战栗，他真想立刻就把门关上。他本能地想往后退，退回安全的房间，离开外面那个可怕的东西。但是，他又看见那儿不是只有一团鸽屎，而是有许多团鸽屎。在他目光所及的这段过道的地面上有许多这种绿宝石色的、湿润闪光的鸽屎。这时出现了一种奇怪的现象，这么多令人讨厌的东西并没有增加约纳丹的反感，却相反加强了他的反抗决心：在一团鸽屎和一根绒毛面前，他也许会后退，也许会永远把门关上；但是，鸽子把整个过道都弄脏了这件令人讨厌的、不寻常的、极其卑鄙的事情却调动起他所有的勇气。他把门完全拉开了。

这时，他看见了那只鸽子，它蹲在右侧离门约莫一米五左右的地方，蜷缩在过道尽头的一个角落里。

那儿的光线很弱，约纳丹匆匆朝它那边望了一眼，看不清它是在睡觉还是醒着，看不清它是睁着眼睛还是闭着眼睛。他也不想知道这些，甚至根本不愿意看见它。他在那本介绍热带动物的书里曾经读到，某些动物，尤其是猩猩，如果人们盯着它看，它就会向人们进攻，如果人们不理睬它，它也不会打搅人们。也许这也适合于鸽子。不管怎样，约纳丹决定装出好像鸽子并不存在的样子，至少不再去看它。

他慢慢地将箱子移到过道里，小心翼翼地绕过那些绿色的鸽屎，撑开雨伞，用左手握着，像盾牌似的挡住胸部和面部，然后跨入过道，眼睛注意着地面的鸽屎，拉上身后的房门。尽管他竭力装出若无其事的样子，可心里毕竟还是惴惴不安，他的心怦怦直跳，仿佛要从喉咙里跳出来。他手上戴着手套，没能立刻把钥匙从口袋里掏出来。他紧张得浑身哆嗦，以至于雨伞差一点滑落到地上。他用右手抓住雨伞，想用肩膀和面颊把它夹住，结果钥匙也掉在了地上，差不多正好掉在一团鸽屎的中央。他只得弯下身子，把它拾了起来，他终于把钥匙牢牢地握在手里，由于激动的缘故，在连续三次插歪之后，才把钥匙插进了锁眼，然后转动了两圈。这时他似乎觉得自己听见身后有一阵呼啦啦的声音……也许是他的雨伞碰到了墙？……但是，他又一次听见了这种声音，这回很清晰，这是鸽子的翅膀发出的一阵短促的呼扇，他感到惊慌失措。他从锁眼里抽出钥匙，提起箱子，夺路而逃。撑开的雨伞刮掉了一道墙皮，箱子把其他房间的门撞得咚咚直响，开着的那扇窗户的两扇窗页伸到了过道的中央，挡住了他的去路，他只好侧着身子绕过去，把雨伞移到身后，因为动作又猛又笨，雨伞上被划出了几道口子，他没有介意。他对一切都无所谓，只想离开这里，离开这里，离开这里。

他到了楼梯口才停下脚步，合上碍手碍脚的雨伞，然后朝身后望了一眼：明亮的晨光从窗户照射进来，在昏暗的过道里投下了一道轮廓分明的光柱。他的视线几乎穿不透这道光柱。约纳丹眯缝着眼睛，使劲地看，他这才看清，那只鸽子正从过道尽头阴暗的角落里走出来，摇摇晃晃地朝前急走了几步，然后重新蹲下，正好蹲在他的房间门前。

他惊恐地转过身，急匆匆地冲下楼梯。此时此刻，他已经完全肯定，他再也不能回来了。

他顺着一级级楼梯向下走，心情渐渐平静下来。到了三楼的楼梯口，他突然感到奇热无比。这时他才猛然意识到自己一直还穿着冬大衣，围着围巾，穿着皮靴。从房东的厨房通向后楼梯的门里随时都可能有人出来，比如，出门采购物品的女用人，把空酒瓶子放到门外的里戈先生，也许还会有不知为何缘故出门的拉萨尔夫人。拉萨尔夫人起得很早，这会儿肯定已经起来了，整个楼梯间都可以闻到她的咖啡扑鼻而来的香味。拉萨尔夫人此刻也许会打开厨房的后门，那么，站在楼梯口的约纳丹就会面对着她，在八月明亮的阳光下，穿着稀奇古怪的冬装……对这种尴尬的事情，人们不可能不理不睬，他得作出解释，但是，该怎么解释呢？他必须编造一个谎话。编什么呢？对于他眼前的这副模样，找不出任何令人信服的解释。大家准会以为他是精神失常，或者他真是精神失常。

他放下箱子，先取出低帮皮鞋，然后迅速脱掉手套、大衣、围巾和皮靴。他穿上低帮皮鞋，将围巾、手套、皮靴装进箱子，把大衣搭在胳膊上。这会儿他觉得自己在任何人面前都可以理直气壮了。如果遇上熟人，他完全可以说正准备把衣服送到水洗店，把冬大衣送到干洗店去。他显然松了一口气，继续下楼。

在后院里，他碰到了看门女人。她正用一辆小推车将空垃圾桶从大街上运回院子里。约纳丹觉得自己像是被人当场抓住似的，脚步立刻停了下来。他不可能再退回阴暗的楼梯间，因为她已经看见他了。他只得继续朝前走。当他故意迈着有力的步子从她身边走过时，她说道："早上好，诺埃尔先生。"

"早上好，罗卡尔大人。"他的声音含糊不清。他们俩从未说过更多的话。自从她十年前来这幢房子看门以来，他除了对她说过"早上好，夫人"，"晚上好，夫人”以及当她交给他邮件时说声“谢谢，夫人”之外，没有说过任何话。这并不是说，他对她有何反感，她并不是一个令人讨厌的人，她与前任看门女人以及前任的前任相比没有什么不同。她的年龄与所有看门女人一样叫人难以捉摸，大约在五十至七十岁之间；她也和所有看门女人一样总是在过道里拖拖沓沓地走路。她的腰身很粗、肤色白净，身上散发着一股霉味。如果她不是在运出或运进垃圾桶，不是在擦洗楼梯，不是急匆匆地采购东西，那么她就准是坐在位于大街和院子之间的通道里的门房里，在霓虹灯下，开着电视机，或者做针线活儿，或者熨衣服，或者做饭。她像所有看门女人一样爱喝廉价的红葡萄酒和苦艾酒。不，他对她本人真的没有任何反感。他只是不喜欢看门人，因为他们都是一些出于职业需要总在观察别人的人。要想从罗卡尔夫人眼前经过而不让她发现是绝对不可能的事，纵然你动作神速，转瞬即逝。即使她坐在房间里的椅子上睡着了——这种情况通常发生在中午和晚饭之后，大门发出的轻微嘎吱声也足以使她醒上几秒钟，看看进出的人。在这个世界上，没有任何人像罗卡尔夫人这样经常地、这样仔细地注意约纳丹。他没有朋友。他几乎可以说是银行的一种摆设。顾客仅仅把他视为一种点缀，而不是一个活人。在超级市场，在大街上，在公共汽车里（他还是在什么时候乘过公共汽车啊？），人们都保全了他的这种匿名性。唯独罗卡尔夫人认识他，而且每天都认出他来，她每天至少要注意看他两次。她可以了解到他的一些私人生活，比如，穿什么衣服，每周换几次衬衫，是否洗过头发，晚餐带回来的是什么东西，有没有信件，这些信件是谁寄来的，等等。此时此刻，尽管约纳丹——正如他心里所想的那样——真的对罗卡尔夫人本人并没有任何反感，尽管他也知道，她的那种不得体的目光绝非出于好奇心，而是出于职业性的义务感，但是他仍然感到她的目光始终像是对他提出的一种无声的诘问。即使是经过了这么些年，他每一次从罗卡尔夫人旁边经过，心里总要涌起一层短暂的、极其恼怒的波澜：见鬼，她为什么又注意我？我为什么又要受到她的审视？她为什么就不能不注意我，让我保持自己的完整性？有些人为什么总是这样令人讨厌？

由于刚才发生的事情，他今天特别敏感。他以为，自己提着箱子、挎着冬大衣的样子一定很引人注目，因此，罗卡尔夫人的目光使他感到格外难堪。他觉得，她对他说“早上好，诺埃尔先生！”纯粹是在嘲弄他。

那层恼怒的波澜迄今为止一直被他压在心里，这一回却突然决堤而出，变成公开的愤怒。他做了一件从未做过的事：他从罗卡尔夫人身边走过，停住脚步，放下箱子，把大衣搁在箱子上面，然后转过身去。他转身走回去，决定对她那种纠缠不休的目光和客套予以回击。当他朝她走去时，他并不知道自己将要做些什么或者说些什么。他只知道，他要行动，他要说话。恼怒的浪涛汹涌澎湃，裹挟着他朝她涌去。他的愤怒无边无际。

她已经把垃圾桶从小推车上卸了下来，正准备回到自己的那间小屋。这时，他挡住了她的去路，差不多就在院子的中央。他俩面对面地站着，相距大约半米。他还从未从这么近的地方看过她这张白白净净的面孔。他觉得，这张小脸儿的皮肤又细又嫩，就像用过的发脆了的丝绸。她的那双褐色的眼睛里——如果从近处观察——并没有射出咄咄逼人、令人讨厌的目光，而是流露着某种温柔的神情和少女似的羞涩。然而，约纳丹并没有被眼前的情形迷惑，因为这一切当然与他心里对罗卡尔夫人的看法不相吻合。为了给他的出场留下一个正式的标记，他把手举到帽檐，行了一个礼，然后尖声尖气地说道："夫人！我有话要跟您说。"（此时此刻他仍然不知道究竟要说些什么）

"什么事，诺埃尔先生？"罗卡尔夫人轻轻移动了一下身体，把头朝后一仰。

她看上去就像一只鸟，约纳丹心想，就像一只胆小怕事的小鸟。他又用尖锐的声音重复了一遍刚才的话："夫人，我有话要跟您说……"他自己也惊讶地听见，内心深处仍在增长的怒气不知不觉地变成了这么一句话：“在我的房间门前有一只鸟，夫人。”他接着又做了具体说明：“是一只鸽子，夫人。它就蹲在我的房间门前的地上。”他说到这儿才总算克制住像是下意识地说出来的话，通过解释性的补充说明，把话题引向了一个确定的方向：“夫人，这只鸽子已经把七楼的过道弄得到处都是粪便。”

罗卡尔夫人将身体重心从一只脚移到另一只脚，脑袋又朝后仰了一点儿，问道：“这只鸽子是从哪儿来的，先生？”

“我也不知道，”约纳丹说，“也许是从过道的窗户飞进来的。那扇窗户一直开着。它本来应该是关上的，住房守则是这么写着的。”

“也许是某个大学生把它打开的，”罗卡尔夫人说道，“因为天气太热。”

“这也有可能，”约纳丹说，“但是，尽管如此，它还是应该关上，夏天更是这样。如果有暴风雨，窗户会被刮坏，玻璃也会打碎。1962 年夏天就曾经发生过这种事。当时配新玻璃花了一百五十法郎。打那以后，住房守则里就规定，那扇窗户必须始终关着。”

他大概察觉到继续援引住房守则显得有些滑稽可笑。对于鸽子究竟是怎么进来的，就连他自己也毫无兴趣。他不想对这只鸽子再作更详细的叙述，这个可怕的问题仅仅与他本人有关。他原想发泄一下对罗卡尔夫人那种纠缠不休的目光的怒气，除此之外，别无他求。他说完头几句话，就已经达到了目的。现在怒气已经平息了下来，他也不知道下面该说些什么了。

“人们必须立即把那只鸽子赶走，把窗户关上。”罗卡尔夫人说。她说话的神情好像这是世界上再简单不过的事情，仿佛一旦赶走了鸽子，一切又都会恢复正常。约纳丹没有吭声，他的目光紧紧地盯着她那双褐色的眼睛，就像快要沉入一汪温和的、褐色的水潭。为了把自己解脱出来，他只得把眼睛闭了一秒钟，他清了清嗓子，以便恢复自己的声音。

“到处都是……”他又清了清嗓子，“到处都是鸽屎，到处都是绿色的鸽屎，还有羽毛，它把整个过道都弄脏了。这才是主要问题。”

“这当然，先生。”罗卡尔夫人说，“过道必须打扫干净。但是，人们首先必须把那只鸽子赶走。”

“是的，”约纳丹连声应道，“是的，是的……”他想：她是什么意思？她想说什么？她为什么说人们必须把那只鸽子赶走？她的意思也许就是说我应该把那只鸽子赶走？他真希望自己先前没有鼓起跟罗卡尔夫人说话的勇气。

“是的，是的，”他断断续续地说道，“人们……人们必须把它赶走。我……我本来早就把它赶走了，但是，我没有成功。我有急事。您瞧我随身带的这些衣服和冬大衣，我今天必须先把大衣送到干洗店，把其他衣服送到水洗店，然后再去上班。我的时间很紧，夫人，因此我没能把那只鸽子赶出去。我向您报告这件事，主要是因为那些鸽屎。鸽屎弄脏了过道是问题的关键，这违反了住房守则。住房守则中规定，过道、楼梯和厕所必须保持清洁。”

他想不起来在他的一生中是否讲过一番如此别扭的话。他觉得，这些谎言简直再明显不过了，它们竭力想掩饰的唯一的真情恰恰被令人极为难堪地揭露了出来：他绝对不可能把那只鸽子赶走，恰恰相反，倒是那只鸽子把他赶了出来。即使罗卡尔夫人从他的话里没有听出这一真情，她这会儿也一定能从他的脸上看出来，因为他感到自己浑身发热，血液全部涌到了头上，他的脸颊因为羞愧变得通红。

然而，罗卡尔夫人却装出什么也没有察觉的样子（也许她真的什么也没察觉？）说道：“谢谢您的提醒，先生。我会找机会关心一下这件事的。”说完她垂下头，绕着约纳丹走了一个弧形，然后踢踢踏踏地朝门房旁边的小厕所走去，很快就闪了进去。

约纳丹望着她的背影。如果说他起先还对会有人把他从鸽子那里解救出来抱有希望的话，那么现在当他毫无希望地看着罗卡尔夫人消失在小厕所里时，这线希望就烟消云散了。“她不会去关心任何事，”他心想，“绝对不会。她为何要去关心呢？她只不过是个看门的，职责仅仅是打扫楼梯和过道，每周冲洗一次公共厕所，而不是去赶走一只鸽子。即使她不会现在，此时此刻就忘掉这件事，那么最迟到今天下午，当她又灌满了苦艾酒，也准会把它忘得一干二净的……”

约纳丹在八点一刻准时到达银行，比银行副总裁维尔曼先生和主任出纳员罗克夫人早到五分钟。他们共同打开大门上的锁：约纳丹打开外面的保险栅栏，罗克夫人打开外层防弹玻璃门，维尔曼先生打开内层防弹玻璃门。然后，约纳丹和维尔曼先生用各自的插片钥匙解除报警系统，约纳丹和罗克夫人打开通往地下室的加有两道锁的防火门，罗克夫人和维尔曼先生走进地下室，用相互配对的钥匙打开保险库。这时约纳丹已经把箱子、雨伞、冬大衣锁进卫生间旁边的衣帽柜，站在内层防弹玻璃门旁边，用手按动两个电钮，让陆续到来的银行职员进来。这两个电钮一个控制外层防弹玻璃门，另一个控制内层的，使得两扇电动伸缩门交替开启。八点三刻，全体职员悉数到齐，每个人都在窗口后面、出纳台、办公台的工作岗位各就各位。约纳丹走出银行大厅，来到大门外面的大理石台阶上站岗，开始了他的真正的工作。

三十年来，约纳丹的工作仅仅就是每天上午九点至下午一点，下午两点三十分至五点三十分站在大门前面而已，充其量在三级台阶的最下面一级上迈着稳健的步子走来走去。大约在上午九点三十分和下午四点三十分至五点之间，他的工作各有一次短暂的中断，这是由于银行总裁罗德尔先生的那辆黑色豪华轿车驶入或者驶出。他必须离开大理石台阶，沿着银行大楼朝后院的大门急走十二米，拉开沉重的铁栅栏，把手举到帽檐，毕恭毕敬地敬礼，让豪华轿车通过。每天上午或者傍晚，当“布林克贵重物品运输服务公司”的那辆蓝色防弹运货卡车驶入或者驶出时，他也要完成类似的工作。他必须为它打开铁栅栏，车里的人也会得到一个敬礼，当然不是毕恭毕敬的、把手伸直贴在帽檐的敬礼，而是匆匆将食指碰一下帽檐的、同事之间的敬礼。除此之外，约纳丹没有任何事情。他站在这里，呆呆地出神，静静地等待。有时盯着自己的脚，有时望着人行道，有时凝视着大街对面的一家咖啡馆。间或他也在最下面一级台阶上踱步，向左走七步，再向右走七步；有时也离开最下面一级台阶，站到第二级台阶上；有时，当阳光强烈、天气热得汗水顺着帽带往下直淌的时候，他就站到第三级台阶上，大门上方的屋檐正好可以为这一级台阶遮阳。他摘下帽子，用衣袖擦擦满是汗水的前额，然后就站在那里发愣，静静地等待。

他曾经做过一次计算，到退休为止，他将在这三级大理石台阶上站七万五千个小时，等到那时，他肯定会是全巴黎、也许全法国，在同一个地方站的时间最长的人。或许他现在就已经是在同一个地方站得时间最长的人，因为他已经在这几级大理石台阶上度过了五万五千个小时。在这座城市，被算作正式雇员的守卫人员为数极少。绝大多数银行都是同所谓的资产保卫公司签订合同，由它派人在门前守卫。这些年轻的家伙两腿叉开，板着面孔，目光呆滞，通常在几个月之后，也有几个星期的，就由另外一些同样是板着面孔、目光呆滞的家伙接替。据说这是由于劳动心理学方面的原因：如果一名守卫在一个地方工作的时间太长，他的注意力就会减弱，他对周围发生的事情的感觉就会迟钝，他自己也会变得懒散、马虎，因此就不能胜任他的工作……

这纯属无稽之谈！约纳丹对此有着更深的了解：守卫人员的注意力在几个小时之后就已经减弱。他从第一天起就根本不是有意识地观察自己周围的人，更别说去观察成百上千进出银行的人。这也完全没有必要，因为人们反正也不可能看出抢银行的人与银行顾客之间的差别。即使守卫人员能够看出这种差别，迎面冲向抢银行的家伙，他也会在打开枪套保险扣之前就被强盗击毙，因为抢银行的人在突然性方面具有守卫人员不可比拟的优势。

守卫就像是一尊斯芬克斯，约纳丹这么认为（因为他曾经在他的一本书里读到过斯芬克斯）。守卫就像是一尊斯芬克斯，他不是通过某种行动，而只是以身体的出场发生作用，他以自己的身体来抵挡潜在的强盗，仅此而已。“你必须从我身边经过，”斯芬克斯对盗墓者说，“我无法阻止你，但是你必须从我身边经过。如果你胆敢盗墓，众神和法老亡灵的复仇将会落到你的头上！”守卫说：“你必须从我身边经过，我无法阻止你，但是如果你胆敢这么做，你就必须开枪把我打死，那么法庭的复仇将会落到你的头上，你会因谋杀罪而被判刑！”

当然，约纳丹也清楚，斯芬克斯比守卫拥有更为有效的惩罚手段。守卫不可能用众神的复仇进行威胁，另外，遇上强盗根本不在乎任何惩罚的情况，斯芬克斯也没有任何危险。它是用玄武岩——纯粹的岩石雕成的，用青铜塑成的或者用坚硬的石头砌成的，它毫不费力地存在了五千年，经历了一次又一次盗墓……然而，守卫若是遇上抢银行的事，必然会在五秒钟之内丧生。尽管如此，约纳丹仍然认为，斯芬克斯和守卫彼此极为相似，因为他们的权力都不是借助器械，而是象征性的。正是因为意识到这种象征性的权力，约纳丹才当了三十年的守卫。这种象征性的权力形成了他全部的自豪和自尊，赋予他力量和耐心，给了他比注意力、武器、防弹玻璃更为有效的保护，直至今天，他始终毫无畏惧、毫无疑虑、毫无一丝不满情绪、毫无呆板冷漠的面部表情地站在银行前面的大理石台阶上。

然而，今天一切都完全变了样。今天，约纳丹无论如何也不能使自己保持斯芬克斯的那种平静心情。刚刚站了几分钟，他就感到身体的重量压得两个脚后跟十分疼痛，他不停地把重心从一只脚移到另一只脚，稍不留神脚下一滑，他赶紧朝一侧跨了几步，以免失去身体的平衡。迄今为止，他一直是像测量用的铅锤那样极为出色地保持着身体的平衡。突然，他感到大腿、两肋以及脖颈子下面奇痒无比。过了一会儿，额头也痒了起来，就好像在冬天因为干燥而皴裂了似的。然而现在天气很热，对于九点一刻来说简直热得有些过分，他的额头上净是汗水，平时只有快到十一点三十分才有这种情况……他的胳膊、胸口、脊背、小腿也开始发痒，浑身上下只要有皮肤的地方都痒了起来。他真想毫无顾忌地搔搔痒。但是，一名守卫公开地搔痒，在此时此刻是绝对不行的，他只好深深地吸了一口气，挺挺胸，弓弓背，耸耸肩，用这种方法使身体和衣服磨来蹭去，以减轻身上瘙痒的程度。这种异常的扭肢曲体反而使他的身体摇晃得更加厉害，向一侧迈出几小步很快就不足以保持身体的平衡。约纳丹迫不得已地违反他的习惯，在九点三十分左右罗德尔先生的轿车到来之前，放弃了他按章执行的立正姿势。改为来回巡视：向左边走七步，向右边走七步。与此同时，他企图把目光固定在第二级大理石台阶的边上，把它当成是一辆在安全轨道上来回运行的小车，通过他对大理石台阶单调、相同的印象产生他所盼望的斯芬克斯那种镇静自若的心情，从而使他忘记自己身体的重量、皮肤的瘙痒乃至所有身体和精神上的紊乱。但是这也无济于事，小车经常越出轨道。他每眨一下眼，目光就会离开该死的台阶，跳入眼帘的都是另外一样东西：人行道上一张破报纸，一只穿着蓝色短袜的脚，一个女人的脊背，一只装着面包的购物篮，外层防弹玻璃门的球形把手，对面那家咖啡店门上闪光的红色菱形烟草专卖标志，一辆自行车，一顶草帽，一张面孔……他从任何一个地方都无法汲取力量，从任何地方都无法找到一个向他提供支持和方位的新的固定点。没等他看清右边的那顶草帽，一辆公共汽车就把他的视线吸引到了左侧的大街。他的目光追随了几米之后又投向了一辆白色赛车，这辆赛车再次把他的视线引回右边的大街。这时，那顶草帽已经消失了，他的眼睛徒劳地在众多的行人中间和众多的帽子中间寻找，他的目光停在一朵别在另外一顶帽子上、随风摇曳的玫瑰上面，然后又从那里移开，重新回到台阶。他的眼睛仍然闲不下来，继续在四下扫视，不停地从一个圆点移到另一个圆点，从一块污斑移到另一块污斑，从一条纹路移到另一条纹路……今天，空气似乎都热得发出嗡嗡的颤声，就像是在最热的七月的下午。所有的物体都蒙上了一层透明的薄纱，在微微颤动。房子、屋顶、屋脊都被阳光勾勒出闪光耀眼、模糊不清的轮廓，犹如被镶上了一圈流苏。人行道的排水沟和细方石之间的缝隙闪着亮光，蜿蜒曲折地向前延伸，它们平时直得就像是用尺子画出来似的。女人们今天似乎都穿着耀眼的服装，像一团团燃烧的火苗轻盈飘过，吸引了约纳丹的目光，同时又不使它过久停留一处。没有任何东西是轮廓分明的，没有任何东西可以看得清清楚楚。一切都在不停地颤动。

这是眼睛的缘故，约纳丹心想，一夜之间我变得近视了，需要配上一副眼镜。他小的时候曾经戴过一副眼镜，度数不深，左眼和右眼的折光度均为0.75。这事儿真有些奇怪，现在上了年纪，近视的程度反倒加深了。他在书里读到过，人上了年纪，眼睛都是远视，本来近视的度数也会减少。也许他过去患的并不是典型的近视，而是某种根本不能借助于眼镜来矫正的毛病：白内障，青光眼，视网膜剥离，眼癌，压迫视觉神经的脑瘤……

他沉醉在这种可怕的思想之中，以至于没有及时听见一阵反复出现的短促的喇叭声。直到第四声或者第五声——司机现在已经把喇叭的声音拖长了——他才听见，急忙作出反应，把头抬了起来。罗德尔先生的那辆黑色豪华轿车已经停在栅栏前面了！司机又按了一次喇叭，看样子已经等了好几分钟。在栅栏前面！罗德尔先生的豪华轿车！他过去什么时候曾经没有注意到这辆车的到来？通常，他甚至不需要用眼睛看，他可以感觉到它的到来，可以听到它的发动机的嗡嗡声，他可以放心地打瞌睡，每当罗德尔先生的豪华轿车驶近时，他准会像狗一样立刻醒来。

他不是在走，而是扑上前去，匆忙之中差一点摔倒在地，他打开栅栏上的锁，拉开栅栏，举手敬礼，让轿车通过。他感到，心脏在急促地跳动，贴着帽檐的手在微微颤抖。

当他锁上栅栏，朝大门走去时，已经全身是汗了。“你没有注意到罗德尔先生的轿车，”他用微微颤抖的声音喃喃自语，像是无法理解这件事似的反复念叨着这句话，“你没有注意到罗德尔先生的轿车……你没有注意到它，你不顶用了，严重地玩忽职守，不仅眼睛不灵，而且耳朵也不灵，你衰老了，再也不适合当守卫了。”

他回到最下面一级大理石台阶跟前，吃力地登上台阶，试图重新摆出守卫的姿势，但是他立刻就发现怎么也不可能做到这一点。双肩无法保持水平，两臂贴着裤缝晃来晃去。他知道，自己此时此刻的样子一定非常可笑，却又无能为力。他绝望地默默望着人行道、大街和对面的咖啡馆。空气的颤动现象消失了。物体又都恢复了原样，线条又变得横竖分明，整个世界清清楚楚地展现在他的眼前。他听见车辆行驶的隆隆声、公共汽车气门的咝咝声，咖啡馆招待员的叫喊声，女人的高跟鞋的咯咯声。他的视觉能力和听觉能力丝毫也没有受到损伤。汗水顺着他的额头大滴大滴地滚落下来。他感到自己浑身软弱无力。他转过身子，登上第二级台阶，又登上第三级台阶，站在外层防弹玻璃门旁边的圆柱前面的阴影下。他的双手交叉放在背后，触到了圆柱。他慢慢地向后仰去，朝着自己的双手，朝着圆柱，在他三十年的职业生涯中，他第一次把身体靠在了圆柱上。他的眼睛闭上了几秒钟，心里感到非常惭愧。

午休时，他从衣帽柜里取出箱子、大衣、雨伞，来到附近的圣普拉西德街。这条街上有一家小旅店，房客主要是大学生和外籍工人。他要求租最便宜的房间，旅店给了他一间租金五十五法郎的，他连看都没看就租下了，预付了租金，把行李放在接待处。在售货亭，他买了两个蜗牛形葡萄干面包卷和一袋牛奶，朝对面的布西科公园走去。这座公园就在廉价商店的前面。他坐在树阴下的一条长凳上吃了起来。

离他约莫两条长凳的地方蹲着一个流浪汉，他的大腿中间夹着一瓶白葡萄酒，手里拿着半块法国白面包，旁边的长凳上放着一袋熏制沙丁鱼。他拎着鱼的尾巴，把沙丁鱼一条接一条地从袋里拿出来，咬下鱼头，吐掉，把剩下的部分整个塞进嘴里，接着咬一口面包，喝一大口酒，发出一声心满意足的哼哼。约纳丹认识这个人，冬天他总是坐在这家商店仓库门口暖气房上方的栅栏上，夏天则坐在塞夫尔街的时装店前面，或者外交使馆的大门附近，或者邮局旁边。与约纳丹一样，他也在这个市区生活了几十年。约纳丹记得，三十年前他第一次见到他时，心里曾涌起一股忿忿不平的羡慕之情，他羡慕此人无忧无虑的生活方式。约纳丹每天九点整开始工作，而这个流浪汉却常常到了十点或十一点才姗姗露面；约纳丹必须直挺挺地站着，而这个人却舒舒服服地坐在一块硬纸板上吸着烟；约纳丹日复一日，年复一年地冒着生命危险守卫着银行，辛辛苦苦地挣钱糊口，而这个家伙却除了指望别人的怜悯和施舍，往他的帽子里扔点现钱以外无所事事。他的情绪似乎从未不好过，即使帽子里空空如也，他也不发脾气。他也从未有过痛苦难受或担惊受怕或百无聊赖的表情，他身上始终散发着一种令人气愤的自信和自满的气息，表现出一种滋事寻衅的自由自在的神气。

后来，在七十年代中期的一个秋天，约纳丹有一次去杜邦街的邮局，在门口险些被一只葡萄酒瓶绊倒——酒瓶放在一块硬纸板上，在一个塑料袋和一顶非常熟悉的盛有几枚硬币的帽子中间——他不由自主地四下张望，寻找那个流浪汉。并非因为他觉得见不着这个人有些怅然若失，而是因为在这幅酒瓶、塑料袋和硬纸板的静物写生中尚缺少一个中心……他看见那人正蹲在街对面两辆停在那儿的汽车之间拉屎：他蹲在人行道旁的排水槽跟前，裤子脱到了膝部，光溜溜的屁股正对着约纳丹，来来往往的行人都能看见这个像面粉一样白的、上面有许多青色斑点和淡红色痂疤的屁股。它看上去就像一个卧床不起的老人害了褥疮的屁股——可是，这个人却不比约纳丹当时的岁数大，也许三十岁，顶多三十五岁。这时，从那人丑陋不堪的屁股里猛地喷出一大团褐色的像稀粥似的液体，铺石的路面上形成了一个小水洼，它像一池湖水把鞋子围了起来，溅起的水点弄脏了袜子、鞋带、大腿、裤子、上衣、一切……

这一幕情景悲凉凄惨，令人作呕，触目惊心，以至于约纳丹今天只要一想起来仍不寒而栗。当时，他惊愕得傻站了一会儿，然后才逃命似的奔进了邮局，交付电费，又买了几张邮票，尽管他根本就不需要邮票。他的意图仅仅是为了多呆上一会儿，以便在离开邮局时不再遇见正在拉屎的流浪汉。他走出邮局时，眯缝着双眼，目光低垂，迫使自己不看街对面。他紧紧盯着左边，顺着杜邦街走下去，一直朝左拐，尽管他根本就没什么事情要上那些地方去。只要不再经过那个放着酒瓶、硬纸板和帽子的地方，就是绕一大段路他也认了。他穿过谢尔施-米第街和拉斯帕伊大街，才回到了普朗士街，回到了自己的房间这个安全的藏身之处。

从那个时刻起，约纳丹心里的那种对流浪汉的羡慕感就荡然无存了。倘若在此之前他还时常怀疑自己的工作是否有意义，即站在银行的门前度过一生的三分之一，所做的事情不过就是拉开几次栅栏，在银行总裁的豪华轿车进出时敬礼，休假很少，薪水很低，而且绝大部分变成了税款、房租和社会保险，消失得无影无踪……他曾怀疑这一切是否有意义。现在，当他亲眼目睹了杜邦街那幕可怕的景象之后，答案就在眼前：是的，这种工作是有意义的，甚至很有意义，因为它可以使他不致落得在公开场合露出屁股，在大街上拉屎的地步。还有比当众光着屁股在大街上拉屎更悲惨的吗？还有比脱下裤子，蹲在地上，被迫在众目睽睽之下干这等令人难堪的事更孤立无援、更侮辱人格的吗？拉屎！仅这两个字眼就带有被折磨的意味。就像人们在无法抗拒的压力之下必须做的所有事情一样，为了使当事人能够承受得了，这件事同样绝对不许其他人在场……或者至少要做到似乎无人在场：寻找一片树林，假如当事人正好在乡间；寻找一片灌木丛，假如当事人正好在荒野；或者寻找一条垄沟，或者乘着黄昏时分，假如这些都没有的话，也可以在一片方圆一公里不见人迹的开阔地带。那么，在城市里怎么办呢？那里，人山人海；那里，没有一处昏暗的角落；那里，即使是一片孤零零的残垣断壁也不足以安全地避开咄咄逼人的目光。在城市里，为了与他人保持距离，除了躲在门锁严实的方寸小屋之内，别无他法。谁若是没有这个方寸小屋，没有这个拉屎的安全场所，他就是所有人当中最可怜、最可悲的人，他既是自由的，又是不自由的。倘若钱少，约纳丹也能过得去，他可以想象自己穿一件邋遢的上衣和一条破烂的裤子，必要的时候——他调动自己全部的富于浪漫色彩的想象力——他甚至觉得，在一块硬纸板上睡觉，把自己的舒适小家限制在一个墙角、一道暖气栅栏旁边，或者地铁车站的楼梯平台上面，也是可以想象的。但是，要是在一座大城市里拉屎的时候，身后连扇门都没有的话——哪怕就是楼道公厕的门——要是一个人就连这种自由，这种最重要的自由，即在个人的窘境之中回避他人的自由也被剥夺了的话，那么其他一切自由也就全无价值了，生活也就变得毫无意义，那么倒不如去死，要更好一些。

当约纳丹认识到人的自由的本质在于拥有一个楼道公厕，而他则拥有这种至关重要的自由以后，他就感到一种深深的满足。是呀，他的生活已经不错啦！他过的是一种完全成功的生活。没有什么事情，的确没有什么事情值得他去惋惜，也没有什么人值得他去羡慕。

从这一时刻起，他就像长出了一双更加坚定的腿似的，站在银行的大门前面，他站在那里就像一尊铜像。他以前认为流浪汉身上的那种强烈的自满自信，就像熔化的金属一样流进他的体内，铸成一副内在的铠甲，使他变得更加沉重。从此以后，再也没有什么事情可以震撼他了，再也没有什么疑惑可以动摇他了，他找到了斯芬克斯的那种平静心情。在那个流浪汉面前——倘若他遇见他或者看见他坐在随便什么地方——他只会产生一种通常被称为宽容的感觉：一种由厌恶、鄙视和同情混杂在一起的情感。那个人再也不会使他激动，他对那个人已经无所谓了。

直到坐在布西科公园里，吃着蜗牛形葡萄干面包卷，喝着袋装的牛奶的今天，这个人对约纳丹也毫无所谓。以往午休期间他总是回家，因为他就住在离此五分钟远的地方。在家里他总要在电炉上做点热乎的东西，比如鸡蛋饼、火腿荷包蛋、奶酪面条、前一天的剩粥、色拉和咖啡。上一次午休时，坐在公园的长凳上吃蜗牛形葡萄干面包卷，喝袋装牛奶，已是很久以前的事了。他本来并不特别爱吃甜食，也不爱喝牛奶。可是今天他已经为那间旅店客房支出了五十五法郎，他觉得再去咖啡馆点色拉、啤酒和鸡蛋饼的话，就太奢侈了。

对面长凳上的那个流浪汉已经吃完了。在沙丁鱼和面包之后，他还吃了奶酪、生梨和饼干，喝了一大口葡萄酒，发出一声心满意足的哼哼，随后把上衣卷成一个枕头，放在长凳上，头枕在上面，伸展开懒洋洋的、酒足饭饱的身躯准备午睡。现在他睡着了。麻雀蹦过来，啄食面包屑，接着几只鸽子也被麻雀吸引到长凳跟前，用它们的黑嘴啄着地上被咬下来的沙丁鱼头。流浪汉丝毫不受这些鸟儿的干扰，睡得既沉稳又平静。

约纳丹端详着他，此时此刻一种奇特的不安袭上他的心头。但这种不安并不像从前那样由于羡慕，而是由于惊奇。他不禁自问，这个年逾五十的人怎么还会活着？以他的那种根本不为自己生命负责的生活方式，他不是早就该饿死、冻死，死于肝硬化——反正必死无疑了吗？与此相反，他却津津有味地又吃又喝，睡得又香又甜。他穿着一条打着补丁的裤子——当然不是他当年在杜邦街拉屎时脱下的那一条，而是一条比较漂亮的、可以说挺时髦的、仅仅打了几个补丁的绒裤——和一件棉衣，给人一种与自己、与外界都处于最佳和谐之中并享受着生活的完全自立的人的印象……而他约纳丹——他的惊奇慢慢地升级为一种神经质的思路紊乱——他这个人一生始终正直、守法、朴素、禁欲、整洁、守时、听话、可靠、正派……薪水的一分一厘都是自己挣来的，不管什么东西，他向来都是支付现款，电费、房租、门房女人的圣诞节小费……从未欠过债，从未给谁带来过负担，甚至没生过病，没花过社会保险金……从未伤害过谁，生活中除了维持和保障自己的一点内心平静以外，绝无其他奢求，绝无……而他却在五十三岁时被突然推入了一场危机，这场危机动摇了他悉心制订的整个生活计划，把他搞得稀里糊涂，使他出于惶惑和恐惧吃着蜗牛形葡萄干面包卷。是的，他感到恐惧！的确，他只要看一眼这个熟睡的流浪汉就会发抖，就感到恐惧：他突然感到害怕极了，他担心自己也会变成躺在长凳上的那个穷困潦倒的人。人要是贫困、衰败起来，那是多么快啊！自己那貌似牢固的生活基础支离破碎得多么快啊！“你没有看见罗德尔先生的轿车，”他突然又想起了这件事，“从未出现过，也绝不允许出现的事情，今天却出现了：你没看见这辆轿车。如果你今天没有看见这辆轿车，那你明天也许就会疏忽整个工作，或许还会把铁栅栏门的钥匙丢了，下个月你将被不光彩地开除，而新的工作你又找不着，因为，谁会雇一个不中用的人呢？依靠失业救济金谁也无法生活。那时你早已失去了你的房间，那里住着一只鸽子。一个鸽子的家庭住在你的房间里，把它弄得又脏又乱。旅店的费用涨得高不可测，由于苦恼你喝得酩酊大醉，越喝越多，喝光了你的全部积蓄，陷入酗酒的泥淖中而不能自拔，你会生病，堕落，身上长满虱子，穷困潦倒，被人从最后一家最便宜的小旅店里赶出去，身无分文，两手空空，站在大街上，住在大街上，睡在大街上，往大街上拉屎，你完了，约纳丹，不出一年，你就完了，你也会变成一个流浪汉，穿着破破烂烂的衣服，像他，你的这个穷困潦倒的哥儿们一样躺在公园的一条长凳上。”

他变得口干舌燥了，他把目光从意味着不祥之兆的那个睡觉的男人身上移开，咽下最后一口蜗牛形葡萄干面包卷。费了好长时间这口面包才咽进胃里，它像蜗牛似的不紧不慢地爬入食道，有几次似乎被卡住了，噎得他好痛，犹如一颗钉子钻透了他的胸膛，约纳丹以为这回非得被这块讨厌的面包噎死不可，但是它后来又接着一点一点地往下滑，终于到了下面，痉挛状的疼痛消失了，约纳丹深深地吸了一口气。他想现在就走，不愿在此再呆下去，虽说午休时间还有半个小时。他已经厌烦了，对这个地方已经兴趣索然。他用手背掸掉吃饭时尽管很注意还是掉在工装裤膝部的面包屑，捏了捏裤线的褶皱，站起身，看也没看流浪汉一眼就走开了。

当他回到塞夫尔街时，突然想起把喝光的牛奶袋放在公园的长凳上了。他感到心里很不痛快，因为他憎恨人们把垃圾丢在长凳上或者随便扔在街上，而不是扔在该扔的地方，即随处可见的垃圾筐。他自己还从未随手乱扔过垃圾或者将垃圾放在公园的长凳上，从来没有过，既没有因为一时疏忽，也没有由于健忘，这种事根本就不会在他身上发生……因此，他也不愿意今天，恰恰在已经接二连三地发生了许多令人不痛快事情的今天，发生这种事情。他已经走上了邪路，他的举止像个傻瓜，像个不正常的家伙，像个与这个社会格格不入的人——没有注意到罗德尔先生的轿车！午饭是在公园里吃蜗牛形葡萄干面包卷！倘若他现在恰恰在小事上不检点，不极其坚决地抵制像乱扔牛奶袋这样的似乎最次要的疏忽行为，他不久就将失去任何依托，什么也无法阻止他悲惨末日的来临。

于是，他转身回到公园。从老远的地方他就看见他坐过的长凳空着，走近一些，他就透过漆成深绿色的椅背的板条缝看到了白色的牛奶袋，他松了一口气，看来他的疏忽尚未引起任何人的注意，他可以纠正这个不可饶恕的错误了。他从后面走到长凳跟前，把腰深深地探过椅背，用左手拿起牛奶袋，一边站起身来，一边猛地向右转去，转向他知道的最近的垃圾筐的方向——这时他感到裤子突然被重重地斜着向下扯了一下，可是他已来不及退回去了，因为这事太突然了，而他又正处于一种方向正好相反的、向上旋转的运动之中。随着裤子被向下一拉还发出一种难听的声音，一声很响的“哧啦”，他就觉得左大腿的皮肤吹过了一阵风，这表明外面的空气不受阻碍地闯了进来。有一会儿时间，他惊愕得连看都不敢看一下，而且那声“哧啦”——它还在他耳中鸣响——的音量之大，就好像不仅他裤子上的什么地方被撕破了，而且他自己，这张长凳，这座公园也被撕开了一条缝，就像地震造成的一条巨大裂缝似的，周围所有的人似乎都听见了这声可怕的“哧啦”，这会儿全都正愤怒地看着他约纳丹，把他视为罪魁祸首。但是没有任何人在看他。几个老年妇女在继续织着活儿，几个老年男子在继续看着报。小游乐场上，几个孩子在继续玩着滑梯，那个流浪汉仍在睡觉。约纳丹慢慢地垂下目光，裂口大约有十二厘米长，从左边裤兜的下端——刚才转身时就是这里被长凳上的一颗凸出的螺丝钉挂住的——沿着大腿向下，不是整齐地沿着裤子的线缝，而是横向漂亮的华达呢工装裤中间，然后又拐了个直角、顺着裤子上熨出的褶儿撕开了大约两拇指宽，这样裤子上出现的不是一条不引人注意的裂缝，而是一个明显的窟窿，上面还飘扬着一面小三角旗。

约纳丹感到肾上腺素涌进了血液，他曾经在书里读到，当身体处于极度危险和精神面临彻底崩溃的时候，肾上腺才会排出这种刺激性物质，以便调动体内的最后储备，用来逃命或者去做最后的生死搏斗。事实上，他觉得自己负伤了，似乎不仅裤子而且自己的肉体也被撕开了一条十二厘米的伤口。他的鲜血、他的在体内循环往复的生命从伤口中汩汩涌出，如果他不能立刻缝合伤口的话，他就会死去。然而正是这样肾上腺素又以奇妙的方式使自以为将因流血过多而致死的他活跃起来，他的心跳得很厉害，他的勇气十足，他的思路一下子变得非常清晰，并且集中于一个目标。“你必须立刻采取行动，”他心里有一个声音在喊，“你必须立刻采取行动堵上这个窟窿，否则你就完了！”

就在他问自己能够采取什么行动时，他已经知道了答案——肾上腺素这剂灵丹妙药的功效如此迅速，恐惧能够对智慧和精力起到加速的效果。他果断地用右手抓住一直拿在左手里的牛奶袋，窝成一团，扔到一边，扔到随便什么地方，草地上，铺沙的路上，他才不管呢。他用腾出来的左手紧紧地压住裤腿上的窟窿，拔腿就跑。他尽量伸直左腿，不让左手滑动，右臂发疯似的摆动着，以跛足者特有的步态，一摇一晃，急急忙忙地跑出公园，跑出塞夫尔街，他只还有不足半个小时的时间了。

在巴克街口处的廉价商店食品部有一个女裁缝，他几天前还看见过她。她就坐在入口处附近，在放购物车的地方。她的缝纫机上挂着一个小牌子，他清楚地记着牌子上写的字：让妮娜·托佩尔——专改旧衣，兼营缝补——做工精细，交活迅速。这个女人会帮助他的，她一定会帮助他，假如她不是正在午休的话。她也许不会正在午休。不会的，不会的，否则就太倒霉了，他不会在一大里遇到这么多倒霉的事。现在不会，不会在这种极为困难的时候。人要是到了最困难的时候，他就会走运，就会得到帮助。托佩尔夫人会在做活的地方，她准会帮忙的。

托佩尔夫人果然在她做活的地方！他从食品部入口处看见她正坐缝纫机前做着活儿。是呀，托佩尔夫人是值得信赖的，即使午休时间，她也仍在干活，既细心又麻利。他向她跑过去，站在缝纫机旁边，把手从大腿上移开，匆匆看了一眼手表，两点零五分，他清了清喉咙，张口说道：“夫人！”

托佩尔夫人打完手里的一件红色百褶裙的褶儿，停下缝纫机，松开针脚，把线剪断，然后抬起头来看着约纳丹。她戴着一副大眼镜，珠母色的镜框粗粗的，镜片厚厚的，把她的眼睛变得像巨人似的，把她的眼窝变成了隐蔽的深潭。她的头发是栗褐色的，直直地垂到肩部，她的嘴唇涂成了银紫色，她也许四十八九岁，也许五十五六岁，她的举止就像那些家道中落、实际上已经配不上“女士”这一称呼的女士，人们对她们这种人很快就会产生信任。她的手指——她用手指把眼镜往鼻子上推了推，以便能够看清楚约纳丹——她的手指短小，像小香肠似的，尽管做过许多手工活儿，却保养得很好，指甲染成了银紫色。颇有几分使人信赖的魅力。托佩尔夫人用略微粗哑的声音问道：“您有什么事吗？”

约纳丹将身体的侧面对着她，指着裤子上的窟窿问道：“您能补补这个吗？”因为他觉得自己问得太唐突了，会使人看出他被肾上腺素引起的激动状态，就减弱口气以尽可能随便的口吻补充说道：“是一个洞，一条小裂缝……一桩小小的不幸，夫人，是否可以给补一补？”

托佩尔夫人把那双大眼睛的目光移到约纳丹的身

上，找到了大腿上的窟窿，然后弯下腰，以便仔细看看。她那光滑的栗褐色头发从肩上滑到后脑，露出了一截短短的、白胖白胖的脖颈，同时从她身上散发出一股香味，如此浓郁芬芳，如此令人陶醉，约纳丹不由自主地把头向后一仰，赶紧将目光从近处的脖颈移向远处的超级市场。有那么一会儿，他一直盯着眼前的空间，成排的货架，冷藏箱，奶酪和香肠柜台，特价商品柜台，堆积成山的酒瓶，蔬菜货架，推着购物车、拉着孩子、穿梭其间的顾客，售货员，出纳员和仓库保管员——人群熙熙攘攘，而他约纳丹，则穿着撕破的裤子站在一边，暴露在众目睽睽之下……他脑海中突然闪过一个念头，维尔曼先生、罗克夫人，甚至罗德尔先生也许正在人群里看着他约纳丹，看着他在大庭广众之下被一位栗褐色头发的、家道中落的女士检查身体的一个难堪的部位。他觉得有些不舒服，特别是他感到这会儿托佩尔夫人的一个小香肠似的手指触到了他的大腿的皮肤，她正用手指把撕开的小旗向上翻起，又重新放下……

但是，就在这时，托佩尔夫人从他的大腿处直起身子，坐在靠背椅子上，扑鼻而来的香水味顿时消失了，约纳丹这才垂下头，把目光从远处那令人迷惑的空间收回，投向面前的令人信赖的托佩尔夫人那副又大又厚的眼镜。

“怎么样？”他问道，紧接着又问了一遍：“怎么样？”他既忐忑不安，又迫不及待，就像是一个站在医生面前的病人，生怕医生作出令人沮丧的诊断。

“没问题，”托佩尔夫人说，“只是要在下面衬点东西，也许会留下一条小小的线缝，没别的办法。”

“这没有关系，”约纳丹说，“有一点线缝没什么关系，谁又会往这偏僻的地方看呢？”他看了一眼手表，两点十四分。“这么说，您能补好，您能帮助我了，夫人？”

“是的，当然能。”托佩尔夫人说道，把查看破洞时滑下一些的眼镜往鼻梁上推了推。

“啊，谢谢您啦，夫人，”约纳丹说，“我太谢谢您啦。您帮我摆脱了窘境。我现在还有一个请求；您能不能……劳您驾，因为我时间不多，只有……”他又看了看表，“只有十分钟时间，您能立刻就补吗？我是说，就现在？一分钟也不耽误？”

有些问题只要人们一提出来就被自身所否定；有些请求只要人们一提出来同时看一眼对方的眼睛，就知道完全是徒劳的。约纳丹看着托佩尔夫人眼圈发黑的巨人似的眼，立刻就明白一切都是毫无意义、毫无指望、毫无希望的。在此之前，他就已经知道这一点，当他还在结结巴巴地提问时，他就已经知道了，可以说他是从自己肉体上感觉到的，当他看表的时候，他就觉得自己血液中肾上腺素的含量正在下降：还有十分钟。他觉得自己正在往下沉，就像站在一块酥软的、即将溶化成水的冰块上。十分钟！谁能在十分钟之内补好这个可怕的窟窿呢？这不可能。压根就办不到。再说也不能就这样在大腿上补洞呀，得在下面衬点东西，也就是说必须把裤子脱掉。可是在这段时间里，在廉价商店的食品部中间，又到哪儿去再弄一条裤子呢？脱下自己的裤子，穿着内裤站在这儿吗？……荒唐，太荒唐了。

“立刻？”托佩尔夫人问道。尽管约纳丹知道一切都是徒然，尽管一种深深的沮丧情绪攫住了他，他还是点了点头。

托佩尔夫人微微一笑。“您瞧，先生，您看看这些东西，”她指着一个两米长的挂满连衣裙、夹克、裤子、女上衣的衣帽架说，“这些我都得立刻就做，我每天要干十个钟头。”

“是呀，这当然，”约纳丹说，“我完全理解，夫人，这是一个愚蠢的问题。那您认为，什么时候可以补好我的这个窟窿呢？”

托佩尔重新转向她的缝纫机，拉平红裙子的料子，放下了针脚。“如果您下个星期一把裤子送来，那么三个星期之后可以补好。”

“三个星期之后？”约纳丹麻木地重复道。

“是的，”托佩尔夫人说，“三个星期之后，不可能再快了。”

接着她就蹬动了机器，压脚嚓嚓地响了起来。此时此刻，约纳丹觉得自己仿佛根本就不存在了。虽然他还能看见在不到一臂远的地方托佩尔夫人正坐在缝纫机前，还能看见她那栗褐色的头发，珠母色眼镜，还能看见快速动作的又短又粗的手指和在红裙子边缘走出一条线缝的呼呼作响的机针……还能看见女裁缝的背后，超级市场里熙熙攘攘的人群……但是他却突然看不见自己了，就是说，他再也不把自己视为周围世界的一部分，有那么几秒钟，他觉得自己站得远远的，置身于世外桃源，就像正在透过一面拿倒了的望远镜观察着这个世界。他又像早上那样感到目眩头晕，身体摇摇晃晃，他向一侧跨了一步，转过身去，走向出口处。通过行走的运动，他又回到了这个世界，望远镜效果从他的眼前消失了。可是他的内心里仍然感到迷茫。

他在文具部买了一卷不干胶带，把裤子上的裂缝贴上，使得那面小三角旗不至于每走一步都张开一次。然后他回去上班。

整个下午他都是在悲伤和恼怒的心情中度过的，他站在银行门前最上面的一级台阶上，靠圆柱很近，但却没有靠在上面，因为他不想对自己的软弱无力让步。其实，他也根本不可能靠在上面，因为要靠在上面又不引人注意，就必须把双手交叉放在背后，然而，这是不可能的，因为他的左手必须垂在下面遮住大腿贴胶带的地方。因此，为了保持身体稳定的姿势，他被迫像那些傻小子一样，把两腿叉开站着。他觉得自己的脊柱因此而向外凸出，平时挺得直直的，而且很自然地脖子连同脑袋和帽子一起缩在双肩之间，这样一来，帽檐下面自然而然地出现了其他守卫的那种十分鄙视的虎视眈眈的目光和抑郁不乐的表情。他觉得自己变得奇形怪状，面前出现了一幅守卫的漫画像，一幅他自己的漫画像。他蔑视自己，憎恨这几个小时里的自己。他忿忿地怨恨自己，恨不得从皮肤里冲出来[1]，他还真的想从皮肤里冲出来，因为这会儿他全身的皮肤都在发痒。他现在甚至不能再靠自己的衣服和身体摩擦来搔痒，因为皮肤的每个毛孔都在冒汗，衣服就像第二层皮肤一样贴在皮肤上面。没有贴在皮肤上、衣服与皮肤之间尚有些许空间的地方，是小腿、

1 在德文中“从皮肤里冲出来”含有愤怒发火之意。

前臂、胸骨上方的凹陷处……奇痒难忍的地方恰恰就在这个凹陷处，因为又刺又痒的汗珠大滴大滴地往下滴——恰恰这个地方他不想搔痒，不，他不想得到这个可能的小小的痛快，因为这不会使他整个的悲惨处境有所改观，而只会使其更加明显，更加可笑。他现在愿意受苦，受苦越多越好。受苦对他来说正中下怀，说明他的憎恨和恼怒确有道理，并且将他的仇恨和愤怒之火扇得更旺，仇恨和愤怒又导致了痛苦，因为它们使他的血液越来越沸腾，将越来越多的汗珠挤出皮肤的毛孔。他脸上汗水涔涔，顺着下巴和脖颈处的汗毛往下直滴，帽檐卡着膨胀的前额，可是他无论如何也不会摘下帽子，哪怕就一小会儿。帽子应该像紧紧地拧在高压锅上的盖子一样戴在他的头上，像一个紧箍儿一样套着太阳穴，即使脑袋爆炸了也不例外。他什么也不想做，以便减轻自己的苦楚。他站在那里，动也不动，一连几个小时。他只觉得，他的脊柱越来越弯，肩膀、脖颈、脑袋越垂越低，身躯又矮又胖，那样子就像一只癞蛤蟆。

终于——他不可能也不愿意对此加以阻止——他那郁积已久的自我仇恨充满了全身，又从体内涌出，涌到帽檐下那双越来越阴险、越来越凶恶的眼睛，变成一种对外部世界的极其粗野的仇恨。约纳丹把在他视野之内的一切都蒙上了一层仇恨的铜锈。人们可以说，世界的真实面貌再也不能通过他的眼睛进入他的体内，光线的走向仿佛被颠倒了过来，眼睛仅仅被作为通向外界的大门，以便将整个世界涂满滑稽画：例如，大街对面咖啡馆门前人行道上的侍者，这些年轻、捣蛋、愚蠢的侍者懒洋洋地坐在桌椅之间，瞎扯闲谈，嬉戏打闹，妨碍行人，冲着姑娘背后吹口哨。这群小公鸡什么事情都不做，只是间或把顾客大声点的饮料冲着敞开的大门里面的柜台，再高声喊一通：“一杯咖啡！一瓶啤酒！一瓶柠檬汽水！”然后他们终于不情愿地走进大门，装出一副匆匆忙忙的样子，端出顾客要的饮料。这些侍者做出一些矫揉造作、貌似杂耍的动作，把饮料送到顾客的面前：把杯子旋转着放到桌上；把瓶装可口可乐夹在大腿中间，用手一拉把瓶盖打开；把夹在嘴唇之间的账单吐在一只手里，压在烟灰缸下，另一只手则伸到邻桌收款，收了一大把钱。价格高得惊人：一杯意大利浓咖啡五法郎，一小杯啤酒十一法郎，此外还得付给装腔作势的侍者百分之十五的服务费和额外小费。是的，这些无所事事的先生，这些厚颜无耻的无赖，他们等的就是这个，一笔额外的小费！——否则他们连声“谢谢”都不会说，更不肯说声“再见”；顾客要是不给额外的小费，在侍者眼里就只是一团空气，在离开咖啡馆时就只能看到侍者傲慢的脊背和傲慢的屁股。他们屁股上方的裤袋里塞着鼓鼓囊囊的黑色钱包，因为他们认为这样才气派，才潇洒，这些愚蠢的花花公子炫耀着像肥肥的尾骨一样的钱包——哼，他真希望能够用目光刺死他们这些自高自大、身穿透气凉爽的短袖制服的二流子！他真想跑过去揪住他们的耳朵，把他们从阴凉的太阳伞下面拽出来，在街上扇他们耳光，噼噼啪啪，左右开弓，打他们的嘴巴，揍他们的屁股……

但是，不仅仅揍他们！不，不仅要揍这些乳臭未干的侍者，还要揍顾客的屁股。那些傻乎乎的旅游者，那些身穿夏装、头戴草帽、鼻梁上架着墨镜的无赖，懒洋洋地坐在那里，喝着昂贵的清凉饮料，而其他人却汗流浃背地站着工作。还要揍那些汽车司机！那儿！这些坐在散发臭味、污染空气、发出讨厌的噪音的金属箱子里的傻猴子，整天除了在塞夫尔街上开来开去之外再无更好的事情可做。难道空气污染得还不够吗？难道这条街、这座城市的噪音还不够吗？难道从天空散发出来的高温还不够吗？难道你们非得用发动机把剩下的最后一点可以呼吸的空气吸尽、烧光，搀入毒素、粉尘和热腾腾的浓烟，吹进正派公众的鼻子里吗？你们这些垃圾袋！你们这些犯罪分子！应该把你们彻底消灭。是的！鞭笞，消灭，枪毙。每一个人，所有的人。啊！他真想抽出手枪，随意乱射一通，朝着咖啡馆里面，射穿玻璃窗，打它个稀里哗啦，朝着那些汽车，或者干脆朝着对面的一座摩天大楼，这些丑陋、高大、令人心悸的高楼大厦，或者朝着空中，向上，朝着天空，对，就朝着炎热的天空，朝着沉重地压在头顶上的、雾蒙蒙的、像鸽子羽毛似的灰蓝灰蓝的天空，把它击成碎片，让这层铅一样沉重的外壳裂开、坍塌、倾覆，把一切都碾成齑粉，埋在下面，一切，一切，整个可恶、讨厌、喧嚣、恶臭的世界。这天下午，约纳丹·诺埃尔的仇恨如此广泛，如此巨大，以至于他为了裤子上的一个窟窿竟要把整个世界变成一片瓦砾和灰烬。

然而，他什么也没有做，谢天谢地，他什么也没有做。他既没有朝天，也没有朝对面的咖啡馆，或者来往的汽车开枪，他站在原地，流着汗，一动不动。这种在他的身上引出惊人的仇恨，再从他的目光中流露出来的对这个世界的敌视，同时也使他浑身瘫软，以至于他的四肢再也不能动弹，更何况伸手掏枪或者扣动扳机了。是呀，他甚至都不能再摇晃一下脑袋，甩掉鼻尖上的一滴小小的使人难受的汗珠。这种力量把他变成了化石。在这几个小时里，这种力量的的确确把他变成了一尊斯芬克斯，一尊威风凛凛却又徒有其表的石像。这种力量具有某种电压，可以像磁铁似的吸起一块铁心，使之悬在空中。它也具有巨大的压力，可以将一座建筑物拱顶的第一块砖石牢牢地压在某个固定的位置上。这是一种假设虚拟的力量，其全部潜力存在于“我想要，我可能，我愿意”之中。约纳丹在心里编织着最骇人听闻的虚拟式的威胁和诅咒，此时此刻他恐怕也清楚自己永远不可能将其变成现实。他不是干这种事的人，不是出于内心苦闷、神经错乱或者一时冲动而犯罪的杀人犯。这并非因为他觉得这种犯罪行为是道德败坏，而是仅仅因为他根本不可能将自己的态度付诸行动或语言。他不是一个积极行动的人，而是一个逆来顺受的人。

下午五点钟左右，他已处于一种如此悲惨的境地，以至于他觉得自己再也离不开银行大门第三级台阶的圆柱前面的这块地方，肯定会死在这里了。他觉得自己至少老了二十岁，矮了二十厘米，几个小时的外部烈日暴晒和内部怒火灼烤把他溶化了，耗尽了他的精力，是的，他觉得自己已经精疲力竭，因为他已经感觉不出身上湿漉漉的汗水。他精疲力竭，就像一尊经历了五千年的风化、剥蚀、开裂了的石雕斯芬克斯，用不了多久他就会被晒干、烤焦，会萎缩，碎裂，化为尘土、灰烬，躺在这块地方。现在他勉强还能站在那里，就像一小堆垃圾，临了被一阵风吹走，或者由一位清洁女工扫掉，或者让雨水冲净。是的，他的结局就是如此：他不会作为一位受人尊敬、享受退休金的老人死在自己家中的自己的床上，而是像一小堆垃圾永远呆在银行门前的这块地方！他希望现在就已经到了这一步，希望衰亡的过程加速进行，早些走到终点。他希望自己真的能失去知觉，双膝发软，昏倒在地。他竭尽全力想使自己失去知觉昏厥倒地。小的时候，他曾经有这种本事。只要他愿意，他就能哭；他还能够憋气，直到昏厥过去，甚至他可以让心脏停止跳动一次。现在他竟然什么都不行了，他再也不能支配自己。他甚至再也不能屈膝弯腿，蹲在地上。他只能站着忍受一切。

这时他听见了罗德尔先生的轿车发出的轻轻的声音，这不是汽车喇叭的嘟嘟声，而是一种轻轻的鸟鸣般的声音，这是刚刚发动起来的汽车从后院驶向大门时发出的响声。就在这种轻微的响声传到他的耳边，进入他的耳朵，犹如一阵风暴穿过他体内的全部神经的时候，约纳丹感到，他的关节在嘎嘎作响，他的脊柱在伸长，伸出去的右腿不由自主地向左腿靠拢，左脚跟一转，右膝弯曲，向前迈了一步，接着左膝弯曲，然后又是右膝……他两脚交替向前，似在走，又似在跑，他跳下三级台阶，迈着轻快的步子来到门口，拉开栅栏，保持立正姿势，威武地将右手举到帽檐，让轿车通过。他完全像一个机器人似的做着这一切，丝毫也没有个人的意愿，他的意识的参与程度也仅仅局限于觉察到了这些运动和动作而已。约纳丹自己为这件事所做的唯一的独特贡献，就是朝着疾速驶去的罗德尔先生的轿车恶狠狠地瞪了一眼，默不出声地诅咒了一通。

可是，当他回到先前站立的位置之后，心里的怒火，他身上存在的这最后一点儿冲动，也逐渐消失了。当他机械地登上三级台阶，他最后的一点仇恨也不复存在了。回到台阶上面以后，他的眼里再也没有凶狠恶毒的目光。他用一种沮丧的目光望着大街。他觉得这双眼睛根本就不再属于自己，他仿佛是坐在他的眼睛的后面，像透过两扇无生命的圆形窗户朝外看着。是的，他觉得包裹着自己的这副躯壳似乎不再是自己的了，他约纳丹——或者他身上还残存的东西——仅仅是存在于一副高楼一般的陌生人的身躯中的一个渺小干瘪的小矮人，一个被绑在一架过于庞大、过于复杂的人形机器之中不能自拔、孤立无援的侏儒，他再也不能支配，再也无法按照自己的意愿操纵这架人形机器，而它要么自己操纵自己，要么就受其他某种力量的操纵。眼下这架机器静静地站在圆柱前面，站完了工作时间的最后十分钟——再也不能像斯芬克斯那样保持内心的平静，而是像一个被拆去了提线的木偶挂在那儿。五点三十分，维尔曼先生准时出现在外层防弹玻璃门前，喊道："关门吧！"这时，人形木偶机器约纳丹·诺埃尔就乖乖地运转起来，走进银行，站到电动关门装置的操纵台旁，开启装置，交替揿着控制内外两层防弹玻璃门的两个电钮，以便让职员们走出大门。随后，他与罗克夫人一起锁上已由罗克夫人和维尔曼先生共同锁好的通向地下保险库的防火门，与维尔曼先生一道打开报警系统，关掉电动锁门装置，与罗克夫人和维尔曼先生一起走出银行，在维尔曼先生和罗克夫人分别将内层防弹玻璃门和外层防弹玻璃门锁好之后，他又按照规定锁上了保险栅栏。接着，他朝罗克夫人和维尔曼先生笨拙地欠了欠身子，张嘴向二位道了晚安和周末愉快，同时也接受了对方的感谢以及维尔曼先生最美好的周末祝愿和罗克夫人的“星期一见”，他很有礼貌地等到他俩走了几步以后，才汇入人流之中，让自己被人流裹向与他们相反的方向。

走路使人平静，走路具有一种有益于健康的力量。在有节奏地摆动胳膊的同时，一步一步有规律的行走，呼吸频率的加快，脉搏的轻轻跳动，耳朵和眼睛为了确定方向和保持平衡而做出的必要的工作，空气掠过皮肤的感觉……所有这些都以不可抗拒的方式使肉体与精神合为一体，使得即使已经枯萎、受过损伤的灵魂，得以生长和发展。

对于双重人格的约纳丹这个藏在过于庞大的木偶躯体中的侏儒来说，亦是如此。他渐渐地、一步一步地增长，渐渐接近他的躯壳，从里面把它塞满，明显地控制了它，最终与它融为一体。这是在巴克街拐角处发生的事。他穿过巴克街（木偶约纳丹应该在这个地方自然而然地向右拐，沿着熟悉的路线走到普朗士街），故意不去理睬那家旅店所在的圣普拉西德街，而是径直走下去，直到格雷格瓦尔修士街，又从这里走到沃吉拉尔街，再从那儿走到卢森堡公园。他走进公园，沿着紧靠栅栏的林阴道转了三圈。这条路最靠外边，因此也最长，一些人正在慢跑。然后，他拐向南面，走上蒙帕那斯大街，再绕着蒙帕那斯公墓走了一圈，又走了一圈，接着向西走到第十五区，穿过整个第十五区来到塞纳河畔，顺着塞纳河而上，朝东北方向一直走到第七区，又到了第六区，他一直走啊走啊——夏日的夜晚是没有尽头的——重又回到卢森堡公园。当他到了门口时，公园刚刚关门。他在高大的栅栏门前停下脚步，大门左面是参议院大楼。这时大概九点左右，天空仍然亮得近乎白昼，只能从柔和的金黄色的天空和树阴的紫色边缘预感到黑夜将临。沃吉拉尔街上来往的汽车渐渐稀少，只是偶尔才出现一辆，街上的人群早已散去。公园出口处和街角的几伙人很快也离开，一个一个地消失在奥德翁剧院和圣絮尔皮斯教堂周围的大街小巷里面，有的去喝开胃酒，有的去饭店，有的回家。空气轻柔，散发着些许花香。四周静了下来，巴黎正在进餐。

他突然感觉自己疲惫不堪。走了几个小时，大腿、脊背、肩膀都疼痛起来，双脚在鞋里面火辣辣地疼。他突然又感到饥饿难忍，连胃都痉挛起来。他想喝一碗粥，想吃色拉和新鲜的白面包，还想来一块肉。他认识附近的一家餐馆，就在什么都有的卡内特街，一份饭菜外加服务费总共四十七法郎五十生丁。但是，他不能就这样汗淋淋臭烘烘地穿着撕破的裤子去呀。

他开始朝旅馆走去。途中，在阿萨斯街上，有一家突尼斯杂货店还开着门，他买了一听油浸沙丁鱼、一小块羊油奶酪、一个生梨、一瓶红葡萄酒和一个阿拉伯面包。

旅馆的这间房间比普郎士街的那间还要小，门的那一边墙比门宽不了多少，最长的一边顶多也只有三米。墙壁当然不是直角相接，而是——从门的方向看——斜着向两边分开，直至将屋子扩展到大约两米宽为止，然后互相靠拢，在正面会合，组成一个三角形的教堂后殿似的空间。这间房间从平面上来看就像一口棺材，开间也不比棺材宽敞多少。长的两边墙的一边放着一张床，另一边安装着一个洗脸池，下面是一个可以翻下来的浴缸，在三角形的教堂后殿里搁着一把椅子；窗户开在洗脸池的右上方，紧靠天花板，这是一个镶着玻璃的小活盖，用两根绳子系着，可开可关，就像一眼采光井，一股微弱的又湿又热的气流通过这个活盖吹进棺材，带进来了外界的一些沉闷的响声：杯盘的叮当声、厕所的抽水声、断断续续的西班牙语和葡萄牙语说话声、一阵嬉笑声、一个孩子的哭泣声，有时还从很远的地方传来一阵汽车喇叭声。

约纳丹穿着内衣内裤蹲在床边吃饭，他把椅子拉过来当桌子，把纸板箱放在上面，又把购物袋在箱子上摊开。他用小刀横着将沙丁鱼的躯干切成两半，叉起一半，搁在一片面包上，往嘴里塞了一口。在咀嚼的过程中，松脆的油浸沙丁鱼和淡而无味的面包片变成了一团美味佳肴。也许还缺几滴柠檬汁，他想。但是，这已经可以说是一顿奢侈的美餐了。每当他吃完一口面包，就着瓶子喝上一小口红葡萄酒，让酒流过舌面，在牙齿之间游动的时候，带有铁锈味的沙丁鱼和稍有酸味、浓郁芬芳的葡萄酒，就以令人信服的方式融为一体，约纳丹确信一生中还从未吃过比现在、比此时此刻更好的饭菜。这听罐头有四条沙丁鱼，可以吃上八口，就着面包悠闲自在地咀嚼，再喝八口葡萄酒。他慢条斯理地吃着。他曾经在一本杂志上读到，在极饿的时候，吃得太猛不利于健康，而且会引起消化不良，甚至导致恶心呕吐。另外，他之所以细嚼慢咽，也是因为他认为，这是自己的最后一顿饭了。

他吃完沙丁鱼，又用面包把罐头里剩下的油蘸干净，然后开始吃羊油奶酪和生梨。梨子的汁很多，以至于在削皮时差点从他的手里滑落。羊油奶酪压得很实，已经有些发黏，甚至粘在了刀刃上，吃起来酸溜溜苦兮兮的，牙龈像受到惊吓似的开始收缩，一时间连唾液也被吓没了。他接着再吃生梨，吃了一口香甜流汁的生梨，一切又开始流动、溶解，离开前腭和牙齿，滑过舌面，然后向下……再咬一口奶酪，又受到轻轻的惊吓，再吃一口爽口生津的生梨，奶酪，生梨……味道真好，他用小刀将纸上的最后一点奶酪渣刮了下来，连同起先切下来的果核部分带的一点点梨肉吃了个一干二净。

他又沉思着坐了一会，用舌头舔了舔牙齿，然后吃了最后一口面包，喝完最后一口酒。他把空罐头听、梨皮、奶酪包装纸拢在一块，连同面包屑一起包进购物袋，将这袋垃圾和空酒瓶放在门后的墙角里，从椅子上搬下箱子，把椅子放回三角形的教堂后殿，洗了洗手就上了床。他把羊毛毯卷成一团放在脚头，身上只盖了一条被单。然后他熄灭了灯。屋子里漆黑一团，就连从上面的那扇气窗也没有射进来一丝光线，只有微弱的、又湿又热的气流和从很远很远的地方传来的声响。天气非常闷热。“明天我就自杀。”他说。过了一会儿，他就睡着了。

夜里下了一场雷雨，这不是那种说下就下、电闪雷鸣的雷雨，而是一种迟迟下不来、长时间地抑制自己力量的雷雨。云层在空中犹犹豫豫地转悠了两小时之久，温柔地闪电，轻声地打雷，从一个城区转到另一个城区，好像不知道应该在何处聚积似的；它同时也不断扩展开来，越来越大，越来越大，最后终于像一床薄薄的铅灰色的被子盖住了整个城市，它还在等待着，通过犹豫不决给自己充上更足的电压，它仍然没有发作……这床被子下面没有一点动静，闷热的空气中没有一丝儿风，没有一片树叶在动，没有一粒灰尘在动，城市就像凝固了似的，它稍有一点瑟瑟发抖——如果可以这么说的话——它在足以使人瘫痪的紧张状态中瑟瑟发抖，好像它自己就是雷雨，正等待冲向天空爆炸的时机。

时间已近拂晓，天色微微泛白，这时天空终于发出了一声霹雳，这是唯一的一声，声音之响仿佛整个城市都爆炸了似的。约纳丹一骨碌从床上坐了起来。

他并没意识到这是霹雳，更不用说听出是在打雷，更糟的是：就在他醒来的一刹那，霹雳使他感到极度恐惧，他不知道恐惧的原因，这是对死亡的恐惧。他听见的唯一响声是霹雳的回音，这是多次重复的回音和隆隆远去的雷声。乍听起来，似乎外面的房屋像书架似的纷纷倒下了。他的第一个念头是：现在是时候了，这就是末日。他指的不仅仅是自己的末日，而且也是世界的末日，世界的毁灭，一场地震，一颗原子弹，或者两者兼有——反正这是绝对的末日。

但是，接着又一下子变得一片死寂，再也听不到隆隆的雷声，没有坍塌声，没有破裂声，什么也没有，什么回声也没有。这种突如其来的一直持续的寂静，简直比正在毁灭的世界的狂呼乱叫还要恐怖可怕。因为约纳丹觉得，自己虽然依然存在，但除了他以外什么都不复存在了，没有对面，没有上面，没有下面，没有外面，没有可以让他辨别方向的其他任何东西。所有的感觉、视觉、听觉、平衡感觉——所有可以告诉他，他在何处，他是何人的一切都陷入了黑暗和寂静的一片虚空之中。他只能感觉到心脏的狂跳和身体的颤抖。他只知道自己是在床上，但不知道是在哪张床上，也不知道床在何处——如果它还立着，如果它还没有倾覆，没有掉入某个无底深渊的话——床似乎在摇晃，他用双手紧紧地抓住床垫，以防从床上摔下去，以防失去他正握着的这唯一的东西。他用眼睛在黑暗中寻找支持，用耳朵在寂静中寻找依托，他什么也听不见，什么也看不见，一切全无，他的胃里在翻腾，涌起一股难闻的沙丁鱼味。“千万别吐，”他想，“千万别吐，千万别在现在把你自己翻到外面去！”……过了好长一段瘆人的时间，他终于看到了什么，那是右上方的一丝微弱的光线，一丁点儿亮光。他呆呆地望着右上方，眼睛紧紧地盯住它，一个正方形的小亮点，一个小孔，一道内外之间的界限，一间屋子里的一扇独特的窗户……是哪间屋子呢？这不是他的屋子呀！这绝不是你的屋子！你的屋子的窗户在床脚的上方，而不是挨着天花板那么高的地方。这是……这也不是叔叔家的那间屋子，这是位于夏朗德的父母家的那间儿童寝室——不对，不是那间儿童寝室，这是地窖，对了，地窖，你正在父母家的地窖里，你是个孩子，你只是做了一场梦，梦见你已长大成人，成了巴黎的一个令人讨厌的上了年纪的守卫；但是，你是个孩子，正坐在父母家的地窖里，外面正在打仗，你被俘虏了，被掩埋了，被遗忘了。他们为什么不来？他们为什么不救我？为什么这里死一般的寂静？其他人在哪儿？我的上帝，其他人到底在哪儿？没有其他人，我就无法生活啊！

他几乎喊出声来，他想冲着黑暗高喊："没有其他人，我就无法生活啊！"他感到极其困惑，约纳丹·诺埃尔这个老小孩，对孤独的恐惧大得无以复加。然后，就在他要喊叫的当儿，他得到了回答，他听见了一阵响声。

一声敲击声，很轻很轻，又敲了一下，第三下，第四下，在头顶的某个地方，接着敲击声变成了一种有节奏的轻柔的击鼓声，渐渐急促起来，越来越急，最后不再是击鼓声了，而是一种有力而欢快的噼噼啪啪的声音，约纳丹听出这是雨点的响声。

这间屋子重又恢复它原先的秩序，约纳丹，现在看清那块四方形的亮点原来就是采光井似的活盖，他在朦朦胧胧的光线中分辨出这间客房的轮廓、洗脸池、椅子、箱子、墙壁。

他松开了紧握着床垫的双手，将两腿收到胸前，用双臂抱住。他就这样蜷曲着身子坐了很久，也许半个小时，聆听着雨点的响声。

然后，他下了床，穿好衣服。他用不着开灯，晨曦中他能看得清楚。他拿起箱子、大衣、雨伞，离开了房间。他蹑手蹑脚地走下楼梯，楼下接待处的夜班门房还在睡觉。为了不把这人吵醒，约纳丹踮起脚尖从他身边走过，很快地揿了一下电动开门装置的按钮，随着轻轻的“吱喽”一声，门就弹开了。他走出门，来到了户外。

在大街上，他浑身沐浴着凉爽、灰蓝色的晨曦。

雨已经停了，只是房檐和遮阳布篷还滴着雨滴，人行道上有一摊摊积水。约纳丹朝着塞夫尔街走去，四下里看不见一个人，看不见一辆车。周围的房屋静悄悄的，显得谦逊而纯真无邪，仿佛雨水把它们骄傲的气焰、自大的外表和所有的危险全都冲刷殆尽了似的。在对面廉价商店的食品部前面，有一只猫正沿着橱窗轻快地跑着，消失在空荡荡的蔬菜货架底下。右面的布西科公园里，雨淋过的树木发出沙沙的响声。几只乌鸦开始鸣叫，啁啾声从高楼大厦反弹回来，更增添了城市上空的宁静。

约纳丹穿过塞夫尔街，拐进巴克街，朝家走去。每走一步，湿漉漉的鞋跟就在湿乎乎的柏油路上发出“啪”的一声。就像光脚走路一样，他想。他指的是响声而不是脚在鞋袜里面的那种又湿又滑的感觉。他真想脱下鞋袜，光着脚走路。他没有这样做，仅仅是出于懒惰，而并非因为他觉得这样做有失体面。他使劲地在积水中啪啪地跺脚，专拣水洼中间走，呈之字形地从一摊积水走到另一摊积水，有一次甚至还转到大街的另一边，因为他发现对面的人行道上有一大摊美丽的积水，他噼噼啪啪地用平底鞋跟踏过积水，水都溅到了橱窗、停在旁边的汽车以及自己的裤腿上面。真好玩，他享受着这种小小的孩子的恶作剧，就像享受着一种无限的重新获得的自由，当他来到普朗士街，走进大楼，悄悄地走过罗卡尔夫人那间关闭的门房，穿过后院，走上窄小的仆人专用的楼梯时，他仍然兴高采烈，心情愉快。

直到快要到了七楼时，他才有些害怕起来，他害怕过道的尽头：那只鸽子，那只可怕的动物正在上面等待着。它恐怕正蹲在过道的尽头，红红的爪子，四周净是鸽屎和随风飘荡的绒毛，这只长着可怕的裸眼的鸽子将扑棱着翅膀飞起来，用翅膀触及他约纳丹，要想在这么狭窄的过道里避开它是不可能的……

他放下箱子，停住脚步，尽管他前面还有五级台阶。他并不想转身离去，只想在走完最后这一段路之前，休息一小会儿，歇一口气，使心跳平缓一些。

他望了一眼身后，他的目光循着螺旋形的楼梯扶手向楼梯下面望去。他看见斜射进每一楼层的光线，他觉得晨光已经失去它的蓝色，渐渐变成黄色，也更加暖洋洋的了。他听见从房东的房间里传出了这幢大楼正在醒来时发出的最初的响声：杯盘的叮当声，电冰箱的开关声，收音机轻轻播放的音乐声。随后，一股熟悉的香味突然扑鼻而来，这是拉萨尔夫人的咖啡的香味，他吸了几口，觉得就像喝了咖啡似的。他一下子不再感到恐惧了。

他刚一走进过道，立刻就看见了两样东西：关闭的窗户和晒在楼层公厕旁边的水池上面的一块抹布。他还看不到过道尽头，从窗户射进来的一团亮得刺眼的光线挡住了他的视线。他往前继续走着，已经可以说是无所畏惧了，他穿过光亮处，来到后面的背光处。过道里空空荡荡，鸽子不见了，地板上的鸽屎已被擦掉，红色的瓷砖上再也没有一根小羽毛，再也没有一根小绒毛在瑟瑟颤动。

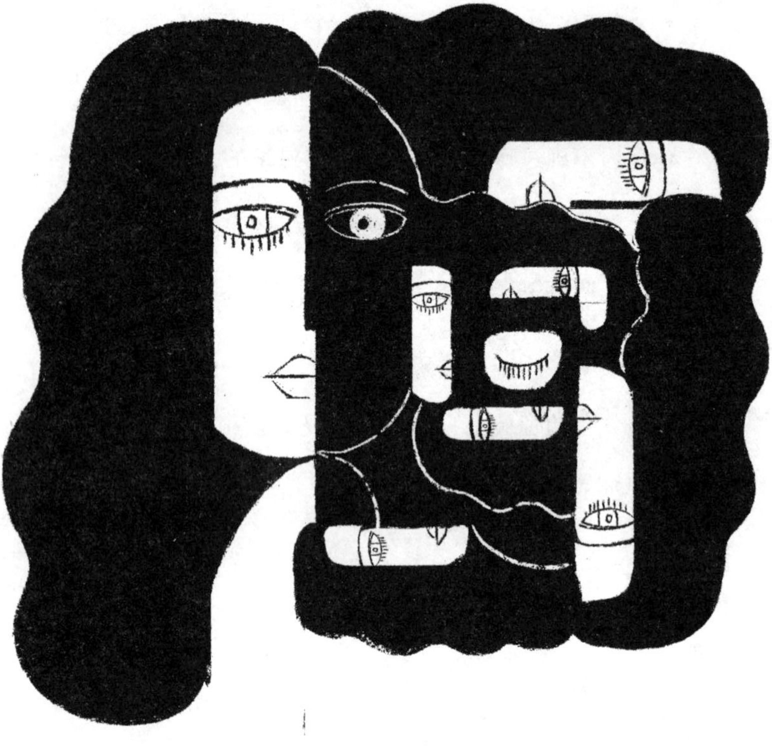

对深度的强调

陈晓春 译

一名来自斯图加特的年轻女子，画画得不错，在她举办的第一次画展上，一位评论家，他没有什么恶意，只是想推动她，对她说："您作的画，显示出您的天赋，也颇赏心悦目，只是您的深度远远不够。"

这名年轻女子没有理解这位评论家指的是什么，一会儿，也就将他的这番评论抛到了脑后。可第二天报纸上刊出了这位评论家的观后感，文中写道："这位年轻的女艺术家聪颖过人，她的画初看上去令人满意，可惜的是这些画都缺乏深度。"

年轻女子这时开始思索起来。她端详着自己的画，一边在旧的挎包里翻寻着。她仔细地打量着她画的所有的画，包括那些正在创作中的作品。然后，她拧上颜料瓶，擦干笔，出去散步了。

当天晚上，她应邀做客去了。人们似乎都知道报上的那篇评论，交口称赞她出众的才华和那些一眼看去就给人留下极大满足和舒适的画。但从角落里和背对着她站着的人们的窃窃私语中，年轻女子如果竖起耳朵细听，就会听到这样的话："她没有深度，就是这么回事。她并不差，可遗憾的是她没有深度。”

在接下来的整整一个星期里，年轻女子什么都没画。她一声不吭地坐在自己的屋里，像一个掉在深海里的病人，拼命地思索着，脑子里只有一个想法，并紧紧抱住它，缠住它不放：“为什么我没有深度？”

在第二个星期里，女子尝试着继续作画，可除了几幅笨拙的草稿她什么也没画出来。有时她连一根线条都画不好。最后她手抖得厉害，连笔都放不进颜料瓶里了。这时她哭了起来，高声叫喊：“是的，说得对，我是没有深度！”

第三个星期里，她开始翻阅画册，研究其他画家的作品，并去画廊和博物馆。她阅读艺术理论方面的书籍，走进书店，要店员在书库中寻找最有深度的书。她得到了一本某个叫做维特根斯坦写的书，可根本无法读下去。

在市博物馆举办的“欧洲绘画五百年”画展上，她加入了一群由他们的美术老师带队的学生队伍。在莱奥纳多·达·芬奇的一幅画前，她突然走到前面问道：“对不起……您能告诉我这幅画有深度吗？”美术教师咧嘴笑着回答说：“如果您想取笑我的话，那您该早些起床，仁慈的女士！”全体同学哄堂大笑，这年轻女子掉头就走，回到家中竟伤心地哭了起来。

年轻女子越来越古怪。她几乎不再离开工作室一步，却什么也画不出来。她吃药，为了保持头脑清醒，可不知道为什么要使头脑清醒。她倦了，就睡在椅子上，因为她不敢上床睡觉，害怕睡觉的深度。她也开始酗酒，整夜整夜地不关灯。她不再画画。当一位工艺美术品商人从柏林打来电话，请她画几幅画时，她竟对着话筒大声嚷嚷：“您让我安静点吧！我没有深度！”她偶尔捏代用黏土，但没有固定的形状。她只是将手插在黏土里，或是把黏土搓成小泥团。她不修边幅，不再注意自己的穿着打扮，整个屋里乱七八糟。

她的朋友们为她着急。她们说：“我们得关心她，她陷入了一场危机。这个危机或许是人际关系方面的，或许是艺术方面的，也有可能是经济方面的。第一种情况我们帮不上忙，第二种情况必须由她自己去克服，如果是第三种情况，我们可以为她捐一些款，不过这可能会使她感到难堪。”所以他们局限于邀她做客，请她吃饭或是参加各类社交活动。可她总是以她得工作为由加以拒绝。事实上她从不画画，只是端坐在她的房间里，呆呆地看着前方，或是捏着代用黏土。

有一次，她对自己是那么的绝望，以至终究还是接受了一次邀请。她挺中意的一名青年男子，聚会结束后要送她回家，他想和她睡觉。她说，他完全可以这样做，因为她也喜欢他，只是她不具备深度，他得对此做好思想准备。听她这么一说，年轻人就和她道别了。

这名以前画画得那么好的年轻女子，现在愈发萎靡不振。她终日闭门不出，也不再接待来客。由于缺少运动，她发胖了，由于酗酒和服用药物，她过早地衰老了。她的屋里开始散发出一股霉味，她自己也一身臭酸气。

她得到过三万马克的遗产，靠这笔钱生活了三年。在那段时间里，她每年都要去一次那不勒斯，谁也不知道她为什么去那儿。谁和她打招呼，她也只嘟哝几句含混不清的话。

这笔钱花完后，这名女子剪破她所订阅的所有报纸，把它们剪得满是窟窿，随后乘车去了电视塔，从 139 米的高处跳了下去。但这一天正好刮大风，她没有摔死在塔下沥青面的广场上，而是被风吹过一片燕麦地，落到了森林边上，掉在了一棵冷杉树上，尽管是这样，她还是当场就死了。

感谢马路小报获悉了这条消息。自杀这件事情本身，那令人感兴趣的飘移路线，加上这是一个极有前途的女艺术家，而且曾是那么漂亮，这一切都有着极高的新闻价值。她的屋里看上去是那么的凌乱，简直可以拍多姿多彩的风景照片了：数千个瓶底朝天的酒瓶，到处是破坏的痕迹，遍地是撕碎的画，墙壁上是一团一团的代用黏土，房间角落里甚至还有大便！人们大着胆子做了第二个醒目的标题，此外还在第三版上登了个专题报道。

开头时提及的那位评论家，在副刊上写了一篇短文，文中表达了他对这名年轻女子如此骇人听闻地结束自己生命的震惊。他写道："对我们还活着的人来说，眼睁睁地看着一个有着天赋的年轻人找不到在圈子里坚持下去的力量，是一件令人震惊的事情。如果涉及的主要是人性范围内的关怀和艺术领域里的理智的陪伴，那么单单是国家提供赞助以及私人给予帮助是远远不够的。然而导致这一悲惨结局的起因最终似乎在她本人。因为她的初期作品，看上去仍显得幼稚，并没有显示出那种令人吃惊的内心矛盾，但从那执拗的、用于传递信息的颜料调配技术中，不是可以窥见那种内心迷惘的、螺旋形般固执的、同时感情高度冲动却显然是徒劳的一个生物对自我的反抗吗？我差不多想说，那不是不计后果地冷酷地对深度的强制吗？”

一场龙虎斗

陈晓春 译

那是八月的一个傍晚，大多数人都已离开公园，但在卢森堡公园西北角的亭子里，还坐着两名在下棋的男子，旁边围着十多个人，高度紧张地盯着棋盘，以致此时已近晚饭前喝开胃酒的时候，仍然没有人产生要在这盘棋结束以前离开的念头。

这一小群人是对那位挑战者感兴趣，这位年轻人长着一头黑发，脸色灰白，有着一双目空一切的黑眼睛。他一言不发，脸上没有任何表情，只是偶尔在手指间来回转动一支没点燃的香烟，完全一副心不在焉的样子。没有人认识他，迄今为止也没有人看到他下过棋。可从他只是冷冷地、高傲地、不出声地坐到棋盘边摆动棋子的第一刻起，他身上就迸发出一股强大的吸引力，使得每一个看到他的人，都感受到一股不可抗拒的自信，觉得他们在这儿碰上了一位了不起的天才似的棋坛高手。引发这种感觉的或许只是这位年轻人俊秀和难以接近的外表，还有他那讲究的穿着和他匀称的体形；或许是他姿态中流露出来的镇定和沉着；或许还有包围着他的那种陌生的不同寻常的气息，反正在走第一个兵前，观棋者们就坚信，这是一位一流的棋手，他肯定要暗暗地创造人们期待已久的奇迹，也就是意味着要战胜这当地的棋王。

这位棋王，是个七十岁左右的小个男人，其貌不扬，从每个方面来说，都与那位年轻挑战者形成强烈的对比。他穿一身法国退休老人穿的工作服，裤子是蓝色的，里面是件羊毛背心，外套沾满了饭菜污渍，抖动着的双手上布满了老年斑，稀少的几根头发，紫红的鼻子，脸上一根根青筋凸出。他缺少任何的光彩，而且还没刮胡子。他烦躁地使劲吸着他的烟屁股，在他坐着的露天椅子上不安地蹭来蹭去，并顾虑重重地不停地摇晃着脑袋瓜。围观的人对他是最熟悉不过了。每个人都和他对过阵，但都输给了他，因为虽然他称不上是个天才棋手，但他却具有那种拖垮对手、俘虏对手和永不出错这真真使人恨之入骨的特点。人们不能指望他用一个小小的疏忽来迁就你，得有一个人来打败他，一个确实比他下得好的人。这一情景，人们这样猜想，有可能在今天出现：一个新的大师来了，他会将老棋王打翻在地——千真万确！——把他掀下马来，把他杀得片甲不留，步步紧逼，把他碾成齑粉，让他也终于尝尝失败的苦涩。这将是为大家洗刷耻辱啊！

“留点神，吉恩！”还没落子前他们就提醒他，“这次可要你性命了！你赢不了他，吉恩！滑铁卢，吉恩！当心，今天是滑铁卢喔！”

“别吵，别吵……”老头边回答边摇晃着脑袋，犹豫不决地把他的白色小兵往前推。

只要是轮到执黑棋的陌生人走，周围总是一片寂静。没人敢和他说话。人们心存胆怯地看着他怎样一言不发地坐到棋盘前，看着他那盯着棋子的胸有成竹的目光，看着轮到他下时他是如何在手指间转动那支没点燃的香烟，是怎样飞快而自信地移动他的棋子的。

开始的几步棋是通常的走法。各自吃了对方的一个兵。第二步走后，黑棋有两个兵处在一条线上，一般地说这是不利的。但陌生人完全意识到这点，容忍了双兵处在同一条线上这一局势，以便在下一步为后让道。这样走的目的显然是要在接下来的一步让对方吃掉一个兵，这是迟到的舍兵以取得攻势的开局着法。白棋只是迟疑地，几乎是战战兢兢地接了这步棋。围观的人们交换了一下意味深长的目光，心存疑惑地点点头，随后又紧张地瞅着陌生人。

陌生人有一会儿停止了手中的香烟转动，他往前举起了手——他确实要走后了！把它一下子拉出来，一下子放到对方的阵地上去，后这么一走，就仿佛把棋盘分成了两个部分。人群中发出了赞赏的轻微咳嗽声。多妙的一步棋！多大的冲劲！是的，他会走后这步棋，他们猜到他会这么走——但一下子走得那么远！围观的人们——他们可都是些深谙棋道的人——他们中却没有人敢这样走。可这对真正的大师来说只是小菜一碟。一位真正的大师下起棋来是富于独创性的，充满风险的，坚决果断的——与一般的棋手就是那么不一样。所以作为一名一般棋手，不必去理解大师走的每一步棋，因为——事实上人们不是很清楚，后为什么要走到它现在的位置。它根本不能置对方于死地，只是对被保得很好的棋子形成攻击。可这步棋的目的和深刻意义很快就会显现出来，大师自有他的锦囊妙计，这是肯定的，这可以从他不变的表情、自信和从容的手势上看出来。这非同寻常的走后这步棋，至此连最后一名观棋者都明白了这棋盘边坐着一位天才，再过一会就见不着他了。吉恩这老棋王，只配让人幸灾乐祸了。他怎么能抵挡得了这万钧之力？人们对他的能耐知道得可是一清二楚的！他或许会试图通过步步为营的方法，走出这困境，采取谨慎小心的步步拖延战术……迟疑了好久后，吉恩没有对深入腹地的黑后采取相应的大规模围剿，而是吃了H 4格因黑后的前移而失去保护的一个兵。

年轻人对又失一兵毫不介意，他连一秒钟都没思考，就把后右移，直指对方阵势的核心，落到了同时攻击两名将军——马和车的位置，此外还直接威胁处于它前方的王。围观者的眼睛因赞赏这一妙招而闪闪发亮，好一个鬼才！多妙的黑棋！好大的气魄！“专业水平，”有人喃喃自语，“大师，棋中佳作！”此时的人们焦急地等着吉恩的应着，他们这么性急，主要还是要看到黑棋的下一步高招。

吉恩犹豫不决起来。他思考着，绞尽脑汁，屁股在椅子上磨来蹭去，头在不停地摆动，令看他的人都感到难受——走啊，吉恩，你走啊，不要躲躲闪闪该走不走啊！

吉恩终于走了。他用颤抖着的手拿起了马，跳到了不仅摆脱后的攻击，而且对后形成攻击并保护车的位置。就这样了。这倒是不错的一着。在这般困境中除了这样走还能有其他什么走法呢？我们，我们所有站在这儿的人，也都这样下过的呀。——“可这帮不上他什么忙的！”有人在窃窃私语，“黑棋早就料到了这一着！”

说时迟那时快，执黑棋的手像只老鹰掠过棋盘，抓起后就往……——不！不要像我们也走过的那样胆小如鼠地往回跳，只要将它往右移一格就行了！真是让人难以置信！人们由于惊讶，一个个都愣住了。谁也不知道这么走有什么用，因为现在后已到了最边上的一格，既不威胁对方的任何棋子也不保护自己的任何棋子，它毫无作用地呆在那儿——但却是威风八面，是那么可笑地威风凛凛，还从来没有一个后那么威武地、孤单而又高傲地站立在对方阵地的中央……吉恩也没反应过来，他的这位神秘的对手走这步棋有些什么目的，是不是设下了什么圈套让他钻，他思考了好长时间才满腹狐疑地作出决定，再次吃掉对方一个孤零零的兵。围观者一算，现在他要比黑棋多三个兵。可这并不能说明什么！数量上的优势有什么用？对手可是有着战略目光的，他不计较棋子的多寡，而是要攻城略地，是要充分展开队形，是要出其不意闪电般地出击。吉恩，你得当心！你还可以吃兵，可接下来要将你的军了！

轮到黑棋走了。陌生人从容不迫地坐在那儿，手指间转动着香烟。现在他思考的时间比起前面来长了一些，也许是一分钟，或许是两分钟。四周一片寂静。围观者谁也不敢低声说话，也几乎没人再去看那棋盘，大家都神情紧张地看着年轻人，看着他那双手，看着他那苍白的脸。在他的嘴角边不是已经露出了一丝胜利的微笑吗？难道还看不出在作出重大决策之前那鼻翼的轻轻翕动？下一步棋会怎么走呢？大师会采取怎么样的致命性打击呢？

此时那支烟不再转动，陌生人向前弯起腰，数十双眼睛跟随他的手一道移动　　他将走哪步棋呢，他会走哪步棋呢？……他举起了 G7 格的兵——谁会想到这一着！ G7 格的兵！——把 G7 格的兵移到了……G6 格！

四周鸦雀无声，足足一秒钟。连老吉恩也在顷刻之间停止了抖动和摇晃。只是少了观众中的欢呼声！人们吹出憋了好长时间的气，用肘碰碰旁边的人，你们看到没有？这是一个多么厉害的小伙！多有魄力！他不去动后，而是干脆把兵走到 G6 格！这样当然就把 G7 格留给了象，这是肯定的，再下一步他就会将军了，那再往后……？再往后……？……然后，是这样的——然后么……然后肯定是吉恩很快完蛋，肯定是这样。只要瞧瞧他那使劲考虑的模样就够了！

确实，吉恩在思索着。想了好久好久。这男人该是绝望了！有时他把手伸出去——可又缩了回来。你快一点啊！你走啊，吉恩！我们要见识大师呢！

在过了漫长的五分钟后，有人已用脚在嚓啦嚓啦蹭地了，吉恩才终于壮着胆子开走。他向后发起攻击，用一个兵攻击黑后。想用这拖延的方法苟延残喘，是多么的可笑！黑棋只要往后退两格，一切就全恢复为原样。你输了，吉恩！你想不出什么高招了，你的死期到了……

因为执黑者拿起了——你看，吉恩，他根本用不着冥思苦想，现在是接二连三，步步推进！——执黑者拎起了……——这时所有人的心脏一下子都停止了跳动，因为与所有显然是理智的考虑相反，黑棋没有走后，以摆脱那个兵的可笑的进攻，而是采取原先的策略，将象走到了 G7 格。

人群中一片失望。所有的人像肃然起敬般后退半步，不解地看着他：他竟然献出他的后，把象走到了 G7 格！他这样做时头脑清醒，神色庄重，他安详、从容地坐在那儿，脸色灰白，但气度不凡，优雅无比。这时人们眼睛湿润，心中腾起一股暖流。他下出了他们想下而从来不敢下的棋。他们不明白他为什么如此这般地下，他们或许觉察到，他是在自杀性地冒险，可这对他们来说是无所谓的。但尽管如此，他们还是想能像他那样下棋：大刀阔斧、满怀信心、拿破仑般地玩命。不像吉恩，他们熟悉他的胆小如鼠般的迟缓走法，因为他们自己的下法和他没有什么两样，只是技术稍差而已。吉恩的走法是明智的，它井然有序，有章有法，缺点是呆板乏味。相比之下黑棋的每一招都透出灵气，他献出自己的后，只是为了把象走到 G7 格，你们什么时候曾看到过这样的走法？他们深深地被这一举动打动。现在他可以下了，不管他怎么走，他们都将一步步地跟随着他，直到结束，无论是胜利还是失败，他现在就是他们心目中的英雄，他们爱他。

即使是作为对手的吉恩，这位理智的棋手，当他用颤抖的手用兵攻击后时，也因畏惧这位响当当的英雄而迟疑不决，他轻声地道歉着，几乎是请求地说，人们不该强迫他走这步棋：“如果您把它送给我，先生……那我就得……我必须……”他用恳求的目光看了一眼他的对手。而他毫无表情地坐着不吭一声。这位老者，怀着内疚和无奈，展开了进攻。

片刻之后，黑棋用象将军，将白棋王的军！观棋者中一阵骚动，人们已把失去后的事忘了，他们像一个人似的站立在年轻的挑战者和他的象后面。将！他们也该这样下的！完全一模一样，没有什么两样！将！——如果冷静地加以分析，他们自然知道，白棋有着多种解围的方法，可他们对此已不再感兴趣。他们不想再清醒地加以分析，他们只想看到辉煌的业绩，天才般的进攻和置对手于死地的强大打击。这场比赛——这一盘棋——对他们来说只有如此才有意义，才会使他们兴趣盎然，那就是看到年轻的陌生人取胜，老棋王被打翻在地。

吉恩迟疑着，思考着。他明白，谁也不会希望他赢得这场比赛。可他不知道为什么。他不能理解的是，其他人——他们可都是些久经沙场的老手——为什么看不出是他处于优势，是他的阵地固若金汤。他比对手多一个后和三个兵啊。他们为什么认为输的是他呢？他不会输！——或者真的是他输？他估计错误了？他精力不支了？其他人看得比他清楚？他有些慌了。或许是一个致命的圈套，走下一步棋时就要被抓住了。圈套在什么地方呢？他必须避开它，他必须钻出来，他必须给予反击……

吉恩更加小心地、更为迟疑地、更加胆战心惊地依照下棋的规律反复考虑，最后决定把马往回撤，跳到王和象之间，这样一来，黑象就处于白后的打击范围之内。

黑棋即刻作出回答。黑棋没有中断被阻拦了的进攻，而是加强了力量：他用跳马来保护受到攻击的象。观众中爆发出一片欢呼声。现在双方可以一步步地开走了：白棋走象打援，黑棋将车前移，白棋跳另一只马，黑棋移动他的另一个车。双方在黑象所处的位置上都投入大量的兵力，这一本来就无所作为的象所在的位置成了双方厮杀的中心——为什么，人们不知道，黑棋想要这么做。黑棋所走的使冲突升级的每一步棋，每一次又一个将军的出动，都受到观众们放开喉咙的大声喝彩。白棋迫不得已退缩的每一步，都引来观众们毫不掩饰的咕哝声。此时，黑棋再次一反常规，开始了可怕的兑子大战。对一个处于劣势的棋手来说——棋书上是这么写的——发起这样一场杀戮是很难占到便宜的。可黑棋竟然这样做了。观众们欢呼起来。人们还从来没有看到过这样一场大混战。黑棋毫不留情地大开杀戒，把处于打击范围内的一个个放倒，全然不顾自己遭受的损失，他的兵被接二连三地吃掉，在精于此道的观众们的热烈掌声中，马、车、象也一个接一个地被吃……

七个或八个来回以后，棋盘上的棋子已寥寥无几。大战的结果对黑棋犹为糟糕：他只剩下三个棋了，剩下王，一个车和唯一的一个兵。与此相反，白棋除了王和车外，还有从这场鏖战中保留下来的后和四个兵。对于每一个在行的观棋者来说，现在已不再有任何怀疑，谁将赢得这场胜利。但事实上……这种怀疑并不存在。因为像开初一样——这从人们通红的脸上所表现出来的好斗激情可以看出来，观众们面对失败却仍然坚信他们的人将获得胜利！他们仍然往他身上下着赌注，愤怒地否认任何显示可能失利的明明白白的迹象。

年轻人似乎对灾难性的局势也完全毫不在意。轮到他走了。他平静地拿起他的车，绕过一格退向右边。人群中又是一片寂静。真的，这些成年男人现在眼睛里滚动着泪水，为这位天才棋手的大义凛然所深深打动。这就像滑铁卢之战接近尾声时，皇帝把他的御林军送上早已输掉了的战场上去：黑棋用他的最后一个将军再次转入进攻！

白棋自然把他的王放在G1格的第一条线上，三个兵位于它前面的第二条线上，这样王就被夹住了，所以极容易被置于死地，如果黑棋能像显然所打算的那样，在下一步能成功地用他的车突入到第一条线上的话。

这一置对手于死地的可能性，在目前来说，或许是最为人们所熟识的，也是最为平庸的下法，人们几乎要说，是下棋中所有招数中最幼稚的方法，但它的成功建立在这样一个基础上，那就是对手没有看到这显而易见的危险因而没有采取相应的措施，这个反措施的有效之处是打开兵所组成的路线，给王创造避让的机会。用这个障眼魔法来制服一名老棋手，甚至是一名具有一定水平的新手，是过于草率了。可着了迷的观众欣赏这位英雄的走法，好像他们今天是初次认识他似的。他们因极度的吃惊而频频地摇头晃脑。他们自然希望白棋此时犯重大错误，这样黑棋就会赢了。他们确实是这样想的，他们真的相信，吉恩这位战胜了他们所有的人而且从未容许自己出错的当地棋王，会犯下这个低级错误。更有过之而无不及的是：他们希望这件事的发生，他们渴望这件事的发生。他们内心在强烈地祈求吉恩犯下这个错误……

吉恩在考虑着。他若有所思地把头摇来摇去，在再三斟酌，就像他所习惯的那样，在权衡着多种的可能性，他再次犹豫着——然后他那只发抖的、布满老人斑的手移向前方，拿起了 G2 格的兵，把它移到了 G3 格。

圣 絮尔皮斯的塔楼大钟敲响了八点钟。卢森堡公园内其他的棋手早已回去喝开胃酒了，出租石磨棋盘的人也已锁上他的小木屋，只是在亭子的中央还有一群观众在围着两位下棋者。他们瞪着双眼看着棋盘，棋盘上白棋的一个小兵把黑方的王给将死了。他们仍然不能相信这一事实。他们瞪大的牛眼离开棋盘上令人沮丧的场面，一起转向那位俊俏的统帅，此时他脸色苍白，目空一切，呆呆地坐在公园椅子上。“你没有输，”他们如炬的目光告诉他，“你现在将创造一个奇迹，这样一个结局是你早就料到的，是你一手促成的。现在你将消灭对手，怎么去消灭，我们不知道，我们根本就一无所知，我们只是一群普通的棋手。可你，你是一位奇人，你能赢得比赛，你会创造奇迹的。不要让我们失望！我们相信你，去创造奇迹，奇人，去创造奇迹，去赢得胜利！”

年轻人坐在那里不说一句话。过了一会儿，他用大拇指把香烟转到食指和中指尖上，把它塞进自己的嘴里。他把它点燃，吸了一口，张口将口中的烟雾吐向棋盘上方，再伸出手顺着烟雾滑行，在黑王的上方盘旋一会儿，然后往下用手推倒了棋子。

推倒王以表示自己的失利，是一种最粗俗也是最恶劣的姿态，这就像人们在事后毁坏整盘棋一样。当被推倒的王撞击棋盘的时候，发出一种讨厌的声响。这种声音像一根针，直刺每一位棋手的心脏。

这名年轻人轻蔑地用手指一触将王掀翻后，随即立起身来，既不看一下他的对手，也不环顾一下周围的观众，一声招呼也不打就径自离开了。

观棋者们站在那儿，是那么的狼狈，羞耻，一个个无助地盯着那棋盘。过了好大一会儿，这一位或那一位轻咳一下，用脚擦擦地，拿起一根烟——几点了？已经八点一刻了？我的天哪，这么晚了！再见！祝贺你吉恩！他们嘟哝着说声对不起，一个个飞快地溜之大吉了。

只留下当地棋王孤独地呆在那儿。他竖起被掀翻了的王，然后开始把棋子收进一个小盒子里，先是放被吃掉的，随后放还留在棋盘上的。当他往盒子里放棋时，像他通常的习惯那样，再一次在心中回想这盘棋的每一步棋和每一个位置。他没有犯任何的错误，当然没有。可他觉得，在他的一生中从来没有下过如此糟糕的棋。从形势来分析，他本来在开局的时候就能置对手于死地的。如果有人开局伊始就走舍后以取得攻势这般蹩脚的棋，那他就是对下棋一窍不通。对于这样的新手，吉恩通常是根据自己心情的好坏，或是宽大为怀，或是毫不留情，但不管怎么说，他都是顺当地、没有任何犹疑地把他们斩下马来。可这次他对自己对手的真正弱点的嗅觉显然已离他远去——或是他过于胆怯？难道他已没有勇气对一个自命不凡的江湖骗子，就像他通常所做的那样，采取断然措施？

不，事情要糟糕得多。他没能想象出，他的对手是如此的不堪一击。更为糟糕的是：到这场比赛几乎临近尾声时，他都认为，他和陌生人并不处于同一个水平。对手的自信、天赋和青春活力都使他感到是不可逾越的。所以他下得是慎之又慎。还不止这些：如果吉恩非常诚实的话，那他甚至必须承认，他钦佩这位陌生人，这和其他人没什么两样，是的，他也希望那人能赢他，能用尽可能印象深刻和尽善尽美的方式，终于把吉恩他击溃，对这一失败他已苦等了多少年，这样他才终于能从自己是老大因而必须击败所有人的重负中解脱出来，这样才能让那些充满敌意的观众，这个心存忌妒的团体，终于得到满足，这样才能恢复平静，终于……

可到头来当然还是他赢了。这次获胜是他一生中最令他作呕的胜利，因为他为了避开它，在整个比赛中都在否定自己，都在贬低自己，在世界上最低劣的棋手面前缴械投降。

吉恩，这位本地棋王，并不是一位具有崇高道德水准的人。但当他腋下夹着棋盘，用一只手的手指拎着小盒子，吧嗒吧嗒地拖着鞋子回家的时候，他有了足够多的认识：事实上今天失败的是他，是一种如此可怕和最终的失败，因为没有为这次失利报仇雪耻的机会，因为在将来不会再有如此辉煌的战绩能弥补这样一种失败。所以他决定——其实他从来不是个能够作出重大决定的人——与象棋彻底决裂，永远一刀两断。

今后他将像所有其他的退休老人一样玩九柱戏了，一种道德要求较低的不伤人的集体游戏。

梅特尔·米萨尔的遗嘱

陈晓春 译

“米萨尔不停地研究他那些古怪的发现，使他及他所探讨的事情竟最终会在他的脑中聚合为一种体系，换言之，竟会使他近乎疯狂，如果不是因他自己理智的幸运，那些敬重和赞赏他的朋友们的忧伤而光临的死神，用罕见和残酷的生病方式把他从这些想法中解脱出来的话。”

——卢梭《忏悔录》

这儿的几张纸是给我不熟悉的一位读者看的，是给后代看的，这个后代有着看到真相的勇气，也有着承受它的力量。小的鬼怪们会对我的话如躲避火焰般避之不及，我也没有什么讨人喜欢的事可说。我得长话短说，因为我只有很少的时间可活了。就是写下一个句子都要花费我极大的力量，可以说是超过常人的力量。如果不是一种内部的必要性催促我，让我把我的知识和向我展露出来的东西告诉给后代，那么我是不具备这种力量的。

我得的这个病，只有我自己知道真正的病因，这个病被医生们称为全身性肌肉萎缩症，使我的四肢和所有的内部器官处于急剧加重的瘫痪。它逼迫我不分白天黑夜地，背后垫着枕头，直挺挺地坐在我的床上，用左手在放在被子上的写字板——右手已整个儿地不能动弹——上写字。我忠实的仆人，马讷特，为我翻纸，我也已委托他负责处理我的遗物。三周来我只吃流质，最近两天来连咽口水都使我疼痛万分——但我不能停止描述我目前的状况，而是必须用我仅存的力量来描绘我的发现。在此之前简单地介绍一下我本人。

我叫让－雅克·米萨尔，1687 年 3 月 12 日生于日内瓦。我父亲是个鞋匠，与他相反，我从小就从心底里觉得我将属于一个高贵的行当，所以就到金匠那儿当学徒。不几年后，我通过了满师考试，我的试件——简直是对命运的嘲弄！——是一个金色的贝，中央嵌一颗红宝石。两年的漫游期结束时——在漫游期间我看到了阿尔卑斯山和大海以及处于它们之间的辽阔的土地——我被吸引到巴黎，在凡尔德莱街上的梅特尔·朗贝尔开的金店里安顿下来。梅特尔·朗贝尔过早去世后，我就临时代理这个工场，一年后与他的遗孀结了婚，这样就取得了满师考试合格证书，获得了行会权。在接下来的二十多年里，我成功地将这家小金铺扩大为全巴黎最大也是最负盛名的珠宝店。我的顾客来自首都的名门豪宅，来自乡村的富贵人家，来自亲近国王的皇亲国戚。我的戒指、饰针、项链和冠冕被销往荷兰、英国和德意志帝国，有些君王把我的门槛都踏破了。1733 年，我亲爱的妻子去世两年后，我被任命为奥里昂大公的宫廷珠宝商。

与我们社会最尊贵显赫的人们打交道，对我精神能力的发挥和我性格的形成不会不产生影响。

我从我可以在场的谈话中学习，从书本中学习，只要有一刻空闲，我就拿起书本来阅读。在这几十年中，我就是用这种方法全面地掌握了有关科学、文学、艺术的知识和拉丁文，因此我虽然没有进过高级中学，也没上过大学，但完全可以大言不惭地称自己是一个博学的人。我出入于各种重要的场合，家中也常有当代的精英光顾：狄德罗[1]，孔狄亚克[2]，达兰贝尔[3]，他们坐在我的厅堂里高谈阔论。我多年来与伏尔泰的通信，人们可以在我的遗物中找到。连腼腆的卢梭也是我的好友之一。

我之所以提这些事情，是为了让我将来的读者——假如有这样的读者——能牢牢记住这些声名显赫的人物。确切地说，我要坚决地驳斥一种指责，当我一旦披露我那些令人难以置信的发现和知识时于我有可能

1 狄德罗（1713—1784），法国启蒙思想家、哲学家、文学家。
2 孔狄亚克（1715—1780），法国启蒙思想家。
3 达兰贝尔（1715—1783），法国数学家、启蒙思想家、哲学家。

产生的指责，说我是个可怜的傻瓜，没有必要去把他说的话当一回事，因为他不具备哲学的思想，也不了解我们这个时代的科学水平。前面提及的伟人可以为我清晰的思想和判断力作证。那些认为我不值得对待的人，我只想对他们说一句话：你是谁，朋友，你怎能无视一个人，他同时代的大人物都尊他为他们的同类啊！

工场的扩大和我生意的拓展，使我成为一位富翁。可年龄越大，金器和宝石对我的诱惑力却越来越小，我越来越看重书籍和科学的力量。所以还在六十岁以前我就决定从商业活动中脱出身来，在远离首都的喧嚣之外，在清闲和富足的环境中度过余生。出于这个目的，我在附近置了一份地产，让人造了一处宽敞的住所，建了一个园子，里面有各种供观赏的灌木、花圃、果树、数条整洁的小石子路和几个小喷泉。这整个儿用结实的黄杨树篱围起来，与外面的世界完全隔绝，它幽静而美丽，对我来说似乎是个极理想的场所，适合于一个想在生活的苦恼和死亡之间再塞进一段安谧和享用时间的人。1742 年 3 月 22 日，在我五十五岁那年，我从巴黎搬到了帕西，住进了这新造的住房。

喔！当我今天回忆起那个春日，内心充满着幸福和喜悦到达的那一天，我是那么的兴奋！当我想起第一个晚上，我上床睡觉，在生命中第一次没有焦心的忧虑，不必担心第二天早晨的繁杂、约定、匆忙和忧愁；伴我进入梦乡的只有我自己园内桤木枝条发出的柔和的飒飒声，我睡的是那么的香甜——躺在枕头上，就是我现在像块石头般坐着的地方！我不知道我该诅咒还是该赞美那个日子。从那以后我就逐渐走下坡路，直到今天这样可悲的状况。但也从那时开始，真理在我面前也一段一段地显露出来，关于我们的生命、我们这个世界、我们整个宇宙的开端、进程和结局的真理。真理的面容是可怕的，看它一眼就像看到美杜莎的头，立刻会有致命的危险。可只要有一次偶尔或通过不倦的寻觅找到过通向它的路，那就必须把那条路走到底，尽管因此对他来说不再有安稳和慰藉，也没有任何人向他表示感谢。

说到这儿，陌生的读者，我先打住，在你继续读下去以前，我得考考你！你是否足够坚强，能够承受可怕的东西？我要告诉你的，是一些闻所未闻的事情，如果我一旦打开你的眼睛，你就会看到一个新的世界，而那个旧世界你就不再能看到了。但这个新世界将是丑陋的，折磨人的，压抑的。不要指望会留给你任何希望、任何出路或是安慰。唯一的安慰，那就是你现在知道真理了，这个真理是终极真理。不要继续往下读，如果你害怕真理的话！把这几页纸扔开，如果终局使你害怕的话！避开我说的话，如果你更爱你的内心平静！无知并不丢脸，它对大多数人来说是种幸福。确实是这样，它是这个世界上唯一可能的幸福。不要轻易把它扔掉！

现在我要给你讲你永远不再会忘记的东西，因为在它在我面前展现以前，你像我所知道的那样，在内心深处也早已知道。我们只是抗拒着，不愿承认，不愿把它说出来：世界，我说，是一个残忍的合上的贝。

你反对这种说法？你反对这一观点？这不奇怪，因为步子太大了些。你不能一步到达。陈旧的雾气过于浓厚，单凭一道强光不能将它驱散，我们必须点燃一百个小火球。我就是想如此这般地继续讲述我的故事，这样慢慢地让你分享我曾经历过的亮光。

我已提起过那围绕着我新住宅的园子，事实上那是个小公园，里面虽然也有众多名贵的花卉、灌木和树木，但是我主要是让人给栽种了玫瑰，因为盛开的玫瑰向来都给我留下平和与慰藉的印象。在规划园子时我放手让他去干的园艺工人，也在我朝西的客厅前辟了一溜宽阔的玫瑰花坛。这个乖巧的人想以此来博得我的好感，但他不会想到的是，尽管我喜欢看玫瑰，但是却不爱它们，更不能容忍被它们纠缠和被盛开着的它们所包围。他同样不会猜到的是，随着这花坛的修筑，人类历史上一个新的、同时也是最后的时期将开始。这些玫瑰不知怎么了，它们无论如何也不愿意开放。灌木也是那么矮小，尽管不停地浇水，有些已枯萎了。当园内其他地方的花争妍斗艳时，客厅前的玫瑰还没绽出花蕾。我与园丁说起此事，他也无计可施，只能把整个花坛来了个底朝天，换上新鲜的泥土，再把玫瑰重新栽上。我觉得这过程太繁琐，也因为我内心从没对近旁的玫瑰有过好感，所以我思忖着整个花坛让它空着，在它所在的位置建一个小平台，从上面，走出客厅，可以浏览整个园子的景色，傍晚还可欣赏美丽的落日。这个念头抓住了我，以致我决定自己动手来干这件事。

我开始剪去玫瑰的主茎，挖去土层，以便接下来填上小石子和沙，作为平台的基础。但没挖几锹就挖不到松土了，而是碰着了一个极硬的白色土层，锹很难挖得动它。我取来一把锄头锄松那异样的白色石块。它在我的敲击下裂开了，碎成一个个小块，随着扬起的锄头掉落在一边。由于恼怒多出来这么多事情要我去做，所以我对这新的石块并没有显示出矿物方面的兴趣，一直到我看到我要把刚挖出的满满一锹使劲往远处扔那一瞬间为止。我看到锹头上有一个拳头般大小的石块，在它的边上似乎粘着一个按规则形成的物体。我放下铁锹，把石块拿在手里，使我极为惊讶的是，石块旁那有规则的形成物是一个石化了的贝。我随即停下手中的活，进屋去研究我的这一发现。石块旁的贝好像与石块紧密地长在一起了，连颜色也很难和它区分，由于它那扇子般张开的、这儿低陷那儿隆起的斑纹，使其更突出白色、黄色和灰色之间的交替辉映。这个贝有一个金路易大小，它的外表与我们在诺曼底和布列塔尼海滩上捡到的贝一模一样，常常被作为备受欢迎的碟子出现在我们的午餐桌上。当我拿了一把刀在贝的侧面刮动时，刮断了它壳上的一个小角，仔细一看，这一断裂处与任何一个石块的断裂处没什么两样。我在一个研钵里将那断裂的贝角研碎，在另一个研钵里研碎了从一块石头上敲下的碎片，两次研碎后我得到的都是灰白色的粉，加入几滴水搅拌，就变成用来粉刷墙壁的那种颜色。贝和石块由同一种物质组成——这一今天仍令我战栗的发现所具有的巨大影响，当时我根本没有意识到。我过于沉醉于我的发掘物有可能是独一无二的想法，我过于相信大自然意外的变幻无常，我也不能作出其他的想象，不过没多久这一情况就会发生变化。

我对我的贝作了一番彻底的研究后，我又走回玫瑰花坛，想看一看是否还能找到些什么。我不必花费很长时间。我每用锄头锄一下，每用铁锹铲一下，都会带出石化了的贝。因为我现在看得真切，所以在原先只能看到石块和沙的地方发现了一个又一个贝。在半个小时里，我一共数到了近一百块，后来我就不再数了，因为我眼睛顾不过来了。

心中积满了我不敢承认的一种模糊的猜测，你内心肯定也已萌生了这种猜想，陌生的读者，我拿着铁锹走到园子的另一端，在那儿挖起来。起初我只看到泥土和黏土，但挖下去半米时我碰着了贝石。我到第三个、第四个、第五个和第六个地方挖，处处——有时只须挖下半锹，有时在很深处——都找到贝，找到贝石，找到贝沙。

在接下来的几天和几周里，我到附近的地方游览去了。我先是在帕西挖，然后在布洛涅和凡尔赛挖，最后我在整个巴黎进行了系统性的挖掘，从圣·克卢德到万森，从让蒂利到蒙莫朗西，没有一次是空手而回的。如果我找不到贝，我会找到和它们材料相同的沙和石块。在塞纳河和马恩河的河床上，有大量的贝躺在砾石滩的表层，可我在夏雷时，挖了一个五米深的坑，才发现了贝，在我挖掘时，一个看守那儿难民营的人一直疑惑地盯着我看。我从每一个挖掘的地方都拿上几个贝和几个位于它们周围的石块样品，把它们带回家中，对它们进行仔细研究。每次研究的结果都与我研究第一个贝相同。我所收集的各种各样的贝只是大小不同，撇开它们的外形不看，和与它们共生的石块也无任何两样。我考证和研究的结果现在向我提出了两个基本性问题，它们的答案我既急于知道又害怕知道：

第一个问题：贝石在地底下分布的面积有多大？

第二个问题：贝类是怎样形成的，为什么会形成？

换句话说：是什么东西促使一块无定形的、肯定是极为偶然形成的石头，具有像贝一样的异乎寻常的极富艺术的形状？

我陌生的读者，请不要在此处打断我的话题，对我大声呼叫：伟大的亚里士多德早已研究过这些问题，贝石的存在既非奇特也非惊喜的发现，而是几千年来就为人类所熟知的现象。对此我只能回答：不要急，我的朋友，耐性点儿！

我决不想宣称，我是发现石化贝类的第一人，每一个睁着眼睛在野外走动的人，都曾看到过一个贝。只是并不是每个人都思考过，更没有人像我这样如此执着地对这一现象进行深思。自然我过去、现在都读过希腊哲学家关于我们这个星球、大陆和地貌形成的著作，书中也谈到了石化贝类。在我完成了我研究工作中的实践部分后，我让人从巴黎给我找来一本书，希望从那本书里找到有关贝类的哪怕是一丁点儿的说明。我翻阅了关于宇宙生物学、地质学、矿物学、气象学、天体学和所有相关领域的全部著作，我拜读了对贝类说过什么的所有作者的著述，从亚里士多德到大阿尔伯特[1]，从泰奥弗拉托斯[2]到格罗斯泰斯特[3]，从阿维森纳[4]到莱奥纳多·达·芬奇。

现在可以看出来的是，这些大师尽管有着关于贝类存在的足够知识，关于它们的形状、外表和分布等等，但如果涉及到讲清贝的由来，最最深处的本质和最初的定义等问题，他们就一个个抓瞎了。

---

1 格罗斯泰斯特（约 1175—1253），当时英国林肯地区有影响的主教和学者。

2 泰奥弗拉托斯（约公元前 372—约前 287），古希腊逍遥学派哲学家、亚里士多德的学生。

3 格罗斯泰斯特（约 1175—1253），当时英国林肯地区有影响的主教和学者。

4 阿维森纳（980—1037），穆斯林哲学科学家中最有影响的波斯人。

在阅读了书籍以后，至少我能回答贝化程度这个问题了。要想知道天空是蓝的，用不着去乘船周游世界，根据这一公理，我可以推断，只要有人挖洞去寻找贝类，那地方就肯定有贝类。

我不仅阅读欧洲和遥远亚洲的关于发掘贝的书籍，阅读从最高的山峰上和最深的河谷里找寻到的贝类的情况，而且阅读从北美和南美新发现大陆上挖掘到的贝白垩、贝沙、贝石和成形的贝的情况。通过这些书，我在巴黎发掘时所担心的东西得到了证实，那就是我们整个星球都为贝类和类似贝类的物质挖空了。我们看作我们地球本来形状的东西，草地和森林、湖泊和海洋、园林、农田、荒地和肥沃的土地，所有这一切，不过是包在一个脆弱核心外的让人喜欢的薄薄的大衣。如果我们掀去这件薄大衣，那么我们的星球看上去就像一个灰白色的球，是一个由无数金路易大小的石化贝组成和连生的球。在这样一个星球上本来是不可能有生命的。

我们可以把地球主要是由贝类组成的发现看作是无关紧要的怪事，如果这儿涉及的仅仅是不可改变和已经结束的一种状态。可惜这儿不是这种情况。要对我广泛研究的细节详加叙述，我是没有时间了，我的研究表明，地球的贝化是一个迅速发展的、不可阻挡的变化过程。在我们今日，世界的地幔处处已经磨损和龟裂。许多地方已被贝壳状的物质所啃坏和咬破。比如我们从先辈处可以读到，西西里岛，非洲的北海岸，伊比利亚半岛，当时被誉为世界上最幸福和富饶的地区，可今天这些地方，像大家所知道的那样，除少数例外，只为灰尘、沙子和石块所覆盖，无非就是贝类形成的最初阶段。这种情景适合阿拉伯的大多数地区，非洲的北半部，就像我们从最新的报道中所了解的那样，也适合完全无法一目了然的美洲地区。就是在我们自己的国家里，我们一向视它为所有国家中最为优秀的国家，也可以找到持续贝化的证据。比如在普罗旺斯西部和南部的部分地区，地幔已减少成一指厚。总的说来，地表已贝化了的面积大大超过了欧洲的面积。

贝类和贝类物质不可阻挡地增多，其原因在于水循环的不可阻止性。因为无论是通常在海中生活的贝还是石化了的贝，水都是它们的紧密盟友，简直就是它们的生存要素。正像每个受过教育的人所知道的那样，水是循环不止的，当它受到阳光的照射时，它就升腾到海的上方，聚积成云彩，被风吹到很远的地方，在田野的上方散开来，再以雨水的形式落到地面上。在那儿它浸透土地并深入到最最细小的表层，然后再聚集积成水源和涓涓细流，汇合成溪流和江河，最后又归于大海。水是在渗透到土地这个阶段对贝的形成产生严重影响的。在渗透的过程中，水慢慢地将土分开，有规律地将其分解，再把它冲开，这样水就渗漏到很深的地方，直到接近贝石层为止，水再在那儿把从土壤中所取得的、对贝类形成十分必要的物质供给贝石。就这样，随着贝石层不断地增厚，地幔变得越来越薄。将普通的井水放在壶中煮开，就可以证实我的这一发现。水煮开后，壶底和壶壁会产生白色的附着物，长期用来煮水的壶中，这种附着物会变成厚厚一层水垢，把这层水垢铲下来，放到一个研钵捣碎，这样就得到研碎石化贝时同样的粉末，相反，如果用雨水作同样的试验，却不会生成附着物。

我陌生的读者现在能理解地球所处于的绝望境地了。水，离开它我们一天也不能生存的水，破坏着我们的生存基础，地球，做着我们可恶的敌人、石化的贝的帮凶。地球，这个提供我们生存的物质，成为与我们的生存作对的、石头状的、同时也是不可避免的、不可收回的物质，就像多种旺盛形式的变形演变成唯一的一种贝类形式。所以对世界的末日我们不要抱有错误的想法，这只会形成彻底的贝化，而这是确实无疑的，就如太阳升起和降落，就像大雾升腾和雨水下落。有关地球结局的详细情况，我待一会儿再说。首先我得对付人们提出的不同看法，对此我是完全理解的。因为没有人愿意看可怕的东西，恐惧会编造无数个疑虑和异议。仅仅只有哲学家才可以承认真理。

我已经简短地提及，如果关系到解释贝类现象，我们最最爱戴的哲学家是多么可怜地毫无作用。有些人轻描淡写地宣称，贝类不过是大自然的偶然游戏而已，它只是一时兴起，也不知是什么原因，要赋予石块以贝类的形式。对每一个理智的人来说，这种主要由意大利作家时至今日仍在传播的肤浅而且随意的解释，是这样的可笑和不科学，所以我就不再对此一一赘述。

需认真对待的看法，也是由伟大的哲学家们发表的，他们说，整个地球在史前时代是被海洋所遮没的，海水退去时就处处留下了还活着的贝。为了证实他们的说法，一位学者援引了《圣经》中大洪水的描述，是的，《圣经》中确实写过，整个地球直到那些最高的山脉都被洪水淹没了。这种说明尽管对一位天真的英才似乎是那么的清晰明了，可我作为一名知情者必须对这种解释作出有力的抵制。在摩西的书中我们可以知道，整个地球被洪水所淹的时间长达 370 天，山峰——上面的贝类并不比平地上的少！——被淹的时间正好 150 天。这我要问了，被淹的时间这么短怎么会留下我们今天所见到的如此多的贝？此外几千年前大洪水退去时留下的贝类早就为自然气候所磨损，被磨成了风沙。即使是它们以难以解释的方式贮放在一起，但也无人能够解释，为什么它们如我们所看到的那样在不断地增多。由此看来，有关贝类的所有解释和说明，除了我的解释，都是缺乏根据的。

至此我们已经认识到，我们地球的外观形状面临着无数物质成为贝类物质的持续变化。人们很容易有这样的猜想，即贝化是个普遍原则，不仅是地球的外部形状，而且所有的人间生活，地球上、宇宙间的每一个事物和生物，都服从于这一准则。

用望远镜看一下，就足以使我相信，我们在宇宙中最近的邻居，月亮，恰恰是宇宙贝化的一个典型例子。只是它已到达了地球即将面临的阶段，即所有物质成为贝类物质的变化已告彻底完成的阶段。尽管有些天文学家，甚至在宫廷，都宣称月亮是一个景色宜人的星球，上面有树木繁茂的丘陵，平缓的草地，浩瀚的湖泊和大海。可它实际上什么也没有。那些外行所说的海洋，是辽阔的贝类沙漠，他们在地图上标出来的山脉，是由贝石构成的荒凉高坡。其他的天体也是同样的情况。

有着敏锐头脑和高倍望远镜的后代们，会说我是正确的。

比宇宙贝化更为可怕的，是我们自己的身体正在不断地衰败成贝类物质。这种衰败是如此猛烈，使每个人都不可避免地归于死亡。人在出生的时候，如果我可以这样说的话，只是一小团黏液，尽管它小，却完全不含贝类物质，而当他在子宫里发育时，就形成了这种物质的附着物。刚生下来时，这些附着物还很软，极柔韧，我们从新生儿的头部可以判断出这一点。但没过多少时间，这小小肢体的骨化，头颅因坚硬的石形外壳而在四周形成硬壁和被夹紧的过程发展得如此之快，使得孩子很快就具有一比较僵硬的形体。父母们这时才把他看作是一个正常的人并为之而欢呼。他们不知道，他们的孩子，还在学会走路以前，就已经受到贝的侵害，只是在踉踉跄跄地走向肯定会来到的那个结局。不过，孩子是处于一个令人羡慕的状态，如果将他与一个老年人相比较的话。人变老时，人的石化表现得尤其明显：他的皮肤变得粗糙，头发缺少弹性，头颅钙化，身子开始伛偻，整个身体弯曲着，顺应着贝的内部结构，最终成为一堆可怜的贝石，掉进坟墓。到此事情还未完结。因为有水从天空降落下来，水滴渗入土壤，水将他啮碎，将他分割成微小的细粒，再把这些细粒向下带至贝石层，在那儿，他才以众所周知的石贝形式找到他的最终安息之地。

如果有人就此问题指责我，说我是在胡言乱语，说的事情缺乏证据，那我只是要问：你自己没有发现，你的骨头在一年一年硬化，动作越来越迟缓，你的身体和灵魂在越来越干涸？你不记得，当你是孩子时，跳啊，转啊，弯腰踢腿啊，一天摔倒十次，马上又爬起来十次，像是什么也没发生一样？你不再想起你粉嫩的皮肤、光滑而发达的肌肉、柔顺却难以抑制的青春活力？可现在来看一下你自己！你的皮肤布满皱纹，你的脸因爱嘟囔而留下道道凹痕，因内心的操劳而消瘦，你的身体僵硬，迟钝，每动一下都要花很大的劲，每走一步都要狠下决心，时时刻刻都在提心吊胆，怕摔倒在地上，像一个晾干了的陶罐，碎成千百个碎片。你没有感受到它的存在？你没感觉到藏在每根纤维中的它，你体内的贝类？你没发现它正在向你的心脏靠拢？它已对你的心脏形成了半圆形的包围。谁否认这点，谁就是一个说谎的人！

我自己可能就是受贝类影响最大也是最悲哀的例子。尽管我多年来一直喝雨水，为的是尽可能地减缓贝类物质的增加，可恰恰是我受到最最猛烈的进攻。当我前几天开始动笔写遗嘱时，还能凑合着活动我的左手，可现在手指已石化得不再能把笔从手中放下。因为绝对禁止口授我的看法，而说话又会给我带来极大的痛苦，所以我现在只得依靠整个手臂的推拉用手腕写字。恰恰是我的贝化速度异乎寻常地快，这倒不是偶然现象。我和贝类打交道的时间太长，我知道它们的秘密太多，以致它们不想在众目睽睽之下给我一个特别残忍的结局，因为虽然贝类的权力仍然未受伤害，但它依然是个秘密，它们爱虚荣、喜报复，费尽心机地要保护这个秘密。

你会感到惊讶，我陌生的读者，当你在听我把贝这个看起来无生命的、与石头一般的形成物称作生物，而且能与一个特定的人发生特殊的关系，为的是对他施行报复。所以我将带你进入贝类最后一个也是最最令人难以置信的秘密中去，自然得冒着和我有着相同结局的危险。

还在与贝类打交道以前，我就给自己提出过这个问题，为什么一个由贝类物质组成的石块会具有贝的形状，而不是其他什么形状。哲学家们在回答这个关键性问题时，仍然把我们抛在了一边。只是在阿拉伯人阿维森纳那儿我们得到了一个“石块形成力”的提示，可这种力量来自何处，为什么以特定的，与贝有关的方式表现出来，对此他也不能给我们以回答。与此相反，我倒很快地相信，在这无所不包的贝化背后，不是有着一个随便什么力量，而肯定有一个完全是推动世界的力量，这个力量听从于一个唯一的最高意志。我相信肯定有这么个最高意志存在，因为我看到了它从石化贝类的流出，但我很难想象这个表达这种意志的生物是什么样子。这个扼杀我们每一个人，让世界变成荒漠，把天空和大地变为石化了的贝类海洋的东西，到底是怎么样的一种生物呢？

我思索了多年。我把我关在自己的书房里冥思苦想，我外出，到大自然中去，去寻找答案。但这一切都是徒劳。最终我想承认，我曾恳求那陌生的生物，向我展现一下庐山真面目，我向它发过誓，我曾诅咒过它。但什么也没有发生。我的思绪像多年前一样，仍在同样的轨道上转圈，生活仍是那样的在折磨人。我已开始在想，这个可怜的米萨尔，在没有见识那最后的真理，这展现在他面前的人类剩余物之前，就得到下面去和贝类汇合了。

可后来发生了唯一的一桩事，现在我就来讲给大家听。我讲得不好，是因为这件事发生在一个范围内，这个范围在一定程度上在词的范围之上或者说在词的范围之外。我这就试着讲，讲那些可以讲的，讲那些难以描述的东西对我产生的影响。我讲得是否通俗易懂，在很大程度上取决于你，我陌生的读者，到目前为止仍一直跟随着我的你。我知道，只要你想懂得我，那你就会懂得我。

事情发生在一年前初夏的一天。那天天气很好，园子里百花盛开，玫瑰的芬芳伴随着我在园中散步，小鸟在竞相鸣叫，好像它们要让全世界都相信它们永远存在，这个夏天并不是贝类来临以前它们的最后一个夏天。大概已是中午时分，因为阳光似乎极为强烈。我坐到一棵苹果树半影中的长凳上，想休息一会。我听到远处有喷泉发出的潺潺流水声，我因疲倦闭上了双眼。此时，我突然觉得喷泉的潺潺流水声变响了，变成了响亮的哗哗声。然后事情就发生了。我被从我的园子中抬起，抬到了一个阴暗处。我不知道我身在何处，只是为黑暗所包围，为奇怪的汩汩声、哗哗声以及嚓嚓声和碾磨声所包围。这两个声音组合——水的流动声和石块的嚓嚓声——使我在那个瞬间觉得是这个世界的创世声响，如果允许我这么说的话。当我的恐惧达到顶点时，我开始往下落，声响也离我远去，随后我跌出了黑暗。我一下子为众多的阳光所包围，以致我觉得我的眼要瞎了。我继续在阳光中往下落，离开那黑暗的处所，现在我认定那是位于我头顶上方的一个非同寻常的黑色物体。我越往下掉，看那物体就越清楚，它的体积也就越大。最后我才知道，那位于我上方的黑色物体是一个贝。此时那物体裂成两个部分，像一只巨大的鸟张开它两个黑色的翅膀，两个贝壳罩住了整个宇宙，然后朝我落将下来，罩住了世界，罩住了所有的东西和阳光，把它们罩在身子底下。完全是夜晚了，还剩下的唯一的东西，就是碾磨声和哗哗的流水声了。

园艺工人在砾石路上找到了我。先前我试着从长凳上坐起来，但因体力不支竟摔倒在地上。人们把我抬进屋去，把我放到床上，从此以后我就没能起来过。我是如此的虚弱，连大夫都为我的生命担忧起来。三个星期后，才勉勉强强有所恢复。只是从那天起，我的胃开始一阵阵揪心的疼痛，痛得一天比一天厉害，而且不断地向身体的其他部分扩展。这就是贝类病，在我身上典型地发作了，它以特别残忍的方式和飞快的速度袭击我，是要嘉奖我是在其他人之前看到过贝类的第一人。我得为我的突然醒悟付出惨痛的代价，但我愿意支付这个代价，因为我现在知道所有问题的最终答案。那吸引一切生命并导致它们消亡的力量，那统治宇宙并逼迫其贝化作为自己无所不在和无所不能的象征的最高意志，是来自一个巨大的原始贝，我曾在它的内部呆了一会后被允许离开，是为了一睹它的庞大和惊艳的美丽。我所看到的是未来的世界末日。如果世界进一步贝化，以致每个人都必须认识到它的威力，如果无助和惊恐的人们向诸神呼喊，乞求它们的帮助和解救，那么巨型贝的唯一回答将是张开它的翅膀，用它们罩住世界，把所有的一切压碎。

现在我已把一切都告诉你了，我陌生的读者，我再说些什么呢？我该怎样安慰你呢？我该像那些哲学家和预言家那样，胡扯什么灵魂不死、上帝的怜悯和生命的再生？我该称贝类为善良的上帝？我该在崇拜了耶和华和真主后崇拜贝类，预告人类将获得拯救？出于什么目的？为什么要撒谎？人们说，人活着不能没有希望。现在他没活着，而是死了。就我而言，我感到我已熬不过这个晚上，在我的这最后一个晚上，我将不再撒谎。我一身轻松，因为我终于来到了死亡的身边。而你，我可怜的朋友，你正身陷其中呢。

米萨尔先生的仆人、克洛德·马纳特的追记

今天，1753年8月30日，我慈善的主人、梅特尔·米萨尔，离开了人世，享年六十六岁。我发现他时，是在清晨，他以通常的姿态坐在他的床上。我不能将他的两眼合上，因为他的眼睑动弹不了了。当我想把笔从他手中拿开时，我主人左手的食指像玻璃般破碎了。为死者更衣的人花了好大的劲才给他穿上寿衣，因为我的主人在通常的尸僵后仍不想放弃他僵硬的坐姿。普罗科佩博士、我主人的好友兼医生，也一筹莫展，

只能让人做一个直角棺材。在九月份的第一天，我的主人在送葬者的惊愕中，被安葬在帕西公墓一个直角形的墓穴里，不过在埋上土后在上面铺上了一千枝玫瑰。愿上帝保佑他的灵魂！

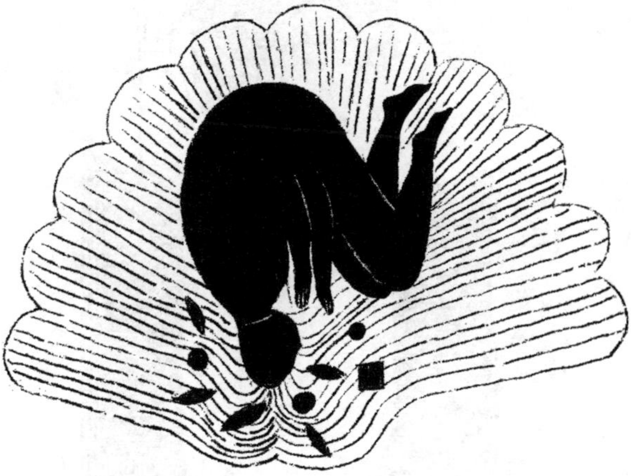

……一点思考——记忆缺损

陈晓春 译

……什么问题？哦，是这个问题：哪一本书给我留下过深刻印象，深深地打动过我，在我身上留下过印记，伤害过我，甚至使我“走上一条道”或是让我“走上了邪路”？

可这听起来像是被人打后受了惊吓，经受了一次创伤。受害者至多只是在噩梦里回想起这一伤痛，而不是在清醒时，更不会用笔录下来或在公众场合说出来，但我依稀记得一位奥地利的心理学家，曾睿智地谈到这点。不过我一时想不起来他叫什么名字了，他是在一篇值得一读的文章里谈及这点的，文章的标题我肯定是记不清楚了，但它是刊登在一本小册子里的，那本册子的书名叫《我和你》，或是《它和我们》，或是《我自己》或是类似的标题（是否最近在Rowohlt，Fischer，dtv或Suhrkamp出版社再版了，我不是很清楚，但我记得封面如果不是灰—蓝—淡绿的话，那就是绿—白或是淡蓝—淡黄颜色）。

现在看来，或许要问的根本不是阅读中是否受到过精神方面的创伤，而更可能的是让人深刻醒悟的艺术经历。就像那首著名的诗歌《美丽的阿波罗》……不，我记得那首诗不叫《美丽的阿波罗》，是另外一个什么名字，那个标题有些远古的味道，叫做《一尊未完成的年轻人雕像》或《远古时期的美丽阿波罗》或者类似的标题，但这些都无关大局……——在这首某某人的诗歌里是怎样——此刻我想不起他的名字来了，但他确是一位遐迩闻名的诗人，双眼炯炯有神，蓄着大髭须，他给那位胖胖的法国雕塑家在法雷纳大街找了套住房——说是住房，这样的表达不确切，那是一座宫殿，带有一个公园，从这一头走到那一头十分钟都不够！（人们顺便要问了，那时候的人哪里来这么多的钱来支付这一切）——就像它无论如何在这首美妙的诗歌里找到表达方式那样，我虽不再能援引整首诗，但它的最后一行却像一种经常性的道义上的鞭策深深地镌刻在我的脑海之中。它是这样的：“你必须改变你的生活。”如果我可以说有些书的文章改变了我的生活，那这些书的情况又如何呢？为了弄清这个问题，我来到我的书架旁（这是最近几天的事），沿着书脊一本一本地看。就像在类似情况下常发生的一样——如果由一个单本直至许多本都集中到一个点上后，眼睛也就顾不过来了——我先是眼花，为了不让眼睛发花，我随意地将手伸进书柜，取出一本书来。就如得到一个猎物一样，我马上转过身去，打开书，入迷地读起来。

我即刻发现，我这一取取得好，甚至是非常之好。这是一篇字斟句酌的散文，思路极为清晰，穿插着许多最最有趣的、本人闻所未闻的信息和不可思议的惊喜——遗憾的是因为我在写这篇东西，不想把书名说出来，也不想说出作者的姓名和它的内容。但这会像马上就要看到的那样，是无关紧要的，或者更确切地说：相反，这样做有助于搞清问题。像前面所说的那样，我手上捧的是一本出色的书，读每句话都会有收获。我一边读一边摇晃着走向我的椅子，一边读一边坐下去，在读的时候，我忘记了我为什么要读？我在这儿一页一页地找寻的是否只是一心一意地渴望读到些趣闻和新鲜事？文章中这儿或那儿划的线，用铅笔在边上潦草地涂写的感叹号——前面一位读者留下的痕迹，我通常是不赞成在书里这么划的——此时却没令我讨厌，因为讲述是这般生动，字字像珠子般晶莹剔透，以致我不再注意到铅笔痕迹的存在，如果我也偶尔这样做，那就是持赞同的态度，因为可以看得出来，先于我读这本书的人——谁读过这本书，我确是一无所知——我说，可以看出来，他划线和写感叹号的地方，恰好也是最最令我激动的地方。文章的绚丽，与一位不曾谋面的前人心灵相通的哥们义气，双倍地激励着我继续读下去，越来越深地潜入那虚构的世界，带着越来越大的惊喜踏上那作者在前面引路的美不胜收的小径。

一直来到一个场所，可能是整篇叙述的高潮所在，诱使我大喊一声“啊！”的地方。“啊，构思得真好！说得真好！”我把眼睛闭上一会儿，细细回味着刚读过的东西，它们像一条林间小道，把我从思路的混乱中引导出来，向我展示了全新的前景，给我注入了新的知识和新的联想，确实像“你必须改变你的生活！”那根锋利的刺一样刺中了我。我的手不由自主地拿起了铅笔，“你必须写些什么，”我想，“你该在边上写上‘很好’，在后面画上一个又粗又黑的感叹号，并用几个提纲挈领的词描绘一下由那个章节引发的如潮的心境，作为你记忆的支柱，作为你对作者表达的敬意，他是如此出色地一路为你提灯照路的呀！”

啊呀！当我拿着铅笔，要往那页上写“很好！”时，那儿却已经写上了“很好！”的字样。还有那我准备写上的提纲挈领般的结论，先我读过这本书的人也已经写在上面了。不过他的字体我觉得挺眼熟，它竟然是我自己的笔迹，因为那位前人不是其他人，而是我本人。我早就读过这本书。

一股不可名状的悲哀向我袭来。我又旧病复发了：记忆缺损症，对文学的记忆完全消失。试图获得知识的所有努力，所有的追求均告失败的绝望之情，如洪水般吞噬了我。为什么要读书，为什么要把这本书再读一遍，如果我明明白白地知道，没过多长时间它会在记忆中踪影全无？为什么还要去做些什么，如果所有的一切会化为乌有？为什么要活着，如果人最终要死去？我合上那本精彩的小册子，立起身来，像个被击倒者，像个被殴打的人，拖着双腿，缓缓地走回书架，把它插入那排不知作者姓名的、数量众多的但被人遗忘的其他书籍之间。

我的目光停在了搁板的尽头。那儿有些什么书呢？喔，对了，是三本有关亚历山大大帝的传记，以前我都读过。那么我现在对亚历山大大帝知道多少呢？一无所知。搁板的另一头是关于三十年战争的多卷本，其中五百页是写维朗妮卡·韦奇伍德的，一千页是写华伦斯坦的，均出自戈罗·曼，我都仔仔细细地拜读过。我对三十年战争了解多少呢？一无所知。书架的下一格从头到尾塞满了有关巴伐利亚国王路德维希二世和他那个时代的书籍，我不仅看了这些书，而且是认认真真读了，读了整整一年时间哪，看完后我还写了三部剧本，我差一点成了路德维希二世专家。可现在我又知道多少有关路德维希二世和他那个时代的情况呢？一无所知。真正的一无所知。那好吧，我想，彻底忘掉路德维希二世或许还说得过去。但那边的书呢，那些在写字桌边，在精致的文学书籍柜里的书呢？十五卷的《安德施全集》有什么还留在我的记忆里呢？一片空白。伯尔、瓦尔泽和克彭的书呢？一片空白。汉德克的十卷本？有那么一点印象。我对斯特恩的《项狄传》、卢梭的《忏悔录》和佐伊默的《散步》还知道些什么呢？一点也没有，一点也没有，一点也没有。——可那边！莎士比亚的喜剧！去年才把它们全部读完。肯定还记得什么，会有一些模糊的印象，记得一个书名，莎士比亚唯一一部喜剧的名字！可什么也想不起来了。——我的天哪，至少还记得歌德吧。

那边的歌德，比如这儿的白封面小册子：《亲合力》，这本书我至少读了三遍——可也一点印象都没有了。所有一切都突然消失了。那么世界上就不再有我还能想得起来的书了？那儿的两本红封面的书，带有红绸带的厚书，我肯定还知道它们。它们看上去就挺熟悉的，像家中的旧家具。我读过它们，我徜徉在这两本书里好几个星期呢，这是不久前的事儿。它们是什么呢，书名是什么呢？《鬼》，哦，啊哈，有意思。——那作者呢？F. M. 陀思妥耶夫斯基。嗯，是他。我觉得，我模模糊糊地记得：整个故事，我想，是发生在十九世纪，在第二卷里有个人用手枪自杀了，更多的我就说不上了。

我坐到我写字桌后的椅子上。真丢脸哪，闻所未闻的耻辱。三十年来我就能读书，尽管不是很多，但毕竟也读了些书，可留在记忆中的，只是那么一丁点儿的东西，只是知道那上千页厚的小说的第二卷里有个什么人用手枪自杀了。三十年白读了！我孩提时代、青年时期和成年后的那几千个小时，都是在读书中度过的，可读的东西什么都没记住，而是忘了个精光。这种糟糕的状况不是在减弱，相反，却是更加恶化。如果我现在读一本书，还没有把它读完，就已经忘掉了开头。有时，我的记忆力还不够记住一页上的内容。因此我就这样从这一段到那一段、从这个句子到下一个句子往下读，可一会儿我只能记住从一篇越来越陌生的文章的黑暗中蜂拥出来的个别的词了，它们在被读的瞬间像颗颗流星闪烁，可一会儿又消失在被彻底忘却的黑沉沉的忘川河里。在文学讨论中，我已经好长时间开不了口了，因为我一开口就极其尴尬地出洋相，我把默里克说成霍夫曼斯塔尔，把里尔克说成是荷尔德林，把贝克特说成是乔伊斯，把伊塔罗·加尔维诺说成是伊塔罗·斯威沃，把波德莱尔说成是肖邦，把乔治·桑说成是斯塔尔夫人等等。如果我要寻找一段已记不清楚的引文，我会查上个几天，因为我忘了作者的姓名，因为我在素昧平生的作者们的陌生文章中查找时失去了自我，直到最后忘了我究竟是要寻找些什么。在精神如此错乱的情况下，我怎能回答哪一本书改变了我生活的问题呢？没有哪一本书？所有的书？某一本书？——我不知道我怎样回答。

但是或许——为了安慰我自己，我这样想，或许在阅读时（就像在生活中那样）方向的确定和突然的改变并不是什么大不了的事情。或许阅读更是一种浸染的行为，在这个过程中，人的意识虽然被完完全全地彻底浸泡了，但只是以不为人所注意的渗透方式，以致没有察觉到其过程。那个患有记忆缺损症的读者发生变化很有可能是那些读物的缘故，但他没有意识到这点，因为在阅读时他头脑里的那些批判性部门也一道在起着变化，它们会告诉他，他在变化着。对那些自己写作的人来说，这种毛病可能更是一桩幸事，甚至是一种必要的条件，它保护他免遭使人瘫痪的敬畏，每部伟大的文学作品都是会引发这种敬畏的，但它设法让他与剽窃建立一种毫不复杂的关系，而不剽窃是无法写出佳作美文来的。

我知道，这是一种安慰，它产生于困境，有失身分并且是牵强的。我试着去摆脱这一切：你不可以屈从于这可怕的缺损症，我想，你必须使出浑身解数，与忘川之河里的急流作番争斗，你不能再匆匆忙忙地一头钻进文章中去，而是要头脑清醒，以批判的目光凌驾其上，必须做摘录，回忆，进行记忆训练——简而言之：你必须——我在这儿摘引一首著名的诗歌，它的作者和诗的标题此刻我想不起来，但这首诗的最后一行作为经常性的道义上的鞭策深深地刻入我的记忆之中："你必须"，那儿是这样写的，"你必须……你必须……"

太笨了！此时我忘记了原文里的字句。但这无关紧要，因为它的意思是完全在我脑海中的。它好像是："你必须改变你的生活！"

译后记

蔡鸿君 译

1986年初，笔者进入中国社会科学院外国文学研究所，在《世界文学》编辑部负责德语文学部分。当时，国内的外国文学界，尤其是搞德语文学的，基本上是把主要精力放在外国古典文学和经典作品上，对国外的最新创作动向关注较少。为了能够在《世界文学》上较快较多地反映德语文坛现状，笔者花了大量精力翻阅了八十年代初以来的德文报刊。一本名叫《香水》（Das

Parfürm）的长篇小说十分引人注目。它出版于 1985 年，这一年联邦德国文坛十分活跃，许多著名作家出版了新作，例如海因里希·伯尔的《河边风光前的女士们》、西格弗里德·伦茨的《练兵场》、马丁·瓦尔泽的《激浪》、君特·瓦尔拉夫的《最底层》等。但是，在德国的文学畅销书排行榜上，《香水》作为名不见经传的年轻作家帕特里克·聚斯金德的第一部小说，竟然长期位居榜首。在不到两年的时间里，德文版就售出了 60 万册，卖了二十多个外国版权，非德文版的总印数也超过了 180 万册。

笔者查阅了当时在社科院文献中心能够看到的所有德文报刊，收集了许多评论文章，因为通过外文所图书馆订购的原版书还没有到，就将德国杂志上预先选登的该书全文复印装订成册。根据收集的材料，笔者写成了《联邦德国青年作家帕·聚斯金德》一文，发表在《外国文学动态》1987 年第 8 期上。这是我国首次介绍《香水》和它的作者。

这部封面上印着一个半裸女郎的长篇小说，是由瑞士迪欧根纳斯出版社出版的，写的是十八世纪中叶法国巴黎一个香水商人奋斗、发迹、堕落、毁灭的故事。十八世纪的巴黎是法兰西帝国最脏的城市，主人公让巴蒂斯特·格雷诺耶的母亲在垃圾堆边生下了私生子，因为有遗弃婴儿的企图被判处绞刑。孤儿格雷诺耶虽然出生在最脏最臭的地方，但却天生具有超常的嗅觉。他从小学会了用鼻子来认识周围环境，长大以后凭借这种奇特的嗅觉能力生产出颇受欢迎的香水，成为巴黎最富有的香水商。但是，格雷诺耶生产香水的目的并不仅仅是为了赚钱，更不是为了造福于人类，而是另有所图。他认为：香味可以随着呼吸进入人体，钻入心脏，从而支配人的好感与厌恶、痛苦与欢乐、爱与恨。因此，“谁只要控制了人的鼻子，他就能控制人类”。格雷诺耶千方百计采集世界上的各种气味，试图制成一种特殊的香水，使人一旦闻到这种香水味，就会神魂颠倒，沉迷不醒，只知终日纵情享乐，甘愿任他摆布，掌握这种香水的他，则自然是主宰一切的人物。他尤其喜欢闻女人身上的香味，想方设法接近各种各样的女人。他并非对女人的肉体感兴趣，而只是为了摄取她们身上散发出来的芬芳香味，并将其长期保存起来，借以唤醒自己情意绵绵的回忆。这种芬芳香味使他激动，狂热，着迷，就像得到了性的满足一样。在满足了自己对香味的需要之后，他便将这些女人杀死。格雷诺耶先后杀死了二十六名年轻女人，最后被警方抓获，判处死刑。行刑之日，藏在他身上的香水竟然熏倒了许多前来观看行刑的人，格雷诺耶自己也在这种迷人的香水气味中死去。

《香水》不仅以其奇特的故事和曲折的情节吸引了

成千上万的读者，而且也受到了德国评论界的一致好评，认为这是一部寓言式的小说，情节和人物虽属虚构，但作者旨在借古讽今的意图则显而易见，作品影射了现实生活中存在的某些丑陋现象。著名评论家马塞尔·赖希拉尼茨基在《法兰克福汇报》上撰文说：聚斯金德这个在德语文坛初露头角的年轻人，能够娴熟地驾驭德语，擅长叙述故事，是一个永远也不会使人厌烦的小说家。联邦德国作协副主席、著名作家于尔根·洛德曼在向当时正在德国访问的中国作家代表团介绍当代德国文学情况时，专门提到《香水》一书，认为“其写作技巧达到了很高的水平”，“它描写的环境如实，富有感性”。《明镜》周刊将《香水》的出版称作“德语文坛的一件大事”；《时代》周报认为聚斯金德的小说“散发着沁人心脾的香气”；《标题》杂志写道：“这是一部描写细腻的讽刺作品，它并非针砭某一具体对象，求证内容是否完全符合事实是毫无意义的。”美国的《时代》周刊说，这部小说“充满力度”，“使人入迷”；法国的《费加罗报》预言：《香水》将成为“当代文学史上一个无可比拟的奇迹”；美国的《纽约时报》发表了题为《成功的芳香》的书评和聚斯金德的谈话《向德语区的胜利进军》。

帕特里克·聚斯金德于1949年出生在德国南部施塔恩贝格湖畔的阿姆巴赫，曾在慕尼黑和法国学习中世纪历史和现代历史，没有毕业就开始为电视台撰写脚本，他与别人合写的电视连续剧《马纳柯·弗朗塞》和《基尔·罗亚尔》曾经轰动一时。当时年仅三十五岁的青年作家能够被迪欧根纳斯出版社看中，完全出于偶然。1984年，聚斯金德的剧本《低音提琴》被搬上了舞台。迪欧根纳斯出版社经理达尼尔·基尔的女秘书偶然观看了这出只有一个人的话剧，并且将其推荐给她的老板。基尔读了剧本后，或许是碍于女秘书的情面，安排印了3 000册《低音提琴》的单行本。后来，这出话剧竟然成了1984—1985年演季上演最多的德语剧目。聚斯金德出于感激之情，将新作《香水》的手稿交给了迪欧根纳斯出版社，基尔刚读了几页，就被该书的“香味”迷惑住了，但是他当初并没有对这本书寄予很大希望。《香水》出人意料的成功，使得迪欧根纳斯出版社这个刚刚精简裁员的中等出版社，立刻再招兵买马，加紧赶印新书，以满足市场需求。聚斯金德本人更是深感意外。《香水》不仅使他一跃成为备受瞩目的文坛新秀，而且彻底结束了他靠“买文为生”的生活。聚斯金德生性腼腆，出名之后，仍然不愿抛头露面，竭力回避记者的采访，甚至在法文版首发式上让法文译者单独出场应付电视报道。不知是出于什么原因，大红大紫的作家，竟然会亲自给我这个中国的译者写了回信。这封信中对五个问题的回答，当年曾经发表在《世界文学》上，如今摘译出主要内容作为本书的“代序”。

拙文《联邦德国青年作家帕·聚斯金德》在《外国文学动态》发表之后不久，被《文艺报》的“世界文坛版”（1987 年 10 月 24 日）几乎全文转载，编者换了一个非常吸引人的标题“《香水》——当代文学史上一个无可比拟的奇迹”，还配发了作家的照片。当年，中国作家协会主办的《文艺报》在国内文化出版圈里影响很大，文章立刻引起了好几家出版社的关注，他们辗转打来电话希望笔者尽快翻译出版这本书。笔者当时答应为漓江出版社翻译此书，但是不久突然接到其他重要任务，因此就在 11 月广州举办的“德语文学研究会年会”期间，向漓江出版社推荐了南京大学教授李清华老师，并将装订成册的复印本送给了他。当年我国还没有签署国际版权公约，其他出版社也在计划另外请人翻译该书。李清华老师是一位很有经验的老翻译家，很快就交出译文，漓江出版社的版本率先出版，印数超过十万册。

《鸽子》这部中篇小说是聚斯金德出的第三本书，出版于1987年，主人公是法国巴黎银行的门卫约纳丹·诺埃尔，五十岁出头，农民出身，服过兵役，已经当了近三十年的门卫。他每天的工作就是站在银行大门前面，或者在三级大理石台阶上迈着稳健的步子踱来踱去。回首平生，诺埃尔没有任何值得留恋的事情；展望未来，他更是别无它求，唯有死亡在等待着他。诺埃尔几十年来过着一种平淡孤独、极有规律、自我满足的生活。三十年来，他一直住在一间很小的但是布置得井井有条的房间里，在这个充满不安的世界上，这里一直是他的安全岛。1984年8月，在一个刚刚下过暴雨的星期五的早晨，诺埃尔拉开房门，发现有一只鸽子蹲在门前，他吓得赶紧退回房间，把门锁上，祈求上帝的帮助，最后终于鼓足勇气，冲出了房间。素来与世无争、向往平静生活的诺埃尔把这只鸽子视为一种外部的威胁，因为它打破了他常年恪守的生活规律。整个上午诺埃尔都六神无主、心不在焉，他感到自己长期以来习惯的生活规律和平静的心境遭到了破坏，他惊愕地发现自己的生活是多么的可笑，平静的生活一下子全被打乱了。作者不吝笔墨地陈述了主人公枯燥乏味的生活和工作，细致入微地描写了诸如他的走路、站立、吃饭、喝酒、散步、睡觉、整理房间、分发信件，甚至小便等日常琐事。这种无聊乏味的机械性的周而复始，构成了主人公的全部生活内容，使他感到满足、平静、安全，而这只鸽子的出现打破了他的内心平静和生活秩序。在一个半小时的午休期间，诺埃尔在小公园里遇到一个已经认识多年的流浪汉，他想起三十年前第一次见到他的情景，他们见过无数次，但彼此仍然是陌生人。与生活极有规律的诺埃尔相比，流浪汉则过着一种完全随意自由的生活。每个工作日，诺埃尔九点准时站在银行门前，而流浪汉则常常在十点或者十一点才优哉游哉地翻腾着街角的纸箱，寻找可以吃的和用的东西。诺埃尔一小时又一小时，一天又一天，一年又一年地靠为银行看门挣生活费，抱怨生活的艰辛，而流浪汉则对每一位将硬币零钱扔进帽子的施主笑脸相迎，显示出极大的满足。诺埃尔不禁感到既气恼又嫉妒，气恼的是，流浪汉的那种自信和满足，嫉妒的是，他自己不可能像流浪汉那样显得信心十足。他的气愤和嫉妒继而又转变成了惊奇，他早就以为，这个流浪汉不会再活多久，但是却惊奇地发现，流浪汉活得好好的，而且很自在，但是他立刻就被一种恐惧感所攫住，他担心自己有朝一日也会沦落街头。想到这里，他的生活看似坚实的基础，顷刻之间分崩离析。他觉得自己是个失败者，是个无能的人，下个月就会被银行解雇，而他根本不可能找到一个新的工作。失业，流离失所，一无所有，生存危机的恐惧，驱使诺埃尔急于逃离，情急之下，他竟然把自己的裤子撕了一条大口子。诺埃尔感到，这条口子不是撕在裤子上，而像是把他自己劈成了两半，血咕噜咕噜地往外冒，不赶紧堵住这个“伤口”，他担心自己随时都有可能死掉。于是，他心急火燎地奔向一家裁缝店，当他看见女裁缝的时候，觉得自己得救了，因为这位女裁缝是“令人信任”的，但是在仅剩下的午休时间内，女裁缝表示绝无可能完成缝补工作。绝望和不安再次攫住诺埃尔，他离开裁缝店，冲进百货店买了一卷不干胶，把裤子上的口子粘住，然后匆匆赶回银行上班。整个下午，裤子上贴着不干胶，站在银行门前，使诺埃尔活像一个喜剧小丑，而他此时此刻的心态则充满了悲剧色彩，在经历了数次的绝望与希望，怀疑与得救，危难与幸运之间的摆动之后，笼罩着诺埃尔心上的只有对自己的蔑视和怨恨。他也曾产生过要做些什么的冲动，然而就连他自己也很清楚，这种行动的愿望仅仅是愿望而已。“他不是一个积极行动的人。而是一个逆来顺受的人。”[1]他只能屈从于命运的安排，放弃是他唯一的选择。他觉得自己变成了一个侏儒，变成了“一小堆垃圾”，他不再相信生活规律的存在。下班以后，他因为鸽子而不愿回家，在街头漫无目的地游荡，纵然饥饿难忍，也不愿意穿着破裤子走进饭店，因为整洁、秩序、条理、风纪是他的生活规律的重要组成部分，而他觉得自己的外表这时就像一个流浪汉。他在一家旅馆开了房间。这间房间比他自己的还要狭小，“开间也不比棺材宽敞多少”，晚饭他吃得很慢，“因为他认为，这是自己的最后一顿饭了”。诺埃尔终于作出了决定：明天早上自杀。夜里，雷雨交加，他混淆了旅馆房间和他自己的房间乃

1　文中未注明的引文均引自本书中译文。

至早年住过的叔叔的家和父母的家，童年的记忆与现实发生的事情交叠，历来封闭孤独生活的诺埃尔希望有人来解救他，希望结束迄今的生活方式，寻求与他人的接触。可以说，当诺埃尔发出“没有其他人，我就无法生活啊！”的感慨时，标志着他完成了寻找自我的过程，向往改变现有的生活方式，开始从孤僻的人（Einzelgänger）向普通的人（Mensch）转变。多年来离群索居的生活，现在在他看来，是一种可怕的事情，他不愿意再重复过去的生活规律。黑暗的陌生环境使诺埃尔得到了解脱，让他重新找到了自我。当新的一天开始之后，他甚至童心焕发，脱去鞋袜，赤脚回家，一路上不停地从一个水洼跳向另一个水洼，丝毫也不像一个准备要告别人生的人。只是当他快到家门口时，心里才掠过一丝疑惑：鸽子在那里等着。然而，“他一下子不再感到恐惧了”。故事的结尾：鸽子已经离去，诺埃尔的担心、恐惧、气恼和危机感也随之一扫而光。生活仍将继续，一切又重归原状。小说几乎通篇都是主人公的意识流动和内心独白，是一篇上乘的心理小说。

《鸽子》得到了德国评论界的几乎众口一词的赞扬。《明镜》周刊1987年第12期认为：以古典中篇小说形式写成的《鸽子》，是一篇表现人类生存恐惧的寓言，反映了当代社会普遍存在的人们对于未来的恐惧。《莱茵河水星报》1987年3月号文学副刊的评论员沃尔夫·舍勒认为："《鸽子》是当代散文创作中的一部罕见的杰作，是一篇结构缜密、技巧娴熟，以心理描写见长的小说，在叙述技巧上是欧洲传统的中篇小说创作艺术的继续。"《鸽子》的第一版印了十万册，一个月后跃居德国文学类畅销书排名榜第二位，是1987年德国全年第三畅销书，同时还卖出了美国、英国、法国、意大利、荷兰、西班牙、巴西等十几个国家的翻译版权。《鸽子》中译文属于较早的外文版本之一，当时，在沈阳出版的《中外文学》的编辑李姊昕女士得知《鸽子》的情况，约请笔者翻译，因为交稿时限较短，笔者约请友人张建国先生加盟合作，未及全部完成，张先生就负笈西洋，后来中文译文发表在 1988 年第 3 期上。《鸽子》显然不及《香水》迷人，后来承蒙韩耀成先生看中，选入他主编的《外国心理小说名著选》（贵州人民出版社 1997 年版），算是多了几位读者。

聚斯金德不是一个多产作家，他的作品除了前面提到的之外，还有一本长篇小说《夏先生的故事》（Die Geschichte von Herrn Sommer）和收在本书里的三个短篇小说。《对深度的强制》（Der Zwang zur Tiefe）里写的是一个“聪颖过人”的年轻女画家，在举办了第一次画展之后，因为受到“这些画都缺乏深度”的评论，开始变得怀疑、困惑、古怪、萎靡，她试图寻找深度，却又不得要领，“终日闭门不出”，“却什么也画不出来”，陷入了一场难以自拔的危机，最后，绝望地从电视塔上跳下自杀身亡。《一场龙虎斗》（Ein Kampf）写的是一场势不均力不敌的象棋比赛：“棋坛高手”挑战当地棋王。所有的观棋者从陌生的年轻人的“姿态中流露出来的镇定和沉着”断定他是一位“棋坛高手”，希望他“创造人们期待已久的奇迹”，战胜七十岁的“其貌不扬”的当地棋王，“让他也终于尝尝失败的苦涩”。如果说是陌生人从容不迫、大刀阔斧、满怀信心的举止，倒不如说是围观者屡战屡败的心态，使得人们希望有一位天才棋手来“为大家洗刷耻辱”。因此，尽管年轻人屡出漏招，“深谙棋道”的观棋者们却总在设法为他找到“这步棋的目的和深刻意义”，断定“大师自有他的锦囊妙计”。即使是当“棋坛高手”处于劣势，观棋者们也找出不以数量优势论英雄、大师自有战略目光为其解释。生死攸关之际，观棋者们仍然坚信他们的人将获得胜利，甚至希望、渴望、祈求当地棋王会犯一个低级错误，导致棋局发生逆转，相信大师能创造奇迹，赢得胜利。当他们的统帅推倒棋认输的时候，他们仍然不能相信这一事实。当地棋王因外界的影响从一开始就变得躲躲闪闪、犹豫不决，思考了好长时间才满腹狐疑地作出决定。即使处于优势，阵地固若金汤，他也心慌，怀疑自己估计错误，钻进了对方设下的致命的圈套，变得更加小心，更加迟疑，更加胆战心惊。直到胜局已定，他才恍然大悟，他本来在开局的时候就能置对手于死地，因为对手频频臭招，显然是对下棋半通不通，是对手的自信、天赋和青春活力，加上围观者们的情绪导向，使他感到自卑和缺乏自信。虽然他最终赢了这盘棋，但是他在心理上遭受了一次失败，而且是一次不可弥补的失败，因为他在整个比赛中都在否定自己，贬低自己，在对手面前缴械投降，更为可悲的是，他永远也不会有“报仇雪耻的机会”，任何辉煌的战绩都无法弥补这样一种失败。所以他决定与象棋彻底决裂，永不下棋。这是一篇非常精彩的短篇小说。《梅特尔·米萨尔的遗嘱》（Das Vermächtnis des Maître Mussard）是一篇很难读懂的作品，一个“看重书籍和科学”的人，在两百多年前留下了一封遗书，记载了这个“博学的人”对贝类进行的彻底的研究，思索多年，冥思苦想，终于悟出一个道理：“世界……是一个残忍的合上的贝。”最后，这个看到过贝类的第一人，得了“贝类病”，“到下面去和贝类汇合了”。可惜，笔者功力不够，终究还是没能读懂可怜的米萨尔到底要向后代传达哪些“难以置信的发现和知识”，更没有明白作者聚斯金德试图要表现什么。但愿大多数读者不要像我这样辜负了作者的一片苦心。不过，好在作者对于读者根本就不抱任何希望，或者，他根本就没有指望有人能够读懂他的作品，或者，他也压根儿就没有想要表现什么。天晓得！

拉拉杂杂，写成这篇文字，主要是追述了当年聚斯金德和他的作品被介绍到中国的情况。责任编辑裴胜利先生原本是约请写一篇前言，左思右想，觉得这篇文字作为“译后记”更为妥帖，纵然是迟写了十五年。好在有作家本人的一篇亲笔真迹作为“代序”，希望读者们也会对这样的安排感到满意。

蔡鸿君

2002 年 8 月于德国凯克海姆

PATRICK SÜSKIND

Patrick Süskind

空。据统计，该书至今已被译成英语、法语、意大利语、西班牙语、芬兰语、希伯来语、日本语、加泰隆语、塞尔维亚—克罗地亚语等二十三种文字。一九八七年初在巴黎举行的书籍博览会期间，经过众多专家的评定，《香水》获得了十五份“古滕贝格奖”中唯一的一份优秀外国小说奖。

小说《香水》没有浩瀚的篇幅，它的结构严谨，共分四章，五十一节，段落分明，叙述清楚。小说一开始就开门见山。聚斯金德在三言两语后，立即点出了要为气味王国的天才怪杰让-巴蒂斯特·格雷诺耶立传的意图。随后，作家花费点笔墨交代了十八世纪世界上最臭的城市巴黎，立即把本书的主人公“请”了出来——他于一七三八年七月十七日（这年最炎热的一天）生在巴黎最臭的市区内一个臭鱼摊旁的宰鱼台下。接着，作家描述了格雷诺耶一系列的人生经历：婴幼儿时期举目无亲；八岁起被加拉尔夫人卖给制革匠格里马并在那里像牛马一样干活；第一次杀害一名少女并摄取其香味；为香水制造商巴尔迪尼重振香水业，徒步到南方去，在荒山里穴居七年；在蒙彼利埃的经历；在生产香水的名城格拉斯当伙计，其间杀害了二十五名少女，取得她们的香味制作香水；一七六六年被判处死刑却又死里逃生；一七六七年六月二十五日晨（这一天又是这年最热的一天）返回巴黎时被人分尸吃掉。这些经历如同电影的一个个镜头生动逼真地呈现在读者的眼前。

在作家的笔下，格雷诺耶俨然是个传奇式的人物。他具有顽强的生命力：他一生下来即被他母亲撂在臭鱼摊旁的烂鱼肚肠垃圾堆里，居然没有死去；育婴所里其他小孩多次欲置他于死地，而每次他都幸免于死；他在格里马处害了炭疽病，在巴尔迪尼处得了梅毒性疱疮变异症，而且并发了晚期化脓性麻疹，两次都奄奄一息，但居然奇迹般地活了下来。“他像有抵抗力的细菌那样顽强，像只扁虱那样易于满足，它安静地停在树上，靠着它在几年前所获得的一小滴血维持生活。”他生下来就是个先天不足的人，相貌丑陋、凶恶。因为丑陋，被人家厌恶，他就有强烈的复仇意识。他身上没有气味，这就如同德国小说家沙米索笔下的施莱米尔与魔鬼订约后失去影子那样，毕竟是一大缺陷。但他具有一种特异功能，完全可以同有音乐才赋的神童相比拟。他的嗅觉特别灵敏，六岁起即能通过嗅觉识别世上的一切。他收集了十万种气味。他杀害少女，萃取她们的香味，制成迷人的香水，供自己使用。一小滴这样的香水竟使格拉斯刑场上的万名观众（包括行刑者）把他当作救世主。但一小滴香水也使这个仇视人类、梦想在气味王国当人类主宰的格雷诺耶丧生。

格雷诺耶在短暂的一生中生活方面没有什么欲望，他唯一的追求是掌握生产香水的技术，使自己成为香水之王。他依靠自己的特异嗅觉，勤奋工作，终于如愿以偿。但在资本主义社会里，他的特异功能只能为资本家所利用。他并未发财致富，而敛财致富的却是资本家。小说《香水》通过格雷诺耶为格里马、巴尔迪尼、阿尔努菲寡妇卖命，反映了资本主义剥削的极端残酷性。格雷诺耶一生寂寞、孤独，没有一个真正的朋友，只知拼命劳动以求生存，这恰恰暴露了资本主义社会中人与人之间的冷漠关系和竞争关系。

小说《香水》问世后，首先作出反应的是文学批评界。早在一九八四年《法兰克福总汇报》连载《香水》的同时，该报即发表了一篇短评。短评说《香水》这本书的标题“诱惑人”而又“充满神秘色彩”，小说充满“幻想”，“令人惊异”，具有“童话色彩”，同时又“令人毛骨悚然”，还说作品的语言“幽默得令人赞叹”。

马塞尔·赖希-拉尼茨基于一九八五年三月二日在《法兰克福总汇报》上发表评论文章。他称赞聚斯金德是“一位擅长德语的德语作家，一个善于叙述的当代小说家，一个不是拿他自我欣赏的东西来戏弄我们的小说家，一个毫不令人感到厌烦的青年作家”。接着他认为聚斯金德并不年轻。他列举了德语文学中大作家们成名时的年龄：托马斯·曼、豪普特曼、亨利希·曼、赫尔曼·海塞、施尼茨勒和霍夫曼斯塔尔均在二十岁至二十五岁之间，而伯尔、安德施、诺萨克和阿尔诺·施密特由于战争的原因则晚得多。他认为聚斯金德属于后面这些“大器晚成者”之列。他指出聚斯金德的作品有三个明显的特点：“聚斯金德的幽默，他对语言近乎幸灾乐祸那样的欢快，他对受歧视者和先天不足者丝毫没有感伤的、令人忆起契诃夫那样的偏爱。”赖希-拉尼茨基肯定了聚斯金德的创作手法，说：“我不是说，作家今天应该这么叙述。但是我认为，今天作家可以这样叙述，前提是他善于这样来叙述。”他接着谈到《香水》的语言“富于节奏”，措词“准确优美”，富于“诱惑性的音调”，说“这部小说受人欢迎的音乐感令人设想，作者的所有器官中以耳朵最为发达”。最后，他说：“我们的文学多了一位人才，而且是惊人的人才。”

不久，《香水》出书，《明镜》周刊编辑米夏埃尔·菲舍尔在一九八五年第十期《明镜》上发表文章，题为《一个抨击发臭时代的斗士》，称《香水》是一部力作。德国《明星》周刊称这部小说是“一个重大的文学事件”。《时代》杂志也载文热情地欢呼聚斯金德的小说。《香水》被介绍到国外后，国际上的文艺批评界也不甘落后，美国《时代》杂志、巴黎的《费加罗报》、美国《纽约时报》等都纷纷发表评论，赞扬聚斯金德取得的成功。

一九八七年，《香水》也为当时的民主德国所承认。《青年世界》于九月十五日发表了克莱门斯·克拉尔的评论文章，说“帕特里克·聚斯金德写了一本非常富于想象和极其扣人心弦的书。他成功地把侦探小说、消闲小说和艺术珍品融合为一体”。克拉尔称聚斯金德是“讽刺影射大师”，风趣地说“读这本书需要有个灵敏的鼻子”，“若是有一天聚斯金德编纂出一部香味辞典，我一定不会觉得奇怪”。

总之，文学批评界一致公认《香水》是一部写得非常成功的作品。

迄今为止，小说通常离不开男女之间的爱情。《香水》则没有描写这种爱情，而是写了主人公格雷诺耶对气味、香味的爱，因而在题材方面独辟了一条蹊径。这不能不说是一种创新。正因为题材新颖，作家又像写史书一样地处理题材，因而给人以真实感，这是这部小说如此吸引人的关键。

在创作手法上，《香水》没有像现代派小说那样标新立异。聚斯金德对于现代派的创作手法毫不理会，仿佛没有读过卡夫卡或乔伊斯的作品。他完全抛弃施尼茨勒在一九〇〇年采用的、此后在德语文学中流行的内心独白，而且也不运用倒叙手法。聚斯金德所效法的，是十九世纪批判现实主义大师巴尔扎克等的创作手法。小说一开始，作家就这样写道："十八世纪，在法国曾出现过一个人。那时代人才辈出，不乏天才和残暴的人物，他便是最有天才和最残暴的人物之一。这儿要讲的就是这个人的故事。"寥寥数语朴实无华，但却表明了作家的美学纲领：这部作品将按传统的现实主义叙述手法写下去。随后他为令人讨厌的主人公立传，按时间顺序，平铺直叙，从主人公的生写到死，始终不离本题。这种传统的现实主义创作手法，尽管联邦德国文学界普遍认为已经过时，因而多年来已不再时行，但它毕竟是一种久经考验的创作手法，同样具有很强的表现力。《香水》的成功绝不是传统手法在文学上的回光返照，而是传统手法表现力的再一次显示。这部小说在艺术上的一个重要意义正是创作手法上的推陈出新。我们完全有理由相信，传统的现实主义叙述手法作为一种创作手法，由于《香水》的突破，今后必将在德语文学中重新占有其重要的席位。有了一部《香水》，很可能会引出在创作手法上类似《香水》的作品。同时，这也是广大读者的愿望。他们在多年接触现代派作家的作品之后，正需要改换口味，也是《香水》如此畅销的一个重要的因素。

对于天才怪杰格雷诺耶，作家虽然着力于鞭挞，因而使用了不少讽刺的语汇，但在字里行间也流露出不自觉的同情。然而，聚斯金德对于次要人物的刻画，则没有留下这种同情的痕迹。在他的笔下，行刑官帕蓬凶相毕露，其他几个与格雷诺耶有关的次要人物，也或多或少都像霍夫曼所塑造的人物那么阴森可怕。由于作家不喜欢这些人物，因而其中的绝大多数人都得不到善终。

生动而又铿锵有力的语言，丰富的专业语汇，遣词造句的巧妙准确，是小说取得成功的又一个不可忽视的因素。例如，聚斯金德在描写巴黎如何臭气熏天时，在短短一小段文字中接连运用“stinken”这个动词达十七次之多，但由于主语不同，而且语序变换得巧妙，句子富于节奏感，丝毫也不令人感到乏味。

至于聚斯金德创作《香水》的目的，我看决非仅仅为小人物格雷诺耶树碑立传，显然有借古喻今的意图。德语国家读者阅读这部小说，体会自然深刻。然而中国读者若是留心阅读，反复回味和想象，也会发现在近似荒诞的有趣的故事情节后面，在幽默的语言中，隐藏着许多讽刺和影射，其矛头是指向唯利是图的剥削阶级及其代表人物的。传奇性人物格雷诺耶有一个特别灵敏的鼻子，他仇视人类，要制作一种香水征服人类，而最终却自食其果。希特勒也仇视人类，也要征服人类，最终也是失败了。仇视人类并要征服人类的狂人都没有好下场。

译　者

香　水

Das Parfum

第一章

1

十八世纪，在法国曾出现过一个人。那时代人才辈出，也不乏天才和残暴的人物。此人便是最有天才和最残暴的人物之一。这儿要讲的就是这个人的故事。他名叫让-巴蒂斯特·格雷诺耶。与其他天才怪杰，例如德·萨德、圣鞠斯特、富歇、波拿巴的名字相反，他的名字今天已被人遗忘，这肯定不是因为格雷诺耶在自高自大、蔑视人类和残忍方面，简而言之，在不信神方面比这些更有名气的阴险人物略逊一筹，而是因为他的天才和他的野心仅仅局限在历史上没有留下痕迹的领域：气味的短暂的王国。

在我们所说的那个时代，各个城市里始终弥漫着我们现代人难以想象的臭气。街道散发出粪便的臭气，屋子后院散发着尿臭，楼梯间散发出腐朽的木材和老鼠的臭气，厨房弥漫着烂菜和羊油的臭味；不通风的房间散发着霉臭的尘土气味，卧室发出沾满油脂的床单、潮湿的羽绒被的臭味和夜壶的刺鼻的甜滋滋的似香非臭的气味。壁炉里散发出硫磺的臭气，制革厂里散发出苛性碱的气味，屠宰场里飘出血腥臭味。人散发出汗酸臭气和未洗的衣服的臭味，他们的嘴里呵出腐臭的牙齿的气味，他们的胃里嗝出洋葱汁的臭味；倘若这些人已不年轻，那么他们的身上就散发出陈年干酪、酸牛奶和肿瘤病的臭味。河水、广场和教堂臭气熏天，桥下和宫殿里臭不可闻。农民臭味像教士，手工作坊伙计臭味像师傅的老婆，整个贵族阶级都臭，甚至国王也散发出臭气，他臭得像猛兽，而王后臭得像一只老母山羊，夏天和冬天都是如此。因为在十八世纪，细菌的破坏性活动尚未受到限制，人的任何活动，无论是破坏性的还是建设性的，生命的萌生和衰亡的表现，没有哪一样是不同臭味联系在一起的。

当然，巴黎最臭，因为巴黎是法国最大的城市。而在巴黎市内，又有一个地方，即在铁器大街和铁厂大街之间，也就是圣婴公墓，那里奇臭无比，简直像地狱一样臭。八百年间，人们把主宫医院[1]和附近各教区的死者往这里送；八百年间，每天都有数十具尸体装在手推车上运来，倒在长长的坑里；八百年间，在墓穴和尸骨存放所里，尸骨堆积得一层又一层。直至后来，在法国革命前夕，几个埋尸坑危险地塌陷以后，从公墓里溢出的臭气不仅引起附近居民的抗议，而且导致他们真正起来暴动，这时这地方才被封锁起来，被废弃了，千百万块尸骨和头盖骨才被铲出，运到蒙马特尔的地下墓地，人们在这地方建起了一个食品交易市场。

在这儿，就在这整个王国最臭的地方，一七三八年七月十七日，让-巴蒂斯特·格雷诺耶来到了这个世界上。那一天是这一年最热的日子之一。炎热像铅块一样压在公墓上，腐臭的蒸汽笼罩在邻近的街巷里，蒸汽散发出烂瓜果和烧焦的兽角混合在一道的气味。格雷诺耶的母亲在临产阵痛开始时，正站立在铁器大街的一个鱼摊旁，为早些时候掏去内脏的鲤鱼刮鱼鳞。这些鱼据说是早晨才从塞纳河拖来的，可是

1　法国各城市中的主要医院。

此时已经散发出阵阵恶臭，它们的臭味已经把尸体的臭味淹没了。格雷诺耶的母亲既没有注意到鱼的臭味，也没有注意到尸体的臭味，因为她的鼻子已经迟钝到麻木的程度，何况她的身子正疼，而疼痛使她的感官接受外界刺激的能力完全丧失了。她一心一意指望疼痛能够停止，指望令人讨厌的分娩能尽快结束。这是她生的第五胎。前四胎她都是在这儿鱼摊旁完成的，生的都是死胎或半死胎，因为在这儿生下来的血淋淋的肉，同摞在那里的鱼肚肠没有多大区别，而且也没活多久，到了晚上，不管是鱼肚肠，还是生下来的肉，或是其他的东西，都被统统铲走，装在手推车上运往公墓或是倒进河里。今天这一次看来又是如此。格雷诺耶的母亲还是个青年妇女，二十五岁，还相当漂亮，嘴里牙齿差不多都在，头上还有些头发，除了痛风、梅毒和轻度肺结核外，没有患什么严重的疾病，她希望能够长寿，或许再活上五年或十年，或许甚至能够结一次婚，做个手工业者的受人尊敬的填房，或是……格雷诺耶的母亲希望一切很快过去。当分娩阵痛开始时，她蹲到宰鱼台下，在那儿像前四次那样生产，用宰鱼刀割去刚生下来的东西的脐带。但是随后因为炎热和臭气——她并没有闻到臭气的臭，而是闻到一股令人难以忍受的、麻醉人的气味；她觉得，就像一块田里的百合花，或是像一间狭小的房间养了太多的水仙花产生的气味——她晕了过去，向一边跌倒，从宰鱼台下跌到路中央，并在那里躺着，手里握着宰鱼刀。

人们呼喊着，奔跑着，围观的人站成圈子，有人把警察叫来了。格雷诺耶的母亲依然躺在路上，手里握着那把刀。后来她慢慢地苏醒过来。

“你出了什么事？”

“没事。”

“你拿刀干什么？”

“不干什么。”

“你裙子上的血哪儿来的？”

“宰鱼沾上的。”

她站起来，把刀子扔掉，走开去洗身子。

就在这时，宰鱼台下那才生下来的东西出乎意料地哭了起来。大家朝台子下看去，发现新生儿就在鱼肚肠和砍下的鱼头中间，上面停了一堆苍蝇，于是便把他拖了出来。人们照章办事，把婴儿托付给一个乳母，而母亲则被捕了。由于她供认不讳，而且是毫无顾虑地承认，她确实是想像前四次那样做法，把生下来的东西撂在宰鱼台下任其死去，于是人们就对她起诉，她因为多次杀婴罪而被判处死刑。几星期后，她在沙滩广场上被斩首。

这婴儿在这期间已经换了三个乳母。没有哪个愿意长期收养他。据说这是因为他吃得太多，一人吸吮两个人的奶水，把供其他婴儿的奶都吸光，因而就剥夺了乳母维持生活的手段，因为乳母光是喂养一个婴儿无利可图。主管的警官，一个叫拉富斯的男子，对这事情感到厌烦，打算让人把这小孩送到圣安托万大街的弃婴和孤儿收容所；从那儿出发，每天都有一批小孩转送到鲁昂的国立大育婴堂。但是当时运送都是靠脚夫使用韧皮编的背篓进行的，为了提高效率，每只背篓一次装进多达四个婴儿；因此在运送途中死亡率特别高。由于这个缘故，背篓的搬运者被通知只能运送受过洗礼的婴儿，而且这些婴儿必须有在鲁昂盖章的正规运送证。由于格雷诺耶这婴儿既未受洗礼，又没有一个名字可以正正规规地填在运送证上；再说，警察局不允许把一个没有名字的小孩弃置于收容所的门口——若是这么做，就会使完成其他手续都变得多余了，也就是说，由于运送小孩可能产生的一系列行政技术方面的困难，同时也由于时间紧迫，警官拉富斯只好放弃了他原来的打算，把这男婴交给一个教会机构，换取了一张收条，这样，人家可以在那里为这小孩洗礼，并对他以后的命运做出安排。于是人家把他交给圣马丁大街的圣梅里修道院。他在那儿受洗礼，被取名让-巴蒂斯特。因为修道院院长这一天情绪特佳，而且他的慈善基金尚未用完，所以这小孩就没有送到鲁昂，而是由修道院出钱请人喂养。于是他被交给住在圣德尼大街的一个名叫让娜·比西埃的乳母，为此她每周获得三个法郎的报酬。

2

几星期后，乳母让娜·比西埃手里提了个篮子站在圣梅里修道院的门口，对给她开门的长老泰里埃——一个约莫五十岁、身上有点醋味的秃头僧侣——说了声“瞧这个！”，然后便把篮子放在了门槛上。

“这是什么？”泰里埃问道，把身子弯向篮子上方，用鼻子嗅嗅，因为他猜想这是可以吃的东西。

“铁器大街杀婴女人的私生子！”

长老把手指伸进篮子里捣捣，使正在睡觉的婴儿的脸露出来。

“他的脸色真好看。红润润的，养得好极了！”

“因为他把我的奶水全吸光了。因为他像个抽水机把我抽干了，只留下一把骨头。但是现在可以结束了。你们自己继续喂养吧，用山羊奶，用粥，用萝卜汁。这杂种什么都吃。”

泰里埃长老是个和气的人。他负责管理修道院的慈善基金，负责把钱分发给穷人和急需的人。他期望着人家向他道谢，在别的方面不来打搅他。他对技术上的细小事情非常反感，因为小事就意味着困难，而困难就意味着扰乱他的平静心情，这一点他绝对不能忍受。他就连自己开门也感到恼火。他希望来人把篮子拿回家去，别再用这婴儿的事情打搅他。他慢腾腾地站直身子，一口气把这乳母散发出来的奶味和像乳酪一样白的羊毛气味吸入。这是人们喜欢闻的一种香味。

“我不明白你要什么。我不明白你的目的何在。我只能想到，若是这婴儿继续吃你的奶，再吃一段时间，这对婴儿是绝对无害的。”

“对他当然没有什么，”乳母嘎嘎地回话说，“但是对我却有害。我已经瘦了十磅，而我却吃了三个人吃的东西。为了什么？就为每周拿三个法郎吗？”

“原来如此，我懂了，”泰里埃几乎轻松地说道，“我全明白了：这又是钱的缘故。”

“不是。”乳母说。

“是的！这总是钱的问题。如果有人敲这扇门，总是和钱有关。我曾经希望，我开了门，站在那里的人是为别的什么事来的。例如有人为送点小礼物而来。比方说送些水果或硬壳果。现在正是秋天，可以送的东西不是很多嘛！也许是送花。也许有个人跑来，友好地说：‘上帝保佑，泰里埃长老，我祝您日子过得好！’可是我似乎从来没有经历过这样的事。来者若不是乞丐，就是个小商贩；如果不是小商贩，那么就是个手工业者。如果他不要求施舍，那么他就是来要求付款的。如今我根本不能上街。若是我上街，才走三步就会被要钱的人包围起来！”

“包围您的人当中不会有我。”乳母说。

“但是有件事我得告诉你：你不是这个教区里唯一的乳母。这儿有数百个第一流的乳母或保姆，她们为了每周能拿到三个法郎，正争先恐后地要用自己的奶水来喂养这个讨人喜欢的婴儿，或者是用粥、果汁或其他营养品来喂他……”

“那就把他交给她们当中的一个去吧！”

“……另一方面，把小孩转来转去也不好。谁知道他吃别人的奶会不会像吃你的奶一样长得这么好。你得知道，他已经习惯了你的乳香味和你的心脏的搏动。”

他又深深地吸了一口这个乳母散发出来的热烘烘的气味。随后，他发现他的话对她毫无影响，就说：

“现在你把这小孩抱回家去！这件事我再跟修道院院长商量一下。我将向他提个建议，以后每星期给你四个法郎。”

“不。”乳母说。

“那么一言为定：五法郎！”

“不行。”

“你究竟要多少钱？”泰里埃冲着她高声喊道，“五法郎对于喂养一个婴儿这样次要的工作已经够多了！”

“我压根儿不要钱，”乳母说，“我要把这杂种从家里弄走。”

“但这究竟是为什么，亲爱的太太？”泰里埃说，又把手指伸进篮子里摸摸。“这的确是个可爱的小孩。他脸色红润润的，他不哭闹，乖乖地睡着，而且他已经受过洗礼。”

“他着了魔。”

泰里埃迅速把自己的手指从篮子里抽出来。

“不可能！一个婴儿着了魔，这绝对不可能。婴儿还不是个人，而是个猿人，他的灵魂还没有完全形成。魔鬼对他不感兴趣。是不是他已经会说话了？是不是他身上在抽搐？他动过房间里的东西吗？他身上散发出恶臭吗？”

“他根本没有气味。”乳母说道。

“果不其然！这是个明显的特征。假如他着了魔，那么他必定会散发出臭气的。”

为了安慰乳母，为了证明自己的勇气，泰里埃把提篮举了起来，举到自己的鼻子底下。

“我没闻到什么怪味，”他嗅了一会儿说道，“确实没有什么怪味。不过我觉得，尿布里似乎有股味。”他把篮子朝她举过去，好让她来证明他的印象。

“我指的不是这个，”乳母没好气地说，一边把篮子推开，“我不是说尿布里的气味。他的大小便的气味都正常。我是说他本人，这个小杂种本人没有什么气味。”

“因为他身体健康，”泰里埃叫道，“因为他身体健康，所以他没有气味！只有生病的小孩才有气味，这是尽人皆知的。众所周知，一个出天花的小孩有马粪臭，一个患猩红热的小孩有烂苹果味，而一个得了肺结核病的小孩则有洋葱味。他这些气味都没有，他的身体健康。你是不是要他有股臭味？你自己的小孩是不是散发出臭气了？”

“不，”乳母说道，“我的孩子散发出人间儿童应该有的气味。”

泰里埃小心翼翼地把提篮放回到地上，因为他觉得，对乳母执拗不从的愤怒已经使他胸中升腾起激昂的情绪。在接下去的争论中，他免不了要动用两只臂膀来作出更自由的姿势，他不想因此而使婴儿受到伤害。当然他首先把两手拢在背后，冲乳母挺出他的尖肚皮，厉声地问道：

“你是不是坚持认为，一个普通的小孩，而且他毕竟是个上帝的孩子——我得提醒你注意，他已经受过洗礼——必须有气味？”

“是的。”乳母说。

“此外你还坚持认为，假如小孩没有你所认为应该有的那种气味，那么他就是魔鬼的孩子？你啊，你这个圣德尼大街的乳母让娜·比西埃！”

他把放在背后的左手伸出来，把食指弯曲得像个问号，威胁地举到她的面前。乳母在思索着。她觉得谈话一下子转变为神学上的质问，很不对劲，她在这种质问中必定会输给他。

“我不是这个意思，”乳母支吾地回答，“至于这事情和魔鬼有无关系，泰里埃长老，您自己来判断吧，这事情不属于我管。只有一点我是知道的：我怕这婴儿，因为他没有小孩应该有的气味。”

“啊哈！”泰里埃满意地说，又让手臂像钟摆一样摆回原来的位置，“那么我们就不谈同魔鬼有关的事吧。好的。但是请你告诉我：按照你的想法，如果一个婴儿有了他应该有的气味，这气味究竟是怎样的呢？你说呀！”

“这气味应该好闻。”乳母说道。

“什么叫做‘好闻’？”泰里埃对着她吼叫，“许多东西的气味都好闻。一束薰衣草的气味好闻。肉汤的味儿好闻。阿拉伯人的花园散发出好闻的气味。我想知道，一个婴儿该散发出什么气味？”

乳母犹豫不决。她当然知道婴儿有什么气味，她知道得一清二楚。她已经喂过、抚养过和吻过数十个婴儿，摇着他们入睡……她在夜里用鼻子就能找到他们，甚至现在她的鼻子里也清楚地带有婴儿们的气味。但是她从来未用语言表达过。

“说呀！”泰里埃吼叫着，不耐烦地弹着自己的手指甲。

“好吧，”乳母开始说道，“这不是那么好说的，因为……因为虽然他们的气味到处都好闻，可是他们并不到处都是一个味儿。长老，您可明白，就以他们的脚作例子，它们的气味就像一块光溜溜的暖和的石头——不，更确切地说是像奶酪……或者像黄油，像新鲜的黄油，是的，千真万确，他们的气味像新鲜的黄油。他们的躯干的气味就像……像放在牛奶里的千层饼；而在头部，即在头顶上和头的后部，那儿头发卷了起来，长老，您瞧，就在这儿，在您已经不再长头发的这个部位……”她轻轻地拍拍泰里埃的秃头，他对这滔滔不绝的蠢话一时竟无言以对，顺从地把头低下来。“……在这儿，确确实实在这儿，他们散发的气味最好闻。这儿散发出焦糖味，这气味那么甜，那么奇妙，长老。您想象不到！假如人家闻到他们的气味，那么一定会喜欢他们，无论他们是自己还是别人的孩子。婴儿的气味必定是这样，而不是别样。如果他们没有这样的气味，他们的头顶上根本没有气味，例如这个杂种，他的气味比冷空气还不如，那么……您想怎样解释，就怎样解释好了，长老，可是我，”她铁下心来，把两臂交叉在胸前，对在她脚前的提篮投以厌恶的目光，仿佛篮子里装着癞蛤蟆似的，“我让娜·比西埃决不再把这个带回家！”

泰里埃长老缓缓地抬起低垂的头，用一只手指捋几下光秃的头，仿佛他要理一理头发，像是偶然似的把手指放到鼻子下，若有所思地闻闻。

“像焦糖……？”他问道，并试图恢复他那严厉的音调，“……焦糖！你知道焦糖吗？你已经吃过了？”

“没有直接尝过，”乳母说道，“但是我有一次到过圣奥诺雷大街的一家大饭店，我看到人家是怎样把融化的糖和乳脂制成焦糖的。它的味道非常好闻，我始终忘不了。”

“好了，够了，”泰里埃说着，把手指从鼻子底下拿开，“你别说了！在这样的水平上继续和你交谈，对我来说尤其费劲。我现在可以肯定，无论出于何种理由，你都拒绝继续喂养托给你的婴儿让-巴蒂斯特·格雷诺耶，并把他送还给他的临时监护者圣梅里修道院。我觉得难过，但是我大概无法改变。你被解雇了。”

他拎起提篮，再次吸一口风吹过来的热烘烘的羊毛般的奶味。

3

泰里埃长老是个有学问的人。他不仅研究过神学，而且也读过哲学作品，同时还从事植物学和化学的研究。他颇为注重他的批判精神的力量。诚然，他并未像某些人走得那么远，对圣经的奇迹和预言或圣经本文的真实性产生怀疑，即使严格地说，光用理智是不能解释它们的，甚至它们往往是同理智直接抵触的。他情愿不接触这些问题，他觉得这些问题令人不快，只会把他推到尴尬不安和危险的境况中，而在这种境况中，正是为了利用其理智，人们才需要安全和宁静。但是他最坚决反对的，则是普通人的迷信行为：巫术，算命，佩带护身符，邪魔的目光，召唤或驱除鬼神，满月时的符咒骗术等等——在基督教巩固自己的地位一千多年之后，这些异教的风俗习惯远没有彻底根除，这确实令人悲哀！所谓的着魔和与恶魔订约，如若仔细地进行观察，绝大多数情况也是迷信的说法。虽然恶魔本身的存在是必须否定的，恶魔的威力是值得怀疑的，但泰里埃不会走得这么远，这些问题触动了神学的基础，对于这些问题作出结论，那是其他主管部门的责任，而不是一个普通僧侣的事。另一方面，事情非常明显，即使一个头脑简单的人，例如那个乳母，坚持说她发现有魔鬼骚扰，魔鬼也是决不会插手的！她自以为发现了魔鬼，这恰恰清楚不过地证明，这儿是找不到魔鬼踪迹的，因为魔鬼做事不会笨到如此地步，竟让乳母让娜·比西埃发现它的马脚，况且还是用鼻子！用原始的嗅觉器官，五官中最低级的器官！仿佛地狱就散发出硫磺味，而天堂却是香味和没药味扑鼻似的！最糟糕的迷信是在最黑暗、最野蛮的史前时代，当时的人还像野兽那样生活，他们还没有锐利的眼睛，不能识别颜色，却自以为可以闻出血腥味，他们认为，从敌人中可以嗅出朋友来，从吃人的巨人、狼形人妖和复仇女神中可以嗅出朋友来，他们把发臭的、正在冒烟的火烤供品带给他们残暴的神。太可怕了！“傻瓜用鼻子看”胜过用眼睛。在原始信仰的最后残余被消灭之前，或许上帝赐予的理智之光还得继续照射千年之久。

“啊，可怜的婴儿！清白无辜的小生命！你躺在提篮里睡觉，对于别人厌恶你却一无所知。那个无耻的女人竟敢武断地说你没有孩子们应该有的气味。是的，我们对此还有什么好说的？杜齐杜齐！”

他把篮子放在两个膝盖上轻轻地摇动，用手指抚摸婴儿的头部，不时地说着“杜齐杜齐”，他认为这是安慰和抚爱儿童的一种表达方式。“人家说你有焦糖味，真是荒谬，杜齐杜齐！”

过了一会儿，他把手指头抽回来，放在鼻子底下闻闻，可是除了闻到他中午吃下去的酸菜的味道外，什么气味也没有。

他迟疑了片刻，环顾四周，看看有没有人在注意他。接着他把提篮举起，把他的大鼻子伸进去，伸到婴儿稀薄的红头发恰好可以给他的鼻孔抓痒，就在婴儿的头上嗅了起来，他希望能嗅到一种气味。他不大知道婴儿的头部应该有什么气味。当然不会有焦糖味，这一点他确认无疑，因为焦糖就是糖浆，而一个生下来到现在只吃奶的婴儿，怎么会有糖浆味呢？他本可以有奶的味儿，有乳母的奶味。但是他却没有奶的气味。他可能有皮肤和头发的味儿，或许还有点小孩的汗味。泰里埃嗅呀嗅呀，期待着嗅出皮肤和头发的气味，嗅出一点儿汗味。但是他什么也没嗅到。无论如何也嗅不到什么气味。他想，婴儿或许是没有气味的，事情大概就是如此。婴儿只要保持清洁，是不会有气味的，正如他不会说话、跑步和写字一样。这些技能是随着年龄的增长才会的。严格地说，人是到了青春期才散发出香味的。事情就是这样，而不是别样！“少年追求异性，少女像一朵洁白的水仙花开放，散发出芳香……”贺拉斯[1]不是这样写过吗？而古罗马人对此也有所了解！人的香味总是一种肉体的香味——即一种罪恶的香味。一个婴儿做梦也从来不会见到肉欲的罪孽，怎么会有气味呢？他应该有什么气味？杜齐杜齐？根本没有！

他又把篮子放到膝盖上，轻轻地像荡秋千那样摇动起来。婴儿仍睡得沉沉的。他的右拳从被子下伸了出来，小小的，红润润的，偶尔碰到脸颊。泰里埃微笑着，突然觉得自己心旷神怡。刹那间，他浮想联翩，觉得自己就是这孩子的父亲，觉得自己已经不是僧侣，而是一个正常的公民，也许是个守本分的手工业者，娶了个老婆，一个善良热情的、散发出羊

---

1 古罗马诗人。

毛和奶的香味的女人，并同她生下一个儿子，此时他正把儿子放在膝盖上摇着，这是他自己的孩子，杜齐杜齐……想到这些，他的心情愉快。这种想法是如此合情合理。

一位父亲把自己的儿子放在膝盖上，像荡秋千一样摇动，杜齐杜齐，这是一幅像世界一样古老的图画，而只要这个世界存在，它总是一幅新的美的图画，啊，就是这样！泰里埃的心里感到温暖，但在心情上却是感伤的。

这时小孩醒来了。首先是鼻子开始醒的。一点点大的鼻子动了起来，它向上抬起嗅嗅。它把空气吸进去，然后一阵阵喷出来，有点像打喷嚏似的。随后鼻子撅了起来，孩子睁开眼睛。眼睛的颜色尚未稳定，介于牡蛎灰色和乳白的奶油色之间，仿佛由一层黏稠的面纱蒙着，显然还不太适于观看。泰里埃觉得，这对眼睛根本没有发现他。而鼻子则不同。小孩的无神的双眼总是斜着看，很难说在看什么，而他的鼻子则固定有一个明确的目标，泰里埃有个非常特别的感觉，仿佛这目标就是他，就是泰里埃本人。小孩脸部中央两个小鼻孔周围的小小鼻翼，像一朵正在开放的花在鼓起。或者更确切地说，小小的鼻翼宛如种植在国王植物园里那些肉食小植物的壳斗。像那些壳斗一样，小小的鼻翼似乎也在发出令人害怕的具有吸力的气流。泰里埃觉得，仿佛这小孩是用鼻孔来看他，仿佛他是在用锐利而又审视的目光瞧着他，比别人用眼睛看得还要透彻，仿佛他要用鼻子吞下从他泰里埃发出的、而他又无法掩盖和无法收回的某种东西……没有气味的小孩不知羞耻地嗅他，情况就是如此！他要彻底地嗅他！泰里埃倏地觉得自己散发出臭气，身上有汗臭，有醋味和酸菜味，不干净的衣服有臭味。他觉得自己仿佛是赤身裸体，样子很丑，觉得有个人好奇地盯着他看，而此人对自己的一切是从不放弃的。小孩似乎在透过泰里埃的皮肤嗅着，一直嗅到他的内心深处！最柔情脉脉的感情和最肮脏的念头在这个贪婪的小鼻子之前都暴露无遗。其实，这鼻子算不上是真正的鼻子，只能算是隆起的小东西，一个经常撅起、鼓胀着和颤动着的有孔的小器官。泰里埃浑身毛骨悚然。他感到恶心。他扭歪了鼻子，仿佛闻到了根本不想闻的恶臭味。亲切的念头已经过去，如今是与自身的血肉相关。父亲、儿子和散发香气的母亲的多愁善感的和谐情景已经消失。他为孩子和自己设计得很好的、舒适地围裹着的思想帷幕已经撕了下来：一条陌生的、令人恐怖的生命正放在他的膝盖上，这是一只怀着敌意的动物，假如他不是一个审慎而虔敬的、明智的人，那么他在刚产生厌恶感时就把这小孩抛出去了，就像把停在身上的蜘蛛丢出去一样。

泰里埃猛一用劲站了起来，把提篮放在桌上。他想把这东西弄走，越快越好，越早越好。

这时小孩开始叫起来。他眯起眼睛，拉大他的通红的咽喉，发出刺耳的令人讨厌的尖叫，以致泰里埃血管里的血液都凝固了。他伸出一只手来摇篮子，喊着“杜齐杜齐”，目的是要这婴儿安静，可是婴儿叫得更响，脸色发青，看上去仿佛他由于号叫而要爆开似的。

滚吧！泰里埃想，马上滚，这……他想说出“这魔鬼”，但尽力控制自己，尽量忍住……滚吧，这魔鬼，这叫人难以忍受的小孩！但是滚到哪里去？在这个地区他认识的乳母和孤儿院足有一打，但是离他太近，他觉得这像是紧贴着他的皮肤，这东西必须滚得远些，滚得远远的，让人再也听不到他的声音，人家不会隔一小时又把他送回来，他必须尽可能送到别的教区，送到河对岸更好，最好送到城墙外，送到市郊圣安托万，就是这样！这哭叫着的小孩必须到那里去，往东边去，远远的，在巴士底狱的那一边，那里的城门在夜里是锁闭的。

他撩起教士的长袍，提着发出号叫声的篮子跑动起来，他穿过街头巷尾嘈杂的人群，奔向圣安托万市郊大街，顺着塞纳河向东走，出了城，走呀，奔呀，一直奔到夏鲁纳大街，来到街的尽头，在这儿的玛德莱娜·德·特雷纳尔修道院附近，他知道一个叫加拉尔夫人的地址。只要给钱，加拉尔夫人对任何年龄和任何人种的小孩都接受。泰里埃把一直在哭闹的小孩交给她，预付了一年抚养费，然后逃回城里。他回到修道院，立即脱下他的衣服，像扔掉脏东西一样，然后从头洗到脚，跑回卧室爬上床。在床上，他划了许多十字，祷告了良久，最后才轻松地沉入梦乡。

4

加拉尔夫人虽然还不到三十岁，但是已经饱经沧桑。她的外表看上去与她的实际年龄非常不相称，相当于实际年龄的两倍、三倍甚至一百倍，极像具少女的木乃伊；在内心世界方面，她早已死亡。她还在儿童时，她父亲有一次用火通条打在她额头上，即紧靠鼻根的上方。打那以后，她就失去了嗅觉，丧失了人的冷热感觉乃至任何激情。随着这一击，温存和憎恶、欢乐和绝望，对她来说都已经变得陌生。后来一个男人同她睡觉，她什么也没感觉到；她生孩子时同样是感觉麻木。她对死去的孩子毫不悲伤，对活下来的孩子也不高兴。她丈夫用鞭子打她时，她一动也不动，而当丈夫在主宫医院死于霍乱时，她也不觉得轻松。她唯有两种感觉，就是：每月偏头痛到来时，她的心情稍许变得阴沉，而当偏头痛逐渐消失时，她的心情则变得稍许开朗。此外，这个像死去一样的女人便什么感觉也没有了。

另一方面……或者也许正是由于她完全失去感情冲动的缘故，加拉尔夫人具有一种毫不留情的纪律观念和正义思想。她不偏爱委托她抚养的小孩，也不亏待任何一个小孩。她每天只给小孩安排三餐，绝不多给一小口饭吃。她给幼婴每天换三次尿布，直到他们满一周岁。满一周岁后哪个还尿裤子，他并不挨骂，而是挨一记耳光，被罚少吃一顿饭。伙食费的一半她用于寄养的小孩，另一半归她自己，分毫不差。在东西便宜的时候，她不提高自己的收入，在困难时期，她也从不多掏一个苏，即使关系到生死存亡，一个子儿也不加。因为那样做，她觉得生意划不来。她需要钱。她对钱计算得特别精确。她老了要买一份养老金，要积攒许多钱，以便她可以死在家里，而不像她丈夫死在主宫医院。她对丈夫的死本身无动于衷。但是她对他同成千上万个陌生人一起集体死亡感到毛骨悚然。她期望自己能单独死去，为此她需要伙食费的全部赚头。在冬天，寄养在她那里的二十多个小孩会有三四人死亡，但是她的情况总还是比其他大多数私人育婴户好得多，并远远超过大型的国立育婴堂或教会育婴堂，那儿的婴儿死亡率往往高达十分之九。当然，自会有很多来补充。巴黎每年产生一万多新的弃儿、私生子和孤儿。因此某些损失不必放在心上。

加拉尔夫人办的育婴所对于小格雷诺耶真是天赐之福。他若是在别处，或许活不下来。但是在这个没有感情的女人这里，他却茁壮地成长。他有坚强的体质。像他这样的人既然能在垃圾堆里安然活下来，就不会那么轻易地被世界淘汰。他可以连续数日喝稀汤，他喝最稀的牛奶就能度日，消化得了烂菜和腐烂变质的肉。在童年时期，他出过麻疹，害过痢疾，出过水痘，得过霍乱，曾落到六米深的井里，胸部曾遭开水烫过，但他活了下来。虽然这些给他留下伤疤、皴裂和疮痂，使他的一只脚有点畸形，使他走起路来拖拖沓沓，可是他活着。他像有抵抗力的细菌那样顽强，像只扁虱那样易于满足，它安静地停在树上，靠着它在几年前获得的一小滴血维持生活。他的身体需要的营养和衣着，在量的方面甚少。他的灵魂不需要任何东西。受人庇护、关照和抚爱——或者说一个小孩所需要的全部东西——对于童年的格雷诺耶来说，是完全不需要的。更确切地说，我们觉得，他之所以一开始就养成不需要这些东西，其目的是为了生存下去。

他生下来后的哭声，在宰鱼台下发出的哭声——随着这哭声，他把自己带进回忆里，把自己的母亲送上断头台——并不是企求同情和爱的本能哭喊。这是经过良好考虑的、几乎可以说是深思熟虑的一声哭喊。新生儿通过这声哭喊，决定自己放弃爱，但是却要生存。在当时的情况下，这两者犹如水火不能相容，倘若这小孩要求两者兼得，那么他无疑很快就会痛苦地毁灭。当然，这小孩当时满可以选择为他敞开的第二种可能，可以默不作声，可以不经过这条弯路直接选择从生至死的道路，他因此可以给世界和他本人省掉许多不幸。而为了如此简单地离去，需要有最低限度的天生的友好，然而格雷诺耶恰恰没有。他一开始就是个可憎的家伙。他出于纯粹的反抗和纯粹的恶毒而选择了生。

他不像一个成年人那样做出抉择，这是理所当然的，成年人或多或少需要丰富的理智和经验，以便能够在各种选择中做出抉择。但是他的选择具有植物生长的性质，正如一粒扔掉的豆子进行选择，要么发芽，要么仍旧是粒豆子。

或是像树上的那只扁虱，生活为它提供的无非是接连不断的越冬。丑陋的小扁虱把自己铅灰色的身体弄成球体，以便对外界造成尽可能小的面积；它把皮肤弄得光溜溜和结结实实的，其目的是为了不致从自己身上流出什么，分泌出什么。扁虱把自己造得特别小和一副寒酸相，目的是不让人看见和踩死。这孤独的扁虱聚精会神地蹲在自己的树上，它眼瞎、耳聋，又是哑巴，唯有嗅，年复一年地嗅，在数里之外就嗅到过往动物的血，它靠自己的力量永远也到不了那些动物那里。扁虱可以让自己的身子跌到树林的地面上，用它的六条小腿向这儿或那儿爬行几毫米，躺在树叶下死去，上帝不知道，并不值得为它感到惋惜。但是扁虱倔强，执拗，令人讨厌，它一直蹲着，活着，等待着。它等待着，直至千载难逢的机会把一只动物送到树下让它吸吮。于是它失去了克制，让自己跌落下来，紧紧抓住这只动物的肉，刺进去，咬进去……

格雷诺耶就是这样一只扁虱。他沉默地活着，等待着美好的时光。他交给这世界的无非是他的粪便；没有微笑，没有哭声，眼睛没有光辉，身上没有自己的香味。其他任何妇女都会把这畸形的小孩赶出家门。只有加拉尔夫人不这么做。她嗅不出这孩子没有气味，她并不指望从他那里获得灵魂上的鼓舞，因为她自己的灵魂已经枯死。

与此相反，其他小孩都立即觉察到格雷诺耶非同一般。从第一天起，他们都觉得这个新来者叫人害怕。他们尽可能躲开他睡的铺位，大家睡觉时靠得紧紧的，仿佛房间里变冷了。年纪小的有时在夜里哭喊起来；他们觉得卧室里刮起了一阵风。其他人梦见格雷诺耶夺去一些他们呼吸的空气。有一次，年纪较大的小孩联合起来想闷死他。他们把破烂衣服、被子和禾草堆在他脸上，上面再压上砖瓦。第二天清晨，加拉尔夫人把他拖出来时，他已经被压得青一块，紫一块，但是没有死。他们后来又搞了几次，但都没有得逞，至于用自己的手扼住他的脖子，使他窒息死去，或是把他的嘴巴或鼻子塞住，这自然是置他于死地的较可靠的方法，可他们又没这胆量。他们不想碰他。他们厌恶他，犹如厌恶一只大蜘蛛，对于这只蜘蛛，人们不想亲自动手把它弄死。

他长大一些了，他们放弃了谋杀计划。他们大概已经认识到，他是消灭不了的。他们避开他，从他身旁跑开，在任何情况下都避免跟他接触。他们并不恨他。他们对他也不妒忌，不羡慕。在家里，加拉尔夫人一点也没感觉到。其实事情很简单，他们觉得他在这儿妨碍他们。他们嗅不出他的气味。他们怕他。

5

客观地看，其实他连一点令人害怕的因素也没有。他长大起来，长得并不特别高，并不壮，虽然丑，但并非丑得别人见了就吓坏。他不好斗，不左，不阴险，不对别人挑衅。他遇事愿袖手旁观。就连他的智力似乎也不可怕。他三岁时两腿才开始站立，四岁时才说出第一个词，就是“鱼”这个词，它是在突然激动的一瞬间说出来的，犹如一个鱼贩来到夏鲁纳大街叫卖他的货品从远处吆喝的回声。接着他说出的词汇是“天竺葵”、“山羊圈”、“皱叶甘蓝”和“雅克洛尔”，后者是附近一所修道院的一个园丁助手的名字，他有时在加拉尔夫人处干重活和粗活，他的出众之处就是这辈子尚未洗过脸。至于动词、形容词和虚词，格雷诺耶难得用。除了“是”和“不”——他第一次说出来已经很晚了——他尽说些名词，而且只是具体东西、植物、动物和人的专有名词，并且是在他突然嗅到这些东西、植物、动物或人的气味的时候。

在三月的阳光下，他坐在一堆山毛榉木柴上，木柴受热发出劈啪声。这时，他第一次说出了“木头”这个词。在此之前，他看见过木头不下一百次，也上百次听到过这个词。他也了解它的词义，本人在冬天也经常被喊到外面拿木头。可是木头这东西并未引起他足够的兴趣，促使他花点力气说出它的名称。在三月的那天，他坐在柴堆上才说了出来。当时那堆木柴堆放在加拉尔夫人仓库南侧一个伸出的屋顶下，堆得像条板凳。最上面的木柴散发出烧焦的甜味，木柴堆深处散发出苔藓的气味，而仓库的云杉木板墙遇热则散发出树脂碎屑的香味。

格雷诺耶坐在木柴堆上，两条腿伸出来，背靠在仓库墙上，他闭目养神，一动也不动。他什么也不看，不听，什么也没发觉。他只嗅着木头的香味，像被一顶帽子罩住了。他喝这香气，淹没在香气里，身上最后一个细孔都浸透了这香气，自己成了木头，像个木偶。他像皮诺曹[1]躺在木堆上，像死了一样，过了相当久，或许过了半小时，他才勉强挤出

1 《木偶奇遇记》的主人公。

“木头”这个词。仿佛他把木头堆放到他的两耳上，仿佛木头已经塞到他的脖子上，仿佛他的肚子，咽喉和鼻子都填满了木头，因此他这个词是呕吐出来的。这使他恢复了知觉，救了他的命，在此以前不久，这堆木头及其香味还使他窒息得透不过气来。他艰难地动了动，从木头堆上滑下来，迈着麻木的双腿，蹒跚地走开。几天以后，他仍忘不了这次强烈的嗅觉经历，每当他猛然间忆起此事时，他就像念咒语一样自言自语地说出“木头，木头”。

他就是这样学习说话的。对于那些表示无气味体的词，即那些抽象的概念，首先是伦理道德方面的概念，他学起来最困难。他记不住这些词，常常混淆起来，直到成年了仍不喜欢运用这些词，并经常用错：正义，良心，上帝，欢乐，责任，恭顺，感谢等等——它们究竟表达了什么，他不明白，永远捉摸不透。

另一方面，格雷诺耶心里收集了许多嗅觉方面的概念，不久，利用通行的语言来表示这些事物，便已经显得不足。没多久，他不光是嗅木头的气味，而且能嗅出各种木头，即槭木、橡木、松木、榆木、梨木、旧木头、新木头、烂木头、发霉的木头、长满苔藓的木头，甚至个别木块、木片、木屑的气味——这些木头，别人用眼睛都难以区别，而他用嗅觉却能清清楚楚地分辨出来。对于其他东西，情况也类似。加拉尔夫人每天早晨给她代养的幼儿喝的那种白色饮料，人家都统称为牛奶，然而按照格雷诺耶的感觉，每天的气味各不相同，而是按照其温度，是哪头母牛的奶，这头母牛吃了什么饲料，人家留了多少乳脂在牛奶里等等情况而异的……是由上百种个别气味组成的、五光十色的、每分钟甚至每秒钟都在变化并形成新的混合的气味单位，例如“火的烟”，它同样只有那个名称“烟”……土地、地方、空气，每一步、每一口气都增添了别的气味并因此具有另一种特征，然而它们仍只是用那三个简单的字来表达——世界上气味的丰富和语言的贫乏之间所有这些荒诞的不协调，使格雷诺耶对语言的含义产生了怀疑；而他只是在迫不得已与别人交往时，才勉强使用语言。

格雷诺耶六岁时通过嗅觉已经完全掌握了他周围的一切。在加拉尔夫人家里没有哪样东西，在北面的夏鲁纳大街没有哪个地方，没有哪个人，没有哪块石头、哪棵树、哪株灌木或哪个木栅，没有哪个小地段，他通过嗅觉不认得、不能重新认出来以及不是嗅过一次就牢牢记住的。他已经收集了一万种、十万种特殊的气味，并能清清楚楚地加以区别，随意加以支配。他重新闻到这些气味时，不仅回忆得起来，而且当忆起这些气味时，他事实上又闻到了这些气味。不仅如此，他甚至能通过自己的想象掌握气味间的重新组合技术，自己创造出现实中根本不存在的气味。他仿佛通过自学掌握了气味的庞大词汇表，这些词汇使他可以随意造出大量的新的气味句子来——而他能做到这点，恰恰是其他孩子使用人家辛辛苦苦灌输给他们的词汇，初次结结巴巴地说出描写世界的非常不完善的传统句子时那样的年纪。他的天才或许可以和一个有音乐才能的神童相比拟，这神童从旋律与和声中听到一个个音的字母后，就自己谱写了全新的旋律与和音——当然有所不同，气味的字母比音的字母要大得多，并且很不相同；还有另一个区别是，神童格雷诺耶的创造性活动只是在他内心里进行的，除了他本人，任何人也察觉不到。

从外表看来，他的性格总是内向的。他最喜欢独自一人漫步穿过圣安托万北郊，穿过菜园和葡萄园，穿过草地。有时他晚上不回家，一连数日失踪。到了用棍棒惩罚他时，他总是忍受着，脸上也没有痛苦的表情。关禁闭，不给吃饭，惩罚性劳动，都不能改变他的行为。他断断续续地上了一年半邦索库圣母院的神学校，但是没有明显的效果。他学了点拼写，学会了写自己的名字，除此之外别无其他收获。他的老师认为他是弱智儿。

相反，加拉尔夫人则注意到他有一定的才能和特点，这些才能和特点即使不说是超自然的，也是很不平常的，例如：他从不像小孩那样害怕黑暗和夜，任何时候，人家都可以叫他到地下室去拿点什么东西，而其他小孩即使拿了一盏灯也不大敢下去；或者，人家可以在伸手不见五指的黑夜里叫他到仓库去拿木头，他从来不掌灯，但又能认清道路，立即拿来所需要的东西，从不拿错，从不跌跤或撞翻什么东西。当然更加奇特的是，他能透过纸张、布料、木头，甚至透过砌得牢牢的墙壁和关闭着的门看过去的本领，这一点已经由加拉尔夫人证实过。他脚不进卧室，就知道室内有多少小孩，并且是哪些小孩。花椰菜尚未切开，他已经知道菜里藏着一条毛虫。有一次，加拉尔夫人把钱藏好（她换了个地方），自己再也找不到了，格雷诺耶还没找上一秒钟，即指着壁炉横梁后面的一个位置，一瞧，果然钱在那儿！他甚至能望到将来：能够在一个人来访前很久就预告此人的来访，或是在天空里尚无一丝云彩时即能准确地预告雷阵雨的来临。所有这一切，他当然不是看出来，不是用眼睛看，而是用他嗅觉越来越灵敏和精确的鼻子嗅出来的：花椰菜里的毛虫，横梁后的钱，隔几道墙和几条街的人——这些对于加拉尔夫人来说，即使她父亲那次用火通条打她时没有损伤她的嗅觉器官，她也是连做梦都想不到的。她深信这男孩——虽然智力差——一定有第二套视觉器官。由于她知道，有两套视觉器官的人会招来灾祸和死亡，因而她觉得他极为可怕。当她想到自己同某人住在同一栋房子里，此人具有一种天赋，能透过墙壁和横梁看清藏匿得非常隐蔽的钱，这时她觉得更加可怕，难以忍受。在她发现格雷诺耶具有这种可怕的本领后，她就想办法要把他打发走。后来时机终于到了，大约在格雷诺耶满八岁时，圣梅里修道院未说明任何理由，停止付给抚养格雷诺耶的费用。加拉尔夫人也不去索取。出于礼貌，她又等了一个星期，然而这笔钱还是没有送来，她就牵着这男孩的手，带他进城去。

加拉尔夫人认识住在离河不远的莫特勒里大街的一个制革匠，此人名叫格里马，他迫切需要年轻的劳动力——不是需要正规的学徒或伙计，而是需要廉价的苦力。这行业有些工作——刮去腐烂兽皮上的肉，混合有毒的鞣剂和染浆，提炼腐蚀性强的植物鞣料——对人体有生命危险，因此一个有责任感的师傅尽可能不叫他的满师的助手干这种活，而是利用失业的瘪三、游民或没有人监护的儿童，这些人一旦出了问题没人过问。加拉尔夫人当然知道，格雷诺耶呆在格里马的制革工场里，按照一般人的估计肯定是九死一生。但她不是多愁善感的女人。她已经尽到了自己的责任，负责照料的关系已经终止。这小孩今后会发生什么事与她无关。倘若他死里逃生，这当然好，倘若他死了，那也是好的——关键是，一切都合情合理。她叫格里马先生写了个认领这男孩的证明，自己则开了个拿到十五法郎手续费的收据，又动身返回夏鲁纳大街家里。她一点儿也觉察不到自己的良心有什么不好。相反，她认为自己不仅做得合情合理，而且做得大仁大义，因为把一个没有人肯给抚养费的小孩留下来，无可避免地会成为其他孩子的负担，甚至成为她自己的负担，这很可能危及其他孩子的将来，甚至危及自己的将来，也就是自己有保障的单独的死，而这样的死，是她今生仍然希望的唯一一件事。

由于我们叙述加拉尔夫人的身世到此就要结束，而且后面也不再提到她，因此我们想用几个句子叙述一下她的晚年。加拉尔夫人尽管在童年时心灵上已经死亡，却很不幸地活到很老。公元一七八二年，即在她年近七十的时候，她放弃了自己的行当，按计划花钱买了份养老金，坐在自己的小屋子里等死。但是死神姗姗来迟。世上人们估计不到的、国内从未发生过的事件到来了，这就是革命，也就是一切社会、道德和超越一切范畴的关系的一次急剧的变革。起初这场革命对加拉尔夫人个人的遭遇没有什么影响。但是后来——她那时近八十岁——据说突然发生了这样的事：她的养老金发放人被迫流亡，财产被没收，他的产业拍卖给了一个裤子工厂的厂主。这一变化暂时还看不出对加拉尔夫人有什么灾难性的影响，因为裤子工厂的厂主仍继续按时付给养老金。但是后来苦日子终于来了，她再也拿不到硬币，而是得到小张纸头印制的钞票，这是她艰苦生活的开端。

两年后，养老金还不够她买一盒火柴。加拉尔夫人被迫出售自己的房子，但房价低得可怜，因为在当时，除了她以外，突然有成千上万的人同样必须变卖他们的房子。她拿到的又是毫无意义的纸币，而两年后这些纸币又分文不值。一七九七年她即将九十岁时，她已经失去了用自己辛辛苦苦、异乎寻常的劳动积攒起来的全部财产，住在珊瑚大街的一间摆有家具的斗室里。到了此时，晚了十或二十年，死神才走了过来，慢性肿瘤病扼住加拉尔夫人的喉咙，先是夺去她的食欲，后来夺去她的嗓音，因而当她被送进主宫医院的时候，她竟不能说句话表示抗议。在那里，人家把她安排在她丈夫以前在那儿死去的、住满数百垂危病人的大厅里，让她同另外五个完全陌生的老年妇女同睡一张床——她们身体紧挨着身体躺着——并把她放在那里三个星期，让她在公众面前死去。随后她被人装进一个口袋，袋口缝了起来，清晨四点同其他五十具尸体一道被扔上一辆运尸车。车子——一只小铃不停地发出微弱的响声——驶到城门外一里地新开辟的克拉马公墓处。人们把尸体扔进万人墓穴里，再盖上一层厚厚的生石灰。

这一年是公元一七九九年。上帝保佑，她在一七四七年回家并告别格雷诺耶这男孩和我们的故事这一天，丝毫也没有预料到她后来这种厄运。她或许已经丧失了对正义的信念，并因此也丧失了她唯一能够理解的生活的意义。

6

格雷诺耶从他对格里马投去的头一瞥——不，是从他吸入格里马气味的头一次呼吸中即知道，他只要稍有反抗情绪，这个人完全会置他于死地。他的生命的价值只不过等于他所能做的劳动，这条命的存在，取决于格里马对它的利用。因此格雷诺耶凡事顺从，从不做出反抗的尝试。日复一日，他把自己顽强和执拗的全部能量藏在自己的内心深处，他仅把它们用于按照扁虱那样的态度来战胜面临的冰冻期：他坚韧不拔地、知足地、不引人注目地在最小的、但又是小心照料的火苗上把握住生命希望之光。他如今是个顺从、无所需求和只有工作愿望的样板，听话，任何饭菜都能将就。每逢晚上，他总是勇敢地把自己关进工场一侧的一个棚屋里，棚屋里存放着工具，挂着腌过的生兽皮。在这儿，他睡在踩得发亮的地上。他整天劳动，只要天亮就干活，冬天干八小时，夏天干十四、十五、十六个小时：他刮去散发出恶臭的兽皮上的肉，把兽皮用水浸透，刮毛，用石灰浆喷洒、腐蚀、揉透、抹上鞣料浆，劈木头，剥梨树和紫杉皮，下到呛人的烟雾弥漫的鞣料坑里，按伙计的吩咐把兽皮和树皮一张张叠起来，撒上压碎的五倍子，用紫杉树枝和泥土把可怕的兽皮和树皮盖上。几年后他再把坑挖开，以便从坑里把已经制成的皮革取出。

如果他不弄兽皮，他就挑水。一连数月，他从河里把水挑上来，每次两桶，一天数百桶，因为这行业需要大量的水用于洗、浸、煮和染。一连几个月天天挑水，所以他的身上没有哪个部位是干的。每天晚上，他的衣服都在滴水，他的皮肤冰冷、松软，泡得肿胀，像泡在水里的皮革。

这种生活与其说是人的生活，不如说是牲畜的生活。一年后他得了炭疽病，制革工人的一种可怕的职业病，它通常是致命的。格里马已经不再指望他，他在寻找替代的人——顺便说一句，他并非不感到遗憾，因为比这个格雷诺耶更加知足、工效更高的工人，他还从来没有见过。然而出乎意料，格雷诺耶竟战胜了疾病。这场病只在他两耳后面，脖子上和两边脸颊上留下大块黑痈的疤痕，这些疤痕使他变了形，变得比以前更丑。另外还留给他对炭疽病的抵抗力——无法估量的好处！——从此他即使手破了、淌血，照样可以刮最腐烂兽皮上的肉，不致有重新传染上疾病的危险。因此他不仅区别于学徒和伙计，而且与今后可能接替自己的人也有区别。由于他如今不像从前那么轻易地为别人所替代，因而他的劳动价值，也就是他的生命价值提高了。突然间，他用不着再睡在光溜溜的地上，而是可以在棚屋里用木板搭个铺位，上面铺着禾草，还有一床自己的被子。他睡觉时别人不再把他关起来。饭菜比以前好了。格里马不再把他当作随便一种动物，而是把他当作有用的家畜。

他十二岁时，格里马在星期天给他半天时间自由支配，十三岁时，每个工作日晚上下班后有一小时可以外出或做他爱做的事。他胜利了，因为他活着，他有了一份自由，这份自由足以使他生存下去。越冬的季节已经过去。格雷诺耶这只扁虱又活动起来。他嗅着清晨的空气。他执著地狩猎气味。世界最大的气味狩猎区——巴黎城——在为他敞开着。

7

这个气味狩猎区像是在安乐园里。光是布歇里的圣雅克和圣欧斯达希附近的地区就是一个安乐园。在圣德尼大街和圣马丁大街旁边的巷子里，人口稠密，五六层高的楼房鳞次栉比，所以人们望不见天，地面上的空气犹如潮湿水沟里的空气，弥漫着臭味。这里，人和动物的气味、食物、疾病、水、石头、灰、皮革、肥皂、新鲜面包、放在醋里煮过的鸡蛋、面条、擦得光亮的黄铜、鼠尾草、啤酒、眼泪、油脂和干湿稻草等的气味混杂在一起。成千上万种气味形成一种无形的粥，这种粥灌满了各条小巷的沟壑，很少散发到屋顶上，而且在地面上从来不会散失。住在那里的人，从这粥里嗅不出什么特殊气味；因为这种粥就是从他们身上产生的，然后又浸透他们，它就是他们呼吸并赖以生存的空气，它像一件穿得很久的暖和的衣服，这件衣服人们嗅不出气味，皮肤也感觉不到。但是这一切，格雷诺耶都嗅到了，就像第一次嗅到一样。他不仅嗅到这混合气味的整体，而且把它分解成最细小和最遥远的部分与分子。他的敏锐的鼻子能够把气味和臭气组成的紊乱线团理成一根根基本气味的细线，这些细线再也无法分割。把这些线拆开，使他感到无比喜悦。

然后他止住脚步，靠在房子的一堵墙上，或是挤进阴暗的角落里，闭着双眼，嘴半张着，鼻孔鼓起，像一条昏暗的、缓缓流动着的大河中的一条凶猛的鱼。倘若终于有一丝微风把一根细线的线头吹给他，那么他会紧紧抓住，一点也不放松，然后就会全神贯注地嗅着这种气味，不停地吸，把它吸进去，任何时候都把它保存在自己肚子里。这可能是一种早已熟悉的气味或是该气味的变种，但也可能是一种全新的气味，一种与他迄今闻过、更不必说见过的一切东西几乎或者根本没有相似之处的气味：比方说烫过的绸子的气味，百里香茶的气味，一段绣上银丝的云锦的气味，一瓶名贵葡萄酒上软木塞的气味，玳瑁梳子的气味。格雷诺耶跟在这些他还不认识的气味后面，以一位钓鱼者的热情和耐性追猎它们，把它们收集起来。

每逢嗅饱了巷子里像粥一样浓的气味，他就跑到气味较稀薄、较通风的地方，把自己同风混合起来，使自己舒展开来，其情形几乎像香水那样挥发：好比到了阿朗广场，那里白天仍继续活跃着晚上的气味，当然看不见，但是却非常清楚，仿佛在那里还有商贩在忙忙碌碌，仿佛那里还放着白天出卖的一篮篮蔬菜和鸡蛋，一桶桶葡萄酒和醋，一袋袋香料、土豆和面粉，一箱箱钉子和螺钉，一张张摆肉的案子，堆着布料、餐具、鞋底和其他百货的一张张桌子……这种热闹非凡的场面直至最细小的情况仍留在空气中。如果可以这么说的话，格雷诺耶是通过嗅来观看这整个市场的。他嗅市场比一些人看市场还要清楚，因为他是在事后观察它，因此也是更高级的观察：他把它看成是精髓，看成是以前的一些事物的精神，这种精神不受现代习以为常的象征所干扰；他觉得在那里的是嘈杂声、刺耳的声音和有血有肉的人令人作呕地挤在一起。

或者他到母亲被砍头的地方去，到沙滩广场，它像只大舌头伸进河里。这儿停着被拖到岸边或系在木柱上的船只，它们散发出煤炭、谷物、干草和缆绳的气味。

从西部，从河流经过城市而切断的这条唯一的林间通道，吹来了一阵风，它把种种气味从陆地，从纳伊[1]附近的草地，从圣日耳曼和凡尔赛之间的森林，从遥远的城市，例如从鲁昂或卡昂，有时甚至从大海吹了过来。海像一只胀得鼓鼓的帆船散发出气味，帆船里装着水、盐和冰冷的阳光。海的气味普普通通，但同时又是伟大的、独特的，所以把它的气味分解成鱼、盐、水、海藻、清新等等气味，格雷诺耶总是迟疑不决。他宁愿让海的气味合在一起，把它完整地保留在自己的记忆里，整个地加以享受。他对海的气味如此喜欢，以致他盼望有朝一日能得到它那纯洁和毫不掺杂的气味，并且是大量的气味，使他可以狂饮一番。后来，他从小说里得知了海有多大，人在海上乘船航行，一连数日望不见陆地，这时再也没有什么比想象更使他痴心的了。他想象，

1 巴黎高级住宅区。

自己坐在一条船上，高高地坐在最前面桅杆上的篮子里，穿过海的无尽气味飞去。这气味根本不是什么气味，而是一次呼吸，一次呼气，是所有气味的终结，而由于兴奋，自己就融化在这次呼吸里。但是这情况永远也不会发生，因为格雷诺耶站在岸边的沙滩广场上，多次吸入和呼出他鼻子所得到的一小股海风，一辈子也别想见到海，真正的海，见到位于西边的大洋，永远也不会同它的气味混合。

不久，他嗅遍了圣厄斯塔什和市政府大厦之间的气味，嗅得如此仔细，以致他在漆黑的夜里也不至于迷路。于是他扩大自己的狩猎区，起初向西扩展到圣奥诺雷市郊，然后从圣安托万大街直到巴士底狱，最后甚至到达河对岸的索邦地区和圣日耳曼市郊，那里住着富人。穿过大门入口处的铁栅栏，散发出马车皮革和侍者假发里扑粉的气味，染料木，玫瑰花和刚修剪过的女贞的香味越过高耸的围墙从公园里飘来。在这儿，格雷诺耶第一次闻到了真正的香水味：节日加在花园喷泉中的普通薰衣草和玫瑰香水，还有混合着橙花油、晚香玉油、长寿花油、茉莉花油或肉桂油的更复杂、价值连城的香味，这些香味每逢晚上就像一条沉重的带子从华丽的马车后面飘来。他怀着好奇心，但又并非特别赞赏地记下了这些香味，宛如记下普通的气味。虽然他注意到，香水的意图就是起到使人陶醉和吸引人的作用，他也认识到构成香味的个别香精质量优良，但是他认为它们作为整体却是粗劣的、掺假的，而不是合成的。他知道，只要他有同样的基本原料，他可以制作出完全不同的香味。

许多基本原料他已经在市场上卖花和香料的摊子上见到过；其他的基本原料对他是新的，这些他从混合香味中过滤出来，并不知其名地把它们保留在记忆里。它们是：龙涎香，麝猫香，广藿香，檀香木，香柠檬，香根草，卡他夫没药，安息香，忽布花，海狸香。

他没有进行选择。在通常人们称为好的或坏的气味之间，他没有进行区别，还没有。他很贪婪。他狩猎的目的在于把这世界所提供的气味统统占为己有，他的唯一标准是：这些气味应该是新的。一匹出汗的马的气味与含苞待放的玫瑰花蕾的嫩绿香味具有同等价值，一只臭虫刺鼻的臭味并不亚于从老爷们的厨房里散发出来的、塞了肥肉条的烤牛犊肉的香味。所有的气味，他都狼吞虎咽地吃下去，吸进肚里。

在他的幻想的气味合成厨房里——他经常在此化合新的气味——还谈不上美学的准则。它们都是奇异的气味，他把它们创造出来，很快又把它们破坏，像个小孩在玩积木，既有许许多多发明，又有破坏性，没有明显的创造性的准则。

8

一七五三年九月一日是国王即位的周年纪念日，巴黎市在国王桥那里燃放烟火。这次燃放的烟火没有像国王举行婚礼时或法兰西王位继承人诞生时燃放的传奇式的烟火那么壮观，但毕竟还是给人以非常深刻的印象。人们把象征太阳[1]的轮子装在船只的桅杆上。所谓的喷火兽把雨点般的、像星星一样闪烁的火焰吐进河里。在震耳欲聋的喧闹声中，正当到处响起爆竹声，烟花在石子路上空闪光时，火箭升到了空中，在黑色的苍穹上画出了朵朵白色的百合。聚集在桥上和

1　人们把太阳比作光明、幸福和王室权威；当时在位的路易十四又名太阳王。

河两岸码头上的成千上万的人群，发出了兴高采烈的喝彩声，甚至于高呼“万岁！”——虽然国王是在三十八年前登上王位的，他受人爱戴的顶点早已过去，但是烟火激发了他们的情绪。

格雷诺耶默默地伫立在河右岸，王家桥对面“植物亭”的阴影里。他没有用手鼓掌，火箭升空时他从不朝那儿看。他来这里是因为他以为可以嗅到点新的气味，但是事实表明，烟火并未提供什么有价值的气味。那里爆发出劈里啪啦的声响和放射出闪烁亮光的各种东西，充其量不过留下硫磺、油和硝石混合起来的单调的气味。

他正想离开这无聊的欢庆盛会，沿着卢浮宫画廊走回家，一阵风把某样东西朝他吹来，那是一点微小的东西，一点几乎觉察不到的东西，一点碎屑，一个香味原子，不，还要少：是对一种香味的预感，而不是真正的香味——但这是对一种从未闻过的气味的可靠预感。他又退回到大墙边，闭上眼睛，鼓起鼻孔。这香味非常细嫩，所以他无法牢牢控制住，它一再挣脱他的嗅觉，被爆竹的火药烟雾所掩盖，被人群发散出的气味所阻塞，被城市的千种其他气味所破坏。但是随后，刹那间，它又来了，只有一丁点儿美妙的味儿可闻，出现短短的一秒钟……倏地又消失了。格雷诺耶非常痛苦。这不仅使他贪婪的性格第一次遭受侮辱，而且使他的心感到痛苦。他有一种特殊的预感：这种香味是了解其他所有香味的奥秘的一把钥匙；倘若不了解这种香味，那就对所有香味一无所知；倘若他不能成功地占有这香味，那么他，格雷诺耶，这辈子就白活了。他必须占有它，这并非单纯为了占有而是为了使他的心平静。

他激动万分，情绪恶劣。他还没有弄清楚，这种香味来自何方。有时，在重新有一丁点儿香味朝他吹来之前，间歇竟长达数分钟。每次，恐惧都向他袭来，他害怕永远失去这香味。最后，他终于在绝望中得救了：这香味来自河的对岸，来自东南方的某处。

他离开“植物亭”的围墙，挤到人群中，为自己开辟一条过桥的路。每走几步他就止住脚步，踮起脚尖，以便越过人们的脑袋嗅过去，起先由于激动，什么也没嗅到，后来终于嗅到点什么，嗅到了那香味，那香味甚至比以前更浓。他目标明确，又消失在人群中，继续使劲地穿过看热闹的和放烟火的人群，放烟火的人每时每刻都拿火炬点燃火箭的导火线。格雷诺耶在刺鼻的火药浓烟中失去了那香味，他惊慌失措，继续冲撞，继续开路，不知过了多少分钟，他才到达对岸，到了马伊大厦、马拉凯码头、塞纳河大街的街口。

他在这儿停住，集中思想，嗅着。他嗅到了，他牢牢地抓住它。这气味像条带子从塞纳河大街拖下来，非常清晰，但仍然非常嫩，非常细。格雷诺耶觉得自己的心在跳动，他知道，他的心如此跳动，并非由于跑累了，而是面对这种气味无能为力的缘故。他试着回忆某些可以比较的气味，但又不得不把所有比较抛弃。这次闻到的气味很清新，但不是甜柠檬或酸橙的清新味，不是出自没药、肉桂叶、皱叶薄荷、桦树、樟树或松树针叶的清新味，也不是雨水、冰冷寒风或泉水那样的清凉味……同时这种气味有热量；但是不像香柠檬、柏树或麝香，不像茉莉花和水仙花，不像花梨木，也不像蝴蝶花……这气味是由两者，即挥发性的和滞重的两部分混合的，不，不是混合体，而是统一体，既少又弱，但结实牢靠，像一段闪闪发光的薄绸……但又不像绸，而是像蜂蜜一样甜的牛奶，奶里溶化了饼干——可是无论如何，牛奶和绸子，这怎么能联系在一起呀！这种气味无法理解，无法形容，无法归类，可能根本就不存在。但它又千真万确地存在着。格雷诺耶怀着一颗颤动的心跟踪它，因为他预感到，不是他在跟踪这气味，而是它早已把他俘虏，如今正往自己身边使劲地拖他。

他顺着塞纳河大街向上走。街上什么人也没有。房屋空荡荡地矗立着，寂静无声。这里的人都到下面河边看烟火去了。这里没有人的难闻气味和刺鼻的火药味干扰。街道散发出水、粪便、老鼠和烂菜的常有气味。但那上面飘浮着牵引着格雷诺耶的那条柔和而又清晰的带子。没走上几步，天空稀疏的夜光就被高耸的房屋吞没了，格雷诺耶继续在黑暗中走着。他不需要看什么。这气味万无一失地领着他走。

走了五十米后，格雷诺耶向右拐进了马雷街，这是一条或许更暗、几乎不够一只手臂伸开那么宽的巷子。令人惊奇的是，这种气味并不见得浓了许多，只是变纯了，并且由于越来越纯，它的吸引力也越来越大。格雷诺耶身不由已地走着。在一个地方，这气味突然把他引向右侧，似乎是把他引入一幢房屋的墙壁中间，一条低矮的走廊出现在眼前，它通向后院。格雷诺耶夜游似的穿过这条走廊，穿过这个后院，拐个弯，到达第二个更小的后院。这儿终于有了灯光：场地只有几步见方。墙上有个木屋顶斜斜地突出来。下面桌子上紧靠墙点着一支蜡烛。一个少女坐在桌旁，正在加工黄香李子。她从一只篮子里取出李子放在左手里，用刀子切梗，去核，然后把它们放进桶里。她约莫十三四岁。格雷诺耶止住脚步。他立刻明白了，他远隔半里多路从河对岸闻到的香味的根源是什么：不是这肮脏的后院，不是黄香李子。根源就是这个少女。

顷刻间，他被搞糊涂了，以致真的认为，他这辈子还从未见到过像这个少女这么美丽的东西。但他只是看到她面对蜡烛的背影。当然他是指他从未闻到过如此美妙的气味。由于他了解人的气味，因而他不敢相信，这样美妙的气味是从一个人身上散发出来的。通常人的气味是难以形容的或是非常糟糕的。儿童身上淡而无味，男人有尿臭、汗臭和干酪的气味，女人有哈喇的油脂味和腐烂的鱼味。人的气味根本没意思，令人讨厌……因此，格雷诺耶在他一生中第一次不敢相信自己的鼻子，不得不向眼睛求援，以便判断他嗅到了什么。当然，感觉上的混乱并未持续多久。事实上他只用了一瞬间，就通过视觉弄明白了，随后他就毫无顾忌地利用嗅觉进行观察。如今他嗅出她是个人，嗅到了她腋窝的汗味，她头发的油脂味，她下身的鱼味，他怀着巨大的兴趣嗅着。她的汗液散发出海风一样的清新味，她的头发的脂质像核桃油那样甜，她的生殖器像一束水百合花那样芳香，皮肤像杏花一样香……所有这些成分的结合，产生了一种香味，这香味那么丰富，那么均衡，那么令人陶醉，以致他迄今所闻到的一切香味，他在内心的气味大厦上挥洒自如地创造的一切，突然间都变得毫无意义了。面对着这种香味，十万种香味似乎都显得毫无价值。这种香味是一个更高的准则，根据这准则的样板，必定可以整理出其他的香味。这香味就是纯洁的美。

格雷诺耶认为，不占有这香味，他的生活就没有意义。他必须了解它，直至最微小的细节，直至最后的最嫩的枝节。光是回忆这香味已经不够。他想象用一个压力冲头把这神化的芳香压到他那乱糟糟的黑色灵魂中去，对它进行细致的研究，从此只按照这种魔力公式的内部结构去想，去生活，去嗅。

他缓缓地朝少女走去，越走越近，走到雨篷下，在她背后一步远的地方停住。她没听到他的声音。

她红头发，穿着一条无袖的灰色连衣裙。她的手臂非常白，她的双手被切开的黄香李子的液汁染黄了。格雷诺耶站在她头顶上俯下身子，如今毫不掺杂地吸入她的香味，犹如香味从她的颈部、头发和连衣裙的领口上升时一样，他让这香味像一阵和风流入自己的体内。他觉得自己从未如此舒适过。但是少女却觉得凉丝丝的。

她没瞧见格雷诺耶，但是她有一种不安的感觉，一种异样的不寒而栗，宛如一种已经摆脱了的旧的恐惧倏地又向一个人袭来，此时她就是有这样的感觉。她觉得，仿佛有一股冷气流控制了她的脊背，仿佛有人撞开了一扇通往巨大冰冷的地窖的门，她扔下手里的水果刀，把手臂放到胸脯上，转过身子。

她一看到他，就吓得僵直了，以致他有足够的时间把自己的双手放到她的脖子上。她没有叫喊，一动也不动，一点也不反抗。而他则不去瞧她。他没有看她那张美丽的生有雀斑的脸庞、鲜红的嘴、那对发光的绿色大眼睛，因为正当他掐住她的脖子时，他紧紧闭起双眼，只有一个心思，即不让她的香味跑掉一分一毫。

等她断气了，他就把她放在地上黄香李子核中间，撕开她的连衣裙，香味气流变成了洪流，以其好闻的气味把他淹没了。他赶忙把脸贴到她的皮肤上，鼻孔鼓得大大的，从她的肚子嗅到她的胸脯、脖子、脸和头发，然后又退回到肚子，往下嗅她的下身、股部和两条洁白的腿。他又从头一直嗅到脚趾，收集她残留在下巴、脐眼和肘窝皱纹中的最后一些香味。

当他把她嗅干后，他仍蹲在她身旁呆了一会儿，以便集中心思。他不想让她的香味溢出一点。他先得把自己身心的门窗紧闭。然后他站起身，把蜡烛吹灭。

这时，第一批回家的人唱着歌、欢呼着走上塞纳河大街。格雷诺耶在黑暗中嗅着来到巷口，过河抵达小奥古斯丁大街——一条与塞纳河大街平行的通往河边的大街。过了一会儿，人们发现了死者。呼喊声四起。人们点亮了火把。值勤卫兵来了。格雷诺耶早已到了河的对岸。

这天夜里，他觉得棚屋像宫殿，他的木板铺像一张天堂的床。什么是幸福，他这辈子迄今没有体验过。在任何情况下，他都难得脑子发胀，心满意足。可是现在他幸福得全身颤动，由于沉浸在幸福中而不能入眠。他觉得自己仿佛是第二次降生到这世界上，不，不是第二次，而是第一次。因为他迄今为止，只是像动物一样生存着，对自己充其量仅有朦胧的认识。但是今天他觉得，似乎他终于知道了自己是怎样的人；无异于一个天才；知道自己的生活有了意义、目的、目标和更高的使命：不亚于使香味世界来一场革命；知道了他是世界上唯一占有一切手段的人：他那出色的鼻子，他那不寻常的记忆力，以及一切之中最为重要的手段——马雷大街这少女具有影响的香味，这香味里魔幻般地包含了构成一种巨大芳香、一种香水的一切：柔和，力量，持久，多样性，惊人的、具有巨大诱惑力的美。他已经找到了自己今后生活的指南针。像所有天才的怪人那样，通过一个外部事件把一种正规的日常习惯置入他们灵魂的螺旋形混沌之中，格雷诺耶不再离开他认为已经认识到的自己命运的方向。他如今明白，他为什么如此坚韧不拔和艰苦地活着。他必须做个芳香的创造者。不只是随便一个制造者，而是一切时代的最伟大的香水制造者。

当天夜里，他起初是醒着，然后是在梦中，视察了他的回忆的广漠的废墟。他检查了几百万、几千万气味的小积木，把它们系统地整理一番：好的归好的，坏的归坏的，精的归精的，粗的归粗的，臭味归臭味，香的归香的。过了几个星期，分类越来越细致，气味的目录越来越丰富，区别越来越细，等级越来越清楚。不久，他已经能够开始建设第一批计划周密的气味建筑物：房屋、围墙、台阶、塔楼、地下室、房间、密室……一座日益扩大、日益美丽和内部结构日益完善的最最壮观的气味组合的堡垒。

至于在这壮丽事业的开端便出现了杀人的事，即使他意识到了，他也觉得是完全无所谓的。马雷大街那个少女的形象，她的脸，她的身体，他已经回忆不起来了。但他已经把她最好的事物——她的气味的精华——保存下来并化为己有。

9

那时，在巴黎至少有一打香水制造者。其中六个在河右岸，六个在左岸，一个恰好在当中，就是说在连接右岸和法兰西岛的交易桥上。这桥的两侧造了四层楼房，一幢紧挨一幢，所以人们过桥时在任何部位都见不到河，还以为自己是在完全正常的基础牢固而又非常美丽的大街上。实际上，这座交易桥可算是巴黎最好的交易场所之一。这里有享有盛誉的商店，这里坐着金匠，细木匠，最优秀的假发制造者和皮包匠，最精美的妇女内衣和袜子的生产者，鞋子贴边制造者，马靴商人，绣肩章者，铸金纽扣者和银行家。香水制造者和手套生产者吉赛佩·巴尔迪尼的商店和住房也坐落在这儿。他的橱窗上方有个华丽的漆成绿色的神龛，旁边挂着巴尔迪尼的纯金徽号，那是一只金瓶，瓶子里插着一束金花，门前有一块红地毯，同样带有巴尔迪尼的徽号，是金色的刺绣品。门一打开，就响起了波斯的钟乐，两只银制的鹭鸶开始把紫罗兰香水从嘴里吐到镀金的碗里，这只碗则呈巴尔迪尼徽号的瓶子形状。

在用光亮的黄杨木造的账房间后面站着巴尔迪尼本人，他是个老头儿，站着像根柱子。他头上戴着银色的假发，身穿镶了金边的蓝色上衣。他每天早晨给自己喷洒弗朗吉帕尼香水，这时香水的雾气正在他身子周围袅绕，仿佛把他的身体置于遥远的烟雾之中。他一动不动地伫立着，看上去俨如他自己的货。只是当钟乐响起和鹭鸶吐香水时——这两者并不经常发生——生命才突然来到他身上，他的身躯才缩在一起，变得小小的，而且活跃起来，不停地鞠躬，从账房间后面走出来，其速度是如此之快，以致弗朗吉帕尼香水的雾气都来不及跟上他。他请顾客坐下，把最精美的香料和化妆品拿给顾客挑选。

巴尔迪尼有数千种香料和化妆品。他提供的货品从高级香精、花精油、酊剂、萃取物、分泌液、香脂、松香以及其他固态、液态和蜡状的日用化妆品、药品——从各种不同的润发脂、软膏、香粉、肥皂、润肤膏、香囊、发蜡、胡须油、肉疣药水和美容药膏到沐浴液、洗涤剂、香盐、盥洗室用醋和许许多多的纯正香水。但是巴尔迪尼并不满足于这些第一流的美容产品。他的抱负在于，要在自己的店里汇集有某种香味或以某种方式为香味服务的东西。于是除了熏药丸、熏锭和熏制工具外，还有从欧茴香子直至桂皮的全部香料，还有浓糖汁、利口酒、果汁，塞浦路斯、马拉加和科林索斯的葡萄酒，还有蜂蜜、咖啡、茶叶、干果、蜜饯、无花果、糖果、巧克力、栗子，甚至腌制的白花菜芽、黄瓜和洋葱，以及咸金枪鱼。再则就是芳香的火漆、香水信纸、玫瑰油香的墨水、西班牙皮革公文包、白檀香木制的蘸水笔杆、香柏木制的小盒和柜子、五花八门的小玩意和盛花瓣的碗、黄铜香炉、盛香水用的玻璃瓶、带有琥珀磨口塞子的晶体钵、香手套、香手帕、内装肉豆蔻花的针插，以及可以使一个房间香味扑鼻百年以上的麝香裱糊布。

当然，在豪华的面向街道（或面向桥）的商店里容纳不下所有这些商品，因此在缺少地下室的情况下，不仅这房屋的贮藏室，而且整个第二层和第三层以及第一层所有面向河的房间，都必须作为仓库使用。其后果是，巴尔迪尼的楼房里充斥着难以形容的混乱气味。虽然一个个产品的质量都是经过严格检查的——巴尔迪尼只购买第一流的产品——但这些产品在气味方面配合的混乱却令人难以忍受，俨如一个千人组成的乐队，每个乐手都在使劲地演奏不同的旋律。巴尔迪尼本人和他的雇员对于这种混乱已经麻木不仁，全都像听觉迟钝的衰老的指挥。他住在四楼的妻子，为反对把这层楼扩展成仓库而进行艰苦的斗争，可对于许多气味，她几乎觉察不出有什么妨碍。但头一次来巴尔迪尼商店的顾客感觉却两样。他会觉得，这种充斥商店的混合气味像是一拳打在他脸上，按其气味的结构，使他兴奋欲狂或昏昏沉沉，使他的五官产生错觉，以致他往往想不起他此行的目的。听差的小伙子忘了他的订货。高傲的老爷们觉得很不舒服。某些女士突然发病，一半歇斯底里，一半幽居恐怖症，昏厥过去，只有用丁香油、氨和樟脑油制的最浓烈的嗅盐才能使她们恢复知觉。

在这样的情况下，吉赛佩·巴尔迪尼商店门上难得奏响波斯钟乐，银制鹭鸶也难得吐出香水，这是不足为奇的。

10

巴尔迪尼在账房间后面像柱子一样僵立并凝视着店门已

达数小时之久，这时他喊道："谢尼埃，请您把假发戴上！"谢尼埃是巴尔迪尼的伙计，比主人年轻一点，但也已经是个老头儿了。他在橄榄油桶和挂着的巴荣纳产的火腿之间出现了，随即朝前走到商店的高级货品部。他从外衣口袋里抽出自己的假发，把它戴在头上。"您要出去吧，巴尔迪尼先生？"

"不，"巴尔迪尼说道，"我要回我的办公室，在那里呆几个小时，我希望不要有人来找我。"

"哦，我懂了！您在设计一种新的香水。"

巴尔迪尼：是这样。是给维拉蒙特的西班牙皮革设计的。他要求全新的香水。他所要求的是像……像……我想，它叫"阿摩耳与普绪喀"[1]，据说这就是圣安德烈艺术大街的那个……那个半瓶醋……那个……那个……

谢 尼 埃：佩利西埃。

1 阿摩耳是希腊神话中的爱神（相当于罗马神话中的厄洛斯），普绪喀在希腊神话中是人类精灵的化身。两者是一对恋人。

巴尔迪尼：是的。完全正确。他叫半瓶醋。佩利西埃的“阿摩耳与普绪喀”——您知道吗？

谢 尼 埃：是的，是的。我知道。现在到处都闻得到这种香水味。每个街角都可以闻到。但您若是问我好不好——我说没有什么特别之处！这香水同您正在设计的肯定不能相比，巴尔迪尼先生。

巴尔迪尼：当然不能比。

谢 尼 埃：这种“阿摩耳与普绪喀”气味太平常。

巴尔迪尼：可以说拙劣吗？

谢 尼 埃：完全可以说拙劣，跟佩利西埃一切香水一样。我相信，里面掺了甜柠檬油。

巴尔迪尼：真的？还有什么？或许有橙花香精。也许还有迷迭香酊。但是我不敢肯定。这对我也完全无关紧要。

谢 尼 埃：当然啰。

巴尔迪尼：这个半瓶醋佩利西埃把什么掺进香水里，我觉得一点也无所谓。这对我毫无影响！

谢 尼 埃：您说得对，先生！

巴尔迪尼：您知道，我是不会向他学习的，您知道，我的香水是自己拟订方案的。

谢 尼 埃：我知道，先生。

巴尔迪尼：它们完全是我制作的。

谢 尼 埃：我知道。

巴尔迪尼：我打算为维拉蒙特设计点能真正引起轰动的东西。

谢 尼 埃：我完全相信这点，巴尔迪尼先生。

巴尔迪尼：店里的事您来负责，我需要安静。您别打扰我，谢尼埃……

说着他就踢踢嗒嗒地走开，一点也不像一尊塑像，而是与他的年龄相当，弯着腰，像是挨了揍似的。他缓步登上二楼台阶，他的办公室就在二楼。

谢尼埃走到账房间的后面，就像先前他的主人一样站在那里，目光凝视着店门。他知道，在以后几小时里将发生什么事：店里什么事也不会发生，而在楼上的巴尔迪尼办公室里将会发生习以为常的灾难。巴尔迪尼将脱去他那浸透弗朗吉帕尼香水的蓝外衣，坐到办公桌旁，等待着灵感。这灵感不会到来。他会跑到摆着数百个试验小瓶的柜子那里，随便混合点什么。但这样的混合准会失败。他将会诅咒，把窗户打开，把混合物丢进河里。他还会试验点别的，照样不会成功。他会高声叫喊，怒吼，在已经散发出令人麻醉的气味的房间里号哭抽搐。晚上七点左右，他会痛苦地下楼，四肢颤抖，痛哭流涕地说："谢尼埃，我的鼻子不行了，我无法制造香水了，我无法生产西班牙皮革供应伯爵了，我失败了，我死心了，我想死，谢尼埃，请您帮助我死吧！"而谢尼埃将会建议，派个人到佩利西埃那里弄瓶"阿摩耳与普绪喀"，巴尔迪尼将会同意，条件是，不能让人知道这丑事。谢尼埃会发誓保证，夜里他们会偷偷地用别人的香水来喷洒供应维拉蒙特伯爵的皮革。事情必然如此发生，而不是别样。谢尼埃只是希望，他把这台戏演完。巴尔迪尼已经不是大的香水生产者了。是的，在过去，在他青年时代，即在三四十年前，他发明了"南方的玫瑰"和"巴尔迪尼奇香"，他的全部财产得归功于这两种真正伟大的香水。但是他现在老了，精力耗光了，再也不了解时代的风气，不知道现在人们新的审美观，即使他现在再生产出一种自己设计的香水，那么它也必定是不合时宜的、没有销路的产品，一年后他们会把它掺入十倍的水，当作喷泉水出售。真可惜，谢尼埃心想，照照镜子看看自己的假发是否戴好，他为老巴尔迪尼惋惜，为这家生意兴隆的商店惋惜，因为他会把这商店搞垮。他也为自己惋惜，因为到巴尔迪尼把它搞垮时，他，谢尼埃本人也太老了，无力把商店办下去……

11

吉赛佩·巴尔迪尼虽然脱去了他那件散发芳香的外衣，但这只是出于老习惯。弗朗吉帕尼香水的香味早已不再妨碍他的嗅觉了，他穿上这件外衣已经几十年了，根本不会再觉察到它的气味。他也早就把办公室的门关了起来，自己求得了安静，但是他没有坐到办公桌旁苦思冥想，等待灵感，因为他比谢尼埃知道得更清楚，他不会有什么灵感。他从来也没有过灵感。他固然已经年迈，精力已经耗光，这是事实，并且他也不再是个制造香水的大专家；但是他知道，他从来就不是一个制造香水的专家。“南方的玫瑰”是他从父亲那里继承的，“巴尔迪尼奇香”的配方是从一个走江湖的热那亚香料商人那里买来的。他的其他香水都是尽人皆知的混合香水。他从未发明过什么。他不是发明家。他是个细心的香味生产者，像个厨师一样，依靠经验和良好的烹调配方能做出美味佳肴，但从未发明过自己的菜谱。他搞实验室、试验、检查和保密等一整套把戏，是因为这么做才合乎香水制造商兼手套制造商这个行业的情况。香水专家就是半个化学家，他创造奇迹，人们需要这奇迹！他的技艺是一种手艺，如同其他手艺一样，这点他本人是知道的，这是他的骄傲。他根本不想当发明家。他对发明非常怀疑，因为发明总是意味着规律的破坏。他也根本没想到为维拉蒙特伯爵发明一种新的香水。晚上他也不会听从谢尼埃的劝告去弄佩利西埃的“阿摩耳与普绪喀”香水。这香水他已经有了。这种香水就在那儿，在窗前的书桌上，装在有磨口瓶塞的小玻璃瓶里。几天前他就把这香水买来了。当然不是他亲自去买。他本人毕竟不能到佩利西埃那里去买香水啊！他得通过中间人，而这中间人又通过另一个中间人……谨慎是必要的，巴尔迪尼买这香水不光是用来喷洒西班牙的皮革，因为要用于此目的，这么少的量是不够的。他有更坏的目的：仿制这种香水。

顺便提一下，这并不是被禁止的。这只是很不地道。暗中仿制一个竞争者的香水，贴上自己的商标出售，这确实很不地道。但若是被人家抓住更不好，因此不能让谢尼埃知道，因为谢尼埃的嘴快。

啊，作为正直的人看到自己被迫走如此不正当的路，是多么糟糕！一个人用如此卑鄙的手段来玷污他所拥有的最宝贵事物——他的名誉，这是多么糟糕！但是他又能怎么办？无论如何，维拉蒙特伯爵是个顾客，他绝对不可失去他。他如今已经没有什么顾客了。他必须再去争取顾客，像二十年代初那样，当时他刚开始自己的生涯，胸前挂着木箱沿街叫卖！有谁知道，他，吉赛佩·巴尔迪尼，巴黎最大的香料店老板，在生意兴隆的情况下，当他提着小箱子挨家挨户兜售时，在经济上只是勉强过得去！他对此一点也不满意，因为他已经六十多岁，他憎恶在寒冷的前厅里等候顾客，给老侯爵们介绍“千花香水”和“四盗醋”，向他们推销偏头痛软膏。此外，在这些前厅里，始终充满着令人厌恶的竞争气氛。“王位继承人大街”那个暴发户布鲁埃狂妄地说，他拥有欧洲最大的润发脂订货单；或者是莫孔塞大街的卡尔托成了阿托瓦伯爵小姐的供货人；圣安德烈艺术大街的这个令人摸不透的安托万·佩利西埃，在每个旅游旺季都拿出一种新香水投入市场，简直叫全世界发疯地抢购。

佩利西埃这样一种香水可以把整个市场搞乱。有一年匈牙利香水时兴，巴尔迪尼相应地储备了薰衣草、香柠檬和迷迭香，以满足市场需要，而佩利西埃却拿出“缪斯之香”，一种极浓的麝香香水。每个人都突然像野兽一样嗅着，而巴尔迪尼只好把迷迭香改制成润发水，把薰衣草缝在小嗅袋里。与此相反，他第二年订了适量的麝香、麝猫香和海狸香。于是佩利西埃突然想到设计一种名叫“森林之花”的香水，这种香水取得极大成功，巴尔迪尼通过几个不眠之夜的试验和重金贿赂，终于了解到“森林之花”的成分，但是佩利西埃这时又打出了王牌“土耳其之夜”、“里斯本之香”、“宫廷之花”，或者鬼知道别的什么。无论如何，这个人的创造性无止境，对于整个行业是个威胁。人们盼望恢复旧的严格的行会法！人们盼望对这个另搞一套的人，对这个使香水贬值的人采取最严厉的措施！应当取消这家伙的专利权，禁止他生产香水，好好教训他一下！因为他，这个佩利西埃，根本就不是科班出身的制香水专家和手套师傅。他父亲不过是个酿醋工人，佩利西埃也是酿醋的，而不是别的。仅仅因为他当酿醋工时有理由接触酒精，他才能闯入真正的香水专家的禁区，并在这禁区里为所欲为，像只浑身发臭的野兽——为什么人们在每个旅游旺季需要一种新的香水？这有必要吗？过去的人对于紫罗兰香水和用普通的花制成的香水非常满意，这些香水或许每隔十年才有一点点变化。人们将就着使用神香、没药、一些香脂、香油和晒干的香草，已有千年之久。即使后来他们学会了用烧杯和蒸馏器蒸馏，利用水蒸气从香草、花和木材中提取乙醚油状的香精，用栎木制的压榨机从籽、核和果壳中榨取香味精华或是用细心过滤过的油脂促使花瓣中产生香精，香水的品种仍然有限。当时像佩利西埃这样的人根本不可能做到这点，因为在当时，制作一种普普通通的香脂是需要才干的，而这个酿醋工做梦也不会梦到这种才干。制作香脂的人，不仅必须会蒸馏，而且必须会制作软膏，必须同时是药剂师、化学家、工匠、商人、人道主义者和园丁。他必须会把羊腰子同小牛的脂肪区别开来，必须会区分维多利亚的紫罗兰和帕尔马的紫罗兰。他必须精通拉丁语。他必须知道，天芥菜何时收获，天竺葵何时开花，茉莉花的花朵会随着太阳的升起而失去芳香。显然，佩利西埃对于这些事都一无所知，或许他还从未离开过巴黎。这辈子尚未见过茉莉花开花呢。至于为了从十万朵茉莉花中提取出一小块固态香料或几滴香精所需要的大量艰苦的活计，他就更是一窍不通了。大概他所见到的茉莉花只是这种花浓缩了的暗褐色液体，它装在一个小瓶里，同他用于混合他的时髦香水的其他许多小瓶一起放在保险柜里。不，像这个无知而又狂妄的年轻人佩利西埃，即使在往昔手工业的好时候，也没有脚踏实地过。更何况他缺少这一切：性格、教育、知足和服从行业的意识。他在制作香水方面的成功要完全归功于距今二百年前的天才毛里蒂乌斯·弗朗吉帕尼——一个意大利人！——的一个发现：香料可以溶解在酒精里。弗朗吉帕尼通过把他的嗅粉同酒精混合并因而使其香味转到挥发性液体中的方法，使香味从物质中脱离出来，变得生气勃勃，发明了纯粹芳香的香味，简而言之，发明了香水。多好的创举！划时代的成就啊！它完全可以同人类最伟大的成就，例如亚述人发明文字、欧几里得几何学、柏拉图的理想和希腊人把葡萄酿成酒这些成就相媲美。一项货真价实的普罗米修斯式的业绩！

然而，像一切伟大的业绩不仅有光明的一面，而且有阴暗的一面，除了为人类行善，还给人类造成痛苦和灾难一样，弗朗吉帕尼的辉煌发现令人遗憾地也造成了恶劣的后果：因为如今由于人们已经学会把花、香草、木材、树脂和动物的分泌物的精灵牢牢地固定在酊剂里，并把它装进小瓶，因此制作香水的技术就逐渐从少数几个能工巧匠那里传出来，为走江湖的骗子们敞开，只要他们有一只非常灵的鼻子就行，例如这只臭鼬佩利西埃。他不用过问小瓶子里装的奇妙东西是怎样产生的，就能轻而易举地按照嗅觉配出他正在思考的东西，或是顾客所需要的东西。

这个三十五岁的杂种佩利西埃如今所拥有的财产，肯定比他巴尔迪尼三代人通过艰苦卓绝的劳动所积累的财富还要多。况且，佩利西埃的财富与日俱增，而他巴尔迪尼的财富却每天都在减少。这样的情况在往昔根本是不可能的！一个有名望的手艺人和有影响的商人竟不得不为自己的生存进行斗争，这在几十年前根本不会有！从那以后，各行各业，各个地方都掀起了一股像疾病一样蔓延的改革热——在商业上，在交通方面，在各门学科中，这种狂放不羁的事业追求、这种试验热、这种狂妄自大！

还有这发狂的速度！为什么要修建这么多新的马路、新的桥梁？目的何在？如果能在一周内直达里昂，这有好处吗？究竟对谁有利？为谁所利用？或者横渡大西洋，一个月内到达美洲——仿佛几千年来没有这块大陆人们就不是过得很好似的。文明人在印第安人的原始森林里或在黑人那里究竟丢了什么东西？他们甚至到拉普兰去，那地方在北方，终年冰天雪地，那里住着吃生鱼的野人。他们还想再发现一块大陆，据说它在南太平洋。这种荒唐的想法目的何在？因为其他人，西班牙人、该死的英国人、不要脸的荷兰人也这么做，我们便不得不同他们打仗，而我们压根儿打不起这场战争。造只战舰，得花足足三十万斤银子，但是别人用一颗炮弹，在五分钟内就可以把它击沉。永别了，战舰！这费用就靠我们的捐税支付。不久前，财政大臣要求把一切收入的十分之一上交。即使我们不上交，也要破产，因为整个心理状态已经崩溃了。

人的不幸来源于他不肯安分守已地呆在自己应呆的房间里。帕斯卡尔这么说。帕斯卡尔是个伟人，是思想界的弗朗吉帕尼，他原本是个工匠，但是现在这样一个人已经无人过问了。现在他们阅读胡格诺派教徒或英国人的煽动性书籍。或者他们撰写论文或所谓的科学巨著，他们在这些著作里对一切提出怀疑。什么都不对了，如今的一切应该来个改变！最近，据说在一玻璃杯水里就可以放养非常小的动物，这些动物过去从未见过；据说梅毒是种很普通的疾病，已经不是上帝的惩罚；据说上帝创造世界不是用七天，而是用千百万年，倘若他真是创世者的话；像我们这样的人都是野人；我们错误地教育我们的孩子；地球已经不再像以前那么圆，而是上方和下方扁平，像一只西瓜——仿佛这很重要似的！在每个领域里，人们都提出问题，进行钻研、探索、观察和试验。光说事物是什么和怎么样，已经不够了，如今一切都必须加以证明，最好是通过证人、数据和某种可笑的试验。狄德罗、阿朗贝尔、伏尔泰和卢梭们，还有其他作家——甚至教士和贵族也在其中！——他们的确已经做到，把他们自己背信弃义的不安情绪、对不满津津乐道的情趣和自己对世界上一切的不满，一句话，把占据在他们脑袋里的乱七八糟的思想扩展到整个社会。

目光所及，到处都是一派狂热病似的忙碌景象。男男女女都在读书。教士们蹲在咖啡馆里。若是警察进行干预，抓了这些高级坏蛋中的一个并把他投入监狱，那么出版商们就大声疾呼，递上申请书，上流社会的先生们和女士们就施加他们的影响，直至警察在几周之后又把这个高级坏蛋释放，或是把他流放到外国，而他在那儿又可以不受阻碍地撰写论战性的小册子。在上流社会沙龙里，人们仍然在无休止地谈论着彗星的轨道、考察探险活动、杠杆力、牛顿、运河的建造、血液循环和地球的直径。

甚至于国王也叫人表演一种新型的胡闹，一种称为“电”的人工雷电：在宫廷文武大臣面前，一个人磨擦一只瓶子，随即产生火花，据说国王陛下深受感动。而他的曾祖父，即真正伟大的路易国王——巴尔迪尼曾在他的为社会造福的统治下过了多年幸福的日子——无论如何不会允许在他面前做这样的表演！但这是新时代的精神，一切将以不幸而告终！

因为，当人们已经可以随随便便和以最放肆的方式怀疑上帝的教会之权威时；当人们谈论在很大程度上体现上帝意志的王朝和国王神圣的形象，仿佛这两者仅仅是人们在一整套其他政府形式的目录里可以随意选择的可变的职位时；当人们最终竟然——事实上已经发生——认为全能的上帝本身是可有可无的，并且一本正经地断言，没有上帝人世间也照样有制度、规矩和幸福，它们纯粹来自人的天生的道德和理性时……啊，上帝，啊，上帝！——如果一切都上下颠倒，道德沦丧，人类又受到自己所否认的东西的报应，那么，人们当然用不着大惊小怪了。结局将是恶劣的。人们津津乐道地谈论一六八一年出现的大彗星[1]，把它说成是一个星团；可这颗彗星正是上帝的一个警告信号，因为它——如今人们知

1　即哈雷彗星。

道得很清楚——预告了一个社会解体、分崩离析、思想政治与宗教泥潭的世纪，而这泥潭，是人类自己创造的，人类有朝一日必然会在这泥潭里沉沦下去，泥潭里只会长出闪闪发光和散发出臭气的泥潭之花，犹如这个佩利西埃！

巴尔迪尼老头儿伫立在窗口，迎着西斜的太阳，带着憎恶的目光眺望着塞纳河。载货的小船浮现在下面，缓缓地向西滑向新桥和卢浮宫画廊前的码头。没有哪条小船撑着篙逆流而上，它们都走岛另一侧的那条支流！在这儿，空船和载货的船，划子和渔夫的小船，肮脏的褐色河水和泛起金色涟漪的河水，这一切都缓慢地、坦荡地、不停息地流去。巴尔迪尼垂直地、紧挨着房子墙壁向下望去，奔流不息的河水就仿佛在吸吮着桥的基础，他觉得头晕目眩。

购买桥上的房子是个错误，而购买坐落在桥西侧的房子，更是个双重的错误。如今他经常望着奔流而去的河水。他觉得，他自己、他的房子以及他在几十年中赚得的财产，仿佛像河水一样流去。他觉得自己太老，身体太弱，无力阻止这强大的水流。有时他在河的左岸，即在巴黎大学周围地区或在圣绪尔比斯修道会附近忙碌，他就不从岛上或圣米歇尔桥经过，而是走远路经过新桥，因为新桥上没有造房屋。那么他就站到东边的护墙边，望着高处的河流，以便能够把向自己流来的一切收入眼底。好一会儿工夫，他沉浸在这样的想象中：他的生活趋向已经倒过来了，生意繁荣，家庭兴旺，妇女都喜欢，他的生计没有变坏，而是一天天好起来。

但是后来，当他把目光稍许向上抬的时候，他瞧见在数百米远处自己的房屋既单薄又狭窄，高高地在交易桥上，看见二楼办公室的窗户，看见自己站在窗边，看见自己在眺望着河，注视着奔流而去的河水，就像现在一样。于是美梦消失了，站在新桥上的巴尔迪尼转过身子，比以前更加垂头丧气，就像现在这样。这时他离开窗子，朝书桌那里走去，坐了下来。

12

他面前放着一小瓶佩利西埃的香水。香水清澈透明，一点也不浑浊，在阳光照射下发出金褐色亮光。它看上去纯洁无瑕，像清澈的茶——但是它除了五分之四的酒精外，还有五分之一的一种会引起全城轰动的神秘混合物。这份混合物可能又是由三种或三十种不同原料构成的，它们是按一定的无数种量的比例关系配合起来的。倘若人们可以对这个冷酷的商人佩利西埃的香水说什么灵魂的话，那么这份混合物就是香水的灵魂。巴尔迪尼现在就是要弄清这个灵魂的结构。

巴尔迪尼小心翼翼地擤去鼻涕，把窗子上的遮光帘往下拉一点，因为直射的阳光对任何香料和任何较精致的香水都是有害的。他从书桌的抽屉里取出一块洁白的高级手帕，把它铺开。然后他轻轻地旋动塞子，把香水瓶打开。他把头向后缩，紧闭鼻翼，因为他不想过早地直接从香水瓶获取对香味的印象。香水不能在高浓度情况下嗅，必须在完全散开、空气充足的情况下嗅。他洒几滴香水在手帕上，拿着手帕在空气中摆动摆动，以便让酒精挥发，然后把手帕放到自己鼻子的下方。他的鼻子迅速而有力地抽动三下，就像吸药粉一样把香味吸进肚里，随即又把它吐出来，给自己扇扇风，再次猛吸三下，最后深深地吸了一口，然后缓缓地、分成多次地、仿佛从一道平缓的长梯滑落下来似的把它呼出来。他把手帕扔到桌上，身子靠到单人沙发上坐了下来。

这香水好极了。这个蹩脚的佩利西埃可惜是个行家。真该死，是个师傅，而他过去什么也没学过呀！他希望这种“阿摩耳与普绪喀”是自己的产品。它没有一丝粗俗。绝对高级，它纯正、和谐。尽管如此，却很新颖，令人神往。它很清新，毫不刺鼻。它像花一般，并不多愁善感。它具有深度，一种美妙的、深褐色的、令人陶醉的、隽永的深度；却一点也不浮夸或华而不实。

巴尔迪尼几乎是怀着敬畏的心情站了起来，再一次把手帕拿到鼻子下。“妙极了，妙极了，……”他喃喃自语说，贪婪地嗅嗅，“它令人心旷神怡，实在可爱，像优美的旋律，使人情绪高昂……瞎说，情绪高昂！”他恼火地把手帕扔回到桌上，转身走到房间最后面的角落里，仿佛他在为自己的兴奋而害臊。

太可笑了！自己竟然说出这些恭维的话！“像优美的旋律。心旷神怡。好极了。情绪高昂。”——废话！多么幼稚可笑的废话。一时的印象。老毛病。气质问题。或者是意大利人的遗传成分。只要你在嗅，你就别评价！这是第一条规则，巴尔迪尼，老笨蛋！当你嗅时，你就嗅，等到嗅完了，你再评价！“阿摩耳与普绪喀”是一种蛮不错的香水。一种非常成功的产品。一种调配得巧妙的拙劣制品。其实可以说是一种骗人的把戏。对于像佩利西埃这样的人，根本不能指望他搞出与骗人的把戏不同的东西来。当然，像佩利西埃这样的家伙生产不出大众香水。这流氓以他高超的技艺骗人，以完美的协调蒙骗人们的嗅觉，此人是只披着第一流香水技术这张羊皮的狼，一句话，是个有才能的怪物。他比一个有着正确信念的庸人更坏。

但是你，巴尔迪尼，你是不会受迷惑的！你只是一瞬间对这拙劣的香水的第一个印象感到意外。但是人们是否知道，在一小时后，当它最易挥发的物质消失，而它的中心结构出现时，它究竟散发出什么气味？或者到今天晚上，当只能觉察到那些此时犹如在看不透的光线中散发出诱人花香的沉重的暗黑的成分时，它将是什么气味？等着吧，巴尔迪尼。

第二条规则说：香水活在时间里，它有其青年时代、成年时代和老年时代。只有在所有这三个不同时期都同样散发出宜人的香味，才称得上是成功的香水。我们曾制作一种混合香水，在头一次检验时，香味美妙清新，可是隔了一会儿，其气味就像烂水果，最后散发出令人讨厌的过量的麝猫香味，这种情况我们遇到得多着呢！当心麝猫香的量！

多一滴都会造成失败。这经常是失误的根源。谁知道——或许佩利西埃用了太多的麝猫香。或许到了今天晚上，他那野心勃勃的“阿摩耳与普绪喀”只剩下一丝猫屎的气味！我们会看到的。

我们会闻到的。正如一把利斧把一块木头劈成最小的木块，我们的鼻子也能把他的香水分成细小的分子，于是就证实这种所谓的魔香是通过非常正常的、大家熟悉的途径制作出来的。我们，巴尔迪尼，香水行家，一定会识破这个酿醋工佩利西埃的诡计！我们将剥去他的假面具，向革新者证明，老手艺是完全可靠的！我们将分毫不差地仿制出他的时兴香水。我们的双手将制作出新的香水，即仿制得完美无瑕，使这家伙本人也不能把它同自己的香水区别开来。不！我们的目标何止如此！我们要改造这香水！我们要给他指出错误，纠正错误，以这种方式当面责备他的错误：你是个草包，佩利西埃！你乳臭未干！香水行业里的一个暴发户，别的什么也不是！

现在开始干，巴尔迪尼！把鼻子搞得灵灵的，让它去掉多愁善感，好好地嗅！让它按照技艺的规则去分解香味！今晚你一定要把分子式搞出来！

他奔回书桌旁，拿出纸头、墨水和一块干净的手帕，把这些东西放好，开始他的分析工作。其过程是：他把刚蘸过香水的手帕迅速在鼻子下掠过，试图从飘过去的香雾中截住这个或那个成分，对于所有部分的复杂混合物则不大理会；随后，他用伸出的手拿着手帕，迅疾地挥笔记下所发现的成分的名称，接着又让手帕从鼻子下掠过，捕捉下一个香味成分，如此等等……

13

他连续工作了两小时。他的动作越来越匆促，他的笔迹越来越潦草，他从瓶子里倒到手帕上放在鼻下嗅的香水量也越来越多。

他现在几乎嗅不到什么了，他早就被他吸入的乙醚物质麻醉了，再也分辨不出他在开始检验时自以为毫无疑问地分析出来的成分。他知道，继续嗅下去毫无意义。他大概永远也弄不清楚这种新式香水的成分，今天根本弄不清，即使上帝保佑他的鼻子休息好，明天他也弄不清。他从来没学过分解性地嗅。分解一种香味，这事情他很不乐意做。把一个完整的、或多或少完好的结构分成其简单的碎屑，他一点也不感兴趣。他不想再做什么。

但是他的手继续机械地动着，用练过成千上万次的优美动作蘸那块高级手帕，摆动手帕，让手帕迅速从脸前掠过，每次掠过时，他就像抢夺东西似的吸入一份充满香味的空气，随后又按技术要求慢慢地吐出来。直至他的鼻子过敏，从里面肿起来，像用一个蜡制的塞子堵住，他才从痛苦中被解放出来。如今他根本不能嗅，也几乎不能呼吸。他的鼻子像害了重感冒一样塞住了，眼角聚集着泪珠。感谢上帝！此刻他可以结束了，良心上说得过去了。他已经尽到自己的责任，尽了最大努力，按技术上的一切规则行事，然而却像以往一样，以失败而告终。“任何人都没有责任做办不到的事。”收工休息。明天早上他会在不得已的情况下派人去买一大瓶“阿摩耳与普绪喀”，并为维拉蒙特伯爵订的西班牙皮革喷洒香水。随后他会带着装有旧式肥皂、香脂和香囊的小箱子，到年迈的公爵夫人们的沙龙里去兜揽生意。总有一天，最后一位老公爵夫人会死去，他也就失去了他的最后一个女顾客。他自己也会成为老头，不得不卖掉自己的房子，把它卖给佩利西埃或随便哪个暴发户商人，或许为此他还可以拿到几千利佛尔。他将收拾好一两箱行李，若是他的老伴到那时尚未死去，将同她去意大利旅行。若是他旅行后依然活着，将在墨西拿附近买一幢小房子，那里的房子便宜。在那里，只要上帝召唤，这位巴黎往昔最大的香水专家吉赛佩·巴尔迪尼将一贫如洗地死去。这是挺不错的。

他把瓶子塞住，放下蘸水笔，最后一次用洒过香水的手帕擦擦额头。他觉察到正在挥发的酒精凉气，别的什么也没有。然后太阳下山了。

巴尔迪尼站起身子。他打开百叶窗，他的身子直至膝盖都沐浴在傍晚的光线中，像一把燃完后尚有微光的火炬那样发出亮光。他望着卢浮宫后太阳的深红色边缘和城市石板瓦屋顶上最柔和的光。在他脚下河水发出金灿灿的光，船只已经无影无踪。这时大概是刮起了一阵风，因为阵风像鳞片一样掠过水面，水面不时地闪烁发亮，越来越近，仿佛一只巨手在把千万块金路易撒进水里，河水的流向似乎一瞬间反过来了：熠熠发出金光的潮水向着巴尔迪尼涌来。

巴尔迪尼的双眼湿润而又悲哀。他默默地站了良久，注视着这美丽的景象。随后，他倏地打开窗子，把两扇窗开得大大的，使劲把那瓶佩利西埃的香水抛出去。他看到瓶子如何在水面上掠过，一瞬间划破了闪光的水面。

清新的空气流进室内。巴尔迪尼吸着空气，发觉自己的鼻子已经消肿。随后他把窗子关上。几乎在同一瞬间，夜幕蓦地降临。城市和塞纳河金灿灿的图画凝固成灰色的侧影。室内一下子暗了下来。巴尔迪尼又伫立窗前，姿势跟先前一样，凝视着窗外。“明天我不派人到佩利西埃那里去，”他说着，双手紧紧地抓住椅背，“我不叫人去。我也不到沙龙去巡回推销。明天我将去找公证人，把我的房子和店铺卖掉。这才是我要做的，就这样定了！”

他的脸部表情变得倔强，像孩子一般，突然觉得自己非常幸福。他又是过去那个年轻的巴尔迪尼了，像过去一样坚定和勇敢。敢于与命运对抗——即使在目前情况下，对抗只不过是撤退。一不做二不休！没有什么道路可走。时间不容许作出别的抉择。上帝创造美好的和艰难的时光，但是他的意图不是要我们在艰难的时光里悲叹诉苦，而是要像我们男子汉一样经受考验。他发出了信号！这幅城市的血红而金黄的幻象就是一个警告：行动起来，巴尔迪尼，事不宜迟！你的房子还牢固地矗立着，你的仓库还装有满满的货物，你还可以为自己不景气的生意赢得好价钱。决定权仍操在你手中。在墨西拿简朴地度过晚年，这固然不是你的生活目的，但是这比在巴黎摆阔气地毁灭更加体面，更加符合上帝的意愿。就让布鲁埃、卡托和佩利西埃去高兴吧！吉赛佩·巴尔迪尼让位。但这是自愿，不是屈服！

他此刻对自己感到骄傲，无比轻松。许多年来，引起脖颈抽搐和使肩膀不断弯曲成拱形的痉挛，第一次从他的背部消失，他毫不费劲地笔直站着，心情轻松，脸上流露出喜悦。他呼吸的气流轻快地通过鼻子。他清楚地嗅到了充满房间的“阿摩耳与普绪喀”气味，但是这香味对他已无所谓了。巴尔迪尼已经改变他的生活，觉得自己挺了不起的。多年来他已经没有这么良好的感觉。

他此刻真想上楼去找他妻子，把自己的决定告诉她，然后到圣母马利亚那边去朝拜，点上一支蜡烛，以便感谢上帝仁慈的指点和上帝赋予他——巴尔迪尼——令人难以置信的坚强性格。

他以近乎青年人的劲头把假发戴到光秃的脑袋上，披上蓝色的外衣，拿起放在书桌上的烛台离开办公室。他刚把蜡烛凑着楼梯间的油脂蜡烛点燃，以便为上楼去居室的路照明，这时听见一楼响起了钟声，这不是商店门口美妙的波斯钟乐，而是佣人入口处刺耳的钟声，这钟声老是打扰他，是令人讨厌的噪音。他时常想把那东西拆去，换上一口声音较悦耳的钟，可是后来一直经济拮据，如今他突然想到这事情，就咯咯地笑起来，现在已经无所谓了，他将把讨厌的钟随同房子一起出售。让后搬来的人去为此恼火吧！

钟声再次响起，他留心听着楼下的动静。谢尼埃显然已经离开商店。女佣看样子也不会来。因此巴尔迪尼就下楼去开门。

他把门闩抽开，打开沉重的门，但是什么也没看见。黑暗完全把烛光吞没了。后来，他才模模糊糊地看到一个小小的人影，一个小孩子或半大的少年，手臂上披着什么。

“你想干什么？”

“我从格里马师傅那里来，我送来了山羊皮。”这人影说，越靠越近，把搭着几张皮子的手臂伸向巴尔迪尼。在烛光中巴尔迪尼看出了一个少年的脸庞，少年的双眼怯生生地等待着。他蜷缩着身体，仿佛像个准备挨揍的人把身子躲藏在伸出的手臂后面似的。这个少年就是格雷诺耶。

14

制西班牙皮革的山羊皮！巴尔迪尼回想起来了。几天前他在格里马那儿预订了这种皮革，这种皮子精致柔软，可以洗涤，是供维拉蒙特伯爵作书写垫片使用的，每件十五法郎。可是他现在根本用不着了，他可以把这钱省下来。另一方面，如果他把这少年干脆打发回去……谁知道会发生什么事？这样做或许会给人不好的印象，人家会说闲话，谣言会产生：巴尔迪尼不守信用，巴尔迪尼不接受订货，巴尔迪尼无力付款……这些话不好，的确不好，因为它们可能使店里卖不出好价钱。明智一点的做法是把这些无用的山羊皮收下。不能让人过早地知道吉赛佩·巴尔迪尼已经改变了自己的生活道路。

“进来！”

他让这少年进屋。他们走到店铺那一边，巴尔迪尼手拿烛台在前，格雷诺耶带着皮革在后。这是格雷诺耶第一次走进一家化妆品商店，在这儿气味不是附属的东西，而是人们关注的中心。他当然认得城里的所有化妆品和药材店，许多个夜晚他都站在橱窗前，把鼻子挤到门缝里。他能识别在商店出售的全部化妆品的香味，他已经在心里从这些香味构想出最美妙的香水。这里并没有什么新的玩意儿在等待他。但是格雷诺耶像个有音乐才能的儿童热切希望能在附近观看一个乐队，或者像在教堂里爬到廊台上去看管风琴的手键盘那样，也热切希望能从里面参观一家化妆品店，他一听说要给巴尔迪尼送皮革，就争取自己能做这差事。

现在他站在巴尔迪尼的店铺里，就在巴黎的这个地方，在狭小空间里聚集了大量专门的香味。在一闪而过的烛光中他没看到许多东西，只看见摆着天平的账房间的影子，水池上的两只鹭鸶，一张供顾客坐的沙发，墙上暗黑的货架，黄铜器械短暂的闪光，玻璃杯和钵子上的白色标签。他闻不到他从马路来时闻到的气味。但是他立即觉察到占据这些房间的严肃，他差点儿说是神圣的严肃，倘若“神圣”这个词对于格雷诺耶还有某种含义的话；他觉察到冷静的认真，手艺人的客观，干巴巴的生意经，它们都贴在每件家具、每件器械、大圆木桶、瓶子和罐子上。他走在巴尔迪尼后面，即跟着巴尔迪尼的影子——因为巴尔迪尼不愿费劲给他照路——他心里油然升起这样的念头：他属于这儿，不属于其他地方，他要呆在这儿，他要从这儿彻底改造世界。

这个念头当然是荒唐的、非分的。对于一个自己跑来的出身可疑的制革伙计来说，在没有关系或者保护，没有最起码的等级地位的情况下，没有任何东西，而且现实中根本没有任何东西使他可以有如此的奢望：在巴黎最有声望的香料制品商店找到一份工作；更何况正如我们所了解的，恰好是在这家商店已经决定关闭之时。但是，格雷诺耶的非分念头表现出来的不仅是个希望，而且是个信心。他知道，他只需再离开这家店，到格里马那里去拿衣物，然后就不再离开了。这目标使他血液沸腾。多年来他一直默默无声，与外界隔绝，等待时机。如今不论情况顺利与否，他反正是跳下来了，毫无指望。正因为如此，他这次的信心才这么大。

他们两人穿过店堂，巴尔迪尼打开面向河一侧的后厅，这个厅部分用作仓库，部分作为工场和实验室，煮肥皂、搅拌香脂、在大腹玻璃瓶中调制香水，都在这儿进行。巴尔迪尼指着窗前的一张大桌说道："东西就放在那儿！"

格雷诺耶从巴尔迪尼的影子里走出来，把皮子放到桌子上，然后迅速地退回去，站到巴尔迪尼和门的中间。巴尔迪尼又停了一会儿。他把蜡烛稍许向旁边拿开一点，以免溶化的蜡滴到桌上，用手指背部抚摩光滑的皮子表面。随后他把皮子翻过来，抚摩那丝绒般的、同时又是不平和柔软的内面。这皮子质地非常好。特别适合于加工成西班牙皮革。这种皮子干燥时不走形，若是用削刮工具弄弄，皮子又会变得柔韧，他只需用拇指和食指捏捏，就立即觉察到这点。这种皮子洒上香水，可以保持芳香五至十年。这是一种优质皮革——或许他可以用来制作手套，为了到墨西拿旅行，做三副自己用，三副给妻子。

他把手抽回去。工作台多动人！一切都放得好好的：香水浴液的玻璃盆，便于使酊剂干燥的玻璃板，用来调和酊剂的碗、槌、抹刀、毛刷、削刮工具和剪刀。这些工具仿佛因为天黑睡着了似的，仿佛它们明天又要醒来。他或许该把这张桌子带到墨西拿？或许也该带一部分工具，最重要的工具……？坐在这桌子前工作非常舒适。它是用栎木板做成的，台座也同样，横向撑牢，因此这张工作台从不松动，它还耐酸、耐油、耐刀切——把它带到墨西拿去，即使用船拖，也得花一大笔钱呀！因此，明天只好把它卖掉，而放在它上面、下面和旁边的一切东西同样要卖掉！因为他，巴尔迪尼固然有颗多愁善感的心，但是他也有坚强的个性，因此无论他如何难过，他也要实施他的决定；他将挥泪卖出一切，尽管泪水汪汪，他也会这么做，因为他知道，这是正确的，他已经得到了一个预兆。

他转身要走。这个长成畸形的少年依然站在门口，他差点把他忘了。“太好了，”巴尔迪尼说道，“告诉你师傅，皮革很好。过几天我路过那儿时付款。”

“是的。”格雷诺耶说道。他依然站着，挡住巴尔迪尼离开工场的去路。巴尔迪尼愣了一下，他一点思想准备也没有，并不认为这少年的行为厚颜无耻，而是认为他腼腆。

“什么事，”他问道，“你还有什么事要转告我？尽管说吧！”

格雷诺耶弓着身子站着，用一种似乎是怯生生的目光凝视着他，这目光实际上是出于潜在的心情紧张。

“我想在您这里工作，巴尔迪尼师傅。我想在这儿，在您的商店里工作。”

说这话的口气并非请求，而是要求，也根本不是说出来的，而是从嘴里挤出来的，压出来的，相当阴险。巴尔迪尼又把格雷诺耶奸险的自信错当作儿童般的笨拙了。他对他友好地笑笑。“你是制革学徒，我的孩子，”他说道，“我用不着制革学徒。我自己有个伙计，不需要学徒。”

“您要给这些山羊皮洒香水吧，巴尔迪尼师傅？我给您送来的皮子，您可要洒上香水?”格雷诺耶嘟哝着，仿佛他压根儿没听到巴尔迪尼的回答似的。

“确实是这样。”巴尔迪尼说道。

“用‘阿摩耳与普绪喀’来对付佩利西埃?”格雷诺耶问着，身子更向下弯曲。

巴尔迪尼全身微微抽搐了一下，感到可怕。这并非因为他在问自己，这小伙子从哪儿知道得如此清楚，而是因为这少年说出了这可恶的香水名称，今天他曾想解开香水的谜，但失败了。

“你怎么会有这种荒唐的想法，认为我将用别人的香水来……”

“您身上就有这种气味!”格雷诺耶嘟哝着，“您的额头上有这气味，您外衣右侧的口袋里有块洒上这香水的手帕。这种‘阿摩耳与普绪喀’并不好，里头香柠檬太多，迷迭香油太多，而玫瑰油太少。”

“啊哈!”巴尔迪尼说，他对这话的用词如此准确感到惊讶，“还有什么?”

“橙花、甜柠檬、丁香、麝香、茉莉花、酒精和我说不出名称的另一些东西，在这儿，您瞧！在这个瓶子里！”他用手指指向黑暗。巴尔迪尼把烛台伸向所指的方向，目光跟随着少年的食指，落到货架里一个瓶子上，这只瓶子装着一种灰黄色的香脂。

“苏合香？”他问。

格雷诺耶点头。“是的。就在这里面。苏合香。”随后他像是一阵痉挛发作，全身蜷缩起来，喃喃地念着“苏合香”这个词，至少有十多遍：“苏合香苏合香苏合香苏合香……”

巴尔迪尼把蜡烛转向这个念叨着苏合香的小个子，心想：他要么是着了魔，要么是个骗子，或者是一个天才。因为用所说的材料正确合成产出“阿摩耳与普绪喀”，这是完全可能的，甚至有极大的可能性。玫瑰油、丁香和苏合香——这三种成分他今天找了一个下午，但是没成功；其他成分可以同它们配合——他相信自己已经认识到这些成分——犹如一片蛋糕属于一个美丽的圆蛋糕那样。现在只有这样的问题：把这些成分配合起来究竟得按什么样的精确比例。为了弄清楚这个比例，他——巴尔迪尼——一连数天不得不进行试验，这是一种可怕的工作，比单纯鉴别成分更难办，因为这工作需要测定，需要称量和记录，而且需要特别小心，因为一不留神——滴管抖动一下，在数液滴时数错了——就会导致失败。而每次失败要浪费许多钱，每次的混合液相当于一小笔财产……他想试试这个少年，便问他“阿摩耳与普绪喀”的准确分子式。倘若他知道分子式，一克一滴都不差——那么他必然是个骗子，必定是通过某种方式把佩利西埃的配方骗到了手，以便在巴尔迪尼这儿找个工作。如果他只是大致上猜出来的，那么他是个嗅觉特灵的天才，而作为天才就会激起巴尔迪尼莫大的兴趣。谁知会不会动摇巴尔迪尼放弃这个商店的决心！他觉得，就香水而言，佩利西埃的香水对他是无所谓的。即使这少年给他搞到多少升香水，巴尔迪尼做梦也不会想到用这香水来喷洒维拉蒙特伯爵的西班牙皮革，但是……但是一个人一辈子是个制作香水的专家，一辈子尽在忙于调配香料，毕竟不是为了一个钟头一个钟头地丧失他的全部专业热情！此刻他感兴趣的是，弄清这该死的香水的分子式，并且进一步去研究这个可怕的少年的才能。他刚才竟然从自己额头上嗅出了一种香味。巴尔迪尼想知道，这究竟是什么原因。他对这非常好奇。

“年轻人，看来你的鼻子挺灵。”他在格雷诺耶停止念苏合香之后说道，并且退回到工场里，小心翼翼地把放在工作台上的蜡烛吹灭，“毫无疑问，鼻子很灵，但是……”

“我的鼻子是巴黎最灵的，巴尔迪尼师傅，”格雷诺耶截住话头说，“我认识世界上的一切气味，认识巴黎所有的气味，其中只有少数我说不出其名称，但我可以学习它们的名称，所有有名称的气味，这并不太多，不过几千种，我要学习所有的名称，我永远不会忘记这种香脂的名称，苏合香，这香脂叫苏合香，它叫苏合香……”

“住口！”巴尔迪尼喊了起来，“你别打断我说话！你这个人爱插嘴，太狂妄。没有哪个人能说出一千种气味的名称。就连我也说不出千种气味的名称，我只知道几百种，因为在我们这行业中最多只有几百种，所有其他的都不是气味，而是臭味！”

格雷诺耶在他长时间像火山爆发一样插话时身体差不多完全舒展开来了，激动之中甚至挥动了一会儿双臂，画出个圆圈，以便对他所知道的“一切，一切”加以描绘，但在巴尔迪尼给他当头一棒时，他又一下子蜷缩起来，犹如一只黑色的小蟾蜍，停在门槛上，一动不动地窥伺着。

“我当然早就知道，”巴尔迪尼继续说，“‘阿摩耳与普绪喀’是由苏合香、玫瑰油、丁香以及香柠檬和迷迭香浸膏等等构成的。为了把它搞清楚，正如说过的，只需有一个非常灵敏的鼻子，很可能上帝给了你一个非常灵敏的鼻子，正如他也给了许多人一样——尤其是给你这样年纪的人。然而一个香水专家，”巴尔迪尼说到这儿举起他的食指，挺起他的胸脯，“一个香水专家不只需要一个灵敏的鼻子，他需要一个经过几十年训练的、坚定不移地进行工作的嗅觉器官，从而能够准确地弄清楚最复杂的气味的种类和数量，同时又能设计出新的前所未有的芳香混合物。这样一个鼻子，”他用手指轻轻触他的鼻子，“你可没有，年轻人！这样的鼻子只有通过长期坚持和努力才能取得。或许你能马上对我说出‘阿摩耳与普绪喀’的精确分子式？马上？你做得到吗？”

格雷诺耶没有回答。

“也许你可以大致上给我透露一些？”说着，他身子略向前弯，以便更仔细地瞧瞧门口的那只蟾蜍，“说个大概？马上？说吧，你有个巴黎最灵敏的鼻子！”

可是格雷诺耶依然默不作声。

“瞧，”巴尔迪尼既满意又失望地说，重新站直身子，“你根本不会。当然不会。你怎么能会呢！你跟普通人一样，吃饭时只能闻出汤里有没有雪维菜或香菜。那么好吧——这也算是一点本事。但是正因为如此，你远远不是个厨师。在每项技术和每种手艺上——走之前，你得记住这点！——天才几乎毫无用处，但是通过谦虚和勤奋所取得的一切经验却是举足轻重的。”

他伸手去拿工作台上的烛台，这时格雷诺耶从门边发出低沉的声音：“我不知道分子式是什么，师傅，这我不知道，此外我什么都知道。”

“分子式是每种香水的核心，”巴尔迪尼生硬地回答，因为他想结束谈话，“它极其缜密地说明每种配料混合起来的比例关系，以便产生所期望的独特的香味；这就是分子式。它就是配合——这个词你更容易理解！”

“分子式，分子式，”格雷诺耶沙哑地叫道，他站在门口变得高了些，“我不需要分子式！我的鼻子里有配方。要我给您配制吗，师傅，要我配制吗？”

“究竟怎么做?”巴尔迪尼用相当响亮的嗓音嚷道，端着蜡烛照照这个侏儒的脸，“究竟怎么配制呢?”

格雷诺耶头一次没有缩回来。“可是所需要的都有，所有香料都有，都在这房间里!”他说着，又指向黑暗，“玫瑰油有！橙花有！丁香有！迷迭香有……”

“当然都有!”巴尔迪尼咆哮着，“一切都具备！但是我告诉你，笨蛋，如果没有分子式，还是等于零!”

“……那儿有茉莉花！有酒精！有香柠檬！有苏合香!”格雷诺耶继续沙哑地说，在提到每个名字时就指着房间里的一个角落，房间里如此昏暗，以致放着瓶子的货架的影子最多只能隐约感觉到。

“嗨，你夜里也看得见吗?”巴尔迪尼叱责道，“你不仅有最灵敏的鼻子，还有巴黎最锐利的眼睛，是吗？如果你还有相当好的耳朵，那就把它们竖起来，我要对你说：你是个小骗子！你大概是在佩利西埃那里偶然听到了什么，刺探到了什么吧？你以为你可以骗得过我?”

格雷诺耶此刻完全把身子舒展开来，即达到了整个身高，他站在门口，两条腿稍许叉开，双臂微微张开，看上去活像一只牢牢抓住门槛和门框的黑蜘蛛。“请您给我十分钟时间，”他相当流利地说，“我给您制作‘阿摩耳与普绪喀’香水。现在马上制作，而且在这个房间。师傅，请您给我五分钟！”

“你以为我会让你在我的工场里胡闹？用价值连城的香精胡闹？让你？”

“是的。”格雷诺耶说道。

“呸！”巴尔迪尼叫道，同时把他胸中所有的气一下子吐了出来。随后他深深地吸了口气，久久瞅着这个蜘蛛般的格雷诺耶，思索着。他想，其实这是无所谓的，因为反正明天一切都结束。我虽然知道他并不会他所说的本事，而且根本不可能会，那样他就比伟大的弗朗吉帕尼更伟大了。但是为什么我不能让他在我面前证明一下我所知道的本事呢？否则将来在墨西拿总有一天会想到——一个人到了耄耋之年有时会变得古怪，坚持发疯的想法——我对上帝赐予我这样一个嗅觉天才，一个神童，竟没有识别出来……——这是完全不可能的，按照理智告诉我的一切，这是绝不可能的——但是奇迹是有的，这是否认不了的！总有一天我会在墨西拿死去，在弥留之际我会想到：当时在巴黎，在那天晚上，你竟闭眼不看奇迹……？这总是不太令人愉快的，巴尔迪尼！就让这傻瓜浪费几滴玫瑰油和麝香酊吧！你自己对佩利西埃的香水还确实感兴趣时，不是也浪费过吗？这几滴——即使很贵，非常非常昂贵！——与知识的可靠性和晚年的安定相比又算得了什么？

“注意！”他用生硬的嗓音说，“注意！我……——你叫什么名字？”

“格雷诺耶，”格雷诺耶说，“让-巴蒂斯特·格雷诺耶。”

“啊哈，”巴尔迪尼说道，“你听着，让-巴蒂斯特·格雷诺耶！我考虑过了。我同意给你个机会，现在马上就证明你说的话。这同时也是你通过明显的失败来学习谦虚美德的一个机会——很遗憾，像你这么小的年纪这样的美德或许尚未发展起来——是对你作为行会和阶层的一员，作为丈夫、臣民、人和善良的基督教徒今后继续发展的一个绝对必要的先决条件。我准备花我的钱让你接受这个教训，因为由于某些原因，我今天打算慷慨一下，谁知道呢，或许将来有一天回忆起这一情景时会给我带来点欢乐。但是你别以为你可以愚弄我！吉赛佩·巴尔迪尼的鼻子老了，但它是灵敏的，灵敏得足以立即断定你的配制物与这儿的产品之间的最细微的区别。”这时他从口袋里掏出洒过“阿摩耳与普绪喀”的小手帕，把它拿到格雷诺耶的鼻子前摆动着。“走近点，巴黎最好的鼻子！到这工作台前来，拿出你的本事！但是你得当心，别给我撞翻和打坏什么！别给我惹事！首先我得把灯点亮。我们要在光线充足的情况下做这个小试验，对吗？”

于是他从那张栎木制的大桌子边上又拿了两个烛台，把它们点燃。他把这三个烛台并排地放在桌子后部的长边上，把皮革推到旁边，把桌子的中间部分腾出来。随后他用稳健而又迅速的动作从一个小架子上取下做试验需要的仪器：大腹配制瓶、玻璃漏斗、滴管、大小量杯，并把它们整齐地排列在栎木板上。

格雷诺耶此刻已经把身子从门框松开。正当巴尔迪尼高谈阔论时，他已经摆脱了僵硬和蜷缩等待的姿势。他怀着一个儿童的内心喜悦只听到“同意”和“赞成”，这儿童依靠自己的顽强而获得了别人的让步，对于与此相联系的限制、条件和警告却毫不在乎。他放松地站着，头一次像个人而不是像只动物，听巴尔迪尼把他滔滔不绝的话讲完，他知道自己已经战胜了这个人，迫使他对自己作出让步。

当巴尔迪尼还在忙着桌上的烛台时，格雷诺耶已经悄悄地溜到工场一侧的黑暗处，那里的货架上放着价格昂贵的香精、油类和酊剂，他依照自己鼻子的可靠嗅觉，从架子上取下需要的小瓶子。一共九只小瓶子，计有橙花香精、甜柠檬油、丁香油、玫瑰油、茉莉花精、香柠檬精、麝香酊、迷迭香精和苏合香香脂。他迅速把它们取下来，摆好在桌子边上。最后他把一只大腹瓶百分之百酒精拖过来。然后他站到巴尔迪尼的身后，而这个巴尔迪尼，总是以学究式的方式来布置自己的调制容器，把这只玻璃杯向这边移动一点，又把那只玻璃杯朝那边移动一点，以便一切都按部就班、有条不紊，蜡烛光又能照得到。格雷诺耶颤抖着，不耐烦地等着老头走开，给他腾出位置。

“就这样吧！”巴尔迪尼终于说道，并退到一旁，“你的——且让我们友好地称之为‘试验’所需要的一切已经摆好在这儿了。别弄破我的什么东西，别滴掉什么！注意：你现在只许花五分钟时间进行试验的液体，价值连城，堪称稀有宝物，你今后一辈子再也拿不到如此浓缩的香精的！”

“我要给您做多少，师傅？”格雷诺耶问。

“做什么……？”巴尔迪尼说道，他的话还没有结束。

“做多少这种香水？”格雷诺耶说，“您想要多少？要不要我把这瓶装得满满的？”他指着一只配制用瓶，它足足可以容纳三升。

“不，你不要这样！”巴尔迪尼大吃一惊地喊道，这喊声仿佛喊出了他对于浪费自己财产的根深蒂固和本能的恐惧。似乎他也觉得这一出洋相的喊声有失体面，便立即又接着吼道：“你也别打断我的话！”接着他用心平气和的、带着嘲弄的语气继续说，“咱们要三升咱们俩都鉴赏不了的香水干吗？其实装满半量杯就足够了。可是由于这么小的量很难配制得精确。我允许你调制这配制瓶的三分之一。”

“好的，”格雷诺耶说，“我就把‘阿摩耳与普绪喀’装到这瓶子的三分之一。但是，巴尔迪尼师傅，我是按自己的方式来配制的。我不知道这是不是行会的方式，因为我不了解行会的方式，但我要按我的方式做。”

“请吧！”巴尔迪尼说道。他知道，配制这种香水没有你的或我的方式，而只有一种，一种唯一可行和正确的方式。这个方式在于，在知道分子式和相应换算成最终要得到的量的情况下，用各种不同的香精制作出一种极为精确的浓缩物，接着这种浓缩物又按非常精确的比例关系与酒精拌和成最终的香水，这比例大多在一比十和一比二十之间。他知道别种方式是没有的。因此，他在一边旁观最初抱着嘲弄态度，继而觉得困惑不解，最后感到无可奈何的惊讶，他所观察到的做法对他来说无疑是个奇迹。这幕情景铭刻在他的记忆里，直至他生命的最后时刻始终没有忘怀。

15

格雷诺耶这小人儿首先拔去装酒精的大肚玻璃瓶上的塞子。他吃力地把这只笨重的玻璃瓶举起来。他必须举到几乎与头部一样高，因为配制瓶放得太高，上面还放了个漏斗，他不用量杯就直接把酒精从大肚玻璃瓶倒进漏斗。巴尔迪尼对这么多的无能做法感到毛骨悚然：这家伙没拿要溶解的浓缩物就先弄溶剂，把制作香水的程序完全颠倒过来了，不仅如此，他在体力上几乎也不能胜任！他费劲地颤抖着，而巴尔迪尼每时每刻都以为这只笨重的大肚玻璃瓶会掉下来裂开，桌子上的一切都要弄得粉碎。蜡烛，他想，上帝保佑蜡烛啊！马上就会发生爆炸，他要把我的房子烧掉……！他真想冲过去，从这小疯子手中夺过大肚玻璃瓶，而这时格雷诺耶自己却已把它放下来，平安无事地放到地上，把瓶塞塞上。又轻又透明的液体在配制瓶里晃动着——每一滴都发挥其作用。格雷诺耶歇了一会儿，脸部流露出满意的表情，仿佛他已经渡过了试验的最困难一关。事实上试验在继续进行，其速度之快是巴尔迪尼的眼睛跟不上的，更谈不上看出试验的顺序或是某种有规律的过程了。

表面上看来，格雷诺耶是在毫无选择地搬弄这一排装着香精的瓶子，把玻璃瓶的塞子拔出，拿到鼻子下闻一秒钟，然后从这瓶子里倒出，从另一个瓶子里滴一些，再从第三个小瓶子里倒出少许到漏斗里，如此等等。滴管、试管、量杯、小匙和搅棒——所有这些仪器，香水专家在进行复杂的配制过程时都用得着，可格雷诺耶却一次也没有动过，仿佛他只是在玩耍，像个小孩一样敲敲拍拍，掺水，把水、草和垃圾煮成恶臭的污水，随后又坚持说这是一锅汤。是的，像个小孩，巴尔迪尼心里想。突然间，他看上去也像个小孩，虽然他的双手粗笨，他的脸上有疤痕，他的鼻子像老年人成了块状。巴尔迪尼总以为他比实际年龄要老，如今却觉得他比实际年龄要年轻，觉得他只有三四岁，觉得他像那些难以接近的、不可理解的、固执的小猿人。这些猿人据说是清白无辜的，他们只想到自己，想要征服世界上的一切，若是人们听任他们狂妄自大，而不通过最严格的教育措施使他们逐渐遵守纪律，引导他们像完美的人那样控制自己，他们也确实会那么做。这个青年人还是个狂热的小孩，他的一对眼睛像火一样红，站立在桌子旁，完全把周围的一切忘了，简直不知道在工场里除了他和这些瓶子外，还有别的什么。他用灵巧的动作把这些瓶子拿到漏斗旁，以便配制他的荒唐的混合物，而过后他准会坚持说——而且也确实这么以为——这就是上等的香水“阿摩耳与普绪喀”。当在闪烁的烛光中观看这个如此与众不同、如此自信地操作的人时，巴尔迪尼感到毛骨悚然：像他这样的人——他这么想，顷刻间又像下午那么悲哀、痛苦和愤懑，当时他眺望着被晚霞映得火红的城市——像他这样的人过去没有过；这是一个完全新型的标本，只能产生于这个萎靡不振的、道德堕落的时代……但是他应该接受教训，这个傲慢的小家伙！在这场滑稽戏演完的时候，他将把他数落一番，叫他灰溜溜地离去，就像来时是蜷缩着身子的废物一样。坏家伙！当今简直不能再与任何人交往，因为世上到处都是坏家伙！

巴尔迪尼沉浸在内心的愤怒和对时间的厌恶中，以致当格雷诺耶突然把所有瓶子塞了起来，从配制瓶里抽出漏斗，用一只手抓住瓶颈，用左手掌封住瓶口并猛烈摇动时，他竟然没有理解这意味着什么。直到这瓶子多次在空中打转，里面装着的昂贵东西像果汁汽水一样从瓶肚冲到瓶颈然后又退回去，巴尔迪尼才发出愤怒和恐怖的叫喊。“住手！”他尖叫着，“够了！马上停！结束！马上把这瓶子放到桌上，别再摇了，你明白吗？别摇了！我要是听你瞎说，我一定会发疯的。你做事的方式方法、你的粗鲁行为，你的愚昧无知告诉我，你是个半吊子，一个野蛮的半吊子，又是一个极端放肆的小坏蛋。你不配当个汽水配制工，没有本事当最普通的甘草水商人，更谈不上当香水专家了！你的师傅若是让你继续处理皮革污水，你应该高兴，应该感激涕零，应该满意！但是你别再来，你听见我说没有？你别再次把脚跨过一个香水专家的门槛！”

巴尔迪尼这么说着。他还要说，这时他周围的空气已经弥漫着“阿摩耳与普绪喀”的香气。这香气的说服力比起语言、亲眼目睹感觉和愿望要强有力得多。这香气的说服力是无法抗拒的，它像呼吸的空气一直进到我们的肺里，它往我们体内倾注，把我们装得满满的，没有办法抵御。

格雷诺耶已经把瓶子放下来，把沾湿香水的手从瓶颈部位拿开，在衣边上擦干。他向后退一两步，在巴尔迪尼严厉训斥下他把身体向左侧并拢，啪嗒啪嗒的撞击在空气中掀起气浪，足够把新取得的芳香传播到四周。再多了也没必要。巴尔迪尼虽然还在狂怒、叫喊和谩骂，但他每吸一口气，外表上表现出来的愤怒在内心得到的支持就越少。他预感到自己已被驳倒，因此他的话到末了只不过是空洞的慷慨激昂。等他沉默下来，沉默了一会儿之后，已经根本用不着再去听格雷诺耶的话：“做好了！”他反正已经知道了。

尽管如此，尽管这时他已被四面八方的“阿摩耳与普绪喀”的浓重气味所包围，他还是走到那张旧栎木桌前检验。他从外衣的左侧口袋里抽出雪白的新手帕，把它展开，用他那长滴管从配制瓶里吸出几滴香水滴在上面。他把小手帕放在伸出的手臂上摆动，以便使香味通通空气，然后用熟练优美的动作把它在鼻子下掠过，同时把香气吸进去。他让香气一阵阵地流了出来，自己坐到一张凳子上。先前他还由于发怒而满脸涨成猪肝色，这时突然变得脸色苍白。“真令人难以置信，”他低声地喃喃自语，“老天爷作证，叫人难以相信！”他一次又一次地把鼻子凑到小手帕上嗅嗅，摇摇头，喃喃地说，“叫人难以相信！”这的确是“阿摩耳与普绪喀”，毫无疑问是“阿摩耳与普绪喀”，令人可恨的绝妙的香味混合物，仿制得这样精确，就连佩利西埃本人也不可能把它同自己的产品加以区别。“真叫人难以相信……”

伟大的巴尔迪尼坐在凳子上，缩得小小的，脸无血色，手里拿着他的小手帕，外表滑稽可笑，像个患了伤风的少女拿着手帕揩鼻子一样。此时他完全说不出话来。他不再说“令人难以置信”，而是不停地微微点着头，凝视着配制瓶里的香水，只发出单调的“嗯，嗯，嗯……嗯，嗯……嗯，嗯，嗯，嗯……”过了一会儿，格雷诺耶走过来，悄没声地像个影子走到桌子旁。

“这不是好香水，”他说道，“它配制得非常糟糕，这种香水。”

“嗯，嗯，嗯，”巴尔迪尼说道。格雷诺耶接着说：“如果您允许的话，师傅，我想再改进一下。请您给我一分钟，我用它作出一种像样的香水给您！”

“嗯，嗯，嗯，”巴尔迪尼说着，点点头。这并不是因为他表示赞成，而是因为他此时无精打采，无能为力，对什么都只能说“嗯，嗯，嗯”和点头了。他继续点着头，喃喃地说“嗯，嗯，嗯”，当格雷诺耶第二次开始配制，第二次把酒精从大肚玻璃瓶里倒进配制瓶，加到已在瓶子里的香水中去，第二次似乎是不管先后顺序、不论分量地把小瓶里的香精倒入漏斗时，他并不准备进行干预。直至这配制程序接近尾声——格雷诺耶这次不振摇瓶子，而是像摆动法国白兰地那样轻轻摆动着瓶子，或许他考虑到巴尔迪尼敏感的感情，或许因为他认为这次的香水更加昂贵——到这时，当香水配好了在瓶子里旋动时，巴尔迪尼才从麻木状态中醒过来。他站起来，自然仍一直用小手帕捂着鼻子，仿佛要做好准备抵抗对他内心的新进攻似的。

“做好了，师傅，”格雷诺耶说道，“现在这是一种相当好的香水。”

“是的，是的。挺好，挺好。”巴尔迪尼回答，摆动他空着的手以示拒绝。

“您想检验一下吗？”格雷诺耶继续咕咕哝哝地问道，“您不想检验吗，师傅？”

“等一会儿，”巴尔迪尼说，“我现在不想检验……我脑子里在想别的事。你现在走吧！跟我来！”

他拿起一个烛台，朝门口走过去，走进了店堂。格雷诺耶跟在他身后。他们来到通往佣人入口处的狭窄走廊。老头踢踢嗒嗒地朝小门走去，把门闩拉开，打开门。他往旁边跨一步，让这少年出去。

“现在允许我在您这儿工作吧，师傅，允许我吗？”格雷诺耶问道，他已经站在门槛上，又把身子蜷缩着，露出期待的目光。

“我不知道，”巴尔迪尼说，“我还要仔细考虑一下。你走吧！”

随后，格雷诺耶突然走开，消失得无影无踪，仿佛被黑暗吞没了似的。巴尔迪尼伫立着，直愣愣地望着夜空，他右手端着烛台，左手拿着小手帕，像个鼻子出血的人，内心充满恐惧。他急急忙忙把门闩上。然后他把保护性的手帕从脸上拿下来，塞进口袋里，穿过店堂走回工场里。

这香味美妙极了，以致巴尔迪尼眼睛里一下子饱含了泪水。他无需检验，只管站在工作台边，在配制瓶前嗅吸。这香水真美。它与“阿摩耳与普绪喀”比较，宛如一部交响曲同一把小提琴孤独地乱奏一通的对比。不仅如此。巴尔迪尼闭起眼睛，看见最细致入微的回忆在心里苏醒。他看到自己还是个青年人时傍晚在那不勒斯公园里漫游；他看见自己躺在一个有黑色鬈发的妇女怀里，看到窗台上玫瑰花丛的侧影，一阵夜风正吹过窗台；他听到被驱散的鸟儿唱歌，听到远处码头上一家小酒馆传来的音乐；他听到紧贴着耳朵的窃窃私语，他听到“我爱你”，发觉自己由于幸福而毛发直竖，就在现在，在现在这一时刻！他睁开眼睛，高兴得叹了口气。这种香水不像人们迄今为止所见到的香水。这不是驱除臭味的香水，不是盥洗室用品！这是一种完全新型的东西，它可以创造出整整一个世界，一个魔术般的富裕的世界，人们顷刻间就忘却周围令人厌恶的事物，觉得自己多么富有，多么幸福，多么自由，多么美满……

巴尔迪尼手臂上那竖起的汗毛软了下来，迷人的心灵平静占据了他。他取过放在桌子边沿的皮子，即山羊皮，拿了一把刀把皮子切开。他把切开的一块块皮子放入玻璃盆里，浇上新的香水。他在盆上盖了一块玻璃板，把剩余的香水抽出装进两个小瓶，给瓶子贴上标签，上面写了名称：“那不勒斯之夜”。然后他把灯熄灭离去。

在楼上夫人那里吃饭时，他什么也没说。他对下午才作出的神圣决定只字不提。他夫人什么也没说。因为她发觉他很高兴，这样她就满意了。他也没有再去圣母院，去感谢上帝使他的性格坚强起来。的确，他这天甚至第一次忘记了夜间的祷告。

16

翌日上午，巴尔迪尼径直来到格里马处，首先他付了山羊皮的钱，而且是不折不扣地付清，不唠叨，不讨价还价。随后他邀请格里马去“银塔”酒店喝一瓶白葡萄酒，并从他那里把格雷诺耶赎过来。当然，他并没有透露他为什么赎他，为什么需要他。他扯谎说自己接受了一大宗香皮的订货，因而需要一个尚未满师的帮手，需要一个知足的小伙子给他干最普通的活，切切皮革等等。他又要了一瓶葡萄酒，开口出了二十利佛尔的价，作为格里马少了格雷诺耶造成不便的补偿费。二十利佛尔可是一大笔钱啊！格里马立即同意。于是两人一同到了制革工场。真奇怪，格雷诺耶已经捆好行李在等候。巴尔迪尼付了二十利佛尔，怀着这辈子做了一笔最好交易的自鸣得意的心情，立即把他带走了。

格里马这方面也深信做了一笔有生以来最好的生意，他回到“银塔”酒店又喝了两瓶葡萄酒。后来将近中午时分，他又换到河对岸的“金狮”酒店去，在那儿喝得酩酊大醉，后来晚上他又想换回到“银塔”酒店去，却把热奥弗鲁瓦·拉尼埃大街和诺奈迪埃尔大街搞混了，因而没有能如愿直接来到玛丽桥上，而是非常不幸地到了奥尔姆码头，从那儿他头朝前纵身啪的一声跳进水里，仿佛跳到一张柔软的床铺上一样。他当即便淹死了。浅浅的河水把他冲走，经过系泊的小货船旁，带到水流较急的河心，过了相当长的时间，直到次日清晨，制革匠格里马，或者更确切地说是他的湿淋淋的尸体，才向西漂流而下。

当他无声地经过交易桥时没有撞上桥墩，格雷诺耶在他的上方二十米处正好上床。他在巴尔迪尼工场后面的一个角落里搭了张木板床，这张床归他所有，而这时他从前的主人正摊开四肢沿塞纳河漂下去。格雷诺耶惬意地蜷缩起来，缩得像只扁虱。他开始安睡，越来越深地沉入到自我中去，胜利地进入他内心的堡垒中，在这堡垒里他梦见自己参加了气味上的祝捷盛会，一次为表彰他自己而举行的香烟和没药气体缭绕的盛大狂欢会。

17

随着格雷诺耶参加工作，吉赛佩·巴尔迪尼的商店开始上升为具有民族乃至欧洲声望的商店。波斯的钟乐不再沉寂无声，鹭鸶在交易桥上的商店里又开始吐出香水。

头一天晚上，格雷诺耶就又调制了一个大肚玻璃瓶的“那不勒斯之夜”，翌日装在小香水瓶里卖出八十多瓶。这香水的信誉以惊人的速度传播开来。谢尼埃数钱，数得目光都变得呆滞了，由于不得不老是九十度鞠躬而腰酸背疼，因为来这儿的都是高贵的女士们和先生们，或至少是高贵女士和先生们的仆人。有一次，门甚至飞开了，发出嗒嗒的响声，进来的是阿尔让松伯爵的男仆，他像其他男仆一样叫喊他需要五瓶新的香水，谢尼埃事后还害怕得颤抖了一刻钟之久，因为这个阿尔让松伯爵是皇帝陛下的高级官员和国防部长，巴黎的铁腕人物。

当谢尼埃一个人在店堂里应付蜂拥而来的顾客时，巴尔迪尼和他的新学徒则关在工场里。他对谢尼埃总是用所谓

“工作分工和合理化”作借口来对这种情况进行辩护。他解释道，多年来他耐着性子目睹佩利西埃之流敌视行会的家伙从他这里把顾客诱走，使生意变得不景气。现在他再也不能容忍了。如今他接受挑战，对这些狂妄的暴发户进行还击，而且是用这些人自己的手段进行还击：在每个旅游旺季，每个月，若有必要则是每周，抛出新的香水和别的玩意儿！这就要他充分地利用自己的创造性才能。因此他认为自己必须——仅仅靠没有满师的助手支持——进行香水的生产，而谢尼埃则专门负责售货。用这个现代化的方法可以为化妆品商店史翻开新的一章，把竞争者扫除干净，成为百万富翁——他之所以有意识地强调“人们”，因为他想，对于这百万巨富，他的老伙计也有一定的贡献。

几天以前，巴尔迪尼师傅若是讲这种话，谢尼埃准会把这看成是开始发疯的征兆。“现在他已经病入膏肓了，”他或许会这样想，“直到他最终放下手中的槌子，时间不会长了。”但他现在不再想了。他简直没有时间去想，他实在太忙了。他整天忙得不可开交，以致每天晚上都由于精疲力竭而无力把钱箱里的钱出清，把自己的一份留下来。他做梦也不会怀疑，巴尔迪尼几乎每天都有一种新的香水从工场里配制出来，这一点并不奇怪。

它们都是什么样的香水和化妆品啊！不仅有最高级的香水，而且有润肤膏、扑粉、肥皂、洗发剂、化妆水、油脂……一切应该散发香味的东西，如今都散发出全新的香味，与过去不同，比过去美妙。对于一切东西，确确实实是一切东西，甚至对于巴尔迪尼有一天由于高昂的情绪而生产出来的香水发带，顾客都像着了魔似的争先恐后购买，根本不问价钱如何。巴尔迪尼所生产的一切，都成了畅销货品。这种成就产生了巨大作用，以致谢尼埃把它当作一个自然而然的事件，不再探求它的产生根源。比方说新来的学徒，那个笨拙的侏儒，像条狗一样住在工场里，有时师傅出来，人们可以看见他站在后面的次要地位上，擦玻璃杯和清洗臼钵——若是人家告诉谢尼埃，说生意如此传奇般的兴隆是同这个家伙有关系，那他无论如何是不会相信的。

当然，这侏儒同这一切都有关。巴尔迪尼送到店堂里交给谢尼埃出售的化妆品，只是格雷诺耶关起门来配制的东西的一部分。巴尔迪尼靠嗅觉已经来不及嗅了。有时他得在格雷诺耶配制的美妙香水中进行选择，这确实伤透了脑筋。这个变魔法的学徒满可以为法国所有的香水专家提供配方，而且从不重复，都是优质的、并非低劣或一般化的产品——这意思是说，他并不能给他们提供配方——即分子式，因为格雷诺耶配制他的香水仍然采用那种混乱的、完全不符合专业要求的方法，巴尔迪尼已经看出来，他似乎是乱七八糟地随手把各种成分配在一起。对这种不合规范的操作即使不能检查，至少也要能有所理解，因此有一天巴尔迪尼要求格雷诺耶，他在配制混合物时必须使用天平、量杯和滴管，哪怕他认为不必要；还要求他养成习惯，不把酒精当香料，而是看成溶剂，必须放到后面才掺入；最后要求他慢慢地、从容不迫地、真正像个工艺人一样地进行操作。

格雷诺耶照办了。巴尔迪尼第一次能够观察到这位魔术师的一个个操作过程，并把它们记录下来。他带着蘸水笔和纸坐在格雷诺耶身旁记笔记，反复提醒他放慢速度，弄清这东西多少克、那东西多少刻度、第三种配料多少滴，再放进配制瓶里。用这种特殊的方式，即通过用同样方法在事后对一个过程进行分析的方式，巴尔迪尼终于掌握了合成的规程，而在过去不使用这种方法时，这种过程根本不可能发生。格雷诺耶没有合成的规程怎么竟能配制出香水来，这对巴尔迪尼固然仍是个谜，更确切地说是个奇迹，但他如今至少已经把这个奇迹写成了分子式，而因在某种程度上对他渴望规则的心是个安慰，并使他对香水的认识免于彻底崩溃。

巴尔迪尼逐渐使格雷诺耶把至今所发明的全部香水的配方都说出来，最后甚至于禁止他在巴尔迪尼未带蘸水笔和纸、用百眼巨人的眼睛细心观察和一个步骤一个步骤记录的情况下配制新的香水。他把自己的笔记——很快就有了数十个分子式——极其细心地用写得像刻出来的字体抄在两个不同的小本子上，他把一个本子锁进耐火的钱柜，另一本他始终带在身上，夜里睡觉时也带着它。如今只要他愿意，他就可以亲自领略格雷诺耶的奇迹，他第一次经历这些奇迹时，心情激动极了。他相信现在用他记录的分子式本子，可以祛除从他的学徒内心产生的可怕的创造性的混乱。就连他不再是笨手笨脚地在一边惊讶，而是细致观察和记录，参与创造性活动这一事实，对巴尔迪尼也产生了安慰的作用，增强了他的信心。过了一阵他甚至以为，自己已经对这些极精致的香水的成功做出了不小的贡献。既然他已把这些香水记入他的小本本，并把它们保存在钱柜里和自己的胸前，他反正不再怀疑，它们完全是属于自己的。

但是，格雷诺耶也从巴尔迪尼迫使他采取的有条不紊的工作方法中获得了好处。他自己虽然并不依靠这种工作方法，为了在数周和数月后复制一种香水，他从不查阅一个旧的分子式，因为他从不会忘记气味。可是他在被迫使用量杯和天平时，学会了化妆品商店的语言，而且他本能地觉得，这种语言的知识对他是有用的。短短几星期后，他不仅掌握了巴尔迪尼工场里的所有香料的名称，而且也能自己把香水的分子式，或者相反，把别人的分子式和说明转变成香水和别的香料制品写下来。不仅如此！他学过用克和滴来表达自己制作香水的设想后，就不再需要试验的中间步骤了。若是巴尔迪尼交代他制作一种新香水，无论是用于手帕、香囊或脂粉的香水，格雷诺耶都不再去拿小香水瓶和香粉，而是干脆坐到桌旁，把分子式记下来。他学会了围绕列出分子式扩展从心里对香味的想象到制成香水的方法。对于他来说，这是一条弯路。在世人的眼中，也就是在巴尔迪尼的眼中，这是个进步。格雷诺耶的奇迹仍然没有变化。但是现在他知道了配制香水的配方，没有理由再害怕了，这是有利因素。格雷诺耶对于工艺要领和工作方法掌握得越熟，他用化妆品商店的习用语言来表达得越正常，巴尔迪尼对他的恐惧和疑心就越小。不久，巴尔迪尼固然仍认为他是个非凡的天才的气味专家，但已不再把他视为第二个弗朗吉帕尼或是一个可怕的玩弄魔术的人，格雷诺耶对此很满意。他利用工艺准则作为受人欢迎的伪装。在称配料时，在振动配制瓶和轻轻涂抹试验的白手帕时，他就是拿自己的样板方法来哄巴尔迪尼。他几乎能像师傅一样优美地抖动手帕，灵巧地使手帕从鼻子旁飞过。偶或在用心算出剂量的间歇中，他故意出错，以使巴尔迪尼觉察到：他忘记了过滤，天平未校准，龙涎香酊的剂量高得惊人……让巴尔迪尼指出错误，以便随后自己再改正。这样他成功地使巴尔迪尼沉迷在幻想中：最后一切事情都是这样进行的。他确实不想吓唬巴尔迪尼。他的确是要向他学习。不是学配制香水，不是学一种香水的正确组分，当然不是在这一方面，世上没有哪个人可以对他进行什么教导，而巴尔迪尼商店里现有的配料也远远不够让他实现一种真正伟大的香水的设想。他帮助巴尔迪尼在气味方面所实现的事情，同他自己所设想的、总有一天他会实现的气味加以比较只不过是儿戏。但他知道，为此他需要两个不可缺少的先决条件：其一是公民身份的外衣，至少得是个伙计，他依靠这身份的保护可以沉溺于自己本来的激情，不受干扰地实现自己本来的目标。另一个就是对那些工艺方法，即人们制作、隔离、浓缩、保存香水并使之具有更高用途的工作方法的知识。因为格雷诺耶虽然事实上有个世界上最好的鼻子，在分析和预知方面均如此，但是他还没有能力像占有物品一样占有气味。

18

因此，他乐于让人给自己传授这些技术：用猪油煮成肥皂，用可洗涤的皮革缝制手套，用大麦粉、杏仁粉和紫罗兰根磨成的粉配制成扑粉，用木炭、硝酸钾和檀香木屑卷成香烛，用没药、安息香和琥珀粉压制成东方的丸剂，把香、虫胶和桂皮捏成香丸，用碾碎的玫瑰叶、薰衣草花和加斯加利剌[1]皮筛出和制成“皇帝的粉末”，搅拌白色和像血管一样蓝的粉末，制作口红，掺水制作最精细的指甲粉和薄荷味牙粉，配制假发药水、鸡眼药水、皮肤雀斑增白药、眼用颠茄精、男士斑蝥发泡软膏以及女士卫生醋……生产一切护肤液、粉剂、卫生用品和美容药品，但也制作茶和香料混合粉、利口酒、腌泡汁等，总之，巴尔迪尼教给他这些包罗万象的祖传知识，格雷诺耶虽然并不抱着特殊的兴趣去学，但也毫无怨言，学得非常出色。

与此相反，巴尔迪尼在教他制作酊剂、浸汁和香精时，他却怀着特殊的热情。他可以不辞辛苦地用螺旋压榨机压碎苦杏仁核，捣碎麝香颗粒，用菜刀劈开龙涎香块茎，用礤床儿把紫罗兰根擦成屑，然后用最优质的酒精浸渍碎屑。他学会使用分离漏斗，用这漏斗可以把柠檬壳榨出的纯正油从混浊的浆粉中分离出来。他学习在格栅上阴干药草和花，把窸

1 加斯加利剌为大戟科植物，产于西印度，其皮用作健胃剂，亦用作薰剂。

窣作响的叶子保存在罐子和箱子里，用蜡封口。他学会了分离润发油和制造、过滤、浓缩、提纯与精馏搽剂的技术。

当然，巴尔迪尼的工场还不适于大批量生产花油和草油。在巴黎也的确没有足够数量的新鲜植物。有时市场可以廉价购到新鲜迷迭香、鼠尾草、薄荷或大茴香子，或是来了一大宗鸢尾球茎、缬草根、和兰芹、肉豆蔻或干丁香花，巴尔迪尼的化学家血管即沸腾起来，他拿出他那铜制的大蒸馏锅，锅上面装有冷凝器——正如他自豪地说的，这是一个所谓的摩尔人头状蒸馏器——四十年前，他曾经用这个锅在利古里亚山[1]南坡和卢贝隆高地[2]上的野外蒸馏过薰衣草。当格雷诺耶切碎须蒸馏的花草时，巴尔迪尼非常迅速地——因为迅速加工是干这种活计的关键——在砌起的灶里生火，铜锅就放在灶上，锅里放了足够的水。他把切细的植物扔进锅里，把双层壁的摩尔人头状蒸馏器装到套管上，连接进水和排水的两条软管。这套提纯冷却水的装置，他说，是他后来自己装设的，因为当时在野外人们自然只是用扇子扇风进行

1 位于意大利北部热那亚海湾处。
2 位于法国东南部，四周是国家公园。

冷却。然后他把火吹旺。

锅里开始沸腾。过了一会儿，馏出液先是慢慢地一滴滴淌，然后就像细线一样从摩尔人头状蒸馏器的第三根管子里涓涓流入巴尔迪尼接好的佛罗伦萨壶里。起初这蒸馏液并不好看，像稀薄而又混浊的汤。但是渐渐地，主要是在给注满的瓶子换上新瓶并放到一旁之后，蒸馏液分离出两种不同的液体：下面是花或草的水，上面浮着一厚层油。若是人们小心地把散发出柔和香味的花液从佛罗伦萨壶的壶口滗出来，那么留下来的就是纯正的油，即植物的精华，气味很浓的香精。

格雷诺耶被这过程吸引住了。如果说他这一生中有过什么事在他心中激起热情的话——当然不是表现得很明显，而是隐而不露，如同在冷冷的火焰中燃烧的激情——那就是用火、水、蒸汽和挖空心思想出来的器械提取种种东西的芳香灵魂的方法。这种芳香灵魂，即芳香油，是这些东西的精华，是唯一使他感兴趣的事物。而其余的东西：花、叶、壳、果实、颜色、美、活力以及隐藏在它们之中的多余物质，他却毫不关心。这只是外壳和累赘。这是要扔掉的。

有时候，当馏出液呈现水一样的晶莹后，他们就把蒸馏锅从火上端下来，揭开后倒出煮烂的东西。这些东西看上去软绵绵的，像泡软的禾草一样灰白，像小鸟的白骨，像煮得太久的蔬菜，混浊，散成细丝，烂成泥状，几乎看不出本来的形状；像尸体发臭那样令人作呕，完全失去本身的气味。他们把这些烂东西从窗子倒进河里。然后他们又装入新鲜的植物，注入水，又把蒸馏锅放到炉灶上。锅子又开始沸腾，植物的液汁又流入佛罗伦萨壶。往往就是这样通宵达旦地工作。巴尔迪尼照看炉子，格雷诺耶注视着佛罗伦萨壶，在变换操作之间的时间里没有更多的事可做。

他们围着火坐在凳子上，两个人都被粗笨的圆木桶吸引住了，两个人都迷住了，尽管是由于不相同的原因。巴尔迪尼欣赏炽热的火、火焰和铜的闪烁的红光，他喜欢燃烧着的木柴劈啪作响，喜欢蒸馏锅的水流声，因为这和从前一样。这时人们可以高兴一番！他从店堂里拿来一瓶葡萄酒，因为炎热使他口渴，于是他喝着葡萄酒，这也和从前一样。然后他开始讲当年的故事，讲个没完没了。他讲到西班牙争夺王位继承权的战争，他曾在这场战争中站在反对奥地利一边作战，起了决定性作用。他讲到加米萨德人，他曾同他们一道搅得塞文山脉不得安宁，讲到在埃斯特雷尔的一名胡格诺教徒的女儿，她被薰衣草香麻醉后委身于他；讲到他差点引起一场森林火灾，这场大火若烧起来会使几乎整个普罗旺斯陷入一片火海，这是千真万确的，因为那时正好刮起一阵强劲的西北风。他还讲到蒸馏的事，而且总是再三讲到夜间在野外，在月光下喝着葡萄酒，听着蝉的鸣声。他讲到他生产的一种薰衣草油非常精美，使人强健，以致有人愿意用银子来购买；讲到他在热那亚的学习时光，讲到漫游年代和格拉斯城，在这个城市香水专家像其他地方的鞋匠那么多，其中有些人非常富，生活得像诸侯一样，他们住在豪华的房屋里，房屋四周有绿树成荫的花园，还有屋顶平台，有装有护墙板的餐室，他们在餐室里用配有金制餐具的瓷盆进餐，等等……

老巴尔迪尼讲着这些故事，喝着葡萄酒，他的脸颊由于喝酒，由于炽热的火光，由于对自己的故事津津乐道而变得通红。但是格雷诺耶却多半坐在阴影里，根本心不在焉。他对古老的故事不感兴趣，使他发生兴趣的唯有眼前的新过程。他目不转睛地注视着蒸馏锅顶上的小管子，蒸馏液正像一条细细的光线从管子里流出。他凝视着，仿佛觉得自己就是一只蒸馏锅，正像眼前的锅里一样在沸腾，锅里流出一种类似这儿的蒸馏液，只不过更美、更新、更不平常，是他自己栽种在心里的精美植物的蒸馏液，这些植物在那儿开花，除了他自己以外别人嗅不出，它们以其独特的香味可以使世界变成一个散发芳香的伊甸园，他觉得园中的生活对他的嗅觉来说是可以忍受的。使自己成为一个可以用自己生产的蒸馏液来淹没所有人的大蒸馏锅，这就是格雷诺耶所抱的梦想。

但是正当巴尔迪尼乘着酒兴，讲着关于往昔的越来越离题的故事，越来越狂放不羁地陷入自己的幻想时，格雷诺耶却很快就放弃了他那古怪的幻想。他首先把对于大蒸馏锅的想象从脑子里驱逐出去，思考着如何把刚学到的知识用于更容易理解的目的。

19

没过多久，他就成了蒸馏方面的专家。他发现——他的鼻子比巴尔迪尼的规则更管用——火的热度对于蒸馏液的质量具有决定性影响。每一种植物、每一朵花、每一块木头和每一种油料作物都要求特殊的程序。有时要求特别强的蒸汽，有时需要适当煮沸，而有些花朵，只有用文火蒸馏，才能收到最佳的效果。

加工方法也同样重要。薄荷和薰衣草可以整把蒸馏。其他的在放进铜锅前，必须细心挑拣、剥碎、剁碎、擦成屑、捣碎或甚至拌成糊状。但有些东西根本就不能蒸馏，这使格雷诺耶伤透了脑筋。

巴尔迪尼看出格雷诺耶已经可靠地掌握了整套装置，就放手让他操作蒸馏锅。格雷诺耶充分利用给他的自由。他白天配制香水，制作其他芳香产品和香料产品，夜里则独自潜心钻研蒸馏技术。他的计划是生产全新的香料，以便至少能用这些香料制作出几种他心里设想过的香水。起初他也小有收获。他成功地生产了一种荨麻花油和独行菜籽油，用接骨木刚削下的皮和紫杉枝条生产一种溶液，其蒸馏液固然在香味上还像原始材料，但是依然足以使他有兴趣去对它们继续加工。当然也有些材料应用这种工作方法是完全无能为力的。比方说格雷诺耶试图蒸馏玻璃的气味，即光滑的玻璃像黏土一样凉爽的气味，这气味普通人是觉察不到的。他弄来了窗玻璃和瓶玻璃，把它们加工成大块、碎片、碎屑和粉状——但是毫无结果。他蒸馏了黄铜、瓷器、皮革、谷物和砾石。他蒸馏了纯净的土、血、木材、新鲜的鱼、他自己的头发。最后，他甚至蒸馏水，塞纳河的水，他觉得这河水的独特气味值得保存。他相信，借助蒸馏锅可以像从百里香、薰衣草与和兰芹籽中提取香味那样，从这些材料中提取独特的香味。他根本不知道，蒸馏无非是把混合起来的物质分离成容易挥发和不易挥发的成分，而对于化妆品行业，只能是把某些植物易于挥发的芳香油同无香味和没多少香味的剩余物分离开来。对于那些已经丧失芳香油的物质，蒸馏的方法当然毫无意义。我们今天的人学过物理，人家一提我们就明白。可是对于格雷诺耶来说，这种认识却是经历了一连串令人失望的试验辛苦得来的结果。他一连数月熬夜坐在蒸馏锅旁，想方设法尝试用蒸馏法生产人世间尚无浓缩状态的新的香水。除了馏出了一点令人可笑的植物油以外，什么收获也没有。他的想象尽管像井那么深，那么不可估量，但是他却无法从中汲出一滴在他脑海里经常浮现的那种具体的香精，搞不出一个原子来。

当他明白失败后，他就停止了试验，生了一场大病。

20

他发高烧，最初几天还伴随着出汗，后来出了无数脓疱，仿佛皮肤上的毛孔都不够用似的。格雷诺耶的身体布满了这些红色的小水疱，其中许多破裂了，流出水状的脓，然后又重新胀满，其他的则发展成疖子，肿胀得大大的，呈红色，像火山口一样裂开，喷出黏稠的脓和带有黄色黏液的血来。过了一阵，格雷诺耶看上去活像个从里边被用石头砸死的殉难者，身上有一百处伤口在流脓。

巴尔迪尼当然感到忧虑。正当他准备把自己的生意扩展到首都以外，甚至全国以外的时候，偏偏失去了自己宝贵的学徒，这无疑使他非常不快。因为事实上，对于这些使巴黎倾倒的新型香水，不仅来自省里，而且来自外国宫廷的订货也越来越多。为了满足市场的需要，巴尔迪尼已经设想在圣安托万市郊开个分店，一个真正的手工工场，那里将大批配制最时兴的香水，并成批装入令人可爱的小香水瓶里，再由可爱的小姑娘包装，发往荷兰、英国和德意志帝国。对于一位定居在巴黎的工匠师傅来说，这样的冒险举动并非合法，但是他最近获得了上层社会的保护，他提炼的香水给他创造了这种保护，不仅高级官员，而且重要人物，例如巴黎的关税承包人先生、王家财政部要员、繁荣经济事业的促进者费多·德·布鲁先生都可以成为他的保护人。德·布鲁先生甚至可望得到王室的特权，即人们所能期望的最佳情况，这个特权就是不受一切国家和阶层管束的一种通行证，是摆脱一切做生意方面的困扰和获得稳固的、毫无疑义的富裕的一种永恒的保证。

后来，巴尔迪尼脑子里又酝酿了另一个计划，即一个可爱的计划，一个与圣安托万手工工场相反的规划，按照这规划，工场不是大批量地进行生产，而是生产供给个人的产品：他想为一小批上流社会的顾客设计个人用的香水，更确切地说，是要像裁剪适合一个人穿的衣服一样设计只供一个人用的香水，这香水采用高贵的名称。他设想一种“德·拉塞尔内侯爵夫人香水”、一种“德·拉维拉尔元帅香水”、一种“达阿基荣公爵香水”等等。他梦想一种“蓬皮杜侯爵夫人[1]香水”，甚至一种“国王陛下香水”，这些香水装在磨得非常精致的玛瑙制的香水瓶里，瓶子有雕花的金边，在瓶脚内侧不显眼处镌刻“吉赛佩·巴尔迪尼，香水专家”的字样。国王的名字和他的名字同时在一件东西上！巴尔迪尼竟敢想象得如此美妙！但如今格雷诺耶生病了！当年格里马——愿上帝保佑他进天堂！——曾经发过誓，能顶住一切的人永远不损失什么，他甚至可以把瘟疫弄到别处！而他如今竟要在我这儿病死！万一他死了呢？多可怕呀！那么，手工工场、可爱的小姑娘、特权和国王香水的宏伟计划也完蛋了！

于是巴尔迪尼决定，千方百计地挽救他学徒的宝贵生命。他安排人把格雷诺耶从工场的木板床搬到楼房里的一张洁净的床上。他叫人给这张床铺上绸被。他亲自协助把病人抬上楼梯，尽管他对脓疱和化脓的疖子感到难以形容的厌

1　路易十五的情妇，其爵位是国王特颁的；她在文教方面颇有贡献，曾大力促成法国第一本百科的出版。

恶。他吩咐妻子煮葡萄酒鸡汤。他派人去请本地区一个名叫普罗科帕的最著名的医生，预先付给他二十法郎作车马费。

大夫来了，用指尖挑开床单，朝着看上去像被百粒子弹射穿的格雷诺耶的身体只瞥了一眼，连皮包也不打开就离开房间，他的皮包一直由跟在后面的助手拿着。这病情，他开始对巴尔迪尼说，非常清楚。这是一种梅毒性疱疮变异症，并且并发了晚期化脓性麻疹。大夫认为，病人没有必要治疗，因为他的身体正在腐烂，像一具尸体，不像活着的机体，因此根本不可能在这身体上按照要求地装好放血的器械。他说，尽管现在还闻不到这种病症典型的瘟疫般的恶臭——这当然令人感到惊奇，从严格的科学观点来看确实是件小小的怪事——但病人在四十八小时内必死无疑。这就如他叫普罗科帕大夫一样确实。他又要求为他这次出诊和作出预后诊断付出二十法郎——其中有回扣五法郎，用作别人把这典型症状的病人托他诊断的用途——然后告辞。

巴尔迪尼气得要命。他悲叹着，绝望地叫着。他为自己的命运愤愤不平，咬着自己的手指。他的宏伟计划在接近目的时又一次成了泡影。当初，佩利西埃和他的伙计一个发明接着一个发明。如今这个少年在新的气味方面已拥有取之不尽的知识，这个用金子根本买不到的肮脏小鬼，偏偏现在，在事业正向上的时候，害了梅毒性疱疮和晚期化脓性麻疹，偏偏现在！为什么不在两年后？为什么不在一年后？到那时我早就像掠夺一座银矿和一只金驴子一样把他的油水榨光了。一年以后他满可以放心地死去。但是现在，在四十八小时内，他可不能死，仁慈的上帝啊！

有一瞬间，巴尔迪尼曾想到去圣母院那里进香，点上一支蜡烛，祈求圣母让格雷诺耶恢复健康。但随后他又放弃了这个念头，因为时间太紧迫了。他跑出去拿了墨水和纸，把妻子从病人的房间里赶走。他要独自在此守候。然后他坐到床边的椅子上，把记笔记的纸放在膝盖上，手里拿着蘸水笔，等待格雷诺耶作香水方面的忏悔时做笔记。愿上帝保佑他不至于悄悄地把他生命中所拥有的宝贝带走！但愿他在生命的最后时刻里能够把遗嘱留给可靠的人，以便后世可以了解各个时代最美的香水！他，巴尔迪尼，将忠实地掌握这份遗嘱，一切最香的香水的分子式，并使之发扬光大。他将把这不朽的荣誉归于格雷诺耶名下，的确，他将——在此他向所有神明发誓！——把这些香水中最好的香水装在一个玛瑙制的香水瓶里献给国王，瓶上雕着金花和刻着题词："让-巴蒂斯特·格雷诺耶，巴黎香水专家奉献"。巴尔迪尼这么说着，或者更确切地说，巴尔迪尼对着格雷诺耶的耳朵发誓地、恳求地、恭维地、不停地悄声细语着。

但这一切都是徒劳的。格雷诺耶只是一个劲儿淌着水状的分泌物和脓血。他默不作声地躺在绸被里，尽管流出这令人作呕的液体，并没有留下他的宝贝，说出他的知识，连一个香水分子式也没说出来。若是事情成功有望……若是与他的基督教博爱的观点不那么明显地相抵触的话，巴尔迪尼真想把他扼死，真想把他打死，或从他那垂死的身体内把那些宝贵的秘密打出来！

他继续用甜蜜的语调对病人低声细语，抚摩着他，用凉凉的手帕——即使这要他克服恐惧的心理——轻轻地给他擦去额头上的汗湿和伤口流的脓血，用汤匙把葡萄酒送进他嘴里，以期使他说话，整夜都这么做着，但是毫无效果。拂晓时他终于罢手了。他疲惫不堪地坐到房间另一头的一张单人沙发上，两眼发直，不再愤怒只是听天由命地凝视着对面床上格雷诺耶那瘦小的濒于死亡的身体，既无力挽救他，也不能从他嘴里得到什么，只好眼睁睁地看着他死去，犹如一个船长看着一艘船连同船上的一切财物往深海里沉没。

突然，这垂死的病人张开嘴唇，用异常清楚和坚定、丝毫没有预感到自己面临死亡的嗓音说："请您告诉我，师傅，为了取得一个物体的香味，除了压榨和蒸馏外，还有别的办法吗？"

巴尔迪尼以为这声音来自他的幻觉或是天国，便机械地回答："是的，有办法。"

"哪种办法？"床上发出声音问道，巴尔迪尼睁开疲倦的眼睛，格雷诺耶躺在床上一动也不动。是尸体在说话吗？

"哪种办法？"又一个声音问道，这次巴尔迪尼认出格雷诺耶的嘴唇在动。"现在完了。"他想，"现在他完了，这是高烧性谵妄或回光返照。"他站起身子，走到床边，俯下身看着病人。病人睁开双眼，以同样奇特的期望的目光瞧着巴尔迪尼，他们第一次见面时，他就是用这种目光来看巴尔迪尼的。

“哪种办法?”他问道。

这时巴尔迪尼终于下定决心——他不想拒绝一个垂死的人的最后一个要求——答道:“我的孩子，有三种办法：热提取法、冷提取法、油提取法。它们在许多方面都胜过蒸馏法，人们使用这些方法可以得到一切芳香中最美的芳香：茉莉花、玫瑰花和橙花的芳香。”

“在哪里?”格雷诺耶问。

“在南方,”巴尔迪尼回答,“主要在格拉斯市。”

“好的。”格雷诺耶说。

他说着闭起眼睛。巴尔迪尼缓缓地站起来。他垂头丧气。他把记笔记用的纸集中到一起，这些纸没有哪一张写上了一行字。他吹灭蜡烛。外面已经天亮。他累极了。必须叫人去找一个教士，他想。他随手用右手草草地划了个十字，走了出去。

格雷诺耶并没有死。他仅仅是睡得非常熟，梦得很沉；他的血液又回到了身上。他皮肤上的疱疹已经枯萎，脓口开始收干，他的伤口开始愈合。不到一个星期，他的病体就完全康复了。

21

格雷诺耶真想立即离开这儿，到南方去，在那儿他可以学习老头儿对他说的新技术。但是这谈何容易呀！他无非是个学徒，而学徒是个微不足道的人。严格地说，巴尔迪尼对他说——他是在自己对格雷诺耶恢复健康最初感到的高兴过去以后说的——严格地说他比微不足道的人还要微不足道，因为一个正派的学徒的出身必须是无可指摘的，即必须是婚生后代，有合乎身份的亲戚关系，有艺徒学习合同，而这一切他都不具备。若是他，巴尔迪尼，有一天要成全他，给他一张满师证书，那无非是考虑到他还有些才能，考虑到他今后的行为会规规矩矩，同时也是因为他——巴尔迪尼——心地无限善良的缘故，即使这样的好心常常给他带来损失，他也从来不会违背的。

当然，这种好心的诺言拖了好长时间，即将近三年后才兑现。在这期间，巴尔迪尼依靠格雷诺耶的帮助，实现了他的雄心勃勃的梦想。他在圣安托万市郊建起了手工工场，在宫廷打开了高级香水的销路，获得了王室的特权。他的精致香料产品远销彼得堡、巴勒莫、哥本哈根。含有麝香的化妆品甚至在君士坦丁堡也很受欢迎，谁都知道，那里盛产自己的香料。在伦敦城的账房间里，在帕尔马的宫廷里，在华沙的宫殿里以及利珀—德特莫尔德的伯爵宫殿里，都散发出巴尔迪尼的香水气味。巴尔迪尼在已经心甘情愿地准备去墨西拿穷困潦倒地度过晚年之后，如今却以七十高龄成了欧洲最大的香水专家和巴黎最富有的市民之一。

一七五六年初——在此期间，他已经在交易桥上原来的房屋旁又造了一幢房子专供居住，因为老房子直到屋顶都堆满了香料制品和香料——他坦率地对格雷诺耶说，他如今准备给予他自由，当然附有三个条件：第一，在巴尔迪尼这里生产的一切香水，不许他自己制造，也不许把它们的分子式传给第三者；第二，他必须离开巴黎，在巴尔迪尼有生之年不得再来；第三，他必须对前两个条件绝对保密。这一切他必须向所有圣者、向他母亲的在天之灵并以自己的荣誉发誓。

格雷诺耶既不相信荣誉和圣者，也不相信他母亲可怜的灵魂，他宣了誓。他对这一切都宣誓。他接受巴尔迪尼的每个条件，因为他想要这张可笑的满师证书，这张证书将使他可以不引人注意地生活，不受阻碍地旅行和寻找工作。他觉得其他事都无所谓。这些究竟是什么条件呀！不得再来巴黎？他为什么要来巴黎！他对巴黎很熟悉，就连发出臭气的角落都熟悉，他无论走到哪里，都把它带在身边，多年来他拥有巴黎。不生产巴尔迪尼的名牌香水，不把分子式传给别人？就仿佛他发明不了一千种别的同样优良和质量更佳的香水似的，只要他愿意！但是他根本不想这么做。他根本不想同巴尔迪尼或随便哪个市民香水专家竞争。他根本不想靠自己的手艺来发财，若是有别的方式可以生活的话，他甚至不想靠它来生活。他想转让他的内心，这不是别的，而是他认为比外部世界所提供的一切更为美妙的内心。因此，格雷诺耶觉得巴尔迪尼的条件不是什么条件。

春天里，五月的一天清晨，他出发了。他从巴尔迪尼那里拿到一只旅行背包，另加一件衬衣、两双袜子、一大条香肠、一条粗羊毛毯和二十五法郎。巴尔迪尼说，这比他应该给的要多得多，尤其是格雷诺耶对于自己所接受的渊博教育，并没有付过一个苏的学费。他认为自己只需给二法郎路费，别的就不是他的责任了。但是他觉得自己不能违背自己的良心，不能违背自己多年来在心中积累的对善良的让-巴蒂斯特的深切同情。他祝他旅途幸福，再次提醒他不要忘记自己的誓言。于是他把他带到佣人入口处门内——他从前就是在这儿接待他的——打发他离去。

巴尔迪尼没有跟他握手，他的同情并没有到这种程度。他从来就不跟他握手。他出于一种无恶意的厌恶，一向避免触摸他，仿佛自己有被传染和弄脏的危险。他只干巴巴地说了声“再见”。格雷诺耶点点头，身子蜷缩着离开了。马路上一个人也没有。

22

巴尔迪尼目送着他，望着他拖拖沓沓地从桥上过去，朝着岛那里过去，身体矮矮的，弯着腰，背包放在背上，像是驼着背似的，从后面看他活像个老头。在国会大厦那边，小巷拐了个弯，巴尔迪尼目送到看不见他了，心情感到特别轻松。

此时他终于可以承认了，他从来就没喜欢过这个小家伙。他安顿他同自己住在一幢房屋里，从他身上把香水分子式挤出来，在这段时间里他并不觉得好过。他的心绪不佳，如同一个品行端庄的人第一次做了违禁的事，用不许可的手段玩了个把戏一样。当然，人们识破他的诡计的危险并不大，而成功的前景却是巨大的，但是精神不安和良心上的自责也同样巨大。事实上在过去这些年里，没有哪一天他是在摆脱不愉快的想象中度过的，他想象自己与这个人交往，一定会以某种方式为代价。他再三忧心忡忡地祷告，但愿事情顺利！但愿我成功地获得这种冒险的果实，无须支付什么代价！但愿我取得成功！诚然，我这么做并不合适，但是上帝会睁一眼闭一眼的，他一定会这样！他在我的一生中无缘无故地多次惩罚我，把我整得够呛，若是他这次能够友好相待，这也是在理的。如果我有过失的话，那么过失究竟在哪里？充其量无非是，我在行会规定之外稍有活动，我利用了一个未受过专门训练的人的奇异天才，并把他的才能冒充为自己的。充其量无非是，我稍稍偏离了手工业者职业道德这一传统道路。充其量无非是，我今天做出了我在昨天还诅咒过的事。这是一种罪过吗？别人一辈子都在行骗。我只不过是这几年有点不老实。何况在这方面我这唯一的一次机会也纯属偶然。或许这根本不是偶然，或许是上帝亲自把这位魔法师送到我家，以便补偿我被佩利西埃及其同伙侮辱的那段时间。或许上帝的安排压根儿不是针对我，而是针对佩利西埃的！这是非常可能的！若是上帝想惩罚佩利西埃，不通过抬高我，又有什么别的方法？因此我的幸福就是上帝的正义的手段，我不仅可以而且必须接受下来，受之无愧，丝毫用不着懊悔……

巴尔迪尼在过去几年里经常这么想。上午，每逢他下楼梯到店堂里时，晚上，每逢他带着钱箱上楼，数着沉重的金币和银币放进自己的钱柜里时，夜里，每逢他躺在发出鼾声的妻子身旁，由于害怕自己的幸福而不能成眠时，他都这么想。

但是现在，这些闷闷不乐的思想终于一去不复返了！这个可怕的客人走了，永远不再回来。可是财富却留了下来，未来有了保障。巴尔迪尼把一只手放在胸脯上，透过外衣的料子感觉到放在心口上的小本本。本子上记录了六百个分子式，几代香水专家将把它们付诸实施。即使他现在失去一切，那么光靠这个奇妙的小本本，他在一年之内又可以成为一个富翁。确实如此，他还有什么更高的要求！

早晨的阳光落在对面房子的山墙上，把墙上染黄，同时又暖融融地照在他的脸上。巴尔迪尼仍一直望着南方朝国会大厦方向去的马路——再也看不见格雷诺耶，太令人高兴了！——并且决定，出于感激的激动之情今天过河到圣母院去朝拜圣母，往捐献箱里丢一个金币，点燃三支蜡烛，跪着感谢天主给他这么多的幸福并保护他免于遭人报复。

但是这时他遇上了一件令人恼火的事。下午，当他正想动身去教堂时，谣言传开了，说什么英国人已经对法国宣战。这本来就是件令人不安的事。因为巴尔迪尼恰好在这几天想发一批香水到伦敦去，他就把到圣母院朝拜圣母的事推迟了，而是到城里去打听消息，接着到圣安托万市郊他的手工工场去，第一件事就是撤回发往伦敦的货。夜里他躺在床上，在入睡前不久，他想到一个绝妙的主意：考虑到面临着争夺新大陆殖民地的战争，他想生产一种香水投放市场，这香水取名为“魁北克的魔术”，是一种含树脂的英雄香水，它的成功——这是确定无疑的——将补偿英国这笔生意的损失，而且绰绰有余！他把头轻松地枕在枕头上，感到枕头下压着的分子式小本本，心里乐滋滋的。巴尔迪尼师傅就在他的糊涂而年老的脑袋里装着这甜蜜的念头，渐渐沉入了梦乡，而且再也没有醒来。

这天夜里发生了一场小小的灾难，这灾难导致了国王在适当的拖延后发布命令：巴黎所有桥上的所有房屋都必须逐步拆除。事情就是在交易桥的西侧，第三和第四桥墩之间原因不明地坍塌了。两幢房子坍入河里，整个房子陷下去，而且那么突然，所以屋里的人没有哪个得救。幸好屋里只有两个人，即吉赛佩·巴尔迪尼和他的妻子泰蕾萨。佣人们有的得到允许，有的没有得到允许，都离开了房子。谢尼埃在次日清晨才喝得微醺地回店——更确切地说是想回店，因为房子已经不在那儿——精神上彻底崩溃了。他三十年来一直抱有希望，这个没有子嗣和亲戚的巴尔迪尼将在遗嘱里立他为继承人，如今全部遗产、房屋、商店、原料、工场、巴尔迪尼本人，甚至对手工工场的财产或许还有指望的遗嘱，这一切一下子都完了！

什么也没有找到，两具尸体、钱柜、记录六百个分子式的小本本都没有找到。这个欧洲最大的香水专家吉赛佩·巴尔迪尼留下的唯一的东西就是麝香、桂皮、醋、薰衣草和一千种别的香料的混合香味，这香味在从巴黎到勒哈弗尔[1]的塞纳河河道上空又飘了数星期之久。

---

1 法国第二大港。

第二章

23

吉赛佩·巴尔迪尼的房子倒塌时，格雷诺耶正走在通往奥尔良的马路上。他已经把这个大城市的烟云抛在后头，他离开这城市越是往前走，他周围的空气就越明朗、清新和洁净。空气似乎变得稀薄。这里不再有成千上万种不同的气味一米一米地相互追逐，飞快地变换着，这里只有少数的气味——沙土公路、草地、泥土、植物、水的气味——它们顺着漫长的道路越过广阔的土地缓缓地吹，缓缓地消失，几乎从未突然中断过。

格雷诺耶感到这种单纯宛如一种解救。舒适的香味迎着他的鼻子飘来。他有生以来第一次无须每次呼吸都得准备嗅到一种新的、意外的、敌视的气味，或是失去一种舒适的气味。他第一次用不着再等候时机嗅，几乎可以自由地呼吸。我们说“几乎”，是因为实际上当然没有任何气体真的自由地流过格雷诺耶的鼻子。即使他没有任何理由这么做，他身上始终有一种本能的保留态度，抵制从外部来并要进入他身上的一切。他这辈子，即使在他感受到满足、满意，或许甚至幸福的短暂时刻里，呼和吸对比，他情愿呼——正如他的生命并非以充满希望的吸气，而是以凶手般的叫声为开始一样。但是除了他身上这种体质上的限制之外，格雷诺耶离开巴黎越远，他的心情越舒畅，他的呼吸越轻松，他的步子也越快，他偶尔甚至提起精神挺直身子，以致从远处看，他几乎像个平平常常的手工业伙计，即像个完全正常的人。

他最感到自由的是远离了人。在巴黎，狭小的空间里比世界上任何一个城市都住着更多的人。当时巴黎有六七十万人。马路和广场上挤满了人，所有房子从地下室至阁楼都塞满了人。巴黎几乎没有哪个角落没有人生活，没有哪块石头、哪一小块土地不在散发出人的气味。

格雷诺耶现在才明白，就是这种堆积在一起的人的蒸汽，像雷阵雨闷热的空气一样压抑了他十八年，他此时才开始躲开这种蒸汽。迄今他一直以为这大体上就是世界，而他必须弯着腰离开它。但这并非世界，而是众多的人。看来，在这个世界，在这个人烟稀少的世界，是可以生活的。

旅行的第三天，他进入了奥尔良的嗅神经引力区。在某种明显的迹象表明已靠近城市之前很久，格雷诺耶已经觉察到空气中人的气味越来越浓，他决定违反他原来的意图，避开奥尔良。他不甘心这么快就让窒息人的空气把他才得到的呼吸自由破坏了。他绕了个大弯避开这个城市，到达托纳夫附近的卢瓦尔河，在苏利附近过河。他带的香肠足够维持到那里。他又买了一条，然后离开河道，向内陆行进。

他现在不仅避开城市，也避开村庄。他仿佛被越来越稀薄、离开人越来越远的空气陶醉了。只有为了补充干粮，他才向居民点或孤独的宅院走去，买了面包后又消失在森林里。几星期后，他甚至觉得在偏僻的路上同少数旅游者相遇都是累赘，他再也忍受不了在草地上割头茬草的农民隐隐约约出现的气味。他胆怯地让开每一群羊，这并非羊的缘故，而是要避开牧羊人的气味。若是他闻到有一队骑兵在离他尚有几小时路的地方朝他奔来，他就走进田野里，情愿绕好几里弯路。这并不是因为他像其他手工业伙计和流浪者那样害怕受到检查、查看证件和被抓去服兵役——他还不知道已经发生战争——唯一的原因是他厌恶这些骑兵的人味。因此他将取最近的路途去格拉斯的计划，只不过是自发的，并无特别的决心，因而逐渐淡漠了；就是说，这计划像所有其他的计划和意图一样，在自由之中溶化了。格雷诺耶不再想去某个地方，而只是想远远地离开人。

最后，他只在夜间行走。白天他躲进矮树林中，在人迹罕至的灌木林里睡觉，蜷缩得像只野兽，土褐色的粗羊毛毯盖在身上和头上，鼻子像楔子一样插进肘弯处，朝着地面，目的在于不使最细微的陌生气味来扰乱他的美梦。太阳下山时他醒了过来，朝四面八方嗅了嗅，当他确实嗅到最后一个农民已经离开田地，最大胆的游人在天黑前已经找到住处时，当黑夜以人们信以为真的危险把人们从原野驱走时，格雷诺耶才从他的藏匿处爬出来，继续他的旅行。他不需要光线观看。以前他在白天走路时，常常几个钟头闭起眼睛，只根据鼻子的判断行走。用眼睛观看风景的刺眼画面、令人眼花缭乱的景物、突然出现和鲜明的事物，他都觉得非常难受。他唯独喜欢月光。月光不分颜色，只是淡淡地绘出地形的轮廓。它把大地盖得灰蒙蒙的，窒息生命达一夜之久。在这个像是用铅铸出来的世界里，除了有时像个影子落到灰蒙蒙的树林上的风以外，就没有什么在动，除了光秃秃的土地的气味就没有什么是活着的，这样的世界就是他所承认的唯一的世界，因为这与他的灵魂世界相似。

他就这样朝着南方走去。大概是向着南方，因为他不是照磁性的指南针指示的方向走，而是按照自己鼻子的指南针走，这指南针使他绕过每个城市、每个村庄、每个居民点。一连几个星期他都没有遇上一个人。倘若不是这灵敏的指南针纠正他的看法，他或许会毫不怀疑地相信，在这黑暗的或在清冷的月光照射下的世界上只有他独自一个人。

夜里照样有人。即使在最偏僻的地区也有人。他们只是像老鼠一样回到自己的窝里睡觉。土地并非纯洁得没有他们的踪迹，因为即使在他们睡觉时也散发出他们的气味。这种气味通过敞开的窗户和房屋的缝隙到达野外，污染了似乎孤立无援的大自然。格雷诺耶越是习惯于较纯洁的空气，对这样一种人的气味也就越敏感，这气味突然出人意料地在夜间飘来，像粪便的臭气那样令人恶心，这气味表明某个牧羊人的住处、烧炭人的茅屋或贼窝就在眼前。他继续逃避，对于越来越稀少的人的气味更加敏感地作出反应。因此他的鼻子把他引到越来越偏僻的地区，使他更远地离开人，越来越猛烈地把他推向最孤独的磁极。

24

这个极点，即整个王国的最远点，位于奥弗涅中央山脉，在克莱蒙南面约五天行程的一个名叫康塔尔山的两千米高的火山山顶上。

这座山峰由一块巨大的铅灰色圆锥形岩石构成，周围是一望无垠的、贫瘠的、只生长着灰色苔藓和灰色灌木林的高原，高原上偶尔有宛如腐烂牙齿的褐色岩石尖端和几棵被火烧焦的树拔地而起。即使是最晴朗的白天，这个地带也是那么萧索，就连贫困省份的最穷的牧羊人也不把他的羊群赶到这儿来。夜里，在惨白的月光下，这个被上帝摈弃的荒凉地带似乎脱离了这个世界。甚至奥弗涅山区被通缉的土匪勒布伦也宁愿到塞文山脉去艰苦度日，宁愿让人抓去五马分尸，也不愿躲在康塔尔山上，这儿当然没人来找他，也找不到他，但是他在这儿肯定会终身孤独地死去，死得更可怕。在这座山方圆数里的地区内无人居住，也没有像样的温血动物，只有几只蝙蝠、几只甲虫和游蛇出没。几十年来没有人登上过这座山峰。

格雷诺耶于一七五六年八月的一天夜里抵达这座山。破晓时分，他站立在山顶上。他还不知道，他的旅行到此结束了。他想，这仅仅是他进入越来越纯洁的空气途中的一个阶段。他的身子转了一圈，让他的鼻子感受这火山上不毛之地的全景：向东，那里有广阔的圣弗卢尔高原和里乌河的沼泽地；向北，那里是他来的地区，是他一连数日穿过岩溶山脉漫游的地方；向西，清晨的轻风迎着他吹来，送来了岩石和硬草的气味；最后向南，康塔尔山的余脉连绵数里一直延伸到特吕耶尔河阴暗的峡谷。四面八方都同样地离开了人，同时，每向这些方向迈出一步，又意味着向人靠近一步。指南针像陀螺在旋转。它不能再指明方向。格雷诺耶已经到达了目的地。但同时他也被俘虏了。

太阳升起时，他依然站在原地不动，探着鼻子在呼吸空气。他拼命想嗅出危险的人味从何而来，想嗅出他必须继续逃奔的相反方向。在每个方向上他都疑心发现了一点儿隐蔽的人味。但事实上并没有。那里只有平静，若是可以这么说，只有气味上的平静。周围只有无生命的岩石、灰色地衣和枯草的均匀气味，像一阵轻风那样飘过，别的什么也没有。

格雷诺耶需要很长时间，才能相信什么也没闻到。他对自己的幸福没有思想准备。他的怀疑久久抵制着更美好的观察。当太阳升起时，他甚至依靠眼睛搜索了地平线，以寻找人的最细小的迹象，寻找一间草舍的屋顶、炊烟、一段篱笆、一座桥和一群羊的迹象。他把两手放在耳朵上，细细听着，比方说细听捶打大镰刀的声音、狗吠声和小孩的叫声。

整个白天，他都坚持呆在康塔尔山顶上的炎热中，徒劳地等待着最微小的证据。直到太阳下山时，他的怀疑才逐渐让位于越来越强烈的精神快感：他逃脱了可憎的仇恨！他真的完全是独自一个人！他是这个世界上唯一的人！

他心中高兴极了。如同一个乘船遇险的人在经过数周迷航之后极度兴奋地欢呼第一个住人的岛屿，格雷诺耶也在庆祝他来到荒僻的山上。

他高兴得喊叫起来。他把旅行背包、羊毛毯、拐杖扔掉，两只脚跺着地，双臂举得高高，转着圈跳起舞来，向四面八方喊出自己的名字，攥紧拳头，对着他脚下的广阔原野和正在下山的太阳，欢欣鼓舞地挥动着拳头，欢呼雀跃，仿佛他个人已经把太阳赶跑了似的。直至深夜，他完全像个疯子那样在自个儿演戏。

25

一连数天，他作好了在山上住下去的准备，因为对他来说，不会那么快就离开上帝恩赐的地方，这是肯定的。他首先闻到水的气味，并在山峰下的一道裂谷里找到了水，在那里水像一层薄薄的薄膜顺着岩石流。水量不多，但只要他耐着性子舔上一个钟头，也就满足了他一天对水分的需求。他也找到了食物，即蝾螈和游蛇，他把它们的头掐下来，连皮带骨把它们吞下肚。另外他还吃地衣、草和苔藓浆果。这种营养方式按市民的角度衡量很成问题，但一点也不使他苦恼。其实早在近几个星期以至近几个月，他已经不再吃人生产的食物，例如面包、香肠和干酪，他觉得饥饿时，不管碰到什么可以吃的东西，他都吃下肚。他并不比美食家逊色。若是享用的并不是纯粹无形体的气味，而是别的，那么他压根儿就不贪图享用。他也不追求舒适，即使把铺位安排在光亮的岩石上他也会感到满意。但是他发现了更好的。

就在发现水的地方，他发现了一条天然的坑道，它弯弯曲曲地通到山里面，大约走了三十米后就被堵住了。坑道尽头处狭窄不堪，格雷诺耶的双肩都碰到石头，同时又非常低矮，以至他只能弯着腰站立着。但是他可以坐，若是他蜷缩身子，甚至可以躺。这完全可以满足他对舒适的要求了。这个地方有不可估量的优点：在坑道的尽头处，白天也像黑夜一样，死一般的寂静，空气含有盐分，潮湿、凉爽。格雷诺耶立即闻出来，这地方还没有生物来过。当他占下这个地方时，一种无限畏惧的感觉向他袭来。他小心地把粗羊毛毯铺到地上，仿佛遮盖一座祭坛似的。随后他躺了上去。他觉得跟在天堂一样。他躺在法国最荒凉的山中地下五十米深处，像躺在自己的坟墓里。他在一生中，甚至在他母亲的肚子里，从未感到自己如此安全。即使外面世界燃烧起来，他在这儿也觉察不到。他开始无声地哭起来。他不知道，他这么幸福该感谢谁。

此后，他到坑道外面去，只是为了舔水、大小便和猎获蜥蜴与蛇。在夜里它们容易捉到，因为它们回到了石板下或小洞穴里，他用鼻子一嗅就可以发现。

在开头几个星期里，他又上过几次山顶，以便把地平线嗅一遍。但这很快就变得与其说是必要还不如说是累赘的习惯了，因为没有哪一次他嗅到过什么危险的情况。于是他最终停止了这样的游览。每当他纯粹为了活命而完成了最急需的事以后，唯一关心的就是尽快回到自己的墓穴。因为他本来就是住在这个墓穴里。这就是说，他一天有二十多个小时完全不动地坐在完全黑暗、完全寂静的石道尽头的粗羊毛毯上，背靠着卵石，双肩夹在岩石之间，自得其乐。

人们见过寻找孤独的人：忏悔者、失败者、圣者或先知。他们喜欢隐居在沙漠里，靠蝗虫和野蜂蜜为生。有些人也居住在荒岛上的洞穴里、峡谷里或是蹲在笼子里——这有点耸人听闻——笼子装在杆子上，高高地在空中飘动。他们这么做，是为了更靠近上帝。他们靠孤独来刻苦修行，通过孤寂来忏悔。他们凭着过上帝所喜爱的生活这一信念行动。他们数月以至数年在孤寂中等待着得到神的旨意，然后他们想尽快在人们当中传播这一旨意。

所有这一切对格雷诺耶都不合适。他在思想上同上帝没有一点关系。他不忏悔，不期待获得更高的灵感。他只是为他自己的、唯一的愉快而隐居，只是为了独自生活。他沉浸在自己不再受任何事物干扰的生活中，觉得这样的生活很美。他像一具尸体躺在岩石墓穴里，几乎不再呼吸，心脏几乎不再跳动，但是却坚强而放荡不羁地生活着，外面世界上从来还没有一个活着的人如此生活过。

26

这种放荡不羁的活动场所是——不可能是别的——他内心的帝国，他从诞生时起，就把曾经闻到的一切气味的轮廓都埋在心里。为了提高自己的情绪，他首先像变魔法一样招来最早的、最遥远的气味：加拉尔夫人卧室充满敌意的、蒸汽般的臭气；她那皮肤显得干枯的手上的香味；泰里埃长老酸得像醋一样的呼吸气味；歇斯底里的比西埃乳母身上像母亲一样充满着热气的汗味；圣婴公墓的臭气；母亲身上的那种凶气。他沉浸在厌恶和憎恨中，他的毛发由于惬意的惊恐而一根根竖起。

有时，这些令人恶心的开胃气味还不够提起他的情绪，他又添上回忆格里马那里的气味这个小节目，回味生肉皮和制革污水的臭气或者想象盛夏闷热中六十万巴黎人聚集在一起的蒸汽。

后来，随着强烈的欲望的力量，他所郁积的仇恨一下子——这就是演习的意义——爆发出来。它像一阵雷雨朝着那些胆敢侮辱他的尊贵鼻子的气味席卷而来。它像冰雹打在庄稼地上那样把那些气味摧毁，像一场飓风喷洒在这些污秽上，并使之埋没在浩瀚纯洁的蒸馏水洪流中！他的愤怒多么恰如其分！他的仇恨如此之大！啊！多么崇高的一瞬间！小个子格雷诺耶激动得颤抖起来，他的身体高兴得抽搐，朝上拱起来，以致不一会儿工夫他的头顶就撞到了坑道的顶部，然后又慢慢地缩回并躺下，感到解脱和非常满足。所有令人作呕的气味消灭时像火山爆发似的情景实在太可爱，实在太可爱了……他几乎觉得这节目是他内心世界的剧院里全部演出剧目中最受欢迎的节目，因为它促成了非常疲乏时的奇异感情，而这只有在真正做出伟大的英勇的事迹后才会产生。

他现在可以心安理得地休息一会儿了。他舒展四肢，身体尽可能在狭窄的石室里躺好。至于内心，他则在扫净的灵魂席子上完全舒适地展开了，遐想着，让绝妙的香气在鼻子周围戏耍：比方说，像从春天草地上飘来的有香味的空气，掠过新绿的山毛榉树叶而吹来的柔和的五月风；从海上吹来的像咸杏仁一样刺鼻的微风。当他起身时，已经是下午将近黄昏了——可以说是将近黄昏，因为这里自然没有下午、上午、晚上或清晨，没有光，没有黑暗，也没有春天的草地，没有绿色的山毛榉树叶……在格雷诺耶的内心宇宙里压根儿没有东西，只有东西的气味。（因此这是一种特定的说话方式，把这宇宙说成一个地方，是一种当然合适的和唯一可能的表达方式，因为我们的语言不适合描写嗅觉的世界。）已经是下午将近黄昏时，这就道出了格雷诺耶心灵上的情况和时间，就像他在南方时午睡结束的样子，中午的麻痹状态正缓慢地离开这地方，受到抑制的生活又将开始。炎热——高贵的香味的大敌——已经消失，所有恶魔已被消灭。内心世界正赤裸裸和柔和地躺在苏醒的放荡的安静中，等候着主人发落。

格雷诺耶起身——这已经说过了——并伸展四肢，抖去睡意。他——伟大的精神上的格雷诺耶——站起身，像一个巨人站立在那儿，他英俊，高大，看上去很神气——没有人看到他，真有点可惜！——他骄傲而威严地环视四周。

是的！这是他的王国！独一无二的格雷诺耶王国！它是由无与伦比的格雷诺耶建立的，归他统治，什么时候他高兴，就能把它毁掉，然后再建立起来，把它扩大到无边无际，用亮光闪闪的剑来保卫，抵御每个侵略者！在这儿，他的意志，伟大的、英俊的、无与伦比的格雷诺耶的意志在发挥作用。在清除往昔令人作呕的臭气之后，他如今要让自己的王国散发出芳香！他迈着坚定的步伐到达无人耕种的田野上，播种了各种香料作物，在一望无际的广阔的种植园和小小的可爱花坛里，这儿多播了些，那儿少播了点，大把的种子撒下去，或是一粒粒放到经过自己选好的地点。伟大的格雷诺耶像发疯的园丁一样，一直奔到他的王国的最边远地区，不多久就再也没有哪个角落不曾播种香料种子了。

当他看到，事情做得不错，整个大地都播上了他那神奇的格雷诺耶种子，伟大的格雷诺耶就降了一阵酒精雨，细蒙蒙的，连绵不断，到处都开始发芽和抽枝，全部种子都发了芽，他心中无比高兴。不久种植场上已是枝叶茂密，在绿茸茸的园子里植物茎部液汁充沛。花蕾几乎全从花中绽放出来。

这时伟大的格雷诺耶制止降雨。果然雨停了。他派遣他的微笑的温和太阳普照大地，一下子出现了万花竞放、鲜艳夺目的美丽景象，从王国的这一端到另一端，形成用无数名贵花朵编织起来的一整块彩色斑斓的地毯。伟大的格雷诺耶看到这很好，非常非常好。他把自己气息形成的风吹遍大地。可爱的花朵散发着香味，把它们的芳香混合成一种不断闪光的、但又是在经常的变化中融合起来的无所不有的香味，对他这伟大人物，独一无二的人，美丽的格雷诺耶表示敬意，而格雷诺耶则坐在金光灿灿的、散发香味的云端王位上，重又嗅着，把气息吸入，他觉得吸进的气味非常舒适。他屈尊多次为他的杰作祝福，而他的杰作又欢欣鼓舞地并再次发出绝妙的香味向他致谢。这时晚上已经来临，香气继续散发出来，在蓝色的夜空混合成更加奇妙的芳香。一个真正的香味舞会即将随着点燃巨大的五光十色的烟火而来临。

伟大的格雷诺耶有点累了，他打着哈欠说："瞧，我完成了一项伟大的事业，我对此非常满意。但是如同一切完成的事物那样，它开始使我感到无聊。我现在想告退了，在这充满工作的一天结束时，在我心灵的房室里再做件令人高兴的小事。"

伟大的格雷诺耶说着，张开两只翅膀从金光灿灿的云端飞越他心灵的夜色大地回到家里，即自己的心里，而那些芳香精灵则在他的下方载歌载舞地欢庆。

27

啊！回家真让人高兴！这个兼有复仇者和世界创造者的双重身份让人花的力气可不小，此后让自己创造的精灵欢庆几个小时，这也不是最地道的休息。伟大的格雷诺耶对神圣的创造职责和代表职责感到厌倦，渴望着家庭的欢乐。

他的心脏像一座紫色的宫殿。它坐落在一片隐蔽在沙丘后面的石头荒漠里，周围有一块沼泽地绿洲，后头有七道石墙。只有飞才能到达那里。宫殿有一千个房间，一千个地下室，一千个高级沙龙，其中一个沙龙里有一张简单的紫色长沙发，格雷诺耶在劳累一天后就躺在上面休息，他此时已经不再是伟大的格雷诺耶，而是完全不对外的格雷诺耶或是普通的可爱的让-巴蒂斯特。

在宫殿的房间里摆着货架，架子从地板直顶到天花板，架子上放着格雷诺耶有生以来收集的所有气味，有数百万种。在宫殿的地下室里，桶里放着他一生中最好的香水。这香水若是成熟了，就被抽到瓶子里，然后摆在数里长的潮湿阴凉的走道里，按年份和来历分类，多得一辈子也不能把它们全部喝下去。

这位可爱的让-巴蒂斯特终于回到他“自己的家”，躺在紫色沙龙他那普普通通而又舒适的长沙发上——若是愿意的话，最后再脱去靴子——他拍拍手掌，喊来他的仆人，即看不见的、感觉不到的、听不见的、首先是嗅不到的、完全是想象中的仆人，吩咐他们到各房间里去，从气味的大图书馆里拿来这本或那本书，到地下室去给他取来饮料。想象中的仆人急急忙忙，而格雷诺耶的胃却意外地痉挛起来。突然，他像个站在酒柜旁感到恐惧的酒徒那样情绪低劣，人家会以某种借口拒绝给他想要的烧酒。什么，地下室和房间一下子都空了？什么，桶里的酒都坏了？为什么让他等着？为什么人还不来？他马上要喝，他马上要。他这时正发瘾，若是要不到他马上就会死。

但是别激动，让-巴蒂斯特！安静，亲爱的！人马上就来，马上就把你要的东西拿来。仆人们已经飞跑过来了。他们端着托盘，上面放着气味之书，他们用戴着白手套的看不见的手拿来一瓶瓶名贵的饮料，他们把东西放下来，非常小心，他们鞠着躬，走开了。

终于剩下了他一个人——又一次！——孤单一人！让-巴蒂斯特伸手去拿那本气味之书，打开第一只香水瓶，给自己斟了满满一杯，举起来送到唇边，喝了起来。他一口喝下一杯凉爽的香水，真可口！喝下去舒服极了，以致可爱的让-巴蒂斯特幸福得流出了眼泪。他立即又斟了一杯香水：那是一七五二年的香水，其香气是那年春天日出之前在国王桥上把鼻子向着西方吸来的，当时从西面吹来一阵轻风，风里混合着海的气味、森林的气味和停靠在海岸边的小船的一点点焦油气味。这是他未经格里马许可在巴黎游荡度过的头一个夜晚将近结束时的香味。这是白天即将来临、他自由自在地度过的第一个拂晓的新鲜气味。当时这气味向他预告了自由。那个早晨的气味对于格雷诺耶来说，是一种希望之气味。他小心翼翼地保存下来。他每天都在喝它。

在他喝完第二杯以后，所有紧张情绪、怀疑和不安都消失了，他的内心又平静下来。他把背部紧压在长沙发的软垫上，翻开一本书，若有所思地读起来。他读到儿童时期的气味，上学时期的气味，马路和城市角落里的气味，人的气味。他打了个舒适的寒战，因为这些全是可憎的气味，它们消失了，现在又被召唤出来。格雷诺耶怀着厌恶的兴趣读着令人作呕的气味之书，若是反感超过了兴趣，他就把书合上，扔在一旁，另拿一本来看。

此外他还不停地喝着高级香水。喝过装着希望香水的那瓶以后，他又打开一瓶一七四四年生产的，瓶里装满加拉尔夫人屋前温暖的木头气味。然后，他喝了一瓶充满香气和浓郁花香的夏夜香水，它是一七五三年在圣日耳曼附近一个公园边上收集的。

他现在肚子里装满了芳香。四肢越来越重地放在软垫上。他的神志已经非常模糊。然而他的狂饮尚未到达尽头。虽然他的眼睛不能再读，那本书早已从他的手里滑落下来，但是他若不喝光最后一瓶，即最美的一瓶，他今晚是不肯罢休的。这最美的一瓶就是马雷街那少女的芳香……

他虔诚地喝着，为此，他笔直地坐在长沙发上，虽然他觉得很吃力，因为紫色的沙龙在摇晃，每动一下都绕着他旋转。小格雷诺耶以学生的姿势，两只膝盖并拢，两只脚靠紧，左手放在左边大腿上，喝着从他心灵的地下室取来的最美的芳香，一杯又一杯，越来越悲哀。

他知道自己喝得太多了。他知道自己喝不了这么多好饮料。但是他还是把这杯喝光了。他经过昏暗的过道从马路走进后院。他迎着亮光走。少女坐着，在切黄李子。远处发出火箭和烟花爆竹劈劈啪啪的响声……

他把杯子放下，由于多愁善感和喝得太多而发愣，又呆了几分钟，直至余味从舌头上消失。他直愣愣地望着。他的脑袋突然像瓶子一样空空如也。然后他倒向紫色长沙发的一侧，昏昏沉沉地睡着了。

与此同时，外表上的格雷诺耶也在他的粗羊毛毯上睡着了。他睡得和内心里的格雷诺耶一样沉，因为非凡的业绩和纵欲使两者都精疲力竭了，两者毕竟是同一个人。

但是无论如何，他醒过来时，并不是在他紫色宫殿的紫色沙龙里，并不是躺在七堵石墙之后，也不是在他心灵的春天般的芳香中，而是独自一人在坑道尽头的洞穴里，在黑暗中硬邦邦的土地上。他又饥又渴，难受得想呕吐，像个酒瘾特别厉害的酒徒在通宵狂饮后那样感到寒冷和痛苦。他匍匐在地上爬出坑道。

外面正是一天的某个时刻，多半是入夜或即将天亮的时候，但即使是半夜，星光的亮度也像针一样刺痛他的眼睛。他觉得空气中灰尘多，气味浓烈，肺部吸了它们像是在燃烧似的。周围地方坚硬，他与岩石为邻。就连最柔和的气味也在刺激他已经不习惯于世界的鼻子。格雷诺耶这只扁虱，已经变得像脱了壳裸露身体在海里游着的虾子那样敏感。

他走到流水处，从石壁上舔水，一舔一两个小时，这是一种折磨，现实的世界烧灼着他的皮肤，这时间没完没了。他从岩石上撕下几片青苔，塞进嘴里咽下去，蹲下来，一边吃一边拉屎——快，快，做什么都得快——仿佛他是一只软肉的小动物，而天上有一群苍鹰在盘旋，他像是被追逐似的跑到自己的洞穴里，直到放着粗毛毯的坑道尽头。在这儿他终于又可以高枕无忧了。

他把身子靠回到卵石上，伸出两腿等待着。他必须使自己的身体保持静止状态，绝对静止，他慢慢地控制住呼吸。他那激动的心搏动得更加平稳，内心波浪的拍打已经减弱。

孤寂突然像一个黑色的镜面向他的情绪袭来。他闭起眼睛。通往他内心的黑暗的门已经敞开，他走了进去。格雷诺耶心灵上的下一场演出开始了。

28

就这样，一天天，一星期又一星期，一个月又一个月过去了。就这样，过去了整整七年。

在这期间，外面世界发生了战争，而且是世界大战。在西里西亚和萨克森，在汉诺威和比利时，在波希米亚和波莫瑞，人们互相打着。国王的军队不是在路途中死于伤寒，就是死在黑森、威斯特法伦、巴利阿里群岛、印度、密西西比河地区和加拿大。战争使一百万人丧生，使法国国王失去了殖民地，使所有参战的国家损失了许许多多的钱，以致它们最后终于沉痛地决定结束战争。

格雷诺耶在这期间，有一年冬天差点不知不觉地冻死。当时他在紫色沙龙里躺了五天，当他在坑道里醒来时，他冻得几乎不能动弹。他又立即闭起眼睛，准备在睡眠中死去。但是后来气候突变，他被融化了，因而得救了。

有一次，雪积得很高，他没有力量把雪扒开挖地衣，就以被冻僵的蝙蝠充饥。

一次，一只死乌鸦躺在洞口。他把它吃了。这就是他在七年里所了解的外部世界所发生的事件。在其他情况下，他只住在山里，只呆在他自己创造的心灵王国里。倘若不是发生了一次灾难，把他从山里赶出来并把他推回到世界中，想必他会留在那儿一直到死（因为他并不缺少什么）。

29

这次灾难不是地震，不是森林大火，不是山崩，不是坑道坍塌。它压根儿不是外部的灾难，而是一次心灵上的灾难，因而特别难受，因为这次灾难堵住了格雷诺耶所喜欢的逃路。它发生在他睡觉的时候，说得更好些是在他梦中，更确切地说，是他在心里幻想中的睡梦中。

当时他躺在紫色沙龙里的长沙发上睡觉。他周围放着空瓶子。他喝得太多了，最后还喝了两瓶红发少女的芳香。这大概是太多了，因为他的睡眠尽管像死一样沉，这一次并不是不做梦，而是像幽灵一样古怪的梦影贯穿睡觉的始终。这些梦影很明显是气味的一部分。起初它们只是以稀薄的轨迹飘过格雷诺耶的鼻子，随后它们变浓了，像云朵一样。这情况恰似他站在沼泽中，沼泽里升起了雾气。雾气缓缓地越升越高。格雷诺耶很快就完全被雾气包围了，被雾气湿透了，在雾团之间几乎没有自由的空气。他若是不想窒息，就必须吸进这种雾气。而雾气正如说过的，是一种气味。格雷诺耶也知道，这是什么气味。雾气就是他自己的气味。格雷诺耶的气味就是雾气。

如今可怕的事实是，尽管格雷诺耶知道这气味是他的气味，可他却不能嗅它。他完全消失在自己的内心里，为了世界上的一切，不能嗅自己的气味。

当他明白这点后，他大喊大叫，仿佛他在被活活烧死。叫喊声冲破了紫色沙龙的墙壁、宫殿的墙壁，从心里出发越过沟渠、沼泽和沙漠，像烈火狂飙飞过他心灵的夜景，从他嘴里尖声叫出来，穿过弯弯曲曲的坑道，传向世界，远远越过圣弗卢尔高原——仿佛是山在呼喊。格雷诺耶被自己的叫喊唤醒了，醒来时他朝自己周围乱打，仿佛他要把窒息他的嗅不到的雾气赶跑。他怕得要死，由于死亡的恐怖而全身颤抖。若是叫喊声驱散不了雾气，那么他自身就会被淹死——多么可怕的死。他一想到这，就毛骨悚然。他颤抖地坐着，试图捕捉他那些混乱的胆怯的念头，有一点他是完全清楚的：他将改变自己的生活，即使仅仅是因为他不愿再次做这样可怕的梦。这个梦再做一次他是受不了的。

他把粗毛毯披在肩膀上，爬到洞外。外面正是上午，二月底的一天上午。阳光灿烂。大地散发出潮湿的岩石、青苔和水的气味。风里已经有一点银莲花的香气。他蹲在洞穴前的地上。阳光温暖着他的身体。他吸入新鲜空气。他回想起他已经逃脱的雾气，仍然感到不寒而栗，当他的背上感觉到暖和时，由于舒适而打着寒噤。这个外部世界依然存在，即便只是一个消失点也是好的。假如他在坑道出口处没有再发现世界，那么其恐怖是不堪设想的！假如没有光，没有气味，什么也没有——里里外外，到处只有这可怕的雾气……

惊恐逐渐退却。畏惧渐渐松开了手，格雷诺耶开始觉得安全多了。将近中午时，他又变得从容了。他把左手的食指和中指放在鼻子下，穿过两指进行呼吸。他闻着潮湿的、银莲花香的春天空气。他从自己的指头上什么也没闻到。他把手翻过来，嗅着掌心。他感觉到手的温暖，但是什么也没闻到。他把衬衣的破袖子捋得高高的，把鼻子埋在肘弯部位。他知道这是所有人散发自己气味的部位。但他什么也没闻到。在腋下，在脚上，他什么也没嗅到，他尽可能弯下身子去嗅下身，什么也没嗅到。事情太滑稽了，他，格雷诺耶，可以嗅到数里开外其他任何人的气味，却无法嗅到不足一个手掌距离的自己下身的气味！尽管如此，他并不惊慌，而是冷静考虑着，对自己说了下面的话：“我并非没有气味，因为一切都有气味。更确切地说是这样：我嗅不出自己的气味，因为我一生下来就日复一日地嗅过我的气味，因此我的鼻子对我自己的气味麻木不仁了。如果我能把我的气味或至少一部分气味同我本人分开，分离一段时间后再回到它那里，那么我就能很好地嗅到它——也就是我。”

他放下粗毛毯，脱去他的衣服，或者说，脱下他原来衣服上尚存的破布、碎布。这些衣服他穿了七年，从未脱过。它们自然浸透了他的气味。他把它们扔到洞穴入口处的废物堆上，立即走开。然后他，七年以来第一次，重新登上山顶。在那里，他站到当年抵达时站过的那个位置上，鼻子朝西，让风在他那赤裸的身体四周呼啸而过。他的意图是，把自己身上的气味全吹光，尽可能用西风——就是说用大海和潮湿的草地的气味——来填满，使这气味超过他自己身体的气味，他希望因此在他——格雷诺耶——和他的衣服之间产生气味差，从而使他可以清楚地觉察出来。为了使鼻子尽可能不嗅到自己的气味，他把上身向前弯，把脖子尽可能伸长迎着风，把手臂向后伸。他活脱是个即将跳入水中的游泳运动员。

一连几个小时，他都保持着这种极其滑稽可笑的姿势，尽管阳光还很弱，他那早已不习惯光、像蛆一样白的皮肤已经晒得像龙虾一样红。傍晚他又回到洞穴里。他老远已经看到了那堆衣服。在离它们几米处，他捂住鼻子，直到把鼻子垂到贴近衣服时才把手放开。他做着从巴尔迪尼那里学来的那种嗅气检验，猛地把空气吸进，然后分阶段地让气流出来。为了捕捉气味，他用两只手在衣服上方做成一口钟的形状，然后把鼻子像一个钟舌一样插进去。他想尽一切办法要从衣服中把自己的气味嗅出来，但是衣服里没有这种气味。它肯定不在里面。里面有一千种别的气味。有石头、沙子、青苔、树脂、乌鸦血的气味——甚至几年前他在苏利附近买来的香肠的气味，至今还可以清晰地闻出来。衣服里还有近七八年来的一本嗅觉方面的笔记的气味。它们唯独没有他自己的气味，没有在这期间始终穿着这些衣服的他本人的气味。

现在他有点害怕起来。太阳已经下山，他赤裸着身体站在坑道的入口处，坑道漆黑的尽头就是他住了七年的地方。风凛冽地吹着。他在挨冻，但是他没觉得寒冷，因为他身上有种能对抗寒冷的东西，这就是害怕。这不是他在梦中所感觉到的害怕，即那种担心自己被窒息的害怕，那种害怕无论付出什么代价他都必须摆脱，同时他也可以逃脱。此时他所感觉到的害怕，是对自己一无所知的害怕。这是和那种害怕对立的。这害怕他逃脱不了，而是必须迎上前去。即使这认识很可怕，他也无疑得知道，他究竟有没有一种气味。而且现在马上就要知道。马上。

他走回自己的坑道。才走了几米，他已经完全被黑暗包围了，但是他仍像在最亮的光线中那样找到了路径。这条路他走过数千次，每一步、每一个弯他都熟悉，嗅过每一块垂挂下来的悬岩和每一块突出的石头。寻找道路并不难。困难的事是，他越向前走，就越要对潮水一般在他内心高高泛起并溢出的幽禁恐怖梦幻的回忆进行斗争。但他是勇敢的。这就是说，他怀着不知道的害怕心理对害怕知道的心理进行斗争，他成功了，因为他知道他没有选择余地。当他到达坑道尽头，即填埋了许多卵石的地方时，他才摆脱了两种害怕。他的感觉镇静，他的脑袋清醒，他的鼻子像一把解剖刀一样锋利。他蹲坐下来，把两手放到眼睛上方嗅着。在这地方，在这远离世界的石墓里，他躺了七年之久。若是世界上有什么地方散发出他的气味，那么必定就是这里。他缓慢地呼吸。他仔细地检查着。他需要时间进行判断。他蹲了一刻钟。他的记忆力惊人，他准确地知道七年前这地方散发出的气味，即散发出岩石味和潮湿、含盐的凉爽气味，这气味如此纯洁，说明在任何时候都没有生物、人或动物到过这地方……而如今这里的气味依然如故。

他又继续蹲了一会儿，安安静静地蹲着，只是轻轻地点点头。然后他转过身子走开，先是弯下身子，到了坑道的高度许可时，他就挺直身子，走到洞外。在外面他穿上自己的破烂衣服（他的鞋子多年前已经腐烂），把粗羊毛毯披在肩上，当天夜里离开了康塔尔山，向南方走去。

30

他的外表十分可怕。头发一直垂到腘窝，稀疏的胡须直到脐部。他的指甲像鸟的爪子，在烂布无法遮掩身体的背部和腿部，皮肤一片片脱落下来。

他所遇到的头一批人，是在皮埃尔福市附近一块田里的农民，他们一看到他，立即叫嚷着跑开了。与此相反，在城里他引起轰动，数百人向他聚拢过来围观他。有些人认为他是一个被判处在橹舰上服苦役的逃犯。有些人说，他不是真正的人，而是人和熊生的杂种，一头森林怪物。一个过去曾漂洋过海的人坚持说，他看上去像个大洋对岸卡宴[1]的一个不开化印第安部落的人。大家把他带到市长跟前。他在那儿令围观者吃惊地出示了他的满师证书，张开嘴巴，用有点咕噜咕噜的语音说话，因为这是相隔七年后他说出的头几句话，但是意思是很明了的。他说自己在漫游途中被强盗袭击、绑架，在一个洞穴里被关了七年之久。他还说，他在这七年里既没有见到阳光，也没有见到一个人，靠一个由看不见的手放到黑暗中的篮子生存，最后借助一架梯子才得到解放，自己不知道是为什么，也没有见到过绑架他的人和他的救命恩人。这种说法是他自己编造出来的，因为他觉得这比事实更可信。而真实情况也是如此，类似这些强盗袭击事件，在朗格多克、奥弗涅山和塞文山脉并不罕见。无论如何，市长毫不迟疑地作了记录，把这情况报告给德·拉塔亚德–埃斯皮纳斯侯爵，他是图卢兹的庄园主和市议会议员。

这位侯爵四十岁时即离开凡尔赛宫，回到自己的庄园从事科学活动。他撰写了一部关于搞活国民经济的重要著作，

1　法属圭亚那一渔港。

书中他建议废除土地税和农产品税，实施与此相反的累进所得税，这与最穷苦的人的利益密切相关，促使他们更强地发挥自己的经济积极性。在这本小书取得成功的鼓舞下，他写了论述五至十岁男孩和女孩教育问题的一篇论文，此后他专心致志于农业实验，想把公牛的精子移到各种草类上，培植出一种可以取得奶的动植物杂交品种，即一种乳房花。这项试验取得了初步成功，他甚至制出了一块草奶干酪。里昂科学院认为这块干酪“虽然有点苦味，却含有山羊般的味道”，但因为喷洒在田里的公牛精子每百升耗资巨大，所以他不得不停止试验。可是无论如何，对于农业生物学问题的探索不仅唤起了他对农田中的土坷垃的兴趣，而且唤起了他对土壤和土壤与生物界的关系的兴趣。

他刚一结束乳房花的实际工作，就以研究者趁热打铁的热情投入到撰写关于接近土壤和生命力之间关系的一篇重要文章上来。他的论点是，生命只有同土壤保持一定距离才能发展，因为土壤本身经常排出一种腐烂的气体，一种所谓的“致命气体”，它麻痹生命力并迟早使之停顿。因此，他认为，所有生物都努力通过生长而远离土壤，从土壤里生长出来，而不是生长进去；因此，它们所长的最有价值的部分总是向着天空，例如庄稼长出的穗子，花卉开出的花朵，人长出的头；因此，当它们老了，又朝着土壤弯下时，它们难免受到致命气体的影响；而它们本身经过衰变过程，死后最终也转变成致命的气体。

当德·拉塔亚德-埃斯皮纳斯侯爵听说在皮埃尔福发现在洞穴里——即四周完全是腐烂的成分土壤——住了七年之久的人时，他真是喜出望外，叫人立即把格雷诺耶带到他的实验室，为他作了彻底的检查。他觉得自己的理论最清楚地得到了证实：致命气体已经严重地损害了格雷诺耶，他二十五岁的身体已经明显地出现了老人一般的衰变现象。唯有这一情况——塔亚德-埃斯皮纳斯这么说——即格雷诺耶在他被关期间仍食用离开土壤的植物，可能是面包和水果，阻止了他的死亡。他认为，如今只有使用他设计的活力空气换气设备把有害气体彻底驱逐出去，才能恢复到过去的健康状况。他在蒙彼利埃市[1]的王府贮藏室里有一套这种设备，他

1　法国南部城市，以拥有众多大学、医学院而著称。

说，若是格雷诺耶同意让自己作为科学上验证的对象，他不仅可以把他从绝望的土壤气体污染中解救出来，而且理所当然地还会使他得到一大笔钱。

两小时后，他们便坐在了车子里。虽然道路非常糟糕，但他们还是花了不到两小时的时间就走完了到达蒙彼利埃的六十四里路程；尽管侯爵已上了年纪，可他仍坚持鞭打马车夫和马匹，有几次车杠和弹簧断了，他也亲自动手修理。他为自己幸运地发现这稀罕的人而欢欣鼓舞，迫切希望能尽快把他交给有教养的公众。与此同时，格雷诺耶一次也不能离开马车。他穿着破烂，全身裹着一条沾满湿泥和黏土的粗羊毛毯，只好坐着。在路上他靠野菜根充饥。侯爵希望通过这种方式使土壤气体污染的理想状况再保持一段时间。

到达蒙彼利埃后，他叫人把格雷诺耶立即送到王府的地下室，发出请帖给医学院、植物协会、农业学校、化学物理协会、共济会分会以及这个城市至少不下于一打的所有其他学术团体的成员。几天以后——即格雷诺耶离开山上孤寂的生活整整一周后——格雷诺耶出现在蒙彼利埃大学礼堂的小讲台上让四百个学者观看，成为这一年科学上轰动的事件。

德·拉塔亚德–埃斯皮纳斯侯爵在报告里把他称为致命的土壤气体理论之正确性的活证明。他逐渐撕去他身上的破布，同时解释腐烂的气体对格雷诺耶身体所产生的毁灭性影响：这儿有气体腐蚀引起的脓疱和疤痕，那儿胸部有一个巨大的亮晶晶的红色癌肿，皮肤到处都在坏死，甚至骨骼也出现气体引起的明显的畸形，畸形足和驼背显而易见。脾、肝、肺、胆等内脏和消化器官也已受到气体的严重损害，他说，若对放在这展出的人脚前一只碗里的、大家看得见的粪便样品进行分析，无疑可以证明这点。因此可以概括地说，生命力由于"塔亚德致命气体"七年的污染所受的麻痹已经发展到如此地步，以致这个被展出的人——此外，他的外表已经显示出显著的鼹鼠般的特征——与其说是个活着的人，不如说是个走向死亡的人。然而演讲人又说，他将自告奋勇，对这必死无疑的人进行换气治疗，并辅之以健身的饮食，在八天内做到让每个人都一眼看出完全治愈的迹象。他要求在座的人在一周内亲眼观看这一预后诊断的成功，而这成功无疑应当被视为致命的土壤气体理论之正确性的有效证明。

讲话取得巨大成功。学者们对讲演者报以热烈的掌声，然后从格雷诺耶所站的小讲台前鱼贯走过。格雷诺耶衣衫破烂不堪，身上有旧的疤痕，身体畸形，这些事实使他的外表给人以非常可怕的印象，以致每个人都认为他已经烂掉一半，无可救药了，虽然他觉得自己是绝对健康、精力充沛的。一些先生像医生那样为他叩诊，给他量量身子，瞧瞧他的嘴和眼睛。几个人和他说话，打听他在洞穴里的生活，询问他现在的健康状况。但是他严格遵守侯爵事先的吩咐，只用一声压低的喉音来回答这些问题，同时他用两只手指着自己的喉头作出无能为力的姿势，以便表明喉头也已经被“塔亚德致命气体”蚀坏。

展出结束后，塔亚德-埃斯皮纳斯又把他装入马车，运回家放在王府贮藏室。在那里，侯爵在医学院几位选出来的大夫参加下把他关进健身空气换气设备，这是一座用松木板造起来的小房子，它借助一个比屋顶还高得多的吸气烟囱通入完全没有致命气体的高处空气，这空气再通过装在地板上的皮革制活瓣流出。这套设备由一组工作人员夜以继日地精心操作，始终保持运转状态，保证安装在烟囱内的通风机不致停转。格雷诺耶就这样不停地由清洁的空气冲洗着，而且每隔一个钟头，一扇装在侧面双层墙内的空气小闸门为他供应一次远离土壤的有营养的食品：鸽子汤、云雀酥饼、野鸭肉丁、糖水水果、用生长得特别高的大麦制作的面包、比利牛斯山葡萄酒、岩羚羊奶和用养在王府阁楼上的鸡制作的泡沫冰淇淋。

这种去除污染和恢复活力的治疗持续了五天。后来，侯爵叫人关闭通风机，把格雷诺耶带到盥洗室去洗雨水澡，他在温水里泡了几小时，最后用安第斯山的城市波托西的核桃油肥皂从头到脚擦洗了一番。人家给他剪手指甲和脚指甲，用淘得很细的白云石灰给他洁牙，把他的头发剪短、梳理、烫好并扑上粉。请来了裁缝和鞋匠，格雷诺耶得了一件绸衬衫，衬衫的胸口有白襞饰，袖口有白褶。他有了丝袜、外衣、裤子和蓝色天鹅绒背心，有了漂亮的带扣黑皮鞋，右脚的一只鞋胶合得非常精巧，正适合他的畸形脚。侯爵亲手为格雷诺耶有疤痕的脸涂脂抹粉，给他的嘴唇和脸颊涂上胭脂红，拿椴木软炭笔给他画了高雅的拱形眉毛，随后还为他喷洒自己的私人香水，一种相当普通的紫罗兰香水。最后他向后退了几步，过了很长时间，才由衷地说出了他激动不已的话。

“先生，”他开腔说道，“我为自己高兴。我对自己的才能感到惊异。我固然对自己关于气体的理论从未怀疑过，当然没有；但是通过实际治疗而如此精彩地证实这一理论，这的确使我震惊。您本来是一个动物，我把您变成了人。这简直是神奇的业绩！请允许我如此激动——请您站到这面镜子前，瞧瞧您自己！您将在自己的一生中第一次认出自己是个人，当然不是一个特别非凡或杰出的人，但毕竟是个还不错的人！先生，请您走走！请您瞧瞧自己，请您欣赏我在您身上创造的奇迹！”

他当面称呼格雷诺耶为“先生”，这还是头一次。

格雷诺耶朝镜子走去，朝镜子里看。迄今他还从未朝镜子里看过。他看到一位先生站在自己面前，身穿蓝色长袍和白衬衫，脚穿丝袜。他完全是本能地蜷缩着，正如他在斯文的先生面前总是蜷缩着身体那样。可是那位斯文的先生也蜷缩起来，当格雷诺耶重新站直身子时，那位斯文的先生也这么做，然后两人都在发愣，相互凝视。

使格雷诺耶最为惊讶的是，他的外表如此令人难以置信的正常。侯爵说得对：他看上去并不特殊，不好看，但也不特别难看。他的身材矮小了点，他的姿势有点歪向左侧，他的脸部缺乏表情，简而言之，他的外表就像成千上万的其他人一样。如果他现在走到马路上去，没有人会掉转头来瞧他一眼。如果他遇上一个像他现在这样的人，那么他自己也不会对这个人特别留意。他会闻到，这个人除了散发出紫罗兰香味外，就像镜子中的先生和站在镜子前的他本人一样没有什么气味。

可是，十天前当农民见到他时，还惊叫着跑开。他当时的感觉与现在的并没有什么不同，此刻当他闭起眼睛时，他感觉和当时没有一丁点儿不同。他吸进在他身旁升起的空气，闻着低劣的香水、天鹅绒和刚上胶的皮鞋味；他闻着丝绸织品、扑粉、胭脂和波托西产的肥皂的微弱香味。突然，他明白了，使他成为正常人的并非鸽子汤和所谓换气的把戏，而是几件衣服、发式和一些化妆品。

他睁开眼睛眨眨，看到镜子里的先生也对他眨着眼，他那胭脂红的嘴唇掠过几丝微笑，仿佛他要告诉他，他觉得他并非完全不讨人喜欢。格雷诺耶还发现，镜子中这个已经打扮成人的、没有气味的形体可不能小看，至少他觉得，这形体——只要把他化装得尽善尽美——可以对外部世界产生影响，而他，格雷诺耶，从来也不相信会有这样的影响。他对这形体点点头，看到他也一边点头，一边偷偷地鼓起鼻子……

31

翌日——侯爵正准备教他在即将举行的社交活动中登场时最必需的姿势、手势和舞步，格雷诺耶假装头晕发作，浑身无力并像要窒息似的跌在长沙发上。

侯爵惊慌失措。他呼唤仆人，喊叫要扇扇子，要轻便的通风机。当仆人们急急忙忙跑来时，他在格雷诺耶一侧跪下来，拿着他洒过紫罗兰香水的手帕给他扇空气，恳求着，哀求他重新站起来，现在不能咽气，要尽一切可能拖延到后天，否则关于致命气体的理论将受到最严重的威胁。

格雷诺耶蜷缩着，喘着气，呻吟着，迎着手帕挥动手臂，最后像演戏一样从长沙发上跌下去，爬到房间里最远的角落。“不要这种香水！”他竭尽全力地嚷道，“不要这种香水！它会把我憋死的！”直到塔亚德-埃斯皮纳斯把他的手帕扔出窗外，把他同样散发出紫罗兰香味的外衣扔进隔壁房间后，格雷诺耶才停止发作，用变得平静的嗓音叙述起来。他说他是个香水专家，有着符合这职业要求的敏感的鼻子，特别是当现在康复的时候对于某些香水有非常强烈的反应。偏偏是一种非常可爱的花——紫罗兰——的香味使他如此大伤元气，他说只能这样来解释：在侯爵的香水里紫罗兰根的提炼物含量很高，而这种提炼物由于来源于地下，对于受过致命气体损害的人，比如像他，格雷诺耶，就有着破坏性的影响。早在昨天第一次使用这种香水时，他已经觉得头晕目眩，而今天他再一次闻到紫罗兰根气味时，他仿佛觉得人家又把他推回到自己曾经过了七年艰苦生活的可怕的令人窒息的地洞。他的天性对此非常反感，他只能这么说，因为在侯爵老爷的技术给他送来摆脱致命气体的人的生命后，他宁肯立即死去，也不愿再次受令人憎恶的气体摆布。如今他只要想到用花根制作的香水，他身上的一切就会收缩。但是他深信，如果侯爵许可的话，他马上就会复元，设计出自己的香水，以便把紫罗兰芳香完全驱除。这时他想到一种轻得像空气一样的香水，它的主要成分是离开土壤的配料，如杏花水、橙花水、桉叶油、松针油和柏树油。他说只需在他的衣服上喷洒一丁点儿、在脸颊和脖子上洒上几滴这样的香水——他就会一辈子不再得刚才所患的这种可怕的病……

为了明了起见，我们在这儿用正规的间接引语复述了他的话。实际上，格雷诺耶断断续续地表达出这些来，却花了半个小时，说话时常常被咳嗽、喘气和呼吸困难打断，其中还穿插着颤抖、挥手和转动眼睛这些动作。侯爵得到的印象并不深。他的被保护人所表达的精辟论据，完全符合致命气体理论，远比那疾病的症状更能使他信服。当然是紫罗兰香水！一种令人厌恶的接近土壤的、甚至是土壤下的产品！多年来他使用这香水，或许本身已经受到感染！至于他由于这香气而一天天接近死亡，那他心中无数。痛风、脖颈僵直、阴茎疲软、痔疮、耳膜压痛、蛀牙——这一切无疑是由气体污染的紫罗兰根的臭味引起的！这个小笨蛋，在房间那边角落里的可怜虫，使他明白了这点！他情绪激动。他真想走到那里，把他扶起来，让他紧贴在自己开明的胸前。但是他担心自己身上依然散发出紫罗兰香味。于是侯爵再一次喊叫仆人，吩咐他们把房子里的一切紫罗兰香水拿走，给整个宫殿通通风，用通风机吹吹他的衣服，去除污染，立即让格雷诺耶坐上轿子，把他送到城里最优秀的香水专家那儿。格雷诺耶装病的目的正是如此。

在蒙彼利埃，香水业有古老的传统。尽管它最近与竞争城市格拉斯相比有些衰退，但在这城市仍然住着几位有名望的香水专家和制手套师傅。他们中最有名望的师傅叫吕内尔，他表示，鉴于他同德·拉塔亚德–埃斯皮纳斯侯爵的业务关系——他是侯爵的肥皂、香油和香料的供应者——他准备采取不寻常的步骤，把他的工作室让给这个用轿子抬来的不寻常的巴黎香水伙计使用一小时。这个伙计无须别人说明，也不询问什么东西在哪里，就说他已经熟悉环境，样样有了头绪，并把自己关在工场里，呆了足足一小时。吕内尔则带着侯爵的总管到一家酒店去喝几杯葡萄酒，在那儿了解为什么人家不再喜欢他的紫罗兰香水。

吕内尔的工场和商店的设备远远不像原来在巴黎巴尔迪尼的香料商店那么齐全。一个普通的香水行家，光拥有一些花油、香水和香料，是很难腾飞的。但格雷诺耶吸了第一口气，就知道现有的材料完全够他用。他不想配制高级香水，不想像当年为巴尔迪尼那样配制为名人特制的香水，而是要制作一种突出于无数平庸产品之上的、使众人折服的香水。像他许诺侯爵那样的普通的橙花香水，根本不是他本来的目标。他想用橙花、桉树叶和柚树叶的常见香精来遮掩他本来要制作的芳香：而这就是人的香味。他想拥有他自己所没有的人的气味，即使这暂时只是一种低劣的代用品。当然，人的气味是没有的，就如同人的容貌那样。每个人的气味都不同，没有哪个人比格雷诺耶知道得更清楚，他已经能识别成千上万个人的气味，从生下来开始就能通过嗅觉来区别人。但是，人的气味在香味上有一样基本东西，而且是相当普通的东西：一种汗腻的、像干酪一样酸的东西，一种从整体上来说够令人讨厌的基本东西，所有人都带有这基本东西。而在这基本东西之上，才飘浮着个性气息的非常精美的分子。

可是这种气息，即个人气味的极复杂的独特的暗号，绝大多数人无论如何是觉察不到的。绝大多数人压根儿不知道他们有这种气息，而且尽一切可能把它藏在衣服和时髦的人造香味下。他们只熟悉那种基本气味，那种原始的人的气味，他们只在这气味中生存，觉得自己是安全的，谁若是仅仅散发出令人作呕的普通雾气，就会被他们视为自己的同类。

格雷诺耶在这一天配制的是一种奇特的香水。比这更奇特的香水至今在世上还没有。它的气味并不像一种芳香，而是像**散发香味的一个人**。若是有人在一个暗黑的房间里闻到这种香水，那么他必定会以为这儿站着另一个人。假如一个本身具有人的气味的人用了这种香水，那么我们会觉得他带有两个人的气味，或者比这更糟糕，像个可怕的双重身体的人，像个无法确认的形体，因为它看上去非常模糊，像一幅描绘一个湖的湖底、而湖面上水波荡漾的画。

为了仿制这种人的气味——当然就他所知，这是相当不够的，但是却完全足以蒙骗别人——格雷诺耶在吕内尔工场里搜集最奇特的配料。

在通往院子的一扇门的门槛后有一小堆猫屎，看上去是猫刚拉下不久的。他取来半小匙，用几滴醋和捣碎的盐和在一起，放入配制瓶里。在工作台下，他发现一块大拇指指甲那么大的干酪；显然，这是吕内尔在一次就餐时掉下来的。这块干酪已经放了很长时间，已经开始分解，散发出刺鼻的气味。他从放在商店后部的沙丁鱼桶盖上，刮下了一点散发出鱼哈喇味的东西，把它和臭蛋、海狸香、氨、肉豆蔻、锉下的角质物和烧焦的猪皮碎屑混合起来。另外，他还加了相当多的麝猫香，然后把这些可怕的配料用酒精拌和，蒸煮、滤净后放入另一只配制瓶。这液体的气味可怕极了。它像阴沟里排出的腐烂臭气，若是用扇子把它的臭气同纯净空气混合到一起，那么其情况恰似置身在炎热的夏日站在巴黎弗尔大街的洗衣作坊街角上，从商场、圣婴公墓和拥挤不堪的房屋飘来的气味都在那儿汇合起来。

在这与其说像人，不如说像腐烂的动物尸体一样散发臭气的可怕的基本气味上，格雷诺耶现在又加上一层新鲜香油的气味：薄荷、薰衣草、松脂精、桉叶，同时他用细腻的花油，如老鹳草、玫瑰花、橙花和茉莉花的花油的芳香来控制它们的气味并使之发出宜人的香味。在用酒精和一些醋继续冲淡后，从全部配制物的基味中就再也闻不出令人作呕的气味了。潜伏着的臭味由于新鲜的配料而消失殆尽，令人作呕的气味已由花的芳香美化，几乎变得很有趣味，怪哉，腐烂的气味再也闻不出，一丁点儿也闻不出来了。正相反，一种极为轻松的生命芳香似乎从这香水里产生了。

格雷诺耶装了两小瓶这种香水，塞上软木塞，收到自己身上。随后他细心地用水冲洗瓶子、研钵、漏斗和小匙，用苦杏仁油擦净，以便弄去一切气味的痕迹。他拿了第二只配制瓶，用这只瓶迅速合成另一种香水，即头一种香水的仿制品，它同样是用新鲜和芳香的成分构成的，但这香水不再含有魔幻的液汁成分，而是完全按传统方式含点麝香、龙涎香，少许麝猫香和香柏木油。这香水本身不同于第一种香水，比第一种更加淡，更加纯正，更不具传染性，因为它缺少仿制的人的气味的成分。可是如果一个普通人使用这种香水，而且把它同自己的气味结合起来，那么它同格雷诺耶完全为自己制作的香水就再也没法区别了。

他把第二种香水也装到小香水瓶里，随后他脱光衣服，用第一种香水喷洒自己的衣服。然后他轻轻地搽腋下、脚趾间、下身、胸前、脖子、耳朵和头发，又穿上衣服，离开工场。

32

当他踏上街道时，突然感到恐惧起来，因为他知道，这辈子他第一次传播了人的气味。但他也发觉自己在散发臭气，发出地道的恶臭。他无法想象，别人会觉得他的气味是无臭的，他不敢径直到酒店里去，因为吕内尔和侯爵的总管家正在等着他。他觉得在人所不知的环境中试验新的人味香水，危险性比较小。

他穿过最狭窄和最阴暗的巷子，蹑手蹑脚地走到河边，那里有制革匠和染匠的工场，他们在那里干着散发出臭气的活计。每当有人迎着他走来，或是他从有儿童们游戏或老太太们闲坐的门口走过时，他就强迫自己放慢脚步，在这么浓的人的雾气中带着自己的气味向前走。

他从青年时代已经见惯了他身旁走过的人从不理睬他，

他曾一度相信，他们并非鄙视他，而是因为他们压根儿没有觉察到他的存在。他的周围没有空间，他没有像他人一样在大气中造成的波，没有在别人脸上投下的影子。只有当他在拥挤的人群中或是十分突然地在一个街角径直同某人相撞时，人家才会对他瞧上一眼。与他相撞的人通常是大吃一惊地退回去，凝视着他，约有数秒钟，仿佛看到了本来不该存在的生物，这种生物，虽然无法否认地就在那儿，但却以某种方式并不在场。此人随后就向远处望去，马上又把他忘了。

但是现在，在蒙彼利埃的巷子里，格雷诺耶觉察并清楚地看到——而每当他重又看到这点时，他心里都萌生了强烈的自豪感——他已经对人产生了影响。当他从弯着身子站在井边的一位妇女身旁走过时，他注意到她把头抬了一会儿，看看谁在那儿，后来显然是放心了，又把身子对着自己的水桶。一个背向着他站立的男子，把身子转过来，好奇地瞧了他好长一会儿。与他相遇的儿童们都躲开——不是因为害怕，而是为了给他让路；即使他们从门口一侧跑来，突然碰上了他，他们也不害怕，而是理所当然地悄悄从他身旁走过，仿佛他们已经预感到他要到来似的。

通过几次这样的遭遇，他学会了更加准确地估计他的新气味的力量和作用样式。他更迅速地朝着人走去，更贴紧他们身旁走过，甚至稍许张开一只手臂，仿佛偶然地擦到一个过路人的胳膊。有一次他想赶到一个男子前面，撞到了那人，表面上像是疏忽似的，立即止住脚步道歉；而那个人，就在昨天还被格雷诺耶的突然出现吓得如五雷轰顶，这时却仿佛什么事也没发生似的，接受他的道歉，甚至微笑了一会儿，拍拍格雷诺耶的肩膀。他离开巷子，走上圣皮埃尔大教堂前面的广场。钟在响着，教堂大门两侧挤满了人。一个婚礼仪式才结束。大家都想瞧瞧新娘。格雷诺耶跑过去，混在人群里。他挤着，挤进了人群，他想挤到人群中最拥挤的地方，让人们身子贴着身子围住他，目的在于让他们嗅嗅自己的气味。他在人群中间张开胳膊，叉开两腿，扯开领子，让气味可以毫无阻碍地从他身上流出……他察觉，别人一点也没发觉，的的确确什么也没发觉，挤在他周围站着的所有男人、女人和小孩是那么容易上当受骗，把他用猫屎、干酪和醋拌在一起的臭气当作与他们一样的气味吸进去，并把他，格雷诺耶，他们中间的坏蛋，当作人群中的一个人加以接受，他感到无比的高兴！他在膝盖部位觉察到有个小孩，一个小姑娘，她像个楔子一样站在成年人中间。他把她举起来，假装关心爱护的样子，把她放在一只胳膊上，以便仔细地瞧着她。孩子的母亲不仅容许这么做，而且还对他表示感谢，小姑娘高兴得欢呼起来。

格雷诺耶就这样假正经地在自己胸前抱着一个陌生小孩，在人群中大约站了一刻钟。正当参加婚礼的队伍在震耳欲聋的钟声和人们——有人往他们头上撒下雨点般的硬币——欢呼声的陪伴下走过时，格雷诺耶的心里也发出另一种欢呼，一种阴险的欢呼，一种邪恶的胜利感，它像色欲发作一样使他颤抖和入迷，他费了很大力气，才克制住对所有的人喷射出毒液和对他们呼喊：他不怕他们；几乎也不恨他们；而是怀着全部热情轻视他们，因为他们又臭又笨。因为他们受了他的骗。因为他们什么也不是，而他就是一切！他把小孩抱得更紧，仿佛要嘲弄人们似的，他吸足气，同其他人齐声喊叫："新娘万岁！新娘万寿无疆！美丽的新娘新郎万岁！"

当婚礼队伍走远，人群开始散开时，他就把小孩还给了她的母亲，然后走进教堂，以便从激动中恢复过来，歇息歇息。大教堂的空气中充满了香烟味，这些香烟从祭坛两侧的两只香炉里升起，呈寒冷的烟雾，像个闷人的罩子一样，盖在刚才在这儿坐过的人的柔和气味之上。格雷诺耶蹲在圣坛下的一条长凳上。

突然，他感到极大的满足。这不是当时在山洞里独自欢乐时所感到的醉心的满足，而是意识到自己力量所产生的一种冷静和清醒的满足。他如今知道了他能胜任什么。他使用极小的辅助手段，主要依靠自己的天才，仿制出人的香味，并且做得如此巧妙，以致连小孩都会受他蒙骗。他现在知道，他还能做更多的事。他知道自己可以改良这种香味。他会设计出一种不仅是人的，而且是超人的芳香，一种天使的芳香，妙得难以用文字形容，充满活力，谁闻到这香味就会入迷，必定会从心底里爱上他，格雷诺耶，这香味的载体。

的确，如果他们对他的香味入了迷，他们就会爱他，不仅只承认他是他们的同类，而是爱他爱得发狂，爱到可以牺牲自己，高兴得颤抖起来，幸福得喊叫号哭，而且不知道为什么，只要一嗅到他，格雷诺耶，他们就会跪下来，如同跪在上帝冷冷的香烟之下！他要成为现实世界中和凌驾于现实的人之上的全能的芳香上帝，如同他在幻想中已经做过的一样。他知道，他完全能做到这点。因为人们可以在伟大、恐怖和美丽之前闭起眼睛，对于优美旋律或迷惑人的话可以充耳不闻，但是他们不能摆脱气味。因为气味是呼吸的兄弟，它随着呼吸进入人们体内，如果他们要生存，就无法抵御它。气味深入到人们中间，径直到达心脏，在那里把爱慕和鄙视、厌恶和兴致、爱和恨区别开来。谁掌握了气味，谁就掌握了人们的心。

格雷诺耶心情非常轻松地坐在圣皮埃尔大教堂里的长凳上，微微笑着。当他决定要控制人们时，他没有精神快感的情绪，眼睛里没有狂人的目光，脸上没有疯子怪脸的表情。他没有丧失理智。他的思想十分清晰和明朗，以致他询问自己究竟为什么要这么做。同时他微笑着，心满意足。他的外表像任何幸福的人那么纯洁。

他肃穆安静地坐了好一会儿，深深吸入饱含焚香烟雾的空气。他的脸上又掠过开心的微笑：这上帝闻的气味多么可怜呀！这上帝自身散发出的香气，造得是多么拙劣呀！从香炉里袅袅上升的香烟，并不是真正的神香。它是拙劣的代用品，是用椴木、桂皮粉和硝石拌和假冒的。上帝在散发臭气！上帝是个散发臭气的小可怜虫！这个上帝受骗了，或者他本人就是个骗子，和格雷诺耶没有什么两样——只不过还要坏得多！

33

德·拉塔亚德-埃斯皮纳斯侯爵对新的香水欣喜若狂。他说，就连他这个致命气体的发现者也不无惊讶地看到，一种如此无关紧要的和挥发性的东西，例如一种香水，根据它是否产生于与土壤结合的或是与土壤分离的来源，对于一个人的一般情况竟产生了何等明显的影响。几小时前脸色苍白并几乎昏迷地躺在这里的格雷诺耶，他说，现在看上去像他那年龄的任何一个健康人那么充满活力，真的可以说，他——尽管带有一个像他这样阶层和缺乏教养的人所有的一切局限——几乎获得了像大人物一样的气质。他，塔亚德-埃斯皮纳斯，无论如何将在他即将出版的关于致命气体理论的专著的营养学一章中对这件事加以阐述。但是他认为当前首先得用这芳香配制出香水。

格雷诺耶交给他两小瓶用花制成的传统的香水，侯爵用它们来喷洒自己的身子。他对其效果非常满意。他承认，他在被像铅一样重的可怕的紫罗兰香压了多年之后，此时他仿佛觉得自己长出了花的翅膀；如果他没搞错的话，他的膝盖可怕的疼痛和两耳嗡嗡的响声都已减轻；总的说来，他觉得自己轻松愉快，变得身强力壮，年轻了好几岁。他朝格雷诺耶走去，拥抱他，称他为“我的气体兄弟”，并且补充说，这不是社交上的称呼，而是“考虑到致命气体理论”的单纯精神上的称呼。所有人在这致命气体理论之前——并且只在这致命气体理论之前——一律平等；他也打算——他说着，同时和格雷诺耶松开，而且是非常友好地，丝毫没有厌恶情绪地，几乎是像与自己同样身份的人松开——在不久的将来建立一个国际性的超阶级的共济会分会，该会的宗旨是要完全除去致命的气体，争取在最近用纯洁的活力气体来代替，他现在就许诺将吸收格雷诺耶为第一个皈依该分会的人。然后他叫人把用花配制的香水配方写在纸条上，把纸条放在身上，并送给格雷诺耶五十金路易。

德·拉塔亚德-埃斯皮纳斯在他第一次报告后的整整一周，再次让他的被保护人在大学礼堂里露面。人群拥挤不堪。蒙彼利埃全城的人，不仅科学工作者，而且社会上的人，其中有许多女士都来了，他们想观看这个传奇性的穴居人。尽管塔亚德的反对者，主要是“大学植物园友社”的代表和“农业促进协会”会员，把他们的追随者都动员起来了，这次活动仍取得了卓越的成绩。为了便于观众回忆格雷诺耶在一周前的情况，塔亚德-埃斯皮纳斯让人传阅描绘这个穴居人的丑陋和褴褛不堪的画片。随后他叫人把新的格雷诺耶带进来——身穿漂亮的天鹅绒蓝色外衣和绸衬衫，涂了胭脂，拍上粉，理了发。他笔挺地迈着优美的步伐，腰部摆动得像个绅士，这种走路的方式和他完全不靠别人帮助向大家致意，一会儿朝这儿一会儿朝那儿深深鞠躬，微微笑着登上讲台的风度，使所有怀疑者和批评者都哑口无言。就连大学植物园的朋友们也难堪地沉默着。这种变化太明显了，看来在这儿发生的奇迹太令人倾倒了：一周前，那里蹲着一头历经磨难的野蛮的动物，现在则的的确确站立着一个体态健美的文明人。大厅里洋溢着近乎庄严肃穆的情绪，当塔亚德-埃斯皮纳斯开始讲演时，厅里寂静无声。他再次发展了他那已经颇为出名的致命的土壤气体理论，后来阐述了他用何种机械的与饮食的方法把这种气体从被展示者的体内驱出，代之以活力气体。最后，他要求所有在座者，无论是朋友或持不同意见的人，鉴于如此令人信服的事实，放弃对这种新学说的抵制，同他，塔亚德-埃斯皮纳斯，一道对这凶恶的气体进行斗争，为善良的活力气体敞开道路。说到这里，他展开臂膀，眼睛对着天空，许多学者也模仿他这么做，妇女们则放声哭泣。

格雷诺耶站在小讲台上，不去听侯爵的高谈阔论。他怀着极为满足的心情观察一种完全不同的气体，即一种现实得多的气体——自己的气体——的作用。他按照大礼堂空间的要求，给自己喷洒了大量的香水，还没有登上讲台，自己浓重的香气就从身上散发出来。他看到这香气——他甚至真的用眼睛看到了！——抓住了坐在前面的观众，然后继续向后面传播，最后抵达后几排的观众和回廊。它抓住了谁——格雷诺耶高兴得心都要跳出来了——谁就明显地发生变化。在他的香气作用下，人们不知不觉地改变了他们的脸部表情、他们的举止、他们的感情。起初瞪大眼睛惊讶地看着他的人，此时则用和善的目光瞧着他；先前皱着眉头、嘴角明显下拉、背部始终靠在椅子上的人，现在松动了身子，背部向前倾了；甚至那些只是带着恐惧目光和始终抱着疑惑表情的神经敏感的人，胆怯的人和恐惧的人，此刻当香气传到他们身上时，在他们的脸上也泛出了友善，泛出了同情。

报告结束时全场起立，爆发出热烈的掌声。“活力气体万岁！塔亚德-埃斯皮纳斯万岁！气体理论万岁！打倒正统医学！”法国南部最著名的大学城蒙彼利埃的学者们这样喊叫着。这是德·拉塔亚德-埃斯皮纳斯侯爵一生中最伟大的时辰。

格雷诺耶现在从自己的小讲台上走下来，挤到人群中，他知道这样的欢呼只有他才能领受，这只是对让-巴蒂斯特·格雷诺耶一个人的欢呼，即使大厅里没有哪个欢呼者预料到这一点。

34

他在蒙彼利埃又呆了几个星期。他颇有点名气了，人们邀请他出入沙龙，询问他在洞穴的生活，打听侯爵给他医治的情况。他只得再三讲述把他掳走的强盗们的故事，讲述放下来的篮子和梯子的故事。每次他都添枝加叶，虚构新的细节。因此他在说话方面又得到了一定的锻炼——当然这是十分有限的，因为他这辈子并不热衷于语言——他觉得更重要的是如何自圆其说地说谎。

其实，他十分肯定地说，他想对人们讲什么就可以讲什么。他们只要相信过一次——他们在吸入第一口他配制的气味时，就对他表示信任了——那么他们对一切都会相信。此外，他在社交中获得了某种自信。这种自信他过去从未有过，它甚至在身体方面表现出来。他觉得自己似乎长高了。他的驼背似乎消失了。他差不多完全挺直身体走路。若是有人同他攀谈，他已经不再抽搐，而是笔直地挺立，经受住向他投来的目光。当然他在这期间还没变成地道的男子汉，还不是沙龙的雄狮，不是独立自主的社交上的清客。但是很明显，蜷缩着身子和侧向左边的情况已经没有了，自然的谦虚和任何情况下都带点天生腼腆的姿态已经显示出来，这种姿态给某些先生和女士留下了动人的印象——当时在上流社会圈子里，人们偏爱自然的姿态和一种毫无变化的魅力。

三月初他整理好行装，并在一天清晨城门刚打开时，穿上了前一天在旧衣市场上买来的一件不显眼的蓝色外衣，戴上一顶破旧礼帽，这顶帽子把半个脸部遮住了。他偷偷地离开了。没有人认出他来，没有人看到或注意他，因为他在这天特意没有使用他的香水。将近中午时分，侯爵打听他的情况时，哨兵信誓旦旦地说，他们虽然看到了所有离城的人，但是没有看见那个大家熟悉的穴居人，那穴居人一定会引起他们注意的。侯爵于是叫人散布说，格雷诺耶是经他同意才离开蒙彼利埃，回巴黎处理家事的。可是暗地里他恼火到了极点，因为他已经筹划好和格雷诺耶一起游历整个法国，以便争取追随者支持他的气体理论。

过了一段时间，他的心情才平静下来，因为即使不出去旅游，几乎不用他自己努力，他的名声就传开了。关于塔亚德致命气体的长篇论文发表在《科学报》乃至《欧罗巴信使报》上，许多受致命气体传染的病人远道而来求医。一七六四年夏天，他建立了第一个“活力气体共济会分会”，该分会在蒙彼利埃有一百二十名会员，在马赛和里昂有支会。后来他决定到巴黎去，以便从那里出发争取整个文明世界对他的学说的支持，可是为了进行宣传支持他的远征，他首先要完成一项伟大的气体事业，它使得医治穴居人以及其他一切实验都黯然失色，十二月初，他由一群毫不畏惧的门徒陪同，出征卡尼古山峰，它与巴黎位于同一经线上，被认为是比利牛斯山的最高山峰。这个已经接近老年的男人打算叫人把他抬到2 800米高的山峰上，在那里呆上三个星期，呼吸最纯洁、最新鲜的活力空气，以便如他所宣布的，准时在圣诞前夕变成一个二十岁的健壮少年重新下山。

他的门徒在到达韦尔内——可怕的山脚下的最后一个居民点——不久即退出远征，但侯爵一点也不介意。他在冰天雪地中脱去他的衣服，发出欢呼声，开始一个人登山。人们最后看到的，是他极度兴奋地朝天举起双手，唱着歌消失在暴风雪中的侧影。

圣诞前夕，门徒们等候着德·拉塔亚德–埃斯皮纳斯归来。但是他们白等了，他既没作为老头也没成为青年回来。第二年初夏，一批最勇敢的人外出寻找，登上终年积雪的卡尼古山峰，可是没找到他的任何东西，没发现衣服，也没发现他身上的任何部分和小骨头。

可是这对于他的学说并未造成什么损失。情况正相反。不久有了这样的传说：他在山顶上与永恒的活力气体结了婚，自己融化在气体中，气体融化在他身上，继续永远年轻地飘过比利牛斯山的山峰，谁也看不见，谁上山去找他，就分享到他，一年中不会生病，不会衰老。直至十九世纪，有人还在医学讲座上为塔亚德的气体理论辩护，在许多神秘的团体里还用它来治病。直至今天，在比利牛斯山两侧，即在佩皮尼昂和菲格拉达福兹，还存在着秘密的塔亚德主义者共济会分会，他们一年一度聚会在一起攀登卡尼古山峰。

他们在那里燃起篝火，据说是为了迎接冬至的来临和纪念圣约翰的缘故——但实际上是为了对他们的师傅塔亚德–埃斯皮纳斯表示尊敬，对他的伟大气体表示崇拜，为了获得永生。

第三章

35

格雷诺耶游历法国的第一阶段花了七年时间，而第二阶段他却用了不到七天。他不再避开热闹的马路和城市，不再走弯路。他有了气味，有了钱，有了自信。他匆匆忙忙。

就在离开蒙彼利埃后的当天晚上，他到达埃格莫特西南一个港口小城市，他在那里上了一艘开往马赛的货船。在马赛他没有离开码头，这条船继续沿着海岸把他送往东部。两天后他到达土伦，再过三天到了戛纳，剩下的路程他步行。他顺着一条通往北方的小路登上小山。

两小时后，他便站立在圆圆的山顶上，面前展现出方圆数里的大盆地，盆地四周是缓缓升起的小山和陡峭的山岭，盆地广阔的凹地上有新耕作过的田地、园圃和橄榄树林。盆地的气候独特而又宜人。虽然大海离此很近，从小山顶上一眼就可以望见，但这里丝毫没有海洋的特点，没有盐、沙，一点也没开化，而是偏僻、闭塞的；人们到了这里，仿佛到了离海滨许多天行程的地方。虽然北面是白雪皑皑的大山，可这里却感觉不到阴冷或贫瘠的迹象；这儿没有凛冽的寒风；这儿的春天远比蒙彼利埃来得早。温和的雾气像一个无形的罩子罩在田野上。杏树和巴旦杏树的花朵盛开，温暖的空气中充满水仙花的香气。

在大盆地的另一端，或许有两里距离，坐落着一个城市，或者说得更确切些，一个城市贴在屹立的山边。这个城市从远处给人的印象并不特别壮观。那里没有耸立在房屋之上的大教堂，只有一座小教堂钟楼；没有占主体地位的城堡，没有特别豪华的建筑物。城墙的作用似乎不是为了防卫，到处都有房屋突出在城墙之外，尤其向下面平地的一侧更是如此，因而市区的外观显得有些破损。似乎这地方过去经常是兵家争夺之地，似乎它如今已经厌倦对即将到来的入侵者再作认真的抵抗——但是这并非由于软弱，而是出于懒散，或者甚至是由于感到强大。它看上去仿佛无须显示出豪华。它的脚下有散发芳香的巨大盆地，它觉得这就足够了。

这个外表并不引人注目但同时又自信的地方就是格拉斯市，数世纪以来它都是香料、化妆品、肥皂和油的无可争议的生产和交易中心。吉赛佩·巴尔迪尼说到这个城市时总是眉飞色舞。他说，这个城市就是芳香的罗马，香水行家向往的地方，谁没有在这儿留下他的足迹，他就不配当个香水行家。

格雷诺耶怀着非常冷静的目光望着格拉斯这个城市。他并不是寻找化妆品行业的圣地，他望着紧贴山坡的房屋，并没有心花怒放。他来这里是因为他知道，这里比别的地方可以更好地学到生产香水的技术。他要掌握这些技术，因为他需要它们为自己的目标服务。他从口袋里掏出装着他的香水的瓶子，精打细算地轻轻涂着自己，并且立即动身。一个半小时后，即将近中午时分，他抵达了格拉斯。

他在城市高处空旷的广场旁的一家客栈里用餐。广场的中间有一条小河穿过，制革匠就在河边冲洗皮革，随后把皮革摊开晾干。皮革的气味刺鼻，致使一些顾客食欲大减。但这并不影响格雷诺耶的食欲。他熟悉这种气味，它给予他一种安全的感觉。在任何一个城市里，它总是首先寻找制革匠聚居区。随后他就会觉得，仿佛他这个从臭气环境中来并由此了解这地方的其他地区的人，已经不再是个陌生人了。

整个下午，他都在城里游逛。这城市脏得出奇，尽管是或者确切地说正是因为水量过多，这些水从数十个泉井冒出，汇入毫无规则的沟渠和小河向城市的低处流去，使大街小巷泛滥，泥沙为患。在某些区里，房屋挤在一起，以致留给通道和台阶的地方只有一尺宽，在泥泞中经过的人都得摩肩接踵。即使在广场和少数几条较宽的街道上，车子相遇也几乎无法避让。

然而，尽管一切都脏乱不堪，街巷狭窄，但是这城市各行业却非常活跃，仿佛要爆炸似的。格雷诺耶在他的漫步中看到肥皂作坊不下七家，看到了一打化妆品和手套师傅、数不清的小酒店、润发脂店、香料店以及大约七个大量销售香料的商人。

这些当然是拥有真正的大香料店的商人。从他们的房屋往往认不出来。面向街道的房屋正面看上去相当简朴。可是在其后面，在贮藏室和大地下室内，是一桶桶油，一堆堆高级薰衣草肥皂，一瓶瓶花精水、葡萄酒、酒精，一袋袋、一箱箱、一柜柜塞得满满的香料……格雷诺耶透过最厚的墙详尽地嗅到了这一样样东西，这就是财富，就连君主们也是没有的。若是他透过朝向街道的普通的店堂和库房更仔细地嗅去，那么他就会发现，在这些小方格形市民房屋的背面，有着最奢华的建筑。在夹竹桃和棕榈郁郁葱葱及有花坛和美丽喷泉的小花园周围，延伸着庄园真正的厢房，多半呈 U 形朝南建成：在楼屋里充满阳光的、用绸子作裱墙布裱好的卧室，豪华的、用外国木材做护墙板的面向平地的沙龙，偶尔也像露台一样突出到露天的餐厅——餐厅里真的像巴尔迪尼所说的，人们在用金制的餐具吃着瓷制盆里的东西。住在这简朴布景后面的老爷们，身上散发出金子、权力和沉重而又保险的财富的气味，它们比格雷诺耶迄今为止在这个省份旅行中在这方面所嗅到的一切气味还要浓烈。

他在一座不引人注目的宫殿前伫立良久。这建筑物位于德鲁瓦大街的起始处，那是一条自西向东穿过该城市的主要街道。它并不太壮观，当然正面要比邻屋宽阔一点，可是绝对没有宏伟的气魄。在大门口停着一辆载桶的车子，桶经过一块木板被卸下来。一个男人带着证件走进账房，又同另一个男人走出来，两人消失在大门口。格雷诺耶站在街道的对面一侧，观看熙熙攘攘的情景。至于那里发生了什么，他并不关心。尽管如此，他还是止住脚步。有点什么吸引了他。

他闭起眼睛，聚精会神地嗅着从对面这建筑物朝他吹来的气味。首先是圆桶、醋和葡萄酒的气味，其次是仓库成百种浓烈的气味，然后是财物的气味，像纯金的汗一样从墙里蒸发出来的气味，最后是一个花园的气味，这个花园想必是坐落在房屋的另一侧。截住花园散发出的轻柔香味并不容易，因为它们就像细薄的线条一样越过房屋的山墙向下飘到街道上。格雷诺耶从中发现了木兰、风信子、欧亚瑞香和杜鹃花……但是这花园散发的香味，似乎有些不同，是好得要命的气味，是他这辈子从未闻到过的好闻气味——或者说他只闻过唯一一次的气味……他得朝这香味靠近些。

他考虑着是否应该径直穿过大门口进入庄园。但这时在那里有许多人在忙着卸下并检查圆桶，他肯定会引人注意。他决定退回到街道上来，以便找到一条巷子或一条也许顺着房屋横向一侧延伸的通道。走了几米后，他已经到达德鲁瓦大街起点处的城门。他穿过城门，靠着左边行走，沿着城墙的走向下山。没走多远，他嗅到了花园的气味，起初是淡淡的，还混杂着田野的空气，随后越来越浓。最后他知道他已经靠近花园。花园与城墙毗连。他此时就在花园旁。他只要向后退一点，就可以越过城墙望见橙树最上方的枝条。

他又闭起眼睛。花园的香味轮廓清晰得像一条虹的彩带一样向他袭来。一种香味，一种珍贵的香味，一种他认为重要的香味就在其中。格雷诺耶幸福得热起来，恐惧得冷下去。血液像一个被逮住的顽童向他脑袋升腾，然后又退回到身体的中部，再上升，又退回，他无力抗拒。这种气味的进攻太突然了。一刹那，吸一口气的时间，永远，他觉得时间仿佛延长了一倍，或是倏地消失了，因为他再也不知道，现在就是现在，这儿就是这儿，或者更确切地说，不知道现在就是当时，这儿就是那儿，就是一七五三年九月巴黎的马雷大街，从花园里飘来的香味，就是他当时害死的那红发少女的香味。如今他在世界上又找到了这种香味，这使他热泪盈眶——至于这事可能不是真的，又使他怕得要死。

他感到头晕，踉跄了一阵，不得不往墙上靠，倚着墙慢慢地向下滑到禾草堆上。他在那里集中注意力，抑制自己的精神，开始以较短促而不太冒险的呼吸吸入这令人不快的气味。他断定墙后这气味同红发少女的气味固然极为相似，但是却不完全一样。当然它同样是来自一个红发少女，这是不容置疑的。格雷诺耶好像在自己面前的一幅图画上看到了他嗅觉想象中的这个少女：她并没有安静地坐着，而是跳来跳去，身上热起来，又凉下去，显然她是在做一种须剧烈运动、然后又迅速停止的游戏——此外，她是在同另一个完全没有自己特征气味的人做游戏。这少女有洁白的皮肤，有淡绿色眼睛，脸上、脖子上和胸前有雀斑……这就是说——格雷诺耶的呼吸停顿了一会儿，他更猛烈地嗅，试图遏制对马雷大街那少女的气味回忆——这就是说，这个少女还没有真正意义的乳房！她的乳房几乎还没有开始发育。她只不过有散发出非常柔嫩和少量香味的、周围长了雀斑的、也许是近几天来、也许是近几小时来……甚至是此刻才开始膨胀的小乳房头。一句话：这少女还是个孩子。说什么都是个孩子！

格雷诺耶额头上冒着汗珠。他知道儿童没有什么独特的气味，犹如迅速成长的花在开花前呈现绿色一样。可是这朵花，墙后面这朵几乎还是闭合着的花，此时除了他，格雷诺耶之外，还没有被任何人发觉，它此时才冒出第一批散发香味的尖形花瓣，它现在已经把头发朝天竖起，一旦完全绽开，它必定会流出这世界尚未嗅到过的一种香水。她现在的气味，格雷诺耶想，就已经比当时马雷大街那少女的更好——不那么浓，不那么厚，但是更雅致，更吸引人，同时更自然。但是再过一至二年，这气味定会成熟，必将获得一种力量，任何人，男人和女人，都摆脱不了这种力量。人们将被制服，将被解除武装，面对这少女的魔力而束手无策，而且他们将不会知道为什么。因为他们愚蠢，他们的鼻子只能用来喘息，以为用他们的眼睛就可以认出一切，他们会说，因为这个少女美丽、优雅和妩媚。他们将以自己的局限性赞美少女匀称的容貌、苗条的身材和完美的胸脯。她的眼睛，他们会说，活像绿宝石，牙齿像珍珠，四肢与象牙一样光滑——还有其他一些愚蠢的比喻。他们将把她选为茉莉花女王。她将由低能的肖像画家作画，人们将好奇地观看她的画像，说她是法国最美的女人。青年人将一连数夜坐在她的窗下弹起曼陀铃，大声吼唱……肥胖而富有的老头儿都低声下气地乞求她父亲把女儿嫁给他……各种年龄的妇女看到她都会唉声叹气，在睡眠中梦到自己哪怕只有一天能像她那样迷人。他们大家都不会知道，其实他们迷恋的并非她的外貌，不是她那据说毫无瑕疵的美丽，而是她那无与伦比的绝妙的香味！只是他，格雷诺耶一个人会知道。其实他现在已经知道了。

啊！他要占有这香味！不是像当时占有马雷大街那少女的香味那样采用徒劳、笨拙的方式。当时他仅把香味吸入体内，因此也就把它破坏了。不，墙后那少女的香味他要真正掌握；要像从她身上剥下一层皮一样得到它，并把它转变成自己的香味。这究竟怎样才能实现，他心中还无数。但是他可以有两年时间进行学习。一般说来，大概不会比夺取一朵稀世名花的芳香更困难。

他站起身，近乎虔诚地蜷缩着身体离开，仿佛离开什么神圣的事物或一个睡觉的女人，悄没声地走开，谁也没瞧见他，听见他发出的声音，谁也不会注意到他的发现。他就这样沿着城墙逃到城市的另一头，少女的芳香终于在那儿消失，他在弗奈昂门又找到入口。他在房子的阴影中止住脚步。街巷散发臭味的蒸汽给他以安全感，有助于他抑制先前向他袭来的激情。一刻钟后，他又完全恢复了平静。首先，他想，他不能再到城墙的花园附近去。这没有必要。这使他太激动了。那边那朵花没有他的帮助也在茁壮生长，至于它以何种方式成长，他反正不知道。他不该在不适当的时机陶醉于它的芳香。他必须扑到工作上。他必须扩大自己的知识，完善它的手艺技能，以便准备好迎接收获季节的到来。他还有两年时间。

36

在弗奈昂门不远的卢浮大街，格雷诺耶发现一家小香水作坊，便打听是否用人。

情况表明，这家作坊的老板奥诺雷·阿尔努菲香水师傅在去年冬天已经去世，他的遗孀，一个活跃的约三十岁的黑发女人，依靠一个伙计的帮助独自经营这家店。

阿尔努菲夫人在长时间诉说年景不佳和生意不景气后说，她虽然本来不能再雇伙计，但另一方面又有许多突击性活计迫切需要一个；她还说，她家里住不下第二个伙计，可是在弗朗西斯修道院后面的橄榄园有间小屋——离此地不到十分钟路程——一个要求不高的青年人勉强在那里过夜是不成问题的；此外她作为正直的师娘知道要为伙计的健康负责，但另一方面却也看到自己无力保证每日能有两餐热饭——一句话，阿尔努菲夫人是——当然格雷诺耶早就嗅到了——一个过着富裕生活和具有精明的生意头脑的妇女。由于他本人对钱不太计较，他表示每周有两个法郎报酬和其他勉强维持生活的条件就知足了，因此他们很快就达成了一致。第一个伙计被叫来了，他是个像巨人一样的人，名叫德鲁，格雷诺耶立即猜出，他想必经常和夫人一道睡觉，她若不与他商量，显然是不能做出决定的。他站到格雷诺耶面前——格雷诺耶在这巨人跟前显得太滑稽可笑了——两腿叉开，散发出精子气味的雾气，打量着他，用锋利的眼光审视他，仿佛要通过这种方式洞察出某种不正当的意图或一个未来的情敌似的，最后他倨傲而又显示宽容地冷冷一笑，点头表示同意。

一切就这样解决了。他们跟格雷诺耶握握手，格雷诺耶得到一份冷冷的晚餐，一床被褥，一把小屋的钥匙。这小屋是个棚屋，没有窗户，散发出好闻的旧羊粪和干草的气味，格雷诺耶就在小屋里尽可能好地安顿下来。第二天，他开始在阿尔努菲夫人那里干活。

这正是水仙花开的季节。阿尔努菲夫人在城市下面的大盆地里有小块土地，她叫人在自己的小块土地上种植这种花，或是与农民讨价还价从他们那里买来。这种水仙花一大清早就送来，一筐筐倒进作坊里，堆成一大堆，体积庞大，分量却像羽毛一样轻，散发出香味。德鲁在一口大锅里把猪油和牛油融化成奶油状的液体，当格雷诺耶用一把像扫帚一样长的搅拌工具不停地搅拌时，他把大量新鲜的花朵倒进锅里。这些花宛如被吓得要死的眼睛一样停在表面上一秒钟，当搅拌工具把它们往下拌，热油把它们包围起来时，它们就变得苍白了。几乎是在同一瞬间，它们已经精疲力竭、枯萎，显然死神已迅速来临，以致它们只好把最后一口香气呼给浸泡它们的那种媒介物；因为——格雷诺耶高兴得难以形容地发觉——他在锅里往下拌的花越多，油脂的香味也越浓。而且在油里继续散发香味的并不是死了的花，而是油脂本身，它已经把花的芳香占为己有。

有时锅里的汤液太浓，必须把它倒到粗筛上，以便除去无用的花的废渣，从而又可以加入新鲜的花朵。然后他们又倒入花，搅拌，过滤，整天不停地干活，因为事情不能拖延，直至傍晚，这一大堆花都在锅里处理完毕。废料——为了不受任何损失——再用滚水烫过，置于螺旋压力机里，把最后一滴尚发出香气的油榨干。大多数芳香，即像海洋一样浩瀚的花之灵魂，总是留在锅里，保存并融入缓慢凝固的并不怎么好看的灰白色油脂里。

翌日，离析——人们给这种方法的称呼——继续进行，锅子又加热，油脂被融化，锅里加入新的花。一连几天起早摸黑，都是这么干活。这种活非常辛苦。格雷诺耶的胳臂重得像铅一样，手上长了老趼，每天晚上趔趄着走回小屋时，背部疼得厉害。德鲁的力气大概相当于他的三倍，可从来也没替换他搅拌过一次，而是只管倒像羽毛一样轻的花，照看炉火，有时因为炎热，也走开去喝口饮料，但是格雷诺耶不发牢骚。他从早到晚毫无怨言地把花拌到油脂里，在搅拌时几乎不觉得累，因为他不断被发生在他眼睛下和鼻子下的过程，即花的迅速枯萎和它们的香味被吸收的过程所吸引。学会这种方法，他觉得比金子更有价值。

过了一些时日，德鲁断定油脂已经饱和，不能再继续吸收香味了。他们把火熄灭，最后一次过滤这浓稠的汤液，把它们装进陶质坩埚里，在这儿它们很快就凝固成一种散发出奇妙香味的香脂。

接下去就是阿尔努菲夫人的事了。她来检查这价值连城的产品，写上标签，在自己本子上详尽地记录成品的质量和数量。她亲自把坩埚封好，涂了漆，放到地下室凉爽的深处，然后她穿上黑色服装，戴上寡妇用的面纱，到城里的商人和化妆品商店那里去推销。她用动人的语言对先生们描述单身寡妇的境遇，请人提意见，对比价格，叹着气，最终把产品卖出——或是卖不出去。香脂放置在阴凉处，可以保存很久。若是现在的价格不理想，谁知道，或许冬天或来年春天会上升。也可以考虑，是否不把货品出售给这些富商，而是同其他小生产者一道用船装运一批香脂去热那亚，或者是加入一支商船队到博凯尔[1]参加秋季博览会——当然这要冒风险，但是如果成功，可以赚很多钱！阿尔努菲夫人细心地考虑这些不同的可能性，将它们进行对比，有时也把它们结合起来，卖去一部分珍品，保存另一部分，又冒险地做着第三部分生意。当然她在探听信息时若是获得这样的印象，即香脂市场已经过于饱和，不久将对她产生不利影响，她就急急忙忙飘着面纱回家，吩咐德鲁把整套生产改为漂洗，使它转变为高级香精。

然后香脂便又从地下室取出，放在密闭的罐子里小心翼翼地加热，掺入优质酒精，由格雷诺耶操作一个装好的搅拌工具，进行彻底的搅拌和分离。这种混合物放回到地下室后就迅速冷却，酒精从香脂的正在凝固的油脂中析出，就可以装进瓶子里。此时它在某种程度上就是一种香水了，当然浓度很高，而留下来的香脂已经失去大部分香味。这就是说，花的芳香已经转移到另一种媒介物质上。但是整个工序尚未结束。用纱罗巾彻底过滤，使最细小的油脂细屑滤出，然后

---

1 法国南部城市，其地理位置在经济上十分重要；十三世纪起，那儿每年都要举行秋季博览会。

德鲁把香料酒精放进一个小蒸馏器里，用文火慢慢把它蒸馏出来。酒精挥发后留在蒸馏器里的就是少量颜色淡淡的液体，格雷诺耶对这液体相当熟悉，但在这种质量和纯洁度方面，他在巴尔迪尼和吕内尔那儿都没有闻到过；纯正的花油、其纯粹的芳香，被几十万倍地浓缩成一小瓶高级香精。这香精的气味并不可爱。它的气味非常强烈，带有刺激性，几乎让人受不了。用一滴香精配上一升酒精即可恢复原来的香味，达到一整块地的花散发出的香味。

最后的成品非常少。一个蒸馏器的液体正好可以装满三小瓶！除了这三小瓶香精，千万朵花的芳香都荡然无存！但是它们的价值，在格拉斯这儿，已经相当于一大笔财产。若是把它们送到巴黎、里昂、格勒诺布尔、热那亚或马赛，其价值又不知要增加多少倍！阿尔努菲夫人看到这些小瓶子，目光就露出了好感，她用眼睛爱抚它们。当她拿着它们，用磨得极为合适的玻璃塞将它们塞紧时，她屏住呼吸，以免把这价值连城的香味吹跑一丝一毫。为了防止在加塞后最小的原子变成蒸汽跑掉，她就用熔化的蜡把塞子封住，把它们倒转过来装入一个鱼鳔式囊里，在瓶颈部位把囊系牢。然后再把它们放在垫有棉花的小盒子里，拿到地下室封存起来。

37

他们在四月离析染料木和橙花，在五月离析像大海一样多的玫瑰，玫瑰花的芳香使这城市整月弥漫在奶油一样甜的无形雾气中，格雷诺耶像一匹马一样干活。他毫不讨价还价，以几乎是奴隶式的驯顺干着德鲁分派给他的次要的活。可是在他表面上呆头呆脑地搅拌、刮抹、冲洗大圆木桶、打扫工场或搬运柴火时，他的注意力始终没有离开工作的主要环节，时刻留神各种香味的变化。格雷诺耶用鼻子密切地注视观察着花瓣的香味转移到油脂和酒精直至装入精致的小香水瓶的过程，比德鲁观察得更仔细。早在德鲁发觉前，他就嗅出来什么时候油脂加热过度，什么时候花瓣消耗殆尽，什么时候汤液里的香味饱和。他嗅到，配制容器里发生了什么事，蒸馏过程必须在哪个精确时刻结束。有时他也善于作出暗示，当然态度冷淡，没有摆脱下属的姿态。他说，他觉得现在油脂可能太热了；他以为马上可以过滤了；他似乎感觉到，蒸馏器里的酒精现在已经蒸发，……而德鲁，固然并不非常聪明，但也不完全是个笨蛋，时间长了就知道，他若是按照格雷诺耶“以为”或“似乎感觉到”的意思做出抉择，即可取得最佳的结果。由于格雷诺耶说话从不莽撞，并不自以为说出了“以为”或“感觉到”就比别人高明，因为他从来没有——主要是在阿尔努菲夫人面前从来没有——表现出对德鲁的权威及其作为第一伙计地位的怀疑，德鲁没有任何理由不采纳格雷诺耶的建议，日子一长，甚至越来越多地听凭他做出抉择。

后来，格雷诺耶越来越多地不仅干搅拌活，而且同时也加料、生火和过滤，而德鲁则跑到“四王位继承者”酒馆去喝葡萄酒，或是上去找夫人检查一下是否一切都妥当。他知道自己可以相信格雷诺耶。格雷诺耶虽然一人干两人的活，却享受到了一人独处的自由，可以完善新的技术，偶尔也做些小试验。他暗自高兴地确认，比起他和德鲁一道制作的，他一人制作的香脂要好得多，他制作的高级香精要纯正得多。

七月末，茉莉花的季节开始，八月，夜风信子的季节开始。这两种花香味优美，同时花也脆弱，人们不仅必须在日出之前采摘，而且在加工时必须特别小心谨慎。温度高了会降低它们的香味，突然泡在热的浸渍油脂里会使香味完全丧失。这些百花中最名贵的花，是不让轻率夺走它们的灵魂的，必须采取合适的方式用甜言蜜语骗来。在一间香味扑鼻的房间里，这些花被撒在涂上冷油脂的盘子上，或是松松地用浸过油的布巾裹住，必须让它们在睡眠中慢慢死去。三四天后，它们才枯萎，把自己的香味全部呼出来交给相邻的油脂和油，然后人们小心地把它们扯掉，撒上新鲜的花。这程序反复进行十至二十次，直至香脂吸饱香味和含香味的油被从布巾中挤出来时，已经是九月了。获得的成品比用离析法还要小得多。但是通过冷油脂萃取法取得的茉莉膏或一种抗肺病香水的质量，在精美和保留原气味方面，超过了用其他香水技术制作的产品。尤其是茉莉花，其甜滋滋的讨人喜欢的芳香仿佛反映在一面镜子里一样反映在涂油脂的盘子上，并完全忠实于自然地反射回去——当然是有所保留。格雷诺耶的鼻子毫无疑问能区别出花的香味和它保存下来的香味：

油脂本身——尽管它是这么纯净——的气味像一条精制的面纱罩在原始的香味结构上，使它有所缓和，缓慢地削弱明显的部分，甚至使它的美丽可以为普通人所接受……在任何情况下，冷油脂萃取法是获得脆弱香味的最巧妙和最有效的手段。更好的手段是没有的。若是这方法还不足以使格雷诺耶的鼻子完全确信无疑，那么他却知道，为了欺骗一个鼻子迟钝的世界，这个方法是千百倍地足够了。

不久以后，就像离析方面那样，他也在冷油脂萃取法的技术方面超过了他的老师德鲁。他运用经过考验的、谦卑的谨慎方式使他明白了这点。德鲁乐得把去屠宰场买最合适的猪牛油脂、把它们洗净、熬油、过滤和确定配制比例的事都让给他去做，这对德鲁始终是个十分棘手和畏惧的任务，因为一种不干不净的、哈喇味的或过分散发出猪羊牛气味的油脂会毁了最贵重的香脂。他把确定萃香室里油脂盘的间距、更换花的时间、香脂的饱和度都托付给他，很快就把一切棘手的抉择都托付给他。德鲁与当年的巴尔迪尼类似，只能根据所学的规则大致上作出抉择，而格雷诺耶却是凭着自己鼻子的见识作出的——当然，这是德鲁一无所知的。

“他的手很灵巧，”德鲁说，“他对事情有良好的感觉。”有时他也这么想：“他比我能干多了，是比我强一百倍的香水专家。”同时，他认为他又是个地地道道的白痴，因为正如他所想的，格雷诺耶没有利用自己的才能赚过一文钱，可是他，德鲁，却利用自己比较微小的才能使自己即将成为师傅。而格雷诺耶则支持了他的看法，他傻里傻气地努力干活，没有一点抱负，仿佛对自己的天才一无所知，只是按照经验丰富得多的德鲁的吩咐行动，没有德鲁他什么也不是。他们依靠这种方式，相处得颇为和睦。

后来秋天和冬天到了。工场里逐渐变得干净了。花的芳香被装在坩埚和香水瓶里，放在地下室里，如果夫人不想分离这样或那样的香脂，或是叫人蒸馏一袋干的香料，那就没有多少事可做了。橄榄还是有的，每星期有几满筐。他们把纯洁的油从橄榄中榨出，把剩下的送到榨油作坊。至于葡萄酒，格雷诺耶把一部分蒸馏成酒精并且再精馏。

德鲁越来越难得露面了。他在夫人床上干他的事，若是他散发着汗臭和精子臭味来了，只不过是为了到“四王位继承者”酒馆去。夫人也难得下来。她忙着自己的财产事务，忙于翻改衣服，供她服丧一年期满后穿用。一连几天，格雷诺耶往往只是中午从女仆那里拿到汤，晚上拿到面包和橄榄，除了见到女仆外，什么人也没见到。他几乎不出门。他参加团体的活动，尤其是常规的伙计聚会和游行倒是非常频繁的，以至于他在场或不在场都不会引起人们注意。他没有好友或熟人，但是他却认真地注意，尽可能不被人看作是狂妄自大或孤僻的人。他让别的伙计以为他的社交是平平淡淡的，收益甚微的。他在散布无所事事和把自己扮成笨拙的白痴这一技巧方面是一位大师——当然从不过分，以免别人作弄他取乐，或是把他当作某个粗鲁的行会玩笑的牺牲品。他成功地做到使人认为他是完全乏味的人。人家从不打搅他，他所希望的也不过如此而已。

38

他的时间是在作坊里度过的。他对德鲁说，他想发明一种科隆香水的配方。但实际上他是在试验完全不同的香水。

他以前在蒙彼利埃配制的香水，虽然用得非常省，也已经快用完了。他设计一种新的香水。但是这次他已经不再满足于用匆忙调配起来的材料，勉强凑合地仿造人的基本气味，而是有了这样的抱负：要获得一种人的香味，或更确切地说，多种人的香味。

一开始他为自己制作了一种不引人注意的气味，即任何时候都像件衣服一样披在身上的气味，它固然还有人的似乳酪酸味，但好像是通过厚厚的一层披在干瘪老人身上的亚麻和全毛衣服才散发到外界的。他若有如此的气味，就可以高高兴兴地到人们中去。这种香水足以在嗅觉方面表明一个人的存在，同时又不引人注目，以致它不会打搅任何人。格雷诺耶本来是没有气味的，然而现在无论他在哪儿出现，总会有一丁点儿这种香水的气味，不管是在阿尔努菲家里，还是有时在城里漫步，这种香水的气味都很合适。

在某些场合，气味少当然表明是不利的。如果他受德鲁吩咐必须出去料理事情，或是想在一个商贩那儿为自己购买一些麝猫香或几粒麝香，可能会发生如此情况：由于他不引人注意，他或是被人完全忽视，无人接待他，或是人家虽然看见了他却服务不当，不然就是在服务时又忘了他。因为这些缘故，他为自己配制了一种味道有些浓烈的、略带汗味的香水，这香水嗅起来使得他外表显得较粗鲁，让人家以为，他得赶紧，他有急事要做。他用新鲜鸭蛋和发酵面粉和成的糊糊，使涂了油脂的亚麻布含有香味，仿造出德鲁的精子气味，取得了成功，引起了某种程度的注意。

他的宝库中的另一种香水散发出激起同情的香味，在中老年妇女中证明是有效的。这种香味闻起来颇像稀牛奶和干净的软木。格雷诺耶用了这种香水——即使胡子拉碴，脸色阴沉，穿着大衣——就像是个穿着一件破外衣、靠人救济的脸色苍白的穷小子。在市场上摆摊的妇女一发觉他如此狼狈，就塞给他硬壳果和干梨子，因为她们发现他看上去十分饥饿，无依无靠。屠夫的妻子本来是个非常厉害的丑老太，也允许他选出发臭的剩肉和剩骨头，免费带走，因为他的清白无辜的气味感动了她的慈母心。他用这些剩余的东西直接与酒精浸煮，又得到了一种气味的主要成分。若是他想单独一人，避免与人接触，他就使用这种气味。这种气味在他周围造成有点令人厌恶的气氛，如同人睡醒时从不新鲜的肮脏嘴里呼出的一种腐臭气息。这种气味的效用如此奇妙，就连不太敏感的德鲁也身不由己地避开，到户外去透透空气，自然没有完全清醒地意识到，究竟是什么使他厌恶。把这种驱虫剂滴几滴在小屋的门槛上，就足以挡住任何入侵者——人或动物。

他按外部的需要像换衣服一样变换气味，这些气味都使他在人的世界中不受搅扰、不暴露其本质。在这些不同气味的保护下，格雷诺耶把自己的全部精力都献给他的现实的热情追求：灵敏地追猎种种香味。由于他有了个宏大的目标，而且还有一年以上的时间，他不仅怀着极大的热情行事，而且也非常有计划和系统地把自己的武器磨得锋利，使自己的技术精益求精，逐步完善自己的方法。他开始了他在巴尔迪尼那里未竟的事业，着手从石头、金属、玻璃、木头、盐、水、空气等无生命物体里提取香味。

当时，用简单的蒸馏方法失败了，如今由于油脂的奇妙的吸附力而取得了成功。一连好几天，格雷诺耶用牛的油脂涂在黄铜制的球形门把手上，他喜欢它的凉爽的、发霉的气味。你瞧，当他把油脂刮下来检查时，他就闻到那个球形门把手的气味，虽然量非常微小，但却很清楚。甚至在用酒精冲洗过以后，这气味依然存在，非常柔和、遥远，被酒精的雾气遮掩了，世界上大概只有格雷诺耶的特灵鼻子才能闻到——但确实是在那儿，也就是说，至少在原则上是可以掌握的。若是他有一万个球形门把手，他将花一千天时间来涂油脂，他就可以制作出一小滴黄铜球形门把手香味的高级香精，其气味之浓，足以使每个人一嗅到就不由自主地想象其原始的气味。

同样，他用自己小屋前橄榄林地上拾到的一块石头进行多孔钙的气味实验，也取得了成功。他离析出一种香味，得到了一小块石头香脂，它的无限细微的气味使他高兴得不得了。他把这种气味同他在自己房屋周围所有物体所摄取的其他气味配在一起，逐步生产出一种微型香水，具有弗朗西斯教派修道院后面那片橄榄树林散发出的气味，把它装在一只小香水瓶里，带在身边，若是他高兴起来，就让这气味复活。

他所创造的是技艺高超的香味特技，是非常精湛的小巧游戏，自然除了他本人以外，没有哪个人能对此加以欣赏或仅仅是有所了解。但他本人对完成这毫无意义的事情欣喜若狂。在他的一生中，在以前和后来，都没有出现过一种真正纯粹幸福的时刻，就像他此时满怀游戏的热情，创作具体物体的香味风景画、静物画和肖像画这样，因为不久以后，他就转向有生命的对象了。

他猎获冬蝇、幼虫、老鼠、小狗，把它们浸在热油脂里。夜里他悄悄地溜到牲畜棚圈里，用涂上油脂的布巾把牛、羊和小猪裹起几小时，或用含油绷带把它们缠起来；或者他偷偷地跑进羊圈，剪下一只羊羔的毛，把散发香味的羊毛放在酒精里洗。结果一开始还不够令人满意，因为动物不同于球形门把手和石头这些服服帖帖的东西，它们是不会那么顺从地让人萃走它们的香味的。猪在猪圈的柱子上蹭掉绷带。羊在他夜间持刀靠近时咩咩地叫。母牛顽固地把油巾从乳头上抖掉。当他要处理他捉到的几条甲虫时，它们就分泌出令人作呕的发臭的液体；而当他要处理老鼠时，它们大概是害怕的缘故，把屎拉到他那气味上高度灵敏的香脂里。他想离析气味的那些动物，与花完全不同，不是乖乖地或默不作声地交出它们的香味，而是对死亡作出绝望的抵抗，它们无论如何不让人触摸，又踢又蹬，反抗着，因而产生大量恐惧和死亡的冷汗，汗水由于含酸过多而破坏了热油脂：这样，他当然无法冷静地工作。他必须使这些对象平静下来，而且要以迅雷不及掩耳的速度，使它们来不及恐惧或反抗。他必须把它们弄死。

首先，他拿一只小狗开刀。在屠宰场前边，他拿着一块肉把它从母狗身旁引开，一直引到工场里，正当这只小狗高兴地喘着气伸嘴去咬格雷诺耶左手里那块肉时，他猛然用右手拿着的木柴去击它的后脑勺。死神如此突然向小狗袭来，以致当格雷诺耶早已把它放在萃香室油脂盘之间的铁篦子上时，它嘴里和眼睛里仍保留着幸福的表情；它在那里流出了没有冷汗污染的纯洁的狗的香味。当然要特别小心！尸体如同摘下的花一样，腐烂得非常快。因此，他守在尸体旁约十二小时，直至发现狗的尸体里冒出虽然还好闻、但已经有点不对劲的尸体异味。他立即停止萃取其气味，把尸体弄走，把摄入香味的那一点点油脂，放在一只锅里，小心翼翼地进行分离。他把酒精蒸馏出来，直至剩下一丁点儿东西，然后把这剩下的东西装进一只小玻璃管里。这少量香水清晰地散发出潮湿的新鲜油脂的香味和少许狗的毛皮的刺鼻气味，这种毛皮的气味甚至呛得让人受不了。格雷诺耶让屠宰场的老母狗嗅这气味时，母狗突然发出欢呼的叫声，接着发出哀鸣，不愿把鼻子从玻璃管移开。但格雷诺耶却把玻璃管塞紧，收到身上，在身上带了很久，借以对自己头一次成功地从一只活的生物中提取香味精华的胜利日子进行回忆。

后来，他逐渐地、极其细心地以人作为对象。起先他用大孔网从安全的距离捕捉人的气味，因为他并不急于取得大量猎获物，而是宁可试验他的捕猎方法的原理。

他以自己那不引人注意的轻微香味为掩护，在晚间混到“四王位继承者”酒馆里的顾客中，在桌子和板凳下以及隐蔽的神龛中贴上浸过油脂的碎布。几天后，他把这些碎布收集起来进行检验。检验结果，它们除了厨房一切可能有的气味、烟草味和葡萄酒味外，还有一点人的气味。但是这种人的气味始终非常模糊，影影绰绰，更多的是对普通的烟雾的预感，而不是个别人的气味。一种类似的人群气味——但已经更纯，而且已经提高到高级的汗味——是可以在大教堂里获得的。格雷诺耶于十二月二十四日将他的试验小布条挂在板凳下，二十六日，当人们坐在板凳上做了不下七次弥撒后，他又把它们收集起来。一种由肛门出的汗、经血、潮湿的腘窝和痉挛的手形成的可怕的气味混合物，掺杂着从千人合唱和天使祝词般含糊不清的喉咙里吐出的气流以及神香、没药的窒息人的雾气，已经转移到浸过油的碎布上：其模糊不清的、没有明显轮廓的、使人作呕的密集真是令人毛骨悚然，但是却明显地具有人的特征。

第一例个人气味格雷诺耶是在医院的病房里弄到的。有一个制袋伙计刚死于肺病，他把他睡了两个月、此时准备送去烧掉的床单偷来。这床单吸饱了制袋伙计本人的油脂，以致它能像萃取花香的油膏那样把他散发的气味吸收下来，并直接进行分离。其成果仿佛像个幽灵：在格雷诺耶的鼻子底下，那个制袋伙计嗅觉上又从酒精溶液里死而复活了，尽管由于独特的复制方法和他的疾病的大量瘴毒使之变得虚幻朦胧，但是他却明显地以个人的气味形象在室内飘动：一个三十岁的小个子男人，头发金黄，大鼻子，四肢短小，脚扁平呈乳酪色，生殖器肿大，性情暴躁，口腔有霉烂气味——这个制袋伙计不是美男子，从气味上来看，不值得像那只小狗一样长久保存。然而格雷诺耶还是让他作为气味之魂在自己小屋里飘荡了一整夜，反复地嗅着，内心充满他能左右另一个人的气味之情，感到幸福、满足。第二天，他才把它倒掉。

在冬天的日子里，他还做了一次试验。一个哑巴女叫花子在城里行走，他给了她一个法郎，叫她在自己赤裸的皮肤上披着各种油脂混合物处理过的破布呆了一整天。事实证明，在接受人的气味方面，羊羔肾脏油脂和经过多次提纯的猪与牛的油脂按2 ： 5 ： 3的比例混合，再加少量摄取了人的气味的芳香油最合适。

格雷诺耶做完这件事就罢手了。他放弃了完全占有某个活着的人，放弃了用他制作成香水的念头。若是这么做，就得冒风险，而且也不会增长新的知识。他知道自己已经掌握了强行摄取一个人的香味的技术，重复证明这种本领是没有必要的。

他觉得人的香味本身也是无关紧要的。人的香味他完全可以用代用品来仿制。他所追求的是某些人的香味：即那些激起爱情的极其稀少的人的香味。这些人是他的牺牲品。

39

一月里，阿尔努菲寡妇和她的大伙计多米尼克·德鲁结婚了。这样，德鲁便成了手套制造师傅兼香水专家。他们设盛宴招待行会头头，设便宴招待伙计。夫人为自己公开同德鲁合睡的床购买了新的床褥，从橱子里拿出她五颜六色的服装。其他的一切都是旧的。她保留了阿尔努菲这个好听的老名字，保持完整的产权，控制商店的财务，掌握地下室的钥匙；德鲁每天则完成性生活义务，随后就喝葡萄酒恢复精神。格雷诺耶虽然现在是第一伙计，是唯一的伙计，干活挑重担，但所得的报酬依然菲薄，伙食简单，居住条件简陋。

这一年开始时，大家忙着大量黄色的山扁豆，忙着风信子、紫罗兰花和令人陶醉的水仙花。在三月的一个星期天——格雷诺耶到达格拉斯大约一年了——格雷诺耶动身到城市另一头去观看城墙后花园里那小姑娘的情况。这次他早有准备嗅到香味，知道什么在等待着他……但是当他来到新城门旁，刚走到去城墙边那个地方的半路，就嗅到她了。他的心跳得更厉害，他觉得动脉里的血液幸福得沸腾起来：她还在那里，她这无比美丽的植物安然无恙地越过了冬天；她充满液汁，在生长，在扩大，正长出最美丽的花序！她的芳香正如他所期待的，变得更浓，可又不失去其精致，一年前还显得非常柔弱、分散，如今似乎已汇成稍显浓稠的香河，它呈现出千种颜色，尽管如此，它却把每种颜色束得牢牢的，而且再也拆不开。这条香河，格雷诺耶兴奋地断言，它的源泉越来越大。再过一年，只要再过一年，只要十二个月，这源泉就会溢出，他就可以来抓住它，捕捉它大口吐出的芳香。

他沿着城墙一直跑到那熟悉的地方，花园就在后面。虽然那少女显然不在花园里，而是在屋里，在关着窗户的一个小房间里，但是她的香味却像阵阵清风吹来。他并未像第一次嗅到她时那样入迷或者昏昏沉沉。他充满了一位恋人的幸福感觉，这恋人正从远处窥视或观察他所爱慕的人儿，知道一年后就将带她回家。的确，格雷诺耶是只单独生活的扁虱，是个怪物，是个不通情理的人，他从未体验过爱情，也从未激起过别人的爱，可是在这个三月的日子里他伫立在格拉斯的城墙旁，在恋爱，深深享受着爱情的幸福！

当然他不是爱一个人，不是爱上了城墙后屋子里的那位少女。他是爱香味。仅仅是爱着它，而不是别的，而且只是把它当成未来自己的东西来爱。他发誓，一年后定要把它带回家。在这种特殊的誓言或婚约——这种许给自己和他未来的香味的忠诚诺言——之后，他心情愉快地离开了那地方，经过王宫门回到城里。

夜里他躺在小屋里，再一次回忆这种香味，把它拿出来——他经不住诱惑——沉浸在这香味中，爱抚着它，同时自己又被它爱抚，如此亲密，如此接近，仿佛他真的占有它，他的香味，他自己的香味，他爱抚它和被它爱抚，经历了一个迷人的美好的片刻。他想把这种自我爱慕的感觉带到睡眠里。但是就在他闭起眼睛并只需呼一口气的工夫即可入睡的瞬间，这种感觉却离开了他，突然离去了，代替它的是房间里冰冷的刺鼻的羊圈气味。

格雷诺耶大吃一惊。“若是我将占有的这种香味，”他这么想着，“若是这香味毁了，可怎么办？现实与在回忆里不同，在回忆里，一切香味是永不会消失的。真的香味是要在世界上消耗光的。它会挥发。如果它被耗尽，那么我取得它的那个源泉将不复存在。那么我将像先前一样一无所有，不得不继续借用代用品。不，情况比先前还要糟糕！因为我在这期间将会认识和占有它，我自己美妙的香味，我将不会忘却，因为我从不忘记一种香味。就是说，我将一辈子靠我对它的回忆生活，犹如现在我已经有一瞬间是靠着对这个我将占有的它进行回忆而生活一样……那么我需要它有何用？”

格雷诺耶一想到这些，就觉得非常不舒服。他现在尚未占有的香味，一旦占有了它，又不可避免地会重新丧失，他觉得这太可怕了。他能维持多久？几天？几星期？若是他省着用香水，或许可以维持一个月？以后怎么办？他看到最后一滴已经倒了出来，便用酒精冲洗香水瓶，以免剩下的一丁点儿被浪费，然后看看，嗅嗅，看他的可爱的香味是怎样永远地、一去不复返地挥发掉。这样子活像缓慢的死亡，一种相反的窒息，一种使它自身向着可憎的世界痛苦而又缓慢的蒸发。

他感到不寒而栗。放弃他的计划，到黑夜里去并离开这里的要求向他袭来。他想一口气越过积雪的群山，深入到奥弗涅山脉一百里远的地方，在那里爬进自己过去住过的洞穴，一直睡到死去。但是他没有这么做。他坐着不动，尽管要求非常强烈，他也不对它作出让步。他对它毫不让步，因为离开这里，爬到一个洞穴里去，这是他过去的要求。他已经了解了它。他还不认识的，就是占有人的香味，例如像城墙后那少女的绝妙的香味。尽管他知道，为了占有这种香味，他必定要付出即将丧失这香味的高昂代价，但是他觉得先占有而后丧失比起简单地放弃二者更值得追求，因为他在一生中有过放弃，但从未有过占有和丧失。

怀疑逐渐退却，跟着退却的是寒颤。他感觉到热血又恢复了他的生机，决定按照他的计划去做的意志又占据了他，而且比先前更加强烈，因为如今这意志不再是由单纯的欲望产生的，而且是出自深思熟虑的决心。格雷诺耶这只扁虱面临着僵化或倒下这两种抉择，他选了后者，他很清楚，这次倒下可能是他最后一次倒下。他躺回到自己的铺位上，舒适地躺到禾草里，盖上被，觉得自己真像个英雄。

格雷诺耶若是长久为一种宿命论的英雄感而沾沾自喜，

那么他就不再是格雷诺耶了。在这方面，他必须有一种坚韧不拔的自我坚持的意志，一种机智的本性和一种大智大勇的精神。好的——他下定决心，要占有城墙后面那少女的香味。即使在短短几星期后他又失去它，而且为这丧失而死去，这样做也是值得的。但是若能不死而又占有香味更好，或者至少要尽可能使香味的丧失拖延下去。最好能把它抓住。最好能避免它挥发，而又不损害它的特性——这是香水技术的一个难题。

能牢牢附着达几十年之久的香味是有的。擦过麝香的柜子、用肉桂油浸过的皮革、龙涎香块茎、香柏木盒子几乎可以永远保持其香味。其他的——甜柠檬油、香柠檬、水仙花和晚香玉浸膏以及许多花香——若是彻底暴露在空气中，短短几个小时后即把香味散发完了。香水专家采取措施来对付这种讨厌的情况，其办法是，把特别容易挥发的香味通过附着牢牢地束缚住，仿佛给它们上了镣铐，这些镣铐束缚了它们自由活动，为达此目的，关键在于把镣铐放松到这样的程度，以致从表面看来，被束缚住的香味有自己的自由，但是却把它们捆牢，使之无法逃走。格雷诺耶的这种技术用在晚香玉上取得了成功。他用微量的麝猫香、香子兰、树脂和柏木捆住它的短暂的香味，使其发挥作用。为什么少女的香味不能取得类似的成果呢？为什么他要白白浪费一切香味中最珍贵和最柔弱的香味呢？多么愚蠢！多么不明智！难道就让这金刚钻放着不加琢磨？难道就把金块戴在脖子上？他，格雷诺耶，难道就像德鲁和其他芳香分离者、蒸馏者和挤压鲜花者一样只是个野蛮的香味掠夺者？难道他不是个世界上最伟大的香水专家？

他大惊失色，他以前没有想到这点。当然，这种独特的香味是不许未经加工就使用的。他必须把它像最贵重的宝石一样镶起来。他必须锻造一顶香味王冠，在王冠的最崇高部位——它掺进别的香味并控制住它们——必须有他的香味。他将按照技术的一切规则制作一种香水，而城墙后面那少女的香味必须是这香水的核心。

毫无疑问，作为辅助剂，作为基础的、中心的和主要的香味，作为高级气味和作为固定的香气，麝香和麝猫香、玫瑰油或橙花都不适合，这是肯定的。对于这样一种香水，对于一种人的香水，需要别的配料。

40

同年五月，人们在格拉斯与其东边的小镇奥皮奥之间的一块玫瑰园里发现了一个十五岁少女的赤裸的尸体。她是被人用棍棒打击后脑勺而毙命的。发现尸体的农民被这可怕的发现搞糊涂了，以致他本人差点成了嫌疑对象，因为他用颤抖的嗓音对警察局长报告，说他从来没看到过如此美丽的东西——其实他原本想说，他从来没见过如此可怕的事。

这少女确实美丽异常。她属于那种性情忧郁严肃型的妇女，好像由深色蜂蜜做成，光滑、甜蜜和黏糊糊的；这些妇女以一种黏稠的姿态、一种发型和一种独特的、像缓缓挥动鞭子一样的目光控制了场地，同时又像站立在旋风的中心点那么平静，似乎还没有意识到自己的吸引力，而她正是以这种吸引力把男人和女人们的渴望和心灵征服的。她年轻，非常年轻，雏形的魅力还没有融合到黏稠之中。她那胖胖的四肢显得光滑、坚定有力，乳房像是剥去蛋壳的鸡蛋似的，她那扁平的脸庞披着乌黑的粗发，还有稚气的轮廓和神秘的部位。当然尸体的头发已经没有了，凶手把它们剪下来带走了，衣服同样被剥光弄走了。

人们怀疑吉卜赛人。不管什么事，人们都相信同吉卜赛人有关。众所周知，吉卜赛人用旧衣服编织地毯，用人的头发做枕芯，用被绞死者的皮和牙齿制作玩具娃娃。这样一种反常的犯罪案件准是吉卜赛人干的。但是当时没有一个吉卜赛人在这儿，到处都没有，吉卜赛人最后一次经过这个地区是在十二月。

由于找不到吉卜赛人，人们就怀疑起意大利季节工人来。但是这里也没有意大利人，对于他们来说，这季节还太早。他们要到六月才会来这儿农村收获茉莉花，他们不可能是作案者。最后，制作假发的工匠成了嫌疑对象，人们在他们那里搜索被害少女的头发，但是没有找到。后来人们怀疑犹太人，然后是本笃会修道院的所谓好色的僧侣——当然他们都已经七十多岁了——然后是西妥教团的僧侣，然后是共济会会员，然后是医院里出来的精神病人，然后是烧炭工人，然后是乞丐，最后是道德败坏的贵族，特别是卡布里什侯爵，因为他已经第三次结婚，据说他在地下室里举办过放荡的弥撒，畅饮过少女的血，以提高其性能力。实际的情况当然无从证明。谁也没有看到过凶杀，死者的衣服和头发也没有被发现。几星期后，警察局长停止了调查。

六月中旬，意大利人来了，许多人还带了家眷，以便受雇采摘茉莉花。农民们固然雇用他们，但是鉴于这桩凶杀案件，便禁止自己的妻子和女儿与他们来往。还是稳妥一些为好，因为，虽然这些季节工人对于这桩凶杀案件事实上没有责任，然而他们却可能要在原则上对此负责，因此还是对他们要倍加小心为妙。

在茉莉花收获活计开始后不久，又发生了两起凶杀。受害者又是像画一般美的少女。她们又是属于性情忧郁严肃的黑发型女子。又是发现她们赤裸着身体，头发被剪去，后脑勺上有被钝器击中的伤口，躺在花田里。依然没有发现作案者的任何线索，消息像野火一样传开，对外地迁来的人的敌对情绪大有一触即发之势，后来才知道，两个受害者都是意大利人，都是一个热那亚雇工的女儿。

如今恐惧笼罩了大地。人们再也不知道，他们无比的愤怒应该对准谁。可能还有一些人在怀疑疯子或声名狼藉的侯爵，但是没有人会相信，因为前者无论白天或黑夜都有人看护，而后者很久以前已经到巴黎去了。这么一来人们住得更集中了。农民为季节工人们打开了仓库，而迄今为止，他们都是住在露天里的。城里人在每个地区夜里都安排人巡逻。警察局长增加了各城门的岗哨。但是一切防范措施都无济于事。就在两个少女被害后没几天，人们又发现一具少女尸体，如同前几个少女一样，这个少女也是被打击致死的。这次是主教府邸的一名洗衣妇，是个撒丁岛人，她是在“疯人泉”旁边的一个大水池附近，即在城门前被打死的。虽然这城市的执政官们在激动的市民们要求下，采取了一系列其他措施——在各城门口进行最严格的检查，增加夜间岗哨，天黑以后禁止所有妇女出门——但是在这个夏天，没有哪一个星期不发现一具少女的尸体。那些被害者，都是处于开始发育而成为妇女的人，她们都是最美丽的女子，绝大多数都属于深色皮肤的、黏稠的类型，虽然凶手很快也不再放过在本地居民中占优势的柔软的、白皮肤的、稍胖型的少女，甚至深褐色的，甚至深金黄色的——只要她们不太瘦——新近也成了凶手的牺牲品。他到处都追踪她们，不仅局限在格拉斯的市郊，而且也在市中心，甚至在房子里。有个木匠的女儿是在六楼自己的房间里被打死的，当时屋子里没有哪个人听到声响，没有哪条狗吠过一声，而在过去，这些狗都会嗅出陌生人，并发出狺狺叫声。凶手似乎是不可思议的，没有身体，像一个幽灵。

人们被激怒了，他们咒骂当权者。最微不足道的谣传都导致群众闹事。一个专门贩卖药粉和膏药的行商差点被人杀死，因为有人说他的药里含有少女的头发粉末。有人在卡布里什饭店和医院的招待所纵火。布商亚历山大·米斯纳尔在自己的仆人夜里回家时开枪打死了他，因为认为他是臭名昭著的杀害少女的凶手。谁要是有办法，就把他正在长大成人的女儿送到外地的亲戚家，或是送往尼扎、埃克斯或马赛的寄宿学校。警察局长由于市议会的要求而被解职。他的继任者指示一个医生小组检查那些被剪去毛发的少女尸体是否仍保持处女状况。经检查，她们所有人都仍然是处女。

奇怪的是，这种认识使人们的恐惧有增无减，因为每个人私下都以为这些少女已经被奸污。如果是这样，那么人们至少可以了解凶手的动机。现在人们束手无策，无计可施。谁信上帝，谁就祷告，祈求自己一家平安无事，免遭魔鬼的灾难。

市议会是一个由格拉斯三十个最富和最有名望的市民和贵族组成的委员会，大多数是开明的和反教会的先生，他们迄今为止还让主教过着清闲的日子，情愿把修道院改成仓库或工厂——这些傲慢的、有势力的市议员先生在他们的困境中勉强给主教先生写了封信，用低三下四的措词请求他在世俗政权无法捕获杀害少女的妖怪的情况下，像他的尊贵的前任于一七〇八年对付当时危及全国的蝗虫一样，诅咒并驱逐这个妖怪。九月底，格拉斯这个杀害少女的凶手在弄死出身各阶层的不下二十四名最美丽的少女后，也确实由于书面的布告以及该城所有布道坛、其中也包括山上的圣母布道坛的口头声讨，由于主教本人的庄严诅咒，而不再进行活动了。

这成绩具有说服力。日子一天天过去，凶杀不再发生了。十月和十一月在没有尸体的情况下过去了。十二月初，从格勒诺布尔传来消息，说那儿最近有一个杀害少女的凶手猖獗，他把受害者掐死，把她们的衣服从身上一片片扯下来，把她们的头发一绺绺扯下来。尽管这种粗笨的犯罪方式与格拉斯那些干净利落的凶杀毫无共同之处，但是，人人都深信，两地的凶手就是同一个。格拉斯人感到轻松地划了三个十字，他们庆幸这野兽不再在他们这里，而是在离此七天行程的格勒诺布尔猖狂作恶。他们组织了一次火炬游行为主教歌功颂德，在十二月二十四日举行了一次规模盛大的感恩礼拜仪式。一七六六年元旦放松了安全防范措施，取消了禁止妇女夜间外出的禁令。公众和私人的生活以令人难以置信的速度恢复了正常。恐惧像被一阵风吹跑了，没有人再谈论几个月以前笼罩着城里和市郊的骇人听闻的凶杀了。就连在受害的家庭里，也没有人再提起此事。仿佛主教的诅咒不仅把凶手，而且也把人们对他的任何回忆驱跑了。人们普遍感到满意。

只不过谁有正值妙龄的女儿，他就还是不放心让女儿单独行动，天一黑下来，他就害怕，而在早晨，当看到女儿安然无恙时，他就感到幸福——当然不愿意向自己明确承认其原因。

41

但是在格拉斯有个人怀疑这种太平。此人名叫安托万·里希斯，是第二参议，居住在德鲁瓦大街起点的一个雄伟的庄园里。

里希斯是个鳏夫，有一个女儿，名字叫洛尔。虽然他还不到四十岁，而且精力充沛，但是他想再过一段时间再结婚。首先他要把自己的女儿嫁出去，不是随便嫁给哪个人，而是要嫁给一个有地位的人。当时有个布荣男爵，他有一个儿子，在旺斯有一块封地，名声很好，可经济状况很糟糕。关于孩子们未来的婚事，里希斯已经和他协商好了。若是洛尔出嫁了，他自己想把求婚的触角伸向声望很高的德鲁、莫贝尔或弗隆米歇尔这些家族——这不是因为他爱好虚荣，一心一意要与贵族联姻，而是他要建立一个王朝，把自己的后代引导到通向最高的社会声望和政治影响的轨道上。因此他至少还得有两个儿子，一个继承他的事业，另一个经由法律生涯和进入埃克斯议会而上升为贵族。若是他个人和他的家庭同普罗旺斯的贵族亲密无间，那么他凭借自己的地位必定可以实现这样的抱负。

他设想出如此雄心勃勃的计划，其根据就是自己拥有传说中才有的惊人财富。安托万·里希斯是周围这一带地方最富的市民。他不仅在格拉斯地区有大庄园，庄园里种植了橙子、油类作物、大麦和大麻，而且在旺斯附近和朝昂蒂布去的方向有出租的庄园。他在埃克斯有房子，在乡下有房子，拥有开往印度的船只的股份，在热那亚设有常驻办事处，在法国有经营香料、调味品、油和皮革的最大仓库。

然而在他拥有的财富中，最最珍贵的是他的女儿。她是他唯一的孩子，芳龄十六，有暗红色头发和绿色的眼睛。她有一张讨人喜欢的脸蛋，以致不同年龄和性别的来访者一见到她立刻就会看得入神，而且再也不能把目光移开，简直是用眼睛在舔着这张脸；他们仿佛用舌头舔着冰似的，同时做出对这样舔非常典型的傻呵呵的沉醉表情。甚至，里希斯在看自己女儿时，也被吸引住了，以致他也会在无一定的时间里，一刻钟或者半小时，忘记了世界，也忘记了自己的事业——而这些他即使在睡觉时也不会发生呀！——注意力完全集中于观看这美丽的少女，而且说不出自己究竟做了什么。最近——他很不愉快地觉察到这点——晚上他送她上床，或是有时早晨他去喊醒她时，她还像躺在上帝的手中一样睡着，她的臂部和乳房的形态都透过薄薄的睡衣显示出来，他望着她那胸脯、肩膀曲线、肘部以及枕在脸部下面的光滑的前臂，她那平静地呼出来的升起的热气——这时他的胃就绞痛得难受，喉咙也缩紧了，他在吞咽着，天晓得，他在诅咒自己，诅咒他是这女人的父亲，而不是一个陌生人，不是随便哪个男人。她可以像现在在他面前一样在这男人面前睡觉，而他可以毫无顾忌地躺在她身边、她身上、她怀里纵情欢乐。他抑制住心中这可怕的欲火，朝她俯下身子，用纯洁的父亲的吻唤醒她；每当这时，他身上便冒出了冷汗，四肢在颤抖。

去年，在凶杀发生的时候，这种令人不快的诱惑还没有向他袭来。当时他女儿对他产生的魅力——至少他觉得——是儿童般的魅力。因此他从来也没有真的担心洛尔会成为那个杀人犯的牺牲品，而那杀人犯，如同人们所知道的，并不伤害儿童和成年妇女，而是专门袭击少女。诚然，他已经增加人员看守他的房子，叫人把楼层的窗子重新钉上栅栏，吩咐女仆与洛尔合睡一个房间。但是他不愿意把她送走，犹如他这个阶层的人对自己的女儿，甚至对自己全家所做的那样。他觉得这行为是可鄙的，有失一名议会议员和第二参议的体面，他认为，他应该以冷静沉着、勇气和不屈不挠而成为他的市民们的榜样。此外，他是个男子汉大丈夫，他的决定不能让别人来规定，不能受一群惊慌失措的人影响，更甭提由一个匿名的罪犯来左右了。因此他在那人心惶惶的时期，是城里少数没有被恐惧吓倒和保持清醒头脑的人之一。可是真令人奇怪，现在完全不同了。正当人们在外面欢庆——仿佛他们已经把杀人凶手绞死了——凶手的活动结束，完全忘记不幸日子的时候，恐惧却如一种可怕的毒素又回到安托万·里希斯的心里。他长期不肯承认这就是恐惧。它促使他拖延早该进行的旅行，不愿离开自己的家，尽快结束访问和会议，以便早点回到家里。他以身体不舒服和劳累过度的借口来原谅自己，有时也承认他有些担忧，正如每个有成年女儿的父亲都担心一样，一种完全正常的担心……她的美貌的名声不是已经传到外界了吗？星期日同她一起进教堂，不是有人在伸长脖子观看吗？议会里不是已经有某些先生在以自己的名义或以他们儿子的名义表示求婚吗……？

42

后来，在三月里的一天，里希斯坐在客厅里，看着洛尔到花园里去。她穿着蓝色的连衣裙，红色头发垂到连衣裙上，在阳光中像熊熊的烈火。他还从来没有看到她如此美丽。她消失在一个灌木丛后面。后来他等了或许只有两次心跳的工夫，她才又重新出现——而这就把他吓坏了，因为他在两次心跳的瞬间想到，他已经永远失去了她。

当天夜里他做了个可怕的梦，醒来时却再也想不起梦见了什么，但是肯定同洛尔有关，他立即冲进她的房间，深信她已经死了，是被害死、被侮辱并被剪去头发的，正躺在床上——可是他却发现她安然无恙。

他退回自己的房间，激动得冒汗，浑身发抖，不，这不是激动，而是恐惧，现在他终于承认自己的确感到了恐惧。他承认了，心情就平静一些，脑子也清醒一些。若是说老实话，那么他从一开始就不相信主教的诅咒；他不相信凶手现在已经在格勒诺布尔，也不相信他已经离开这个城市。不，他还住在这儿，还在格拉斯人中间，他随便什么时候还会干坏事的！在八月和九月，里希斯看到了几个被弄死的少女。那景象使他毛骨悚然，同时，正如他不得不承认的，也使他入迷，因为她们都是百里挑一的美人，每个人都有自己独特的风韵。他从未想到，在格拉斯有这么多不相识的美人。凶手使他大开眼界。凶手的审美观非常出色，而且自成体系。不仅每次凶杀都同样干净利落，而且在受害者的选择上也显露出一种几乎是经济合理地安排的意图。诚然，里希斯并不知道凶手对于被害者有何需求，因为她们最好的东西，她们的美丽和青春魅力，他是不能从她们那里夺走的……或者可以夺走？但是无论如何他觉得，尽管事情非常荒谬，凶手不是个毁坏性的家伙，而是一个细心收藏的怪才。假如人们不再把所有被害者——里希斯这么想——视为一个个的个体，而是想象为更高原则的组成部分，以理想主义的方式把她们各自的特性设想为融化起来的一个统一的整体，那么由这样的马赛克彩石拼成的图画无疑是美的图画，而从这图画产生的魅力，已经不再是人的，而是神性的魅力。（正如我们所看到的，里希斯是个对亵渎神的结论并不畏惧的具有开明思想的人。假如他不是从气味范畴，而是从光的范畴来设想，那么他离真理确实非常近！）

假设——里希斯继续想着——凶手是这样一个美的收藏家，正在画着一幅完美的图画，尽管这幅画只是他脑袋生病而幻想出来的；另外，假设他同实际上显示出来的情况一样，是个有最高审美观和审美方法的人，那么不能想象，他会放弃构成那幅画的最珍贵的组成部分，而这部分在世上是存在的，即放弃洛尔的美。他迄今为止的凶杀作品，缺少了她便一文不值。她是他的建筑物的最后一块砖石。

里希斯在得出这个可怕的结论时，正身穿睡衣坐在床上，为自己变得如此安静而感到奇怪。他的身子不再颤抖了，几星期来折磨他的那种不明确的恐惧消失了，并且让位给具体而危险的意识：凶手的追求目标显然是洛尔，从一开始就是：其他一切凶杀只是这最后一次最重要的凶杀的附属物。虽然迄今尚不清楚，这些凶杀究竟有何物质上的目的，它们是否有这样的目的，但是最根本的方面，即凶手系统的方法和理想的动机，里希斯早就洞察出来了！他思考得越久，这二者他就越喜欢，他对凶手也就越发尊敬——当然是马上像从一面明亮的镜子反射到他自己身上的一种尊敬，因为他，里希斯，毕竟是曾以自己细致分析的理智识破对手诡计的人！

假如他，里希斯本人是凶手，具有凶手同样狂热的理想，那么他也不会采取与凶手迄今的做法不同的行动，而且也会像他一样全力以赴，通过杀死美丽无双的洛尔，来圆满完成自己的疯狂事业。

这最后一种想法他特别喜欢。他能够在思想上设身处地替他女儿未来的凶手想一想，这就使他远远地胜过了凶手。因为可以肯定，凶手即使无比聪明，也无论如何不可能设身处地为里希斯想一想——即使可能，他也肯定预料不到，里希斯早就设身处地替他这凶手想过。归根结底，这同做生意并没有什么不同——作必要的修正，这是可以理解的。识破了一个竞争者的意图，就是胜过了这个竞争者；就再也不会上他的当；不，他叫安托万·里希斯，诡计多端，具有一个战士的天性。法国最大的香料贸易、他的财富和第二参议的职务，毕竟不是因为恩赐而落入他的怀里的，是他通过斗争、抵抗、欺骗得来的，当时他及时地看到了危险，机智地猜到了竞争者的计划，把对手排挤掉了。他未来的目标、他的后代的权力和贵族化，他同样会达到的。他将挫败那个凶手，那个争夺洛尔的竞争者，而这只是因为洛尔也是他里希斯自己计划的大厦的最后一块石头。他爱她，不错；可是他也需要她。为了实现他的最大的野心，他所需要的绝对不能让人夺走，他要用牙齿和手来保住！

现在他觉得舒畅些了。在他成功地把自己夜间关于与这恶魔斗争的思考降至商务上的竞争之后，他感到充满朝气的情绪，也就是自负在控制着他。最后一点恐惧心理已经克服，像折磨一个年老体弱的人一样折磨过他的沮丧和郁郁寡欢的忧虑感觉已经消失，几星期来一直笼罩着他的忧郁预感的云雾已经消散。如今他又在熟悉的地域上，感到经得起任何挑战了。

43

他轻松地、几乎是愉快地从床上跳起来，去拉系铃的带子，吩咐他的睡眼惺忪、踉踉跄跄走进来的仆人收拾衣服和干粮，因为他打算天亮时由他女儿陪同去格勒诺布尔旅行。随后他穿上衣服，把其他人一个个从床上叫起来。

午夜，德鲁瓦大街这幢房子苏醒过来，人们在忙碌。厨房里灶火在燃烧，兴奋的女仆在过道里穿梭，男仆一会儿上楼梯，一会儿下楼梯，仓库管理员的钥匙在地下室丁当直响，院子里火炬照得通亮，雇工们围着马匹奔跑，其他人从栏里牵出骡马，人们给它们套上笼头，备好鞍子，装上货物，奔跑着——人们会以为，就像公元一七四六年那样，南撒丁未开化的部落正在进军，烧杀掠夺，居民们惊恐万状，匆忙准备出逃。但是绝非如此！主人正像法国元帅一样信心十足地坐在他账房间的写字台旁，喝着牛奶咖啡，对不时闯进来的仆人发出指示。同时，他顺便写信给市长兼第一参议、他的公证人、他的律师、他在马赛的银行家、布荣男爵和各种商业伙伴。

大约早晨六点时，他写好了一应书信，对他预订的计划作出一切必要的指示。他把两支旅行用小手枪插在身上，系好他的钱褡裢，把写字台锁上。然后他去喊醒女儿。

八点，小旅行团出发。里希斯骑马在前，他身穿葡萄红的镶金边上衣和黑大衣，头戴黑礼帽，帽上有一束羽毛，显得非常漂亮。在他后面是他的女儿，穿着朴素些，但是非常美丽，所以街上和倚着窗户的人都只是把目光投向她，人群中赞叹之声不绝，男人们脱帽表示敬意——表面上是对第二参议，实际上是对那位像公主一样的少女致敬。跟在后面的是几乎不为人注意的女仆，再后面是牵着两匹运行李的马的男仆——到格勒诺布尔去的道路崎岖不平，无法使用车子——队伍的最后是由两个雇工赶着的十二匹载货的骡马。在林阴大道城门旁，警卫举起步枪致敬，直至最后一匹骡马通过后，才把枪放下来。儿童们还在后头跟了好长一会儿，目送这队人马缓缓地沿陡峭、弯曲的道路下山远去。

安托万·里希斯携女儿出走给所有人都留下了非常深刻的印象。他们觉得，仿佛自己参加了一次古代的祭礼。人们都在传说，里希斯到格勒诺布尔去，就是到杀死少女的怪物新近藏身的那个城市去。人们不知道该如何评价这次旅行。里希斯所做的究竟是不可饶恕的轻率举动，还是值得钦佩的勇敢行为？这是一种挑战，还是神的一种安慰？他们模糊地预感到，这是他们最后一次看到这位红发的美丽少女。他们猜想里希斯必定会失去洛尔。

尽管这一猜测依据的是完全错误的前提，但是它却应该表明是对的。里希斯根本没去格勒诺布尔。他的招摇过市的搬家无非是一种花招。在格拉斯西北一里半处，即圣法利埃村附近，他下令队伍停住。他亲手把全权陪同证书交给男仆，命令他单独率领雇工把骡马队伍带到格勒诺布尔去。

他自己则同洛尔和女仆转向卡布里什，在那里休息一个中午，然后骑马横穿塔内隆山向南方进发。道路崎岖不平，但是他允许向西绕一个大弯绕过格拉斯和格拉斯盆地，直至晚上神不知鬼不觉地到达海滨……翌日——里希斯订了计划——他打算带洛尔乘船到勒兰群岛上，建筑坚固的圣奥诺拉修道院就在其中一个小岛上。这修道院由少数年老的，但仍完全能自卫的僧侣管理，里希斯和他们非常熟悉，因为他多年来买进并销售修道院生产的全部桉叶利口酒、意大利五叶松核和柏树油。正是在那里，在圣奥诺拉修道院里，即在伊夫堡监狱和圣玛格丽特岛国家监狱附近，在这普罗旺斯地区最安全的地方，他打算把女儿暂时安顿下来。他本人则想立即又返回大陆，这次是向东经昂蒂布和卡涅绕过格拉斯，以便在当天晚上到达旺斯。他已经嘱托一个公证人到那里去，以便同布荣男爵协商他们的孩子洛尔和阿尔方斯的结婚事宜。他想对布荣提个建议，即接过高达四万利佛尔的债务，嫁妆是同样数目的银和各种地产及马加诺附近的一座油坊，为这对青年夫妇提供一份三千利佛尔的年金，布荣大概不会拒绝他这个建议。里希斯唯一的条件是，两个孩子在十天之内结婚，婚后小夫妻在旺斯定居。

里希斯知道，他这么匆忙行动必然过分地抬高他家同布荣家联姻的代价。若是再等些时候，他付出的代价要少些。那么，男爵必然会恳求让自己的儿子来提高市民富商之女的地位，因为洛尔的美貌的名声还会提高，犹如里希斯的财富和布荣经济上的困难仍在增长一样。但是就这样吧！在这笔交易上，对手并不是男爵，而是陌生的凶手。凶手得赶紧破坏这笔交易。一个结了婚的女人，已经破身，也许已经怀孕，已经不适合进他的高级美术馆了。最后一块马赛克就会失去光泽，这样的洛尔对于凶手将会失去其价值，他的事业就会失败。他应该感受这样的失败！里希斯要在格拉斯的公众中举办豪华的婚礼。如果说他并不认识自己的对手，而且永远没机会认识，那么，了解凶手参加了婚礼并亲眼看着自己最需要的东西在自己面前被夺走，这对他来说却也是一种享受。

计划设想得非常妙。我们得再次钦佩里希斯接近真理的识别力。因为，如果真是这样，那么布荣男爵的儿子把洛尔·里希斯带回家，这对格拉斯那个杀害少女的凶手来说，就意味着毁灭性的失败。但是这个计划尚未实现。里希斯还没有把自己的女儿嫁出去。他还未把她送到安全的圣奥诺拉修道院。此时三个骑马人还奔走在塔内隆的偏僻山中。有时道路非常崎岖，以致他们不得不下马步行。队伍行进得非常缓慢。傍晚，他们希望能到达纳普勒附近的海滨，戛纳西面的一个小地方。

44

洛尔·里希斯和她父亲离开格拉斯时，格雷诺耶正在城市另一头的阿尔努菲工作室里配制长寿花香水。他独自一人，心情愉快。他在格拉斯的日子即将结束。胜利的日子即将到来。在外面小屋里，一只垫了棉花的小盒子里放着二十四小瓶用二十四个少女的香气制成的香水——格雷诺耶在去年用冷香脂萃取法从少女的身体，用浸渍法从头发和衣服，用分离法和蒸馏法取得的价值连城的香精。第二十五种，即最珍贵和最重要的一种香味，他想在今天取得。他已经为这最后的猎获物准备好一小坩埚经多次提纯的油脂，一块极精致的亚麻布和一个大肚玻璃瓶精馏过的高级酒精。地点已经准确地选好。这期间晚上有新月。

他知道，破门进入德鲁瓦大街那戒备森严的庄园是行不通的。因此他想在薄暮降临城门尚未关闭时潜入，依靠自身无气味的掩护，能像戴上隐身帽一样避免人和动物发觉，在屋子随便哪个角落躲藏起来。然后他想在一切都沉入梦乡时，由鼻子这指南针指引，在黑暗中行走，上楼到达他的宝贝的房间。他打算就地用浸过油脂的布处理这宝贝。只是头发和衣服，他准备像往常一样拿走，因为这部分只能用酒精直接分离，在工场里做起来较顺当。至于香脂的最后加工和馏出后变成浓缩物，他预计得花另一个夜晚的时间。假如一切都成功——他没有任何理由怀疑成功——那么他在后天就将拥有配制世界上最佳香水的一切香精，他将成为人世间散发最好闻的芳香的人，离开格拉斯。

将近中午，他配制好了长寿花香水。他把火熄灭，把油锅盖紧，走到工场前凉爽一下。风从西边吹来。

吸头一口气时，他已经觉得有点不对头。气流不正常。在城市的香味衣服中，在这成千上万条线织起来的面纱里，缺少了一条金线。前个星期，这条散发香味的线很实在，格雷诺耶甚至在城市另一边他的小屋附近就清楚地感觉到了。现在这条线没有了，消失得无影无踪，即使使劲去嗅，也嗅不出来。格雷诺耶吓得麻木了。

她死了，他想。更加可怕的是，有人抢在我前面了。有人摘下我的花，把花的香味弄到自己身上！他没喊出声音来，因为他所受的震惊太大了，但是眼泪是充足的，他的眼眶里噙满了泪水，突然像一串串珠子从鼻子两旁滚了下来。

这时，德鲁从“四王位继承者”酒馆里出来，回家吃中饭，他顺便说起，第二参议已经在今天清晨带着女儿和十二头骡马搬到格勒诺布尔去了。格雷诺耶把泪水咽下去，跑开，横穿城市往林阴大道城门走去。在城门前的广场上，他停下来嗅嗅。他在纯洁的、没有接触到城市气味的西风中果真又发现了他的金线，虽然又细又弱，但是却很清晰，不易混淆，然而，这可爱的香味不是从通往格勒诺布尔的马路——西北方向——飘来的，而是从卡布里什方向——很可能是从西南面吹来的。

格雷诺耶向岗哨打听第二参议走的是哪条路。站岗者指着北边。不是去卡布里什的马路？或是向南通到欧里博和拉纳普勒去的另一条路？——肯定不是，站岗者说，他亲眼看到的。

格雷诺耶穿过城市跑回自己的小屋，把亚麻布、一罐油脂、抹刀、剪刀和一把橄榄木制成的光滑小棒装进旅行袋，刻不容缓地启程了——不是走通往格勒诺布尔的路，而是走自己的鼻子指引的路：向南。

这条径直通向拉纳普勒的路，沿着塔内隆山的支脉，穿过弗雷耶尔和锡亚涅河的河边洼地。这条路好走。格雷诺耶大步流星向前赶。当欧里博出现在他的右手边时，他从圆形山顶上的空气中嗅出，他差不多赶上了想逃避的人。没过多久，他就到达了与他们同样的高度。他现在嗅出一个个人的气味，他甚至嗅到了他们骑的马的臭气。他们在西边最多半里的地方，在塔内隆山森林中的某处。他们的方向是向南，向着大海，正像他自己这样。

下午将近五点时，格雷诺耶到达拉纳普勒。他走进客栈吃饭，要个便宜的铺位。他说自己是尼扎的制革伙计，要到马赛去，在此过路。他还说自己可以在牲畜栏里过夜。他在那里一个角落里躺下来休息。他嗅到三个骑马的人越来越近。他耐心等着。

两小时后——天已经非常黑了——他们到达这儿。为了隐匿自己的身份，他们把衣服换了。两个妇女现在穿了深色衣服，戴上面纱，里希斯先生穿着一件黑色外衣。他冒充从宫中来的贵族；他说明天要到勒兰群岛上去，要老板在太阳出山时为他们准备一条小船。他询问除了他和他的人以外有没有别的客人住在客栈里？不，老板说，只有一个来自尼扎的制革伙计，他在牲畜栏里过夜。

里希斯打发两个妇女到房间里去。他自已到牲畜栏去，说还要从马鞍里拿点东西。起初他没发现那制革伙计，他不得不叫马夫提个灯笼来。后来他看见他睡在一个角落里的禾草上，盖着一条旧被子，头靠在他的旅行袋上，睡得很沉。他的外貌很不显眼，以致里希斯一瞬间获得的印象是：他根本不存在，而只是灯烛晃动投出的幻影。无论如何，里希斯此时认为，这个其貌不扬的人丝毫也不可怕，为了不打搅他的睡眠，他悄悄走开，回到屋里。

他同女儿一道在房间里用晚餐。他没有给她讲明这次奇特的旅行的目的，现在虽然她恳求他，可他还是不讲。他说，明天他会告诉她，她完全可以相信，他正在做和计划做的一切，对她最有好处，将给她带来未来的幸福。

晚饭后，他们打了几回牌，他都输了，因为他不看牌，总是不停地瞧着她的脸，以便观赏她的美丽而愉快的身心。将近九点，他把她送到她的房间，就是在自己房间的对面，他吻她与她告别，从外面把门锁上。然后他自己上床。

突然，他感到了昨夜和今天白天的劳累，同时对自己和事情的进展情况非常满意。一直到昨天，每当熄灯以后，闷闷不乐的预感都在折磨他，使他彻夜不眠，此时他全然没有了这种预感，无忧无虑地立即睡着了，睡眠中没有梦魇，没有呻吟，毫不抽搐，身体也不再不安地翻来覆去。长久以来，里希斯第一次睡了这么个香甜的、安详的、使人恢复精神的好觉。

与此同时，格雷诺耶从牲畜栏里他的铺位上起身了。他也对自己的事情的进展感到满意，尽管他连一秒钟也没睡着，他仍然觉得精神格外清爽。里希斯来到牲畜栏里找他时，他假装睡着了，以便使他由于没有气味本来就给人以心地善良的印象变得更加明显。此外，他与里希斯发觉他的情况不同，他通过嗅觉极为精确地注意到里希斯，里希斯看见他时心情的轻松，根本没有逃脱他的嗅觉。

因此在他们短暂相遇时，他们两人相互都对他们的善良深信不疑，只是有不正确和正确之分，情况正如格雷诺耶所发现的那样，因为他的伪装的善良和里希斯真的善良使他格雷诺耶感到事情的轻松——此外，即使里希斯处在相反的处境，他也完全会持有这种观点。

45

格雷诺耶以业务上的谨慎进行工作。他打开旅行袋，从中拿出亚麻布、油脂和刮刀，把布摊开放在他睡过的被子上，开始把油脂抹在布上。这是一项费时的工作，因为做起来必须按照布的某一部分应放身体的某个部位来涂上油脂，有的部分要涂得厚些，另外的部分要涂得薄些。嘴、腋窝、乳房、生殖器和脚所散发的气味比小腿、背部和肘部散发的量要多；手心比手臂，眉毛比眼睑散发的量要多——因而必须相应地多涂油脂。

格雷诺耶似乎是在把待处理的身体的一张香味示意图画在亚麻布上，这部分工作本是他最为满意的工作，因为这是一项带有艺术性的技术，它使五官、幻想和双手都忙碌起来，又以理想的方式事先享受到可望得到的最终成果。

他用完那点油脂后，仍然这儿擦擦，那儿涂涂，从布的一个位置上取下油脂，添加到另一个位置上，加以修饰，最后满意地欣赏塑成的油脂风景画——自然是用鼻子，而不是用眼睛，因为他全部的工作都是在黑暗中进行的，这或许就是格雷诺耶的情绪平静愉快的另一个原因。在这新月之夜，没有什么分散他的注意力。世界无非是气味和从海上传来的一点涛声而已。他真是得心应手。然后他把布像裱糊布一样折叠起来，这使涂了油脂的部分一层层叠着。对他来说，这是一个痛苦的行动，因为他清楚地知道，即使小心谨慎，所形成的轮廓也会因此压平和移动。但是要搬动这块布，没有别的办法。他把布折得小小的，以致可以非常方便地放在前臂上带走，然后他把刮刀、剪刀和那橄榄木的小棒带上，悄没声地到了室外。

天空云层密布。屋子里的灯已熄灭。在这漆黑的夜里，唯一微弱的亮光就是在东方一里多远处斯特-玛格丽特岛灯塔上的一个别在黑布上发亮的细小针脚闪动了一下。海湾里吹来了一阵带鱼腥味的轻风。狗都睡着了。

格雷诺耶朝谷仓外面的一个小窗走去，一把梯子靠在窗上。他把梯子拿下来，三根横木夹在空着的右胳臂下，上面部分紧靠在右肩上，使梯子保持平衡地竖在院子上直至窗下。窗子半开着。他爬上梯子，犹如登上楼梯一样舒适，他庆幸自己可以在拉纳普勒这儿收获这少女的香味。在格拉斯，房子戒备森严，窗户都钉上了栅栏，行动困难多了。在这儿，她甚至一个人睡觉。他无须对付女仆。他推开窗扇，悄悄地进了房间，把布单放下，然后向床前走去。房间里主要散发着少女头发的香味，因为她俯卧着，脸枕在胳臂弯上，深埋在枕头里，以致她的后脑勺显露出来，为棍棒敲击提供了方便。

敲击的响声低沉而又嚓嚓地响着。他恨死了。他恨，仅仅是因为发出了响声。他只有咬紧牙关，才能忍受这讨厌的响声，而在这响声消逝后，他还僵直地、强忍地站了好长一会儿，手握着棍棒在抽搐，仿佛他害怕响声会成为回声从某处反射回来似的。但响声没有回来，而是寂静又回到了房间里，因为现在少女呼吸的声音没有了。格雷诺耶紧张的姿势松动了（原来那紧张的姿势，或许也可以解释为一种敬畏的姿势，或是拘束地静默了一分钟），他的身体柔软地瘫了下来。

他扔掉了棍棒，现在忙忙碌碌地干了起来。首先，他把萃香布单摊开，使其背面松弛地铺在桌子和椅子上，留心不碰到其涂上油脂的一面。然后他把被子揭开。突如其来热乎乎和大量涌现的少女的奇妙香味，并未使他感动。他熟悉这香味，等过后他完全占有这香味时，他会享受的，一直享受到心醉神迷。但现在必须尽可能多地摄取，使流失的减少至最低限度，现在必须全神贯注，迅速行动。

他用剪子迅速剪开她的睡衣，把睡衣从她身上剥去，拿起涂上油脂的布单，盖在她赤裸的身上。然后，他把她抬高，抚摸盖在她身上的布单，把她卷进去，像面包师卷薄面卷，两端折了边，从脚趾到额头包得严严实实的。只有她的头发从像包扎木乃伊的绷带里露出来。他把头发从头皮上剪下来，裹在她的睡衣里，把睡衣捆扎起来。最后，他把留出来的一段布搭在剃光的脑袋上，把搭接的一段抚平，用指甲轻轻地擦拭。他再次检查这包尸体。没有缝隙，没有小洞，折叠处没有裂开，少女的香味跑不出来。她被包扎得万无一失。现在除了等待，便无事可做了，他得再等六个小时，一直等到天亮。

他端起放着她的衣服的小沙发，放到床边，自己坐了下来。在她那件宽大的黑色外衣里，还留着她的微弱的馨香，这香味还混杂着她放在口袋里作为旅行干粮的茴香糕点的气味。他把两只脚搁在床沿上，靠在她的脚附近，用她的衣服盖住自己的身体，吃着茴香糕点。他累了。但是他不想睡觉，因为在工作时是不宜睡觉的，即使眼下的工作仅仅是等待。他回忆自己在巴尔迪尼工场里蒸馏所度过的夜晚：想起被熏黑的蒸馏器，想起闪烁着的火，想起他从冷却管把蒸馏液滴入佛罗伦萨壶时发出的响声。那时他得不时地观看火势，不断添加蒸馏用水，更换佛罗伦萨壶，补充蒸馏物。然而，他总觉得，仿佛他醒着不是为了做这些偶尔发生的事，而是有其自身的目的。甚至在这儿的房间里，萃香的过程完全是单独进行的，这里甚至不适时地检查、翻转和忙活那个散发出香味的装着尸体的包包，都只会产生不利的作用——格雷诺耶觉得，甚至在这儿，他眼下醒着也至关重要。睡觉或许会危及事情的成功。

尽管他困倦，但醒着并等待对他并不难办。他喜欢这样等待。在对付那二十四个少女时，他也喜欢等待，因为这不是沉闷地等下去，也不是热切地等过来，而是一种附带的、有意义的等待，在某种程度上是一种积极的等待。在这种等待期间总是发生点什么，发生重要的事。即使这事情不是他本人做的，那么也是通过他而发生的。他尽了最大的努力。他显示了他的高超技艺，他没出什么差错。这事业是奇特的，它必定会取得成功……他必须再等几个小时。这种等待使他心满意足。他这一辈子还从来没有像这几个小时有这么良好的感觉，这么平静，这么沉着，这么同自己融化为一体——即使他在山里也没有过——因为他深夜正坐在他的受害者身边，醒着等待。这是在他忧郁的脑袋里形成轻松愉快念头的唯一时机。

真奇怪，这些念头并未涉及未来。他没有想他在几小时后将要收获的香味，没有想用二十五个少女的香味制成的香水，没有想以后的计划、幸福和成就。不，他在回想自己的过去。他回忆自己这辈子生活的历程：从加拉尔大人家和屋前那堆湿暖的木头，直至他今天旅行到达散发鱼腥气味的拉纳普勒村。他想起制革匠格里马、吉赛佩·巴尔迪尼、德·拉塔亚德-埃斯皮纳斯侯爵。他想起巴黎城、它的成千上万层闪闪发光的令人作呕的烟雾，想起马雷大街、空旷土地、轻风、森林。他也想起奥弗涅山——他没有回避这种回忆——他的洞穴、无人生活的空气。他也回想他的梦幻。他是怀着内心喜悦的心情回忆这些事情的。的确，当他如此回想时，他觉得自己是个非常走运的人，他的命运固然把他引入弯路，但最终却把他引到正确的道路上——不然，他怎么可能来到这儿，来到这漆黑的房间里，到达自己所希望的目标？每当他正确地进行思考，他就是一个真正有天才的个体。

他心里无比激动，萌发了恭顺和感激之情。“我感谢你，”他低声说道，“我感谢你，让-巴蒂斯特·格雷诺耶，你还是原来的你！”他如此激动，完全是出自内心。后来，他闭起眼睛——并非为了睡觉，而是陶醉于这神圣之夜的宁静。他的心充满了宁静。但是他觉得，仿佛他也控制着四周。他嗅出女仆在隔壁房间平静地安睡，在过道那边安托万·里希斯在沉睡，他嗅到老板、雇工、狗、栏里的牲畜、整个地区和海在平静地酣睡着。风已经停息。一切静悄悄。

没有什么在扰乱宁静。

有一次，他把一只脚转向一侧，轻轻碰到洛尔的脚。当然，并非碰到她的脚，而是裹着脚的那块布，布的下面有一层薄薄的油脂，这层油脂已经浸透了她的香味，她的美妙的香味。

46

当鸟儿开始鸣啭时——即离天亮还有相当长的时间——他站起身来，完成他的工作。他揭开布单，像揭橡皮膏似的把布从死者身上剥下来。油脂一下子就和皮肤脱离了。只是在隐匿部位还黏着一点，他就用刮刀刮下。剩下一点油脂，他用洛尔的汗衫来擦。最后，他用这汗衫来擦洛尔的身子，从头擦到脚，擦得非常彻底，就连毛孔上的油脂碎屑连同最后的一丝一毫香味也从皮肤上擦下来。到这时，他才认为她真的死了，像花的碎屑一样萎缩、苍白和疲软。

他把汗衫扔到那萃到香味、上面还留有少女的残存物的大布单里，又把睡衣连同她的头发放进去，把这一切卷成一个扎扎实实的小包，把小包夹在胳臂下。他不怕麻烦，又把床上的尸体盖起来。这时，虽然夜的黑暗已经转变成黎明的蓝灰色，房间里的东西已经开始呈现它们的轮廓，可他并没有朝她床上投去目光，以便这辈子至少用眼睛看过她一眼。他对她的外形不感兴趣。对于他来说，她作为躯体已经不再存在，只还剩下没有躯体的香味。而这香味，他就夹在胳臂下，随身带着它。

他轻轻地跳到窗台上，从梯子上爬下去。外面，风又刮起来，天空晴朗，冰冷的深蓝色的光泻到大地上。

半小时后，女仆在厨房里生火。当她走到屋前拿木柴时，看见靠在墙上的梯子，但是由于睡眼惺忪，她对此摸不着头脑。六点刚过，太阳升了起来。这巨大和金红色的太阳是从勒兰群岛两个岛屿之间的海里升起的。天上没有一丝云彩。一个晴朗的春日开始了。

里希斯的房间朝西，他是在七点醒来的。几个月来，他第一次睡了个好觉，并且与他的习惯相反，又躺了一刻钟之久，在床上懒洋洋地舒展四肢，高兴地叹着气，仔细听着从厨房传来的悦耳的嘈杂声。然后他起身，把窗子开得大大的，看到外面晴朗的天气，吸入早晨新鲜的带有香味的空气，听着大海的涛声，这时他的情绪达到了高潮，他把嘴唇收拢得尖尖的，吹起了欢快的旋律。

他一边穿衣服，一边继续吹着，而且在他离开房间，迈着矫健的步子跨过走道靠近他女儿的房间时，他仍然吹着。他敲门。他再次敲，轻轻地敲，以免把她吓着。没有回答。他微笑。他明白她还在睡。

他小心翼翼地把钥匙插入孔里，转动锁舌，轻轻地，留心不把她弄醒，几乎是迫切地期望着看到她还在睡觉，他想在不得不把她嫁给一个男人之前，再一次，也是最后一次把她从睡梦中吻醒。

门开了，他走进房间，阳光照到他的整个脸上。房间犹如装满了熠熠发光的银子，一切都放射出光芒，他痛得只好把眼睛闭了一会儿。

当他又睁开眼睛时，看到洛尔躺在床上，身子赤裸，死了，头发被剃光，全身白极了。情况正如他前天夜里在格拉斯做的噩梦一样，当时他梦醒后忘记了内容，此时梦境像雷击一般又回到他的记忆里。一切都像梦里那样分毫不差，只是清晰得多。

47

洛尔·里希斯被杀的消息迅速传遍了格拉斯地区，就仿佛在传说："国王死了！""战争爆发了！"或"海盗上岸来了！"这消息引起了与此类似的、更加严重的恐慌。早已被遗忘的恐惧突然又袭来了，像去年秋天那样蔓延，伴随着惊慌、激愤、狂怒、歇斯底里的怀疑、绝望。人们夜间又呆在家里，把自己的女儿关起来，构筑工事保护自己，不再睡觉，相互间不再信任。每个人都在想，如今又会像原来那样，每周发生一次凶杀。时光似乎又倒退了半年。

恐惧比半年前更加令人麻木，因为人们以为早已渡过的危险又突然到来，在人们中间传播了束手无策的情绪。就连主教的诅咒也失灵了；安托万·里希斯，伟大的里希斯，市里最富的市民，第二参议，一个强有力的、从容镇静的大人物，他可以使用一切辅助手段，却无法保护自己的孩子；凶犯的手面对洛尔圣人般的美丽竟毫不手软——因为事实上，凡是认识她的人，都觉得她是圣女，特别是现在，在她死了以后；那么，躲避凶手还有什么指望？他比瘟疫更残酷，因为人们可以避开瘟疫，却无法逃脱凶手的魔爪，里希斯就是明证。凶手显然有超凡的本领。即使他本人不是魔鬼，那么他也必定是与魔鬼结了盟。因此，许多人，主要是头脑比较简单的人，除了进教堂祷告，就不知道有什么别的办法，每个职业阶层的人都去找保护人，锁匠找神圣的阿洛伊西乌斯，织工找神圣的克里斯皮尼乌斯，园丁找神圣的安托尼乌斯，香水专家找神圣的约瑟夫斯。他们携带妻子和女儿，一道在教堂里祷告、吃饭和睡觉，甚至在白天也不再离开教堂。他们深信，只要还存在着安全，那么唯有在绝望的集体保护下和在圣母面前才可以躲开那怪物，得到唯一的安全。

其他较聪明的人，由于教会已经表现出无能为力，就组成神秘的团体，重金雇用一个从古尔东来的许可开业的巫婆，躲进了格拉斯地下一个石灰岩洞里，为恶魔举行弥撒，以获得魔鬼的慈悲。又有一些人，尤其是地位提高了的市民和有教养的贵族，运用最现代化的科学方法，对自己的房屋施行催眠术，使他们的女儿昏昏入睡，默不作声地呆在他们的客厅里，试图通过共同产生的心灵感应来奇妙地保护自己免受凶手侵犯。一些团体组织忏悔进香，从格拉斯到拉纳普勒，然后再回来。市里五个修道院的僧侣安排了持久性的祷告仪式，经常唱着圣歌，所以无论白昼和夜间，一会儿在城市这个角落，一会儿在那个角落，哀怨的歌声从不间断。几乎没有人从事劳动。

格拉斯市民就这样发疯地无所事事，焦急不安地等待着下一次谋杀。没有哪个人对下次谋杀即将来临表示怀疑。每个人暗地里都期待着吓人消息的到来，唯一的希望是这消息与己无关，而是涉及另一个人。

但是，省、地、市各级政府这次并没有受到人民歇斯底里情绪的影响。自从杀害少女的凶手出现以后，在格拉斯、德拉吉尼安和土伦的行政长官之间，在市政府、警察局、地方行政长官、议会和海军之间，第一次出现了计划周密而有效的合作。

造成当权派采取一致行动的原因，一方面是他们害怕人民起来暴动，另一方面是这样一个事实，即洛尔·里希斯遇害后，人们已经掌握了线索，布下天罗地网捕获凶手完全是可能的。凶手已经暴露。显然，他就是那个在发生凶杀那天夜里住在拉纳普勒的客栈牲畜栏里，翌晨消失得无影无踪的可疑的制革伙计。根据老板、马夫和里希斯提供的一致情况，凶手是个貌不惊人的、身材矮小的男子，身穿棕褐色的外衣，带有粗亚麻布旅行袋。尽管在别的方面，三位证人的回忆始终含糊得奇怪，比方说，他们说不出这个人的脸形、头发的颜色或语言特征，但是老板说，若是他没搞错，这陌生人的走路姿势偏向左侧，有点跛，仿佛一条腿受过伤，或是一只脚残废。

根据这些情况，在凶杀发生的当天中午，马雷公路的两支骑兵分队对凶手进行追击，一支沿着海滨，另一支经内地马路向马赛前进。拉纳普勒附近地带由志愿人员搜捕。格拉斯地方法院的两名官员奔赴尼扎，在那里对制革伙计进行调查。在弗雷儒斯、戛纳和昂蒂布的港口，对所有离港的船只都进行检查，通往萨瓦伊边境的每条路都被封锁，游人必须出示证件。在格拉斯、旺斯、古尔东所有城门上和各乡教堂的大门上，都张贴了通缉凶手的告示，供识字的人朗读。这些布告每天宣读三次。人们所猜想的关于畸形脚的事，无疑支持了这样的看法：凶手就是魔鬼本身。这种看法与其说使人们得到了有益的启发，毋宁说是更煽起了人们的惊恐。

直至格拉斯法院院长受里希斯的委托，对提供情况捉获凶手者悬赏不少于二百利佛尔后，在格拉斯、奥皮奥和古尔东，由于有人告发，有几个制革伙计被捕，而且很不幸，他们中竟然有个跛脚的。尽管有好几个人证明此人当时不在现场，人们还是打算对他严刑拷打。此时，即在凶杀发生后的第十天，市哨所有个人来找市府机构，对法官提供了下述情况：他名叫加布里埃尔·塔格利阿斯科，是哨所的上尉。他那天像平常一样在王宫门值勤，有个人，如他现在所知道的，与通缉告示上所描述的情况相当符合，曾上前与他攀谈，反复并急切地打听第二参议及其一行人早晨离开城市时走哪条路。这件事本身在当时和后来都没有引起他重视，况且靠他自己的力量他肯定也回忆不起这个人了——这个人是完全不值得留意的——倘若他不是在昨天又看见了他，而且是在格拉斯这儿，在卢浮街德鲁师傅和阿尔努菲夫人的作坊前。他还说，昨天他看到那个人走回工场时，发现他走路明显地一瘸一拐。

一小时后，格雷诺耶被捕。因辨认其他受嫌疑者而在格拉斯逗留的拉纳普勒那个老板和马夫，立即认出他就是在他们客栈过夜的那个制革伙计。他们说，就是他，而不是别人，他就是被通缉的杀人犯。

人们搜查工场，搜查弗朗西斯修道院后面橄榄园里的那间小屋。有一个角落里，放着洛尔·里希斯被剪碎的睡衣、汗衫和红头发，几乎没有藏起来。人们掘开地面，其他二十四名少女的衣服和头发逐渐显露出来。用来击毙受害者的木棒和亚麻制的旅行袋也都在。证据确凿。教堂的钟声响了起来。法院院长宣告，罪行累累的杀害少女的凶手在被追缉近一年之后，终于被捕，并已被关押。

48

起初，人们不相信这个公告。他们认为这是官方想要掩盖自己无能并稳定人民不安情绪的遁词。过去曾传说凶手已经到格勒诺布尔去了，人们依然记忆犹新。这次，恐惧已经深入到人们的灵魂里。

第二天在官厅前的教堂广场上公开展出罪证时——那情景真是令人毛骨悚然，在大教堂对面，广场的前端，二十五套衣服连同二十五束头发挂在一排木杆上，犹如稻草人那样——公众的看法立刻改变了。

成千的人列队从阴森可怕的展览场所走过。被害者亲属认出他们亲人的衣服时，发出了惊天动地的哭喊声。其他的观众，一部分人想看热闹，另一部分人要亲眼目睹才相信，都要求把凶手带来示众。他们的呼喊声响彻云霄，人流汹涌的小小广场上不安的情绪造成了威胁，法院院长决定派人把格雷诺耶从囚室里带来，让他站在官厅二楼的一个窗口。

格雷诺耶一站到窗口，叫喊声立即平息。广场上突然鸦雀无声，仿佛这是在酷热的一个夏日中午，外面的一切都在旷野上，或是躲进房子的阴影里。再也听不见脚步声，咳嗽声和呼吸声。人们瞪着眼、张开嘴巴达数分钟之久。谁也不能理解，站在楼上窗口的那个轻浮、矮小、蜷缩着的男子，那个无足轻重的人，那个可怜虫，那个废物，竟能干出二十五次凶杀。他根本不像个杀人犯。诚然，谁也说不出，他原来想象的凶手，这个魔鬼，是什么样子，但是所有人都一致认为，像他这样的人不是！然而——虽然这杀人犯与人们的想象完全不符，因而他的出现，正如人们可以认为的那样，是缺乏说服力的，但是非常奇怪，这个站在窗口的有血有肉的人，凶手只能是他，不可能是别人的事实，却产生了一种令人信服的影响。他们所有人都在想：这根本不是真的！——而在同一时刻，他们却又知道这必定是真的。

可是，直到警卫把这个矮人又带回黑暗的房间后，也就是说，直到他不在眼前，已经看不见了，他只是留在记忆里——尽管是非常短暂的记忆——几乎可以说是当人们头脑里的概念，即一个丑恶的凶手的概念形成时，人们惊愕的表情才消失，并且开始作出反应：嘴巴开始闭起来，成千对眼睛又活跃起来。随后响起了雷鸣般的愤怒复仇的叫声："把他交给我们！"他们打算冲进官厅，用自己的双手把他扼死，把他碎尸万段。警卫费了九牛二虎之力，才把大门堵住，把群众推回去。格雷诺耶也迅速被送到地牢。法院院长走到窗口，答应从快从重处理。尽管如此，又过了好几个钟头，群众才散开，过了好几天，全城才平静下来。

实际上，对格雷诺耶的诉讼进行得极为顺利，因为不仅罪证俱在，而且被告本人也在审讯中对归罪于他的凶杀案供认不讳。

唯独在问到他的动机时，他的回答总是不能令人满意。他一再重复说，他需要少女，因此把她们杀死。至于他为了何种目的需要她们，“他需要她们”该作何解释，他却沉默不语。于是人们对他动用刑罚，把他倒吊起来，给他注入七品脱水，上脚镣，但一点作用也没有。他对身体的疼痛毫无感觉，从不呻吟或叫喊，如果人家再问他，他仍然是说：“我需要她们。”法官们认为他有精神病。他们取消对他动刑，决定不再继续审讯，了结了此案。

此时发生了拖延，管辖拉纳普勒的德拉吉尼安政府和埃克斯议会发生了法律上的争执，这两个机构想审理此案。但是格拉斯的法官们不让别人剥夺他们处理此案的权利。他们是抓住罪犯的人，罪犯的绝大多数凶杀案发生在他们管辖的地区，若是他们把杀人犯交给别的法庭，人们怒不可遏的情绪定会威胁他们的安全。

一七六六年四月十五日作出了判决，在囚室里向被告宣读了判决书。“制造香水的伙计让-巴蒂斯特·格雷诺耶，”判决书说，“应在四十八小时内被押到城门前的林阴大道上，在那里脸朝天地绑在一个木十字架上，然后由行刑者用一根铁棍活活地猛击十二下，使他臂膀关节、腿、臀部和肩膀碎裂，并钉在十字架上示众，一直到死。”通常的人道做法，即在猛击后用根绳子将罪犯勒死的做法，被三令五申地禁止行刑官使用，哪怕罪犯与死亡挣扎要拖延数天之久。尸体将在夜间埋在掩埋动物尸体的地方，该地不做任何标记。

格雷诺耶一动不动地听着宣判。法院工作人员问他的最后愿望是什么。“没有什么愿望，”格雷诺耶说。他还说，他所需要的一切都有了。

一个神甫走进囚室，以便听取他的忏悔，但在一刻钟后一无所获地出来了。在神甫提到上帝的名字时，罪犯莫名其妙地瞧着神甫，仿佛他是刚刚第一次听到这个名字，随后他在自己的木板床上伸展四肢，以便立即进入梦乡。再说任何话都是毫无意义的。

随后的两天里，许多人来观看这个出名的杀人犯。看守让他们朝囚室门上的小活门里看一眼，价钱是每看一眼付六个苏。一个计划画一张速写的铜版雕刻家，必须付出两法郎。但是这个题材真令人失望。罪犯戴上手铐脚镣，成天躺在床上睡觉。他的脸对着墙壁，对于敲门和喊叫没有反应。观看者严格禁止进入囚室，尽管他们愿意出钱，看守人员还是不敢违反禁令让他们入内。法院害怕囚犯会在不适当的时候被遇害者的亲属杀死。出于同样的原因，也不许人送东西给他吃，生怕食品里放了毒。在格雷诺耶被关押期间，他的饭菜都是主教府邸仆役厨房烹调的，都由监狱看守长亲自品尝过。当然，最后两天他什么也没吃。他躺着睡觉。偶尔他的镣铐当啷作响，看守急急忙忙来到他的小活门前，可以看到他喝一口装在水瓶里的水，然后又躺到床上，继续睡觉。看来他好像已经对他的生活感到厌倦，以致他再也不想在清醒的状态中享受这最后的几个钟点。

在此期间，行刑地点林阴大道已经准备就绪。木匠造了个断头台，三米见方，两米高，有栏杆和一道牢固的梯子——在格拉斯，人们还没有见过这么漂亮的断头台。另外还用木头搭了看台供绅士们使用，有一道栅栏可以把他们同普通老百姓隔开。林阴大道门左右两侧房屋和警卫楼里的靠窗位置早就以高昂的价钱租出了。甚至在位置稍偏的医院里，行刑官的助手已经从病人那里租到房间，然后再高价转租给看客。果汁汽水销售商配制了一桶桶甘草水作为储备，铜版雕刻家印制了成百上千张他在牢里画的并经过幻想加工更有吸引力的凶手画像，流动商贩成群结队流入城市，面包师傅烘制了纪念性的糕点。

多年来闲着无须再处决罪犯的行刑官帕蓬先生，叫人锻造了一把沉重的四棱形铁棍；他拿着它走进屠宰场，对着动物尸体练习打击。他只许打击十二次，这十二次打击必须击碎十二个关节，而又不能损伤身体最重要的部分，比方说胸部或头部——这事情真棘手，它要求具备非常细腻的感觉。

市民们像准备盛大节日一样做了准备。行刑当天，人们用不着干活，这是不言而喻的。妇女们熨平节日的衣服，男人们刷干净自己的外衣，让人把靴子擦得亮亮的。谁有军衔或官衔，谁是行会头头、律师、公证人、兄弟会头头或是其他重要人物，他就穿上制服或官服，佩带勋章、绶带、金链，头上戴着扑了白粉的假发。教徒们打算事后聚集起来举行礼拜，信鬼的人准备举行恶毒的祭鬼弥撒，有教养的贵族打算在“卡布里什饭店”、“维尔纳夫饭店”和“丰米歇尔饭店”里举行别开生面的集会。厨房里已经在烘呀烤的，人们从地窖里取出葡萄酒，从市场上买来鲜花。在大教堂里，管风琴师和教堂唱诗班在排练。

在德鲁瓦大街的里希斯家里，依然寂静无声。人民把处决杀人凶手的日子称为“解放日”，里希斯不许对这个日子作任何准备。他厌恶一切。过去他厌恶人们突然又出现的恐惧，如今他厌恶他们事前的狂热喜悦。他没观看凶手在大教堂前广场上示众和被害者的衣物展出，没参加审讯，没与那些令人讨厌的看热闹的人一道列队在死囚的囚室前走过。为了验证他女儿的头发和衣服，他把法庭的人请到家里，简短而又镇静地作了证词，请求他们把陈列的东西作为遗物留给他，他们也答应了。他把这些东西拿回洛尔的房间，把剪坏的睡衣和紧身胸衣放在她床上，把红头发摊开在枕头上，自己坐在这些前面，日夜不离开这房间，仿佛他要通过这毫无意义的守卫，来弥补他在拉纳普勒那一夜的疏忽。他充满厌恶，厌恶世界，厌恶自己哭不出来。

他对杀人犯感到厌恶。他再也不想看到他是个人，只是想看到他是将要被宰杀的牲畜祭品。只有在执行死刑时，他才想看他；当他躺在十字架上，十二次打击落在他身上时，他才想看他，他想从近处看他，他已经在第一排订了个位子。若是人们在数小时后离开，那么他将爬上去找他，爬到行刑台上，坐在他身旁，守着他，夜以继日地守着，看着他的眼睛，即看着杀害他女儿的凶手的眼睛，把自己身上的全部厌恶滴到他的眼睛里，把全部厌恶像一种燃烧着的酸倾泻到他的垂死挣扎里，直到他死……

然后呢？然后他该怎么办？他不知道。或许他又要过着平凡的生活，或许再讨个老婆，生个儿子，或许无所作为，或许死去。他对这些都漠不关心。在这方面进行思考，他觉得毫无意义，这好比他思考自己死后该怎么办：自然，他现在什么也不可能知道。

49

行刑的时间定于下午五时。早晨，第一批爱看热闹的人已经来占好位子。他们带来椅子、梯凳、坐垫、食品、葡萄酒和小孩。将近中午，这地区的居民成群结队地从四面八方涌来，街道挤得水泄不通，新来者不得不在广场那边向上倾斜的花园和田地里，在通往格勒诺布尔的公路上安顿下来。

商贩已经做了很好的生意，人们吃着，喝着，哼唱着，情绪高昂，犹如赶上了年市。不久，聚集了将近一万人，比参加茉莉女王节的人还多，比参加最大的宗教仪式的人还多，人数之多在格拉斯是空前的。他们一直站在远处的山坡上。他们爬到树上，蹲在城墙上和屋顶上，十至十二人挤在一个窗口。只有在围以街垒的、仿佛是从人群的海洋里突出来的街心，还为看台、行刑台留了个位置，行刑台突然显得很小，宛如一个玩具或木偶剧场的舞台。从刑场至街门并深入到德鲁瓦大街，一条巷子空了出来。

三点刚过，帕蓬先生和他的助手们来了。掌声四起。他们把用大块方木装成的安德烈侧立十字架扛到行刑台上，用四个笨重的木架支撑，把它安放到适合于操作的高度。一个木匠把它钉牢。行刑助手们和木匠的每个动作都博得观众的喝彩。随后帕蓬拿着铁棍过来，绕着十字架走，测量自己的步子，一会儿从这一侧、一会儿从另一侧比划着打击，这时爆发出正常的欢呼声。

四点，看台上挤满了人。台上有许多上流人物，有带着仆从、仪态高雅的富翁，有漂亮的女士，大礼帽和闪亮的衣服令人赞叹。城乡贵族全都来了。参议院的老爷们由两个参议领头，排成一列来了。里希斯穿着黑色衣服、黑色袜子，戴着黑色礼帽。跟在参议后面的，是在法院院长率领下的市政府官员。最后来到的是坐在敞篷轿子里的主教，他穿着闪闪发光的紫色法衣，戴着一顶小礼帽。谁头上还戴着帽子，这时赶紧把帽子脱下来。气氛庄严肃穆。大约十分钟光景，广场上一片寂静。女士先生们已经坐了下来，人们一动也不动，没有人再吃东西，所有人都等待着。帕蓬和他的助手们站在行刑台上，像用螺钉固定了似的。硕大的太阳挂在埃斯泰雷勒山上空，射出金黄色的光芒。一阵微风从格拉斯盆地吹来，送来了橙花的香味。天气暖和异常，但是却令人难以置信的寂静。

后来，正当人们以为没有喊叫、没有喧哗、没有狂怒或其他群众性事件的紧张气氛不能再长久持续下去时，人们在寂静之中听到了马蹄的嗒嗒声和车轮的辘辘声。

一辆双马驾驶的封闭的车子，即警察局长的车子，从德鲁瓦大街驶来。它经过城门，出现在通往刑场的狭窄巷子里，此时每个人都看得见。

警察局长坚持采用这种方式把罪犯带出来，因为不这么做，他相信无法保证罪犯的安全。通常是绝对不采用这种方式的。监狱距刑场还不到五分钟路程，假如被判刑者出于无论何种原因不能步行前往，那么也可以用一辆驴拉敞篷小车来送罪犯。一个人同车夫和穿着号衣的差役一道乘着豪华的马车，在骑兵的护送下到刑场受刑，这情形谁也没见到过。

尽管如此，在人群中并未发生不满情绪和骚乱。相反，人们对事情如此处理感到满意，认为让罪犯乘坐马车真是别出心裁，情况恰似在剧院里，一出老戏突然用人们意料不到的新方式演出时人们对它的评价一样。许多人甚至觉得，这样出场是合适的。对于一个如此残暴的罪犯，人们必须特别对待。不能像对待普通的拦路抢劫犯那样，把他戴上手铐脚镣拉到刑场上打死。像那样根本不会引起轰动。把他从华丽马车的座位上拉下来带到安德烈侧立十字架上——这种残酷性更加具有想象力。

马车在行刑台和看台之间停住。随从们跳下车来，打开车门，放下小梯子。警察局长下车，跟在他后面的是卫队的一名军官，最后是格雷诺耶。他身穿一件蓝色外衣和白衬衣，脚穿白丝袜和有搭扣的鞋子。他没有戴镣铐，没有人拉着他的手臂押他走。他像个自由人从马车上下来。

随后奇迹就发生了，或者说是类似奇迹的事情，即令人难以理解的、闻所未闻的和令人难以置信的事情发生了，以致所有目击者在事后，若是在某个时候谈到这件事，都把它称为奇迹，他们总是遮遮掩掩，因为后来他们都为自己曾参与此事而羞愧。

事情是这样的，在街上和周围山坡上的一万观众一瞬间立即坚定地相信，刚从马车上下来的那个身穿蓝色外衣的小个子男人，不可能是杀人犯。这并不是他们对他的身份发生怀疑！那儿站着的那个人，就是他们几天前在教堂广场上的官厅窗口所看到的人，就是他们——若是他们把他弄到手的话——早已怀着发狂的仇恨加以私刑拷打的人。他就是两天前根据确凿的证据和自己的供词被判死刑的人，就是在一分钟前人们盼望着行刑官来处死的人。就是他，毫无疑问！

但是——不是他，不可能是他，他不可能是杀人犯。站在刑场上的那个人，是无辜的。在这一瞬间，从主教直至果汁汽水商人，从侯爵直至小洗衣妇，从法院院长直至满街游荡的青年人，所有人都知道这点。

帕蓬也知道这点。他握着铁棍的两只手在颤抖。刹那间，他觉得自己像个小孩，强健的胳臂变得软弱，膝盖酥软，心里不安。他举不起这支铁棍，他这辈子再也没有力气举起它去打击这无辜的小个子男人，凶手被带上来的那一瞬间他感到恐惧，他哆哆嗦嗦，不得不靠着他的杀人铁棍支撑，以免由于软弱而跪下来，高大、强壮的帕蓬！

聚集起来的一万名男女老幼的情况也没有什么两样：他们变得像被情人的魅力征服的小姑娘那么柔弱。一种强烈爱慕的、温存的、完全幼稚可笑的爱恋感觉突然向他们袭来，的确，众所周知，这是一种喜欢这个小个儿杀人犯的感觉。他们无力抗拒，也不想抗拒。这像一种人们无法抑制的哭泣，像一种长久克制的哭泣从腹部产生，奇迹般地把一切阻力分化，把一切变成液体并冲刷干净。人们无非是液体，内心化作精神和灵魂，只是具有不定型的液体状态，他们觉得自己的心是不定的团块，在他们的体内晃动，无论是男人还是女人，他们都把自己的心放到身穿蓝色外衣的小个儿男人手中，无论如何：他们喜欢他。

格雷诺耶此刻在敞开的车门口站了几分钟，一动也不动。他身旁的那个随从已经跪了下来，而且一直向下做出完全拜倒的姿势，这种姿势只有在东方的苏丹和阿拉之前才经常见到。即使作出这样的姿势，他还是颤抖着，摇晃着，恨不得继续把身体沉下，使自己平躺到地上，钻进地里，直至到达地下。由于这种高尚的忠诚，他真想使自己沉到世界的另一头。卫队军官和警察局长两人都是刚强的男子汉，他们的任务是现在把罪犯带到行刑台上交给刽子手，可他们再也无法完成协调的动作。他们哭泣着，把自己的帽子脱下来，再戴上，又把它们扔到地上，两人拥抱起来，再分开，无聊地在空中挥动着胳臂，绞着自己的手，抽搐着，犹如舞蹈病发作的人在做鬼脸。离得远的绅士们行为失去控制，激动万分。每个人都放任自己内心的欲望。女士们在看到格雷诺耶时把双手叉在怀里，幸福地叹息；另一些女士由于渴望追求这美丽的少年——他们觉得他就是这样——而不声不响地晕倒。先生们一个劲儿地从他们的座位上跳起来，坐下，再跳起来，呼哧呼哧地喘着气，手握着剑柄，仿佛要把剑抽出来，他们抽出剑，又把剑推回去，以致剑鞘发出响声；另一些先生默不作声地眼睛望着天空，两手痉挛地祷告；高贵的主教上身向前摇动，仿佛他要恶心呕吐似的，他的额头撞到膝盖上，直到他那顶绿色帽子从头上滚下来；这时他并不觉得难受，而是平生第一次沉醉在宗教的狂热中，因为在万民的眼前，一种奇迹发生了，因为至高无上的上帝已经在阻拦刽子手，他把世人认定为杀人犯的人宣告为天使。这种情况竟然发生在十八世纪！上帝多么伟大呀！而主教本身多么渺小，多么微不足道，他念着革出教门令，自己却不相信，只是为了安慰人民！啊，多么狂妄，多么信心不足！如今上帝创造了奇迹！啊，作为主教受到上帝如此惩罚，这是多么美妙的屈辱，多么甜蜜的可耻，多么仁慈！

街垒那边的人们在这时越来越不知羞耻，他们陶醉于格雷诺耶的出现所引起的令人毛骨悚然的感觉之中。谁开始看到他时只觉察到同情和感动，此时却充满着赤裸裸的贪欲；谁起初只是赞叹和追求，此刻却是极度兴奋。所有人都认为那个穿着蓝色外衣的男子是他们所能想象的最美丽、最迷人和最完美的人：修女们觉得他是救世主的化身，魔王的信徒把他看成是冥界的放射光芒之神，开明人士认为他是最高的主宰，少女们相信他就是童话中的王子，而男人们以为他就是自己的理想的映象。所有人都感到自己最敏感的部位已经被他识破，被他抓住，他击中了他们的爱的靶心。情况正是，仿佛这个男人有一万只手，仿佛他把自己的手放在周围万人当中每个人的下身，用每个人——不管是男人还是女人——在其最隐秘的幻想中最强烈要求的每一种方式，亲热地抚摸着下身。

其结果是，处决那个时代的最可恶的罪犯的计划变成了盛大的酒神节，其盛况是自从公元前二世纪以来世上绝无仅有的：品行端庄的妇女们撕开自己的胸衣，在歇斯底里的叫喊声中裸露她们的乳房，裙子向上提起，倒在地上。男人们带着迷惘的目光，跌跌撞撞地在躺着裸露肉体的地面上行走。他们用颤抖的手指把他们像被无形的霜冻僵的生殖器从裤子里掏出来，唉声叹气地倒向某处，以极为罕见的姿势和配对方式交媾，老头和少女、雇工和律师夫人、学徒和修女、耶稣会会员和共济会女会员，情况乱七八糟，空气中弥漫着沉重的情欲的甜蜜气味，充满着一万个兽人高声的叫喊、嘟哝和叹息，简直和地狱一样。

格雷诺耶站立着，微笑着。更确切地说，看见他的人都觉得，仿佛他在用世界上最无辜、最可爱、最迷人、同时又是最能诱惑人的微笑方式微笑着。但是事实上这不是微笑，而是停留在他嘴唇上的丑恶的、嘲弄式的冷笑，它表现了自己完全的胜利和全部的憎恨。

他，让-巴蒂斯特·格雷诺耶，出生在世界上最臭的地方，是从垃圾、粪便和腐物中捡起来的，本人没有气味，他是在没有爱的情况下长大的，在没有温暖的人的灵魂情况下，只有依靠倔强和厌恶的力量才得以生存，身材矮小，背呈弓状，瘸腿，而且丑陋，无人与他交往，从里到外是个可憎的怪物——此时他终于达到了目的，使自己受到世人喜爱。什么是受人喜爱！受人爱戴！受人敬重！被人神化！他完成了普罗米修斯的业绩。别人一生下来立即得到神火，唯有他一个人没份，他是通过自己无限的机智才获得神火的。不仅如此！他已经使神火进入自己的心坎里。他比普罗米修斯更伟大。他给自己创造了一种香味，它比任何站在他面前的人散发的气味更加出色、更能吸引人。他无须为此而感谢任何人——父亲、母亲和仁慈的神——唯独归功于自己。事实上，他是他自己的神，他是比那住在教堂里散发出神香臭味的神更加美丽的神。一个具有凡人躯体的主教正跪在他面前，高兴得啜泣。富人们和有权势的人，骄傲的先生和女士们都惊叹不已，而广大的人民，其中包括被他杀害的少女的父母兄弟姐妹，都在对他表示敬意，以他的名誉狂欢。他只需作一暗示，所有人就会发誓放弃他们的神，对着他，伟大的格雷诺耶顶礼膜拜。

的确，他是伟大的格雷诺耶！现在事情已经明朗。他就是这样，往昔只存在于自我爱慕的幻想中，而如今已经成了现实。此刻，他体验到了他这一生最大的胜利。他觉得这种胜利挺可怕的。

他觉得它可怕，因为他一秒钟也享受不到。当他从马车上下来踏到阳光灿烂的广场上那一瞬间，他用于自己身上的香水已经发挥作用，这香水使众人着迷，这就是他花了两年时间制作的香水，而为了占有这种香水，他一辈子都在追求……在这一瞬间，他看见并嗅到，这种香水发挥了不可抗拒的作用，它神速地散布开来，使它周围的人都成了俘虏。在这一瞬间，他对人们的全部厌恶又在胸中升起，完全败坏了他的胜利的情趣，以致他不仅没有感觉到欢乐，而且也觉察不到一丝一毫的满足。他梦寐以求的事物，即让别人爱自己的欲望，在他取得成功的这一瞬间，他觉得难以忍受，因为他本人并不爱他们，而是憎恨他们。他突然明白了，他在爱之中永远也不能满足，而只是在恨之中，在憎恨中，在被憎恨中才能找到满足。

但是他对人们所怀抱的憎恨，始终得不到人们的反应。他在此刻越是憎恨他们，他们越是把他神化，因为他们从他那里，闻到了他所占有的香味，他的冒牌香味，他掠夺来的香味，而这实际上就是他被神化的原因。

他此刻恨不得把所有人，愚笨的、散发出臭味的、好色的人，从地上消灭干净，犹如他当时在漆黑的心田里把外来的气味通通消灭。他希望，他们发觉自己是多么憎恨他们，希望他们为了他曾经真正感觉到的感情的缘故，恢复对他的憎恨，并从他们的角度出发把他消灭，正如他们原来所计划的那样。他想在一生中来一次抛弃自己。他想在一生中能有一次与别人一样，放弃自己的内心想法：犹如他们放弃自己的爱、自己愚蠢的崇拜，他也放弃自己的憎恨。他想在自己真正的生存中能有一次、而且只是唯一的一次被人告知，从另一个人那里得到对于他唯一真正的感情——憎恨——的回答。

但是他的希望落空了。他的希望无法实现。今天也已经不行了。因为他用了世上最高级的香水来做假面具，在这假面具下他没有脸庞，完全没有气味。突然，他觉得一阵恶心，因为他感觉到香雾又在升起。

如同当时在洞穴中、在梦中、在睡眠中、在心中、在自己的幻想中一样，一阵香雾，即自己气味的可怕的香雾突然升起，而他自己的气味，他却无法嗅到，因为他没有气味。

他像当时一样感到无限不安和恐惧，他相信自己一定会窒息。与当时不同的是，这次不是做梦，不是睡觉，而是赤裸裸的现实。与当时不一样，他不是独自一人躺在洞穴里，而是站在广场上万人之前。同当时不一样，这儿没有叫醒和解放他的叫喊声，没有遁入美好的、温暖的、拯救人的世界帮助他。因为在这儿和现在，这就是世界，在这儿和现在，这就是实现了的梦。而他本人也曾经这么希望过。

可怕的、窒息人的香雾继续从他的心灵沼泽里升起，与此同时，在他周围，放纵和处于性欲高潮欢乐的人们正在唉声叹气。一个男子朝他跑过来。他是从绅士看台的最前排跳起来的，动作那么猛，以致他的黑色礼帽从头上落了下来，此时他穿着黑色外衣像只乌鸦或复仇天使越过刑场。这个人就是里希斯。

格雷诺耶想：他会把我打死的。他是没有受我的假面具蒙骗的唯一的人。他女儿的香味还附着在我身上，像血液那么明显。他想必认出我了，想必要杀死我。他必定会这么做。

他张开两只胳臂，以便迎接向这儿冲来的天使。他相信已经感觉到刀和剑向他的胸部刺来，刀刃已经穿过香味的盔甲和令人窒息的香雾，插入他那冷酷的心——最后，终于有东西到了他心里，是与他本人不同的东西！他觉得自己差不多得到解救了。

然而，后来里希斯却突然靠着他的胸脯躺下，他已经不是复仇的天使，而是一个激动的、啜泣得很伤心的里希斯，他用两只胳臂抱住他，手紧紧地抓住他，仿佛在内心喜悦的海洋里，除了他就没有别的依靠。根本没有使人解脱的刺刀刺入，没有刺入心脏，没有诅咒或憎恨的叫声！有的是里希斯泪水汪汪的面颊贴在他的面颊上，还有那对他哭泣的颤抖的嘴："原谅我，我的儿子！我的儿子，原谅我！"

这时，他觉得在自己眼前，从里向外一片白色，而外部世界则像乌鸦一般黑。被俘获的香气凝结成翻腾的液体，像正在煮的发出泡沫的牛奶。这些香雾把他淹没了，以令人难以忍受的压力压向他的身体的内壁，却找不到排出口。他想逃走，为了苍天的缘故，但是逃向何处……他想把自己炸开，使自己不致窒息。他终于倒了下来，失去知觉。

50

他再恢复知觉时，已经躺在洛尔·里希斯的床上。她的遗体、衣服和头发已经弄走。一支蜡烛点燃在床头柜上。通过虚掩的窗户，他听到远处全城人庆祝的欢呼声。安托万·里希斯坐在床边一张凳子上守着。他把格雷诺耶的手放在自己的手上抚摸着。

格雷诺耶在睁开眼睛之前，就检查了一下体内的情况。他的内心很平静，没有什么在沸腾，没有什么在压迫他。在他的心灵里，又是通常的寒夜，他正需要寒夜，以便对他的知觉进行冷处理，使之清晰，并把它引向外面：在那里他闻到了自己的香水味。它已经发生变化。前端已经变得稍弱，以致洛尔香味的核心部分，一种柔和的、深色的、闪闪发光的火焰，更加美妙地显示出来。他觉得自己是安全的。他知道他还会有几个小时不会遭到人们攻击，他睁开眼睛。

里希斯的目光停在他身上。在这目光中，有着无穷无尽的欢欣、温存、同情和空泛而无知的深深爱慕之情。

他微笑着，把格雷诺耶的手握得更紧，说道："现在一切都会变好的。市政府已经撤销了判决。所有证人已经发誓放弃作证。你自由了。你想做什么，就可以做什么。但是我希望你呆在我这儿。我失去了一个女儿，我想把你当作儿子。你跟她很像。你同她一样美丽，你的头发，你的嘴巴，你的手……我这段时间一直抓住你的手，你的手像她的手。若是我瞧着你的眼睛，我就觉得，仿佛她在瞧我。你是她的兄弟，我希望你做我的儿子，成为我的欢乐、我的骄傲、我的继承人。你的双亲还健在吗？"

格雷诺耶摇摇头，里希斯的脸由于幸福而涨得通红。"这么说，你愿意做我的儿子？"他结结巴巴地说，从自己的板凳上站起来，以便坐在床沿上，同时去握格雷诺耶的另一只手。"你愿意吗？你愿意吗？你想要我做你的父亲吗？——别说什么！别说话！你的身体还太弱，无力说话，只需点头！"

格雷诺耶点头。这时里希斯感到的幸福恰似从所有毛孔冒出的红色汗水，他朝格雷诺耶弯下身子，吻着他的嘴。

"现在睡觉，我亲爱的儿子！"当他又站立起来时，说道，“我守在你的身旁，看着你入睡。”他怀着默默的幸福端详他良久，说：“你使我非常非常幸福！”

格雷诺耶仿照他自己从微笑的人们那里看到的，嘴角略微咧开。然后他闭起双眼。他等了一会儿，呼吸才变得平稳、深沉，宛如熟睡的人那样。他感觉到里希斯的目光停在他脸上。有一次他察觉，里希斯再一次弯下身子准备吻他，但后来又中止了，害怕把他弄醒。终于，蜡烛被吹灭，里希斯踮着脚尖悄悄地离开了房间。

格雷诺耶躺在床上，直至他再也听不到屋里和城里有任何声息。他后来醒来时，天已经亮了。他穿上衣服，离开房间，蹑手蹑脚地跨过走廊，轻轻地走下楼梯，穿过客厅来到露台上。从这里人们可以望到城墙，望到格拉斯地区的盆地，天气晴朗时也可以望到大海。此时田野上笼罩着薄雾，更确切地说，是一种蒸汽，而从那边飘过来的草、染料木和玫瑰的香气，像洗过一样，纯洁、朴实，令人安慰。格雷诺耶穿过花园，爬过城墙。

在林阴大道上，在到达空旷原野之前，他还得再次穿过人的雾气。整个广场和山坡活像一个巨大的破破烂烂的兵营。成千上万醉得不省人事的人，由于夜里狂欢纵欲而弄得精疲力竭的人四处躺着，一些人一丝不挂，另一些人半裸着身子，另一半用衣服遮着，他们像躲进一段天花板下一样钻到衣服下面。那里散发出酸葡萄酒、烧酒、汗、小便、儿童粪便和烧焦的肉的臭味。到处都还有灶火在冒烟，他们曾在灶旁烤肉、狂饮和跳舞。在鼾声四起中，偶然也发出口齿不清的说话声和笑声。也可能还有人醒着，在狂饮自己头脑里的最后一点意识。但是没有人看见格雷诺耶，格雷诺耶像穿过沼泽地一样跨过横七竖八躺着的人体，小心翼翼但同时又非常迅速。即使有人看见他，也认不出他了。他不再散发出香味。奇迹已经过去了。

他到达林阴大道尽头后，没有走通往格勒诺布尔和卡里布什的道路，而是越过田野，头也不回地向西走去。当仿佛涂上油脂、热得灼人的金黄色太阳升起时，他早已消失得无影无踪。

格拉斯人在酩酊大醉后难受地醒来。甚至那些没有喝过酒的人，也觉得脑袋里重得像铅一样，胃里难受得要呕吐，心情不佳。在林阴大道上，在灿烂的阳光下，诚实的农民在寻找自己狂饮纵欲时脱掉的衣服，规规矩矩的妇女在寻找丈夫和孩子，完全陌生的人大惊失色地从亲热的搂抱中脱离开来，熟人、街坊、夫妇突然在众目睽睽之下赤裸着身体狼狈不堪地面面相觑站着。

许多人对于这次经历都感到毛骨悚然，感到困惑不解，感到与他们原来的道德观念背道而驰，以致他们在事情发生的那一刻就把这事完全从自己的记忆里抹去了，因此后来真的再也回忆不起来了。另一些感觉器官不甚健全的人，试图回避，不看、不听也不想——可这也不容易做到，因为这次耻辱太明显、太普遍了。谁找到了自己的东西和家人，就立即迅速离开，而且尽可能神不知鬼不觉地离开。将近中午，广场上已经空无一人。

城里的人们，如果情况确实，是傍晚才从家里出来处理最紧迫的事情的。人们见面时只是匆匆打个招呼，而且只说些无关紧要的事情，对于昨天和昨夜发生的事情只字不提。昨天人们还表现得朝气蓬勃、狂放不羁，现在却是如此羞羞答答。所有的人都如此，因为大家都觉得自己有罪。在格拉斯市民中，从来没有比那时候更和睦融洽过。人们舒舒服服地生活着。

当然，某些人必须单独地依靠自己的职务更直接地关心所发生的事情。公众生活的继续、坚持法制和秩序，要求必须迅速采取措施。先生们，包括第二参议，默默地相互拥抱，仿佛必须通过这种发誓的姿态来重新组织机构似的。然后他们一致通过决议，只字不提所发生的事情，更不提格雷诺耶的名字，决定派人立即拆除林阴大道上的看台和断头台，派人整理广场和周围被踩坏的农田，使其恢复到原先井井有条的状态。为此拨款一百六十利佛尔。

同时，法庭在法院开庭。全体官员不经讨论即一致认为“格雷诺耶案”已经了结，并且不经登记即将文件归档封存，并立案审讯一个在格拉斯地区杀害二十五名少女的迄今不知名的凶手。会议命令警察局长刻不容缓地进行调查。

翌日，凶手已经被找到。人们根据明显的疑点逮捕了多米尼克·德鲁，卢浮大街的香水师傅，所有被害少女的衣服和头发最终都是在他的小屋里找到的。他开始时拒不承认，但是法官们是蒙骗不了的。经过十四小时的严刑拷打，他供认了一切，甚至请求尽可能快地处决。死刑定于次日执行。

拂晓，人们就把他绞死，没有盛大场面，没有断头台和看台，在场的只有刽子手、市政府的几个官员、一个医生和一个教士。在确认死亡并作了文字记录后，人们立即把尸体埋葬。这个案件就这样了结了。

全城的人反正已经把这事忘了，而且忘得如此彻底，以致后来接连数天里到达这儿的旅行者顺便打听格拉斯那臭名昭著的杀害少女凶手时，竟然找不到一个有理智的人回答他们的问讯。只有夏里特医院的几个傻瓜，显而易见的精神病人，还在喋喋不休地谈论林阴大道广场上的那次盛会，当时他们曾经不得不把自己的房间腾出来。

不久，生活又完全恢复了正常。人们勤奋地工作，睡得香，一心扑在事业上，安分守己。与过去一样，水又从许多喷泉和水井里冒出，冲刷着泥泞经过街巷。城市又破败而自豪地屹立在富饶盆地的山坡旁。阳光和煦。很快到了五月。大家都在收获玫瑰。

第四章

51

格雷诺耶夜间行走。与他旅游开始时一样，这次他也避开城市，不走大路，白天他躲起来，睡觉，晚上他起身，继续走路。他吃在路边找到的动植物：草、蘑菇、花、死鸟、蠕虫。他穿过普罗旺斯，乘着偷来的一条小船渡过奥朗日南面的罗纳河，顺着阿尔代什河一直深入到塞文山脉，然后经阿利埃向北走去。

在奥弗涅山脉中，他接近了康塔尔山峰。他看到它就在西面，山峰高高，在月光下呈银灰色，他嗅到从山峰那边吹来的干燥的凉风。但是他并不想到那边去。他已经不再眷恋山洞的生活。这方面的经验已经有过，已经证明在山洞是不能生存的。同样，在人们中间生活，他也取得了经验。在有些地方，人们是要窒息的。他压根儿不想再活下去。他想到巴黎去死。他希望这样。

他不时地把手伸进口袋，抓住装着他的香水的小玻璃瓶。瓶子几乎还是满的。对于在格拉斯的那场戏，他仅仅用了一滴。剩下来的足够迷惑全世界的人。如果他愿意，他在巴黎不仅可以使一万人，而且可以使十万人围着他欢呼发狂；他可以散步到凡尔赛去，让国王来吻他的脚；他可以写封香水信给教皇，宣布自己就是新的救世主；他可以在巴黎圣母院当着国王和皇帝们的面涂上圣油成为太上皇，甚至成为人间的上帝——若是他还可以作为上帝涂圣油的话……

只要他愿意，所有这一切他都可以做。他拥有这种威力。他手中握着这种威力。这种威力比货币的威力、恐怖的威力或死神的威力更强，是可以促使人们产生爱慕的不可战胜的力量。这种威力只有一样办不到：它不能使他嗅到自己的气味。尽管他在世人面前通过他的香水以上帝的身份出现——但是他不能嗅到自己。因此他永远不知道他是谁，所以他对世界，对自己，对他的香水毫不在乎。

他那只握过香水瓶的手，散发着柔和的香味，若是他把手放到鼻子下闻闻，那么他就会感到郁郁不乐，有好几秒钟光景，他忘了跑路，只是呆立着，一个劲地嗅。他心里想，谁也不知道这香水有多好。谁也不知道，它是如何精心地制造出来的。其他人势必屈服于它的作用，他们根本不知道，对他们产生作用并迷惑他们的是一种香水。唯一在任何时候都认识它的真正美妙的人就是我，因为它是我亲自创造的。同时，我是它无法迷惑的唯一一个人。我是这香水不起作用的唯一一个人。

另一次，他当时到了布尔戈尼，他想：当时我站在花园墙外，花园里红发少女在游戏，她的香气朝我这边吹来……或者更确切地说，她的香味的预兆，因为她后来的香味在当时是不存在的——也许当时我所感觉的，与我对林荫大道上的人施放这香水时他们所感觉的相似……？但是随后他又抛弃了这种想法：不，它完全不同。因为我知道，我渴望得到的是香味，不是少女。可是那些人相信，他们渴望得到我，其实他们真正渴望得到什么？他们始终觉得是个秘密。

后来他什么也不想了，因为思考不是他的特长，况且他已经到了奥尔良。

他在叙利渡过卢瓦尔河。一天以后，他的鼻子已经闻到巴黎浓郁的气味。一七六七年六月二十五日，清晨六点他经过圣雅克大街进城。

这一天是炎热的一天，是这一年来最热的一天。千种气味和臭气像从千个破裂的脓疱里涌了出来似的。没有一丝风。还不到中午，市场摊贩上的蔬菜已经失去水分萎缩了。鱼肉已经变质。巷子里弥漫着恶臭的空气。就连河流也似乎不再流动，而是滞住，散发出臭气。这天就像格雷诺耶生下来那天一样。

他走过新桥到达河的右岸，继续朝着阿朗和圣婴公墓走去。他在铁器大街尸骨存放所的拱廊里安顿下来。公墓的场地像被炸坏的战场展现在他面前，场地被翻得乱七八糟，沟渠纵横，尸骨遍地，没有树，没有灌木，没有草，是死神的垃圾堆。

这儿看不到一个活人。尸体的臭味可怕极了，就连掘墓人也已溜走。他们要到太阳下山以后再来，在火把照明下，为第二天的死者挖掘墓穴，一直干到入夜。

午夜过后——掘墓人已经走了——所有流氓、盗贼、杀人犯、持刀殴斗者、妓女、逃兵、走投无路的年轻人都活跃在这里。人们燃起营火煮东西，以驱除臭气。

当格雷诺耶从拱廊里出来，混杂在这些人中间的时候，他们起初没有发现他，他可以不受阻碍地走到营火旁，仿佛他就是他们中间的一员。这在后来支持了他们的意见：他必定是个幽灵或天使，是一个复活过来的人或是超越自然的生物。因为在通常情况下，一个陌生人靠近，他们的反应是非常敏感的。

身穿蓝色外衣的小个子男人突然出现在那里，仿佛是从地里长出来的，一只手里拿着一个盖子已经揭开的小瓶子。这就是所有人肯定可以回忆起来的第一个印象：一个人站着，一只小瓶盖子揭开了。后来他用瓶子里的东西喷洒自己的身体，一次又一次，就像用闪闪发光的火、用美来浇铸似的。

一瞬间，他们退了回去。但是在同一瞬间，他们对他感到敬畏，并在惊异中发觉，他们的后退更像是向前冲，他们的敬畏已经变成渴望，他们的惊异已经变成欢呼。他们觉得自己已经被这个天使吸引住了。强大的吸引力已经从他那里发出，它像是退潮的一股拉力，没有哪个人能够抵挡，同时，也没有哪个人想抵挡，因为这是意志本身，这次退潮正冲刷着它，朝着退潮的方向冲去：冲到他那里。

他们二三十人形成一个包围他的圈子，圈子越缩越小，很快就容纳不下所有的人了，他们开始挤、推、搡，每个人都想到达离中心点最近的地方。

后来，他们中最后的障碍被冲垮了，圈子不复存在。他们冲向天使，向他扑去，把他摔到地上。每个人都想摸他，每个人都想要他一点东西，比方说一片小羽毛，一个小翅膀，他那神奇之火的一个火星。他们撕下他的衣服，剥去他的皮，拔光他的头发，用手抓和用牙齿咬他的肉，像鬣狗一样向他扑去，拉他，扯他，拖他。

但是，像他这样一个人的身体相当坚硬，不是那么容易撕开的，甚至用马来拉也得花很大的劲。于是，很快就刀光闪闪，刺进去，拔出来，斧头和大砍刀朝着关节砍去，喀嚓一声响，骨头被砍断了。刹那间，天使被分成三十块，这一伙人每人抢到一块，他们在贪婪的欲望驱使下退了回来，把肉啃光。半小时后，让-巴蒂斯特·格雷诺耶已从地面上彻底消失，一根头发也没留下。

这帮野蛮人吃完人肉后又聚集在营火周围，没有哪个说一句话。这个或另一个在打嗝，吐出一小块骨头，轻轻地咂舌头，用脚轻轻地把蓝外衣剩下来的一片破布踢到火里，他们大家都有点窘，不敢相互对视。他们中的每个人，无论是男人还是女人，已经参与了一次凶杀或一种别的卑鄙的犯罪行为。但是把一个人吃掉？他们想，他们绝不会做出如此残酷的事。他们感到惊奇，他们竟会做出令人难以置信的事，奇怪自己尽管非常难堪，却没有发觉有过一点坏心眼。正相反！尽管他们的胃里不好受，他们还是觉得心里是完全轻松的。在他们阴沉的灵魂里，突然变得那么轻快乐观。在他们的脸上，表现出一种童话般的、柔和的幸福光辉。他们或许是因此而羞于抬起目光和相互对视吧。

当他们后来敢于这么做，起先是偷偷地、后来则是完全公开地相互对视时，他们不禁破涕为笑。他们感到特别自豪。他们第一次出于爱而做了一点事情。